Heinz G. Konsalik, 1921 in Köln geboren, begann schon früh zu schreiben. Der Durchbruch kam 1958 mit der Veröffentlichung des Romans »Der Arzt von Stalingrad«. Konsalik, der heute zu den erfolgreichsten deutschen Autoren gehört – wenn er nicht sogar der erfolgreichste ist –, hat inzwischen rund hundert Bücher geschrieben, die in viele Sprachen übersetzt wurden. Die Weltauflage beträgt über sechzig Millionen Exemplare. Ein Dutzend Romane wurden verfilmt.

Außer dem vorliegenden Band sind von Heinz G. Konsalik als Goldmann-Taschenbücher erschienen:

Eine angesehene Familie. Roman (6538)
Auch das Paradies wirft Schatten / Die Masken der Liebe.
  Zwei Romane in einem Band (3873)
Der Fluch der grünen Steine. Roman (3721)
Das Geheimnis der sieben Palmen. Roman (3981)
Eine glückliche Ehe. Roman (3935)
Das Haus der verlorenen Herzen. Roman (6315)
Der Heiratsspezialist. Roman (6458)
Das Herz aus Eis / Die grünen Augen von Finchley.
  Zwei Kriminalromane in einem Band (6664)
Ich gestehe. Roman (3536)
Das Lied der schwarzen Berge. Roman (2889)
Ein Mensch wie du. Roman (2688)
Morgen ist ein neuer Tag. Roman (3517)
Schicksal aus zweiter Hand. Roman (3714)
Das Schloß der blauen Vögel. Roman (3511)
Die schöne Ärztin. Roman (3503)
Die schweigenden Kanäle. Roman (2579)
Sie waren Zehn. Roman (6423)
Die tödliche Heirat. Kriminalroman (3665)
Unternehmen Delphin. Roman (6616)
Verliebte Abenteuer. Heiterer Liebesroman (3925)
Wie ein Hauch von Zauberblüten. Roman (6696)
Wilder Wein / Sommerliebe. Zwei Romane in einem Band (6370)

Stalingrad. Bilder vom Untergang der 6. Armee (3698)

Heinz G. Konsalik

Manöver im Herbst

Roman

Wilhelm Goldmann Verlag

Ungekürzte Ausgabe

Auflage	Datum	Tsd.
1. Auflage	Oktober 1969	1.– 15. Tsd.
2. Auflage	November 1972	16.– 25. Tsd.
3. Auflage	November 1973	26.– 40. Tsd.
4. Auflage	Dezember 1974	41.– 60. Tsd.
5. Auflage	Juni 1976	61.– 90. Tsd.
6. Auflage	Januar 1978	91.– 96. Tsd.
7. Auflage	Juni 1978	97.–126. Tsd.
8. Auflage	August 1978	127.–156. Tsd.
9. Auflage	Februar 1979	157.–186. Tsd.
10. Auflage	August 1979	187.–236. Tsd.
11. Auflage	Mai 1980	237.–286. Tsd.
12. Auflage	Januar 1981	287.–336. Tsd.
13. Auflage	Juli 1982	337.–356. Tsd.
14. Auflage	Dezember 1982	357.–366. Tsd.
15. Auflage	Juli 1983	367.–386. Tsd.
16. Auflage	März 1984	387.–406. Tsd.
17. Auflage	November 1984	407.–436. Tsd.

Made in Germany
Genehmigte Taschenbuchausgabe
Die Originalausgabe ist im Hestia-Verlag, Bayreuth, erschienen
Umschlagentwurf: Atelier Adolf & Angelika Bachmann, München
Druck: Elsnerdruck GmbH, Berlin
Verlagsnummer: 3653
MV · Herstellung: Harry Heiß
ISBN 3-442-03653-4

ALLEN DEUTSCHEN,
DIE AUS ZWEI WELTKRIEGEN,
ZWEI GELDENTWERTUNGEN,
ZWEI TOTALEN ZUSAMMENBRÜCHEN
UND ÜBER 50 MILLIONEN KRIEGSTOTEN
NOCH NICHTS GELERNT HABEN,
MIT BEKLEMMUNG GEWIDMET

H. G. KONSALIK

Der Roman hat nichts gemeinsam mit lebenden oder namensgleichen Personen ... sollte der eine oder andere aber sagen: »Den kenne ich!« oder »So war es!«, so mag es wirklich diesen oder jenen gegeben haben ... was ja nicht nur in Deutschland, sondern überall möglich ist.

Obwohl dies hier der Roman eines »guten Deutschen« ist ...

I

Auf dem Marktplatz von Trottowitz standen ein Trommler und ein Bläser.

Sie standen da in strammer Haltung. Kreuz hohl, Brust raus, Gesäß nach außen gedrückt, und trommelten und bliesen in den frühen Morgen.

Um das Dorf Trottowitz herum lagen die Felder und Wiesen, Wälder und sanften Senken der niederschlesischen Landschaft. Frühnebel stieg von ihnen auf, wallend wie im Zugwind wehende Tüllgardinen. An den Blättern der Bäume, an den Halmen der Gräser klebte wie farbloser Honig die Feuchtigkeit der Nacht. Irgendwo in den Nebeln schwamm die Sonne, fahlgelb, ein Klecks nur. Aber man sah ihre Wärme. Die Erde dampfte.

Noch bevor der helle Klang des Hornes und das schnarrende, rhythmische Hämmern der Trommel über die schlafenden Bauernhäuser geisterten, stand Heinrich Emanuel Schütze bereits angezogen, in vollem Dienstanzug, am Fenster seines Quartiers. Nebenan, im Flur, hörte er das Filzpantoffelschlürfen des alten Glaukers. Der Bauer ließ seinen Hund heraus ... das war die erste Arbeit. Mit ihr begann der Tag.

Heinrich Emanuel Schütze zog seine silberne Uhr aus der Tasche und verglich die Zeit mit dem ersten Ton des Wecksignals. Die Uhr war ein Geschenk seines Vaters zum Einjährigen gewesen. Gleichzeitig mit der Annahme seines Antrages, als Einjährig-Freiwilliger im stolzen Heere Seiner Majestät zu dienen, hatte er sie überreicht bekommen. Es war ihm damals, als sei er damit erst ein Mann geworden: Soldat und eine Uhr. Das sind Begriffe, deren innige Verschmelzung mehr als eine Notwendigkeit bedeuten. Für Heinrich Emanuel Schütze waren sie zum Inhalt seines Lebens geworden.

Zwei Minuten zu spät, stellte er stirnrunzelnd fest. Zwar würde es der Hauptmann nicht merken, denn er kam erst nach der Kaffeeausgabe; der Leutnant des ersten Zuges hatte ein Liebchen und würde zehn Minuten vor dem Hauptmann kommen; der Kompaniespieß schlief wie ein Bär, weil er jeden Abend besoffen war ... nur er, der Fähnrich Heinrich Emanuel Schütze, hatte es gemerkt und war nicht gewillt, diese zwei Minuten Verspätung im Tageslauf eines Soldaten still zu dulden.

Er setzte seinen Helm auf, auf dessen feldgrauem Überzug die rote Zahl 10 stand, straffte seinen Uniformrock mit den roten Ärmelpatten und den gelben Schulterstücken, schnallte seinen Säbel um und verließ mit langen, kräftigen Schritten das Bauernhaus. Vor der Tür grüßte er knapp, aber freundlich den Bauern Glauker, wich dem ihn anspringenden Hund aus und verjagte ihn mit einem militärisch-knappen »Tschtsch!«, wandte sich dann der Straße zum Dorfplatz zu und beobachtete aus den Augenwinkeln, ob sich hinter den Fenstern der anderen Quartiere etwas rührte als Reaktion auf das Wecksignal.

Der Bläser und der Trommler hatten ihre Pflicht erfüllt. Sie wollten gerade nebeneinander abmarschieren, als ihnen Fähnrich Schütze mit der Uhr in der Hand in den Weg trat. Die beiden morgendlichen Musikanten blieben stehen, starrten auf die Uhr, dann auf Schützes glattes, jugendliches, aber irgendwie ausdrucksloses Gesicht und fielen ohne Kommando in ein steifes Strammstehen, als Schütze sie ansprach.

»Zwei Minuten drüber!« sagte er laut. Es war nicht seine Art, zu schnauzen wie ein Unteroffizier oder zu brüllen wie ein Vizefeldwebel. Er war gut zu seinen Leuten – das hatte er auch immer an Vater und Mutter geschrieben – er war streng, aber gerecht. Er verletzte nicht die Würde des einzelnen – er gab ihnen nur Beispiele der eigenen Unzulänglichkeit.

Der Bläser blinzelte mit den Augen. »Herr Fähnrich ...«, sagte er stockend.

»Zwei Minuten.« Heinrich Emanuel schüttelte den Kopf. »Wer auf dem Schlachtfeld zwei Minuten zu spät kommt, kann einen Sieg verpassen. Ist das klar?«

»Jawoll, Herr Fähnrich. Aber –«

»Und was ist ein Manöver?«

»Eine Probe für den Ernstfall, Herr Fähnrich. Aber –«

»An zwei Minuten kann das Schicksal einer Armee hängen.«

»Ich habe mit Herrn Leutnant die Uhr verglichen.«

Heinrich Emanuel Schütze horchte auf. Der Leutnant war sein Vorgesetzter. Noch war er es. Nach dem Manöver würde auch Schütze ein Leutnant sein. Hauptmann Stroy hatte es durchblicken lassen. Das Manöver sollte seine militärische Reifeprüfung werden.

»Wann?« fragte Schütze.

»Gestern abend, Herr Fähnrich.«

»Dann geht meine nachts über zwei Minuten vor.« Heinrich Emanuel sah auf seine große silberne Einjährigen-Uhr. Sie hatte sich nie geirrt. Aber wenn die Uhr des Leutnants – noch sein Vorgesetzter – zwei Minuten nachging, so war die Uhr des Leutnants maßgebend. Es gab da keinen Widerspruch. Der Untergebene irrt immer. Nach dem Manöver, wenn man selbst Leutnant war, würde man mit Leutnant Petermann die Uhren abstimmen. Vielleicht einigte man sich auf eine Differenz von einer Minute.

Aus den Quartieren kamen die Soldaten. Die Kaffeeholer trabten mit großen Blechkannen zur Gemeindescheune, wo die Feldküche installiert war. Die ersten Bäuerinnen und Mägde gingen zu den Ställen, das Vieh zu versorgen. Einige Zurufe, die die Kaffeeholer den Mädchen zuwarfen, erregten das Mißfallen Schützes. Durch den aufreißenden Nebel kam Leutnant Petermann ins Dorf geritten. Er hatte den feldgrauen Überzug seiner Pickelhaube abgenommen. Die ersten, durch den milchigen Himmel brechenden Sonnenstrahlen verfingen sich in dem goldenen Adler, der die Stirnseite krönte. Heinrich Emanuel Schütze biß die Zähne aufeinander.

Er sieht aus wie ein Offizier des Gardes du Corps, dachte er. Er ist ein Angeber. Außerdem ist er mit einer Bürgerlichen verheiratet, mit einer Gemüsehändlerstochter. Die Leute haben zwar Geld, aber keine Rasse. Wie anders war da Amelia v. Perritz, zweite Tochter des Freiherrn v. Perritz auf Perritzau. Er hatte sie bei einer Außenübung des Grenadierregiments König Friedrich Wilhelm II. Nr. 10 kennengelernt, damals, in der Umgebung von Schweidnitz, wo er in Garnison lag. Beim kleinen Manöverball wurde er ihr vorgestellt, hatte mit Amelia getanzt, sie viermal heimlich getroffen und einmal auf die Stirn geküßt. Drei Wochen hatte er damals damit verbracht, sein aufgeregtes Inneres zu besänftigen, mit Vater und Mutter in Breslau über seine geheimsten Pläne zu korrespondieren, seine Aufstiegsaussichten auszurechnen und schließlich an Amelia v. Perritz einen langen Brief zu schreiben, der mit »Gnädigste, bewundernswerteste, ersehnte Freundin« begann und mit »immer Ihr untertänigster, kühner und nach Antwort durstender H. E. Schütze« endete.

Nun fanden die Kaisermanöver 1913, die großen Herbstprüfungen der deutschen Armee, in Schlesien statt. Es war ein Glücksumstand, daß das 1. Schlesische Regiment Nr. 10 in und um Trottowitz lag, vier Kilometer vom Gut der Perritz entfernt. Es war für Heinrich Emanuel ein besonderer Ansporn: Unter den Augen Amelias würde er zum Leutnant werden und damit den Wert erreichen, um ihre Hand anzuhalten.

Leutnant Petermann ritt vorbei. Er wollte zur Schreibstube. Schütze grüßte stramm. Petermann straffte die Zügel und ließ das Pferd vor Heinrich Emanuel tänzeln.

»Wissen Sie schon das Neueste, Schütze?« fragte er, ein wenig hochmütig, wie es Schütze vorkam.

»Nein, Herr Leutnant.«

»Vom Kommandeur ist der Befehl gekommen, daß Sie mit unserer 2. Kompanie einen Angriff auf die Füsiliere der blauen Gruppe führen sollen. Oberst v. Fehrenberg und Hauptmann Stroy werden selbst als Schiedsrichter dabeisein. Ich gratuliere, Schütze. Ein Angriff unter den Augen Seiner Majestät –«

»Gehorsamsten Dank, Herr Leutnant.« Petermann winkte noch einmal und ritt weiter. Er ließ Heinrich Emanuel in unbeschreiblicher Stimmung zurück.

Während in den Quartieren bereits gesungen wurde, der Kaffee ausgeteilt war und die ersten Viehherden durch das Dorf auf die Weiden getrieben wurden, saß Schütze in seinem Zimmer und studierte noch einmal im »Exerzierreglement für die Infanterie« das Kapitel »Angriff mit blanker Waffe« und »Erstürmung einer feindlichen Stellung«. Er las so lange, bis der Hornruf »Sammeln« ertönte. Mit knurrendem Magen, ohne Kaffee, bleich, rannte Schütze auf den Dorfplatz, wo die 2. Kompanie sich aufstellte. Leutnant Petermann stand mit dem Spieß in der Haustür der Schreibstube. Ein Vizefeldwebel ließ die Kompanie antreten und sich ausrichten. Der Nebel über den Feldern und Wäldern war von der Sonne aufgesaugt worden ... strahlend fiel das Blau des Himmels über die Landschaft. Die Dorfjugend umstand den Marktplatz, Mägde und Frauen sahen aus den Ställen oder den Stubenfenstern, die Bauern, längst gedient, gaben laute Ratschläge, wie man sich beim Manöver drücken könnte, wenn man »erschossen« spielte.

Um 8 Uhr ritt Hauptmann Stroy in Trottowitz ein. Leutnant Petermann meldete die angetretene Kompanie. Einige Mädchen klatschten in die Hände, weil das »Augen gerade aus!« klappte, als zöge man an der Strippe eines Hampelmannes.

»Unsere Kompanie hat die Ehre«, sagte Hauptmann Stroy mit heller Stimme, »heute Seiner Majestät, dem Kaiser, gegenüberzuliegen. Wir werden einen Sturmangriff auf die Gruppe Blau, die Seine Majestät befehligt, unternehmen. Majestät wird mit seinen Truppen dann einen Gegenstoß unternehmen. Wir kämpfen also unter den Augen des Kaisers, Leute! Wir haben die Ehre, heute zu zeigen –«

Heinrich Emanuel Schütze hörte nicht mehr, was Hauptmann Stroy weiter erzählte. Von Süden her, von Gut Perritzau, kam ein leichter Jagdwagen die Straße nach Trottowitz herauf. Zwei Damen saßen in ihm ... ihre großen weißen, mit Blumen garnierten Hüte und ihre weißen Spitzenkleider leuchteten weithin. Der Mann auf dem Kutschbock, in einem grünen Jagdanzug, mit langem, schwarzem Bart, ließ die Peitschenschnur über die beiden braunen, glänzenden Pferdekörper schnellen, ohne sie zu berühren.

Die Familie v. Perritz ... Amelia mit Vater und Mutter. Sie kamen, um ein wenig Manöverluft zu atmen. Sie fuhren ins Dorf, gerade, als Hauptmann Stroy mit heller Stimme rief:

»Herr Fähnrich Schütze...!«

Heinrich Emanuel trat vor. Er hörte, wie der Wagen seitlich der angetretenen Kompanie hielt, er vernahm das Schnauben der Pferde, er spürte den Blick Amelias im Nacken, er fühlte sich von den Augen des Freiherrn v. Perritz durchlöchert.

»Sie übernehmen ab sofort auf Wunsch des Kommandeurs die Kompanie!« hörte er Hauptmann Stroy sagen. »Im Manövergebiet werden Sie Ihre Befehle bekommen! Bitte, übernehmen Sie die Kompanie!«

Heinrich Emanuel grüßte. Er sah, wie Hauptmann Stroy vom Pferd sprang, die Zügel seinem Burschen zuwarf und auf die Damen Perritz zuging. Er küßte ihnen die Hand, er hielt die Hand von Amelia länger fest, als es üblich war...

»Kompanie herhören!« brüllte Heinrich Emanuel. Zum erstenmal in seinem Leben brüllte er. Schau hierher, Amelia, dachte er dabei. Ich führe die 2. Kompanie. Und ich werde im Manöver siegen ... ich werde die Blauen erobern und den Gegenstoß abfangen, ich werde unter den Augen Seiner Majestät beweisen, wer ich bin. Und ich werde nach dem Manöver zu deinem Vater kommen und –

»In einer halben Stunde steht die Kompanie feldmarschmäßig wieder angetreten hier!« brüllte er. »In die Quartiere – weggetreten!«

Während die 150 Grenadiere auseinandersprützten, um zu packen und die Waffen zu fassen, stand er allein auf dem sich leerenden Marktplatz, dort, wo er hingestellt worden war, um zu kommandieren. Er stand in der Sonne, bleich, frierend, die linke Hand um den Säbelknauf gekrallt. Freiherr v. Perritz sprach mit Hauptmann Stroy und Leutnant Petermann. Frau v. Perritz lachte einmal laut. Amelia war von den breiten Schultern Stroys verdeckt, aber ab und zu stellte sie sich auf die Zehenspitzen und blickte zu Heinrich Emanuel hinüber. Er nahm es wahr, fühlte sich auf einmal glücklich und ging, wie eine aufgezogene Puppe, mit durchgedrücktem Rücken in sein Quartier.

»Seine Majestät wird selbst den Angriff befehlen, sagt man«, berichtete Freiherr v. Perritz. »Und König August von Sachsen und König Konstantin von Griechenland werden auf dem Feldherrnhügel stehen und die Schlacht beobachten. Vierunddreißig ausländische Attachés sind zugegen ... Seine Majestät will die Schlagkraft der deutschen Armeen demonstrieren. Es scheint so, als ob es stinkt, meine Herren.«

»Aber, aber ...«, sagte Hauptmann Stroy. »Wer in der Welt könnte unseren Soldaten widerstehen? Das weiß doch jeder.«

»Frankreich erhöht sein stehendes Heer von 545 000 Mann auf 690 000! Rußland hat seine Friedensstärke von 1 800 000 auf – staunen Sie, meine Herren – 2 300 000 Mann erhöht. Ich habe es in der ›Vossischen Zeitung‹ gelesen.«

»Es sind bloße Zahlen, Herr Baron.« Hauptmann Stroy sah dem weggehenden Schütze nach. »Wir haben jetzt 25 Armeekorps mit zusammen 785 000 Mann. Soviel hat das Deutsche Reich noch nie unter den Waffen gehabt. Warten Sie den Ausgang des Manövers ab, Herr Baron ... man wird sich im Ausland hüten, irgendwelche Träume zu Ende zu träumen, wenn man dieses Manöver gesehen und richtig verstanden hat. Verlassen wir uns auf den Weitblick Seiner Majestät.«

Vor den Quartieren sammelten sich die feldmarschmäßig ausgerüsteten Soldaten. Die Zugführer kontrollierten noch einmal die Uniformen und Waffen, bevor sie zum Antrittsplatz marschieren ließen. Die Damen v. Perritz stiegen wieder in den Jagdwagen. Man wollte hinaus ins Manövergelände fahren. General v. Linsingen, der Kommandeur des Zweiten Armeekorps, hatte Baron v. Perritz eingeladen, die Schlacht von seinem Befehlsstand aus zu beobachten.

Fähnrich Heinrich Emanuel Schütze saß, seine silberne Uhr in der Hand, an der Tür seines Quartierzimmers. Noch zehn Minuten ... noch sieben Minuten... noch fünf... Durch das geöffnete Fenster hörte er die Kompanie antreten, sich ausrichten, dreimal Stillstehen üben.

Schütze erhob sich. An der Tür dachte er noch rechtzeitig daran, daß seine Uhr zwei Minuten Differenz zur Uhr des Leutnants aufwies. Er wartete sie ab und trat Punkt 8 Uhr 45 aus dem Haus, ging schnellen Schrittes zum Marktplatz und ließ sich die Kompanie melden.

Die Familie v. Perritz war weggefahren. Hauptmann Stroy ritt aus dem Dorf ... er trug bereits die Streifen des Schiedsrichters. Von Leutnant Petermann war nichts zu sehen. Fähnrich Schütze war allein mit seiner Kompanie.

»Herhören!« sagte er laut. »Wir haben eine große Aufgabe vor uns. Denkt daran, was wir gelernt haben: Im Verein mit der Artillerie kämpft die Infanterie durch ihr Feuer den Gegner nieder. Sie allein bricht seinen letzten Widerstand. Sie trägt die Hauptlast des Kampfes und bringt die größten Opfer. Dafür winkt ihr aber auch der höchste Ruhm.«

Die 150 Grenadiere blinzelten mit den Augen Zustimmung. Fähnrich Schütze kannte wie kein anderer das Exerzierreglement auswendig. Er war ein schneidiger Hund.

Zehn Minuten später marschierte die 2. Kompanie singend aus Trottowitz hinaus.

Die Sonne spiegelte sich in ihren gelben Achselklappen, die roten Bänder um den Helmen sahen aus wie 150 durchgeblutete Verbände. In den Türen standen die Mädchen und winkten.

> »Luise, Luise, wisch ab dein Gesicht,
> eine jede Kugel, die trifft ja nicht ...«

sangen die Grenadiere. Unter ihren Stiefeln quoll der erste Staub auf. Die Morgenfeuchtigkeit war aufgesogen ... es würde ein heißer Tag werden.

Fähnrich Schütze marschierte an der Spitze. Als Kompanieführer steht mir eigentlich ein Pferd zu, dachte er. Aber was macht's? Ob zu Pferde oder zu Fuß ... es ging in die Schlacht. Es ging dem Sieg entgegen.

»Noch ein Lied!« kommandierte Heinrich Emanuel.

Zehn Kilometer weiter stand Kaiser Wilhelm II. auf einem Hügel und überblickte mit einem Scherenfernrohr das Manöverfeld. König Konstantin von Griechenland unterhielt sich leise mit Kriegsminister v. Falkenhayn. Der Chef des Generalstabs, Generaloberst Helmuth v. Moltke, erklärte dem König von Sachsen, Friedrich August III., die strategische Lage des Tages.

»Isch sähe nischts«, sagte die sächsische Majestät. »Aber 'n scheener Tag ist's ...«

Unten, in der Senke, stellte sich – mit blauen Bändern um den Helmen – das Königin-Augusta-Garde-Grenadierregiment Nr. 4 aus Berlin auf.

Der Gegner Heinrich Emanuel Schützes.

Um 11 Uhr begann die Schlacht.

Kaiser Wilhelm II. stand, den Aufmarschplan in der Hand, vor dem Scherenfernrohr und beobachtete den Angriff der roten Truppen. Seitlich von ihm, in einer offenen Kalesche, saß Kaiserin Auguste Viktoria mit zwei Prinzessinen v. Pleß. Sie tranken Kaffee.

Die ersten Salven der Artillerie zitterten durch die Luft. Am Horizont ritten Kürassiere eine Attacke. Vier Doppeldecker der 1912 neu geschaffenen Fliegergruppe kreisten über dem Manöverfeld. Von den noch in Ruhe liegenden Truppen wurden sie jubelnd begrüßt. Wie unschlagbar Deutschland ist, dachte jeder. Flieger in der Luft, diese Artillerie, der Schneid der Kavallerie und unsere Königin, die Infanterie ... wer wagt es, uns anzugreifen?

Irgendwoher schallte hundertstimmiges »Hurra!« durch die Sonnenglut. Ulanen und Husaren drangen in eine Fußartilleriestellung ein. Die roten Truppen wankten ...

Auf dem Feldherrnhügel sah Kaiser Wilhelm II. stolz auf die von ihm geführten blauen Truppenverbände. Die Schlacht verlief, wie der Generalstab und er geplant hatten. Hunderte Kuriere waren unterwegs, die Truppen zu bewegen. Ruhig, sachlich gab der Kaiser seine Befehle. Der König von Sachsen und der König von Griechenland standen hinter ihm.

»Een scheenes Bild«, sagte Friedrich August. »Nur zuviel knallen dud's!«

Einen Kilometer weiter, noch unbemerkt von den Scherenfernrohren der Majestäten, marschierte Heinrich Emanuel Schütze heran.

Um elf Uhr dreiundzwanzig Minuten sollte er mit seiner 2. Kompanie in die Schlacht eingreifen ...

Schon beim Einrücken in die vorbereitete Stellung, die Hauptmann Stroy als Schiedsrichter anwies, bemerkte Fähnrich Schütze, daß zu beiden Seiten der »roten Stellung« die Lage nicht sehr günstig stand. An den Flanken wurde geschossen, starkes Artilleriefeuer erfüllte den sonnigen Tag, über einen Hügel sah er durch sein Fernglas eine Eskadron Kürassiere im vollen Galopp eine »rote« Infanteriestellung nehmen. Es war offensichtlich, daß die Gruppe Blau mit größeren Chancen kämpfte und den Sieg an sich riß.

Oberst v. Fehrenberg ritt mit drei anderen Offizieren im Kriegsgetümmel herum und winkte den Truppen zu, die als »aufgerieben«, »gefallen« oder »überrollt« aus der Manöverschlacht gezogen wurden und sich irgendwo in Senken oder an Waldrändern zur Ruhe niederließen. Drei Angriffslinien wurden von rasendem Maschinengewehrfeuer empfangen und sofort für »tot« erklärt.

Für Schütze blieb keine lange Zeit der Überlegung übrig. Schon sah er, wie ihm gegenüber die Wellen des Königin-Augusta-Garde-Grenadierregiments Nr. 4 auf ihn zubrandeten. Ihre weißen Achselklappen, die weißen Ärmelpatten leuchteten in der Sonne ... der Hornist vor den Linien schmetterte, Trommeln wirbelten ... Die Hauptleute und Leutnante rannten ihren Truppen mit hocherhobenem, blankem Degen voraus und brüllten »Hurra! Hurra!«, Fahnen wehten, Rauchwölkchen quirlten auf ... es war ein kraftvolles, kriegerisches Bild deutschen Angriffsgeistes und heldenmütiger Todesverachtung.

Heinrich Emanuel Schütze war ein wenig verwirrt. Er war ganz allein auf sich gestellt. Er hatte keine Instruktionen, es war keiner da, der befahl und für ihn dachte. Aber er war in einen Krieg hineingestellt worden, der zwar nur gespielt war, aber als Ernstfall betrachtet werden wollte. Und seine Majestät stand irgendwo auf einem Hügel und beobachtete, wie sich ein junger Fähnrich im Ernstfall benehmen würde, wenn er von feindlichen Truppen in drei Wellen angegriffen wurde.

Die 2. Kompanie lag in Schützenlinie am Rande eines Waldes und starrte auf die angreifenden Gardegrenadiere. Zwei Feldwebel lagen neben Heinrich Emanuel und sahen ihn nachdenklich an.

»Die überrollen uns – und der Krieg ist für uns aus«, sagte einer von ihnen.

»Sie werden nicht näher kommen!« Schütze überblickte seine Kompanie. Ein Gedanke kam ihm, ganz plötzlich, wie ein Blitz, der durch die Hirnwindungen raste. »Bilden Sie Gruppen!« schrie er den Unterführern zu. »Jede Stube eine Gruppe ... und dann vorwärts marsch-marsch in Sprüngen. Abstand pro Gruppe zehn Meter! Tief gestaffelt! Und konzentriertes Feuer auf den Gegner. Durchsagen!«

Durch die wartende 2. Kompanie lief ein Raunen. Am Ende der Schützenlinie hob ein Vizefeldwebel den Arm. Durch, sollte es heißen. Befehl verstanden.

Fähnrich Schütze wartete noch ein paar Sekunden. Die Gardegrenadiere aus Berlin stürmten heran, ihre Offiziere schwangen siegessicher die Säbel, Hornist und Trommler jubelten ... In diesem Augenblick hob Heinrich Emanuel den Arm. Aus dem Waldrand sprangen, auseinanderspritzend und Feuerinseln auf dem Feld bildend, die schlesischen Grenadiere und empfingen die verblüfften Berliner mit einem rasenden Feuer.

Die Offiziere vor den Linien erstarrten. Hornist und Trommler verstummten. Die Angriffswellen blieben stehen und sahen zu den »roten« Gegnern, die entgegen aller Tradition in kleinen Gruppen, wie flüchtende Hasen, hin und her sprangen, sich hinwarfen, schossen, vorwärts rannten, im Zickzack auf sie zukamen und wieder, liegend, kaum sichtbar, das Feuer eröffneten.

Generalleutnant v. Surrenkamp, der einen Kilometer hinter den Gardegrenadieren aus Berlin die Schlacht beobachtete, umklammerte sein Scherenfernrohr und winkte eine Ordonnanz heran.

»Welcher Idiot liegt da drüben?« brüllte er. »Haben wir Manöver oder spielen wir Blindekuh? Reiten Sie sofort 'rüber und machen Sie den Weg frei für die Angriffswellen!«

Oberst v. Fehrenberg und Hauptmann Stroy, die als Schiedsrichter durchs Gelände ritten, kamen im gestreckten Galopp über das Feld gerast, als Fähnrich Schütze seine Kompanie mit aufgepflanzten Bajonetten zum Gegenstoß ansetze und in die Linien der Berliner Grenadiere hineinstieß.

Die Verwirrung war ungeheuerlich. Von allen Seiten liefen die Offiziere zusammen und brüllten auf Schütze ein, der schweißtriefend, aber im Bewußtsein seines Rechts inmitten schreiender und gestikulierender Uniformen stand.

»Sie Pflaume!« schrie Oberst v. Fehrenberg und drängte sich mit seinem keuchenden Pferd durch die Menge. »Wer hat Ihnen befohlen, hier solche Idiotie zu machen? Sie melden sich nach dem Manöver bei mir! Vor den Augen des Kaisers eine solche Blamage! Was haben Sie sich dabei gedacht?«

»Ich hatte den Befehl, zu siegen, Herr Oberst!« sagte Schütze laut.

»Sie?! Sie sollten siegen?! Ihnen steht Seine Majestät gegenüber! Wenn Majestät einen Angriff seiner Truppen befiehlt, hat kein Idiot gegen ihn zu siegen! Wissen Sie das nicht?«

»Es wurde angenommen, daß hier ein Ernstfall...«

»Halten Sie den Mund! Die Kompanie übernimmt Leutnant Petermann! Sie sind tot!« Oberst v. Fehrenberg wandte sich an die Offiziere der Berliner Gardegrenadiere. »Wenn Majestät noch nichts gemerkt hat, lassen Sie bitte weiter angreifen. Wenn Sie den Wald erreicht haben, werde ich Herrn Generalmajor v. Puttwitz Ihren Sieg melden.«

Er rückte seine Schiedsrichterbinde zurecht, sah noch einmal vernichtend auf den strammstehenden Fähnrich Schütze und ritt dann schnell aus der Kampflinie.

Das Manöver ging weiter. Die 2. Kompanie wurde an den Waldrand zurückgezogen, die Berliner Grenadiere eroberten die Stellung, auf allen Seiten tönte das siegreiche Hurra der blauen Truppen.

Im Rücken des Siegers saß Fähnrich Schütze allein auf einem Baumstumpf. Er hatte den Helm abgenommen, den Uniformkragen aufgeknöpft und wischte sich mit einem großen Taschentuch den Schweiß vom Kopf und aus dem Nacken.

Er verstand nicht mehr, was um ihn herum geschah. Hauptmann Stroy, der einmal nahe an ihm vorbeiritt, übersah ihn, als sei er ein Haufen Pferdemist. Selbst Leutnant Petermann, der nach dem Überrollen seiner Kompanie Zeit genug hatte, als »Toter« Freunde in den Nachbareinheiten zu besuchen, machte einen Bogen um die einsame Gestalt auf dem Baumstumpf.

Was habe ich getan, grübelte Heinrich Emanuel Schütze. Ich habe gesiegt ... das ist die ganze Schuld. Ich habe meine Kompanie nicht mehr in Schützenlinie ins Feuer geschickt, sondern in Gruppen. Das spart Verluste, jeder mußte es doch einsehen. So wie die Gardegrenadiere aus Berlin angriffen, hatten schon die Soldaten des Großen Kurfürsten gestürmt, die Armeen Friedrich des Großen, die Truppen von 1866 und 1870/71 ... in Linie, eng aufgeschlossen, vorweg Hornist und Trommler, dann Offiziere mit den Fahnenträgern. Welche Ziele gaben sie ab. Man brauchte ja gar nicht mehr zu zielen ... man konnte hinschießen, wohin man wollte... in dem Wall der anstürmenden Leiber fand man immer ein Ziel. So durfte man stürmen, als man noch für jedes Laden des Gewehrs fünf Minuten brauchte ... mit Pulverhorn, Kugel, Kugelstößer und zu spannendem Hahn. Aber heute, bei den schnell feuernden Gewehren?

Fähnrich Schütze erhob sich und setzte seinen Helm wieder auf. Sein rundes Gesicht war irgendwie starr, trotzig und kampfbereit. So begegnete er Leutnant Petermann, der von einem Besuch zurückkam.

»Na, Sie Kaiserschreck?!« lachte Petermann und winkte. »Wenn die Manöverkritik kommt, stopfen Sie sich Watte in die Ohren. Ich möchte nicht erleben, was Ihnen bevorsteht.«

»Ich werde eine Denkschrift verfassen!« rief Schütze dem wegreitenden Leutnant nach. Seine Stimme überschlug sich vor Erregung. »Eine Denkschrift über moderne Kriegsführung.«

Das helle Lachen Petermanns flatterte zu ihm herüber. Er biß die Zähne aufeinander, rückte seinen Helm gerade und ging weiter, dem Waldrand zu, wo die 2. Kompanie als »gesamt tot« im Schatten lag und am Morgen in Trottowitz gefaßte Butterbrote aß.

»Ich bin im Recht«, sagte Schütze vor sich hin. Bei jedem Schritt ... zwanzig-, dreißigmal ... »Ich bin im Recht.«

Hauptmann Stroy kam ihm vom Waldrand entgegen. Neben ihm gingen zwei Damen in langen, weißen Spitzenkleidern und mit riesigen garnierten Hüten auf den schmalen Köpfen. Um Heinrich Emanuels Augen flimmerte es, das Blut rauschte in seinen Schläfen. Er taumelte fast. Warum muß Amelia gerade jetzt hier sein, dachte er und kam sich hundserbärmlich vor. Und ihre Mutter auch. »Sie sind tot!« hatte ihn Oberst v. Fehrenberg angebrüllt. Das hatte er abgeschüttelt wie Wasser vom Wachstuch. Aber was jetzt kommen mußte, war ein wirklicher Tod. Vor den Augen und Ohren Amelias würde sich Hauptmann Stroy nicht zurückhalten, seinen kleinen, lächerlichen Fähnrich in den Boden zu stampfen.

»Schütze! Kommen Sie mal her!« schrie Hauptmann Stroy mit seiner hellen Stimme. »Und ein bißchen flotter, wenn ich bitten darf...!«

Heinrich Emanuel nahm seinen Säbel in die Hand und rannte über das Schlachtfeld auf seinen Hauptmann zu. Sein Helm schwankte etwas, er stolperte sogar über eine verlorene Feldflasche, er sah von weitem aus wie ein hüpfender Frosch. Er wußte, wie lächerlich er jetzt wirkte, und er wußte, warum ihn Hauptmann Stroy so laufen ließ.

»Ich bin tot«, dachte Schütze während er keuchend rannte. »Ich bin wirklich tot... aber ich habe recht. Sind alle, die recht haben, immer in der Nähe des Todes...?«

Auf dem Feldherrnhügel beobachteten die kaiserlich-königlichen Gäste den Fortgang der großen Schlacht. Kaiserin Auguste Viktoria hatte sich selbst an ein Scherenfernrohr gestellt und ließ sich von Generaloberst v. Moltke die Lage und den unaufhaltsamen Siegeslauf der kaiserlichen Truppen erklären. Ab und zu sah sie zu Wilhelm II. hinüber, der König Friedrich August von Sachsen, dem österreichischen Thronfolger Franz Ferdinand und König Konstantin von Griechenland auf einer Karte, die zwei Leibkürassiere ausgebreitet hielten, die Bewegungen der Truppen zeigte und dazu taktische Erläuterungen gab. Vor allem das Eingreifen der neuen Fliegertruppe war eine militärische Sensation. Die »scheenen Vöchel«, wie König Friedrich August sie nannte, gingen im Tiefflug herunter mit vernichtendem Maschinengewehrfeuer und zermürbten die Moral der Truppen. Selbst die bisher gut versteckte und nur mit Direktbeschuß zu vernichtende schwere Artillerie wurde von ihnen attackiert und ausgeschaltet. Eine neue, schreckliche Waffe war geboren... und die Welt sah zu, wie unbesiegbar Deutschland geworden war.

In diesem Hochgefühl kriegerischer Kraft bemerkte der zur persönlichen Verfügung Seiner Majestät auf dem Feldherrnhügel stehende General v. Scholl die verhängnisvolle Entwicklung auf dem linken Flügel. Der Angriff der Königin-Augusta-Grenadiere stockte ... die Wellen standen plötzlich ... und vor diesen Wellen hüpften Gruppen der gegnerischen Infanterie durch das gewellte Gelände und beschossen ganz klar die siegenden kaiserlichen Verbände.

Über das Gesicht General v. Scholls lief ein schnelles, nervöses Zucken. Sein gepflegter Schnurrbart fing die Schweißtröpfchen auf, die plötzlich unter seinem Helm hervor über das dicke Gesicht liefen. Er schielte zu Kaiser Wilhelm II. hinüber und bemerkte mit Erschrecken, daß der Kaiser sein Scherenfernrohr gegen den linken Flügel drehte.

Es war zu spät, die Majestät abzulenken und auf die Mitte hinzuweisen, wo Ulanen eine herrliche Attacke ritten. Auf dem rechten Flügel gingen die »roten« Truppen fluchtartig zurück. General v. Scholl verließ eilig sein Scherenfernrohr und eilte auf Kaiser Wilhelm II. zu.

Der Kaiser sah ruhig auf den Flecken, den der kleine Fähnrich Schütze durch einen einzigen Gedanken in das große Manövergemälde gemalt hatte. Einen Flecken, den noch niemand bemerkte, weil er im Gesamtbild unbedeutend war, der aber peinlich werden würde, wenn der linke Flügel in völlige Verwirrung geraten sollte.

»Majestät, ich werde sofort den Schuldigen feststellen und zur Rechenschaft ziehen lassen«, sagte General v. Scholl mit empört zitternder Stimme. »Ich versichere Eurer Majestät, daß dieser Vorfall –«

Kaiser Wilhelm II. winkte ab. Er sah noch einmal auf die steckengebliebenen Angriffswellen der Gardegrenadiere und schwenkte die Okulare des Fernrohrs hinüber zum siegreichen rechten Flügel.

Seine Stimme war ruhig, klar und hell wie immer, nur in seinen kleinen Augen lagen Bosheit und beleidigender Stolz.

»Bitte mir den Betreffenden vorzustellen.«
»Sofort, Majestät.«
»Nach der Manöverkritik. Welche Truppe?«
»Wird sofort festgestellt, Majestät.«
»Die Kommandeure auch zu mir!« Der Kaiser wartete nicht mehr die bejahende Antwort des Generals v. Scholl ab. Er wandte sich ab, ging hinüber zu König Friedrich August von Sachsen und faßte ihn am Ärmel des Uniformmantels.

»Lieber Vetter«, sagte er, »was halten Sie von den neuen Kruppschen Geschützen?«

Der König von Sachsen nickte begeistert.
»Se bumsen laut«, sagte er fröhlich.

»Das hättest du nicht tun dürfen. Bestimmt nicht. Mama ist ganz entsetzt, und Papa nennt dich einen Hohlkopf.«
Amelia v. Perritz sagte es mit einer gedämpften, aber um so eindringlicheren Stimme. Sie saßen hinter einem hohen und dichten Haselnußstrauch, hielten sich an den Händen, als seien sie müde vom Reigentanzen und waren in einer dumpfen, fast schon verzweifelten Stimmung.
Das Manöver ging weiter. Die »Toten« hatten Ruhe, lagen im Schatten herum, spielten Skat, kochten Tee, inspizierten die Feldküchen oder lasen in Zeitungen, die von Hand zu Hand gingen.
Jahrhundertfeiern in ganz Deutschland. Der Sieg der Koalition 1813 über Napoleon war noch immer eine preußische Glorie. In Breslau sollte die Jahrhunderthalle in Anwesenheit des Kaisers eröffnet werden. Aber Wilhelm II. hatte abgesagt. Weil ein Feststück von Gerhart Hauptmann gespielt werden sollte. »Dieser Hauptmann«, soll Majestät gesagt haben, »und ich? Unter einem Dach? Verzichte.«
In Österreich sprach man von einer neuen Krise mit Serbien.
Die ersten Bilder vom Privatleben Viktoria Luises waren erschienen. Im Mai 1913 hatte sie Ernst August Herzog von Braunschweig und Lüneburg, Prinz von Großbritannien und Hannover geheiratet. Sie schien glücklich zu sein. Sie lächelte auf allen Bildern. Und mit ihr lächelte das ganze deutsche Volk.
In Paris herrschte als neuer Präsident Poincaré. Er liebte die Deutschen nicht und vergaß ihnen 1871 nicht.
Es waren wirklich interessante Zeitungen, zum Teil voll Sorge. Auch das laufende Manöver wurde erwähnt. »Eine Warnung an die Welt«, schrieb ein Korrespondent. »Die deutsche Wehr ist ehern.«
»Ich habe nur mein Recht vertreten«, sagte Heinrich Emanuel Schütze und zupfte den feldgrauen Überzug seines Helmes gerade. »Ich hatte den Auftrag –«
»Papa war entsetzt.« Über dem schmalen, fast noch kindlichen Gesicht Amelia v. Perritz' lag ein Schatten von Melancholie und Trauer. »›Wie kann man Majestät so düpieren!‹ sagte er. ›Der Fähnrich kann sich nach einem Zivilanzug umsehen.‹« Sie nahm die schlaffe Hand Schützes und legte sie in ihren Schoß. »Du solltest sie alle um Verzeihung bitten, Heinrich.«

»Um Verzeihung bitten? Kind – welche militärischen Begriffe hast du.« Schütze setzte seinen Helm auf. Gleich darauf nahm er ihn wieder ab und legte ihn ins Gras. Er wußte kaum noch, was er tat. »Ich hatte mir alles so schön gedacht, Amelia. Nach dem Manöver sollte ich Leutnant werden ... ich wäre dann zu deinem Vater gegangen und hätte gesagt –«

Sie legte ihm die schmale Hand auf den Mund und schüttelte den Kopf. »Nicht davon sprechen, Heinrich. Warum wollen wir es uns so schwermachen –«

»Schwermachen? Was?« Er starrte sie bleich an.

»Das –«

»Was ... das ...?«

»Papa wird dich gar nicht anhören. Mama ... für die bist du Luft. Sie denkt an Hauptmann Stroy und hat ihn zu einem privaten Manöverball auf unser Gut eingeladen. ›Ihr müßt euch näherkommen, Kinder‹, hat sie vorhin gesagt.«

»Stroy sieht aus wie ein Nußknacker«, sagte Schütze bitter. »Aber er ist Hauptmann.« Er faßte beide Hände Amelias und zog sie an seine Brust. »Einmal werde auch ich Hauptmann sein. Einmal wird man auch zu mir sagen: Es ist uns eine Ehre, Sie bei uns zu sehen. Einmal werde auch ich aus dieser widerlichen Anonymität heraussteigen und jemand sein, zu dem man aufblickt. Ich liebe dich, Amelia, und ich liebe die Uniform und ich weiß, was es heißt, ein deutscher Offizier zu sein ... Aber wenn ich im Recht bin, dann ...« Er nickte, als sie etwas sagen wollte und drückte ihre kalten Handflächen gegen seine zitternden Lippen. »Willst du, daß wir uns nie mehr sehen?«

Amelia v. Perritz schüttelte den Kopf. Aber ihre Augen sagten etwas anderes, als ihr Kopf andeutete.

»Was wird nach dem Manöver sein, Heinrich? Du kommst zurück nach Schweidnitz. Wie sollen wir uns sehen? Immer ist Mama dabei ...«

»Ich werde dir schreiben. Postlagernd.«

»Wenn Papa deine Briefe findet, steckt er mich in ein Internat.«

»Dann werde ich dich dort mit der Waffe in der Hand herausholen.«

»Warum phantasieren wir?« Sie legte den Kopf an seine Schulter und schloß die Augen. »Laß uns die wenigen Minuten träumen. Gleich wird Mama mit dem Wagen zurück sein. Sie holen für die Offiziere Wein. Dann werden wir uns nicht mehr sehen ... lange, lange Zeit nicht mehr ...«

»Aber ... du wirst nie aufhören, mich zu lieben?« fragte er stokkend.

»Nie – aber es ist so aussichtslos, Heinrich ...«

»Vielleicht ist der Kaiser überzeugt, wenn ich ihm meine Denkschrift gebe.«

»Die Denkschrift. Laß es doch sein. Sie werden dich auslachen. Ein Fähnrich sagt den Generalfeldmarschällen, wie man angreifen soll. Sie werfen dich einfach hinaus.« Sie legte den Arm um seine Schulter. Es war eine zärtliche Bewegung, ein Ausdruck der Verbundenheit, der ihn ergriff und ratlos machte. »Ich will aber nicht, daß man dich auslacht. Ich weiß, wie lieb und gut du bist ... Du darfst nur nicht immer recht haben wollen, du darfst nicht immer denken, die Welt dreht sich so, wie du sie siehst. Sie ist anders, ganz anders ... Auch ich weiß nicht, wie sie ist ... Wir dürfen in ihr leben, ist das nicht genug? Und wenn wir uns in ihr lieben dürfen, wird sie ein Paradies sein ...«

»Sie ist ein Paradies«, sagte Heinrich Emanuel fast feierlich. Dann nahm er den schmalen Kopf Amelias zwischen seine Hände und küßte sie lange, vorsichtig, als sei sie zerbrechlich, und mit geschlossenen Augen, um seine schreckliche Umgebung nicht bei diesem Kusse zu sehen.

»Schönen guten Tag!« sagte über ihnen eine Stimme. Sie fuhren wie zwei ertappte Diebe auseinander und starrten den dichten Haselnußbusch hinauf. Über den oberen Zweigen glotzten zwei Pferdeaugen auf sie herab. Darüber schwebte, scharf gezeichnet gegen den blauen Herbsthimmel, das Gesicht Leutnant Petermanns.

»Der Kaiser will Sie sprechen, Fähnrich«, sagte er schnarrend. Und dann – gehässig, langgezogen: »Melden Sie sich bei Herrn Hauptmann, wenn Sie Ihren – ehem – zweiten Manöversieg genug gefeiert haben.«

Das Gesicht Petermanns verschwand, der Pferdekopf raschelte durch die Zweige zurück. In leichtem Trab entfernte sich der Reiter.

Heinrich Emanuel Schütze umklammerte seinen Helm und riß an dem feldgrauen Überzug. »Ein Schwein ist er! Ein richtiges Schwein!« stöhnte er. »Wenn ich auch Leutnant wäre, würde ich ihn fordern. Auf Säbel! Ich würde –«

»Geh erst zum Kaiser.« Amelia v. Perritz erhob sich, strich ihr Spitzenkleid gerade und zupfte einige Grashalme aus den geklöppelten Mustern. »Bitte ihn um Gnade, Heinrich –«

»Ich werde –«

»Bitte ihn ...«

»Wenn ich recht habe –«

»Denk nur daran, daß wir uns lieben. Daß ich dich liebe.«

Er nickte, setzte seinen Helm auf das blonde Haar, schob das Koppelschloß gerade, rückte den Schlepper an die Seite und ging hocherhobenen Hauptes um den Haselnußstrauch herum.

Leutnant Petermann und Hauptmann Stroy standen in einiger Entfernung zusammen. Es war, als hätten sie ihn erwartet. Ob Petermann es ihm gesagt hat, das mit Amelia und mir? dachte Schütze.

Mit schnellen Schritten ging er auf sie zu. Drei Schritte vor ihnen blieb er stehen, grüßte und sagte mit heller Stimme, als kommandiere er und nicht die anderen:

»Fähnrich Schütze bereit zur Verfügung Seiner Majestät!«

»Auch noch frech werden«, sagte Hauptmann Stroy. In seiner Stimme lag Verachtung, ja fast Ekel. »Kommen Sie mit ... an Ihrer Stelle würde ich mir ehrenvoll eine Kugel durch den Kopf schießen.«

»Zu Befehl!« Heinrich Emanuel Schütze sah seinen Hauptmann mit starrem Blick an. »Aber ich habe für das Manöver nur Platzpatronen bei mir –«

Die Kaiserin Auguste Viktoria war schon abgefahren. Mit ihr die Prinzessinnen v. Pleß, die Leiblakaien, die Hofdamen, die Prinzessinnen von Sachsen.

Die Manöverkritik der unteren Stäbe war abgeschlossen. Sie war für die Gruppe Rot saumäßig. Generalleutnant v. Surrenkamp nahm die allerhöchste Kritik mit unbewegtem Gesicht entgegen. Die Generalmajore und Obersten wußten bereits, was sie an ihre Offiziere weitergeben würden und wie lange das Ausgehverbot, die Urlaubssperre und das Strafexerzieren dauern würden.

Umringt von Kriegsminister v. Falkenhayn, Generaloberst v. Moltke, General v. Scholl, den sächsischen und griechischen Majestäten und dem eleganten Erzherzog Franz Ferdinand wurde von Oberst v. Fehrenberg der kleine Fähnrich Schütze auf den Feldherrnhügel geführt. Sein rundes Gesicht war gerötet. Während der Oberst ritt, hatte er an der Seite des Pferdes mitlaufen müssen. »Sie haben doch solchen Schneid, nicht wahr?« hatte der Oberst gebrüllt, als Schütze keuchend und außer Atem einmal stehenblieb und sich den in Bächen über sein Gesicht ergießenden Schweiß abwischen wollte. »Zu schlapp, um zu laufen ... aber den Kaiser besiegen wollte er, der Knabe!«

Mit zitternden Beinen stand Heinrich Emanuel vor Kaiser Wilhelm II. Zum erstenmal sah er den Kaiser aus der Nähe. Der blanke Helm blendete ihn. Das hellgraue, ins Blaue schimmernde Tuch des langen Mantels, der bis zur Erde reichte, flimmerte vor seinen Augen. Und aus diesem Wirrwarr von Tuch und Helmglanz schälte sich ein kleines Gesicht mit stechenden Augen und einem nach oben gezwirbelten Schnurrbart, ein schmaler Mund und eine helle Stimme, die über ihn hinwegglitt wie seine Kopfhaut schabendes Eis.

»Der Fähnrich Schütze, Majestät!« meldete Oberst v. Fehrenberg. General v. Scholl betrachtete den mittelgroßen Soldaten mit dem schweißaufgeweichten Kindergesicht, den zitternden Knien und der mühsam gestrafften Haltung. Ein größenwahnsinniges Würstchen, dachte er und mußte fast lächeln. Man sollte ihn der Heerespsychiatrie überweisen. Vielleicht war er ein Beispiel verminderter Zurechnungsfähigkeit. Das wäre immerhin ein Argument, das auch Majestät verstehen und akzeptieren könnte.

Der Kaiser sah auf den Fähnrich herab wie eine Bergkuppe auf einen dörflichen Misthaufen. Er ließ sich Zeit, ihn anzusprechen. Er musterte seinen »Gegner« eindringlich, erst mit den Augen des Soldaten, dann mit dem Blick des Monarchen, schließlich mit dem Blinzeln des Menschen.

»Sie also sind es«, sagte Wilhelm II.

»Jawohl, Majestät!« keuchte Heinrich Emanuel Schütze.

»Sie wollten mich besiegen?«

»Nein, Majestät.«

»Aber Sie haben doch ...«

»Jawohl, Majestät!«

»Ja oder Nein?«

»Ich ... ich sah eine kleine Möglichkeit, Majestät ...«

»Warum lösten Sie Ihre Schützenlinie auf?«

»Um den angreifenden Truppen weniger Ziele zu bieten und sie in Verwirrung zu bringen, Majestät ...«

Oberst v. Fehrenberg sah hilfesuchend auf General v. Scholl. Ein Irrer, sagte sein Blick. Unzweifelhaft ein Irrer. Er wagt es, dem Kaiser Taktik beizubringen.

Wilhelm II. legte sein Kinn eng an den Uniformkragen. Mit einem Seitenblick auf den verzweifelten v. Scholl und den konsternierten v. Falkenhayn hob er die Hand und legte sie auf seinen Degenknauf.

»Das ist gegen das Exerzierreglement.«

»Jawohl, Majestät!«

»Was haben Sie sich dabei gedacht?«

»Daß es Krieg sei, Majestät. Und in einem Krieg ist der Erfolg allein ausschlaggebend. Auf die Mittel kommt es nicht so sehr an ...«

»Danke.«

Der Kaiser drehte sich herum, ließ Heinrich Emanuel Schütze stehen und begann eine Unterhaltung mit dem König von Sachsen. General v. Scholl winkte, als sollte Ungeziefer beseitigt werden.

»Kommen Sie, Sie Idiot«, schnaufte Oberst v. Fehrenberg leise. »Das war das Letzte, was Sie sich geleistet haben. Ich werde Sie in eine Irrenanstalt bringen lassen.«

Mehr rutschend als gehend verließ Heinrich Emanuel den Feldherrnhügel. Unten, auf dem Feld, sah er noch einmal zurück auf den Kaiser. Er sprach mit dem Erzherzog und lachte. Die Könige und Generale um ihn herum lachten mit. Ihre Uniformen blitzten in der Abendsonne. Es war ein schönes Bild, so wie es die Hofmaler riesengroß an die Saalwände malten.

»Worauf warten Sie noch?« brüllte Hauptmann Stroy, der unterhalb des Hügels Schütze in Empfang nahm. »An den Tag sollen Sie noch denken, wenn Sie schon Urgroßvater sind! Drei Wochen Ausgehverbot für die ganze Division! Es wird ein Wunder sein, wenn man Sie nicht lyncht!«

Für die Nacht gab es als Abschluß des Manövers ein Biwak auf freiem Feld. Hunderte von Lagerfeuern loderten über das Manövergelände ... der Wind, der von Süden kam, nahm den Geruch von hunderten Feldküchen mit und wehte ihn über Schlesien. Nudelsuppe ... Erbsensuppe ... Goulasch ...

Unter Zeltplanen schliefen die Regimenter. Erkundungstrupps schwärmten in die nahen Dörfer und suchten Mädchen. Vor allem die Berliner. »Ohne Puppe im Arm is det keen Pennen«, sagten sie.

Etwas abseits von der 2. Kompanie, wie ein Aussätziger, lag Heinrich Emanuel Schütze. Er hatte eine Zeltplane über seinen Kopf gedeckt und schrieb im Licht einer Kerze einen kurzen Brief. Das Papier hatte er auf den Deckel seines Kochgeschirrs gelegt. Es bekam einige Fettflecke ... doch wen kümmerte das noch?

»Leb wohl«, schrieb er, »Du hattest recht, Amelia. Es wäre dumm, an eine Zukunft zu denken. Ich werde nach dem Manöver sicherlich aus der Armee entlassen werden und dann zurück nach Breslau gehen. Zu meinen Eltern. Was ich dann tun werde, ich weiß es noch nicht. Aber wiedersehen werden wir uns nie mehr. Darum leb wohl. Ich werde nie aufhören, dich zu lieben.

Heinrich Emanuel.«

Eine Woche später, in der Kaserne in Schweidnitz, wurde der Fähnrich Heinrich Emanuel Schütze auf allerhöchsten Befehl zum Leutnant befördert. Vom Kompaniechef bis zum General wunderte sich jeder über das Wohlwollen Seiner Majestät.

Als Leutnant Petermann die Nachricht brachte und sie Schütze unter Bruch des Amtsgeheimnisses mitteilte, brach Heinrich Emanuel in Tränen aus und weinte wie ein kleines Kind.

»Sie bekommen auch noch drei Wochen Urlaub«, sagte Hauptmann Stroy, als er Schütze die Ernennung zum Leutnant bekanntgab. »Sofort nach Überreichung des Patentes durch Seine Exzellenz können Sie fahren. Sie fahren zu Ihren Eltern nach Breslau?«

»Jawohl, Herr Hauptmann.«

Stroy streckte ihm die Hand entgegen. Aber man sah ihm an, daß er es widerwillig tat.

»Ich gratuliere, Herr Leutnant!«

»Verbindlichsten Dank, Herr Hauptmann.«

Leutnant Schütze verbeugte sich knapp, korrekt, zackig. Am Abend des gleichen Tages, an dem er sein Leutnantspatent erhielt, fuhr er mit dem letzten Zug nach Trottowitz, nicht nach Breslau.

Eine Kutsche des Freiherrn v. Perritz erwartete ihn am Bahnhof.

II

In eine Ecke der Kutsche gedrückt, ließ sich Schütze durch die nachtstillen Felder zum Gut fahren. Er sah im schwachen Schein der an den Seiten der Kutsche hin und her pendelnden Petroleumlampen die starren, phosphoreszierenden Augen streunender Hunde, ein Reh, das noch schnell vor dem Gefährt über den Weg wechselte, eine Wildsau, die schnaufend eine Strecke vor den Pferden herrannte und dann in das Unterholz des Perritzschen Waldes einbrach.

Heinrich Emanuel lehnte sich zurück. Er hatte das Gefühl, zu seiner eigenen Hinrichtung zu fahren. Als er Amelia gleich nach dem Bekanntwerden seiner Beförderung eine Depesche schickte, hatte sie ihm zurücktelegraphiert: »Komm zu uns. Papa weiß von nichts. Ich werde versuchen, mit ihm über dich zu sprechen . . .«

Ob sie es getan hatte, was Freiherr v. Perritz gesagt hatte, was er auf dem Gut vorfinden würde, das alles wußte Schütze nicht. Er tappte ins Unbekannte hinein, unvorbereitet, als einzigen Ausweis seiner Qualifikation sein noch nach frischer Tinte riechendes Leutnantspatent in der Tasche.

Zwischen den Bäumen einer Allee aus Ulmen und Pappeln tauchten die ersten Lichter aus der Dunkelheit. Der Weg wurde besser ... das Holpern wich einem sanften Gleiten der Räder über festgestampften Kies. Der Kutscher auf dem Bock drehte sich herum.

»Soll ich abschirren, oder fahren Herr Fähnrich –«

»Leutnant«, verbesserte Schütze sanft. Der Kutscher sah auf die Rangabzeichen. Heinrich Emanuel trug noch seine Fähnrichsuniform.

»Oh, gerade geworden? Ich gratuliere, Herr Leutnant. Fahren Herr Leutnant zurück nach Trottowitz?«

»Ich ... ich weiß nicht ... Lassen Sie die Pferde mal angeschirrt.«

Die Kutsche bog in die Auffahrt des Gutes ein. Das Herrenhaus leuchtete schwach mit wenigen erhellten Fenstern. Der überdachte Eingang wurde von einigen großen Säulen getragen. Eine Freitreppe führte zu ihm empor. In der Dunkelheit wirkte das Haus wie ein riesiger Palast. Der Anblick drückte Heinrich Emanuel völlig nieder. Auch wenn er das Haus schon kannte und bereits dreimal auf den Stufen der Eingangstreppe gestanden und sich von Frau v. Perritz mit einem angedeuteten Handkuß verabschiedet hatte ... jetzt kam ihm das Gut wie eine uneinnehmbare Burg vor, wie ein Sagenschloß, in dem ein wilder Drache die schöne Prinzessin bewacht. Er selbst aber kam sich durchaus nicht wie ein Siegfried vor, eher wie ein Verzauberter, der blindlings in sein Verderben rennt.

Die Hufe der Pferde klapperten über die gepflasterte Auffahrt. Die Tür des säulengetragenen Eingangs öffnete sich. Ein alter Diener trat heraus. Er trug ein flackerndes Windlicht in der Hand, hob es hoch und leuchtete auf die Stufen, vor denen die Kutsche ruckartig hielt.

»Brrr!« rief der Kutscher. Es war der einzige Laut, der die Nacht unterbrach. Nicht einmal ein Hund bellte.

Heinrich Emanuel Schütze kletterte aus dem Gefährt. Er ergriff seinen Blumenstrauß, knöpfte seinen Uniformmantel bis zum letzten Knopf zu, kontrollierte noch einmal den Sitz seiner Mütze und kam dem alten Diener langsam entgegen.

»Die Frau Baronin wartet«, sagte der Lakai. »Bitte – –«

»Und der Herr Baron?«

Der Diener sah Schütze distinguiert an. »Ich weiß nicht, ob es im Plan des Herrn Barons liegt, Sie zu empfangen ...«

In der großen Halle brannten alle elektrischen Birnen. Gobelins verzierten die Wände, alte, geschnitzte Möbel standen zu Sitzgruppen zusammen. Trotz dreier Kaminfeuer und eines riesigen Ofens war es kühl. Die Herbstnächte ließen den kommenden Winter bereits ahnen. Fröstelnd klemmte Heinrich Emanuel seinen Blumenstrauß unter die Achsel, als er die Mütze abnahm, die Handschuhe auszog und der alte Diener ihm aus dem Mantel half.

Wenn jetzt Amelia käme, wäre alles anders, dachte Schütze. Sie könnte mir durch ihren bloßen Anblick Mut geben. Er wickelte das Papier von den Blumen, zerknüllte es und gab es dem Diener. »Wo sind die Damen?« fragte er leise, als könne seine Stimme in der Weite der Halle störend laut klingen.

»Im Salon. Die Frau Baronin. Bitte –«

Der Diener ging ein paar Schritte voraus, öffnete nach kurzem Anklopfen eine Tür und trat zur Seite.

Heinrich Emanuel Schütze straffte sich. Noch einmal zog er den Waffenrock gerade, drückte das Kinn an den steifen Ausgehkragen, machte den ersten Schritt und betrat in straffer Haltung und – wie er glaubte – forsch und unbefangen das Zimmer.

Es war ein Salon im Rokokostil. Mittelgroß, mit vielen Spiegeln, kleinen Sesseln, verspielten Tischen, einem rosafarbenen Teppich und geschwungenen Gardinen vor den schmalen, hohen Fenstern. Sie führten hinaus zum Park, der dunkel, nur vom Rauschen der Bäume erfüllt, sich hinter dem Haus bis zum Wald hinzog. Ein Park, in dem drei zahme Rehe lebten. Schütze hatte sie einmal gefüttert und dabei Amelia zum erstenmal geküßt.

Er schüttelte den Gedanken ab. Der Salon war auf den ersten Blick leer. Beim zweiten Hinsehen gewahrte er eine lange, schmale Gestalt im Hintergrund. Sie stand an einem Kamin, und die niedergebrannten Flammen zuckten schwach über das Gesicht mit dem langen, schwarzen Bart.

Heinrich Emanuel Schütze knallte die Absätze zusammen und stand wie eine Säule. »Herr – – Herr Baron«, stammelte er. »Ich ... ich ...«

»Der Kaiserschreck.« Freiherr v. Perritz rührte sich nicht vom Kamin. Er musterte Schütze, als sei er ein Gaul, den er kaufen wollte. Vielleicht kommt er gleich und sieht mir die Zähne nach, dachte Schütze. »Ich denke, man hat Sie wider Erwarten zum Leutnant gemacht?«

»Soeben, Herr Baron. Ich hatte keine Zeit mehr, mich um die neue Uniform zu kümmern. Ich soll sie morgen von meinen Eltern zum Geschenk bekommen.«

»Merkwürdig.« Freiherr v. Perritz schüttelte den Kopf. Er betrachtete Heinrich Emanuel wieder schweigend und strich sich dabei den langen Bart. »Wirklich merkwürdig.«

»Darf ich fragen, was, Herr Baron?«

»Der Geschmack der Weiber.«

»Wie darf ich das verstehen?« Schütze erbleichte.

»Amelia hat mir gestern gestanden, daß sie Sie liebt. Ich habe sie ausgelacht. Ich konnte es nicht glauben. Aber sie gab mir zu verstehen, daß kein Internat und nichts auf der Welt sie abhalten könnte, einen Leutnant Schütze zu heiraten. In zwei Jahren wird sie großjährig . . sie drohte mir damit. Sie hat den Dickkopf der v. Perritz. Und nun stehen Sie vor mir und ich frage mich die ganze Zeit: Was findet meine Tochter an Ihnen so begehrenswert? Sie sind ein Bürgerlicher – –«

»Mein Vater ist Steueroberinspektor, Herr Baron.«

»Ein ehrenwerter, aber beim Volk nicht sehr populärer Beruf. Ihr Vermögen – –«

»Ich habe eine Karriere vor mir, Herr Baron.«

»Nicht, wenn Sie weiterhin Majestäten düpieren. Warum der Kaiser Sie befördern ließ, ist ein Rätsel. Es paßt nicht in das Bild, das wir vom Kaiser haben. Außerdem scheinen Sie mir sehr revolutionär zu sein, junger Mann.«

»Ich verteidige nur mein Recht, Herr Baron.«

»Und Sie meinen sich im Recht, wenn Sie um die Hand meiner Amelia anhalten?«

»Ja. Wir lieben uns.«

»Ein Rätsel. Wirklich. Wenn man in die Gehirne der Weiber sehen könnte. Wenn ich ein Mädchen wäre, würde ich Sie gar nicht bemerken.«

»Weil ich kein Adeliger bin?«

»Auch. Es hieße eine Familientradition verletzen, wenn eine v. Perritz einen Bürgerlichen heiratete . . .«

»Im heutigen, aufgeklärten 20. Jahrhundert – –«

Freiherr v. Perritz hob herrisch beide Arme und winkte energisch ab. »Reden Sie keine Dummheiten, Herr Leutnant. Auch wenn Menschen jetzt schon mit Motoren durch die Luft fliegen und die Schwerkraft aufheben, bleiben die Traditionen bestehen und die gesellschaftlichen Schranken. Ich sage es Ihnen ehrlich: Ich bin gegen eine Heirat meiner Tochter mit Ihnen, auch wenn Sie . . .« – er lächelte mokant und voll Spott – ». . . den Marschallstab im Tornister führen. Was können Sie meiner Tochter bieten? Das Gehalt eines Leutnants? Soll Ihre Frau viermal in der Woche Kohlrüben essen? Oder hoffen Sie auf eine dicke Mitgift?«

»Wir lieben uns – –« sagte Heinrich Emanuel leise. Es war ihm, als glitte er langsam in eine Ohnmacht weg. Mühsam behielt er die steife Haltung und starrte auf den schwarzen Bart, über den die Flammen des Kamins zuckten.

»Und damit wollen Sie Kinder satt kriegen? Statt Mittag- und Abendessen nur zweimal Küßchen? Halten Sie mich für einen Idioten, Herr Leutnant?«

»Nein, Herr Baron. Aber ich bitte zu bedenken, daß auch ein Leutnant der kaiserlichen Grenadiere kein Idiot sein kann.«

Freiherr v. Perritz sah Schütze an, als habe ein neuer, ihm unbekannter Ton den Salon durchflogen. Er stieß sich mit dem Rücken von der Wand ab, ging auf Schütze zu, blieb vor ihm stehen, sah ihn groß an, sagte halblaut »so, so«, ging weiter und verließ wortlos das Zimmer.

Heinrich Emanuel hatte das Gefühl, auch gehen zu müssen. Er legte seinen Blumenstrauß auf einen der kleinen Tische, betrachtete sein bleiches Gesicht in einem Spiegel und kam sich sterbenselend vor. Langsam ging er hinaus in die kalte Halle.

Aus einer dunklen Ecke wehte ein langes, dunkelblaues Kleid heran. Es stürzte auf ihn zu, lange, braune Locken verdunkelten für einen Moment seinen Blick.

»Was hat Papa gesagt?« flüsterte Amelia. Schütze atmete zweimal tief durch.

»Leb wohl . . .«, sagte er traurig. Weiter nichts.

»Ich komme mit«, sagte sie laut. Ihre Stimme hallte in der großen Halle. Man mußte sie in jedem Zimmer hören.

»Nein.« Heinrich Emanuel schüttelte den Kopf. »Dein Vater hat recht. Wovon sollen wir leben? Ein Leutnantsgehalt. Es reicht gerade für den Burschen, das Pferd . . . noch nicht einmal dafür reicht's.«

»Ich bekomme meine Mitgift.«

»Du bekommst gar nichts, wenn du mich heiratest.«

»Ich werde ihn zwingen!« schrie Amelia.

»Es ist kein Segen dabei. Es hat keinen Sinn . . .« Er sah in ihre flackernden Augen. Ihr Mund zuckte. Wie feucht und rot ihre Lippen sind, dachte er. Ich möchte sie küssen . . ., aber es wird die Qual nur noch vermehren. Ich bin ein Nichts, ich weiß es jetzt. Ich bin trotz meiner Uniform der letzte Dreck.

Er nahm die Hände Amelias, küßte sie, ließ sie dann fallen und rannte aus der Halle hinaus auf die Freitreppe des Einganges.

»Heinrich!« hörte er Amelia rufen. »Heinrich!«

Mit langen Sätzen rannte er die Stufen hinab. Unten wartete

noch der Kutscher. Er warf sich auf die gepolsterte Bank und schrie ihm zu:

»Fahren Sie! Nach Trottowitz. Sofort!«

Die Pferde zogen an. Klappernd ratterte die Kutsche über das Pflaster hinaus auf die Allee. Heinrich Emanuel sah nicht mehr zurück. Er starrte hinaus in die tiefe Nacht, riß sich den Kragen auf und ließ den kalten Herbstwind über seine Brust wehen.

»Wie gut, daß ich noch nicht ausgespannt habe«, sagte der Kutscher. »Nach dreißig Jahren Dienst kennt man ja den Herrn Baron...«

Leutnant Schütze grub die Nägel seiner Hände in das Holz der Tür. Schluchzen würgte ihm im Hals. Vor den Pferden her liefen knurrend drei wilde Hunde. Als die Pferde schneller trabten, setzten sie sich an den Wegrand und starrten zu dem Gefährt hinüber. Ihre Augen glitzerten.

Solch ein Hund bin ich, dachte Heinrich Emanuel und schloß die Augen. Weit lehnte er sich zurück und schluckte nach Luft wie ein Ertrinkender. Ein streunender Hund... weiter nichts.

Was muß man tun, um ebenbürtig zu sein? Immer ebenbürtig. Wie muß man sein, um beachtet und geachtet zu werden?

Es war ein Gedanke voll Ehrgeiz und Haß, der in ihm geboren wurde.

Ein Gedanke, der sein ganzes ferneres Leben bestimmen sollte – –

In einem schmalen Haus, dessen Fenster hinaus zur Oder gingen, wohnte der Steueroberinspektor Franz Schütze.

Er war ein stiller, mittelgroßer Mann mit einer Glatze, einem goldenen Kneifer auf der Nase, einem runden Gesicht – wie Heinrich Emanuel –, einem mäßigen Spitzbauch und der Liebe nach Briefmarken im Herzen. Er war der Typ des korrekten Beamten. Gottesfürchtig, untertan seinen Vorgesetzten, heimlich kritisch gegenüber dem Kaiser und geheim ein wenig linkssozialistisch orientiert. Was niemand wissen durfte, denn ein Beamter hat die Meinung seiner Vorgesetzten zu haben. Und diese waren absolut monarchistisch. Sie waren ein fleischgewordenes Hurra.

Daß in dieser biederen Familie mit Heinrich Emanuel, dem ältesten Sohn, kein Beamter, sondern ein Offizier heranwuchs, war eine vaterländische Großtat in den Augen der heimlich neidischen Kollegen des Steueroberinspektors Schütze. Sehr zustatten kam ihm, daß seine Frau Sophie, geborene Sulzmann, die Tochter eines Breslauer Schlachtermeisters war. Ihre Mitgift und der zu erwartende Erbanteil am väterlichen Geschäft waren erheblich. Sie ermöglichten es Heinrich Emanuel erst, die finanziell sehr ungünstige Laufbahn eines preußischen Offiziers einzuschlagen. Bis zum Hauptmann – sagte Vater Franz Schütze einmal im Kreise des Familienrates, als Heinrich Emanuel als Fähnrich sein Portepee bekam – ist ein Offizier dem Schoß der unterstützenden Familie nicht entwachsen. Erst als Stabsoffizier wird er pekuniär gehfähig.

So stand hinter Heinrich Emanuel die ganze Familie Schütze-Sulzmann. Sie beobachtete seinen Lebensweg wie den Lauf eines gut gedrillten Rennpferdes, auf das man Wetten gesetzt hatte und nun darauf wartet, daß es die hineingesteckten Gelder auch rechtfertigt. Immerhin war es ein gesellschaftlich unerhörter Sprung nach oben, wenn aus dem Schoß einer Schlachterfamilie und eines kleineren Beamten ein Offizier entsproß, der es einmal – bei der Intelligenz Heinrich Emanuels schien dies klar – bis zum Obersten bringen würde. Darüber hinaus ging es nicht ... Generale waren adelig. Ein bürgerlicher General in der kaiserlichen Armee schien wie ein Eier ausbrütender Osterhase zu sein.

Als die Depesche in Breslau einlief:

> Leutnantspatent erhalten stop Fahre erst
> nach Trottowitz, um mich zu verloben stop
> Heinrich Emanuel

begann Sophie Schütze still zu weinen, während der nüchtern und beamtenmäßig real denkende Franz Schütze seinen Schwiegervater Schlachtermeister Sulzmann und seinen Schwager Eberhard Sulzmann, Wurst- und Aufschnittfabrikation, aufsuchte.

»Heinrich ist Leutnant geworden«, sagte er. »Er hat es vor einer Stunde depeschiert.«

»Darauf trinken wir einen«, antwortete Schlachter Sulzmann und griff nach einem Kümmelschnaps. »Ich wußte es, im Heinrich steckt fritzischer Geist. Daß meine Sophie solch einen strammen Jungen zur Welt brachte ... das lasse ich mir etwas kosten.«

»Vergiß meinen immerhin nicht bescheidenen Beitrag zu dieser Geburt«, sagte Franz Schütze. Er nahm das Telegramm aus der Tasche und legte es mit der unbeschriebenen Seite nach oben auf den Tisch. Sulzmann holte Gläser und den Kümmel. »Was heißt das übrigens: Ich lasse mir das etwas kosten? Was willst du damit sagen?«

»Das soll heißen: Opa Sulzmann trägt die neuen Uniformen: Dienstanzug, Ausgehanzug, Festuniform. Ich trage zwei Kasinoabende im Monat und – wenn's sein muß – auch einen Gaul. Ist das nichts?«

»Es wäre alles herrlich, Schwiegervater, wenn . . .« Steueroberinspektor Schütze wischte sich ein paar Schweißperlen von den Augen.

»Wenn – was?«

»Heinrich Emanuel hat sich verliebt.«

»Das gehört zur Leutnantsuniform«, lachte Sulzmann.

»Er will sich verloben.«

»Da hört der Spaß auf.« Sulzmann stellte die Kümmelflasche hart auf den Tisch. Er riß das Telegramm von der Tischdecke, das ihm Schütze hinschob. Dann zerknüllte er es und warf es in die Ecke des Zimmers. »Wo liegt Trottowitz?«

»Bei Schweidnitz.«

»Wer ist diese . . . diese Braut?«

»Ich weiß es nicht. Einmal – beim letzten Urlaub – erzählte Heinrich etwas von einer Amelia. Wenn ich mich recht erinnere, war sie sogar ›von‹.«

Schlachter Sulzmann trank hastig sein Kümmelglas leer. Er schnaufte danach und setzte sich schwer auf den Stuhl. Mit siebzig Jahren halten die Arterien eine Erregung nicht mehr aus.

»Eine Adlige in unserer guten bürgerlichen Mitte? Mein Enkel ist übergeschnappt. Wie will er sie ernähren?«

»Eben deshalb bin ich hier. Das ist ein Problem der gesamten Familie. Wir haben Heinrich Emanuel zum Offizier gemacht . . ., es ist unsere Pflicht, uns weiter um ihn zu kümmern.«

»Wir werden es ihm ausreden.«

Franz Schütze verzog das Gesicht und trank schnell sein Schnapsglas leer. »Bedenke, daß Heinrich Emanuel den Dickkopf zweier Familien in sich trägt. Die Schützes sind – –«

»Ich weiß . . .« Sulzmann winkte ab.

»Und die Sulzmanns – –«

»Wem sagst du es?« Er trank noch einen Kümmel, schnaufte wieder und strich sich mit seiner riesigen Fleischerhand über den Kopf. Er hatte eisgraue Haare und trug sie kurz geschnitten, wie eine Bürste. »Was ist zu tun? Wieviel kannst du monatlich aufbringen?«

»Höchstens 70 Mark!«

»Und Onkel Hubert?«

»Als Rechnungsrat wird er auch 70 Mark geben können.«

»Ich werde 150 Mark stiften. Zusammen mit Eberhard.«

»Ich hätte dich nie für so geizig gehalten, Schwiegervater.«

Sulzmann starrte in sein Kümmelglas und schien zu rechnen. Alle

Töchter waren versorgt, die Söhne hatten ihren gutgehenden Beruf, von allen Enkeln war nur Heinrich Emanuel der Außenseiter, der aber wiederum die Familiennamen mit neuem Glanz polierte. Er war das Sidol des Bürgerlichen.

»Gut denn. 200 Mark. Rechnen wir zusammen – mit seinem Leutnantsgehalt kommt Heinrich auf ein Einkommen von monatlich rund 500 Mark. Kann er damit eine ›von‹ ernähren?«

»Man müßte sie selbst fragen.«

»Wann kommt der Junge nach Hause?«

»Ich hoffe, übermorgen.«

»Wir werden ihn uns vornehmen. Laß mich mit ihm über alles sprechen. Ein Großvater hat da mehr Argumente. Was sagt Sophie dazu?«

»Sie weint bereits. Kaum ist er flügge, will er wegfliegen, jammert sie.«

Sulzmann seufzte und trank noch einen Kümmel. »Man hört nie auf, Vater zu sein«, sagte er trüb. »Je älter man wird, um so mehr Generationen muß man trösten. Wäre Heinrich kein Offizier – –«

»Aber er ist's«, sagte Franz Schütze. Berechtigter Stolz schwang in seiner Stimme. Ein Schütze, der Offizier wurde. Aktiver Offizier. Gab es überhaupt ein Opfer, das schwer genug war, so etwas zu unterstützen?

Schwiegervater und Schwiegersohn blieben noch eine Stunde zusammen sitzen und dachten die Probleme einer möglichen adeligen Heirat des Enkels und Sohnes durch. Sie trennten sich in völliger Einigung, daß dies kein Unglück sei, höchstens eine neue finanzielle Belastung der Familie. Das aber war etwas, was man in Anbetracht der Möglichkeiten, die in Heinrich Emanuel schlummerten, tragen konnte.

Spät in der Nacht klingelte Leutnant Schütze an der elterlichen Wohnung. Er war von Trottowitz zurückgefahren nach Schweidnitz, hatte dort auf seine Uniform die Spiegel und Schulterstücke eines Leutnants genäht bekommen, hatte Petermann eine Flasche Kognak spendieren müssen und den anderen jungen Leutnants des Regimentes versprochen, den Kasino-Beförderungsabend in einer Woche, nach dem Urlaub, nachzuholen.

Gegen Mittag war Amelia v. Perritz in Schweidnitz eingetroffen und verlangte den Leutnant Schütze zu sprechen. Als Heinrich Emanuel entsetzt nach vorne in die Kasernenwache stürmte, saß Amelia zart, blaß, aber mit leuchtenden Augen auf einem der

Wachschemel, eine Reisetasche neben sich und sprang auf, als Schütze in die Wachstube stürmte. Sie breitete, ungeachtet der grinsenden Grenadiere, beide Arme aus und rief:

»Hier bin ich, Heinrich! Und ich gehe nie mehr nach Perritzau zurück!«

Schütze zog zunächst Amelia aus der Wache weg und ging mit ihr hinüber zum Kasinogebäude. Er sprach nichts ... er konnte einfach nichts sagen. Er hielt Amelias Hand fest, zog sie über den Kasernenhof, vorbei am Kantinengebäude, wo einige Unteroffiziersgesichter an den Scheiben klebten, grüßte stramm einen Hauptmann der 3. Kompanie und betrat mit ihr den Vorraum des Kasinos. Dort stießen sie auf Hauptmann Stroy, der gerade gegessen hatte und einen Verdauungsritt unternehmen wollte.

Er starrte Amelia v. Perritz an, dann seinen neuen Leutnant, der stramm neben der Tür stand und sie wie ein Boy offenhielt.

»Ehem«, sagte Stroy zutiefst getroffen. »Einen schönen guten Tag, meine Gnädigste.« Er grüßte steif, bedachte Heinrich Emanuel mit einem giftigen Blick und stürmte hinaus. Vom Raum des Offiziers vom Dienst rief er auf Gut Perritzau an und verlangte dringend den Herrn Baron.

»Amelia ist hier!« rief er mit zitternder Stimme, als Freiherr v. Perritz sich meldete. »Bei meinem Leutnant!«

»Ich weiß«, antwortete der Baron ruhig.

»Begreifen Sie das?!«

»Nein! Aber wir Männer begreifen die Frauen nie! Am allerwenigsten die eigenen Töchter. Meine Älteste heiratet einen Windbeutel von österreichischen Baron, meine zweite rennt einem Vollmondgesicht von Leutnant nach. Ich gebe mir keine Mühe, etwas zu begreifen ... ich beschäftige mich damit, mich zu wundern.«

»Ich hatte immer die Hoffnung gehabt, Herr Baron, daß ich – –« Hauptmann Stroy kämpfte um seine Stimme. Sie wollte vor Enttäuschung und Zorn brechen.

»Ich werde Amelia enterben«, sagte Baron v. Perritz ruhig. »Das ist die einzige väterliche Tat, zu der ich mächtig bin. Die moderne Jugend ist nicht in die Vernunft einzugliedern. Mit dem Beginn des 20. Jahrhunderts scheint die Logik gestorben zu sein. Finden wir uns damit ab.«

»Ich bin maßlos enttäuscht!« schrie Hauptmann Stroy.

»Wenn es weiter nichts ist ... Am Horizont stehen dunklere Wolken als eine weggeschwommene Mitgift ...«

Konsterniert, voll Haß gegen seinen Leutnant, hängte Hauptmann Stroy ein. Er begab sich direkten Weges zu seinem Regimentskommandeur Oberst v. Fehrenberg, um den Antrag zu stellen, den Leutnant Schütze wegen Mangels an Kameradschaft zur Versetzung zu melden.

Mit dem letzten Zug waren Heinrich Emanuel und Amelia dann nach Breslau gefahren. Sie hatten sich ausgesprochen. »Und wenn ich Pellkartoffeln essen muß – – ich bleibe bei dir«, hatte Amelia gesagt. »Ich hasse diesen Hochmut! Nur, weil du kein Adeliger bist ... Ich werde es Vater zeigen, daß ich eine v. Perritz bin. Wir beißen uns durch, nicht wahr, Heinrich.«

»Wenn wir was zu beißen haben ...«

»Mutti wird uns heimlich etwas schicken.«

Heinrich Emanuel nickte ergeben. Sie saßen im Wartesaal des Bahnhofs von Schweidnitz und tranken einen Mokka.

»Ich nehme dich erst einmal mit zu meinen Eltern«, sagte er. Dann seufzte er und starrte in seinen Kaffee. »Meine Karriere fängt ja gut an –«

»Böse?« Sie legte ihre kleine, schmale Hand auf seinen Handrücken und drückte ihn leicht. »Wenn du mich so lieb hast wie ich dich –«

»Ich habe es, Amelia ...«

»– Dann wird alles gut. Wir sind ja noch so jung ...«

»Bei Gott, das sind wir.« Er wandte sich plötzlich Amelia zu und sah sie aus seinen großen Kinderaugen an. »Warum liebst du mich eigentlich?«

»Wie ... wie meinst du das?« fragte sie verwirrt.

»Ich habe mich gestern im Spiegel betrachtet. An mir ist nichts dran. Ich bin nicht hübsch, ich bin nicht das, was man ›männlich‹ nennt. Ich bin nicht elegant, ich habe kein Geld, keinen Adel, ich kann kaum tanzen, ich bin langweilig, rechthaberisch, untertan, ich bin ein absoluter Durchschnitt – und du, gerade du liebst mich. Warum bloß?«

»Weil du so bist – wie du bist. Und weil ich weiß, daß wir glücklich miteinander werden. Mehr wollen wir doch nicht vom Leben ...«

»Wenn man dich so hört, glaubt man, du seist zwanzig Jahre älter.«

Sie nickte und streichelte ihm lächelnd über das Gesicht. »Vielleicht ist es das, Heinrich ... Eine Frau muß immer eine Stunde im Leben vorausdenken ...«

Es war also später Abend, als Leutnant Schütze an der elterlichen

Tür klingelte. Franz Schütze machte die Tür auf. Als er im Dämmerschein der Treppenbeleuchtung die Leutnantsachselstücke sah, breitete er die Arme aus. »Mein Junge!« rief er. Und zurück in die Wohnung: »Mutter, unser Junge ist da! Unser Leutnant!«

Er ergriff Heinrich Emanuels Hand und zog ihn in die Diele der Wohnung. Aus dem Wohnzimmer kam Sophie Schütze gelaufen. Sie weinte wieder. Mütter weinen immer, im Glück und im Leid. Sie betten ihre Kinder in Tränen, als seien sie eine Schutzhülle.

»Heinrich!« rief sie. Sie wollte ihm um den Hals fallen, aber Leutnant Schütze wehrte ab. Er stand noch in der Tür, als zögere er, die elterliche Wohnung zu betreten.

»Unten steht noch jemand«, sagte er stockend. »Darf ich ihn heraufholen?«

»Oh! Du hast schon einen Burschen?« Vater Schütze blickte stolz auf seine Frau. »Ein Offizier hat immer einen Burschen, Mutter«, belehrte er sie. Und zu Heinrich Emanuel: »Geh –, hol deinen Putzer herauf. Er kann in der Kammer schlafen.«

»Es ... es ist m ine Braut..., Vater ...«

»Deine ... Das Fräulein von ...« Steueroberinspektor Schütze griff an seine Krawatte. Sie saß gut. Aber der Kragen war von gestern. Das war peinlich. Sophie Schütze band schnell ihre Schürze ab. Mit ihr trocknete sie sich die Augen und sah über Heinrichs Schulter hinunter ins Treppenhaus.

»Aber so hol sie doch«, sagte sie leise. »Du kannst doch das Fräulein nicht im Treppenhaus warten lassen. Was hast du für Manieren, Heinrich.«

»Ich gehe sofort, Mama.«

Während er die Treppen hinuntersprang, sahen sich Franz und Sophie Schütze an. In ihren Augen stand alles, was sie dachten. Zweifel und Unsicherheit hielten sich die Waage.

»Sie ist mitgekommen«, sagte Franz Schütze leise. »Hätten wir die Sessel doch bloß vorigen Monat neu beziehen lassen, wie ich wollte.«

»Wer konnte das wissen, Franz?« Sophie Schütze zerknüllte ihre Schürze. »Ich lege schnell über die Lehnen ein paar Deckchen.«

»Tu das, Mutter. Da kommen sie schon ...«

Frau Schütze rannte zurück ins Zimmer. Man hörte Schubladen schleifen und eilige Schritte über knirschenden Dielen.

Es ist für einen Vater nicht so einfach, einer plötzlich auftauchenden Schwiegertochter, zumal, wenn sie hübsch wie Amelia war, unbefangen gegenüberzutreten. Auch Franz Schütze fühlte diese Hemmungen ärgerlich in sich aufsteigen, als er Amelia gegenüberstand und diese ihn mit einem artigen Knicks begrüßte. Er lächelte – wie er glaubte, reichlich dumm – auf ihre braunen Locken herab und drückte zaghaft ihre kleine Hand.

»Seien Sie uns willkommen«, sagte er etwas heiser. Daß er plötzlich Rührung empfand, war noch schlimmer. Die Frau meines Jungen, dachte er. Die zukünftige Mutter meiner Enkel. Wie schnell doch das Leben dahinfliegt. Es ist gar nicht so lange her, da trug Heinrich Emanuel noch kurze Hosen und eine Schülermütze. Und plötzlich ist er erwachsen und bringt eine Frau mit. Dann mußte er daran denken, daß Sulzmann in absehbarer Zeit Urgroßvater werden würde. Dieser etwas gehässige Gedanke, ihn mit Urgroßväterchen begrüßen zu können, machte ihn freier.

In der Wohnstube hatte Sophie Schütze aufgeräumt, Deckchen über die schadhaften Polster gebreitet und die Nippes zurechtgerückt. So eine vornehme Schwiegertochter sieht ja sofort, ob ein Haushalt gepflegt ist.

»Kommt 'rein«, sagte in der Diele Franz Schütze. Er nahm Amelia die Reisetasche ab und trug sie ins Schlafzimmer, während sie vor dem Flurspiegel stand, den Hut abnahm und die braunen Locken ordnete. Sophie Schütze kam aus dem Wohnzimmer. »Ich freue mich so«, rief sie, und dann weinte sie wieder, weil sie sich freute, weil sie ihren Jungen so glücklich sah und alles so maßlos schön war.

Es wurde ein schöner Abend. Steueroberinspektor Schütze holte zwei Flaschen Wein, die er für die Leutnantsfeier extra eingekauft und verborgen hatte, Mutter Schütze briet Schnitzel und kochte Schnippelbohnen dazu, und Heinrich Emanuel erzählte vom Manöver, vom Sieg der Kaisertruppen und dem wehrhaften, unbesiegbaren Eindruck, den die deutschen Truppen bei den ausländischen Manöverbeobachtern hinterließen. Davon, daß er nach dem ersten Angriff für tot erklärt wurde, schwieg er. Auch davon, daß er die große Kaiserparade nach dem Manöver nicht mitmachen durfte, sondern als Wachhabender im Dorf Wache schob, sprach er nicht. Er verschwieg auch die peinliche Untersuchung beim Regimentsarzt, der ihn wie einen Schwachsinnigen fragte: Wieviel ist neun und sechs? Kennen Sie Sansibar? Wo liegt der Caprivi-Zipfel? Wie lange dauerte der 30jährige Krieg? Schreibt man Hämorrhoiden mit oi oder nur mit i? – Er wurde nach zwei Stunden Intelligenztest als voll verantwortlich entlassen und auf dem Flur bereits von Oberst v. Fehrenberg als »Gemeiner Sozi in Uniform« zusammengebrüllt.

Das alles verschwieg er, um Vater und Mutter nicht unnötig aufzuregen. Amelia kannte diese Geschichte, und auch sie schwieg und nickte brav zu allen Lobreden, die Heinrich Emanuel auf den Kaiser hielt.

»Ich glaube, wir rasseln zu laut mit den Säbeln«, sagte Franz Schütze zu vorgerückter Nachtstunde. Schlachter Sulzmann war auch gekommen. Schütze hatte einen Jungen, der im Hause wohnte, mit der Botschaft losgeschickt, daß die Braut bereits da sei. Daraufhin hatte Sulzmann einen Wirbel entfacht, war in seinen Gehrock gestiegen, hatte den Friseur aus dem Bett geworfen und sich noch einmal rasieren und die eisgrauen Haare stutzen lassen und war dann mit einer Pferdedroschke losgefahren, das neue Familienmitglied zu besichtigen.

Die Musterung fiel blendend aus. Sulzmann akzeptierte Amelia. Sie merkte es daran, daß er ihr wohlwollend mit seiner Fleischerpranke auf die Schulter klopfte und sie »mein Kind« nannte. Als die Gespräche politisch wurden, zogen sich Sophie und Amelia zurück. Sophie Schütze zeigte ihren Wäscheschrank. Sie war stolz darauf. Es war etwas, was sie auch vor einer »von« nicht zu verbergen brauchte.

Heinrich Emanuel sah seinen Vater strafend an.

»Mit den Säbeln rasseln. Der Kaiser weiß, was er will. Wir sind ein Volk in Waffen.«

Sulzmann nickte schwer. »Um sie nicht einrosten zu lassen, wird sich schon was tun.«

»Ihr denkt zu – verzeiht es mir – zu primitiv. Die Welt neidet uns den Aufstieg. Seit 1871 denkt man an Revanche. Aber heute stehen wir eherner da als vordem. Ein Krieg ist ein Spaziergang...«

»Aber die anderen schießen auch.«

Heinrich Emanuel sah seinen Großvater wie tief beleidigt an. Er strich seine Uniformjacke mit den neuen, blitzenden Leutnantsachselstücken glatt. Mit durchgedrücktem Kreuz saß er vor seinem Vater und Großvater.

»Euer Denken ist etwas engstirnig und spießig«, sagte er hart. »Als Offizier Seiner Majestät weiß ich, wie groß die Schlagkraft unserer Armee ist. Wenn es einen Krieg gibt ... wir werden ein noch größeres 1871 erleben! Wir werden die ganze Welt in die Knie zwingen! Wir werden die stärkste Nation sein! Ein Hundsfott, wer's nicht glaubt!«

»Hast du die Zahlen gelesen, Heinrich?« wagte Franz Schütze einen Einwand. »Um uns herum haben sie alle Heere verstärkt.

Fast 2,5 Millionen hat allein der Russe in den Waffen. In England, Frankreich und Italien rüstet man. Man hat uns eingekreist.«

»Je mehr Feinde, um so mehr Ehre!« rief Heinrich Emanuel stolz. »Der Kaiser – dem ich alles verdanke – wird einen weiteren Blick als wir haben. Und wenn es einmal zu einem Krieg kommt ... steht es außer Zweifel, daß nur wir gewinnen können! Mit der blanken Waffe in der Hand jagen wir sie vor uns her wie Füchse ...«

Man kam an diesem Abend zu keiner einheitlichen Linie. Schlachter Sulzmann schüttelte betrübt den Kopf, als ihn sein Schwiegersohn nach unten an die Haustür brachte.

»Unser Heinrich macht mir Sorgen«, sagte er leise. »Mit den silbernen Achselstücken hat er sein Gehirn eingetauscht. Wir alle riechen doch, daß es stinkt. Wie beim Fisch ... vom Kopf her.«

»Vielleicht sehen wir es von einer anderen Perspektive«, versuchte Schütze seinen Sohn zu verteidigen. Sulzmann schüttelte den Kopf.

»Wir stehen richtig, Schwiegersohn. Wir stehen bei so etwas immer richtig ..., denn wir müssen's ausfressen. Gute Nacht. Morgen sollen die jungen Leute zu mir zum Kaffee kommen.«

Drei Tage später, an einem Sonntag, stand Freiherr v. Perritz vor der Wohnungstür des Steueroberinspektors Schütze. Er trug seinen grünen Jagdanzug, einen weichen Filzhut, einen derben Knüppel, dicke Schuhe und ein vom Herbstwind gerötetes Gesicht. Heinrich Emanuel und Amelia waren nicht zu Hause, sie hatten den Frühgottesdienst besucht und wollten danach noch etwas an der Oder spazierengehen.

Franz Schütze brauchte keine förmliche Vorstellung des Barons, er wußte sofort, wer der grüne Gast war. Er riß die Tür auf und trat aus dem Weg, wie er es immer machte, wenn sein Oberamtmann in die Kanzlei kam und die Akten kontrollierte.

»Ich freue mich sehr, daß Sie gekommen sind, Herr Baron«, sagte Franz Schütze. »Die Kinder sind spazieren –«

Freiherr v. Perritz ging an Schütze vorbei, stellte seinen Knüppel in den Schirmständer an der Garderobe, hängte seinen Jägerhut an einen Haken und strich sich seinen langen, schwarzen Bart, den der Wind etwas zerzaust hatte. Durch den Flurspiegel sah er Franz Schütze scharf an.

»Sie sind der Leutnantsvater?«

»Ich darf mich so nennen«, antwortete Schütze stolz.

»Dann zunächst meine Gratulation. Aus Ihrem Sohn wird etwas werden. Erst besiegt er den Kaiser, dann entführt er meine Tochter –«

Franz Schütze fühlte es heiß unter seiner Hirnhaut werden. Er ging ins Wohnzimmer voraus, bot dem Baron einen Sessel an, holte einen reinen Doppelkorn aus einem Schrank und goß zwei Gläschen voll.

»Den Kaiser besiegen? Wie soll ich das verstehen?«

»Ach, Sie wissen es nicht? Von Kattowitz bis Breslau ist es bekannt. Ihr Heinrich Emanuel hat in einem Alleingang den Kaiser in Verlegenheit gebracht und bald die Manöverschlacht gewonnen. Ein Skandal, mein Bester. Ich habe mich köstlich amüsiert, auch wenn ich öffentlich mich entrüsten mußte.«

»Da ... davon weiß ich nichts«, stotterte Franz Schütze. Er trank schnell seinen Korn, ehe der Baron mithalten konnte, und wischte sich den Schnauzbart mit nervösem Zittern. »Kann daraus etwas entstehen?«

»Aber nein. Er ist Leutnant geworden, Majestät war sehr wohlwollend, außerdem scheint mir, daß Ihr Sohn das Zeug in sich hat, sich durch die Befolgung von Befehlen in die Höhe zu dienen und mit der Achtung der Obrigkeit selbst an Achtung zu gewinnen. Was verlangt man auch mehr von einem guten, aufrechten Deutschen? Außerdem hat er meine Tochter gewonnen –«

»Sie sind gekommen, Amelia zurückzuholen, Herr Baron?«

»Man müßte sich über die Zukunftsaussichten unterhalten, Herr Schütze. Zurückholen? Kennen Sie die v. Perritz' schlecht. Alles, was wir tun, ist endgültig. Der einzige, der in langer Ahnenreihe zu Kompromissen neigt, bin ich. Aber auch nur, weil ich meine Tochter Amelia besonders liebe.«

»Das kann ich verstehen«, sagte Franz Schütze. »Wenn Sie wüßten, wie sehr sich die Kinder lieben ...«

»Man wird nur nicht satt davon.«

»Dafür ist gesorgt.« Oberinspektor Schütze goß die Gläser noch einmal voll. Er war stolz, das Folgende wohl akzentuiert sagen zu können: »Unsere Familie wird Heinrich Emanuel eine Einnahme von 500 Mark garantieren.«

»Das kostet mich allein mein Turnierpferd ... aber immerhin ...« Freiherr v. Perritz kämmte mit gespreizten Fingern seinen Bart und sah freundlich auf Franz Schütze. »Ich sehe, daß meine Tochter Instinkt besitzt. Irgendwie freue ich mich, einen Blick in das gute Bürgertum tun zu können. Wir wollen einmal alles durchsprechen, lieber Herr Schütze ...«

Schlachtermeister Sulzmann wurde im Eiltempo geholt. Noch während Heinrich Emanuel und Amelia an der Oder promenierten,

Arm in Arm, glücklich, jung, vorausdenkend und mutig, das harte Leben gemeinsam zu packen, wurde in der Schützeschen Wohnung hart und verbittert gerungen. Vor allem Schlachtermeister Sulzmann, der Patriarch der Familie, war für Baron v. Perritz ein Gegner, der nicht einen Fingerbreit wich.

»Sie haben ein Gut, Rennpferde, Schweine, Kühe, Felder, Wälder, Jagden, Diener und Landarbeiter und gute Kredite ... Ich habe drei Metzgereifilialen, fünf Stadthäuser, Mieten, sechs Gesellen, vier Lehrlinge und ein gutes Bankkonto. Das alles steht hinter Heinrich Emanuel, meinem Lieblingsenkel. Wenn Sie Wert auf Titel legen, Herr Baron ... ich bin bereit, mir den Kommerzienrattitel zu erkaufen. Ich kann's«, sagte Schlachtermeister Sulzmann überzeugend.

»Ich zweifle nicht daran. Ich denke nur an das Glück Amelias.«

»Daran zweifle ich wiederum nicht«, bekräftigte Franz Schütze die Familienargumente.

Am Abend fuhr Freiherr v. Perritz mit dem Zug zurück nach Schweidnitz. Amelia und Heinrich Emanuel begleiteten ihn zum Bahnhof. Amelia hing glücklich im Arm ihres Vaters. Ihre Augen leuchteten, als seien sie geschliffen.

Die Verlobung wurde eine Woche später bekanntgegeben.

Hauptmann Stroy gratulierte schriftlich, nur mit einer Karte, ohne Blumen. Persönlich drückte er seinem Leutnant nicht die Hand. Mit der Karte war seine Höflichkeitspflicht erfüllt. Petermann frotzelte von einem doppelten Manöversieg, Leutnant Schütze ließ ihn reden, spendierte· für das Offizierskorps einen Kasinoabend (den Großvater Sulzmann finanzierte und dafür auch die Wurst- und Fleischwaren lieferte) und begann sich eine kleine Wohnung für die Gründung des eigenen Hausstandes zu suchen.

In dieses Idyll – Amelia stickte bereits in die Tischwäsche das Monogramm AS – kam vom Generalkommando der Versetzungsbefehl für Leutnant Schütze.

Mit hochrotem Kopf saß Heinrich Emanuel auf seiner Stube und studierte immer wieder den Befehl, den ihm Hauptmann Stroy mit der Bemerkung: »Majestät vergißt eben nicht so leicht« überreicht hatte.

Versetzt nach Ostpreußen. Nach Goldap.

Zum Infanterieregiment Graf Dönhoff, 7. Ostpreußisches Rgt. Nr. 44. In die 3. Kompanie.

Ein Kommando an der Grenze Rußlands. Im Herzen von Trakehnen.

Heinrich Emanuel fuhr hinaus nach Perritzau. Baron v. Perritz nickte weise, als er den Befehl sah. »Dort bist du weit weg, mein Sohn«, sagte er nachdenklich. »Und wenn es Krieg mit Rußland gibt, bist du auch gleich im richtigen Schützengraben. Das nennt man preußische Weitsicht.«

»Ich werde mich dagegen wehren!« rief Leutnant Schütze.

»Das ist sinnlos.«

»Ich bin im Recht.«

»Als wenn es darauf ankäme«, v. Perritz faltete den Versetzungsbefehl zusammen und gab ihn Schütze zurück. »Du bist in erster Linie Soldat. In zweiter Linie Soldat. In der dritten bis zehnten Linie immer noch Soldat. Und dann erst bist du jemand, der an ein persönliches Recht denken kann. Aber den Abstieg durch zehn Linien hält niemand durch, der eine Uniform trägt.«

»Und das sagst du?« Heinrich Emanuel sah seinen zukünftigen Schwiegervater fassungslos an. »Du redest ja wie ein Pazifist ...«

»Das Wort kommt von pax. Frieden. Es ist nicht das übelste Wort in der deutschen Sprache. Aber es gibt Worte, die man vergißt, wenn der ruhende Säbel an der Seite zu schwer wird und gerasselt und geschwungen werden will. Fahr nach Goldap. Wehr dich nicht. Es gibt noch einsamere Kommandos.«

»Ich werde ein Gnadengesuch einreichen.«

»Das steht dir frei. Aber es paßt nicht zu uns, Heinrich. Dein Vater wird genauso denken.«

»Sicherlich.«

Die Versetzung erfolgte zum 15. Januar 1914. Weihnachten bereits heirateten Amelia v. Perritz und Leutnant Schütze. Hauptmann Stroy zog sich aus der Verpflichtung zu gratulieren, indem er über die Feiertage in Urlaub fuhr und eine Anzeige ihn nicht mehr erreichte.

Über einen bekannten Gutsbesitzer in Trakehnen bekam Schütze eine Wohnung in Goldap. Am 13. Januar mieteten sie einen Waggon der Eisenbahn, luden ihre Möbel und ihre Zukunftshoffnungen und alles, was sie für den neuen Haushalt angeschafft und geschenkt bekommen hatten, in Strohballen und fuhren quer durch Deutschland nach Ostpreußen.

Sie kamen in Goldap an bei heulendem Schneesturm. Fast einen Meter hoch lag der Schnee über dem Land. Die Bauernhäuser waren Hügel, aus denen nur der Schornstein rauchte. Die Wälder ächzten. Schon auf dem Bahnhof erfuhren sie, daß von Rußland herüber, auf der Suche nach Futter, Wolfsrudel eingebrochen seien.

Frierend, aneinandergepreßt, standen Amelia und Heinrich Emanuel hinter der Scheibe des Bahnhofwartesaals und warteten auf einen geschlossenen Wagen, der sie in die Stadt fuhr.

Amelia lächelte schwach, als er sie ansah. »Es ist schön hier«, sagte sie tapfer.

Er wußte, daß sie log, und er lächelte bitter zurück und legte den Arm um ihre zitternden Schultern.

»Laß erst den Frühling kommen – dann sind die Pferdeherden auf den Weiden, die Seen blinken in der Sonne und spiegeln den blauen Himmel, das Heidekraut ist wie ein violetter Teppich ... und wir sind zusammen.«

Sie nickte mehrmals und starrte in den Schneesturm. In ihm erstarb alles Leben. Sie wußten, daß vorerst kein Wagen kommen konnte, um sie abzuholen. Der Sturm würde die Pferde in die Gräben wehen.

Vier Stunden warteten sie, bis ein Fuhrwerk durch den nachlassenden Sturm zu ihnen kam. Es war der 15. Januar, nachmittags um halb vier Uhr.

Um zehn Uhr vormittags sollte sich Leutnant Schütze in der Kaserne melden.

Bevor sie ins Hotel fuhren, in dem sie wohnen mußten, bis die Wohnung eingerichtet war, ließen sie sich zur Kaserne fahren. Während Amelia im überheizten Raum der Kantine wartete, meldete sich Heinrich Emanuel bei seinem neuen Kompaniechef. Es war ein dicker, rotgesichtiger Hauptmann mit etwas schräggestellen Augen und einem halben Mongolenbart. Er sah ostentativ auf seine Uhr und verglich die Zeit mit dem Versetzungsbefehl.

»Schon da, Herr Leutnant?« brüllte er plötzlich. »Kennt man in Schlesien keine Uhren?«

»Der Schneesturm, Herr Hauptmann.« Heinrich Emanuel stand wie ein Pfahl. Nur seine Augen flatterten. »Wir haben auf ein Fahrzeug warten müssen ...«

»Was haben Sie?« brüllte der Hauptmann. »Ein preußischer Soldat wartet?!«

»Der Schneesturm, Herr Hauptmann –«

»Sie haben pünktlich hier zu sein, und wenn es Scheiße regnet!«

»Herr Hauptmann, meine Frau –«

»Haben Sie mich verstanden?!« schrie der Hauptmann. Seine schrägen Augen flimmerten giftig.

»Jawoll, Herr Hauptmann!«

»Sie machen ab sofort Wachdienst!«

»Ich –«
»Verstanden?!«
»Jawoll, Herr Hauptmann.«
Als Leutnant Schütze aus der Schreibstube kam, heulte der Sturm wieder über das Land. Er stemmte sich gegen den Schneewind, rannte über den Kasernenhof hinüber zur Kantine, wo Amelia wartete, und er hatte wilde Lust, mit dem Sturm zu heulen, grell wie ein hungriger Wolf.

Als er in die Kantine stolperte, war er fast vereist.

III

Es dauerte zwei Tage, bis die Wohnung in Goldap eingerichtet war. Zwei Putzfrauen und ein Dienstmädchen, das der Bekannte Baron v. Perritz' engagiert hatte, halfen Amelia bei der Einrichtung.

Leutnant Schütze war unterdessen mit seiner Kompanie zu einer Winterübung in die Seesker Höhen abgerückt und lag bei klirrendem Frost in mit Petroleum geheizten Zelten oder robbte durch tiefen Schnee auf angegebene Ziele. »Der Mongole«, wie der Hauptmann im ganzen Regiment genannt wurde, ritt wie ein Teufel mit dampfendem Pferd durch das Gelände und brüllte. Es war, als frören seine Worte gleich vor seinen Lippen und prasselten wie Schrapnelle auf die keuchenden Infanteristen herab.

»Vor uns steht der Russe!« brüllte der »Mongole«. »Er ist hart, ihr Pflaumen! Aber ihr seid Wickelkinder! Wie wollt ihr Deutschland verteidigen, wenn ihr bei so einem bißchen Schnee und Kälte eure Hintern erfrieren laßt?!«

Nach vier Tagen hatte Heinrich Emanuel endlich Zeit, seine neue Wohnung – seine erste Wohnung – zu besichtigen und sich für einen Abend verwöhnen zu lassen. Er zog die Uniform aus, schlüpfte in einen Schlafrock, rauchte eine Zigarre und ließ sich von dem Mädchen einen Grog machen. Mit viel Zucker. Dann las er die Zeitung, einen Brief der Eltern und die Rechnungen der Handwerker, die den »Herrn Leutnant ergebenst um baldige Begleichung« baten. Man kannte die jungen Offiziere hier in Goldap.

Mit seiner Heirat war Heinrich Emanuel in die Fürsorge dreier Familien gekommen. Zur Gründung des Hausstandes ließ Freiherr v. Perritz eintausend Goldmark überweisen. Sie entledigten das junge Ehepaar aller Sorgen.

Bis zum Beginn des Frühlings folgten dann die Antritts- und Gegenbesuche bei den Regimentskameraden, bei Gutsbesitzern, beim Bürgermeister, Oberförster, Apotheker, Hausarzt, Studiendirektor, dem Vorsitzenden des vaterländischen Komitees, einem pensionierten Rechnungsrat, bei den oberen Hundert von Goldap also.

Die Stimmung, die Heinrich Emanuel antraf, war verwunderlich. Allenthalben redete man von einem in der Luft liegenden Krieg. Überall rüstete man. Um Mlawa herum sollte die 2. russische Armee aufmarschiert sein. Auch an der Masurengrenze ballten sich russische Truppen zusammen.

Leutnant Schütze hielt im Offizierskasino von Goldap einen theoretischen taktischen Vortrag vor einem großen Sandkasten. Unter den Augen des »Mongolen« entwickelte er mit Zeigestock und Sandschüppchen im Sandkasten die völlig klaren Grundlagen eines Sieges über die zaristischen Truppen. Offizierskameraden, die aus Angerburg, Trakehnen, Eydtkuhnen und Pillkallen gekommen waren, ließen sich neidlos von der Logik des jungen Leutnants überzeugen.

Es war ein glänzender Kasinoabend. Die Damen drängten sich um Amelia. »Ihr Gatte wird einmal in den Generalstab kommen«, heuchelten sie Beifall. »Wie er die Russen schlägt – das kann der Hindenburg nicht besser.«

»Es ist ja so, meine Herren«, beendete Heinrich Emanuel seinen in nächtelanger Arbeit ausgearbeiteten Vortrag mit Elan, »daß unsere Truppen bei einer einwandfreien Ausführung unserer Zangenbewegung dem Gegner gar nicht mehr Zeit lassen, sich erstens zu orientieren, zweitens den Nachschub nachzuziehen und drittens eine Aufmarschbasis zu suchen. Wir müssen schnell sein, das ist alles. Wir müssen nach der alten klassischen Angriffstaktik der ›schiefen Schlachtordnung‹ angreifen und den Gegner über einen Flügel aufrollen. Im übrigen –« er nahm straffe Haltung an und sah treu in eine imaginäre Ferne, »können wir uns auf das Genie unseres Kaisers verlassen. Was auch kommt – Majestät sagte ganz klar: ›Ich führe euch herrlichen Zeiten entgegen!‹«

Der Kasinoabend war ein voller Erfolg Leutnant Schützes. Der »Mongole« wurde ihm wohlgesinnt. Was die da aus Schlesien intern an mich schrieben, ist Unsinn, dachte er. Der Junge hat Schneid. Er ist aus Generalstabsholz geschnitzt. Man wird es in ein paar Jahren sehen. Außerdem hat er eine einflußreiche Verwandtschaft hinter sich. Das ist etwas, was man nie vergessen und überhaupt nie unterschätzen soll.

Von diesem Tage an hatte Heinrich Emanuel mehr Zeit. Er besichtigte mit seiner jungen Frau die Gestüte von Trakehnen, und als die ersten Sonnenstrahlen den nahen Frühling ankündeten, fuhren sie hinaus in die Rominter Heide, nahmen an Jagden teil und kamen in das Leben der Landjunker hinein. Es gefiel ihnen so gut, daß sie einige Gewohnheiten abguckten und nach Goldap importierten: Die etwas schnarrende Aussprache des Hausherrn, die vornehme Zurückhaltung der Hausfrau, das Bewußtsein, daß Deutschland sich nach Osten ausdehnen müsse und das Ordensrittertum nicht gestorben sei, die Verachtung dem östlichen Menschen gegenüber und das deutlich zur Schau getragene Bewußtsein, daß es in Deutschland überhaupt nur zwei Garanten des Deutschtums gäbe: Die Industrie an der Ruhr und das Junkertum in Ostpreußen, Pommern und angrenzenden Gebieten.

Es kam der Mai 1914. Die Rominter Heide war übersät mit Blüten. Das helle Grün der Birken stach in den zartblauen Himmel. Baron v. Perritz war zu Besuch gekommen. Er hatte einige Nachrichten mitgebracht. Petermann war zum Oberleutnant befördert und versetzt worden, Hauptmann Stroy hatte sich kompromittiert und eine siebzehnjährige Klempnerstochter heiraten müssen. Es schwebte ein Verfahren zu seiner Zwangspensionierung. Vom Dienst war er suspendiert. Opa Sulzmann hatte 10 000 Mark für ein Waisenhaus gestiftet und wartete auf seinen Kommerzienrattitel. Außerdem hatte er in Oppeln und in Brieg eine Filiale gegründet. Eine Diktatur der Sulzmann-Schlachterläden über Schlesien lag in der Luft.

Am 28. Juni 1914 flatterten auch in Goldap die Extrablätter durch die Straßen und über die Familientische.

Erzherzog Franz Ferdinand in Sarajewo ermordet.

Erklärt Österreich den Krieg an Serbien?

Was werden Frankreich, Rußland und England tun? Bleibt Italien neutral?

Vor allem aber: Was tut der Kaiser? Kommt er seinem Waffenbruder Franz Josef zu Hilfe? Gibt es Krieg in Deutschland?

Nachdenklich sah Heinrich Emanuel auf die Straße. Dort marschierten zehn Goldaper Jungen in Papierhelmen und mit geschulterten Holzgewehren durch die sonnenhellen Straßen. Ihre grellen Kinderstimmen jubelten in den friedlichen Frühling: »Siegreich woll'n wir Frankreich schlagen – sterben wie ein tapf'rer Held...«

An den Stammtischen wurden mit Biergläsern Armeen hin- und hergeschoben. Die Bärenfanggläser ersetzten die Reiterei. Bierfilze markierten die Artillerie.

In den Offizierskasinos wurden Pläne an die Wand gehängt, große Sandkästen wurden gebaut und mit taktischen Zeichen gespickt.

Im Reichstag, in der Presse, im Industrieklub, auf der Straße, überall erfaßte die Menschen ein Taumel. Eine Begeisterung rollte von der Maas bis zur Memel. Es gab keinen Deutschen, der nicht siegte. Theoretisch.

Am 28. Juli 1914 erklärte Österreich den Krieg an Serbien. Das österreichische Ultimatum war abgelehnt worden.

Mit dem Eintritt der Donaumonarchie in den Krieg marschierte auch das deutsche Heer. Die Mobilmachung war ein Volksfest. Mit Blumensträußchen am Helm, in den Gewehrmündungen, am Koppel, auf der Brust, marschierten die ersten Truppenverbände zu den Ausgangsstellungen. Die Reservisten belagerten die Züge. Singend zogen sie in die Kasernen ein. Die Frauen und Mädchen winkten und rannten neben ihnen her, bewarfen sie mit Blumen und Schokolade und vaterländischen Postkarten, auf denen ein deutscher Militärstiefel gezeigt war, der den russischen Bären in den Staub trat und zermalmte.

»In sechs Wochen sehen wir uns wieder«, sagte auch Heinrich Emanuel Schütze zu seiner weinenden Frau Amelia. Daß sie weinte, wo alles jubelte, berührte ihn unangenehm. Eine Offiziersfrau hat immer Haltung zu bewahren, dachte er. Schließlich ist es unser Beruf, zu siegen. »Frankreich wird sich wundern«, sagte er als Trost und streichelte Amelias braune, lange Haare. »Wir werden ihren rechten Flügel aufrollen. So wie es der General v. Schlieffen gesagt hat.«

Unten auf der Straße marschierte eine Kolonne Reservisten vorbei. »Ein jede Kugel die trifft ja nicht . . .« tönte es zu ihnen hinauf. Heinrich Emanuel küßte Amelia auf die Stirn.

»Hörst du's . . . nicht jede Kugel –«

Sie legte schnell ihre Hand auf seinen Mund. In ihren Augen stand nackte Angst.

»Aber die, die treffen . . . und wenn du es bist . . .«

»Deutschland hat noch nie um seine Helden geweint, sondern war stolz auf sie.«

»Ich verzichte auf Heldentum!« schrie Amelia. »Ich will dich behalten. Ich verfluche diesen ganzen Krieg. Was geht uns dieser Franz Ferdinand an? Wenn man dich erschossen hätte, würde es keinen Krieg gegeben haben.«

»Mein Schäfchen.« Heinrich Emanuel sah über den zuckenden

Kopf Amelias hinweg auf die Straße. Ein Zug der Nachbarkompanie marschierte durch die Stadt. Er ertrank fast in einem Blumenmeer. Es war ein herrliches, das Herz bis zum Halse schlagen lassendes Bild. So zogen einst die Germanen unter Arminius gegen die Römer, dachte Heinrich Emanuel stolz.

»Das verstehst du nicht. Der Tod Franz Ferdinands ist nur ein willkommener Anlaß, die Großsprecherei von Deutschlands Neidern zu zerschlagen ...«

Amelia starrte ihren Mann an. »Ein – willkommener Anlaß ... nennst du das? Euch ist willkommen, daß Tausende fallen, daß es Witwen und Waisen gibt, daß Tausende Mütter weinen. Das ist euch – willkommen?«

»Es geht um höhere Ziele, als um die paar Gefallenen. Große Ziele erfordern große Einsätze. Die Weltgeschichte lehrt es uns. Was wäre Cäsar ohne seine Kriege gewesen? Hätte es einen Alexander den Großen gegeben, wenn –«

»Ich will dich behalten!« schrie Amelia und umklammerte Schützes Schultern. »Dich! Nur dich! Was geht mich Cäsar an? Was eure Politik? Was eure Ziele! Frieden will ich ... dich will ich ... Kinder will ich einmal haben, von dir! Kein zurückgeschicktes Eisernes Kreuz und einen Brief, wie tapfer du gefallen seist! Was habe ich davon?«

»Du bist eine Offiziersfrau«, sagte Heinrich Emanuel steif. »Du wußtest, was es heißt. Du hast vor allen anderen Frauen Beispiel zu sein, wie ich es vor meinen Soldaten bin.« Er nahm einen Blumenstrauß aus der Vase, die hinter ihm stand, drückte ihn Amelia in die Hand und setzte seinen Helm auf. »So, und jetzt begleitest du mich zum Bahnhof. Es wird Zeit.«

»Ich kann es nicht. Ich kann es nicht.« Sie warf die Blumen weg und schlug die Hände vors Gesicht. »Was geht uns Serbien an?«

Heinrich Emanuel schnallte seinen Degen um. Im Flur des Hauses wartete sein Bursche mit dem Gepäck. In einer Stunde wurde die Kompanie verladen. Es wurde Zeit, zu gehen.

Er bückte sich, hob den Blumenstrauß auf, steckte ihn Amelia unter die Achsel und ließ den Degen auf den Boden aufklirren.

»Gehen wir. Reiß dich zusammen, Amelia. Denk' daran, daß es von deiner Haltung abhängt, wie meine Karriere wird. Der Krieg wird vielleicht mein Sprungbrett in den Generalstab sein. Ich habe für den Ernstfall eine taktische Schrift verfaßt. Sie ist bereits auf dem Weg zum Generalkommando ...«

Eine Stunde später stand Amelia Schütze mit Hunderten anderen Frauen auf dem Bahnsteig und winkte dem geschmückten Zug nach. Der Gesang der Soldaten hallte noch lange nach, als der Zug schon um eine Biegung verschwunden war. So, als solle man ihre Stimmen nicht vergessen ... Stimmen, die irgendwo im Osten oder Westen verröcheln würden.

Aus der Tiefe des russischen Raumes marschierten die Millionen der zaristischen Truppen heran. Im Raume Mlawa-Ostrolenka-Lomscha gab es keinen Flecken ohne die erdbraunen Uniformen. Eine Welle des Schreckens wälzte sich auf die ostpreußische Grenze bei Masuren zu. Unermeßliches Leid lag in der Luft.

Am 1. August 1914 hatte fast die halbe Welt Deutschland den Krieg erklärt. Der vom deutschen Generalstab gefürchtete »Zwei-Fronten-Krieg« war bittere Wahrheit geworden. Das große Gespenst, das bisher nur in den Gehirnen gespukt hatte, nahm Gestalt an und wollte bezwungen werden: Wie kann man so große Truppenverbände reibungslos bewegen? Wie kann man eine so riesige Heermasse einheitlich leiten, wenn jeder Armeebefehlshaber praktisch eigene Befehlsgewalt hat? Wie kann man einen Nachschub nach allen Fronten stockungsfrei organisieren? Überall fehlte die technische Erfahrung. Bisher waren Kriege regional. Jetzt war der Krieg weltweit.

Das Gespenst der Unfähigkeit hockte in allen Amtsstuben. Man verdeckte es durch Begeisterung und laute Reden. Der Kaiser sprach, der Kronprinz, der Kriegsminister, der Kanzler, die Armeeführer, die Obersten, die Hauptleute. Alle, alle hielten vaterländische Reden. Auch Heinrich Emanuel.

Er lag an der Marne, in einem kleinen Dorf bei Reims. Nicht an der Front, sondern hinten in Ruhe.

Als die Schlacht begann, als die deutschen Truppen in einem Siegeslauf nach Frankreich hineinstießen, als sie die Vogesen eroberten und in die Champagne einströmten, erkältete sich Heinrich Emanuel an drei Flaschen zu eisigem Sekt den Magen und kam in ein Lazarett.

So verpaßte er einen geschichtlichen Moment – das Halt an der Marne. Das »Wunder« des Weltkrieges. Die plötzliche Enthüllung der deutschen Unfähigkeit, weiter zu denken als über einen gegebenen Befehl hinaus.

Heinrich Emanuel Schütze hatte ein unerschöpfliches Thema bekommen. Als Schulungsoffizier zog er durch die Lazarette von Reims und der Champagne und hielt Vorträge über die Marneschlacht und die taktischen Erwägungen des deutschen Rückzuges.

»Wir sind wie ein gespanntes Gummiband!« rief er volkstümlich den lauschenden Verwundeten zu. »Wir federn zurück und wir federn vor. Das ist die Taktik der Defensive.«

Er glaubte es tatsächlich selbst.

März 1915. – Winterschlacht in der Champagne.

In dem kleinen Ort Courémont lagen sich Franzosen und Deutsche in schnell ausgeworfenen Schützengräben gegenüber. Die Fronten hatten sich stabilisiert, der Krieg war in die Erde gegangen. Statt des Vormarsches baute man Unterstände und eine tiefgestaffelte Verteidigungslinie. Der Rausch des Siegeslaufes, der in einer Woche in Paris enden sollte, war verflogen. Die in ihren Erdlöchern und Unterständen um kleine Blechöfen sitzenden und frierenden deutschen Infanteristen dachten nicht mehr an ihren Auszug im Juli 1914. Was mit Blumensträußchen und Jubel, mit Gesängen und vaterländischer Begeisterung begann, endete in Blut und bitterer Ernüchterung vor der Tatsache, daß zwar nicht jede Kugel, aber doch genug Kugeln ihre Ziele trafen und die Toten und schreienden Verwundeten wenig Trost empfanden, wenn man sie »Helden für Kaiser und Vaterland« nannte.

In Rußland ging der Krieg flotter weiter. Dort hatte Hindenburg die nach Ostpreußen eingebrochenen Russen bei Tannenberg vernichtend geschlagen. Eine ganze Armee, die 2. russische Masurenarmee, war vernichtet worden. Von allen Seiten strömten die deutschen Truppen in die Weite des östlichen Landes ... Namen wie Mogilew, Nowo Georgiew, Ciechanow, Pultusk, Kowno kannte jeder Junge auf der Straße. Ein neues Spiel statt Ringelreihen oder Kästchenhüpfen kam auf: Deutschland gegen Rußland.

Im übrigen wartete man aber auf den Frühling. Von ihm versprach man sich vieles. Alles. Neue Offensiven im Westen, neue Umklammerungen im Osten. Freikämpfung der österreichischen Waffenbrüder in den Karpaten.

Auch Heinrich Emanuel gab dieser Hoffnung sichtbaren und lauten Ausdruck. »Wenn die Sonne wieder scheint, wenn es ›Kaiserwetter‹ gibt, siegen wir auch wieder.« Das war sein Kernsatz, mit dem er seine Infanteristen um die bullernden Kanonenöfen in den Unterständen auch innerlich erwärmen wollte.

Die Winterschlacht in der Champagne sah Leutnant Schütze in der ersten Linie. Nach Ausheilung seines Magenleidens ließ es sich nicht vermeiden, daß er bei den großen Ausfällen gerade an Offizieren eine Kompanie übernehmen mußte.

Als er das erste Mal durch ein Scherenfernrohr hinüber zu den französischen Gräben blickte und zum erstenmal den Feind sah – bisher hatte er ihn nur als Gefangenen betrachten können, lange Kolonnen, die durch Reims marschiert waren –, ergriff ihn ein merkwürdiges Gefühl der Angst, vermischt mit vaterländischem Opfertum.

Dann wurde sein Graben von französischer leichter und schwerer Artillerie beschossen. Eine Stunde lang krachte es um ihn herum, als wolle die Erde auseinanderbersten. Als die Einschläge verebbten, gellte der Ruf »Alarm!« durch die Gräben. Die Franzosen griffen an.

Heinrich Emanuel stand am Grabenrand und starrte auf die durch den Schnee auf seine Kompanie zulaufenden Gestalten. Er sah die an den Knien umgeschlagenen langen Mäntel, die stumpf blinkenden, graublau gestrichenen Stahlhelme mit dem kleinen Bügel und der flammenden Granate über der Stirn, er starrte auf die wirbelnden Beine in den langen Wickelgamaschen, und ein den Atem abklemmendes Gefühl ergriff ihn und machte ihn zum Helden.

»Feuer!« brüllte er. »Feuer!«

Aus den deutschen Gräben knatterte es den französischen Schützenlinien entgegen. Zum erstenmal sah Heinrich Emanuel, wie Menschen vor seinen Augen starben. Wie sie die Arme hochwarfen, wie sie aufschrien, wie sie in den Knien einknickten, wie sie sich im Schnee wälzten und um sich schlugen, wie sie auf allen vieren wegkrochen, wie nackte Angst und Fanatismus vereint zugrunde gingen, wie die Welt nur noch aus Sterbenden und vorwärtsgetriebenen Schreienden bestand, die dem Tod entgegenrannten und nicht wußten, warum sie es taten.

Um die Deutschen zu vertreiben, die auch nicht wußten, warum sie in der Champagne oder bei Ypern lagen, warum bei Langemarck Tausende Studenten mit dem Lied »Deutschland, Deutschland über alles« sich in den Kugelregen warfen und jämmerlich für ein Nichts, für ihre Begeisterung, verbluteten? Für die Erfüllung eines Bündnisses? Für eine europäische Politik? Für die Revanche von 1871?

Dem Bauern in der Provence war es gleichgültig – er wollte ernten ... und starb bei Courémont. Der Stahlarbeiter von Dijon wollte seinen Pinard trinken und seine Kinder großziehen ... und wurde bei Courémont zerschossen. Und der Fischer von der Bretagne wollte seinen Fischkutter durch die Wellen des Atlantik steuern ... und lag jetzt schreiend im Schnee, mit zerfetztem Oberschenkel und verblutete.

»Feuer!« schrie Heinrich Emanuel Schütze. »Feuer!« Er sah, wie die Angriffslinien stockten, wie die Franzosen sich in den Schnee warfen. Vor seinem Grabenabschnitt stockte der Krieg. Das machte Leutnant Schütze zu einem Vulkan.

»Bajonette pflanzt auf!« gab er durch. Dann hob er die Hand. Er dachte an das Kaisermanöver 1913 ... damals hatte er den Kaiser in Bedrängnis gebracht, weil er angriff, statt sich angreifen zu lassen. Damals hatte er in Gruppen stürmen lassen, kleine Feuerballen, die sich in die gegnerischen Linien hineinbohrten.

»Durchgeben!« schrie er. »In Gruppen von vier Mann mit sechs Metern Abstand zum Gegenangriff, wenn ich Arm hebe und Faust in die Luft stoße.«

Er wartete drei Minuten, bis der Befehl durchgelaufen sein mußte. Noch einmal blickte er auf die französischen Truppen, die wieder aufsprangen und langsamer auf den Graben zugelaufen kamen. Da stieß er den Arm hoch, seine Faust drohte fast ... aus dem Graben kletterten die deutschen Infanteristen, schwangen sich über den Erdrand und liefen in kleinen Gruppen, sich hinwerfend, feuernd, wieder aufspringend und schon im Laufen erneut schießend, auf die verblüfften Franzosen zu.

Heinrich Emanuel lief durch den Schnee, mit weit aufgerissenem Mund, mit starren Augen, den Degen vor sich herstoßend. »Hurra!« brüllte er in die kalte Winterluft. »Hurra!«

Um ihn herum gellte der Ruf hundertstimmig wider. Neben ihm schrie jemand auf ... er griff mit den Händen um sich, als suche er Halt, dann stürzte er mit dem Gesicht in den tiefen Schnee und hieb mit den Beinen schrecklich in den aufwirbelnden weißen Brei.

Heinrich Emanuel stutzte einen Augenblick. Es war sein Feldwebel, der dalag. Der Helm war ihm weggerollt ... wo sein Kopf sich in den Schnee gebohrt hatte, wurden die weißen Flocken rot.

Leutnant Schütze wurde es übel. Er riß sich von diesem Anblick weg, rannte weiter, stolpernd, den Degen in die Luft streckend, keuchend.

»Hurra!« schrie er heiser. »Hurra!«

Er stürzte über einen toten Franzosen, fiel auf ihn und griff in Blut. Ekel würgte ihn ... um ihn herum schlugen Granaten ein. Die leichte französische Artillerie legte ein Sperrfeuer.

Heinrich Emanuel richtete sich auf den Knien auf. Seine Kompanie lag im Niemandsland. Die Franzosen hatten sich in ihre Ausgangsstellungen zurückgezogen. Sie konnten nicht mehr vorstoßen, sie kamen ins eigene Artilleriefeuer.

Leutnant Schütze winkte. Zurück. Sammeln im Graben. Der Angriff war abgeschlagen. Einen feindlichen Graben zu erobern, dazu hatte er keinen Befehl.

Als die Kompanie wieder im eigenen Graben stand, schickte Heinrich Emanuel einen Melder zum Bataillon zurück.

Französischer Angriff um 14.37 abgeschlagen. Im zügigen Gegenangriff Gegner aus Niemandsland zurückgetrieben. Große Feindverluste. Eigene Verluste 24 Tote, 19 Verletzte.

Am 20. März 1915 erhielt Heinrich Emanuel Schütze das EK II, seine Beförderung zum Oberleutnant und dreißig Mann Ersatz. Sein Gegenangriff hatte, ohne daß er es wußte, die Flanken des Regimentes entlastet, in die der Franzose bereits eingebrochen war.

Sein Name war im ganzen Abschnitt bekannt. Bei der Division wurde ein Sonderaktenstück über ihn angelegt. Die Kompaniechefs der Nachbarkompanien und der Artillerie kamen zu ihm zu Besuch und saßen in seinem Unterstand, tranken Rum mit Tee und ließen sich den Gegenstoß erzählen. »24 Tote?« sagte einer von ihnen. »Das ist viel ...«

Heinrich Emanuel sah den Sprecher tadelnd an. »Man darf bei großen Dingen nicht so kleinlich sein«, sagte er. »Das Opfer seiner Soldaten ist die Stärke des Staates.«

Man widersprach ihm nicht, denn es war sinnlos.

In Breslau und auf Gut Perritzau war man gehobener Stimmung.

Die Beförderung Heinrich Emanuels zum Oberleutnant außer der Reihe, wegen Tapferkeit vor dem Feind sogar, bedeutete für die Familie Schütze-Sulzmann einen neuen Höhepunkt. Großvater Sulzmann, der jetzt als »Heereslieferant« Fleischkonserven herstellte und eine Dauerwurst entwickelt hatte, die nur den halben Fleischinhalt hatte, aber mittels Gewürzen besser schmeckte, als sie aussah, hatte seinen Kommerzienrattitel bekommen und nannte seine neue Wurst »Kommerzienratswurst« in Anlehnung an den gutgehenden »Geheimratskäse«.

Amelia war nach dem Einbruch der Russen in Masuren schnell aus Goldap abgereist und lebte auf dem väterlichen Gut in Trottowitz. Sie packte Liebesgabenpakete, hatte den Vorsitz einer Frauenvereinigung, die Leibbinden und Ohrschützer, Socken und Fußlappen für die Krieger nähte und strickte, und schrieb jeden dritten Tag einen Brief an Heinrich Emanuel, in dem sie ihm mitteilte, wie sehr sie ihn liebe, wie stolz sie und Vater und Mutter auf ihn seien und daß sie auf seinen Urlaub hoffe. Sie habe Sehnsucht ...

Oberleutnant Schütze trug diese Briefe gebündelt mit sich herum. Sie nahmen in seinem Offiziersgepäck eine massive Ecke ein, eingewickelt in Ölpapier, damit die Briefe bei einem etwaigen Wassereinbruch in den Unterstand keinen Schaden nahmen.

Hauptmann Stroy war in der Marneschlacht vermißt. Petermann hatte als neuer Hauptmann die Kompanie übernommen und lag verwundet im Lazarett von Bad Kreuznach. Baron v. Perritz hatte sich ebenfalls zur Verfügung gestellt. Er war als landwirtschaftlicher Sachverständiger eingesetzt. Durch die vollkommene Blockade Deutschlands wurde eine zweite Schlacht im Inneren des Landes geschlagen. Der Kampf um die Stabilisierung der Ernährung. Der Vier-Wochen-Krieg, auf den alle Hoffnungen vereinigt waren, auf den sich alle Stäbe eingestellt hatten und der die Grundlage aller Organisation war, hatte sich zu einem Stellungskrieg entwickelt, dessen Ende nicht vorauszusagen war. Es hieß, sich auf lange Zeit einzurichten. Nicht nur militärisch, auch in der Ernährung von 50 Millionen.

Kurz vor dem Ende der Winterschlacht in der Champagne widerfuhr Heinrich Emanuel Schütze ein Unglück, das niemand seinem ärgsten Feinde wünscht.

Bei einem Spazierritt entlang des Marne-Mosel-Kanals, wo sein Bataillon zehn Tage in verdienter Ruhe lag, nachdem zwei Drittel davon aufgerieben worden waren, wurde Oberleutnant Schütze von einer Gruppe Franktireurs entdeckt, überfallen und entführt.

Wie in allen Kriegen gab es auch 1915 in den besetzten Gebieten Gruppen von Freischärlern. Ihre Aufgabe war es, den Nachschub zu stören, die rückwärtigen Verbände zu beunruhigen, den Train aufzureiben, die Bevölkerung gegen die Deutschen aufzuwiegeln und einen Kleinkrieg hinter den Fronten zu führen. Sie hatten alle Waffen, die auch die uniformierte Truppe besaß. Sie hatten ihre Offiziere, ihre Kompanien. Ihre Kampfzeit war die Nacht ... am Tage standen sie in Werkstätten und Fabriken, arbeiteten auf den Feldern ... biedere Franzosen, die der Krieg überrollt hatte.

An diesem kalten Märztage war eine Gruppe dieser Franktireurs unterwegs, um eine Bäckereikompanie auszuheben. Daß ihnen Oberleutnant Schütze in den Weg ritt, war Zufall. Erst war man unschlüssig, was man tun sollte. Schließlich beschloß man, den einsamen Reiter als möglichen Zeugen auszuschalten.

Ehe Heinrich Emanuel begriff, was um ihn herum geschah, stürzte sein Pferd unter ihm zusammen. Ein Schuß hatte es mitten in die Brust getroffen. Schütze flog in einem weiten Bogen durch die Luft und in den Schnee. Er sprang sofort wieder auf, riß seine Pistole aus der Pistolentasche und brachte sie in Anschlag.

Neben dem Pferd und um ihn herum standen, als seien sie aus dem Schnee aufgetaucht, neun bewaffnete, finster blickende Zivilisten, in langen Wintermänteln, mit tief in das Gesicht gezogenen Kappen und durch Munition aufgeblähten Taschen.

Oberleutnant Schütze sah die Sinnlosigkeit seines Widerstandes ein. Er warf die Pistole in den Schnee und hob die Arme.

»Allez!« schrie ihn jemand an. Er bekam einen Kolbenstoß in den Rücken und einen ins Gesäß und stolperte durch den hohen Schnee, den Kanal entlang über Felder und buschiges Gelände.

Sie werden mich erschießen, dachte er. Das ist klar. So viel hat man von diesen Franktireurs gehört, so viel habe ich schon selbst von ihnen erzählt. Kälte stieg in ihm auf, sie griff ans Herz und nahm ihm den Atem. Als er stehenbleiben wollte, stieß man ihn wieder in den Rücken.

Da stolperte er weiter. Sein keuchender Atem wehte in weißen Wolken vor ihm her. Amelia, dachte er. So ist das Ende. Was hast du gesagt, als ich in Goldap Abschied nahm und dir den Blumenstrauß unter die Achsel klemmte? »Was kümmern mich Bündnisse und Verträge, was geht mich der Krieg an ... ich will nur dich behalten.« – Vielleicht hattest du recht ... ich werde nicht wiederkommen, der Krieg wird weitergehen, wie ich werden noch Tausende sterben, und sie alle werden Angst haben, ganz gemeine Angst ... wie ich ...

Vor einer halb niedergebrannten Scheune blieben sie stehen. Aus einem zerschossenen Kamin qualmte es leicht. Die Hütte war bewohnt.

Einer der Freischärler stellte Heinrich Emanuel an die durch Einschläge zerfetzte Wand. Die anderen betraten das Haus. Stimmen schlugen ihnen entgegen, ein Hauch von Wärme wehte Schütze einen Augenblick an, als sich die Tür öffnete.

Er sah sich um. Hügeliges Gelände, mit Baumgruppen und Büschen bewachsen. Die Hütte lag in einer Senke. Hier war es einsam. Vielleicht wogten im Sommer hier die Kornfelder. Unter dem Schnee ahnte er an den flachen Hängen die Weinstöcke. Sie waren vom Krieg weggefegt worden. Die Champagne, das sektfrohe Lachen Frankreichs, war gestorben.

An dieser zerschossenen Hauswand würde er sterben, das war sicher. Es war nur eine Frage von Minuten, bis die anderen aus der Hütte herauskamen und ihn erschossen.

Er strich sich mit zitternden Händen übers Gesicht und sah auf die drei Männer, die jetzt aus der Hütte kamen. Sie musterten Oberleutnant Schütze finster, nickten ihm zu, mitzukommen und gingen zurück ins Haus. Heinrich Emanuel folgte ihnen. Die Hitze, die ihm entgegenschlug, war wie ein Schlag in sein vereistes Gesicht.

Um einen roh zusammengezimmerten Tisch saßen einige Männer, rauchten, tranken einen milchigen Schnaps und schwiegen sofort, als Schütze in die Hütte trat. Einer von ihnen hielt dem Oberleutnant eine Zigarettenschachtel hin.

»Rauchen Sie?«

»Danke –« Heinrich Emanuel nahm eine Zigarette. Er war nie ein starker Raucher gewesen. Diese Zigarette mit ihrem fast schwarzen Tabak erzeugte einen Hustenreiz bei ihm. Er krümmte sich, keuchte, Tränen traten in seine Augen ... Die letzte Zigarette, dachte er. Die Henkersmahlzeit ... langsam rauchte er den starken Tabak weiter. Wie lange dauerte eine Zigarette? Er sah zu, wie sie abbrannte, viel zu schnell. Mit jedem Millimeter Asche verbrannte sein Leben. Vier ... sechs Minuten ... solange sie brannte, würde man nicht schießen, würde er noch leben.

»Sie wissen, was Sie erwartet?« fragte der eine Franktireur wieder.

Oberleutnant Schütze nickte. »Ja«, antwortete er mit schwerer Zunge.

»Wollen Sie noch an Ihre Angehörigen schreiben? Wir führen einen humanen Krieg. Wir versprechen Ihnen, den Brief zu befördern.«

Heinrich Emanuel Schütze dachte an Amelia, an seine Mutter, den Vater. Er schüttelte den Kopf.

»Machen Sie es kurz«, sagte er heiser.

»Schreiben Sie lieber. Dann wissen Ihre Angehörigen, was mit Ihnen geschehen ist. Sonst gelten Sie als vermißt. Das ist schlimmer als tot. Sind Sie verheiratet?«

»Ja –«

»Bitte –« Der Franktireur schob ihm über den Tisch ein schmutziges Stück Papier und einen Bleistiftstumpf zu. »Schreiben Sie nur: Wenn dieser Brief ankommt, bin ich tot. – Weiter nichts. Keine Angaben. Abschiedsgrüße natürlich ... Sie sehen, wir können gut deutsch.«

»Ich –« Oberleutnant Schütze setzte sich steif. Er war wie gelähmt vor Angst. »Warum tun Sie das –«

»Schreiben!« schrie der Franktireur.

Oberleutnant Schütze beugte sich über das schmutzige Fetzchen Papier, nahm den Bleistiftstumpf und schrieb.

Er begriff selbst nicht, daß es Buchstaben und Worte waren, die unter seinen zitternden Fingern entstanden.

Beim Divisionsstab herrschte gedämpfte Erregung.

Daß es in der Gegend von Courémont Franktireurs gab, war bekannt. Eine Feldjägereinheit war bereits mit der Aufspürung und Vernichtung der unsichtbaren Terrortruppe beauftragt. Daß jemand an der Front, vor allem beim Angriffskrieg vermißt wurde, war ebenfalls nichts Außergewöhnliches. Daß aber ein deutscher Offizier am hellen Tage auf einem Spazierritt spurlos verschwindet, regte doch zu intensiverem Nachdenken an.

»Ein Überfall der Freischärler ist völlig ausgeschlossen«, schloß der IIc seinen Bericht beim Kommandeur. »Man hätte das Pferd finden müssen. Natürlich kann man es beiseite schaffen. Man kann es erschießen, vergraben. Aber zwischen dem Verschwinden von Oberleutnant Schütze und der nächsten Kolonne, die seine Straße passierte, liegen 20 Minuten. Und diese Trainkolonne hat keinerlei Spuren eines Kampfes gesehen, keinen Pferdekadaver, nichts. Bis zu einer Stelle ließen sich halbverwehte Pferdespuren verfolgen ... und plötzlich hörten sie auf.«

»Schütze ist doch mit keinem Pferd geritten, das plötzlich Flügel bekam«, sagte der Generalmajor grob. Er starrte auf die Gebietskarte und auf das kleine rote Kreuz, das die Stelle der Schützeschen Selbstauflösung angab. »Ist die Gegend durchgekämmt worden?«

»Jeder Quadratmeter, Herr General. In diesem Gebiet gibt es zwei zerschossene Dörfer. Sie sind verlassen.«

»Ein merkwürdiger Fall.« Der Divisionskommandeur nahm einen Radiergummi und radierte das Kreuz von der Karte. »Melden wir zunächst den Oberleutnant als vermißt. Aber ich erwarte von allen in diesem Gebiet liegenden Einheiten, daß sie die Augen offenhalten und jede Wahrnehmung sofort melden. Wo soll das hinführen, wenn so fähige Männer sich einfach in Luft auflösen?«

Das Problem wurde in der Nacht noch geklärt. Ein Bauernjunge, der nach strengem Verhör immer nur sagte: »Es war ein Mann mit einem Bart. Ich kenne ihn nicht« – brachte ein Schreiben zum Divisionsstab. Der Wichtigkeit halber wurde der General geweckt.

Das Schreiben war von fast preußischer Klarheit:

»Oberleutnant Schütze befindet sich im Gewahrsam der französischen Freiheitsgruppe. Er wird erschossen.

In Ihrer Gefangenschaft befindet sich Charles Bollet. Er ist unschuldig bis auf die Tatsache, daß er unser Frankreich liebt.

Wenn Sie Bollet gegen Ihren Oberleutnant austauschen wollen, sind wir einverstanden. Bringen Sie Bollet morgen nacht um genau 11 Uhr 45 an die Kreuzung der Eisenbahn Metz-Paris/Sainte Menehould-St. Dizier am Kanal. Wir tauschen die Gefangenen aus, bei Zusicherung des beiderseitigen gesicherten Abzugs.

Gruppe Freies Frankreich.«

Der Generalmajor hieb mit der Faust auf den Kartentisch und sagte laut: »Schweinerei! Und das in meiner Division! Das ist Erpressung!« Er sah auf seinen Ia, der stumm im Schatten der Tischlampe stand. »Was meinen Sie, Herr Major?«

»Es geht um das Leben eines deutschen Offiziers.«

»Morgen nacht um 11.45 Uhr.« Der General sah auf seine Uhr. »Das ist doch unmöglich. Wie soll ich in solch kurzer Zeit eine Weisung bekommen? Keine 24 Stunden mehr. Ohne Weisung der Armee kann ich gar nichts machen. Und wie ich den Herrn Generalleutnant kenne, wird er zuerst beim Chef des Generalstabes anfragen. Solche Ungeheuerlichkeit, ein solches Ansinnen bedarf der Überlegung. Wir sollen mit Franktireurs paktieren? Wo gibt es so etwas?«

»Sie haben unseren Schütze als Geisel. Es bleibt uns nur der Weg der Verhandlung, Herr General.«

»Bleibt er uns? Ich soll mir von Strauchdieben meine Handlungen diktieren lassen? Wo gibt's denn so was?« Der General legte seine Hand auf das Schreiben und sah seinen Ia starr an. »Schütze ist Offizier und ein guter Deutscher. Er soll ehrenvoll sterben. Sein Tod ist das Fallen in allervorderster Linie. Ich werde ihn zum EK I vorschlagen. Und wir werden ihn rächen. Wir werden auch diesen Charles Bollet erschießen.«

Der Major atmete tief. Sein bleiches Gesicht schwamm im ungewissen Licht der Tischlampe.

»Man sollte vielleicht doch erst den Weg der Verhandlung versuchen?«

»Mit Verbrechern? Ein deutscher General? Ich schäme mich schon, wenn ich daran denke.«

»Es hieße, einen guten Offizier opfern, Herr General, aus einem Stolz heraus, der im Kriege nicht ausgezahlt wird.«

Der General sah ärgerlich zu seinem Ia hinauf. Sein Monokel blinkte im Schein der Lampe. Der Pour-le-mérite-Orden an seinem Hals klimperte gegen einen österreichischen Orden.

»Sie reden wie ein reaktionärer Reichstagsabgeordneter, Herr Major. Übrigens ist die Zeit viel zu knapp. Und ohne höhere Weisung unternehme ich nichts. Auch Todesdrohungen entbinden mich nicht vom unbedingten Gehorsam.« Er hob die Schultern mit den dicken, gedrehten goldenen Achselstücken. »Aber bitte. Versuchen Sie es, Herr Major. Stellen Sie Verbindung zur Armee her. Fragen Sie an. Und melden Sie mir morgen, was Sie erreicht haben. Gute Nacht.«

»Gute Nacht«, sagte der Major leise. Er stand stramm, bis der Divisionskommandeur das Zimmer verlassen hatte. Dann ging er zur Karte, übertrug den im Schreiben angedeuteten Standpunkt der Übergabe Schützes auf seine eigene Karte und verließ dann schnell den Kartenraum.

Gegen Morgen begann auf dem gesamten Abschnitt erneut das Artilleriefeuer der Franzosen. In sieben Wellen stürmten sie heran, vor Beginn des Frühlings den Durchbruch zu den Vogesen noch zu erzwingen. Sie brachen zusammen im Feuer der deutschen schweren Maschinengewehrkompanien und der Granatwerfer.

Das Schicksal Oberleutnant Schützes ging unter im neuen französischen Angriff. Wo Tausende fallen, kommt es auf einen mehr oder weniger nicht mehr an. Der Krieg macht gleichgültig. Es gibt eigentlich nur einen Gedanken, der alles beherrscht: Überlebe selbst.

Mit Einbruch der Dunkelheit stand es fest: Der französische Angriff war liegengeblieben. Die Stellungen waren gehalten worden. Einbrüche wurden mit Handgranaten bereinigt. Die Schlacht verschob sich einige Kilometer rückwärts. Dort standen die Ärzte auf den Hauptverbandsplätzen vor einem stöhnenden und wimmernden Heer und operierten und verbanden, bis sie vor Müdigkeit umfielen.

Gegen 10 Uhr abends, als der General zu einem Gedankenaustausch zur Nachbardivision abfuhr, als der Stab erschöpft in die Betten kroch und nur noch die Kuriere einliefen mit den ersten zusammenfassenden Verlustmeldungen der Bataillone, erinnerte sich der Major und Ia des Stabes an das Vorhandensein eines auf seinen Tod wartenden Oberleutnants Schütze.

Eindreiviertel Stunden noch ... und weder die Armee hatte geantwortet, noch war der Divisionskommandeur zu einem eigenen Entschluß gekommen. Er war weggefahren. Er war stolz auf den abgeschlagenen Angriff. Seine Gedanken waren so lang wie sein Verteidigungsabschnitt. Einige zehn Kilometer. In dieser Weite verlor er den Oberleutnant Schütze aus dem Blickfeld.

Der Major sah noch einmal auf seine Uhr. Dann ergriff er seine Kartentasche, ließ sich Mantel, Pistole und Helm bringen, umwickelte seine Ohren mit einem Wollschal gegen die Kälte und setzte sich in einen kleinen Trainwagen, der der Divisionsküche gerade neue Konserven gebracht hatte.

»Nach Courémont!« befahl er dem Fahrer. »Und holen Sie aus der Mähre heraus, was Sie können.«

»Die Straße nach Courémont ist total vereist, Herr Major.«

»Wenn auch.« Der Major schwang sich neben dem Fahrer auf den Sitz. »Dann rutschen wir eben hin.«

Unter einem Strohballen, auf den Brettern eines Bauernwagens, lag Heinrich Emanuel Schütze. Er fror erbärmlich, denn wenn das Stroh über ihm auch wärmte ... von unten, durch die Ritzen der Bretter, fegte der Eiswind über seinen Körper.

Daß er noch lebte, betrachtete er als ein Wunder. Als er am vergangenen Tag seinen Abschiedsbrief an Amelia geschrieben hatte, als man ihn wieder aus dem Haus führte, hatte er mit allem abgeschlossen. Er hatte vordem nie geglaubt, daß man dem Sterben so gleichgültig gegenüberstehen kann. Zwar empfand er eine wahnsinnige Angst, seine Beine waren wie knochenlos und trugen den Körper kaum, so daß ihn zwei der Franktireurs stützen mußten ... aber das Unabwendbare seines Schicksals war so klar, daß er weder jammerte noch um Gnade flehte noch um sich schlug ... wie ein Schlachttier ließ er sich aus dem Raum schleifen.

Um so verwunderlicher war das, was man draußen mit ihm tat. Er wurde auf einen Bauernwagen, der hinter der halbzerstörten Scheune in einem Schuppen stand, verladen, gefesselt, geknebelt, und rollte dann mit verbundenen Augen durch den knirschenden Schnee.

Sie werden mich zu einer Grube fahren, wo mich keiner jemals finden wird, dachte er. Sie machen gründliche Arbeit.

Am Abend lebte er noch immer. Er saß in einem Keller, hatte warmes Essen bekommen, eine Gemüsesuppe mit Stockfisch. Sie schmeckte abscheulich, aber er hatte Hunger und aß sie in wenigen Minuten auf. Dazu bekam er ein Stück glitschiges Brot. Es lag die Nacht über in seinem Magen wie ein Stein, aufgequollen von der Suppe und hart, als sei es mit Gips gebacken worden.

In diesem Keller verlor er die Zeit. Er wußte nicht mehr, ob es noch Tag war oder Nacht. Er schlief erschöpft auf einer alten Decke, auf die man Stroh geschüttet hatte, aß dann – war es Mittag oder Morgen oder schon wieder Abend? – zwei Schnitten Brot mit einer Rübenmarmelade und verstand nicht mehr, daß man ihn nicht längst erschossen hatte.

Drei Männer schreckten ihn aus einem neuen Schlaf auf.

»Allez!« sagten sie laut. Das war übrigens das einzige Wort, das man zu ihm sprach. Allez. Er wurde aus dem Keller geführt, und bevor man ihm die Augen wieder verband, sah er, daß es wieder Nacht war. Dann führte man ihn hinaus, die Kälte durchschüttelte seinen Körper, jemand half ihm auf einen Wagen, er mußte sich unter Stroh legen, auf die vereisten Bretter, durch deren Ritzen der Wind pfiff. Er hörte Pferde schnauben, Stimmen, ein Rütteln ging durch den Wagen ... er fuhr ... schaukelnd, stoßend ...

Heinrich Emanuel Schütze lag unter dem Stroh und hauchte seine Hände an. Er konnte die Finger kaum bewegen, so steif gefroren waren sie.

Wenn ich irgendwo mit ihnen anstoße, brechen sie glatt ab, dachte er, legte sie auf den wärmenden Mund und lag ganz still ...

IV

Wie lange er so gelegen hatte, wußte er nicht. Als man die Strohbündel von ihm wegnahm, sah er sich wieder an einer Stelle des Kanals. Hinter ihm führte eine Bahnlinie durch ein hügeliges Gelände. Zehn finster blickende, vermummte Männer, mit Karabinern in den Händen und Pistolengürteln um die langen Mäntel, standen in einem Halbkreis im Schnee, als Heinrich Emanuel steif wie ein Brett herangeführt wurde.

Vor diesem Halbkreis standen ein deutscher Offizier, ein deutscher Soldat und ein anderer französischer Zivilist.

»Werden noch mehr erschossen?« fragte Oberleutnant Schütze einen seiner Begleiter.

»Allez.« Wieder dieses eine Wort. Heinrich Emanuel Schütze stapfte durch den Schnee. Vier Meter vor dem Offizier blieb er stehen. Es war ein Major. Verwundert sah er, daß dieser hellrote Streifen an den Hosen trug. Generalstab. Der Zivilist neben ihm war an den Händen gefesselt.

»Sind Sie Oberleutnant Schütze?«

Eine Stimme riß den Kopf Schützes hoch. »Jawohl, Herr Major«, stammelte er. Er wollte auf ihn zutreten, aber die beiden Franktireurs hielten ihn fest.

»Hat man Sie mißhandelt?« fragte der Major steif.

»Nein.«

»Haben Sie unter Zwang gestanden? Wurden Sie menschlich behandelt?«

»Ja. Nur der Frost ist schrecklich. Ich glaube, ich bin halb erfroren.«

Der Major wandte sich an den Zivilisten neben sich und löste dessen Handfesseln. Dann winkte er zu den zehn stummen Männern hinüber und grüßte lässig.

»Bitte, nehmen Sie Ihren Charles Bollet in Empfang.«

Oberleutnant Schütze begriff plötzlich, was hier in der Schneeeinsamkeit vollzogen wurde. Er ging mit staksigen Beinen auf den Major zu. Plötzlich hatte er eine unbändige Lust, zu weinen. Der Druck, das ständige Warten auf den Tod, die Bereitschaft, äußerlich gleichgültig vor das Erschießungspeleton zu treten, fielen ab. Was übrigblieb, war ein zitterndes Bündel Haut, Muskeln und Knochen. Die Nerven schrien auf.

In der Mitte des Halbkreises begegneten sich Charles Bollet und Oberleutnant Schütze. Sie sahen sich an. Jeder von ihnen hatte das Leben wiederbekommen.

Bollet blieb vor Schütze stehen und streckte ihm die Hand hin.

»Beaucoup de bonheur –«, sagte er mit bebender Stimme.

Heinrich Emanuel Schütze nickte. Er bekam keinen Ton mehr aus seiner sich zusammenkrampfenden Kehle. Er wollte die Hand ergreifen, aber er griff daneben, zwei-, dreimal ... dann fiel er in den Schnee, vor die Füße des hinzuspringenden Majors.

Der Divisionskommandeur erblaßte, als am nächsten Morgen sein Ia den befreiten Oberleutnant Schütze im Kartenzimmer vorstellte. Er rang nach Luft, stützte sich massig auf den Kartentisch und starrte von dem Major zu dem bleichen Heinrich Emanuel und schnaufte tief auf.

»Das ist unerhört«, sagte er endlich leise. »Wenn das beim Chef des Stabes bekannt wird, wenn das überhaupt publik wird ... wissen Sie, was das bedeutet, Herr Major?«

»Ich habe nach meinem Gewissen gehandelt, Herr General.«

»Bollet war das Haupt der gesamten Franktireurs des Gebietes.«

»Das Leben eines deutschen Offiziers ist mir wertvoller.«

»Es geht um taktische Erwägungen!« schrie der Generalmajor. »Natürlich ist es schön, daß Oberleutnant Schütze wieder unter uns steht ... aber vielleicht hätte sein Opfer uns die ganze Organisation in die Hände gespielt. Darum geht es. Wir leben in Feindesland, das vergessen Sie anscheinend, meine Herren? Sie denken an Humanität, und von hinten werden unsere Trainleute ermordet. Und dieser Bollet war der Anführer.«

»Wenn Herr General befehlen, gehe ich wieder zurück zu den Franktireurs«, sagte Schütze laut.

Der General fuhr herum. Er klemmte sein Monokel ins Auge, musterte Schütze mit stechenden Augen und verließ dann schnell den Raum. Im Hinausgehen sagte er sehr deutlich:

»Unerhört.«

Nachdenklich sah der Major und Ia des Stabes auf die zugeschlagene Tür. »Der Krieg ist eigentlich eine Sauerei«, sagte er langsam. »Wenn man bedenkt, wie begeistert wir ihn begrüßt haben ... und was daraus geworden ist ...«

»Was wird mit mir, Herr Major?« Oberleutnant Schütze betrachtete seine Hände. Sie waren aufgequollen, weiß, fast gefühllos.

»Sie kommen erst einmal in ein Lazarett. Wie Sie sehen, ist mit Ihrer glücklichen Rückkehr der Fall längst nicht beendet.«

In der Divisions-Krankensammelstelle betrachtete sich Stabsarzt Dr. Langwehr die Hände, Füße, Ohren und Oberschenkel Schützes genau.

»Noch ein paar Stunden und es wäre aus gewesen«, sagte er ernst. »Sie haben vorerst ein paar Wochen Ruhe, mein Bester. Und in die Heimat kommen Sie auch. Wenn wir ganz großes Glück haben, bleiben die Finger der linken Hand dran.«

Schütze zog seine Hände zurück, als sollten sie sofort abgenommen werden.

»Amputieren ... Herr Stabsarzt ... das ... das bedeutete ... Ich soll ein Krüppel werden?«

»Ich habe gesagt: Vielleicht bekommen wir sie so hin.« Stabsarzt Dr. Langwehr füllte einen Krankenbogen aus. »Haben Sie einen Wunsch? In welches Heimatlazarett wollen Sie?«

»Wenn es möglich ist ... nach Breslau ...«

»Ein bißchen weit. Ich will es versuchen.« Er sah auf die Angaben Schützes und nickte. »Sie kommen aus Breslau? Das ist gut. Dann nehmen Sie später kein Bett weg, sondern können ambulant behandelt werden. Wir werden noch viele Betten brauchen.«

»Mit unserer Frühjahrsoffensive wird der Krieg beendet sein.«
»Gott geb's! Ich habe manchmal das Gefühl, daß der Krieg jetzt erst anfängt!«
Schütze sah auf seine Hände. Wenn ich sie bloß behalte, schrie es in ihm. Was soll ich als Krüppel machen? Ich habe doch nichts anderes gelernt, als Offizier zu sein. Zwar gab es noch den Großvater Sulzmann und den Baron v. Perritz ... aber was ist ein Heinrich Emanuel Schütze ohne Finger.
Stabsarzt Dr. Langwehr klopfte Heinrich Emanuel auf die Schulter. »Geh'n Sie erst mal in die Heimat. Einen schönen Schock haben Sie auch mitbekommen. Wenn man Ihren Bericht liest ... phantastisch einfach.«
»Das Warten auf das Sterben ist nicht phantastisch. Es ist die Hölle.«
»Natürlich, natürlich. Den Jungs da vorne im Schützengraben geht's nicht anders. Wenn die Kanonen aufbrüllen und die Poilus auf sie zulaufen, stockt auch ihnen das Herz. Allen. Nur die da wollen, daß die Jungs im Schützenloch stehen, glauben an Heldentum und reden viel davon. Wer hier bei mir durchkommt und zusammengeflickt werden will, brüllt anders. Der klammert sich an sein zerfetztes Leben und schreit: Hilf mir, Doktor! Ich will nicht sterben! – Bei vielen nützt dieses Wehren nichts mehr ... machen Sie einer zerfetzten Brust klar, daß sie heilen muß, weil der Junge leben will. Und auch der Gasbrand kümmert sich nicht darum. Nur der Kammerzahlmeister kommt zu mir und fragt: Kann man die Uniformen, wenn man sie gewaschen hat, noch tragen? Sehen Sie doch bitte zu, daß man bei Sterbenden die Uniformen nicht mehr aufschneidet. Es hat ja doch keinen Zweck und verdirbt nur die Uniformen.«
Sehr nachdenklich verließ Heinrich Emanuel Schütze das Verbandszimmer des Divisionsarztes. Er wurde in ein Einzelzimmer gelegt, mit umwickelten Händen, Füßen und Ohren. Er sah aus, als sei mit der Detonation einer Granate auch er auseinandergespritzt, und was übriggeblieben war, hatte man wieder zusammengebunden.
Acht Tage später wurde er nach Breslau verlegt. Da er selbst nicht schreiben konnte, hatte er einer Krankenschwester einen kurzen Brief an Amelia diktiert.
Als der Zug im Breslauer Bahnhof einlief, standen die Familien Schütze-Sulzmann-v. Perritz fast geschlossen auf dem Bahnsteig. Draußen auf der Straße wartete eine geheizte Kutsche. Kommer-

zienrat Sulzmann hatte alle Verbindungen aufgeboten, Heinrich Emanuel nicht in das Reservelazarett, sondern gleich nach Hause schaffen zu lassen. Er hatte in seiner Eigenschaft als Lieferant der Fleischkonserven und Heimattruppenverpflegung mit allen maßgebenden Stellen gesprochen und hatte bei diskreter Hinterlassung neutral verschnürter und nicht beschrifteter Pakete überall sahniges Wohlwollen aus den Amtszimmern mitgebracht. Noch bevor Heinrich Emanuel in Breslau einlief, hatte der Oberstarzt entschieden, daß die Erfrierungen sehr gut ambulant behandelt werden konnten. Ein vierzehnpfündiger Knochenschinken wurde danach in einem Karton, auf dem »Krankengeschichten. Archiv« stand, ins Haus des Oberstarztes getragen.

Der Empfang war überwältigend. Amelia ging neben der Bahre her und hielt die dick verbundenen Hände Heinrich Emanuels. Das war der einzige Schönheitsfehler, über den der Transportarzt, der Oberleutnant Schütze freigab, sich den Kopf zerbrach: Wie kann ein Nichtgehfähiger, dessen Füße dick verbunden sind, ambulant behandelt werden? Er vergaß es aber bald, denn was der oberste Garnisonsarzt anordnet, entzog sich der Kritik eines kleinen Assistenzarztes.

Es war rührend, wie die Familie geschlossen für den erfrorenen Krieger sorgte. Franz und Sophie Schütze, die Eltern, zogen mit nach Gut Perritzau, wohin man Heinrich Emanuel der besseren Pflege wegen gebracht hatte. Diese Übersiedlung war ein Meisterstück von Großvater Sulzmann. Er verbrauchte zwei Schweine und ein Viertel Rind, um Verlegungsgenehmigungen, Marschbefehle, Umänderungen der Diagnose und was alles damit verknüpft war, zu erreichen und alles reibungslos zu organisieren.

Heinrich Emanuel ging es nach weiteren acht Tagen blendend. Es war, als ob die süße, zärtliche Wärme seiner Frau Amelia seine Erfrierungen wegblies. Eng aneinandergeschmiegt, lagen sie bis in den späten Morgen, und wenn es dunkelte, wurde Heinrich Emanuel bereits unruhig und konnte den Beginn des nächtlichen Zusammenseins kaum noch erwarten. Aber auch die bisherige Blässe Amelias verschwand – ihr Gesicht wurde rosig, zufrieden, glänzend. Sie schwammen in einem Glück, dessen Vorhandensein sie wie ein Wunder betrachteten und das sie nicht störten durch den Gedanken, daß es einmal so plötzlich, wie es über sie gekommen war, auch aufhören würde.

Um auf dem laufenden zu bleiben, hatte sich Heinrich Emanuel einen großen Sandkasten bauen lassen. Er stand, gefüllt mit immer knetfeucht gehaltenem Sand im großen Schlafzimmer vor dem Bett. Der Gutstischler hatte aus Lindenholz Figuren schnitzen müssen... Rechtecke, die Infanterie darstellend, Kreise, die Artillerie symbolisierend. Die einen Klötze wurden feldgrau, die anderen graublau gestrichen.

Dann modellierte Heinrich Emanuel mit viel Geschick die Landschaft an Maas und Marne in den Sand, stellte seine Bataillone und Divisionen darstellenden Lindenklötze in das Gelände, so wie eine Grafik der ›Vossischen Zeitung‹ die neuesten Stellungen veröffentlicht hatte.

Von diesem Tage an begann auf Gut Perritzau der Krieg zum Mittelpunkt zu werden. Oberleutnant Schütze hielt anhand des täglichen Kommuniqués seine taktischen Vorträge.

Zuerst waren es Vater Schütze, Baron v. Perritz und ab und zu auch Großvater Sulzmann, die um den Sandkasten saßen, den neuesten Bericht des Oberkommandos in der Hand, und die begeistert oder kritisch im Sandkasten die Weiterentwicklung des Kampfes orakelten oder die verpaßten Möglichkeiten, die ihnen der gewonnene Weitblick vermittelte, aufzeigten und auf die Truppenführung schimpften.

Bis spät in die Nacht hinein saßen sie oft um den Sandkasten und schoben die Divisionen hin und her. Das selige Kribbeln, das Heinrich Emanuel vordem empfand, wenn er an den Abend und Amelias warmen, weißen, anschmiegsamen Körper dachte, war einer vaterländischen Begeisterung gewichen. Er ließ Amelia jetzt oft lange warten und humpelte dann müde zum Bett, legte sich auf die Seite und schlief ein, im Traum noch erkennend, daß die 7. Division eine Chance verpaßt hatte und bis zum Wäldchen hätte vorpreschen müssen, um die Höhe 216 zu besetzen.

Das taktische Zentrum auf Perritzau sprach sich bald herum. Aus Schweidnitz kamen zum Baron befreundete Offiziere. Pensionierte Obersten diskutierten bald lauthals um den Sandkasten und verteidigten ihre Pläne mit Clausewitz und Schlieffen und den Erinnerungen des alten York von Wartenburg. Es war bald so, daß jeden Abend, sicherlich aber bei der Herausgabe eines Extrablattes, das große Zimmer mit aktiven und pensionierten Offizieren gefüllt war, die um den Sandkasten standen, den Vortrag Heinrich Emanuels anhörten und dann ihrerseits ihre generalstäblerischen Fähigkeiten unter Beweis stellten.

»Der Junge kommt in den Generalstab«, sagte nach solchen großen taktischen Abenden stolz Opa Kommerzienrat Sulzmann.

»Der Krieg liefe ganz anders, wenn man Heinrich Emanuel anhören würde. Aber dorthin, wo sie hingehört, dringt ja keine Stimme.«

Dort oben, in den Höhen der Kriegführung, versagten auch die Sulzmannschen Pakete. Sie blieben irgendwo hängen – wo, das bekam Sulzmann nie heraus – und das Schweigen änderte sich nicht. Schließlich gab es Kommerzienrat Sulzmann auf. Er sah ein, daß man rote Streifen an den Uniformhosen nicht mit Würsten erkaufen konnte.

Ab und zu wurde Oberleutnant Schütze verhört. Ein Offizier des Standortes Schweidnitz kam dann hinaus nach Perritzau und stellte seine Fragen. Wenn so merkwürdige Recherchen aufkamen wie: »Warum haben Sie nicht geschossen, als Sie angegriffen wurden?« oder »Hat man Ihnen Ihre Pistole abgenommen, nach der Überwältigung, oder haben Sie die Pistole von sich aus weggeworfen?« griff meistens Amelia ein, stützte den sichtlich noch sehr erschöpften Oberleutnant Schütze und führte ihn zu einem Diwan, deckte ihn mit dicken Decken zu und wandte sich tadelnd an den verhörenden Offizier.

»Mein Mann bedarf der Ruhe. Sie sehen es. Er ist hart am Tode vorbeigekommen. Es nimmt ihn alles noch so mit. Bitte, kommen Sie wieder. Er muß jetzt ruhen. Der seelische Schock ... Sie verstehen.«

Die Offiziere verstanden. Sie küßten der hübschen Kameradenfrau die Hand, wünschten dem Herrn Oberleutnant baldige Genesung und entfernten sich, um in der Kaserne einen Bericht zu schreiben.

»Herr Oberleutnant H. E. Schütze ist noch sehr pflegebedürftig und nur bedingt vernehmungsfähig.

Zur Wahrheit ermahnt, sagte er auf gestellte Fragen folgendes aus: Ich habe ...«

Die Erfrierungen Heinrich Emanuels erwiesen sich als sehr langwierige Heilungsprozesse. Fast sechs Monate dauerte die Genesung. In Intervallen durchgeführte Untersuchungen wurden – da sie vorher schriftlich angezeigt wurden – von Großvater Sulzmann erfolgreich gesteuert. Durch eine in den Ablieferungsbüchern stehende, aber auf dem Wege zur Truppe »verlorengegangene« Fleischbüchsensendung war er in den Besitz von 50 Flaschen französischen Kognak gekommen. Jahrgang 1907. Da Alkohol auch in der Medizin verwandt wird, kam es, daß die Schubladen der Garnisonsärzte just immer dann nach Kognak rochen, wenn Oberleutnant Schütze zur Untersuchung vorgeladen wurde. Viermal gelang es Sulzmann, seinen Enkel noch zum »avH« zu machen (Arbeitsverwendungsfähig Heimat) ... nach sechs Monaten erreichte er nur noch »bedingt Kv«.

Heinrich Emanuel Schütze nahm Abschied von seinem großen Sandkasten und Amelia. Seine tiefe Traurigkeit buchte Amelia für sich. Großvater Sulzmann ließ sich auf Perritzau ein Zimmer einrichten. Das Werk seines Enkels wollte er fortführen. Er hatte sich so an das Kriegspielen gewöhnt. Außerdem entwickelten sich durch die verschiedenen Auffassungen der Truppenbewegungen ungeheuer interessante männliche Streitgespräche.

Die Abfahrt Schützes war ganz intern. Nur Amelia stand am Zug. Von Vater, Mutter, Opa und Schwiegervater, Schwägern und neu befreundeten Kriegsexperten hatte er sich bereits auf dem Gut verabschiedet.

Arm in Arm gingen sie über den Bahnsteig. Amelia hielt sich tapfer, sie lächelte sogar. »Du«, sagte sie leise und drückte seinen Arm, »ob wir ein Kind bekommen werden ...«

»Vielleicht. Schreib mir sofort, wenn du etwas spürst. Vielleicht kann ich dann Urlaub bekommen ...«

»Ich wünschte, es würde ein Mädchen«, sagte sie. »Sie brauchen nicht in den Krieg ...«

»Du mußt vaterländischer denken, Amelia. Nach diesem Krieg wird es nie mehr einen geben. Wir werden der Welt eine Lehre erteilen. Hoffen wir auf einen Jungen, der die Größe Deutschlands erleben kann.«

Sie nickte. Sie war stolz auf ihn. Wie sie ihn alle grüßten. Das EK II auf seiner Brust klimperte, wenn er ruckartig stehenblieb, um einen Vorgesetzten zu grüßen. Sein Gesicht, so schien es ihr, war reifer geworden. Kantiger. Männlicher. Sie dachte an die Nächte der vergangenen sechs Monate, an das Abfallen alles Kriegerischen, wenn er in ihren Armen gelegen hatte und nicht mehr Oberleutnant, sondern nur noch Mensch war.

»Weißt du schon, wo du hinkommst?« fragte sie, nur um etwas zu sagen. Er schüttelte den Kopf.

»Ich muß mich bei der Division melden. Das ist der Befehl.«

»Du schreibst mir sofort?«

»Sofort –«

Noch lange, nachdem der Zug abgefahren war, stand Amelia auf dem Bahnsteig und sah der Rauchwolke nach, die steil in den blauen Herbsthimmel zog. Jetzt, wo Heinrich Emanuel weggefahren war, wo seine blauen Augen sie nicht mehr ansahen, wo wieder das

Ungewisse, die tägliche Angst vor dem Briefträger begann, der – wie so vielen in Deutschland – einen Brief bringen konnte mit der Aufschrift »Gefallen für Kaiser und Vaterland«, jetzt wo sie wieder allein auf dem Bahnsteig stand und nur eine vergehende Rauchwolke am Himmel ihr weggegebenes Glück andeutete, kam ihr das vergangene halbe Jahr wie ein Tag vor.

Oberleutnant Schütze schien es nicht so zu empfinden. Der Abschied war kurz gewesen. Er hatte sie geküßt, ja ... aber irgendwie schien es, als schäme er sich, vor allen anderen Soldaten solche persönlichsten Dinge zu demonstrieren. Das war etwas, was Amelia in all den Monaten nicht verstehen konnte: Mit seinen 22 Jahren war Heinrich Emanuel anders, ganz anders als die jungen Männer seines Alters sonst sind. Er sah aus wie ein hochaufgeschossener Junge, aber seine Ansichten, seine Sprache, seine Bewegungen, der Ausdruck seiner Persönlichkeit waren ihm zwanzig Jahre voraus. Wenn man die Augen schloß und ihn nur sprechen hörte, gut artikuliert, etwas abgehackt, die Sätze in Wortgruppen zerlegend, konnte man glauben, ein alter Major hielte einen Vortrag.

Niemandem fiel dies so auf wie Amelia. Schützes Umwelt nahm es hin, weil es vielleicht zur Uniform gehörte. Aber eine so junge und lebenslustige Frau wie Amelia spürte, daß hier im Wesen ihres Mannes ein Bruch war ... Jugend, die keine Jugend war, Reife, die auf tönernen Füßen stand. Großspurige Gedanken, denen die Grundlagen fehlten. Klingende Worte ohne Tiefe. Ein Fassade von erlesenem, nicht eigenem Wissen, die nichts anderes verdeckte als einen geheimen Minderwertigkeitskomplex ...

Das alles spürte Amelia, ohne es so klar erklären zu können. Sie zog die dicke Wollstola enger um ihre Schulter und verließ schnell den Bahnhof. Sie hatte plötzlich wahnsinnige Angst um Heinrich Emanuel. Sie hatte eine Angst, die sie niemandem mitteilen konnte, weil man sie ausgelacht hätte: Was würde Heinrich tun, wenn Deutschland den Krieg verlöre und es keine Offiziere mehr geben würde?

In dieser Nacht schlief sie nicht. Sie starrte in die Dunkelheit und dachte ganz fest daran: Ich möchte ein Kind bekommen. Ich muß ein Kind bekommen. Wenn ein Kind da ist, wird Heinrich sehen, daß das Leben weitergeht. Was dann auch immer kommen mag ... auch sein Leben hat dann einen Sinn ...

Soustelle ist ein kleiner Ort am Abhang der Vogesen, zur Champagne hin. Er besteht aus einer breiten Straße mit Läden, einigen

Querstraßen, einer Kirche mit spitzem Turm, einer Turnhalle, einer Fabrik für Blechwaren, einer Töpferei und einer Glasbläserei. Um Soustelle herum sind einige lichte Wälder, Weiden und Kleingärten. Jeder, der in Soustelle wohnt, hatte im Frieden seine Kuh auf der Wiese, einige Ziegen und Schafe, viele Hühner, zog sich sein Gemüse selbst und lebte zufrieden. Was man in den Fabriken verdiente, legte man in Wein und Sekt an, oder man vergrößerte damit seine Häuser. So war eigentlich jeder Bürger von Soustelle in gewissem Sinne wohlhabend.

Bis der Krieg auch über diesen Ort fegte, den Kirchturm zerstörte, die Rinder wegführte, die Hühner abschlachtete, die Fabriken schloß und eine Kompanie deutscher Soldaten nach Soustelle in die Turnhalle und die Schule legte.

Stadtkommandant des Vogesenstädtchens wurde im Oktober 1915 der Oberleutnant Heinrich Emanuel Schütze.

Er erfuhr es auf der Division. Stabsarzt Dr. Langwehr, der ihn wie einen alten Bekannten begrüßte, sah noch zerknitterter aus, als vor einem halben Jahr. Er bot Heinrich Emanuel wieder eine Zigarette an, trank mit ihm ein Glas Wein und las die mit Schütze gekommenen Krankenblätter durch.

»Sie wollen also weiter Krieg spielen«, sagte er und schob die Papiere nach der Durchsicht zurück. »Das ist lobenswert, nachdem wir in der Lorettoschlacht von Mai bis August einen gewaltigen Aderlaß hatten und im Augenblick nördlich von uns im Artois und in Flandern die Menschen wie vergaste Fliegen herumliegen. Auch bei uns tut sich allerhand. Seit dem 22. September rennt der Franzose gegen unsere Stellungen an. Er trommelt mit seiner Artillerie Tag um Tag. Er will zu den Vogesen durchbrechen, er will die Flanke der Flandernarmee aufreißen. Der Kaiser selbst hat die Truppenführung von seinem Hauptquartier aus übernommen. Aber irgendwie ist etwas faul an der Sache ... seitdem wir nicht mehr stürmen, sondern verteidigen, wird mir der Krieg unverständlich. Was hat es für einen Sinn, ein Gelände voller Granatlöcher zu verteidigen?«

Heinrich Emanuel trank sein Glas Wein leer. »Es geht darum, den Gegner durch verlorene Offensiven ausbluten zu lassen.«

»Es bleibt nur zu fragen, wer mehr Blut dabei läßt.«

»Man muß den Gegner ermüden.«

»Wie wollen Sie ein Weltreich wie England oder Frankreich ermüden? Aus ihren Kolonien schaffen sie Hunderttausende heran. Und unsere Kolonien? Tsingtau, Togo, Deutsch-Ostafrika, Deutsch-

Südwest-Afrika ... alle sind sie weg. Nur Kamerun hält sich noch ... eine einsame Insel in einem brandenden Meer. Irgendwie sehe ich schwarz, Herr Oberleutnant.«

»Vertrauen wir auf den Kaiser«, sagte Heinrich Emanuel steif. »Sie sind ein kleiner Stabsarzt, ich ein winziger Oberleutnant. Was wissen wir? Welchen Weitblick haben wir?«

»Vom Blau des Himmels bis zwei Meter unter die Erde ... ich meine, das wäre genug, um vernünftig zu sein.« Stabsarzt Dr. Langwehr sah Oberleutnant Schütze kritisch an. »Sie wollen also wieder zur kämpfenden Truppe?«

»Wenn ich voll kv bin –«

»Das sind Sie. Aber irgendwie habe ich an Ihnen einen Narren gefressen. Verzeihen Sie ... ich bin fast zwanzig Jahre älter als Sie. Theoretisch könnte ich Ihr Vater sein. Wenn ich Sie so in Ihrer gutsitzenden Offiziersuniform betrachte, jung, voller Zukunft und begabt mit einem unbedingten Gehorsam, dann sage ich mir, daß es eigentlich schade wäre, wenn in drei oder zehn Tagen in einem Granatloch in der Champagne Ihr Leben ein Ende findet. Nicht, daß es tausende andere junge Männer gibt, die ebenso zu schade für den Tod sind wie Sie ... aber Sie sind für mich so etwas wie ein Prototyp. Haben Sie Ihre Frau schon mal betrogen?«

Heinrich Emanuel stand auf. Er war beleidigt. »Ich bitte Sie, Herr Stabsarzt!«

»Waren Sie schon einmal richtig besoffen? Nicht angeheitert – sinnlos besoffen.«

»Nein.«

»Ein Puff kennen Sie auch nicht –«

»Ich muß doch sehr bitten, Herr Stabsarzt.«

»Sie hatten keine Manöverliebchen? Sie sind nie nachts in Kammern eingestiegen? Sie haben nie in Ruhe hinter der Front eine schicke Französin ins Stroh gezogen? Geben Sie keine Antwort ... ich kenne sie. Sie haben auch als Junge nie einen Streich gemacht, was? Nie einen Frosch aufgeblasen? Nie Äpfel geklaut? Nie die Hose zerrissen? Nie mit Beulen und aufgeschlagenen Knien nach Hause gekommen? Nie Prügeleien gehabt? Nie an die Wand gemalt: ›Schuster Schmitz ist doof!‹? Nie dem Lehrer Kreide in die Tinte gesteckt? Nie auf der Straße in Papier gewickelte Hundescheiße als Bonbons verkauft? – Sie haben nur gelernt. Immer nur gelernt. Nicht wahr?«

»Ja«, sagte Heinrich Emanuel ziemlich konsterniert.

»Und warum?«

»Man lernt für das Leben –«

»Und wirft dabei seine Jugend, das Schönste, was ein Mensch von der Natur geschenkt bekommt, einfach weg. Kerl – Sie haben ja bis heute noch nicht richtig gelebt. Sie wissen ja gar nicht, was Jugend ist. Mit zweiundzwanzig Jahren sind Sie ein Greis. Ich möchte wirklich wissen, wie Sie sich bei Ihrer Frau im Bett benehmen...«

»Ich kann wohl gehen...« sagte Oberleutnant Schütze laut. Seine Stimme bebte vor verhaltenem Zorn.

»Bitten, gehen Sie.« Stabsarzt Dr. Langwehr schob die Papiere Schützes in ein großes Kuvert. »Wenn Sie mein Sohn wären, würde ich zu Ihnen sagen: Sieh dir das Leben erst einmal an. Und einen Tritt in den Hintern würde ich Ihnen geben –«

Wortlos verließ Oberleutnant Schütze das Krankenrevier. Er hatte einen Augenblick den Gedanken, sich bei der Division über den Stabsarzt zu beschweren. So spricht man nicht mit einem preußischen Offizier. Das ist eine Beleidigung der Uniform. Aber dann verwarf er seinen Zornesausbruch wieder und ging in sein Quartier.

Drei Tage später reiste er ab nach Soustelle.

Der bisherige Ortskommandant, ein alter Hauptmann der Reserve und Badewannenfabrikant aus Stuttgart, übergab Oberleutnant Schütze den Ort Soustelle im Schnellverfahren. Er hatte Ischias, sollte zu einer Auskurierung nach Bad Kissingen und war froh, der Langeweile des Vogesenörtchens entrinnen zu können.

»Was Sie hier können, ist saufen«, sagte er nach der Übergabe der Kommandantur zu Heinrich Emanuel. »In Ihrem Alter kommen noch die Weiber dazu. Aber seien Sie vorsichtig – auch in Soustelle gibt's den Tripper.«

Heinrich Emanuel wartete, bis der alte Hauptmann die Tür hinter sich geschlossen hatte. Dann sagte er laut, aus voller Brust:

»Schwein!«

Neue Besen kehren gut, heißt ein Volksspruch. Oberleutnant Schütze entwickelte sich in den ersten Tagen seiner Ortskommandantur nicht zum Besen, sondern zum radikalen Staubvernichter.

Er inspizierte die Kompanieunterkünfte, brüllte die Zugführer zusammen, bekam Streit mit dem Truppenkommandeur, indem er sagte: »Was in meinem Ort geschieht, bestimme ich. Wenn mein Vorgänger einen Saustall duldete – ich nicht. Wir haben im Feindesland als Repräsentanten des deutschen Reiches aufzutreten, aber nicht wie eine Horde geiler Stiere.« Er besichtigte die Fabriken, ließ den Ortsbürgermeister, einen Glasbläser, kommen und bestimmte: Jede Belästigung der Mädchen durch deutsche Soldaten ist sofort zu melden. Alle Requirierungen ohne Kommandanturbefehl sind Diebstahl. Er drehte Soustelle völlig auf den Kopf und meldete nach einer Woche der Armee, Abteilung Ortskommandanturen: In Soustelle keine besonderen Vorkommnisse. Bevölkerung nach wie vor deutschfreundlich.

Vier Wochen nach seiner Versetzung nach Soustelle bekam Heinrich Emanuel Schütze an einem Abend Besuch.

Er saß in seinem Zimmer, in der Villa des Fabrikbesitzers der Glasbläserei, und las in einem wehrtaktischen Buch, als die Balkontür zum Garten knirschte und ein Schatten ins Zimmer glitt. Schütze warf das Buch weg, sprang aus dem Sessel und wollte, da er unbewaffnet war, um Hilfe rufen, als er sah, daß der Eindringling auch unbewaffnet war. Zudem hielt der Mann beide Hände hoch und schüttelte den Kopf.

»Was wollen Sie?« schrie Schütze. »Warum dringen Sie hier ein? Wer sind Sie?«

»Kennen wir uns nicht?« fragte der Mann. Er sprach ein sehr akzentgefärbtes Deutsch. Oberleutnant Schütze nahm die Tischlampe hoch und leuchtete den Mann an. Er war mittelgroß, etwas abgerissen in der Kleidung, mit einem eingefallenen Gesicht. Heinrich Emanuel konnte sich nicht erinnern, ihn schon einmal gesehen zu haben.

»Nein«, sagte er knapp. »Was wollen Sie?«

Der nächtliche Besucher kam langsam näher. Die Hände hatte er heruntergenommen. »Mein Name ist Charles Bollet. Sagt Ihnen das nichts?«

»Bollet? Bo –« Oberleutnant Schütze setzte die Lampe hart auf den Tisch zurück. »Sie ... Sie sind –«

»Ja. Nach meiner Freilassung bin ich aus Courémont geflüchtet und hier in Soustelle untergekrochen. Mit meiner Familie. Ich wohne hinter der Töpferei. Keiner kennt mich hier. Alle halten mich für einen Landarbeiter. Nur Sie kennen mich ... darum bin ich hier.«

»Wollen Sie damit sagen, daß Sie hier in Soustelle ..., daß Sie hier eine Gruppe von Franktireurs ... unter meinen Augen ...« Heinrich Emanuel umklammerte die Tischkante. »Ich werde Sie erschießen lassen ...«

»Um dies zu verhindern, bin ich gekommen.«

»Sie wollen *mich* umbringen?« Schützes Stimme wurde mutlos. »Sie wollen einen wehrlosen Mann erschießen?«

Charles Bollet schüttelte den Kopf. Er setzte sich in den Sessel, in dem erst Schütze gesessen hatte und legte einen Revolver auf den Tisch, den er aus der Tasche seines Mantels zog.

»Sie sehen, ich meine es ehrlich. Warum sollen wir uns umbringen? Wir verdanken uns gegenseitig unser Leben. Keiner von uns lebte mehr, wenn es den anderen nicht gegeben hätte. Ich meine, so sollte es weiterhin sein. Wir wollen Freunde sein.«

»Während Sie meine Trainkolonnen überfallen? Was denken Sie sich? Ich bin Offizier...«

»Seien Sie einmal Mensch.«

»Im Krieg nicht. Sie sind das Gemeinste, was es gibt. Sie schießen aus dem Hinterhalt. Sie überfallen Verwundetentransporte –«

»Das ist eine Lüge!« Bollet sprang auf. »Wenn Sie mir beweisen, daß wir einen Krankenwagen überfallen haben, stelle ich mich Ihnen gegen meine eigenen Brüder zur Verfügung.«

»Man hat es mir erzählt.«

»Man erzählt auch, daß die deutschen Barbaren Kinder schlachten und die Hände überm Feuer braten. Man erzählt, daß sie beim Einmarsch in Belgien den Mädchen die Brüste abgeschnitten haben ... Ich weiß, daß es Lüge ist, eine Hetze, die aber das Volk glaubt. Wenn ich mit meinen Leuten des Nachts hinter Ihrem Rücken kämpfe, so ist dies kein Mord, sondern Patriotismus. Wir haben die Deutschen nicht in unser Land gerufen. Wir wollten keinen Krieg.«

»Glauben Sie, ich wollte ihn?« Heinrich Emanuel ging unruhig im Zimmer hin und her. »Alles, was Sie sagen, ist vielleicht richtig. Es ändert aber nichts daran, daß ich als Ortskommandant von Soustelle die Pflicht habe, Sie zu verhaften. Ich bin verantwortlich für meine Leute.«

»Und ich für meine Männer. Sollen wir uns also umbringen? Wir, die wir uns gegenseitig erst das Leben retteten?« Bollet erhob sich und steckte seine Pistole wieder in den Mantel. »Kommen Sie zu mir hinaus, Herr Oberleutnant. Hinter der Glasbläserei. Da – steht ein Haus, am Ortsausgang. Eine Scheune ist an das Haus gebaut. Dort wohne ich. Wenn sich Kaiser, Könige und Präsidenten nicht einig werden – vielleicht können wir es. Warum soll es im Krieg nicht auch Freunde geben?«

Oberleutnant Schütze biß die Zähne aufeinander. Daß er dem Mann gegenüberstand, dem er sein Leben verdankte, erschütterte ihn weniger als der Gedanke, wehrlos zu sein in einer Situation, von der andere Ortskommandanten träumen.

Bollet kam auf Schütze zu. Er streckte ihm die Hand entgegen. »Versprechen Sie mir, mich nicht zu verraten. Kommen Sie morgen nacht zu mir.«

»Und wenn ich Sie verhaften lasse? Gleich?«

»Was hätten Sie davon?« Bollet lächelte. »Meine Freunde würden dafür sorgen, daß Sie den morgigen Abend nicht mehr erleben.«

»Sie drohen mir?« schrie Schütze.

»Ich kläre nur Ihre Situation. Ihr Vorgänger, der alte Hauptmann, sah nur seinen Wein. Sie sind gefährlicher – Sie sind jung und haben Ehrgeiz. Aber Sie haben auch Angst ... und es ist immer gut, wenn man das weiß ...«

Bollet wandte sich ab, ging zur Balkontür und drehte sich, bevor er im Dunkel des Gartens verschwand, noch einmal um. »Sie kommen, Herr Oberleutnant?«

»Ich lasse mir von Ihnen nichts befehlen!« schrie Heinrich Emanuel wild. Sein zertretener Stolz bäumte sich auf. »Verschwinden Sie ... aus Soustelle ... Ich lasse Sie ausräuchern.«

Die Tür knirschte wieder, der Schatten Bollets glitt weg. Oberleutnant Schütze rannte zur Tür. Unten, nur sechs Meter entfernt, im Wachlokal, warteten neun Landsturmmänner. Aber er schlug keinen Alarm. Er ging langsam in sein Zimmer zurück.

Er hatte wirklich Angst. Für zehn Mann, die man ergreift, stehen zwanzig Rächer auf. Es ist wie bei einer Hydra ... aus jedem abgeschlagenen Kopf wachsen doppelt soviel neue Köpfe.

Am nächsten Morgen war Oberleutnant Schütze ungenießbar. Er setzte einen Kleiderappell an, besichtigte die Spinde in den Unterkünften und das Krankenrevier. Die Männer, die mit einem Tripper im Bett lagen, brüllte er zusammen, daß sie wie zusammengeschrumpft unter ihren Decken hockten.

Dann – gegen Mittag – ritt er aus. Um Stoustelle herum, durch die Wälder, über die Weiden, zur Glasbläserei. Er sah das von Bollet beschriebene Haus, machte einen weiten Bogen herum und beobachtete es. Aus einem Kamin stieg Qualm. Als er sein Fernglas hochnahm, sah er, wie ein Mädchen, mit langen, schwarzen Haaren, im Hof stand und Holz zerkleinerte. Es war ein hübsches Mädchen, schlank, schmalhüftig, mit festen runden Brüsten. Er konnte es genau sehen. Ihre Bluse war sehr eng.

Ein Franktireurweib, dachte er giftig. Man sollte sie alle ausräuchern, wie Ratten.

Daß er es nicht tat, machte ihn fast krank. Er kam sich mitschuldig vor.

Sie hatten Wein getrunken, ein Huhn gegessen und probierten jetzt einen starken Rotwein, den Bollet in einer tönernen Kanne ausgrub. Hinter dem Haus, unter einem Heustapel.

Sarah Bollet briet durchwachsenen Speck. Sie stand am Ofen und schüttelte die Pfanne. Neben ihr schnitt Jeanette Kartoffeln in Scheiben ... sie machten Pommes frites. Es war ein Festessen ... der Lebensretter Charles Bollets war zu Gast.

Heinrich Emanuel saß auf einem niedrigen Stuhl, den Rotwein vor sich und sah ab und zu hinüber zu Jeanette.

Als er in dieser Nacht hinaus zu dem Haus hinter der Glasbläserei geritten war, hatte ihm Bollet seine ganze Familie vorgestellt. Madame Sarah Bollet – sie umarmte den deutschen Oberleutnant und stammelte: »Dank ... viell Dank ... Du hast Charles gegebben wiedär ...« – Dann die Tochter Jeanette, zwanzig Jahre alt, das Mädchen, das er im Fernglas schon gesehen hatte, mit langen, bis auf die Hüften herunterfallenden schwarzen Haaren und schlanken Beinen, einer zierlichen Taille und festen, runden Brüsten. Sie hatte eine ausgeschnittene Bluse an ... als sie Heinrich Emanuel mit einem Knicks begrüßte, konnte er die Brüste zur Hälfte sehen. Das machte ihn milder gestimmt. Seine Reserve ging über in Interesse.

Das Essen war gut, Madame Sarah kochte vorzüglich. Der Wein stieg in den Kopf. Heinrich Emanuel merkte es nicht gleich, nur das Lachen Jeanettes klang in ihm bald wie helle Glocken. Ihr schmales, hübsches Gesicht glänzte, ihr roter Mund schien ihm wie ein geschlitztes Rosenblatt zu sein.

»Trinken Sie, Herr Oberleutnant!« rief Bollet fröhlich. »Diesen Wein habe ich vergraben gehabt. Nur Sie sind es wert, ihn zu trinken.«

»Worauf stoßen wir an?« rief Schütze. Er war aufgesprungen und schwenkte sein Glas durch die Stube. Er fühlte sich völlig losgelöst von allen Problemen, von allen Erinnerungen, von allen Vorsätzen. Es ist mein erstes Betrunkensein, dachte er. Und es ist herrlich. Die Welt weitet sich ... und das Herz. Verdammt, daß man bis heute vergessen konnte, was ein Herz ist ...

»Auf das Leben!« rief Bollet.

»Auf unser Weiterleben!« ergänzte Schütze.

Sie tranken. Sie tranken den Krug leer. Sie aßen die pommes frites, den gebratenen Speck ... sie sangen sogar. Aus dem Dunst des Alkohols wurde ein neuer Heinrich Emanuel geboren. Als Bollet zu einer Gitarre griff und einen Walzer spielte, tanzte er sogar.

Erst mit Madame Sarah, dann mit Jeanette. Er drückte sie an sich, und sie ließ es geschehen. Er spürte den Druck ihrer Brust, das rhythmische Gleiten ihrer Schenkel, und zum erstenmal empfand er etwas, was er bei Amelia nie empfunden hatte. Leidenschaft, unermeßliches Begehren, taumelndes Entzücken und nicht mehr zügelbare Ungeduld.

»Du bist schön«, stammelte Schütze. Er drückte Jeanette, daß ihr fast der Atem ausging. Aber sie lachte ihn an, ihr Mund war wie ein glimmendes Feuer ... plötzlich küßte sie ihn, wild, hemmungslos, biß ihn in die Unterlippe und leckte mit ihrer Zunge die Blutstropfen ab, die aus der Bißstelle hervorquollen.

Heinrich Emanuel stöhnte. Er taumelte, er griff um sich und erfaßte ihre Brust. Das Zimmer drehte sich im Kreise, vor seinen Augen tanzten funkelnde Mosaike ... und in diesem Kreisel sah er immer wieder Jeanettes Gesicht, die wirbelnden, langen, schwarzen Haare. Er hörte ein helles Ritschen und hielt die Fetzen von Jeanettes Bluse in den Händen.

Charles Bollet und Madame Sarah hatten längst das Zimmer verlassen, als Jeanette den Kopf Schützes an ihre Brust zog und seine Ohrläppchen küßte, mit der Hand über seine Brusthaare streichelte und seinen trunkenen Mund über ihren weißen Körper lenkte.

»Mon cher«, sagte sie zärtlich und knöpfte sein Hemd auf. »Mon petit barbar ...«

Er erwachte mit dem Gefühl, statt des Gehirnes Blei im Schädel zu haben. Als er sich aufstützte, sah er, daß er auf einem Feldbett lag, und neben ihm lag Jeanette.

Mit einem Satz sprang Heinrich Emanuel vom Bett, riß die Uniformhose an sich und schlüpfte hinein. Dann starrte er wieder auf die schlafende Jeanette, auf diesen weißen, noch in der Ruhe tierisch wilden Körper, schlug die Hände vor die Augen, raufte sich die Haare und suchte nach einem Wasserbecken. Als es an der Tür klopfte, rannte er zum Bett, deckte Jeanette mit einer auf den Boden gefallenen Decke zu und sagte heiser: »Oui ...«

Charles Bollet trat ein. Sein Gesicht war ernst. Heinrich Emanuel winkte ab. Er ließ sich auf einen Stuhl fallen und schloß die Augen.

»Sprechen Sie nicht, Bollet ... Ich weiß, was Sie sagen wollen. Sie haben mich in der Hand.«

Bollet blickte hinüber auf seine noch schlafende Tochter. Was er in diesem Augenblick dachte, als Vater, war eine Qual, die er abdämpfte mit dem Selbstbetrug: Es geschah für Frankreich. Sie ist ein Märtyrerin. Als er sich Oberleutnant Schütze wieder zuwandte, war sein Gesicht starr, fast von Haß verzerrt.

»Unsere Rechnung ist beglichen«, sagte er hart. »Du weißt, was mit dir geschieht, wenn dieses hier –«, er stockte und mußte schlucken, so bitter stieg es in ihm auf, »– wenn es herauskommt. Du bist verheiratet . . .«

Schütze ließ den Kopf auf seine Brust fallen.

»Was wollen Sie . . .?« fragte er leise.

»Heute abend wird eine Abteilung von mir, zwei Kilometer von Soustelle entfernt, eine Trainkolonne überfallen. Du hast dafür zu sorgen, daß ab 10 Uhr nachts keine Patrouillen in dieser Gegend sind. Außerdem werden wir die erbeuteten Sachen zwei Tage hier verbergen.«

Heinrich Emanuel Schütze sprang auf. Sein Gesicht war verzerrt. »Nein!« schrie er. »Erschieß mich, du Hund! Das tue ich nicht! Ich werde nie, nie –«

Er wollte noch etwas sagen, er wollte schreien, aber Bollet war auf ihn zugetreten und schlug ihm ins Gesicht. Dreimal, viermal . . ., der Kopf Schützes pendelte hin und her, als hinge er an keiner Wirbelsäule mehr.

»Du hast meine Tochter vergewaltigt«, sagte Bollet hart. »Und du wirst tun, was ich dir sage . . .«

Hinter ihnen raschelte es. Jeanette war aufgewacht. Sie saß im Bett, hatte die Decke bis hoch an den Hals gezogen und sah mit großen, dunkel umränderten Augen zu ihnen hinüber.

Dann rief sie etwas. Laut, schrill. Bollet fuhr herum. Er schrie zurück, er ballte die Fäuste, trat mit den Füßen auf den Boden. Jeanette schrie erneut . . ., dann sprang sie aus dem Bett, ließ die Decke fallen und rannte nackt, wie sie war, auf ihren Vater zu. Mit hocherhobenen Fäusten blieb sie vor ihm stehen und brüllte ihn an. Charles Bollet wich zurück. Er bückte sich, nahm die Decke, legte sie Jeanette um die Schulter und schob sie aus dem Zimmer.

Schütze saß noch immer so da, wie er vor dem Erwachen Jeanettes auf dem Stuhl gehockt hatte. Nur mit seiner Uniformhose bekleidet, mit nacktem Oberkörper, den Kopf auf die Brust gesenkt. Er war völlig zerbrochen.

Bollet stieß ihn an. Heinrich Emanuel blickte nicht auf. Man hätte so auch ein Stück Holz anstoßen können.

»Zieh dich an«, sagte Bollet. »Und überleg es dir. Jeanette liebt dich . . . das habe ich nicht gewußt –«

V

Zwei Stunden später hockte er wieder hinter dem Schreibtisch der Kommandantur. Er las die Meldungen der Nachtposten, Befehle der Armee, Listen, die er ausfüllen mußte, Meldungen und Termine, die auf ihn warteten. Wie oft wird das Trinkwasser gechlort? Sofortige Meldung, ob Schneezäune für den Winter hergestellt werden können. Wieviel Straßenkilometer verwehen?

Oberleutnant Schütze schob den Papierkram zur Seite. Ihn ekelte alles an. Er ekelte sich vor sich selbst. Er hatte Amelia betrogen. Gewiß, er war sinnlos betrunken gewesen, als es geschah, aber das änderte nichts an der Tatsache, daß er es getan hatte und daß er, wenn er an Jeanette dachte, auch jetzt, im ernüchterten Zustand, Herzklopfen bekam und eine Art Sehnsucht, sie möge bei ihm sein. Nackt und sinnlich. Ein Teufel in der Liebe ... einer Liebe, die er bisher nie gekannt hatte, von der er überhaupt nicht wußte, daß es so etwas gab zwischen Mann und Frau.

Ein Brief aus Breslau lag bei den Feldposteingängen. Er las den Absender gar nicht, er erkannte die Schrift. Amelia schrieb ihm wieder. Jede Woche. »Ich merke noch nichts«, schrieb sie im letzten Brief. »Ich habe mich erkundigt ..., man merkt es zuerst, daß man morgens Übelkeit verspürt, Brechreiz, ein Würgen im Hals.«

Vielleicht schrieb sie jetzt, daß sie etwas spürte. Er wollte es gar nicht lesen. Er stopfte den Brief in seine Uniformtasche, rief den Ia-Schreiber, übergab ihm die ganzen Meldungen und ritt aus. Er kontrollierte die Wachlokale, sah die Wachbücher durch und ritt dann hinaus zur Glasbläserei.

Charles Bollet stand im Hof des Hauses und hackte Holz. Madame Sarah saß in der Küche. Er hörte daraus ein rhythmisches Stampfen. Aus irgendwo organisierter Sahne butterte sie. Jeanette putzte den Flur ..., ihr Rock schob sich hoch, wenn sie sich bückte. Sie hatte schlanke Schenkel. Heinrich Emanuel sprang vom Pferd.

»Bollet«, sagte er hart, »ich brauche für die Kommandantur eine Putzhilfe und jemand, der das Haus in Ordnung hält. Ich dachte an Jeanette ...«

»Nimm sie mit!« Bollet wog die Axt, mit der er das Holz zerkleinerte, in der Hand. »Man sollte dir den Schädel einschlagen, Oberleutnant. Das Mädel ist verrückt nach dir. Warum, das weiß der Teufel. Nimm sie mit. Ich habe sie schon verprügelt – aber sie läßt nicht los.«

»Du Schuft hast sie geschlagen?« Schütze ging auf Jeanette zu, die ihm den Rücken zudrehte. Mit einem Ruck drehte er sie herum. Über ihr schönes, schmales Gesicht liefen zwei breite, blutunterlaufene Striemen. Bollet mußte sie mit einer Lederpeitsche geschlagen haben, so sah es aus.

Heinrich Emanuel fuhr herum. Er ballte die Fäuste, griff dann zu seiner Pistole und riß sie aus dem Futteral. Bollet schüttelte den Kopf.

»Schieß, Oberleutnant. Meine Freunde werden dich – und Jeanette finden, wo immer ihr auch seid.«

Aus dem Fenster fuhr der Kopf Madame Sarahs. Sie schrie etwas, schrill, giftig. Ihre Haare, jetzt zottelig und ungekämmt, wirbelten im Wind, der um die Hausecke pfiff. Sie schrie Bollet an. Schütze verstand es nicht. Sein Französisch war nicht so gut. Er wandte sich wieder zu Jeanette um, nahm ihr den Schrubber aus der Hand, streichelte zärtlich über die beiden blutigen Striemen und ergriff ihre schlaff herunterhängende Hand.

»Komm«, sagte er. »Nimm mit, was du brauchst...«

Bollet warf die Axt fort. Mit den Händen in den Hosentaschen kam er heran.

»Heute nacht also, Oberleutnant. Ab 10 Uhr. Keine Patrouillen...«

»Ich werde die Straßen abriegeln!« schrie Schütze.

»Du mußt es wissen.« Bollet hob die Schultern, drängte Schütze von der Tür weg und ging ins Haus.

Heinrich Emanuel stieg wieder auf sein Pferd. »Jeanette!« rief er. »Ich reite zurück zur Kommandantur. Melde dich unten bei der Wache.«

Er hörte noch, wie Madame Sarah ihm etwas nachrief. Er gab sich keine Mühe, es zu verstehen. Er ritt schnell aus dem Hof, zurück auf die Straße.

Eine Kompanie rückte ein. Sie kam von der Front und sollte in Soustelle vier Tage in Ruhe liegen. Schütze hatte für sie die Hallen der Töpferei ausräumen und mit Strohsäcken wohnlich machen lassen. Er begrüßte den Truppenoffizier, einen jungen Leutnant, der bereits das EK I auf der Brust trug, lud ihn zu einem Abendessen ein und ritt schnell weiter. »Ein ganz Forscher«, sagte der Leutnant zu seinem 1. Zugführer, einem Feldwebel. »Möchte wissen, warum der hier Ortskommandant spielt, anstatt vorne zu liegen.«

Gegen Mittag meldete sich Jeanette Bollet als neue Putzhilfe der Kommandantur. Oberleutnant Schütze ließ ihre genauen Personalien feststellen, meldete ihre Einstellung vorschriftsmäßig an die

Armee, mit eingehender Begründung der Notwendigkeit, und wies ihr dann ihren zukünftigen Aufgabenbereich zu.

Als sie allein waren, küßten sie sich. Heiß, den Körper durchbebend, voller Begehren. Schütze kannte sich nicht wieder. Er knüpfte Jeanettes Bluse auf, er tat Dinge, die er nie für möglich gehalten hätte ... Er schloß die Tür hinter sich ab und nahm Jeanette. Auf einem alten Sofa, aus dem bei jeder Bewegung eine Staubwolke über ihre zuckenden Körper quoll. Er war wie ein toller Hund, er löste sich in Geilheit auf. Er war nichts mehr als ungezügelte Potenz.

Nur einmal – als Jeanette ihr rechtes Bein über seine Hüfte legte – zuckte er einen Augenblick zusammen. In seiner Rocktasche knisterte es. Der ungeöffnete Brief Amelias. Da krallte er sich in Jeanettes Fleisch fest, als suche er Halt vor einem tiefen Sturz.

Es war ihm, als sei er ein neuer Mensch. Und diesen neuen Menschen nannte er Glück –

In Soustelle änderte sich nichts.

Die Trainkolonne wurde überfallen, und es war ein Unglück, daß die Patrouillen gerade in dieser Stunde jenseits der Überfallstelle waren. Oberleutnant Schütze meldete es pflichtschuldig der Armee, er stellte Suchtrupps zusammen, er kämmte die ganze Umgebung durch, er bildete ein »Sonderkommando Franktireur« unter Leitung eines leicht verwundeten Leutnants, der in Soustelle auf seine Heilung wartete. Den Oberbefehl übernahm er selbst. Er tat alles, um die Armee von seiner Einsatzfreudigkeit zu überzeugen.

Nachts aber lag er in den Armen Jeanettes und wünschte sich, daß der Krieg zehn oder mehr Jahre dauern möge. Er lernte die Liebe von einer Seite kennen, die ihn von Nacht zu Nacht willenloser machte, die ihm Paradiese öffnete, die selbst in den Kasinogesprächen seiner jungen Kameraden nicht bekannt waren. Er schwamm in einem Meer von Wonne und seliger Erschöpfung, wenn der Morgen dämmerte und er den warmen Körper Jeanettes umschlang und endlich, endlich einschlief ... für zwei, drei Stunden, bis der Dienst wieder begann.

Jeanette liebte ihn wirklich, das wußte er. Deutlich wurde es, als Bollet eines Abends wieder über seinen bevorzugten Eingang über die Balkontür ins Haus kam und ankündigte, daß übermorgen nacht zwei Munitionstransporte in die Luft gesprengt werden sollten. Da hatte Jeanette einen schweren, hölzernen Leuchter vom Tisch genommen und nach dem Kopf des Vaters geschleudert. Nur durch ein schnelles Bücken entging Bollet seinem Tod ... Verwundert starrte er auf seine Tochter, wollte etwas sagen, wandte sich dann langsam ab und verließ wortlos das Haus.

Das Leben mit Jeanette war ein einziger Rausch für Heinrich Emanuel. Wenn er am Tage seinen Dienst versah, zitterte er innerlich schon der Nacht entgegen. Manchmal überkam es ihn wie ein Wahnsinnsanfall. Dann riß er Jeanette von ihrem Putzeimer weg, verriegelte die Tür und fiel über sie her. Sie wehrte sich nie. Sie liebte ihn mit der ganzen Naturhaftigkeit ihres Wesens. Sie waren wie Tiere, die der gegenseitige Geruch schon erregte. Sie waren nichts als Leidenschaft.

Nach acht Wochen bekam Heinrich Emanuel seinen Weihnachtsurlaub. Er hatte noch nie einen Urlaubsschein mit so wenig Interesse betrachtet.

In der Nacht vor der Abreise schlief er überhaupt nicht. Auch Jeanette wollte über Weihnachten verreisen. Zu einer Tante nach Belfort. Schütze hatte ihr die Durchreisegenehmigungen von der Armee beschafft. Es war schwierig gewesen, aber seine Versicherung, daß keinerlei Spionagetätigkeit zu befürchten sei, verhalf Jeanette schließlich zu einer Bescheinigung.

So nahmen sie in dieser Nacht Abschied, als sollte es die letzte Nacht sein. Am Morgen fuhr Oberleutnant Schütze ab. Die Kommandantur übernahm ein Hauptmann der Landwehr. Er war fünfzig Jahre alt, litt an Asthma und wollte seine Ruhe haben. Er war keine Gefahr für Jeanette, die nach Neujahr wiederkommen und weiterputzen wollte.

Zufrieden reiste Schütze ab nach Breslau. Notgedrungen beschäftigten sich seine Gedanken jetzt mit Amelia.

Er hatte so etwas wie einen sittlichen Kater. Er dachte darüber nach, wie er sich ihr gegenüber benehmen sollte, wenn sie selig, in ihrem seidenen langen Nachthemd mit den vielen Spitzenröschen, neben ihm liegen würde und mit der Hand nach ihm tastete.

Es war gar nicht so einfach.

Die Urlaubswoche ging schnell vorüber.

Zu schnell für Amelia, schnell genug für Heinrich Emanuel.

Irgendwie fühlte er sich aus dem Kreis, der ihn bisher umgeben hatte und der ihn jetzt wieder wie ein rohes Ei umhegte, entwachsen. Er hatte das Leben gesehen, eine andere Seite des Lebens jedenfalls, die allen unbekannt war, die hier in Breslau große Reden führten und noch immer um den Sandkasten hockten und Siege mit den Holzklötzchen herausspielten. Baron v. Perritz war in den wenigen

Monaten gealtert. Er hörte und sah mehr, als er sagte. Franz Schütze hatte seine Einberufung als Landsturm ohne Waffe bekommen ... Kommerzienrat Sulzmann gelang es mit dem allerhöchsten Einsatz von Speck, Wurst und Schmalz, seinen Schwiegersohn als unabkömmlich zu deklarieren. Das war bei einem Steueroberinspektor zwar nicht der Fall, aber Sulzmann hatte Franz Schütze als stellvertretenden Vorsitzenden eines »Liebesgabenkomitees« in jene Sparte einschleusen können, deren Verminderung eine Schwächung des deutschen Durchhaltewillens bedeuten würde.

Amelia war von ihrem Mann begeistert. Sosehr sich Heinrich Emanuel auch bemühte, die Künste seiner Lehrmeisterin Jeanette nicht auf Amelia auszudehnen, brach doch ab und zu bei ehelichen Handlungen sein neu entdecktes Temperament durch. Amelia wurde in erotische Tiefen gestürzt, die sie mit Bewunderung und später Begeisterung in Besitz nahm. Sie weinte bitterlich, als der Tag der Abreise kam. Auch sie bereitete Heinrich Emanuel einen schlaflosen Abschied, aber es war Limonade gegen den Sekt in Jeanettes Armen. Eine zwar süße Limonade – das gab Schütze bei stillen Vergleichen zu –, nicht so strapaziös, aber für seine erweckte Gier im ganzen gesehen unbefriedigend.

Silvester stieß man auf Gut Perritzau auf den Frieden an, den das jetzt begonnene Jahr 1916 bringen mußte.

»Der Sieg ist unser!« rief ein ebenfalls eingeladener Oberst a. D. »Was meinen Sie, junger Freund?«

»Ich bin ganz Ihrer Meinung, Herr Oberst. Die Frühjahrsoffensive wird die Entscheidung bringen.«

»Die gerechte Sache siegt immer. Natürlich. Es muß in Europa endlich geklärt werden, wer die beherrschende Macht ist. Sie kann und wird nur Deutschland heißen. Hurra! Hurra! Hurra!«

Nach diesem Trinkspruch des Obersten a. D. – er glühte vor vaterländischer Begeisterung – wurde hinter dicht verhängten Fenstern getanzt.

»Man darf es nicht so zeigen«, meinte der Baron. »Zur gleichen Stunde, in der wir hier eine Art der Lustbarkeit ausführen, fallen an allen Fronten Hunderte unserer Brüder und Freunde.«

»Ein Hurra den Helden!« brüllte der Oberst a. D. Er hatte schon sehr viel Wein genossen und bedachte, leicht schwankend und in den Knien federnd, alles, was nach Krieg klang, mit einem donnernden Hurra. V. Perritz war das peinlich, aber er konnte es nicht abstellen. Der Oberst a. D. saß einem Komitee vor, das den Kriegseinsatz der Landwirtschaft kontrollierte. Vor allem die Ablieferungspflicht.

Die Schwarzschlachtungen. Das verbotene heimliche Zentrifugieren. Er war eine Schlüsselposition. So ließ ihn der Baron unangefochten hurra brüllen. Ein schwarzgeschlachtetes Schwein ist das schon wert.

Erlöst von den heimatlichen Anstrengungen traf Heinrich Emanuel Schütze am 10. Januar 1916 wieder in Soustelle ein.

Die 2. Winterschlacht in der Champagne war abgebrochen worden. Um Verdun herum massierten sich neue Truppenverbände. Der Kronprinz selbst leitete den Aufmarsch der deutschen Armee. Im Großen Hauptquartier in Bad Kreuznach arbeitete der Kaiser selbst zusammen mit Generalfeldmarschall v. Hindenburg und Generalleutnant v. Ludendorff die Angriffspläne aus. Theoretisch konnte nichts mehr geschehen. Der Krieg mußte 1916 endlich gewonnen werden. Drei Kriegsjahre – das hatte man nicht vorausgesehen und nicht erwartet. Das hatte man vor allem in der Organisation nicht eingeplant. Am allerwenigsten im Ernährungsplan der Zivilbevölkerung.

Jeanette Bollet war nicht in der Kommandantur, als Oberleutnant Schütze in Soustelle eintraf. Statt des langhaarigen Mädchens putzte eine alte, dicke Frau den Flur der Kommandantur.

Heinrich Emanuel stürmte in sein Dienstzimmer. Der alte Hauptmann saß beim Morgenkaffee, las die ›Frankfurter Zeitung‹ und hatte seine Beine auf den Stuhl gelegt. Er hatte gestern bei einer Inspektion nasse Füße und einen Schnupfen bekommen.

»Wo ist unsere Putzhilfe?« fragte Schütze nach der üblichen Begrüßung.

»Die schrubbt doch draußen.«

»Ich meine Jeanette Bollet –«

»Die ist nach Silvester nicht wiedergekommen. Ich habe einen Gefreiten zu ihr geschickt ... aber die Familie Bollet ist auch weg. Sind vielleicht in eine Stadt, wo's mehr Arbeit gibt. In diesem Nest verblödet man ja.«

Heinrich Emanuel ritt trotz des eisigen Windes und des hohen Schnees zur Glasbläserei. Das Haus hinter der Fabrik war leer. Zwar standen die Möbel noch in den Zimmern, aber die Schränke waren leer. Auch Jeanettes Sachen waren fort.

Oberleutnant Schütze setzte sich ratlos. Dann sprang er wieder auf und riß verzweifelt alle Schränke, alle Schubladen auf. Er durchsuchte das ganze Haus, vom Keller bis zum Dachboden, er suchte nach einer Mitteilung Jeanettes, er suchte nach einem Hinweis, wohin die Familie Bollet gezogen war.

Als er nichts fand, setzte er einen Zug seiner Kompanie ein. Er ließ die Nachbarn fragen, er verhörte zwei Tage lang die Bewohner von Soustelle, er ließ den Ort fast umdrehen ... keiner hatte die Bollets wegfahren sehen. Niemand hatte sich um sie gekümmert. Sie hatten ein fast anonymes Leben in Soustelle geführt. Ja, man fragte sogar zurück: Wer ist denn Bollet?

Heinrich Emanuel schloß sich in sein Zimmer ein. Er starrte auf das Sofa, auf das Bett, auf den Waschtisch, vor dem Jeanette so oft nackt gestanden hatte und sich wusch. Er meinte, noch in den Kissen den süßlichen Schweiß der Nacht zu riechen, den geilen Geruch ihres Körpers.

»Jeanette«, sagte er. »Ich habe das alles doch nicht geträumt –«

Er griff zu einer Verzweiflungstat. Er meldete der Armee, daß es ihm durch pausenlose Verhöre gelungen sei, den Kopf der Franktireurs zu erfahren. Mit seiner Ergreifung habe man den Schuldigen für alle Überfälle der letzten Monate. Er heiße Charles Bollet und sei mit seiner Familie seit der zweiten Dezemberhälfte flüchtig.

Wenn sie Charles Bollet finden, sehe ich auch Jeanette wieder, dachte er. Ich muß ihn opfern, um sie wiederzuhaben. Ich werde wahnsinnig, wenn ich allein bleiben soll. Ich kann nie mehr allein in dem Bett schlafen, in dem sie an meiner Seite gelegen hat, heiß, wild, unersättlich.

Im Armeekommando wurde die Meldung sachkundig bearbeitet. Man ließ suchen und fand nichts. Man fertigte Steckbriefe aus mit Belohnungen ... es meldete sich keiner, der Bollet verriet.

Jeanette blieb verschwunden. Sie hatte keine Spur hinterlassen. Wie ein heißer Wind war sie über Heinrich Emanuel hinweggeweht ... und den Wind kann man nicht halten.

Am 21. Februar 1916 begann die Schlacht um Verdun. Das größte und wahnsinnigste Drama des Weltkrieges. Zwei Nationen hatten begonnen, sich auf einem Fleck von wenigen Quadratkilometern auszubluten. Der tödliche Aderlaß des deutschen Heeres war angestochen worden.

Oberleutnant Schütze meldete sich weg aus Soustelle. Aus jedem Winkel seines Zimmers sprang ihn die Erinnerung an Jeanette an. Er konnte nirgendwo mehr hinsehen ... überall verband sich der Gedanke an ihren Körper mit den Dingen, die ihn umgaben.

Er wurde noch einmal untersucht. Der Stabsarzt sah verwundert auf den Befund. Daß ein Offizier, der so vollkommen kv war, in der Etappe Landwehrdienst tat, war ihm ein Rätsel. Die Front schrie nach Truppenführern.

Oberleutnant Schütze kam ohne große Formalitäten sofort zur Division zurück. Sie lag an der Maas, in den Hängen der Côtes Lorraines. In Bereitschaft zum Eingreifen bei Verdun. In der Champagneschlacht war sie fast aufgerieben worden. Jetzt hatte man sie wieder aufgefüllt. Neues Blut, junge Rekruten, denen man herrliche Geschichten vom Heldentod erzählt hatte und die daran glaubten, bis sie dranglauben mußten.

Schon auf der Fahrt zur Division hörte Oberleutnant Schütze Bezeichnungen, die einmal mystische Namen werden sollten: Höhe 304, Toter Mann, Fort Vaux, Fort Douaumont, die Todesschlucht ...

»Hier erleben wir reinstes Heldentum«, sagte ein junger Leutnant, der mit Schütze zur Division fuhr, begeistert.

Er fiel am ersten Tag an der Höhe 304 und schrie, bis das Blut in seiner Kehle jeden Schrei erstickte: »Mutter! Mutter! Mutter –«

Im Mai 1917 gebar Amelia einen Jungen.

Eine neue französische Offensive rollte wieder über die nur noch aus Granattrichtern bestehende Champagne. Sie sollte die Umklammerung Verduns lösen und die deutschen Truppen wegziehen.

Es halfen deshalb auch alle Beziehungen des jetzt zum Urgroßvater beförderten Sulzmann nicht, Heinrich Emanuel einen Urlaub zu verschaffen. Er lag in vorderster Linie im Trichterfeld.

Genau betrachtet, lag er allerdings nicht ganz vorn, dort, wo die Artillerie trommelte, wo die Verteidiger und Angreifer von Loch zu Loch sprangen und sich mit einer Verbissenheit umbrachten, die einmalig in der Kriegsgeschichte war. Oberleutnant Schütze lag vielmehr in einem Unterstand zwölf Kilometer hinter der Hauptkampflinie vor einem zerschossenen Dorf, in dem man den Hauptverbandsplatz eingerichtet hatte. Er war eine Art Kampfleitstelle, ein Verbindungsoffizier zwischen der Front und dem immer nachrückenden Nachschub an jungen Menschen. Jeder Ersatz, der aus der Heimat oder aus den Ruheorten herangebracht wurde, ging durch seine Leitstelle. Er verteilte die zum Tode Ausersehenen. Er hatte alle Verlustmeldungen vor sich liegen, er wußte, wo Menschenmaterial gebraucht wurde, welche Kompanie aufgerieben war, welcher Grabenabschnitt mit Toten angefüllt war und nach neuen Leibern rief.

Er war die rechte Hand des Todes. Er gab die Jugend Deutschlands an die zerfetzenden Granaten weiter. Er war ein so wichtiger Mann, daß ein Urlaub gar nicht in Frage kam.

Brieflich gratulierte er Amelia zu dem Stammhalter. »Ich bin stolz auf Dich«, schrieb er. »Daß es ein Junge ist, erfüllt mich besonders mit Begeisterung. Ich möchte, daß unser Junge die Namen Christian-Siegbert erhält; er ist in einem Jahr geboren, in dem Christentum und Sieg auf unseren Fahnen stehen. Er ist in eine große Zeit hineingeboren worden, in Deutschlands größten Krieg und baldigen größten Sieg. Noch dieses Jahr wird der Krieg zu Ende sein. Ich küsse Dich, mein Lieb, und bin so glücklich ...«

Wie es Oberleutnant Schütze schrieb, wurde es. Der Junge wurde Christian-Siegbert getauft. Taufpate waren ein Bruder Amelias und ein Vetter Amelias aus einer Wiener Linie, der als Oberstleutnant im Balkan lag und als Patengruß schrieb: »Möge der Junge nie einen Krieg erleben. Krieg ist ein Verbrechen.« Merkwürdige Worte für einen Offizier ... aber wie gesagt, Eberhard v. Perritz war ein Außenseiter. Zudem ein Wiener. Man sah über diesen Passus der Gratulation hinweg.

Heinrich Emanuel hatte Jeanette zwar nicht vergessen, aber die Hoffnung auf ein Wiedersehen aufgegeben. Vielleicht war sie längst tot, erschossen mit ihrem Vater, dem Franktireur. Nach seinem letzten Urlaub hatte Amelia dann nach einigen Wochen geschrieben: »Ich spüre etwas. Endlich, endlich. Wir werden ein Kind haben ...« Das war etwas, was Heinrich Emanuel völlig aus dem Bann Jeanettes zog. Sein Ausflug in eine andere Welt der Liebe blieb Erinnerung.

Nach der Geburt Christian-Siegberts hörten die Briefe plötzlich auf. Über der Champagne, über Verdun war der Himmel schwarz von detonierenden Granaten und aufspritzenden Erdfontänen, wurde die Erde rot von ausblutenden Leibern, erkannte der Mensch schaudernd, zu welchen Leistungen er fähig sein konnte, wenn er bis ins Mark hinein verzweifelt war.

Die Postträger wurden zerfetzt und mit ihnen die Briefe. Die Verbindung zur Außenwelt waren nur noch Laufgräben ... als sie zu Löchern zerstampft wurden, waren es nur noch gehetzte, springende, ausgepumpte Gestalten in runden Stahlhelmen und verkrusteten Uniformen, die den Feuerkreis des erbarmungslosesten Krieges, den man bis dahin kannte, durchbrachen.

Extrablätter waren alles, was das deutsche Volk neben Hunger bekam. Namen wurden zu Mythen ... Verdun ... die Siegfriedstellung ... Flandernschlacht ... die grauenvolle Tankschlacht bei Cambrai ... die Schlacht an der Lys ... die Frühlingsschlacht bei Soissons und Reims ... die Aufreibungskämpfe bei Montdidier ...

Die berühmten fünf deutschen Frankreich-Offensiven hielten die Welt in Atem und forderten das letzte Blut. Als Deutschland 1,8 Millionen Tote hergegeben hatte, konnte es nicht mehr. Ein zusammengepreßter Schwamm gibt kein Wasser mehr.

Beim Rückzug der deutschen Armeen saß Heinrich Emanuel in einem Keller. Er kannte den Ort nicht, es interessierte ihn auch nicht. Er war mit einem Fahrzeug in der Nacht nach rückwärts gegangen. Man nannte es militärisch »absetzen«. Auf einer Breite von einigen Kilometern stürmten die Engländer mit ihren feuerspeienden Ungetümen, den stählernen Tanks, gegen die schwachen deutschen Stellungen und walzten sie nieder. Sie brachen durch die rückwärtigen Linien, sie drückten die Artilleriestellungen in den tonigen Boden und fuhren durch Häuser. Sie kannten kein Aufhalten.

Oberleutnant Heinrich Emanuel Schütze sah sich eines Tages versprengt. Er hatte den Anschluß an die Kampftruppen verloren. An den Flanken seines Abschnitts waren die Tanks durchgebrochen, die dünnen, in einigen Granatlöchern hockenden, ausgemergelten deutschen Soldaten gingen kämpfend zurück oder wurden überrollt, die Auffangstellungen lagen unter schwerstem Beschuß, selbst die schnell in die Lücke geworfenen Ersatzregimenter verbluteten bereits auf dem Weg zu neuen Grabensystemen, weit im Hinterland. Es war eine Auflösung, die kaum noch zu überblicken oder abzuwenden war.

In diesem Chaos irrte Heinrich Emanuel umher. Ziellos, sich verbergend, vor den Tanks flüchtend. Er rannte um sein Leben. Aus anderen Versprengten bildete er eine Kampfgruppe, ließ geballte Ladungen aus Handgranaten herstellen, um die Tanks zu vernichten, übergab die Gruppe einem Leutnant und fuhr ab, um neue Munition zu besorgen. Er hatte wirklich den besten Vorsatz, er wollte das Vaterland verteidigen ... aber schon einen Kilometer weiter kam er in ein Trommelfeuer und sah die Sinnlosigkeit ein, weiter nach Munition zu suchen. Von seiner Kampfgruppe fand er auch nichts wieder, als er zurückkam. Nur ein paar Uniformfetzen. Eine Reihe Trichter. Eine Brieftasche. Einen abgerissenen Arm.

Da war er mit einem einsamen Munitionswagen nach hinten gefahren und vor einem neuen Beschuß in einen Keller geflüchtet.

Er saß ungefähr eine Stunde in dem zitterndem Gewölbe, als jemand die Treppe hinabpolterte. Schütze riß seine Pistole aus dem Gürtel. Sie sind schon hier, durchfuhr es ihn. Sie kämmen den Ort durch. Er sah die Sinnlosigkeit einer Gegenwehr und warf die Pistole weg.

Über die Kellertreppe kullerte ein Körper hinab. Er rollte Schütze direkt vor die Füße und blieb dort auf dem Rücken liegen.

Es war ein junger deutscher Offizier. Sein Kopf war blutverklebt. Aus der zerfetzten Hose, unterhalb der Hüfte, quoll jetzt ein Blutstrom und lief über den Kellerboden.

Heinrich Emanuel kniete neben dem Offizier. Er riß die Fetzen der Hosen weg und sah, daß es vergeblich war, zu verbinden. Der Oberschenkel war gleich unterhalb des Beckens durch einen großen Granatsplitter weit aufgerissen. Die Schlagader war zerrissen, pulsend spritzte das Blut über Schützes tastende Hände.

Mit großen, starren Augen sah der junge Offizier auf Heinrich Emanuel. Dann tastete er matt nach einer Tasche, die er an seinem Koppel hängen hatte.

»Die Tasche...«, sagte er leise. »Nimm die Tasche... Zum Armeekorps... Du mußt die Tasche nehmen...«

Heinrich Emanuel nickte und schnallte die Tasche vom Koppel des Sterbenden. »Ist noch etwas, Kamerad?« sagte er stockend.

»Ich heiße Berndt... Kurier... Meine Mutter... in Wiesbaden...« Die Augen verschatteten sich. Er wurde müde... das Blut lief aus seinem Körper und mit ihm das Leben. Seine Lider zuckten ... er tastete nach der Hand Schützes und umklammerte sie. »Die Tasche... die Tasche...«

»Ich habe sie.« Oberleutnant Schütze sah auf den aufgerissenen Schenkel. Daß er nicht helfen konnte, war ihm so grauenhaft, daß er hätte schreien können. »Was ist mit der Tasche, Kamerad...?«

»Zum Korps... zum...« Der junge Leutnant schluckte. Durch seinen Körper lief ein Frieren, ein Schüttelfrost. Die Haut wurde weiß, dann gelblich. Die Pupillen seiner Augen waren riesengroß, sie reagierten nicht mehr auf Helligkeit. Um ihn war es bereits dunkel. Er krallte seine Finger in Schützes Hand, als könne er sich vor dem Vergehen festhalten. Plötzlich schrie er auf, grell, unmenschlich. »Mutter!« schrie er. »Die Tanks... die Tanks...«

Dann lag er wieder ruhig, mit flatternden Lidern, mit murmelnden Lippen, deren Worte niemand verstand. Seine Nase wurde spitz, sein ganzer Körper streckte sich, es war fast, als lege er sich bequem zurecht. Als sein Körper ausgeblutet war, verlöschte sein Herz. Heinrich Emanuel spürte es daran, daß sich die Fingernägel aus seiner Hand lösten und die Verkrallung nachließ.

Schütze ließ den Toten im Keller liegen. Er nahm nur die Brieftasche an sich, brach die Erkennungsmarke durch, steckte sie in seine Rocktasche, nahm die kleine, lederne Aktentasche, schnallte sie sich an den Gürtel und wartete dann am Kellereingang, bis das Trommelfeuer nachließ. Dann rannte er hinaus, über die Dorfstraße, er rannte wie ein Wilder, als führen die Tanks unmittelbar hinter ihm her. Ausgepumpt stolperte er nach einer Stunde in eine Artilleriestellung und rief nach dem Batteriechef.

»Ich brauche ein Fahrzeug!« rief er. »Ich muß zum Korps. Ich bin Kurier!«

Er bekam kein Fahrzeug. Man drückte ihm ein halbverhungertes Pferd in die Hand. Mit diesem Klepper ritt er bis zum Einbruch der Nacht. Er fragte sich durch, er suchte stundenlang ... gegen Mitternacht erreichte er einen Ort und die Operationsabteilung des Armeekorps.

Ein Major nahm ihm die Tasche ab. Fünf Minuten später kam ein Oberst in das Zimmer, betrachtete Schütze und klopfte ihm auf die Schulter.

»Sie haben die Tasche gebracht? Der Herr General möchte Sie sprechen ...«

Von dem General wurde Oberleutnant Schütze zum Hauptmann befördert. Er nahm das alles wie im Nebel wahr ... er schwankte vor Erschöpfung, er sehnte sich nach Ruhe, unter halbgeschlossenen Lidern hinweg sah er, wie der General ihm die Hand drückte. Er sah es nur ... fühlen konnte er es nicht mehr. Dann wurde er zurück in ein Zimmer geführt. Er sah ein Feldbett, warf sich mit dem Rücken auf den Segeltuchbezug und schlief sofort ein.

Er hat nie erfahren, was in der Tasche war. Es mußten ungeheuer wichtige Meldungen sein.

Er schlief einen und einen halben Tag ohne Unterbrechung.

Als er aufwachte, war das Korps weiter nach hinten verlegt worden. Nur ein paar Stabsoffiziere wickelten die letzten Meldungen ab.

»Der General hat Sie zum EK I und zum Hohenzollernhausorden vorgeschlagen«, sagte man ihm. »Die EK-Ausfertigung ist bereits erfolgt. Sie werden es beim Korps vom General selbst bekommen. Wir fahren in zwei Tagen nach.«

Aus diesen zwei Tagen wurden neun Monate.

In einem Artillerieüberfall ging die Nachhut des Korps verloren. Nur Heinrich Emanuel Schütze überlebte es.

Er war zur Zeit des Trommelfeuers einige Kilometer weiter hinten und besuchte gerade Stabsarzt Dr. Langwehr.

Plötzlich war der Krieg zu Ende.

In Kiel meuterten die Matrosen. In Deutschland zogen Gruppen mit roten Fahnen umher und schrien nach Frieden. Offiziere wurden entwaffnet. Für sie befehligten jetzt Soldatenräte die meuternden Truppen. Von der Heimat griff diese Welle bis zu den kämpfenden Truppen über. Selbst in den Schützengräben tauchten rote Fahnen auf. Ganze Bataillone warfen die Waffen weg.

An der Schelde, in der Hermannstellung, im Raume Antwerpen an der Maas zogen sich die deutschen Truppen zurück, kämpfend, ausblutend, getreu eines Eides, der sinnlos geworden war.

Am 11. November 1918 um 12 Uhr mittags schwiegen die Geschütze, verstummte das helle Zischen der MG-Garben, das Blubbern der Granatwerfer, das Gedröhne der Raupenketten der Tanks, das Geschrei der Verwundeten und Sterbenden.

Waffenstillstand.

Deutschland hatte den Krieg verloren.

In der Heimat wurden den Soldaten die Kokarden von den Mützen gerissen, die Orden von der Brust gezerrt, die Schulterstücke zerfetzt. Offiziere wurden, wenn sie sich wehrten, zu Tode geprügelt. Überall wehten rote Fahnen. Rathäuser wurden von bewaffneten Zivilisten besetzt. Der Ruf nach der Abdankung des Kaisers schallte hunderttausendfach.

Im Reichstag sprach der Sozialdemokrat Philipp Scheidemann. Als kaiserlicher Staatssekretär im Kabinett des Reichskanzlers Prinz Max von Baden hatte er am 9. November 1918 die Republik proklamiert. Jetzt war er Mitglied im Rat der Volkskommissare. Er verkündete die Alleinschuld Deutschlands am Krieg und die bedingungslose Unterwerfung.

Der Kommunist Karl Liebknecht gründete den radikalen Spartakusbund, die Zelle des deutschen Bolschewismus. Das deutsche Reich war in völliger Auflösung. Niemand wußte mehr, welche Befehle galten, welche überholt waren, welche als Verbrechen betrachtet wurden. Von allen Seiten trafen sie ein.

Hauptmann Schütze sah sich diesem Chaos als Standortkommandant in Belgien gegenüber.

Im März 1918 war er in Flandern verwundet worden. Es war nicht schlimm gewesen ... beim Hinwerfen war ein Infanteriegeschoß schneller als er gewesen und hatte in sein rechtes Hinterteil ein Loch geschlagen. Da es nur eine Fleischwunde war, kam er erst gar nicht in ein Heimatlazarett, sondern wurde hinter der Front ausgeheilt und dann als Rekonvaleszent mit der Standortkommandantur betraut. Hier allerdings entwickelte Heinrich Emanuel den verständlichen Ehrgeiz, alt und vor allem zu den Überlebenden gezählt zu werden. Durch – zugegeben schmerzhaftes – Scheuern hielt er seine Gesäßwunde immer etwas offen. Solange sie näßte, blieb er in der Etappe. Nur die Ärzte wunderten sich. »Sie haben schlechtes Heilblut«, sagten sie. Als die Fronten immer mehr wankten, vergaßen sie den Hauptmann. Sie hatten alle Hände voll zu tun, die Verwundeten zu versorgen, die Sterbenden wegzutragen, die Toten zu begraben. Unter ihren Händen verröchelte das deutsche Kaiserreich.

Heinrich Emanuel Schütze war äußerst verblüfft, als eines Morgens ein Lastwagen vor seine Kommandantur fuhr, aus der Soldaten mit roten Armbinden sprangen und ohne Anmeldung in sein Zimmer kamen. Sie grüßten nicht, sie nahmen keine Haltung an ... sie öffneten die Fenster, ergriffen die Akten und warfen sie hinaus.

»Aber meine Herren –«, sagte Hauptmann Schütze ehrlich verblüfft. »Was soll das denn?«

»Schnauze!« brüllte ein Vizefeldwebel. Er hatte seine Feldmütze mit roten Bändern geschmückt und kam jetzt breit grinsend auf Schütze zu. »Der Krieg ist aus! Und nun 'runter mit den silbernen Fetzen da und mit den Orden! Heb die Faust, du Menschenschinder, und schrei mir nach: Es lebe die Revolution!«

Heinrich Emanuel Schütze tat dies nicht. Er hieb sogar um sich, als zwei Soldaten auf ihn zusprangen und ihm die silbernen Achselklappen mit den beiden Hauptmannsternen abreißen wollten. »Ich lasse Sie erschießen!« brüllte er. Aber die Soldaten lachten bloß. Sie ergriffen Schütze. Drei Mann hielten ihn fest, und dann zerfetzten sie ihm die Uniform, rissen den Orden ab, ergriffen die Schulterstücke und zerrten so lange daran, bis sie knirschend absprangen. Der Vizefeldwebel hatte auf dem Schreibtisch einen Tagesbefehl Hindenburgs entdeckt. Lachend tauchte er das Papier in eine Wasserschale und klebte den nassen Bogen auf das Gesicht Schützes.

»Hier! Wisch dir den Arsch damit!« schrie er. »Es ist Schluß mit dem Befehlen! Jetzt haben wir zu sagen. Wir Soldatenräte!«

Zum Abschied verprügelten sie Schütze noch, weil er verhindern wollte, daß Geheimakten vernichtet wurden. Als die Soldaten wieder abzogen, lag er in einer Ecke seines Kommandantenzimmers, mit aufgeschlagenen Lippen und im Herzen völlig ratlos, wie so etwas in einer deutschen Armee geschehen konnte.

Es war ein geringer Trost, als der nächste Tagesbefehl Generalfeldmarschalls v. Hindenburg von einem »Dolchstoß in den Rücken der deutschen Armee« sprach, von einem Versiegen des Quells der Heimat, auf den das kämpfende Heer angewiesen war.

Was die Experten schon zu Beginn des Krieges gesehen hatten, schon einen Monat nach Kriegsbeginn, als im September 1914 die deutschen Armeen zurückgenommen wurden, als der »Blitzkrieg«, auf dem die ganze Hoffnung Deutschlands und seiner Militärs aufgebaut war, in einen Stellungskrieg überging, damals schon hatte man gewußt, daß der Krieg ein böses Ende für das nach allen Seiten kämpfende Deutschland nehmen mußte.

Aber das sagte man nicht. Vor allem hatte man es nie geglaubt. Jetzt, 1918, an einem trüben Novembertag, brach die Illusion auseinander wie eine taube Nuß. Aber man rettete sich mit der Geburt der »Dolchstoßlegende«. Was Ludendorff bei seiner letzten Lagebesprechung mit Hindenburg im September 1918 besprochen hatte, nämlich den Untergang der deutschen Armeen und die Sinnlosigkeit der Weiterführung des Krieges, blieb unbekannt. Das Friedensangebot an die Alliierten wurde hingestellt, als sei es die letzte Geste eines hinterrücks Gemeuchelten.

Für Heinrich Emanuel Schütze war dies alles nur ein schwacher Trost. Seine Welt war zusammengebrochen. Der Kaiser hatte den Krieg verloren. Fast zwei Millionen Tote waren die Bilanz eines verbluteten Volkes. Daß aber die Armee von innen heraus auseinanderbrach, daß man Offiziere schlug, das war für Heinrich Emanuel die letzte Stufe des Niedergangs.

Er fuhr am nächsten Tag sofort zur Armee und meldete den Vorfall. Er sagte nichts Neues. Die Fronttruppen begannen, aus der befehlenden Hand zu gleiten. Man beauftragte Schütze mit der Rückführung einer regimentsstarken Truppe in die Heimat.

Am 21. November 1918 zog Hauptmann Schütze mit seiner Truppe über den Rhein bei Köln. Sein Befehl lautete, sich in Munsterlager zu melden.

Es war ein Marsch durch Jubel und Haß. Durch Hunger und Enttäuschung. Sie wurden mit armseligen Tannenzweigen beworfen und mit handgroßen Dreckbrocken. Sie wurden mit Fäusten bedroht, oder man winkte ihnen schamhaft zu.

Überall gab es die Soldatenräte. Hinter Köln wäre es fast zu einem Gefecht mit revoltierenden Soldaten gekommen. Nur die Tatsache, daß Schütze siebzehn Maschinengewehre mit sich führte, verhinderte ein letztes Blutvergießen auf deutschem Boden.

An diesem Tage schrieb Heinrich Emanuel an seine Frau Amelia:

»Der Geist Preußens ist verraten worden. Wenn es jemals möglich ist, so werde ich meine ganze Kraft einsetzen, daß die Tradition des deutschen Soldaten und Offiziers wieder zu der Ehre kommt, die ihr gebührt. Ich habe noch nie so stark wie in diesen Wochen gespürt, wie stolz ich bin, Soldat zu sein. Jetzt, wo unser Volk zu Boden liegt, haben wir eine Aufgabe: Rache für die Schmach der deutschen Niederlage...«

Vorerst aber kam Hauptmann Schütze nicht dazu, seine revanchistischen Gedanken weiter zu nähren. Er wurde entwaffnet, mußte seine Offizierswürde abgeben und sich sagen lassen, daß er jetzt Privatmann sei und hingehen und tun könne, was er wolle.

»Haben Sie noch Forderungen?« wurde er gefragt. »Bekommen Sie noch Gehalt?«

»Nein.« Schütze sah auf die Schreiber, die seine Entlassung buchten, als sei er ein ausgedienter Gaul. Trotz stieg in ihm hoch. Jetzt gerade, dachte er. »Doch. Ja. Vor neun Monaten hat man mir das EK I verliehen. Ich habe es noch nicht bekommen. Ich bestehe aber darauf.«

»Bitte!« Der Schreiber sah Heinrich Emanuel achselzuckend an. »So was wie Sie stirbt wohl nie aus, was? Gehen Sie mal nebenan ins Zimmer.«

Hauptmann a. D. Schütze verließ hocherhobenen Hauptes das Entlassungszimmer. Er wurde in einen Nebenraum geführt. Dort stand auf langen Tischen eine Reihe Pappkartons. Heeresseife stand auf ihnen. Der Soldat mit der roten Binde grinste und machte eine umfassende Armbewegung.

»Bitte, sich zu bedienen –«

Schütze trat an die Kartons heran. Sie waren randvoll von Orden.

»Nehmen Sie sich schon so eine Klamotte!« schrie der Soldat an der Tür. Hauptmann Schütze griff in eine Kiste und nahm ein EK I heraus. Er steckte es an seine Brust. Fast liebkosend fuhr seine Hand darüber.

»Na? Zufrieden?« schrie der rote Soldat.

Ohne Antwort verließ Heinrich Emanuel das Zimmer und das Haus. Er ging hochaufgerichtet, mit durchgedrücktem Kreuz, so, als schritte er eine Parade ab.

Das Eiserne Kreuz schaukelte auf seiner Brust. Hunderttausende haben ihr Leben dafür gelassen, dachte er. Auch für sie trage ich es. Sie sind umsonst gefallen, aber ihr Andenken soll rein bleiben.

Als er auf die Straße trat, sah man ihn verwundert an.

Dann riß man ihm das EK I ab und warf es in die Gosse.

Halbwüchsige waren es, verwildert und fanatisch. Johlend.

Ihre Väter lagen in Massengräbern in Flandern oder an der Somme, bei Soissons und Cambrai.

Heinrich Emanuel konnte es nicht begreifen. Er blieb auf der Straße stehen und weinte.

Er war fünfundzwanzig Jahre alt –

VI

Zwei Tage blieb er im Lager und versuchte, Verbindung mit Breslau und seiner Frau aufzunehmen. Einen Brief zu schreiben, betrachtete er als sinnlos. Alle Gleise der Eisenbahn waren verstopft durch rückflutende Truppen. Zum Teil sangen sie, weil der Krieg endlich beendet war, zum Teil marschierten sie verbissen durch die Straßen, feldmarschmäßig, in vollen Waffen, mit allen Orden, so dreckig, wie sie aus den Schützengräben herausgeholt worden waren. Um diese Truppen machten die roten Soldatenräte einen Bogen – man wußte, daß diese Soldaten sofort schossen, wenn man sie anfaßte, um ihre Orden von der Brust zu reißen.

Heinrich Emanuel Schütze versuchte, ein Telegramm nach Breslau zu schicken. Der Schalterbeamte in der Post sah ihn wie ein Weltwunder an.

»Ein Telegramm? Jetzt? In welcher Welt leben Sie denn?«

»Es ist dienstlich! Ich befehle Ihnen –«, schrie Heinrich Emanuel.

Der Schalterbeamte klappte sein Fenster zu und drehte sich weg.

»Scheißkerl!« sagte er laut.

Die Auflösung war vollkommen. Schütze sah seine Machtlosigkeit ein. Er stellte sich auf dem Bahnhof an wie alle anderen Reisenden, er kletterte in die überfüllten Wagen, er stieg mindestens zehnmal um. Vier Tage brauchte er bis Breslau. Als er auf dem Breslauer Hauptbahnhof ausstieg, übermüdet, hohlwangig, mit einem blauen Auge, das ihm ein junger Eiferer beim Umsteigen in Leipzig mitten auf dem Bahnsteig schlug und dabei schrie: »Was, du Schwein, du trägst noch die Offiziersuniform?!« hatte er aus vier Jahren Krieg nichts gerettet als einen kleinen Sack armseliger persönlicher Dinge: die Briefe Amelias, ein Rasiergeschirr, zwei eiserne Rationen, ein Taschenmesser und ein kleines Buch. Die Feldbüchereiausgabe von Nietzsches »Zarathustra«.

Niemand holte ihn ab, denn niemand wußte, daß er kam. Auch

in Breslau war Auflösung. Heinrich Emanuel ging zunächst zu seinem Großvater Sulzmann.

Der Kommerzienrat saß in einem Lehnstuhl am Fenster und sah hinunter auf die Straße, als Schütze ins Zimmer stürzte.

»Mein Junge«, sagte der Alte. »Das also ist aus uns geworden.« Er schnupfte in sein Taschentuch. »Dein Schwiegervater, der Baron, wagt sich kaum noch aus dem Haus. Seine polnischen Landarbeiter werden frech. Zwei meiner Läden haben sie zerschlagen. ›Haut ihm die Durchhaltewurst um die Ohren‹, haben sie vor meinem Fenster geschrien. Dabei habe ich nur mein Bestes für die Ernährung getan.« Er betrachtete seinen Enkel, bemerkte das blaue Auge, nickte nur und fragte nicht. »Und was willst du tun?«

»Ich werde mir einen Beruf suchen ...«

»Was hast du denn gelernt außer Kommandieren? Nein, nein ... du hast eine andere Aufgabe, mein Junge. Treudeutsche Männer, vor allem Offiziere, bilden überall Freikorps, um Deutschland vor dem totalen Untergang zu retten. Auf eigene Faust kämpfen sie gegen den Terror. Da solltest du hingehen, Heinrich Emanuel. Du hast die Verpflichtung, für dein Vaterland einzustehen.«

Hauptmann Schütze versprach Großvater Sulzmann, sich die Sache mit den Freikorps zu überlegen. Dann ging er durch die herbstlich kalten Straßen Breslaus zur Oder. Der Wind wehte seinen Uniformmantel um seinen schmal gewordenen Körper. Mit vorgestrecktem, gesenktem Kopf stemmte er sich gegen den Wind und ging zur elterlichen Wohnung. Er wußte, daß Amelia mit dem kleinen Christian-Siegbert seit einigen Wochen dort wohnte ... auf Gut Perritzau war sie nicht mehr sicher, seit polnische Landarbeiter zweimal die Scheunen angesteckt und den Baron bei einem Morgenritt mit Steinen beworfen hatten.

Das Wiedersehen war anders, als man es sich vor vier Jahren ausgedacht hatte. Nicht als Sieger kehrte man heim, sondern als ein zerschundener, aller Illusionen beraubter Soldat, der froh war, wenn er wieder Zivil tragen konnte.

Die Mutter weinte natürlich wieder, Vater Franz Schütze drückte seinem Sohn stumm, aber mannhaft die Hände. Man verstand sich ohne große Worte. Amelia sah verhärmt aus ... sie hatte sich Sorgen um Heinrich gemacht. Nun, da er zu Hause war, fiel die Angst von ihr ab wie ein Korsett. Sie zerfloß in Liebe, folgte Heinrich Emanuel überall hin wie ein Hund, ließ ihn nicht aus den Augen, war immer um ihn und versuchte, in der Nacht seinen Gedanken andere Wege zu zeigen als die der Revanche für den »Dolchstoß«.

Vier Wochen blieb Heinrich Emanuel in der elterlichen Wohnung und ließ sich von Amelia verwöhnen, so gut sie es konnte. Sie hatten immer noch Butter und Gemüse vom Gut, Großvater Sulzmann lieferte Wurst, die er für sich herstellte und die man ohne Nachwirkungen in Magen und Darm essen konnte. Kurz vor Weihnachten aber beschloß Schütze, zu seinem Schwiegervater Freiherrn v. Perritz durchzubrechen, um eine Gans zu organisieren.

Er fuhr allein. Amelia, die ihn begleiten wollte, beugte sich dem klaren Befehl, den Heinrich Emanuel gab: »Du bleibst hier! Perritzau ist fast Frontgebiet! Da haben Frauen nichts zu suchen!«

Es zeigte sich, daß Hauptmann a. D. Schütze die Lage klar erkannt hatte. Obwohl in Zivil, wurde er hinter Schweidnitz kritisch begutachtet. Seine straffe Körperhaltung fiel auf. Außerdem war er besser ernährt als die anderen. Vier Kilometer vor Gut Perritzau wurde es kritisch. Es wimmelte von entlassenen und herumlungernden Landarbeitern, die alles, was sich dem Gut näherte, genau untersuchten. Es ging im ganzen Umkreis das Gerücht herum, daß auf Perritzau ein Offiziersdetachement liege, eine Freikorpsgruppe, die sich in den Wäldern sammle, um das ständige Einsickern von Polen in Oberschlesien zu verhindern.

Heinrich Emanuel zögerte erst, als er das erfuhr. Er hatte keine Lust mehr, aktiv ins Kriegsgeschehen einzugreifen. »Im Augenblick ist doch nichts mehr zu retten«, hatte er zu seinem Vater und Großvater Sulzmann gesagt. »Die Zeit, unsere Zeit, muß reifen. Erst wenn jeder erkennt, daß Deutschlands Zusammenbruch das Werk einer verantwortungslosen Clique war, dann —« Er konnte über dieses Thema stundenlang sprechen. Er war ein blendender Theoretiker geworden. Die Versammlung der Praxis auf Gut Perritzau dagegen erfüllte ihn mit Vorsicht, ja Widerwillen.

Schließlich siegte die Weihnachtsgans. Er brach mit einem Pferdewagen im gestreckten Galopp zum Gut durch und ließ sich erschöpft an die freiherrliche Brust drücken.

Von einem Freikorps war nichts zu sehen. Der Baron lebte wie auf einer Insel. Zwanzig treue Knechte hielten das Gut wie eine Festung. Auch Schwiegervater v. Perritz stellte die alte Frage, die Heinrich Emanuel immer ansprang, wo immer er auch hinkam:

»Was willst du jetzt machen?«

Genau wußte Heinrich Emanuel das auch nicht. Es war ein Problem, das ihn Tag und Nacht beschäftigte ... auch des Nachts, wenn Amelia, müde der Liebe, eingeschlafen war und Heinrich angeregt zurückließ. Dann überdachte er alle Möglichkeiten.

Versicherungsvertreter. Vertreter für Wurstwaren im Sulzmannschen Betrieb. Anlernling in einem Beruf, am besten Büro. Freier Journalist in vaterländischen Zeitungen. Gründer und Vorsitzender eines soldatischen Traditionsverbandes. (Allerdings war man dann auf die Beiträge allein angewiesen, was immer kritisch war.) Landwirtschaftlicher Verwalter. (Man konnte sich ja einarbeiten.) Trainer oder Reitlehrer in einer Reitschule. Empfangschef in einem Hotel oder Konzertcafé. (Figurmachen hatte man gelernt wie kaum ein zweiter.)

Heinrich Emanuel Schütze kam zu keinem Ergebnis. Er gestand es seinem Schwiegervater.

»Ich weiß es noch nicht, Papa. Ich dachte an eine Vertretung...«

»Vertretung?« sagte der Baron etwas schnippisch.

»Bis sich etwas anderes findet. Als Übergang, gewissermaßen. Wenn sich der Deutsche auf seine Tradition besinnt, wenn wir wieder Militär bekommen, dann habe ich alle Türen offen. Bis dahin heißt es im Volke bleiben.«

»Glaubst du denn, daß wir wieder Militär bekommen?«

»Aber ja« – rief Heinrich Emanuel. »Wie sollte ein Deutscher ohne Uniform leben können? Unmöglich! Die Geschichte zeigt uns, daß die soldatische Tugend das Urelement des Deutschen ist! Wir können zwar Kriege verlieren, Papa – aber nie unsere soldatische Haltung.«

»Bravo«, sagte Freiherr v. Perritz zufrieden. »Das beruhigt uns Alte, wenn die Jugend so weit vorausdenkt.«

Heinrich Emanuel bekam seine Weihnachtsgans. Sie wog 22 Pfund, war gemästet worden und gut im Fett.

Mit ihr brach Hauptmann a. D. Schütze wieder durch den Ring um Gut Perritzau. Daß man hinter ihm herschoß, als er wie Wotan im Wolkenwagen galoppierend nach Trottowitz raste, empfand er als unfreundlichen Akt. »So etwas in Deutschland, so etwas«, hechelte er erschöpft in der Bahnhofswirtschaft von Trottowitz. »Leben wir denn im Wilden Westen? Aber so ist es, wenn Zucht und Ordnung zum Teufel sind.«

März 1919 – Amelia war wieder schwanger und war glücklich darüber, Heinrich Emanuel zu zeigen, daß er doch nicht ganz unnütz geworden war – traf er bei einer Stellungssuche auf einen Regimentskameraden. Es war in Oppeln. Der Kamerad, ein Hauptmann der Nachbardivision, hatte Anschluß gefunden. Er lebte in Düsseldorf, vertrat dort eine Margarinefirma und lebte so gut, daß er bereits jetzt einen Urlaub in Schlesien machen konnte.

»Das sollten Sie auch tun, Kamerad«, sagte er eindringlich. »Die Firma sitzt in Köln. Gute Butter ist ja jetzt Essig fürs Volk. Wer kann sich's leisten? Aber in der Margarine liegt die Zukunft der Volksernährung. Reine Pflanzenkost – gesund und billig. Wenn das nicht hinhaut, was Kamerad? Jedem Deutschen sein beschmiertes Brot ...«

Heinrich Emanuel stellte sich in Oppeln bei der neugegründeten »Rind- und Schweine-Versicherungs-AG« erst gar nicht vor. Er fuhr nach Hause, setzte sich hin und schrieb nach Köln. An die Vereinigten Margarinewerke GmbH.

Vier Tage später kam die Antwort. Er möchte sich vorstellen. Es arbeiteten bereits in den Außenbezirken 27 ehemalige Offiziere für die Margarinewerke. Unter ihnen sogar ein Oberst vom Generalstab. Er war Generalvertreter.

»Das ist es«, sagte Heinrich Emanuel Schütze und legte den Brief dem »kleinen Familienrat« vor. »Wenn ein Oberst des Generalstabes dort arbeitet, kann auch ein Hauptmann Schütze einsteigen. Was meint ihr?«

Großvater Kommerzienrat Sulzmann war dagegen. Vielleicht wußte er, was alles in der Margarine war – damals, er schüttelte den Kopf.

»Solange wir noch Lebensmittelkarten haben, lohnt es sich doch nicht. Oder willst du mit diesem Ersatzzeug handeln? Unser guter, ehrlicher Name ...« Er dachte an seine Kriegswurst und schwieg.

»Wenn ein Oberst sich dazu hergibt, Großvater –«

»Zugegeben. Aber noch habe ich Geld. Solange verhungert ihr nicht.«

Heinrich Emanuel wartete, bis am 28. 6. 1919 der Versailler Vertrag unterzeichnet war. Der Krieg war offiziell beendet. In 440 Artikeln wurde Deutschland lahmgelegt. Clemenceau, der »Tiger«, wie er genannt wurde, hatte dafür gesorgt, daß Deutschland nie mehr in die Lage versetzt werden konnte, einen neuen Krieg zu führen.

Im Juli fuhr Schütze nach Köln, um sich vorzustellen. Er sah keine andere Möglichkeit mehr ... es gingen Gerüchte, daß Oberschlesien ganz an Polen fallen sollte, der Korridor war bereits verloren, Danzig weggenommen ..., um den Annaberg sammelten sich Freikorps, sogenannte Sturmabteilungen ehemaliger Frontsoldaten verkündeten, daß sie die Grenzen verteidigen wollten, was immer auch komme ... es war noch immer ein heilloses Durcheinander in Deutschland.

In Köln saß er dann dem ehemaligen Oberst gegenüber. Es war ein dicklicher Herr, dem es anscheinend gutging. Er fragte Heinrich Emanuel aus und sagte dann:

»Tja, mein Lieber ... im Augenblick ist die Lage beschissen. Der Versailler Vertrag ... wer weiß, was kommt. Aber sobald die Lebensmittelkarten fallen, steigen wir groß ein. Dann brauchen wir Sie. Ich nehme Sie in die Kartei auf – Sie hören von mir ...«

Etwas enttäuscht fuhr Schütze zurück nach Breslau. Er half Großvater Sulzmann die Wurstwaren von der Fabrik in die Filialen fahren. Er besuchte Baron v. Perritz und arbeitete als Buchführer während der Ernte, notierte die Sackgewichte und die Felderträge, zahlte die friedlicher gewordenen Landarbeiter aus und ging plötzlich nach Breslau zurück, fast fluchtartig.

Niemand wußte, warum. Niemand war ja auch dabei, als beim Sackzählen in der Scheune die schwarzhaarige, junge und temperamentvolle Magd Duscha ihre weißen Arme um Heinrichs Nacken legte und sagte: »Küß mich du ... Ich bin wild nach dir ... Komm mit ins Stroh, du ...«

So hatte auch der Frieden für Heinrich Emanuel seine Gefahren. Im September gebar Amelia wieder einen Jungen. Hauptmann a. D. Schütze ließ ihn auf die Namen Giselher-Wolfram taufen.

»Mehr denn je ist jetzt das germanische Bewußtsein nötig«, sagte er zu der Namensgebung. »Ein Volk, das im Staube liegt, muß Kraft suchen an seinen geschichtlichen Helden. Und mein Junge soll ein echter Deutscher sein.«

Baron v. Perritz kam zur Taufe. Er brachte als Taufgeschenk eine Grundbucheintragung mit. Nach ihr gehörten dem jungen Giselher-Wolfram 10 Morgen Ackerland und Wiese. Viel wichtiger und freudiger begrüßt war ein großer Rehbraten, den der Baron mitschleppte. Und vier Pfund Butter. Und hundert Eier. Das führte dazu, daß man Großvater Sulzmann beleidigte, denn niemand rührte bei der Tauffeier die Kommerzienratswurst an.

Die Zukunft Heinrich Emanuels war noch immer ungewiß. Die Margarinevertretung in Köln war ein Schock für den Baron. »Du verrätst die Landwirtschaft!« schrie er. »Eßt Butter – muß es heißen!«

»Wenn wir welche haben ...«, antwortete Schütze logisch.

»Es werden andere Zeiten kommen.«

»Nach diesem Friedensvertrag?«

»Wir werden ihn vom Tisch fegen!« schrie der Baron.

»Wer?«

»Junge Helden wie du, Heinrich Emanuel!«

Schütze widersprach nicht, aber er dachte sich seinen Teil. Er war in einer sogenannten »bürgerlichen Pause«. Er war a. D., und das wollte er bleiben. Vorläufig. Er hatte nicht den »blinden Ehrgeiz«, wie er es nannte, sich als Freikorpssoldat erschießen zu lassen oder unsagbare Leiden auf sich zu nehmen, um das Unaufhaltbare doch noch aufhalten zu wollen. »Für uns arbeitet die Zeit«, sagte er einmal zu seinem Vater, der zum Steueramtmann vorgeschlagen worden war. »Wenn wir geschichtlich denken –«

Und Heinrich Emanuel dachte geschichtlich und nahm im März 1920 eine Margarinevertretung an.

In Köln. Unter Leitung des Obersten a. D.

Schütze hatte sogar Glück. Er bekam eine »Verteilungsstelle und Akquisiteurfiliale« in der Innenstadt. Die Gebiete um den Neumarkt, bis zum Ring einerseits und bis zum Altermarkt andererseits.

Sogar eine Wohnung bekam er ... Sie wurde ihm nachgeworfen. Er mietete eine Dreizimmerwohnung auf dem Mauriziuswall, in einem alten, grauen Haus, dessen Treppenhaus nach kaltem Kohl und Schweißfüßen stank.

»Aller Anfang ist mühsam«, sagte er zu Amelia, die unglücklich auf dem Bett saß, den sechs Monate alten, plärrenden Giselher-Wolfram in den Armen. Christian-Siegbert, drei Jahre alt, spielte mit dem Wasserablauf des Küchenspülbeckens. Er hatte entdeckt, daß es in der Leitung immer blubberte, wenn man Wasser abließ.

»Du sollst sehen ... nach einer kurzen Zeit der Einarbeitung geht es bergauf. Margarine – das sagte mir der Herr Oberst – ist das Volksnahrungsmittel Nr. 1. Vor allem unsere Margarine. Wir liegen im Kilo um 27 Pfennige niedriger als die Konkurrenz. Das macht etwas aus. Wenn wir rechnen, daß eine vierköpfige Familie in der Woche –«

Amelia ließ ihn reden und rechnen. Sie packte die Koffer aus, sie legte Giselher-Wolfram schlafen, gab Christian-Siegbert einen Klaps, weil er einen Glühstrumpf der Gasbeleuchtung in der Hand zerdrückt hatte ... dann standen sie am Fenster, sahen hinaus auf den Mauriziuswall und die Kinder, die in der Gosse spielten, sahen hinüber auf die dunklen Zinnen des Hahnentors und den Verkehr, der um den Rudolfsplatz brandete. Sie kamen sich ausgesetzt vor, verwaist ohne die Oder, ohne Gut Perritzau, ohne Kommerzienrat Sulzmann, ohne Mutter Schütze und ohne Vater Schütze, der jetzt Vorstand des Finanzamtes III war. Sie kamen sich elend vor. Ganz elend.

Amelia tastete nach Heinrich Emanuels Hand und umklammerte sie, als versinke sie in einem Strudel. Er sah sie an, nickte stumm und legte den Arm um ihre Schultern.

»Tapfer sein, Kleines«, sagte er mit belegter Stimme.

»Ich bin so unglücklich«, sagte sie und weinte plötzlich.

Er verstand sie. Auch ihn würgte es in der Kehle. Er war jetzt siebenundzwanzig Jahre alt und kam sich vor wie ein Greis.

»Es ist nur der Anfang«, sagte er leise. »Und was ein Oberst im Generalstab kann, muß doch auch ein Hauptmann können, was Amelia...?«

Es war ein billiger Trost, ein typisches Heinrich-Emanuel-Wort. Und Amelia nickte gehorsam dazu und tat so, als sei es ein Trost.

Die Verteilung der Margarine ließ sich ganz gut an.

Nach dem Abschluß des Friedensvertrages in Versailles und dessen bedingungsloser Annahme am 10. Januar 1920 wußte man, daß es den Deutschen auf Jahrzehnte hinaus mehr als dreckig gehen würde. Die Reparationen, die Deutschland zu zahlen hatte, nannten Zahlen, die astronomisch waren. Wie man den Vertrag erfüllen konnte, wußte noch niemand. Man wußte nur eins: Das deutsche Volk würde ein Volk der billigen Margarineesser werden.

Trotzdem war es leichter, Margarine zu verteilen an bestellende Kunden, als neue Kunden zu werben. Denn nicht Heinrich Emanuel allein trabte durch die Straßen und suchte neue Esser seiner »Morgenröte«, wie die Marke poetisch hieß. Es gab viele Arbeitslose, die mit einem Köfferchen voller Probierpäckchen herumzogen und in herzhaften Worten die Güte ihrer Ware anpriesen.

Hauptmann a. D. Schütze, in Taktik geschult, ging logisch und planvoll vor. Er ließ sich die Adressen aller in seinem Gebiet wohnenden ehemaligen Offiziere und Akademiker geben. Er suchte sich den gehobenen Mittelstand heraus. Bei diesem erschien er, nannte die ehemaligen Offiziere schlicht und brav »Herr Kamerad«, erzählte von seinem Kaisermanöver 1913 und – wo es angebracht war – von Soustelle und Jeanette Bollet und sammelte so in drei Monaten zweiundzwanzig neue Kunden für die »Morgenröte«.

Als das Gebiet abgegrast war, verfiel er auf den Gedanken, das Proletariat zu erobern. Er nahm seinen Koffer mit den kleinen Probierpäckchen – von denen er täglich für den eigenen Gebrauch einige abzweigte mit der inneren Beruhigung, daß dies nur zur ständigen Qualitätskontrolle geschehe – und klapperte die Häuser ab, die in Köln zu einem Begriff geworden waren... Thieboldsgasse, Fleischmengergasse, Großer Griechenmarkt, Kleiner Griechenmarkt, Kaigasse, Nechelsgasse ... Namen, die jedem Kölner einen bestimmten Schauer über den Rücken jagten.

Heinrich Emanuels Kundschaft wuchs. Gerade in diesen Vierteln, wo er allenthalben den roten Fahnen des Kommunismus begegnete, wo die Wäsche im Treppenhaus trocknete und nachts die Polizeistreifen nur doppelt patrouillierten, wurde sein Preisunterschied von 27 Pfennigen pro Kilo dankbar aufgenommen. Es war bald so, daß es hieß: »Heute kommt ja der Margarinemann«, und die Kinder, rotznasig, dreckig, nach Urin stinkend, liefen ihm auf der Straße entgegen und gaben dem Onkel die Hand.

Manchmal wurde er gefragt: »Waren Sie etwa Offizier?«

Dann schüttelte Heinrich Emanuel leicht errötend den Kopf und fragte zurück: »Aber warum denn?«

»Sie sehen so aus.«

»Das täuscht.«

»Ihr Glück. Denn wenn Sie Offizier gewesen wären, schmisse ich Sie aus'm Fenster. Die Kerle mit dem Silberlametta sind an allem schuld. Man sollte sie alle in einer großen Grube sammeln, und dann müßten wir, die Verführten, kommen, Hunderttausende, und die Kerle unten in der Grube zuscheißen. Ja, das müßten wir.«

Der das sagte, war ein ehemaliger Feldwebel, wie er betonte. Heinrich Emanuel Schütze kam nach dieser Unterredung gebrochen nach Hause, verweigerte das Abendessen, starrte auf den Mauriziuswall und schämte sich, daß er sich das ohne Gegenwehr angehört hatte. Aber der Feldwebel hatte vier Kinder und nahm jede Woche 3 Kilo Margarine ab. Das war wichtiger.

Es gab auch andere Kunden.

Etwa Frau Erna Sülke auf der Thieboldsgasse.

Zwei Monate hatte sie von Heinrich Emanuel Margarine bezogen. Sie lebte mit ihrem Mann, der Arbeiter in den Deutzer Motorenwerken war, allein unterm Dach in einer erbärmlichen Wohnung. Sie war jung, hübsch, etwas rundlich in den Hüften und obenherum, hatte blonde, gebleichte Haare und einen frechen Blick.

Viermal hatte Schütze versucht, zu kassieren. Immer war sie ohne Geld. Immer wurde er vertröstet.

»Morgen ist der letzte Termin«, sagte Schütze. »Wenn Sie morgen nicht zahlen, holen Sie Ihre Margarine woanders. Ich stelle die Lieferung ein.«

Er meinte es ernst und war zu allem entschlossen, als er am nächsten Tag wieder bei Frau Erna Sülke erschien.

Als er an die Tür klopfte, antwortete niemand. Aha, dachte er. Sie verleugnet sich. Er drückte die Klinke herunter. Die Tür schwang auf, knirschte etwas, ein Gemisch von Parfüm und Sauerkraut kam ihm entgegen. »Frau Sülke?!« rief er. »Ich komme das Margarinegeld holen...«

»Kommen Sie nur!« rief Erna Sülke. Ihre Stimme kam aus dem Raum, der neben der Küche lag. Heinrich Emanuel schloß hinter sich die Tür und setzte sich auf einen Stuhl, den er vorher auf seine Sauberkeit abgestrichen hatte.

»Haben Sie das Geld bereit?« rief er.

»Nein –«

»Dann muß ich Ihnen die Margarine sperren und einen Zahlungsbefehl gegen Sie erwirken –«

»Aber wer wird denn so hart sein?« fragte Erna Sülke. Ihre Stimme klang irgendwie süßlich.

Und dann kam Frau Sülke aus dem Nebenzimmer, und sie hatte nichts weiter an als ein Paar hochhackige Schuhe, ihre Haare waren zerzaust. Schütze stellte zunächst fest, daß sie gebleicht waren. Es war jetzt nicht mehr zu verleugnen.

»Was... was soll das?« stotterte er und fuhr von seinem Küchenstuhl hoch.

»Haste noch nie 'ne nackte Frau jesehen?«

Unter Schützes Kopfhaut hämmerte es. Er bemühte sich, bestimmte unübersehbare Formen nicht mit Interesse zu sehen, sondern wurde dienstlich.

»Ich will mein Margarinegeld, Frau Sülke.«

»Das sollst du haben, Bubi.« Sie tänzelte auf ihn zu und blieb nahe vor ihm stehen. Die roten Spitzen ihrer Brüste berührten fast seinen Mantelrevers. »Wie wär's mit 'nem Tausch? Du läßt das Geld flöten, und wir zwei machen uns einen schönen Vormittag...«

Heinrich Emanuel Schütze sah über den blonden Wuschelkopf hinweg an die Wand mit dem abblätternden Putz. Er roch das billige Parfüm. Ihr weißer Körper war jetzt ganz nahe, sie lehnte sich an ihn.

»Na?« fragte sie.

»Ich will das Geld.«

»Ich zeig dir mehr, als hundert Pfund Margarine wert sind –«

»Das glaube ich gern. Aber das kann ich mit der Generalvertretung nicht verrechnen –«

»Dann schick deinen Generalvertreter auch her –«

Schütze dachte an den ehrbaren Oberst aus dem Generalstab. Es wurde ihm eiskalt ums Herz. Er packte Frau Sülke an den Schultern und drückte sie von sich weg. Sie ergriff seine Hände, riß sie von den Schultern und preßte sie auf ihre Brüste. Gleichzeitig schrie sie grell.

»Hilfe! Hilfe! Er will mir was! Hilfe! Er will mich vergewaltigen –«

Heinrich Emanuel Schütze stand wie ein Pflock. Das Entsetzen lähmte ihn. Plötzlich – er wußte nicht, woher er gekommen war, ob aus dem Nebenzimmer oder durch die Flurtür – stand der Ehemann in der Küche und brüllte.

»Du Schwein, du verfluchtes! Du Saukerl! Meine Frau willst du haben? Für deine dreckige Margarine? Ich drehe dir den Hals um!«

»Aber ... aber ...« stammelte Schütze. Er hatte noch immer die Hände auf den Brüsten von Erna Sülke liegen. Er war so gelähmt, daß er gar nicht wußte, was um ihn geschah. Im Hause wurde es lebendig. Die Nachbarn kamen herauf, drangen in die Wohnung. Frau Sülke stand, nackt und sehr verschämt, mitten im Zimmer. Es war klar ... der Kerl hatte ihr etwas antun wollen.

Karl Sülke fuchtelte mit einem Messer vor Schütze herum. Er schrie von Halsabschneiden, von Zuchthaus wegen Schändung, von Reaktionärsmanieren.

Schütze sah sich hilfesuchend um. Aber er fand keine Hilfe. Nur feindliche Blicke, Abscheu, Schadenfreude, Gemeinheit.

Da nahm er seinen Koffer vom Boden, schüttelte stumm den Kopf und ging. Die Hausbewohner bildeten eine Gasse ... wie ein stummes Spießrutenlaufen war es, bis er die Treppe erreichte. Dann rannte er sie hinab, rannte über die Straße, hetzte sie hinunter, bis er schweratmend mitten auf dem Neumarkt stand und sich an den Kandelaber einer Straßenlampe lehnte.

Er hatte das Gefühl, sich erbrechen zu müssen. Ihm war es elend, als müsse er gleich umfallen und sterben.

An diesem Tage kassierte er nicht mehr. Er ging hinunter zum Rhein, setzte sich auf eine der Bänke am Ufer und starrte auf das graugelbe Wasser des Stromes.

Was ist aus mir geworden, dachte er. Wie soll das weitergehen?

Er wußte es nicht. Er wußte nur eins. Drei Wochen würde er umsonst arbeiten müssen, um den Verlust bei Frau Sülke wieder herauszuholen. Erzählen von diesem Vorfall durfte er niemandem ... wer würde ihm glauben, daß seine Hände nur gezwungen auf dem nackten Körper der Frau gelegen hatten? Wer war bereit, ihm überhaupt zu glauben?

Bis zum Abend saß er am Rhein. Dann ging er langsam nach Hause. In der Schildergasse las er an einem Haus ein Schild.

Dr. P. Langwehr. Kinderarzt.

Er blieb stehen und starrte es an.

Dr. Langwehr ... so hieß doch der Stabsarzt der Division, der ihn 1915 nach Soustelle gebracht hatte. Paul Landwehr. Das P. stimmte also. Ob er es war? Sprechstunden von 9–12, außer Samstag.

Schütze beschloß, morgen vormittag diesen Dr. Langwehr aufzusuchen. War es der ehemalige Stabsarzt ... vielleicht kaufte er ihm auch Margarine ab. Mehr wollte Schütze gar nicht. Wünsche werden klein, wenn man selbst kleiner wird.

Amelia wartete auf ihn mit dem Essen. Sie hatte Pfannkuchen gebacken. Mit der »Morgenröte«. Es roch etwas streng, aber es schmeckte ganz gut. Die Marmelade aus roten Rüben überdeckte den Trangeschmack.

»Du siehst angegriffen aus, Heinrich«, sagte Amelia, als sie abgeräumt hatte, die Kinder schliefen und beide wieder am Fenster saßen und eine Tasse Kornkaffee tranken. »Du rackerst dich viel zuviel ab.«

»Es gibt Schlimmeres.« Heinrich Emanuel sah hinüber zum Hahnentor. Auf seinen Zinnen lag fahler Mondschein. »Was wäre ich jetzt, wenn wir den Krieg gewonnen hätten ...«

»Aber wir haben ihn verloren.«

»Glaubst du, daß es in Deutschland wieder einmal Soldaten gibt?« fragte er kläglich.

»Nein –«

»Aber so, wie es jetzt ist, kann es doch nicht bleiben.«

»Vielleicht wird es noch schlimmer ...« Amelia holte einen Brief aus der Schürzentasche. Der Baron hatte ihn geschrieben.

»Wo soll das noch hinführen?« schrieb v. Perritz. »Schon jetzt kann man für ein Pfund Butter zehn Mark verlangen. In den Geschäften bekommt man fast gar nichts mehr ... ich wollte mir einen Jagdanzug machen lassen. Was verlangt der Schneider für den Stoff? Ein Schwein oder bare 1000 Mark. Das bedeutet ja, wenn es so weitergeht, die Inflation.

Wie geht es Euch, liebe Kinder ...«

Heinrich Emanuel las den Brief sehr genau und gab ihn dann Amelia zurück.

»Vielleicht hätte man doch etwas anderes werden sollen als Offizier«, sagte er nachdenklich.

»Daran ist jetzt nichts mehr zu ändern, Heinrich.«

»Kannst du dir das vorstellen: ein Deutschland ohne Soldaten?« Er sprang auf und ging im Zimmer hin und her. Das blasse Gaslicht wanderte mit und warf riesige Schatten an die Wand. »Das wäre ja wider die Natur!« rief er. »Wie könnten wir atmen, ohne hinter einer Fahne herzumarschieren? Ein Deutschland ohne Uniform... das wäre, als wenn der Rhein bergauf flösse. Nein, nein ... ich glaube an eine militärische Zukunft. Einmal werden wieder Soldaten durch die Straßen marschieren. So verlieren kann man einen Krieg gar nicht, daß Deutschland auf die Dauer ohne Soldaten bleibt.«

Amelia blickte auf ihre Hände. »Es wäre besser, wenn nie mehr marschiert würde...«

»Das sagst du? Eine Offiziersfrau?«

»Die Frau eines Margarineverteilers –«

»Nenn' das Wort Margarine heute nicht mehr!« schrie Heinrich Emanuel. »Ich bin dabei, in Margarine zu ersticken. Wenn ich diesen Glauben nicht hätte, diesen festen Glauben, daß es einmal wieder Soldaten gibt –«

»Was dann?« fragte Amelia. Ihre Augen waren groß und starr.

Er hob beide Arme und ließ sie an den Körper zurückfallen. »Ich weiß es nicht. Aber so kann es nicht weitergehen. Haben wir das verdient? Wir hatten Ideale –«

»Sie liegen bei Verdun begraben.«

»Ist das keine Mahnung, Amelia?«

»Es sollte mehr eine Warnung sein. Wir haben auch zwei Söhne.«

»Ich werde sie, sobald sie denken können, im soldatischen Geist erziehen.«

»Das wirst du nicht!« rief Amelia.

Heinrich Emanuel sah sie verblüfft an. Es war seit ihrer Eheschließung der erste heftige Widerspruch. Er blieb mitten in der Stube stehen.

»Die Erziehung der Jungen ist Vätersache.«

»Ich dulde nicht, daß sie so wahnsinnig werden wie du!« schrie Amelia plötzlich. Sie sprang auf, rannte an ihm vorbei ins Schlafzimmer und warf laut die Tür zu. Er rannte ihr nach und stellte sich vor das Bett, auf das sie sich geworfen hatte.

»Was soll das heißen?« fragte er heiser. »Bitte erkläre mir den Ausdruck: So wahnsinnig wie du ... Nennst du vaterländische Ideale Wahnsinn? Nennst du den Wehrgedanken Irrsinn? Antworte bitte!«

Sie warf den Kopf herum. In ihren Augen stand Entschlossenheit. Zum erstenmal bemerkte Schütze, daß seine Frau auch einen Willen besaß. Das machte ihn plötzlich unsicher.

»Meine Söhne lernen etwas Vernünftiges!« sagte Amelia laut. Schütze schluckte.

»Ist Offizier nichts Vernünftiges?«

»Ein Offizier ohne Möglichkeit des Angriffs verfehlt seinen Beruf – das hast du 1913 einmal gesagt. Ich habe es nicht vergessen. O nein. Willst du einen neuen Krieg, nur um deine Daseinsberechtigung nachzuweisen? Willst du wieder millionenfaches Leid und millionenfaches Sterben, nur um dich ›auszufüllen‹, wie du früher sagtest? Willst du zum Mörder werden, weil du silberne Tressen trägst?«

»Amelia!« schrie Heinrich Emanuel. »Du vergißt dich! Wir schützen die Nation –«

»Wo ist die Nation? Wo? Wo gibt es noch etwas zu schützen, wo alles am Boden liegt? Weißt du überhaupt, warum du vier Jahre lang im Krieg gewesen bist? Wofür 1,5 Millionen gefallen sind? Erkläre mir das einmal...«

»Das ist Politik... das verstehst du nicht...«

»Aber ich soll einmal verstehen, meine Söhne für diese Politik, die ich nicht verstehe, herzugeben? Die 1,5 Millionen Mütter, die ihre Kinder opferten... auch sie verstehen die Politik nicht, und wenn sie fragen: Warum sind meine Kinder gefallen... dann bekommen sie zur Antwort: Es mußte so sein. Alles andere versteht ihr nicht. Gebt nur eure Söhne her... zu weiteren Taten oder Überlegungen taugt ihr ja doch nicht. Gebärt und werft die Kinder ins Granatfeuer... das ist die ererbte Pflicht der deutschen Mutter. – Nein, nein! Nicht bei mir! Nicht ich! Ich werde meine Jungen wie eine Löwin verteidigen... auch vor dir, wenn du nach ihnen greifen willst, um aus ihnen Soldaten zu machen, die einmal wegmüssen und verbluten und zu denen man dann sagt: Blutet nur schön... ihr seid Helden. Genügt das? Warum und wofür ihr Helden seid – das versteht ihr doch nicht. Das ist eben Politik. Weißt du, was das ist, Heinrich Emanuel? Ein Verbrechen ist das! Ein Verbrechen!«

Sie warf den Kopf zurück in die Kissen. Plötzlich ekelte es sie, ihren Mann anzusehen. Steif, mit durchgedrücktem Kreuz, verließ Schütze das Schlafzimmer. Er setzte sich wieder ans Fenster, im Dunkeln, und starrte hinaus auf die Straße.

Als er nach zwei Stunden ins Schlafzimmer gehen wollte, fand er die Tür von innen abgeschlossen. Er war zu stolz, um zu klopfen oder um Einlaß zu begehren.

Er ging in die Küche, legte sich auf das dort stehende Sofa, deckte sich mit der Tischdecke zu und schlief sehr unruhig ein.

Er träumte von Frau Erna Sülke. Nackt, wie er sie gesehen hatte, lag sie in seinen Armen, und der Ehemann Karl und Amelia standen um ihn herum und schrien: Die Politik ist ein Verbrechen.

In Schweiß getränkt, wachte er auf.

Hinter den Gardinen dämmerte der Morgen herauf.

Ein neuer Margarinemorgen.

Ein neuer Tag der Probepäckchen.

»Gnädige Frau, nehmen Sie ›Morgenröte‹. Ihre Bratkartoffeln werden es Ihnen danken –«

Geduldig wartete er, bis der letzte greinende Patient im Sprechzimmer abgefertigt worden war. Dann folgte er der jungen Sprechstundenhilfe in einen kleinen Aufnahmeraum.

»Sie kommen wegen Ihres Kindes? Ihr Name bitte...«

Schütze schüttelte den Kopf. »Ich möchte den Doktor privat sprechen.«

»Der Herr Doktor ist bereits nach allen Seiten hin ausreichend versichert«, sagte die Schwester vorsichtig. Heinrich Emanuel lächelte schwach.

»Ich will keinen versichern. Ich bin ein Kriegskamerad ihres Chefs...«

Er sagte es leichtfertig. Wenn es nicht der Stabsarzt war... na ja, man konnte sich herausreden. Das junge Mädchen musterte Schütze. Dann ging es in das Nebenzimmer.

»Bitte, kommen Sie herein«, sagte es, als es wiederkam. »Aber wenn das ein Trick war... der Doktor kann sehr grob werden...«

Dann stand Heinrich Emanuel Schütze dem Kinderarzt Dr. Paul Langwehr gegenüber. Der Arzt saß hinter seinem Schreibtisch, einen Ohrenspiegel vor der Stirn, und sah den Besucher kritisch an. Er ist's, dachte Schütze. Er ist's wirklich. Stabsarzt Langwehr.

»Guten Morgen, Herr Stabsarzt«, sagte er forsch.

Dr. Langwehr neigte den Kopf zur Seite. »Wir kennen uns wirklich?« fragte er. »Woher bloß... Ihr Gesicht... wirklich, irgendwie habe ich eine dunkle Erinnerung.«

»Ich bin Hauptmann Schütze. Damals war ich Oberleutnant. Erinnern Sie sich? Ich kam mit Erfrierungen zu Ihnen. Sie sorgten dafür, daß ich als Rekonvaleszent nach Soustelle kam.«

»Ah! Ja! Natürlich!« Dr. Langwehr sprang auf. »Das Milchgesicht! 1915 – stimmt's?«

»Ja«, sagte Schütze reserviert. Milchgesicht, dachte er. Damals war ich bereits Oberleutnant.

»Der Junge, der glaubte, der Krieg sei bald zu Ende. Der Kaisertreue. Natürlich. Hatten Sie nicht herrliche Vornamen?«

»Heinrich Emanuel ...«, sagte Schütze mit geschlossenen Lippen.

»Natürlich. Ich erinnere mich. Das Fanal des Deutschtums. Der Mann, der Langemarck ein Heldenlied nannte und nicht ein Verbrechen an der verblendeten deutschen Jugend. Setzen Sie sich, Heinrich Emanuel Schütze. Bitte. Wie geht es Ihnen jetzt? Zigarre? Zigarette?«

»Danke«, sagte Schütze und setzte sich.

»Was danke?«

»Auf alle Ihre Fragen: Danke. Mir geht es gut. Leidlich –«

»Deutlich gesagt: Saumäßig. Was?«

»Nicht ganz.«

»Aus der Bahn geworfen. Kann man verstehen. Man träumt vom Generalstab und wacht auf in der Gosse.«

»Sie haben sich die Ausdrucksweise aus dem Krieg gerettet«, sagte Schütze konsterniert. »Ich handle mit Margarine...«

»Sehr gut.« Dr. Langwehr lachte schallend. »Immer in der Nähe der Fettpötte bleiben. Gratuliere. Wie geht's Geschäft?«

»Gut. Man lebt...«

»Und nun wollten Sie mal sehen, ob der alte Stabsarzt Langwehr auch Margarine frißt, was? Seien wir ehrlich: leider ja. Meine Praxis geht gut... aber die Mütter, die mit ihren unterernährten Kindern und den Lungentuberkulösen kommen, haben selbst nichts. Und von den Krankenscheinen kann heute keiner mehr fett werden.«

Schütze sah auf den Ohrenspiegel. In ihm sah er sein Gesicht, verzerrt wie eine Fratze. Mitten in der Stirn hatte er ein Loch. Schaudernd sah er wieder weg.

»Ich wollte Sie nur noch einmal sehen, Herr Stabsarzt«, sagte er leise. »Sie haben mir damals geholfen... sehr geholfen. Ich habe es erst nicht einsehen wollen. Aber wenn man älter wird...«

»Wie alt sind Sie denn jetzt?«

»Siebenundzwanzig Jahre...«

»Mein Gott, wie jung.« Dr. Langwehr stand auf, holte aus dem Instrumentenschrank eine Flasche Kognak und goß zwei Gläser voll. Er schob eines vor Schütze hin und klopfte ihm auf die Schulter. »Trinken! Los! Prost!« Er klopfte Heinrich Emanuel noch ein paarmal auf die Schulter, weil dieser nach dem Genuß des Kognaks einen Hustenanfall bekam. »Und nun denken Sie, der alte Langwehr könnte wieder helfen. Tja ...« Der Arzt musterte Schütze wie einen schwerkranken Patienten. »Wären Sie Bauarbeiter, Bäcker oder Stallknecht ... ich könnte Sie unterbringen. Könnten Sie Betonplatten schleppen oder mit einem Bohrer umgehen ... alles wäre leicht. Aber Sie sind Offizier. Immer noch. Sie sitzen da wie zur Parade zu Pferd. Trarara, der Kaiser kommt. Und die weißen Hosen hat man naß angezogen und am Körper trocknen lassen, damit es ja kein Fältchen gibt. Vier Jahre später hatten wir alle die Hosen voll. Na ja ... was kann man für Sie tun, Heinrich Emanuel? Vielleicht haben Sie Glück, und der Deutsche läßt in ein paar Jahren wieder Soldaten marschieren. Es ist bei uns alles möglich. Die Einsichtigen sind gefallen, und die, die später neue Soldaten laufen lassen, sind die Nachsitzer in der Geschichte. Da sie doppelt gelernt haben, machen sie's dann auch gründlicher. Wir Deutschen sind darin Musterschüler.«

Heinrich Emanuel Schütze erhob sich. »Es hat mich gefreut, daß auch Sie den Krieg überlebt haben«, sagte er etwas anzüglich.

Dr. Langwehr lachte wieder. »Ich habe mich auch sehr darum bemüht. Ich habe mich nie zum Helden gedrängt. Ich bin eine Art Ratte, die merkt, wenn das Schiff sinkt. Leute wie Ihresgleichen mögen mich verachten, einen Lumpen nennen, einen undeutschen Kerl, einen ehrlosen Burschen, einen Vaterlandsverräter, ein Gesinnungsschwein ... die Skala der Fachausdrücke ist ja so groß und wird immer vergrößert.« Er wurde plötzlich ernst und kam auf Schütze zu. »Halt. Ich hab's. Schließen Sie sich einem vaterländischen Verband an. Machen Sie dort Wind ... nicht aus der Hose, sondern mit dem Mund. Darin waren Sie und Ihresgleichen immer groß. Ihr Kapital liegt im Mund, Heinrich Emanuel. Schreien Sie nach Soldaten. Machen Sie tapfer in Tradition. Marschieren Sie auf. Wecken Sie den neuen Wehrgedanken. Halten Sie Reden: Wir wollen Revanche! Wir sind von hinten erdolcht worden! Nieder mit den Jasagern von Versailles! Aus der Asche soll Deutschland erstehen wie ein Phönix! – Sie sollen sehen ... es gibt Millionen, die Ihnen wieder nachrennen. Das ist die Stumpfheit der Masse, aus der die Politiker ihr Kapital schlagen. Ja, ohne diese Massenstumpfheit gäbe es vielleicht gar keine Politiker. Auf jeden Fall, Heinrich Emanuel, machen Sie feste in Vaterland ... das ernährt immer seinen Mann ...«

Kurz verabschiedete sich Schütze. Fast angewidert verließ er die Praxis Dr. Langwehrs. Ein Kinderarzt, dachte er. Natürlich. Er verkindischt. Im Grunde genommen aber gab er Dr. Langwehr recht. Die Zukunft Deutschlands lag bei den Deutschen selbst. Sie mußten nur zu diesem Bewußtsein erweckt werden. Allerdings in anderer Tendenz, als sie Dr. Langwehr gemeint hatte.

Im September 1920 trat Heinrich Emanuel Schütze einem vaterländischen Kriegerverein bei. Er nannte sich »Heimbund ehemaliger Soldaten«. Schütze bekam die Mitgliedsnummer 283.

Bei Kameradschaftsabenden wurde er mit »Herr Hauptmann« angeredet. Man stand sogar stramm vor ihm.

Bald hieß er nur noch »der Hauptmann«.

Schütze war stolz und zufrieden.

Er wußte: Er war am rechten Platz.

Die Inflation kam.

Ein Hühnerei kostete 1922 die runde Summe von 2 Millionen. Ein Brot 3 Milliarden. Ein Anzug 100 Trillionen. Ein Pfund »Morgenröte«-Margarine 2 Milliarden und dreiundzwanzig Millionen.

Wenn Heinrich Emanuel bei seinen Kunden kassieren ging, nahm er einen großen Pappkoffer mit. In ihm trug er die Milliardenscheine nach Hause. Bevor er sie einzahlte bei der Post, waren sie nur noch die Hälfte wert. Kamen sie auf dem Konto an, hatten sie den Wert einer Briefmarke.

Am 26. Juni 1922 erreichte ihn ein Telegramm aus Breslau.

»Komme sofort Mutter sehr krank Vater.«

Heinrich Emanuel Schütze konnte nicht fahren. Er lebte mit seiner Trillionenprovision von einem Tag zum anderen. Er hatte kein Geld, nach Breslau zu fahren.

Vier Tage später schrieb es Baron v. Perritz an seine Tochter Amelia. Sie solle es Heinrich schonend beibringen. Sophie Schütze hatte sich mit Gas vergiftet. Sie konnte den Verlust ihrer jahrzehntelangen Ersparnisse durch die Inflation nicht verwinden.

Als die siebentausend Mark, die sie erspart hatte, über Nacht wertloser wurden als ein Blatt Toilettenpapier, wurde sie trübsinnig.

Dann drehte sie den Hahn des Gasofens auf und setzte sich davor. Die Bibel zwischen den Händen.

So fand sie der Amtmann Franz Schütze, als er vom Amt nach Hause kam. Nachbarn retteten ihn davor, sich aus dem Fenster zu stürzen. Sie schafften ihn nach Perritzau, wo er stumpfsinnig im Garten saß und mit dem Spazierstock Kreise und Winkel in den Sand malte.

»Mutter, o Mutter«, schluchzte Heinrich Emanuel Schütze, als er den Brief las. »Was hast du getan ... Wo kämen wir hin, wenn wir keine Geduld hätten ...«

Da ließ Amelia ihren Mann allein und schloß wieder die Schlafzimmertür hinter sich ab.

Manchmal haßte sie Heinrich Emanuel ...

VII

Der Tod seiner Mutter, der Trübsinn seines Vaters, die immer mehr zu einer das deutsche Volk zermalmenden Lawine anschwellende Inflation mit Phantasiezahlen bewirkten bei Heinrich Emanuel genau das Gegenteil dessen, was Amelia angenommen hatte.

Der Margarinevertrieb ging gut, wenn man gut als den Zustand bezeichnete, daß man nicht zu hungern brauchte. Aber je weiter das deutsche Volk durch den Versailler Vertrag und dessen Erfüllung in den Abgrund rutschte, um so stärker wurde in Heinrich Emanuel Schütze der vaterländische Drang an die Sonne.

Es gab eine Reichswehr ... aus Teilen treuer Soldaten hatte die neue Republik unter dem sozialdemokratischen Reichswehrminister Noske schon 1919 ein Heer von rund 200 000 Mann aufrechterhalten, um für Zucht und Ordnung zu sorgen. Die Freikorps rechnete man nicht dazu ... es waren wilde Truppen wie jene des Kapitäns Hermann Ehrhardt, der mit seiner Brigade den Kapp-Putsch inszenierte, es waren Truppen, die im Baltikum kämpften und um Annaberg in Schlesien. Mit diesen Verbänden hatte Heinrich Emanuel nicht viel im Sinn. Erst, als im März 1920 der General von Seeckt zum Chef einer neuen Heeresleitung berufen wurde und sich die Zustände im letzten militärischen Rest Deutschlands normalisierten, begann auch Hauptmann a. D. Schütze nach den feldgrauen Uniformen zu schielen. Heimlich vorerst, denn noch wußte man ja nicht, ob die Sache sicher war und nicht eines Tages auch diese Truppen entwaffnet würden.

Das geschah denn auch. Bis zum 1. 1. 1921 wurde das Heer auf die in Versailles bestimmte Stärke von 100 000 Mann reduziert. Jeder 3. Offizier wurde wieder entlassen. Was man behielt, – es war General Seeckts Wunsch –, waren nur die fähigsten und vor allem adeligen Köpfe. Aus ihnen sollte einmal wieder – daran zweifelte niemand im engsten Kreise – eine neue Armee entstehen.

Heinrich Emanuel Schütze wartete noch. Er las zwar alle Berichte über die neue Reichswehr, er sammelte Bilder, er beschaffte sich über seinen Soldatenverband die neuen Exerzierreglements und das neue 08/15 ... An den langen Winterabenden saß er dann unter der Gaslampe und las Amelia aus dem neuen »Reibert« vor ... »Wenn der Soldat ein öffentliches Lokal betritt, hat er darauf zu achten –«

»Die Milch ist schon wieder 3 Millionen teurer geworden«, sagte dann Amelia. Heinrich Emanuel stellte seine Lesungen ein. Er war beleidigt. Wie kann man von Milch sprechen, wenn man aus dem »Reibert« vorliest?

»Ist es nicht ein gutes Zeichen, wenn es schon wieder Reglements gibt?« fragte er einmal. Amelia schüttelte den Kopf.

»Es ist ein Alarmzeichen ...«

»Ganz richtig! Ganz richtig! Einmal wird die Zeit wiederkommen, wo unsere Hörner zum Alarm blasen und Deutschland reinfegen von den ehrlosen Gruppen, die heute vor Versailles im Staube kriechen!« rief Hauptmann a. D. Schütze.

Er begeisterte sich an diesen Reden. Er hielt sie im Kameradenkreis, bei Appellen der Traditionsverbände, bei Denkmalsenthüllungen, bei Fahnenweihen, die jedesmal sein Herz höher schlagen ließen.

Sonst aber blieb er abwartend. Nur einmal vergaß er sich. Christian-Siegbert, sein Ältester, spielte mit anderen Kindern auf der Straße. Er mußte das tun, obwohl er immer verprügelt wurde, denn die Kinder, die ihn verprügelten, stammten aus Familien, die von Heinrich Emanuel ihre Margarine bezogen. Ein Verbot, auf der Straße zu spielen, konnte schnell als Klassenkampf betrachtet werden.

Auf der Straße lernt man allerlei. Und so kam eines Tages Christian-Siegbert vom Spielen nach Hause, stellte sich vor seinen Vater und brüllte, die Faust erheben:

»Heil Rotfront! Nieder mit den Militaristen!«

Heinrich Emanuel schlug schneller zu, als Amelia sich dazwischenwerfen konnte. Während sie den schreienden Christian-Siegbert ins Bett brachte und tröstete, rannte Schütze mit gesenktem Kopf und flatternden Händen im Wohnzimmer hin und her und wunderte sich, daß er nicht platzte.

Es war offensichtlich: Jemand mußte Christian-Siegbert, dem unschuldigen fünfjährigen Kind, diesen Satz eingetrichtert haben. So etwas schnappt man nicht einfach auf ... nicht in diesem Alter ... so etwas war lange vorbereitet, war einstudiert worden.

»Wenn ich diesen Kerl entdecke!« schrie Heinrich Emanuel, als Amelia aus dem Schlafzimmer kam, ihren Mann ansah, wie man einen Tobsüchtigen betrachtet, und sich dann stumm an den Tisch setzte und weiter Strümpfe stopfte. »Ich zerschlage ihm die Fresse. Jawoll, das werde ich. Ich werde ordinär wie meine Umgebung –«
»Du bist's bereits.«
»Soll ich mir das bieten lassen? Ich bitte dich, Amelia. Dem Sohne eines Hauptmanns studiert man ein ... Das ist ungeheuerlich. Das lasse ich nicht auf mir sitzen.«

Am nächsten Morgen wurde Christian-Siegbert verhört. Er sagte brav aus. Der älteste Sohn von Dickberts war's. Er war Mitglied der kommunistischen Jugend.

Heinrich Emanuel nahm Hut, Mantel und Mappe und rannte aus dem Haus. Vergeblich rief ihm Amelia nach: »Sei doch klug, Heinrich! Du ziehst den kürzeren ...«

Schütze zog ihn nicht. Er ging gar nicht zu Dickberts. Familie Dickbert bezog jede Woche fünf Pfund Margarine. Was sollte man dagegen tun ...

Lange saß Heinrich Emanuel auf einer Bank am Rudolfsplatz und starrte auf den Verkehr um das Hahnentor.

So verkauft man seine Ehre um fünf Pfund »Morgenröte«, dachte er bitter.

Am Abend, bei einem Kameradschaftstreffen des »Heimbundes ehemaliger Soldaten«, hielt er eine flammende Rede gegen Reaktion und Pazifisten. Zwei Diskussionredner brüllte er zusammen:

»Was sagt unser verehrter General v. Seeckt: ›Das Heer dient dem Staat, nur dem Staat; denn es ist der Staat‹! – Wollen Sie Hundsfott sich gegen Seeckt stellen? Als ehemaliger Soldat? Pfui, kann ich nur rufen! Pfui!«

Er bekam Applaus, man sang das Deutschlandlied ... vor dem Lokal standen die Kommunisten und pfiffen, als die »alten Kameraden« als geschlossener Block abmarschierten.

In Heinrich Emanuel aber hatte sich seit diesem Tage ein Gedanke festgesetzt. Er hatte sich die Listen der Wehrkreise und ihrer Kommandanten beschafft und sah verblüfft, daß dem Wehrkreis VI in Münster ein Generalmajor v. Perritz als Kommandeur vorstand.

»Sollte dies Onkel Eberhard sein?« fragte er hoffnungsfroh. »1918 war er Oberst. Er könnte es sein. Generalmajor. Wehrkreiskommandant. Du solltest einmal hinschreiben, Amelia.«

»Warum?« fragte sie, obwohl sie wußte, was Schütze im Sinne hatte.

»Man soll familiäre Bande nie rosten lassen«, sagte Heinrich Emanuel weise. »Schließlich ist er ein Bruder deines Vaters ...«
»Um den sich keiner gekümmert hat, weil er immer anderer Meinung war.«
»Die individuellen Köpfe sind die besten«, dozierte Schütze. »Und als Generalmajor –«
»Du willst ihn bitten, sich für dich zu verwenden. Du willst tatsächlich wieder Soldat werden?«
»Soll ich Margarineverteiler bleiben?« rief Schütze erregt.
»Vielleicht hast du auch auf anderen Gebieten Fähigkeiten. Du hast dir nie Mühe gegeben, aus dir mehr zu machen, als die Zeit es mit dir gemacht hat. Du hast nie den Ehrgeiz gehabt, einmal über dich selbst hinaus –«
»Ich wollte in den Generalstab!« rief Heinrich Emanuel. »Und ich hätte es erreicht, wenn –«
»Wenn – wenn – kannst du nichts anderes als Soldat sein?«
»Nein!« schrie Schütze.
»Und das kommt dir ganz normal vor?«
»Ja!« brüllte er zurück. »Was wäre Deutschland ohne seine Soldaten?«
»Ein Land, das 1,5 Millionen Männer mehr und keinen Krieg verloren hätte.«
»Du redest wie ein Kommunist.«
»Ich rede wie eine Mutter. Und ich bin eine, von zwei Söhnen. Soll das immer so weitergehen mit uns? Muß ich dir immer und immer wieder sagen: Dein Soldatenwesen kotzt mich an? Willst du's noch deutlicher hören?«
»Amelia«, sagte er steif. Er sah auf sie herab. So sieht ein Hahn eine unwillige Henne an, dachte Amelia. »In diesem Tone ist heute zuletzt geredet worden. Ich sehe mit Schrecken, wie wir alle verproletarisieren. Du, die Kinder ... sogar ich. Es ist furchtbar. Wir werden das Steuer herumwerfen und in anderer Richtung segeln. Ich schreibe noch heute an Onkel Eberhard nach Münster.«
Der Entschluß kam nicht von ungefähr. Er war lange überlegt und untermauert mit der Gewißheit, daß die Reichswehr in ihrer jetzigen Gestalt stabil war.
Reichswehrminister war nach Noskes Sturz der Demokrat und ehemalige Oberbürgermeister von Nürnberg Otto Geßler. Er verstand sich gut mit General v. Seeckt. Er ließ ihm viel freie Hand. Vor allem aber entstand unter den Augen der alliierten Kontrollkommission mit den 100 000 Mann der Reichswehr eine kleine

Heerschar, die, wie v. Seeckt stolz sagte, die Elite des Deutschbewußtseins war.

Es war klar, daß Heinrich Emanuel Schütze hier nicht mehr abseitsstehen konnte. Er fühlte sich berufen.

Panikartig wurde seine Stimmung, als der Generalvertreter der »Morgenröte«-Margarine plötzlich seinen Posten niederlegte. Spät erst sickerte durch, daß der Oberst a. D. wieder »dabei« war und ein Reichswehrmagazin in Pommern übernommen hatte.

»Er auch«, sagte Schütze, als die Nachricht sich bestätigte. »Nur ich hocke noch hier herum und verteile unter Asozialen meine verfluchte Margarine. Ist das eines Hauptmanns würdig? Eines Mannes, der bald sogar den Kaiser besiegt hätte? Der das EK I trägt? Nein. Das mußt du zugeben, Amelia...«

»Ich sage nichts mehr.« Amelia hatte es aufgegeben, Heinrich Emanuel mit Vernunftgründen zu kommen. »Du mußt es wissen. Du wirst einmal für alle die volle Verantwortung übernehmen.«

»Das habe ich immer getan.«

»Im Mai wird unser drittes Kind kommen –«

»Was hat das mit der Reichswehr zu tun? Fruchtbare Offiziersfrauen liebte schon der Alte Fritz –«

»Du bist geschmacklos«, sagte Amelia bitter. Und schloß sich wieder im Schlafzimmer ein. Das war die härteste und zermürbendste Waffe gegen Heinrich Emanuel. Denn mochte er am Tage noch so unsinnig reden... wenn es dunkel wurde und er neben Amelia in den Federbetten lag, wurde er normal wie jeder Mann und sogar Argumenten zugänglich. Zuerst hatte Amelia Angst gehabt, daß er in altgewohnter Kampfmanier nach dem Sieg über seine Frau auch im Bett hurra rief... aber das tat er nicht. In dieser Situation entsagte er dem Militarismus und wurde ganz Mensch. So war es eine unsäglich wirksame Waffe Amelias, das Schlafzimmer hinter sich abzuschließen. Am nächsten Morgen war Heinrich Emanuel weicher als seine Margarine.

Vier Tage lang schrieb er an dem Brief an Generalmajor Eberhard v. Perritz. Immer wieder zerriß er das Konzept.

Vierzehn Entwürfe las er Amelia vor. Dann warf er sie in den Papierkorb, weil er an ihrem Gesicht ablesen konnte, daß die Schreiben nicht gut waren.

Am fünften Tag, nach dem vierzehnten Entwurf, legte er den Kopf seufzend zwischen seine Hände und starrte Amelia an. Er sah aus wie ein kleiner Junge, der vor lauter Spielen die Zeit verpaßt und sich in die Hosen genäßt hatte.

»Hilf mir, Amelia«, sagte er stockend. »Wenn ich dem Onkel Generalmajor gegenüberstehen würde ... aber schriftlich. Das klingt doch alles hölzern.« Er nahm ein neues Blatt Papier und schrieb mit unruhiger Hand. Dann blickte er wieder auf.

»Wie ist denn das?

Sehr verehrter Herr Generalmajor!

Unterzeichneter erlaubt sich, der Ehre bewußt zu sein, mit Ihnen verwandt zu sein. Meine Frau Gemahlin, eine geborene v. Perritz auf Perritzau, ist ...«

Amelia schüttelte den Kopf. Heinrich Emanuel nahm den Bogen und zerknüllte ihn, warf ihn in eine Ecke des Zimmers und sprang auf.

»Wie soll man denn schreiben?« rief er verzweifelt. »So sage doch was! Sitz nicht so herum und schüttle den Kopf! Kopfschütteln kann jeder ... aber besser machen! Besser! Es ist beschämend, wie du deinen Mann behandelst!«

Amelia schwieg. Sie war in einen schrecklichen Gewissenskonflikt geraten. Die Hilflosigkeit Heinrichs griff ihr ans Herz ... half sie ihm aber, so würde durch ihre Hand das Leben jene neue Wendung bekommen, die sie tief im Inneren verabscheute. Soldaten müssen sein ... sie war nicht so unlogisch, das zu bestreiten ... aber wenn Heinrich Emanuel wieder reaktiviert wurde, würden sie und die Kinder völlig in seinem Schatten leben. Das wußte sie. Als Frau eines Margarineakquisiteurs hatte sie sich in die Rolle der ausgleichenden Opposition eingelebt ... als Frau Hauptmann oder gar als Kommandeuse würde sie für Heinrich Emanuel wieder nur ein notwendiges Anhängsel sein, wie eine Gasmaskenbüchse etwa oder eine Erkennungsmarke. Daran änderte dann auch die Nacht nichts mehr. Mit dem Anziehen der Uniform würde Heinrich Emanuel immer im Manöver leben. Immer. Auch horizontal. Sie kannte das.

Amelia hob die Schultern. Es konnte Resignation sein. Oder fror sie? Wehte sie das Unerbittliche an? Das Unausweichbare? Sie hatte 1914 einen Leutnant geheiratet. Sie hatte die silbernen Tressen geliebt. Sie war stolz auf ihren Mann. Dann hatte der Krieg sie verändert, die 1,5 Millionen Toten, die Millionen Verwundeten und Krüppel, die Inflation, die Not, die Angst vor dem Morgen. Sie war reif geworden, so wie ein Stahl hart wird, wenn man ihn ausglüht. Sie hatte sehen gelernt und erkennen.

An Heinrich Emanuel war dies alles vorbeigeflossen wie ein brackiges Wasser. Jetzt, wo er einen Flecken sauberes Wasser sah, wollte er wieder hineinspringen und sich baden. Man konnte es ihm nicht übelnehmen. Er war erzogen worden mit dem »Silberstreif am Horizont«, wie Wilhelm II. die Zukunft Deutschlands einmal nannte. Daran änderte auch der Krieg nichts. Auch nicht die Millionen Toten. Sie gehörten zum Geschäft. Sie standen auf der Verlustseite der Bilanz. Verluste gibt es in jedem Beruf. Wie sagte doch Walter Flex in seinem »Wanderer zwischen beiden Welten«: »Leutnantsdienst tun, heißt seinen Leute vorleben, das Vorsterben ist dann wohl einmal ein Teil davon ...«

»Gib mir ein Blatt Papier«, sagte Amelia leise.

Heinrich Emanuel ergriff ein Blatt, rannte zu ihr an den Tisch, nahm ihr den Strumpf ab, an dem sie gerade stopfte, rannte zurück, holte Tinte und Federhalter, tauchte die Feder ein und gab ihn ihr.

Dann sah er ihr über die Schulter zu, was sie schrieb.

Sie schrieb ganz einfach. Mit großen, steilen Buchstaben. Eine unverkennbare Perritzschrift:

»Lieber Onkel Eberhard!

Heinrich Emanuel und mir geht es nicht gut. Von Papa wirst du es ja wissen. Er kann nicht helfen; aber du kannst es. Gibt es eine Möglichkeit, Heinrich wieder einzustellen? Wie du weißt, ist er als Hauptmann abgegangen ...«

Heinrich Emanuel runzelte die Stirn und kratzte sich an der Nase.

»Kann man so einem General schreiben?« unterbrach er Amelias Schrift. Sie sah kurz zu ihm auf.

»Er ist in erster Linie mein Onkel –«

»Das schon. Aber hier – ›Heinrich wieder einzustellen ...‹ Das klingt, als wenn man dem Arbeitsamt schreibt.«

»Du willst ja auch Arbeit haben ...«

»Hier geht es um den Dienst am Volke.«

»Ist das keine Arbeit?«

»Und hier – ›Ist als Hauptmann abgegangen ...‹ Klingt es nicht besser: Seine Karriere wurde durch Reaktionäre unterbrochen ...«

»Warum? Man hat dich hinausgeworfen. Das ist doch die Wahrheit. Ein blaues Auge hat man dir geschlagen ...«

Heinrich Emanuel seufzte und wandte sich ab.

»Du bleibst immer nur ein Zivilist«, sagte er.

Dann ließ er Amelia gewähren. Er schickte den Brief so, wie er war, ab. Ohne Korrektur. Er las ihn überhaupt nicht durch. Er wußte, daß er dann Hemmungen haben würde. Auch ein Onkel bleibt immer ein General, wenn er General ist. Unter Soldaten ist der Dienstrang maßgebend, nicht das persönliche Verhältnis.

Er wartete vier Tage ... sechs Tage ... zehn Tage.

Er trug weiter Margarine aus, verbot Christian-Siegbert, mit den Dickbert-Kindern auf der Straße zu spielen, und opferte damit einen wöchentlich 5-Pfund-Kunden dem Wehrgedanken. Am elften Tag resignierte er.

»Dein Brief – ich habe es gleich gesagt – war zu unkorrekt. Einfach zu schreiben: Lieber Onkel Eberhard. Einem Generalmajor. Ich sage dir eins: Meine Karriere ist hin! Ich werde ewig Margarine austragen müssen.«

Am 14. Tag kam ein Brief aus Münster.

Vom Kommandeur des Wehrkreises VI.

Als Heinrich Emanuel Schütze das Kuvert aufschlitzte, saß er in strammer Haltung am Küchentisch ...

»Sie also sind es?«

Generalmajor v. Perritz sah auf Schütze, der, in drei Schritten Abstand, die Hände an den Nähten der zivilen Hose, vor ihm stand. Wie damals der Kaiser, dachte Schütze erschrocken. Auch er sagte: »Also Sie sind es?« und betrachtete ihn dabei wie ein apfelndes Pferd.

»Ich erlaube mir, es zu sein«, antwortete Schütze heiser. »Ich bitte um Verzeihung, daß meine Frau an Sie einen solch unkorrekten Brief schrieb, aber –«

»Was aber?« Generalmajor Perritz setzte sich und winkte Schütze, es auch zu tun. Heinrich Emanuel ließ sich auf den äußersten Rand eines Sessels nieder, mit hohlem Kreuz, angelegten Armen, bereit, bei der nächsten Anrede wieder hochzuschnellen. »Ich habe lange nichts von Amelia gehört. Mein Bruder, der Krautjunker, schreibt mir nicht. Erst schnauzte er mich an, daß wir Militärs zu lasch seien gegenüber Frankreich und England – das war 1913 –, und jetzt schnauzt er mich an, weil wir den Krieg verloren hätten und schuld an der Inflation seien. Wir Soldaten sind ja immer an allem schuld, was die Politiker in unserem Namen verbocken.«

Ruck. Heinrich Emanuel stand wieder. »Es ist eine Infamie!« rief er hochrot im Gesicht. »Es wird Zeit, daß das deutsche Volk wieder den Soldaten im rechten Licht sieht!«

»Das hat es immer getan. Aber setzen Sie sich doch, lieber angeheirateter Neffe.« Heinrich Emanuel setzte sich wieder. Auf die Kante. Lauernd. Bereit zum Emporschnellen. »Sie möchten also wieder in die Uniform?« fuhr Generalmajor v. Perritz fort. »Sie waren Hauptmann?«

Ruck. Schütze stand wieder. »Jawoll«, sagte er knapp. Es wurde dienstlich. Wie heißt es in der Instruktion: Die Sprache des Soldaten ist knapp und klar. Frage und Antwort haben deutlich und laut, im Inhalt konzentriert zu sein.

»1918 als Hauptmann abgegangen. EK II und I. Zur Zeit als –« er stockte und sprach es dann tapfer aus: »... als Margarineverteiler tätig. In Köln.«

»Soso.« Der Onkel General sah Heinrich Emanuel mit geneigtem Kopf an. Was er dachte, sagte er nicht. Es wäre unhöflich gewesen. Er begann, Amelia zu bedauern. Und dieses Bedauern stimmte ihn milde.

»Ein ehrenwerter Beruf, nicht wahr?«

»Sicherlich. Aber ich war Zeit meines Lebens ein glühender Soldat. Die Niederlage Deutschlands war meine eigene Niederlage. Der ›Dolchstoß in den Rücken‹ traf mich persönlich –«

»Soso. Der ›Dolchstoß‹. Sie haben ihn gespürt?«

»Ich habe geweint, als wir in Compiègne unterzeichneten. In einem Eisenbahnwagen...«

Generalmajor v. Perritz erhob sich und trat an das Fenster. Er blickte hinaus auf die Alleebäume der Straße, er sehnte sich nach frischer Luft nach dieser verstaubten Rede Heinrich Emanuels. Wie kann ein Mensch bloß so denken, grübelte er. Gewiß, wir haben wieder eine Reichswehr... aber sie ist mehr eine Polizeitruppe denn eine Kampftruppe. Und wenn wir in Versailles auch die Alleinschuld Deutschlands am Krieg unterschrieben haben, weiß es doch mittlerweile die Welt, daß dies eine geschichtliche Vergewaltigung ist. Das alles aber ändert nichts daran, daß wir den Krieg militärisch völlig verloren haben, daß wir am Ende waren im November 1918, daß der ›Dolchstoß‹ eine fromme Mär ist für Nationalisten und Revanchisten und daß es nie wieder dazu kommen darf, daß Europa erneut verbrennt, weil einige wenige Gehirne sich entflammten.

»Sie haben geweint«, sagte Generalmajor v. Perritz. Er blickte sich nicht um. Er wußte, daß Schütze schon wieder stand, stramm und in seinem schäbigen Zivil lächerlich wirkend. »Und Sie wollen wieder eingestellt werden. Sie wissen, daß die Wiederverwendung von Offizieren in der Reichswehr vom Chef der Heeresleitung, General v. Seeckt, selbst bestimmt wird. Die Auslese ist streng. Nur die Besten kommen zu uns zurück...«

»Ich wäre glücklich, unter diesen Ausgewählten sein zu dürfen –«

»Sie werden Truppendienst machen müssen...«

»Ich bitte darum, Herr Generalmajor.«

»Sie werden in eine kleine Garnison kommen ...«

»Meine Heimat ist dort, wo es Soldaten gibt.«

»Na ... dann wollen wir es versuchen.« Generalmajor v. Perritz drehte sich herum und kam auf Schütze zu. Er gab ihm die Hand. Heinrich Emanuel machte eine knappe, zackige Verbeugung. In Gedanken sah er die Zivilkleidung von sich abfallen wie trockenen Zunder. Auf seinen Schultern glänzten unsichtbar die silbernen Schulterstücke mit den beiden Hauptmannssternen.

»Grüßen Sie mir Amelia, Herr Schütze.«

»Ich werde es sofort bestellen, Herr General.«

»Ist sie denn hier?«

Heinrich Emanuel rang nach Worten. Jetzt ist das gekommen, was ich befürchtet habe, dachte er. Amelia hatte darauf bestanden, mit nach Münster zu fahren. Mit den Kindern. Er hatte versucht, es auszureden: Was soll der General denken? Bin ich ein Kind, daß du mich begleiten mußt? Du blamierst mich. Wenn er mich fragt, was soll ich sagen? – Sie hatte sich nicht beirren lassen ... mit Christian-Siegberg und Giselher-Wolfram hatte sie Heinrich Emanuel nach Münster begleitet. Es war wie ein Begräbnis seines Zivilistentums.

Schütze nickte kurz. »Jawoll, Herr General. Sie wartet mit den Kindern im Café Lamberti.«

»Und das sagen Sie mir jetzt erst? Mit den Kindern? Die ich noch gar nicht kenne. Wir fahren sofort zu Amelia. Los, glotzen Sie nicht ... So etwas! Amelia ist hier, und der Kerl redet vom ›Dolchstoß in den Rücken‹!«

Ein Adjutant wurde verständigt. Dann fuhren sie mit dem Dienstwagen des Generals nach Münster hinein und hielten vor dem Café Lamberti.

Während sie über die Straße gingen und das Café betraten, sah sich Heinrich Emanuel um. Nach allen Seiten.

Niemand beachtete sie. Keiner grüßte, keiner stand stramm. Hunderte von Männern sahen sie, und keiner ehrte den General.

Da drückte Heinrich Emanuel seinen Kopf an den steifen Hemdkragen und marschierte seinem Onkel General nach ins Café.

Wie nötig ist die neue Wehrerziehung Deutschlands, dachte er. Da geht ein General über die Straße, und keiner beachtet ihn.

Er schämte sich sichtlich für seine deutschen Mitbürger.

Es dauerte bis Juli 1923, bis etwas geschah.

Militärisch gesehen. Privat und zivil geschah allerlei. Amelia war wieder schwanger. In der »Morgenröte«-Margarine mußten doch allerhand Kalorien sitzen; wenn Heinrich Emanuel auch dem täglichen Leben gegenüber resignierte, in bestimmten, sehr privaten Bezirken zeigte er eine Forschheit, die an seine beste Zeit mit Jeanette erinnerte. Als Ehefrau hatte sich Amelia nicht zu beklagen, als Offiziersfrau begann sie, Heinrich Emanuel zu bedauern. Sie sah, daß er dies gern mochte. Sie kaufte ihm die ersten erschienenen Kriegsromane und ließ sich daraus vorlesen. »Da war ich auch«, sagte dann Schütze voll Begeisterung. »Amelia. Das war eine Zeit. Mit blanker Waffe und dem Hurra auf den Lippen stürmten wir die Stellungen. Unsere Bajonette blitzten in der Sonne, und unsere Herzen flogen uns voraus und eroberten den Graben, bevor unsere Leiber ihn füllten ...«

»Du solltest auch ein Buch schreiben«, sagte sie dann sanft und stopfte weiter an Strümpfen oder Unterhosen. »Du hast eine wunderbare plastische Sprache.«

Dieser Gedanke Amelias setzte sich in Schützes Hirn fest. Er begann, ein Buch zu entwerfen. Keinen Roman, einen Tatsachenbericht. Es sollte eine wehrkritische Schrift werden. Die Geburt des Titels dauerte vier Wochen, dann hatte ihn Heinrich Emanuel. Stolz las er ihn Amelia vor. Er stand mitten in der Küche, auf dem Tisch dampfte eine Schüssel Bratkartoffeln. Dazu gab es gebratene Blutwurst. Ein billiges, aber nahrhaftes Essen.

»Hör zu, Liebes«, rief Schütze und hielt ein Blatt Papier über den Bratkartoffeldampf. Sein Gesicht glänzte. Es war innerlich vom Glück erleuchtet wie ein St.-Martins-Lampion. »Der Titel ist fertig: ›Das Deutsche Heer als Träger der Staatsidee. – Eine Studie über die Notwendigkeit schlagkräftiger Truppen. Von Hauptmann Heinrich Emanuel Schütze.‹« Er sah zu Amelia hinüber, die auf seinem Teller einen Berg Bratkartoffeln häufte. Die Blutwurst in der Pfanne roch lecker. »Was sagst du dazu?«

Amelia hob die Schultern. Ihr spitz gewordener Leib stieß gegen die Tischkante. In einer Woche mußte es soweit sein. Sie wünschte sich mit aller Inbrunst des Herzens ein Mädchen.

»Wer soll das lesen?«

»Jeder aufrechte Deutsche.«

»Und du glaubst, das druckt einer ab?«

»Wenn es noch Ehre in Deutschland gibt ... aber sicher! Ich werde in diesem Buch beweisen, daß von Arminius, dem Cherusker, bis zu Hindenburg die Garanten völkischer Größe immer die Soldaten waren.«

»Bringst du auch eine Statistik über die Toten von Arminius bis Hindenburg?«

Heinrich Emanuel steckte das Blatt Papier in seine Rocktasche und setzte sich an den Tisch. Er schob den Teller mit gebratener Blutwurst und Bratkartoffeln zu sich heran und begann, stumm zu essen. Erst nach einigen Minuten sah er auf und musterte Amelia verstimmt.

»Dir fehlt eben der staatsmännische Blick«, sagte er.

»Eben –«, antwortete sie.

»Du bist eben nur eine Frau.«

»Dafür danke ich Gott zu jeder Stunde ...«

»Ich freue mich schon auf den dritten Jungen«, sagte Heinrich Emanuel, nur um sie zu ärgern. Sie lächelte böse.

»Es wird ein Mädchen ...«

»Ein Junge. Du siehst zu gut aus. Bei Mädchen bekommt man gelbe Flecken im Gesicht – habe ich mir sagen lassen.«

»Ich habe sie überpudert.«

Er hielt sich gewaltsam zurück, dies zu kontrollieren. Möglich war es. Er wollte es in der Nacht feststellen.

»Den Jungen nenne ich Arminius«, sagte er und schob den leergegessenen Teller weg.

»Es wird ein Mädchen –«

Und es wurde ein Mädchen. Am 23. Juni 1923 kam es in der Frauenklinik in Köln-Lindenthal zur Welt. Heinrich Emanuel wartete draußen vor dem Kreißsaal, bis die Schwester herauskam. Als sie sagte, es sei ein Mädchen, verzog Schütze die Lippen.

»Daß sie jetzt immer das letzte Wort hat ...«, sagte er, ging weg und holte zehn rote Rosen. Für einen Jungen hatte er zwanzig Rosen eingeplant ... sie kosteten 246 Milliarden ... da er die Hälfte des Geldes übrig hatte, kaufte er sich eine Broschüre »Die Reichswehr als Traditionsverband«. Dann ging er zurück zur Frauenklinik, gratulierte Amelia mit einem Kuß auf die noch schweißnasse Stirn, legte die zehn Rosen auf die Bettdecke, besichtigte hinter einer Glasscheibe seine Tochter, ging zurück zu Amelia und sagte bestimmt:

»Ich werde sie Uta-Sieglinde nennen.«

»Du mußt es wissen«, sagte Amelia schwach. Sie wollte Ruhe haben. Die Geburt war schwer gewesen ... vierzehn Stunden hatte sie in den Wehen gelegen. Neuneinhalb Pfund wog das Kind. (Was wieder die Nährkraft der »Morgenröte«-Margarine bewies!)

Zufrieden verließ Heinrich Emanuel die Frauenklinik. Das letzte

Wort hatte er gesprochen. Uta-Sieglinde, das klang nach Walkürenritt und Feuerzauber, nach Heldengesang und minniglicher Treue. In diesem Namen lag Germanenart.

Er meldete ihn beim Standesamt an, übersah das mokante Lächeln des Beamten und antwortete auf die Frage: »Wie wollen Sie das Kindchen später rufen? Der Name muß unterstrichen werden...«, mit lauter Stimme: »Uta-Sieglinde! Der Name ist eine Einheit!«

Schäbiger Zivilist, dachte er, als er das Standesamt verließ. Wie soll Deutschland jemals auferstehen, wenn man so seine Art verleugnet...

Auch sonst geschah allerhand.

Da waren die strengen Untersuchungen, die nach dem Ausfüllen der Bewerbungsbogen an Schütze herankamen. Er mußte sich von einer Reihe Stabsärzte von Kopf bis Fuß abtasten und abhorchen lassen, wurde geröntgt, getestet, beobachtet. Er mußte eine Arbeit schreiben, seine Vergangenheit wurde genau untersucht, drei Leumundszeugen wurden gefordert. Der Onkel Generalmajor stellte sich dafür zur Verfügung, als zweiter Leumund bürgte Baron v. Perritz auf Perritzau... nur mit dem dritten Zeugen hatte Heinrich Emanuel Schwierigkeiten.

Er hatte an Großvater Sulzmann gedacht. Ein Kommerzienrat in der Familie ist immer vortrefflich. Er beweist pekuniäre Sicherheit und weltoffenen Handelsgeist.

Aber bei Metzger Sulzmann hatte es eine Wandlung gegeben. Wie Tausende andere hatte er in der Inflation sein Vermögen verloren. Er vergiftete sich nicht mit Gas, wie seine Tochter, Schützes Mutter, sondern raffte mit eiserner Altersstarrheit – er war immerhin in den achtziger Jahren, was sich in Deutschland bekanntlich als ein besonders agiles Altersjahrzehnt herausstellt – die letzten Milliardenwerte zusammen und begann, zu spekulieren und an der Inflation zu verdienen. Er gründete neue Fleischerfilialen, bezahlte mit Wechseln, die eine Woche später nichts mehr wert waren, versprach Warenlieferungen in einem festen Wert, und lieferte dann nur den Tageswert... kurzum, der alte Sulzmann war mitten im täglichen Leben und kämpfte wie ein weißmähniger Löwe um seinen Lebensabend und um das Erbe seiner Kinder und Enkel.

Daß ein solcher Spekulant nicht als Leumund eines Offiziers am Platz war, sah Heinrich Emanuel bitter enttäuscht ein, als Baron v. Perritz von den Transaktionen des rüstigen Achtzigers berichtete.

In letzter Minute fiel Schütze ein neuer Zeuge ein.

Er ging zu dem Kinderarzt Dr. Langwehr und bat ihn um Unterstützung. Dr. Langwehr war dazu sofort bereit.

»Sie haben meine Worte gut verstanden«, sagte er. »Nur eines muß ich Ihnen noch sagen: Seien Sie vorsichtig, Heinrich Emanuel. Die Welt hat sich gedreht. Nicht, daß der Deutsche immer und ewig marschieren wird ... er kann ja nicht anders. Er wird mit den Knobelbechern geboren. Wenn die geistige Aufnahmefähigkeit des Säuglings gesteigert werden könnte, wäre es möglich, daß die Säuglinge eines Tages mit ihren Schnullern präsentieren. Nur – nach den geopferten 1,5 Millionen Männern ist das Volk in zwei Teile gespalten. Die einen wollen Frieden, die anderen träumen von neuem Glanz der Uniform. Seien Sie wachsam ... schlagen Sie sich auf die Seite, die im Recht ist.«

»Das wird die Uniform sein«, sagte Schütze steif.

Er brauchte keine Belehrungen. Am allerwenigsten von einem solchen Sarkastiker, wie es Dr. Langwehr war. Der Mann dachte undeutsch, das war klar ... aber als Bürge war er immerhin brauchbar. Deshalb schwieg Schütze mit großer Selbstbezwingung, auch als Dr. Langwehr nickte.

»Diese Antwort paßt zu Ihnen. Also gut. Schon einmal habe ich die Hand über Sie gehalten. Damals, um Sie überleben zu lassen, damit Sie sehen lernen. Heute tue ich es wieder ... weil Sie die falsche Brille aufhaben. Vielleicht kommen Sie eines Tages zu mir und sagen: Lieber Doktor – verpassen Sie mir andere Gläser.«

»Vielleicht –« Schütze verabschiedete sich steif. »Auf jeden Fall müssen wir die Heimat schützen ...«

»Vor wem?«

»Vor den Russen –«

»Wissen Sie nicht, daß Ihr baldiger Chef der Heeresleitung Seeckt Verbindungen zur Roten Armee aufnehmen will? Zur gemeinsamen Ausbildung?«

»Das ist nicht wahr!« rief Schütze empört.

»Fragen Sie Ihren Onkel Generalmajor.« Dr. Langwehr klopfte Schütze auf die Schulter. »Nennen Sie ihm mal den Namen General Tuchatschewsky. Fragen Sie mal, was mit den 80 000 Mann los ist, die als ›Arbeitskommandos‹ wohl dem Innenminister Severing unterstehen, aber von der Reichswehr besoldet, untergebracht und ausgebildet werden. Fragen Sie, wieso es kommt, daß diese 80 000 Mann dem Oberstleutnant Fedor v. Bock, Chef des Stabes der in Berlin stationierten 3. Reichswehrdivision, unterstehen. Es ist die

›Schwarze Reichswehr‹, mein Lieber, ein Verschwörerhaufen, in dem die wieder für die Fahne begeisterten Studenten von Berlin, Jena, Leipzig und Halle eine Zukunft sehen, eine Zelle des Widerstandes gegen die Republik, einen Bund mit dem Ziel, Rache für Versailles zu nehmen. Soll ich Ihnen noch andere Namen nennen? Kurt v. Schleicher, Kurt v. Hammerstein, Eugen Ott, Oberleutnant Schulz, der 1922 im Fort Gorgast bei Küstrin den ›Bund Fridericus Rex‹ gegründet hat und jetzt mit seinen Mannen vollzählig in diesem ›Arbeitskommando‹ ist. Wo soll das hin, Herr Hauptmann a. D.?«

»Das weiß ich nicht. Das interessiert mich auch nicht. Ich bin kein Politiker, sondern Offizier.«

»Aber in Deutschland fangen die Offiziere an, Politiker zu werden. Denken Sie sich gar nichts dabei?«

»Nein«, sagte Heinrich Emanuel starr. Er verabscheute auf einmal diesen Dr. Langwehr. Der Arzt nickte mehrmals.

»Ihr ›Nein‹ ist gut. Es beweist, daß man Sie braucht. Aus Männern, die aus der Vergangenheit nichts gelernt haben, rekrutierte sich schon immer die deutsche Politik. Vielleicht ist diese Sturheit Deutschlands geschichtliche Stärke ... wer kann's jetzt schon überblicken?« Er klopfte Schütze wieder auf die Schulter, was dieser unangenehm, ja fast beleidigend empfand. »Ich bürge für Sie. Natürlich. Es ist für mich fast ein Sadismus, Sie den Deutschen wieder zur Verfügung zu stellen ...«

Auf der Straße, der Schildergasse von Köln, sah Heinrich Emanuel noch einmal das weiße Emailleschild an. Er nahm sich vor, daß dies sein letzter Besuch gewesen sein sollte.

Amelia erzählte er nichts davon. Im Gegenteil. Er sagte:

»Ein lieber Kamerad, du weißt, der Stabsarzt Dr. Langwehr, macht den dritten Bürgen. Ein netter Mensch. Es wird jetzt wohl alles klargehen ...«

Und es ging alles klar. Schütze wurde zu einer letzten Eignungsprüfung nach Berlin bestellt. Zum Chef der Heeresleitung. Er nahm sein halbfertiges Buch mit. »Das Deutsche Heer als Träger der Staatsidee.« Von Arminius bis Hindenburg.

Schütze nahm sich vor, wenn es nötig war, noch ein Kapitel dazuzuschreiben und die Skala bis zu General v. Seeckt zu erweitern.

Für eine Karriere ist es immer wichtig, mit den Oberen in Kontakt zu bleiben.

132 Milliarden ... das war die Summe, die Deutschland als Reparationen zahlen sollte. Und es hatte unterschrieben.

Es war klar, daß diese Summe Wahnsinn war. Als Deutschland nicht mehr zahlen konnte, besetzten die Franzosen die Ruhr und holten sich die Gelder in Kohle und Stahl heraus. Neue Freikorps entstanden, kämpften gegen die Reparationserzwinger. Ritter v. Epp wurde zu einem Begriff des Widerstandes. Der Ruhrkampf riß an den Nerven der Völker. 1923 erklomm die Inflation eine Höhe, die nicht mehr errechenbar war. Morde, Femegerichte, Überfälle, Sabotagen, Streiks, Selbstmorde, Erschießungen, Verbannungen füllten die Tage aus. Der Freikorps-Offizier Albert Leo Schlageter, der im Ruhrkampf gegen die Franzosen das Unmögliche wahrmachen wollte, nämlich die Geburt der Vernunft, wurde am 25. 5. 1923 auf der Golzheimer Heide bei Düsseldorf von den Franzosen standrechtlich erschossen. Sein Name wurde zum Fanal, seine Tat in völliger Verkennung zum Schlachtruf der Revanchisten.

Durch die Straßen marschierten die Kommunisten. Deutsche schossen auf Deutsche. Sechs Tage nach der Rückkehr Amelias aus der Frauenklinik wurde Christian-Siegbert auf der Straße verprügelt. Er sagte trotz dringlichen Verhörs nicht aus, wer es war. Auch war nie zu erfahren, wer eines Tages an die Tür der Schützes den Zettel geklebt hatte mit dem Spruch:

>   Gestern schoß er um die Wette –
>   heut' verkauft er Abfallfette!

Heinrich Emanuel schäumte. Er benachrichtigte die Polizei, er schrie von seinen Rechten als Staatsbürger, er verlangte eingehende Recherchen in der Nachbarschaft. Die Polizei zuckte die Schultern.

»Ziehen Sie weg«, riet sie Schütze. »Wir können erst etwas tun, wenn wir Anhaltspunkte haben.«

»Soll ich mich mit meiner Familie erst totschlagen lassen?«

»Das wäre allerdings ein Grund zum Eingreifen«, belehrte man ihn.

Aus diesem Zustand der Auflösung befreite ihn ein Schreiben aus Münster. Das Wehrkreiskommando VI teilte mit, daß er sich am kommenden Freitag bei Generalmajor v. Perritz zu melden habe zwecks Übernahme in die Reichswehr.

»Sie werden als Offizier z. b. V. dem 18. Infanterieregiment zugeteilt«, stand in dem Schreiben. »Sie haben sich beim Chef der 14. Kompanie, Herrn Hauptmann v. Poltach, zu melden. Ihre Garnison ist Detmold. Weiteres erfahren Sie vom Kommandeur des Wehrkreises VI in Münster . . .«

Heinrich Emanuel saß wie erstarrt vor dem Brief, als er abends nach Hause kam, nach einem anstrengenden Tag des Margarinegeldkassierens. Es war immer ein unbeliebter Tag, denn selten bekam Heinrich Emanuel beim ersten Besuch auch sein Geld. Selbst Entblößungsszenen wie bei Frau Sülke aus der Thieboldsgasse regten ihn nicht mehr auf. Sie waren mit der Wertlosigkeit des Geldes potentiell angestiegen. Nur überrumpeln ließ er sich nicht mehr. Machte ihm eine Frau im Morgenrock die Tür auf, blieb er auf dem Treppenflur stehen und verlangte lauthals sein Geld. Das half meistens. Die Tür wurde zugeschlagen.

»Endlich«, sagte Schütze feierlich, als er den Brief Amelia vorgelesen hatte. »Nach Detmold. Freust du dich . . .?«

»Detmold soll schön sein . . .« Amelia spülte das Geschirr.

»Als Offizier z. b.V.? Ob das bedeutet, daß ich eines Tages in den Generalstab komme?«

»Sicher –«

»Das macht mein Buch. Bestimmt macht es mein Buch. Es hat beim Chef des Heeres Aufsehen erregt. Glaubst du das auch?«

»Ja.« Amelia nickte. Was sollte sie ihm sagen? Onkel Eberhard hatte ihr geschrieben. An sie persönlich. Und sie hatte den Brief sofort über der Gasflamme verbrannt. »Sag deinem Mann«, hatte der Generalmajor geschrieben, »er soll die Taktik denen überlassen, die dafür verantwortlich sind. Wenn sein Buch jetzt erschiene, könnte es Anlaß werden, uns alle zu entwaffnen. Um das zu verhindern, will ich ihn unter meinen Augen haben . . .«

Heinrich Emanuel kaufte an diesem Abend eine Flasche Wein für 37 Milliarden. Als die Kinder schliefen, entkorkte er sie, hob dann sein Glas und brachte vor Amelia einen Toast aus.

»Auf die Rückkehr zum Menschen!« rief er mit glänzenden Augen. »Auf unsere Widergeburt! Blicken wir ehern in die Zukunft und erfüllen wir das große Wort Lagardes: ›Es gibt für den Menschen nur eine Schuld: Die, nicht er selbst zu sein!‹ – wir wollen nie mehr in dieser Schuld leben! Hurra!«

Er trank das Glas in einem Zug, dann umarmte er Amelia.

»Ich bin so glücklich«, stammelte er. »So glücklich. Ich werde wieder eine graue Uniform tragen . . . Ist das Leben nicht schön?«

»Ja . . . Es ist schön . . .«, nickte sie.

Dann legte sie ihr schmales Gesicht gegen seine Brust und weinte bitterlich.

Da er glaubte, sie weine vor Glück, streichelte er ihr zärtlich über die Haare . . .

Die Ankunft in Detmold war etwas getrübt.

Generalmajor v. Perritz hatte schon in der ersten Minute des dienstlichen Gespräches mit dem neuen Reichswehrhauptmann Schütze gesagt:

»Ihre Denkschrift, mein Lieber, bleibt im Tresor. Der Chef des Stabes verbietet die Herausgabe. Sie ist geheim. Verstanden?«

Schütze erschauderte innerlich. »Jawoll«, sagte er heiser vor Erregung. »Ist sie so gut ...?«

»Sie eilt den Ereignissen voraus«, antwortete v. Perritz ausweichend. »Ich möchte auch keine Diskussion im Kameradenkreis darüber, verstanden?«

»Zu Befehl!«

Dann reiste Schütze weiter nach Detmold. Seine Aufgabe, die er erhalten hatte, war mehr verwaltungsmäßiger Natur. Er sollte koordinieren. Er sollte Verbindungen zu Freikorps pflegen, zu Soldatenverbänden. Er sollte die Tradition vertreten. Er sollte in den Schulen Vorträge halten, vor allem vor Abiturientenklassen und jungen Studenten.

»Die Themen bekommen Sie ausgearbeitet ... Sie haben nur vorzutragen«, sagte ihm ein Oberst im Generalstab. Dann lachte er und reichte Schütze die Hand. »Was wir alles machen in der Reichswehr, was? Sogar uniformierte Rezitatoren ...«

Das war das, was des neuen Hauptmann Schützes Höhenflug bremste. Mißmutig kam er in Detmold an, ließ sich zur Kaserne fahren und hielt vor dem Kasernentor einen Unteroffizier an, der grüßend an ihm vorbeischritt.

»Sie da!« rief Heinrich Emanuel. »Kommen Sie mal her! Als Unteroffizier müßten Sie wissen, in wieviel Abstand man zu grüßen hat! Es war ein Schritt zu spät...«

Der Unteroffizier starrte den fremden Hauptmann an. Dann wurde er rot im Gesicht, machte kehrt, rannte zehn Schritte zurück, wendete und marschierte noch einmal auf Schütze zu. Genau, wie es sein sollte, fünf Schritte vor der Begegnung, zuckte seine Hand hoch. Heinrich Emanuel nickte zufrieden.

»Gut so«, sagte er jovial. »Merken Sie sich eins, Unteroffizier: Manneszucht ist die Urzelle des Erfolges ...«

Der Vorfall sprach sich bei der 14. Kompanie herum, noch bevor sich Schütze bei Hauptmann v. Poltach vorstellte.

Er hatte sich gut eingeführt. Jeder wußte nun, was man von ihm zu erwarten hatte. Man war gespannt auf ihn.

VIII

Sein erstes Auftreten im Offizierskasino fiel mit einem Gedenktag zusammen: Am 9. November 1923 gedachte man der vor fünf Jahren erfolgten Abdankung Kaiser Wilhelms II. Nicht nur die Offiziere der Reichswehr waren im Kasino ... von den Soldatenverbänden, von monarchistischen Gruppen, sogar von ehemaligen Offizieren, die jetzt in sozialistischen Parteien lebten, waren Abordnungen gekommen.

Unter der Fahne des alten Infanterieregimentes Graf Bülow von Dennewitz (6. Westfälisches) Nr. 55, dessen Tradition die 14. Kompanie übernommen hatte, stand an einem Rednerpult, mit der neuen Reichskriegsflagge überzogen, Heinrich Emanuel Schütze und hielt die Festrede.

»Kameraden!« rief er mit glänzenden Augen. »Blicken wir nicht mehr in die Vergangenheit ... sie war groß, und sie ist tot, gemeuchelt von jenen Elementen, die heute die Kriegsschuld Deutschlands anerkennen und 135 Milliarden bezahlen wollen ... Blicken wir auch nicht in die Jetztzeit ... sie ist mit ihrer Inflation, der Ruhrbesetzung, dem Ruhrkampf, den Streiks, eine offene Wunde am Körper unserer Nation! Nein – sehen wir in die Zukunft! Sehen wir, was wir erwarten dürfen: ein neues Deutschland, dem wir das neue Gesicht geben werden. Wir, die alten Frontsoldaten, die Kameraden von Verdun. Die Namenlosen des großen Krieges, die man verraten hat. Noch sind wir nur 100 000 gläubige Männer in grauer Uniform, aber hinter uns steht bereits wieder das Herz der deutschen Jugend. Wollen wir diese Herzen festhalten, wollen wir sie erobern, wollen wir unsere ganze Kraft –«

Heinrich Emanuel sprach über eine Stunde. Er verbreitete Begeisterung um sich, er ließ sich wegtragen von seinen Gedanken und fand Worte, die Tränen der Ergriffenheit in die Augenwinkel trieben und die Tränensäcke der alten Offiziere aufquellen ließen.

Dann stand man stramm, sang das Deutschlandlied, senkte die Fahnen. Es war feierlich, wirklich.

Am Abend allerdings wurde diese Stimmung jäh unterbrochen. Die Reichswehr wurde in Alarmstufe I versetzt. Auf dem Kasinoklavier spielte ein junger Leutnant gerade den Trauermarsch aus der »Götterdämmerung« von Wagner. Der Kommandeur lauschte versonnen, Heinrich Emanuel sah vor seinem geistigen Auge den blanken Schild, auf dem die Mannen Gunthers den erschlagenen Siegfried hinwegtrugen ... ein Symbol des hinterrücks erdolchten

Deutschlands. In diesem Augenblick erschien ein Kurier, beugte sich von hinten an das Ohr des Kommandeurs und flüsterte etwas. Der Oberstleutnant zuckte zusammen, sprang auf und winkte dem jungen Leutnant am Klavier zu. Jäh unterbrach er das Spiel ... der letzte Mollakkord klang klagend im stillen Raum nach.

»Meine Herren!« sagte der Kommandeur mit belegter Stimme. »Soeben bekomme ich die Meldung, daß in München am heutigen 9. November ein Putsch, eine Revolution versucht worden ist. Die kleine Nationalsozialistische Partei unter Führung Adolf Hitlers hat versucht, durch einen Gewaltmarsch die bayerische Regierung zu stürzen. Vor der Feldherrnhalle ist der Putsch unter den Schüssen der Regierungstruppen zusammengebrochen. Es besteht Gefahr, daß diese Revolutionswelle auch nach Preußen überspült. Wir haben ab sofort Alarm I und Ausgangssperre.« Der Kommandeur schluckte, ehe er weitersprach: »Unter den Revolutionären befand sich auch – unser Ludendorff ...«

»Nein!« rief Heinrich Emanuel entsetzt. »Ludendorff? Wer kann das begreifen! Man sollte annehmen, daß er genau weiß ... Vielleicht war es doch eine gute Sache –«

»Dieser Hitler war Gefreiter –«

»Ein General unter einem Gefreiten?« Schütze sah hilflos um sich. »Begreifen Sie das, meine Herren?«

Niemand begriff es. Der Oberstleutnant wischte sich über das Gesicht. Er schwitzte. Es war kalter Schweiß.

»Wie dem auch sei«, sagte er heiser, »es war eine Revolution. Ludendorff war dabei, ein Hauptmann Göring, der letzte Kommandeur des Richthofengeschwaders...«

»Es ist unglaublich!« Heinrich Emanuel Schütze sah sich im Kreise um. Er sah ernste, zum Teil verständnislose Gesichter. »Nehmen wir diesen Hitler nicht zu leicht, meine Herren! Wer einen Ludendorff für sich einnehmen konnte, wer einen Kriegshelden des Pour le mérite wie Göring begeistert – dieser Mann muß beobachtet werden! Wo kommt dieser Hitler eigentlich her?«

»Aus Österreich«, sagte einer von den sozialistischen Abordnungen. »Oder aus Böhmen ... Er soll früher Landstreicher gewesen sein.«

»Und heute ein Kampfgefährte Ludendorffs? Der Mann ist ja gefährlich –«

Der feierliche Abend war zerstört. Jeder eilte nach Hause, die neuesten Meldungen aus dem Radio zu hören. In der Kommandantur liefen die Meldungen bündelweise ein. Das Reichswehrministerium, der Chef der Heeresleitung, der Wehrkreiskommandant ... alle gaben Befehle durch. In den Kasernen wurden die scharfen Munitionen ausgegeben. Gegen Quittung. Jeder abgefeuerte scharfe Schuß mußte belegt werden. Warum, und wo, und um welche Zeit. Und mit welcher Wirkung.

Heinrich Emanuel Schütze schlief in dieser Nacht schlecht. Er ging in seinem Kasernenzimmer unruhig hin und her, besuchte Hauptmann v. Poltach und unterhielt sich mit ihm über diesen Hitler.

»Ein Eiferer«, sagte v. Poltach und bot Schütze eine Zigarre und einen Kognak an. »Nehmen Sie das doch nicht so wichtig, lieber Schütze. Auch ein Ludendorff kann sich irren. Es war eine Art Panikhandlung des Mannes ... sein Deutschland ist am Boden. Können Sie es ihm übelnehmen, daß er auf einen Agitator 'reinfiel, der ein neues Deutschland versprach?«

»Aber ein Gefreiter? Ein Landstreicher?«

»Kriege werten soziale Begriffe ab. Das ist immer so. Vergessen Sie diesen Hitler – das sind Eintagsfliegen in unserer unruhigen Zeit. Der Denkzettel an der Feldherrnhalle war genug.«

Schütze ging zurück auf sein Zimmer. Er hatte ein ungutes Gefühl. Warum, das wußte er nicht zu sagen. Er schrieb in der Nacht noch an Amelia nach Köln.

»Liebes – nächsten Monat haben wir unsere neue Wohnung. Weihnachten feiern wir in Detmold. Unser Lebensweg ist jetzt fest. Nur eines macht mir Sorgen. In München hat ein Hitler einen Putsch versucht. Mit unserem Ludendorff an der Spitze. Wenn das Schule macht, wird bald ein Riß durchs Offizierskorps gehen. Das wäre schrecklich für uns alle ...«

In den nächsten Tagen sammelte Schütze Berichte über Hitler. Er ließ sich vom Führungsstab in Berlin Material kommen. Dann hielt er wieder seine Vorträge vor Abiturienten ... in Detmold, in Höxter, in Paderborn, in Lüneburg ... Er sprach auch über diesen ominösen 9. November 1923 in München, der, je weiter nördlich man in Deutschland kam, immer weniger beachtet wurde. Schütze sah das als einen groben Fehler der Propaganda an. Er hatte sich, soweit das möglich war, mit dem Programm der NSDAP auseinandergesetzt. Auf den ersten Blick sah es gut aus. Es versprach ein neues nationales Deutschland. Eine Streichung von Versailles. Sozialen Wohlstand. Neue Blüte der Wirtschaft.

Aber auf den zweiten Blick war alles nur eine Seifenblase. Vor allem für Heinrich Emanuel. Wie kann ein Gefreiter jemals einen

Staat regieren, dachte er. Ein verkrachter Postkartenmaler? Das ist eine Wahnidee.

Wieder verfaßte Schütze eine Schrift und reichte sie nach Berlin zum Chef der Heeresleitung ein: »Wie kann Deutschland vor extremistischen Gruppen geschützt werden? – Eine Studie über die staatlichen Aufgaben der Reichswehr.«

Er hörte nichts wieder von seiner Schrift. Nur eine Eingangsbestätigung bekam er.

Einmal müssen sie auf mich aufmerksam werden, dachte er. Einmal komme ich in den Generalstab. Dann wird es einem Mann wie diesem Hitler nie möglich sein, auf dem Rücken verblendeter Massen oder Generäle emporzusteigen.

Im Dezember zog die Familie Schütze von Köln nach Detmold. Sie bekamen eine neuerbaute Wohnung in der Nähe der Kaserne. Die Reichswehr hatte den Bau übernommen, nachdem der Bauherr durch die Inflation nach Fertigstellung des Rohbaues Selbstmord begangen hatte. Man fand ihn eines Morgens am Gebälk des gerichteten Daches hängen, die Taschen voller unbezahlter Rechnungen.

Ein Winter in Detmold ist immer still. Die schöne, alte Residenzstadt versinkt dann in einen Dornröschenschlaf. Nur das Theater spielt, im Schloß finden Serenadenkonzerte statt. Das ehrbare Bürgertum und die durch Schiebungen emporgekommenen Inflationsgewinner bilden dann das klatschende Publikum. Auf dem zugefrorenen Ringgraben des Schlosses wird Schlittschuh gelaufen. An sonnigen Schneetagen fährt man hinaus zum Hermannsdenkmal, dessen hochgestreckte Schwertspitze weit über den Teutoburger Wald leuchtet.

Auch Heinrich Emanuel Schütze machte Ausflüge. Er fuhr zum Hermannsdenkmal und zeigte dem schon etwas verständigen Christian-Siegbert den bronzenen Krieger.

»Das war einer unserer großen germanischen Helden«, erklärte er. »Wenn du einmal größer bist, wird dir der Papa noch viel von ihm erzählen.«

Der kleine Christian-Siegbert sah verblüfft auf die Riesengestalt und das emporgereckte Schwert.

»Warum macht er immer so –?« fragte er und streckte auch das Ärmchen hoch in die Luft. Heinrich Emanuel lächelte mild.

»Er ruft seine Krieger zur Schlacht...«

»Warum denn, Papa?«

»Weil er siegen will.«

»Warum will er siegen, Papa?«
»Weil er kämpft ...«
»Warum kämpft er, Papa?«
»Weil man ihm sein Land wegnehmen will ...«
»Warum will man es ihm wegnehmen, Papa?«
»Weil es böse Menschen sind.«
»Warum sind es böse Menschen, Papa?«
»Weil sie – komm, Christian-Siegbert.« Heinrich Emanuel nahm seinen Sohn an der Hand und verließ den Hermannshügel. In dem Café am Fuß des Berges kaufte er Christian-Siegbert ein Hefeteilchen mit Puddingfüllung und eine kleine Nachbildung des Hermann aus Gips, mit Silberbronze bemalt.

Wenige Tage später beobachtete er zufällig Christian-Siegbert. Der Kleine hatte sich aus Holzlatten ein Schwert genagelt. Mit diesem stand er im elterlichen Schlafzimmer vor dem Spiegel des Kleiderschrankes und streckte das Holzschwert hoch empor.

Leise verließ Heinrich Emanuel das Zimmer. In der Küche sagte er zu Amelia: »Um den Jungen ist mir nicht bange. Er hat die richtigen Anlagen ...«

Als er an diesem Abend nach Hause kam, empfing ihn das wilde Wehgeschrei seines Sohnes.

»Die Mama!« schrie Christian-Siegbert. »Die Ma--ma ... Sie hat mein Schwert zerbrochen ... Überm Knie ...«

Heinrich Emanuel sah strafend zu Amelia. Sie erwiderte seinen Blick standhaft. Kampfbereit. Eine gereizte Löwin.

Schütze wußte, daß sie wieder das Schlafzimmer abschließen würde, wenn er jetzt etwas sagte. Da schwieg er, setzte sich an den Tisch und aß sein Abendbrot.

Man muß opfern können, tröstete er sich. Halten wir die Politik aus der Ehe heraus. Frauen denken ja doch nur von einem Kochtopf zum anderen....

Aber er kaufte Christian-Siegbert ein neues Schwert. Ein richtiges, schönes, silbern bronziert mit einer rot gestrichenen Blutrinne.

Auch das zerbrach Amelia. Stumm. In ihrer Starrheit anklagend und aufreizend.

Sieben Schwerter kaufte Heinrich Emanuel ... siebenmal zerbrach Amelia sie unter riesigem Geschrei Christian-Siegberts.

Da gab es Heinrich Emanuel Schütze auf. Der Schwerterkauf belastete zu sehr sein Gehalt. Und das ist schließlich nicht der Sinn der Sache –

*

Vier Jahre sind eine lange Zeit, wenn man sie abwarten muß. Wer die Tage oder gar die Stunden zählt, daß sie endlich herumgehen, für den sind viermal dreihundertsechzig Tage eine Ewigkeit. Es ist, als liefen sie durch eine Eieruhr. Endlos.

Für Hauptmann Schütze waren vier Jahre herumgegangen, ohne daß er es richtig begriff. Viermal feierten sie Silvester im Kasino, und man wunderte sich, daß es schon wieder hieß: Prosit Neujahr!

»Die Zeit rast«, sagte man philosophisch. »Wo ist sie bloß hin? Nur an den Kindern merkt man es ...«

Christian-Siegbert kam zu Ostern 1927 auf das Detmolder Gymnasium. Heinrich Emanuel meldete ihn persönlich beim Oberstudiendirektor an. Er kam in voller Galauniform, denn es ist für einen Vater ein wichtiger Tag, wenn der Sohn in das Reich der Intelligenz tritt. Es ist der Schritt in die gehobene Gesellschaftsschicht.

Christian-Siegbert war ein guter Schüler auf der Grundschule. Er hatte lauter Zweier und ein paar Einser im Zeugnis. Allerdings diente der älteste Sohn des Lehrers in der 14. Kompanie in Detmold. Aber es wäre vermessen, da irgendwo einen inneren Zusammenhang zu suchen. Christian-Siegbert war wirklich ein aufgeweckter Junge. Wenn die anderen Grimms Märchen lasen, beschäftigte er sich mit den deutschen Heldensagen, die ihm Heinrich Emanuel zu Weihnachten geschenkt hatte und ab und zu auch ihm vorlas. Von Dietrich von Bern und von Beowulf, von Totila und dem schwarzen Gotenkönig Teja. Dann zitterte Schützes Stimme vor Begeisterung, und er las es wie ein gelernter Rezitator. Amelia schwieg zu allem. Nur, wenn Heinrich Emanuel im Dienst war, setzte sie sich mit Christian-Siegbert hin und las mit ihm aus der Bibel.

So wuchs der Junge mit einem über sein Alter hinausragenden Wissen in die höhere Schule hinein.

Nach dem ersten Tag in der Sexta erschien am nächsten Morgen Hauptmann Schütze wieder in Galauniform beim Oberstudiendirektor. Etwas Ungeheuerliches war geschehen – die Sitzordnung in der Klasse stimmte nicht.

In der Viererbank, in der Christian-Siegbert saß, hatte er als Nachbarn den Sohn des Detmolder Kommunistenführers Ewald Schwarz, den Sohn eines Tapezierers und den Sohn des Leiters der Detmolder NSDAP-Kreisgruppe Hugo Nüssling.

Hauptmann Schütze intervenierte beim Schulleiter.

»Das geht nicht«, sagte er scharf. »Auf gar keinen Fall geht das. Der Nüssling und der Schwarz als Nebenmänner meines Sohnes. Ich bitte Sie, Herr Direktor. Ich wünsche, daß mein Christian-Siegbert in eine Bank gesetzt wird, wo er Nebenschüler hat, die sozial und – reden wir schon davon – auch politisch zu ihm passen. Ich möchte von vornherein alle Reibereien vermeiden. Vor allem dieser NSDAP-Junge. Schon am ersten Tag hat er meinem Sohn ein Flugblatt mit diesem Hakenkreuz geschenkt. Getauscht haben sie es: Eine Briefmarke von Deutsch-Ostafrika gegen dieses Flugblatt. Das ist ja Betrug.«

Man setzte den kleinen Schütze in eine andere Bank. Neben den Sohn des Amtsrichters und den Sohn des Försters. Hauptmann Schütze akzeptierte diese Lösung und war zufrieden mit seiner ersten Kampfhandlung gegen die »aufrührerischen Elemente im Volke«, wie er es bei einem Abiturientenvortrag formulierte.

Allerdings konnte er den Kontakt innerhalb der Sexta nicht unterbinden. Die Jungen wurden Freunde. Wenn auch die Väter Schwarz und Nüssling sich öffentlich beschimpften und ihre roten oder braunen Kolonnen gegeneinander führten ... die Söhne spielten zusammen, tauschten Briefmarken, kauften sich von ihrem zusammengelegten Taschengeld eine Schildkröte, spielten Fußball und trafen sich sonnabendnachmittags oder sonntags am Schloß oder hinter dem Theater und veranstalteten Spiele wie »Deutschland besiegt Frankreich« oder »Räuber und Schutzmann«.

Viermal verbot Heinrich Emanuel den schädlichen Umgang mit Braun und Rot ... dreimal verdrosch er Christian-Siegbert derb und konsequent ... dann gab er es auf und beobachtete die Entwicklung, die auf seine Familie zukam. Denn auch der achtjährige Giselher-Wolfram, der im dritten Schuljahr war, kümmerte sich nicht um soziale Unterschiede und spielte auf der Straße, lediglich die stille Uta-Sieglinde blieb mit ihren vier Jahren brav bei der Mutter und kümmerte sich um unpolitische Puppen.

»Wenn es bloß wieder eine Kadettenanstalt gäbe«, sagte Heinrich Emanuel eines Abends. »Christian-Siegbert würde sofort angemeldet.«

»Da hätte ich auch noch ein Wort mitzureden«, meinte Amelia.

»Geht es dir nicht gut als Offiziersfrau?« rief Schütze erbost.

»Wer redet vom täglichen Sattsein? Es geht um Grundsatzfragen. Sollen wir wieder die alten Lieder singen? Warum gibt es Soldaten? Warum kann die Welt nicht friedlich leben und statt Waffen soziale Einrichtungen bauen? Warum müssen immer einige Männer Ideen haben, für die Millionen leiden müssen? Gut – du bist Offizier. Ich achte das. Ich sehe sogar ein, daß es heute Soldaten geben muß –«

»Ach«, sagte Schütze ehrlich verblüfft.

»Ich sehe sogar ein, daß sie zum Aufbau Deutschlands notwendig sind ... aber beantworte mir eine Frage, Heinrich: Warum ist denn Deutschland so zerstört worden? Wer hat denn den Niedergang verschuldet? Der Bäcker an der Ecke? Er mußte die Uniform anziehen und kämpfen, weil es befohlen wurde. Der Milchmann, der Bauer draußen, der Schneider, der Schreiner, der Postbeamte, der Grünwarenhändler, der Förster, die Stadtschreiber, alle, alle haben eine Uniform getragen, lagen vier Jahre in Schützengräben, wurden verwundet, verloren Brüder oder Vettern ... Warum? Weil sie mußten. Weil es ihnen befohlen wurde. Sie kämpften, sie mußten kämpfen, ob sie wollten oder nicht. Ihre Offiziere befahlen: Sprung auf, marsch–marsch ... und sie sprangen auf, sie schossen, sie bluteten, sie starben. Freiwillig? Frag sie alle, ob sie den Krieg gewollt haben. Irgeneiner stand da und befahl ... und wie die Kuhherde, die dem Leitstier nachrennt, gingen sie in den Tod.«

Schütze fühlte sich persönlich angesprochen. Er zupfte nervös an seinem Waffenrock und nestelte an dem EK I herum.

»Auch ich hatte meine Befehle ...«

»Natürlich. Alle, alle hatten ihre Befehle. Je höher man kommt, immer wieder Befehle. Schließlich bleibt nur ein Mann übrig, der, der ganz oben ist, dem keiner mehr befiehlt. Das war damals der Kaiser.« Amelia sah ihren Mann mit großen, fragenden und Antwort heischenden Augen an. »Wie ist es möglich, daß ein Volk von fünfzig Millionen losrennt in den Tod, nur weil *ein* Mann es befiehlt?«

»Der Kaiser hat keine Schuld –«

»Wer dann? Denn alle anderen unter ihm sagen, wenn man sie fragt: Ich hatte einen Befehl. Irgendwo ist doch hier ein Wahnsinn mit Methode im ganzen Militärgeschäft.«

Hauptmann Schütze verzichtete darauf, Amelia einen Vortrag über die Notwendigkeiten kriegerischer Lösungen zu halten. Er winkte ab, so wie man eine lästig um die Nase brummende Fliege abwehrt, und setzte sich in einen neuen Ohrensessel.

»Du solltest dich mehr mit der Gegenwart beschäftigen«, sagte er milde. »Wir haben die Inflation überwunden. Unsere Außenpolitik ist durch Stresemann geachtet. Unser Präsident Ebert ist ein rechtschaffener Mann ... «

»... und euer Chef der Heeresleitung, Seeckt, betreibt unter den Augen des Reichswehrministers Geßler seit fünf Jahren eine heimliche Aufrüstung ...«

»Du siehst Gespenster. Im übrigen: Woher weißt du das?«
»Man hört so allerlei ...«
»Von Kommunisten. Von Pazifisten.«
»Die den Frieden lieben, sind nicht die schlechtesten Menschen ...«
»Man sollte verzweifeln.« Schütze knöpfte den Kragen seiner Uniform auf. »Wenn ich sehe, daß meine Kinder mit diesen Schwarz' und Nüsslings spielen ...«
»Ist es schlimm, wenn die Kinder menschlicher denken als ihre Väter?«
»Es ist würdelos.« Dann schwieg er. Er sah, daß er wieder zu weit gegangen war. Amelia versteinerte. Mit ihr war kein politisches Gespräch zu führen. Sie schlug völlig aus der Art der v. Perritz'. Er knöpfte seinen Kragen wieder zu und ging ins Offizierskasino.

Auf seine Anregung hin hatte man einen großen Sandkasten gebaut. Er stand in einem Nebenzimmer, wo man früher Billard spielte. Seit drei Wochen gab Hauptmann Schütze dem Unteroffizierskorps und den jungen Leutnants taktischen Unterricht.

Nur ungern dachte Schütze an die Sandkästen, die er ab 1913 überall, wo er war, gebaut hatte. In diesen Kästen hatte er theoretisch den Krieg gewonnen ... Daß die Oberste Heeresleitung anders marschieren ließ, als er es überblicken konnte, war ihm oft unverständlich gewesen. Manchmal hatte er verzweifelt vor seinen Truppenverschiebungen gehockt und sich gewünscht, Hindenburg oder Ludendorff zu sein. Vielleicht wäre dann alles anders geworden, dachte er im stillen und erschauerte fast vor diesem Gedanken.

Jetzt war das etwas anderes. Man hatte aus Fehlern gelernt. Und wenn die Reichswehr auch nur Panzerwagen aus Pappe und Holz hatte, wenn sie auf Pappkameraden schoß und mit dicken Holzröhren die schwere Artillerie vortäuschte – im Hintergrund stand die große Hoffnung, daß einmal das alles, was heute Attrape war, wirklich dastand. Dann würden Offiziere und Mannschaften vor keinen Fremdkörpern mehr stehen, sondern wissen, wie jeder Handgriff gemacht wurde.

Im Kasino saß der Kommandeur und trank eine Flasche Mosel. Er lud Schütze zu einem Glase ein.

»Haben Sie gehört«, sagte der Oberstleutnant. »Der Hitler hat ein Buch geschrieben. ›Mein Kampf‹ nennt er das. Auf der Festung geschrieben, in Landsberg. Das wäre eine Lektüre für Sie. Muß ja allerhand konfuses Zeug drinstehen, habe ich mir sagen lassen. Nur eins scheint dieser Hitler erfaßt zu haben: Wir brauchen ein schlagstarkes Heer, soll er geschrieben haben ...«

»Wirklich? Das schreibt er?« Schütze trank in strammer Haltung sein Glas Moselwein. »Ich werde mir das Buch sofort beschaffen und dann einen Vortrag halten, Herr Oberstleutnant.«

Er ließ an diesem Abend die Sandkastenstrategie ausfallen und ging wieder nach Hause. Manchmal haben auch Gefreite gute Gedanken, dachte Heinrich Emanuel, als er im schwachen Schein einer Tischlampe an seinem Schreibtisch saß. Man sollte sich mit diesem Hitler wirklich ernsthafter beschäftigen. Ein Mann, der an eine neue, starke, deutsche Wehr denkt, kann im Grunde nicht so schlecht sein. Wehrhaft denken heißt deutsch denken . . .

Heinrich Emanuel beschloß, sich ›Mein Kampf‹ zu besorgen.

An einem dieser strengen Wintertage geschah etwas Schreckliches.

Der Schloßteich war seit zwei Wochen gefroren. Die Jugend Detmolds lief auf seinem Eis Schlittschuh . . . Am Abend waren es die Liebespaare, am frühen Morgen die Bäckerjungen.

Sei es, daß es in der Nacht milder geworden war – man wußte es nicht zu erklären –, am nächsten Tag gegen Mittag brach Christian-Siegbert durch das Eis des Teiches und versank. Auf dem Heimweg von der Schule hatte die Klasse noch schnell ein paar Runden auf dem Eis gedreht.

Mit ihren Schlittschuhen, mit Fäusten und mit Fußtritten erweiterten Ewald Schwarz und Hugo Nüssling das Einbruchsloch. Dann sahen sie sich kurz an, und während die anderen Schüler weiter das Eis aufhackten, sprangen die beiden Jungen in das klirrendkalte Wasser und tauchten nach dem versunkenen Christian-Siegbert.

Dreimal kamen sie hoch, schnappten nach Luft, blau im Gesicht, mit klappernden Zähnen . . . beim viertenmal hatten sie den jungen Schütze an den Haaren gepackt und stemmten ihn über den Eisrand. Hilfreiche Hände nahmen den Jungen ab . . . dann stiegen sie aus dem Wasser und liefen, um nicht zu erfrieren, mit den Armen um sich schlagend und hüpfend, triefend nach Hause.

Ein Wagen der inzwischen alarmierten Feuerwehr brachte Christian-Siegbert nach Hause. Heinrich Emanuel war zufällig anwesend, als man auf einer Bahre den dick in Decken gehüllten Jungen ins Haus trug. Amelia schrie gellend auf.

Heinrich Emanuel stand starr in der Tür, unfähig, sich zu regen. Nur seine Backenmuskeln drückten sich zitternd durch die Haut. Seine Augen wurden rot.

»Papa«, sagte Christan-Siegbert leise. »Nicht schimpfen. Ich kann nichts dafür. Bestimmt nicht. Auf einmal krachte es, und ich weiß von nichts mehr ...«

»Einen Arzt«, stammelte Schütze. »Einen Arzt! Sofort einen Arzt!«

»Ist schon unterwegs«, sagte einer der Feuerwehrmänner.

Als der Arzt kam, saß Schütze an Christian-Siegberts Bett und flößte ihm Tee ein. Amelia rieb den Körper mit warmen Tüchern ab; der Schweiß lief ihr dabei übers Gesicht.

»Ich habe schon alles genau gehört«, sagte der Arzt. Er stellte fest, daß keine ernsthafte Gefahr bestand, verordnete drei Tage Bettruhe und gab ein Nervenberuhigungsmittel, damit der Junge keinen Schock erlitt. »Der Schwarz und der Nüssling haben ihn gerettet«, sagte er. »Da muß ich auch noch hin. Die Kerle sind triefend durch die Kälte nach Hause gelaufen. Der Schwarz soll sich die linke Hand angefroren haben. Das sind tapfere Jungen, Herr Hauptmann! Ohne die ...«

Er sprach den Satz nicht aus. Aber jeder wußte, was gemeint war.

Am Nachmittag ging Hauptmann Schütze weg.

In der Schloßstraße zögerte er einen Augenblick. Dann betrat er ein Café, kaufte Schokolade, ging weiter, kaufte in einem Spielwarengeschäft zwei Panzerwagen mit Gummiraupen, zwei Kanonen, aus denen man mit Erbsen schießen konnte, und zwei Spiele »U-Boote versenken«. Bepackt mit diesen Paketen marschierte er weiter bis an den Stadtrand und suchte in einer Siedlung nach dem Haus Nummer 39.

Anton Schwarz, Werkmeister in einer Spinnerei, sah erstaunt auf die Hauptmannsuniform, die er beim Öffnen der Tür erblickte. Dann stieß er die Tür auf und trat zur Seite.

»Herr Schütze – Sie –?« fragte er ehrlich verblüfft.

Heinrich Emanuel biß die Zähne aufeinander. Daß Schwarz ihn einfach »Herr Schütze« nannte und nicht – wie es sich gehörte – »Herr Hauptmann«, war ein unsichtbarer Schlag. Schütze überwand ihn in einem Anfall von Güte und trat in die kleine Wohnung. Im Zimmer – der Wohnküche – roch es nach Erbsensuppe. Unangenehm wurde Heinrich Emanuel an seine Zeit als Margarineverteiler erinnert. Er war völlig aus der Bahn des vorgefaßten Planes geworfen, als er auf einem Tablett die typische Verpackung sah, die er monatelang mit sich herumgeschleppt hatte ... auf blauem Grund eine aufgehende Sonne. Margarine »Morgenröte«.

»Ich bin gekommen, Herr Schwarz«, sagte er knapp, abgehackt, militärisch, »um mich bei Ihrem tapferen Sohn zu bedanken. Er hat meinem Jungen das Leben gerettet –«

»Das war doch selbstverständlich«, sagte Werkmeister Schwarz verlegen. »Das ist doch Menschenpflicht. Die Jungs sind doch Kameraden –«

»Eben. Die Kameradschaft ist die größte Tugend des Mannes. Wenn Kinder sie schon kennen, bis zum Angesicht des Todes ... ich muß Ihrem Sohn meinen Dank bringen.« Heinrich Emanuel sah den Werkmeister Schwarz an. Ein ganz netter Mann, dachte er. Klein, dicklich, gemütlich. Ein braver Bürger. Wie kann so etwas nur Anführer einer Kommunistengruppe sein? Es ist unverständlich, wie damals der Marsch Ludendorffs mit Hitler zur Feldhernhalle.

»Meinem Jungen geht es gut«, sagte er, etwas freier in der Stimme.

»Meinem auch. Nur die linke Hand ... aber das ist in ein, zwei Wochen wieder gut. Erfrierung ersten Grades, sagt der Arzt. Nicht der Rede wert. Hauptsache, daß Ihr Junge lebt ...«

»Ich danke Ihnen.« Schütze drückte Schwarz die Hand. »Kann ich Ihren Jungen sprechen ...?«

»Aber ja. Ist ein bißchen eng bei uns. Sie müssen entschuldigen. Aber als Werkmeister, na ja ... zum Leben reicht es ja.«

Sie gingen ins Schlafzimmer. Ewald lag im Bett und lächelte, als der Hauptmann an sein Bett trat und ihm die Hand hinhielt.

»Na, mein kleiner Held«, sagte Schütze aus vollem Herzen. »Wie geht's? Bist ja ein tapferer Junge. Und damit dir die Zeit nicht lang wird, habe ich dir etwas mitgebracht.«

Er legte die Schokolade aufs Bett. Dann packte er einen Karton aus ... den Tank, die Kanone, das U-Boot-Spiel. Die Augen des Jungen tasteten zu Vater Schwarz hin. Fragend, bettelnd. Schütze drehte sich erstaunt um.

Werkmeister Schwarz stand mit gerunzelter Stirn hinter ihm. Er hob die Hand und zeigte mit ausgestrecktem Finger auf die Gegenstände auf der Bettdecke.

»Sie haben ein gutes Herz, Herr ... Herr Hauptman ... aber – Sie müssen verstehen – mit solchen Dingen darf mein Junge nicht spielen. Panzer, Kanonen, U-Boote ... daran klebt im Original zuviel Blut. Heute spielen sie damit ... morgen wird es Ernst und sie sitzen in solchen Dingern. Mein Junge darf an nichts heran, was nach Militär riecht. Ich habe die Nase voll vom Soldatentum. Wir waren sieben Brüder. Sechs sind draußen geblieben. Nehmen Sie es mir nicht übel ..., aber jeder hat so seine Ansichten ...«

»Natürlich, natürlich ...« Schütze ging aus dem Schlafzimmer, ein wenig betreten und ein wenig beleidigt. »Ich wollte nur meinen Dank –«

»Ich weiß.« Werkmeister Schwarz hob die Schultern. »Ich bin ein Kommunist. Aus Überzeugung. Und mein Sohn rettet den Sohn eines Militaristen. Das ist Menschenpflicht, da geht es nicht um Politik. Und deshalb ... na ja ... es war gut von Ihnen gemeint. Ich weiß, Herr Schütze ...«

Heinrich Emanuel verließ das kleine Siedlungshaus mit dem unguten Gefühl, eine Schlacht verloren zu haben. Zugegeben – er war gekommen, um dem kleinen Ewald zu danken. Er war voll des Dankes, er hätte Ewald – wenn es nötig gewesen wäre – neu eingekleidet, er hätte alles für ihn getan, wie der eigene Vater ... und doch hatte er bei der Auswahl der Geschenke genau bedacht, was und warum er es kaufte. Das war es, was ihm jetzt voll zum Bewußtsein kam: Werkmeister Schwarz hatte den indirekten Angriff Schützes auf eine elegante Art abgewehrt. Und doch war der Dank geblieben. Die Geste.

Hinter dem Stadttheater, in einem Doppelhaus, wohnte Hubert Nüssling. Er war freischaffender Architekt, hatte wenig zu tun und ernährte seine Familie damit, daß er im weißen Maurerkittel den Polier machte.

Auch er war sehr erstaunt, einen Hauptmann vor seiner Tür zu sehen. Was er bisher von Schütze gehört hatte, durch einen Parteifreund, dessen Sohn in der Oberprima einen Vortrag Heinrich Emanuels über sich ergehen lassen mußte, war dazu angetan, nie an eine Annäherung der Familien Schütze-Nüssling zu glauben.

»Sie?« fragte Nüssling sehr gedehnt. »Was verschafft mir diese Ehre?«

»Ihr Sohn –«, setzte Schütze an, aber Nüssling hob beide Hände.

»Aber ich bitte Sie, Herr Hauptmann.« Schütze war durch diese Anrede sehr versöhnlich gestimmt. »Das war doch selbstverständlich. Ihr Junge hätte nicht anders gehandelt.«

»Bestimmt nicht. Er ist im Geiste der Nächstenliebe und des Handelns erzogen worden.« Schütze trat in die Wohnung. Sie war gepflegter als die von Schwarz. Geruchlos. Mit etwas Kultur. Man bemerkte die Bemühungen der Nüsslings, dem kargen Leben Schönheiten abzugewinnen. »Ich möchte Ihrem Sohne gerne eine Freude machen. Kann ich ihn sehen ...?«

»Aber ja.«

Hubert Nüssling führte Schütze über einen Korridor zu einer

Tür. Heinrich Emanuel sah ihm in den Nacken. Mittelgroß, stämmig, gute Konfektionsgarderobe, meliertes Haar, ganz intelligentes Gesicht. Und läuft einem Hitler nach? Manchmal sind die Dinge schwer verständlich, wenn man sie von der Nähe sieht.

Auch der junge Nüssling lag im Bett, drückte dem Hauptmann die Hand und sah – wie der junge Schwarz – mit glänzenden Augen zu, wie Schütze die Geschenke auspackte. Dann schlug er die Hände zusammen und jauchzte.

»Sieh mal, Papa!« rief er. »Ein Panzer! Und eine richtige Kanone? Und ein U-Boot-Spiel! Ist das nicht schön?«

»Ja. Sehr schön, wirklich.« Heinrich Emanuel drehte sich um, er wollte sehen, ob diese Antwort spöttisch gemeint war. Aber Hubert Nüssling lächelte nicht mokant. Er beugte sich sogar über die Spielsachen, untersuchte den Panzer, schob ihn hin und her, ließ die Feder der Kanone schnippen und richtete sich dann auf.

»Sehr naturgetreu. Nach amerikanischem Muster. Leider haben wir ja in der Reichswehr nur Pappattrappen. Als wenn man mit dem Verbot eine Entwicklung aufhalten könnte. Man zwingt uns ja in den Untergrund.«

Das Herz Heinrich Emanuels quoll auf, als säße an der Aorta ein Riese und bliese das Herz als Luftballon auf. Er drückte dem Jungen noch einmal die Hand, sagte: »Und nun erfreue dich am Spiel, mein Sohn. Später wirst du – na ja ...« Dann ging er Nüssling nach ins Wohnzimmer, wo Frau Nüssling bereits einen Tee bereitgestellt hatte mit einer Flasche Rum.

Zwei Stunden unterhielt sich Heinrich Emanuel mit Hubert Nüssling, dem Leiter der Kreisgruppe Detmold der NSDAP.

Man trank die ganze Flasche Rum aus. Man trank Rum mit Tee statt umgekehrt.

Gegen vier Uhr nachmittags verließ Hauptmann Schütze beschwingt und glänzenden Auges das Haus der Nüsslings.

Unter dem Arm trug er ein kleines Paket.

Er hatte sich etwas ausgeliehen. Nur zum Studium. Nur, um mit der Zeit zu gehen.

Ein Buch nur. ›Mein Kampf‹, hieß es. Geschrieben hatte es ein Gefreiter.

Aber daran wollte Hauptmann Heinrich Emanuel Schütze nicht denken.

Schließlich sind auch Gefreite Menschen. Warum nicht auch Politiker? In Deutschland ist von jeher vieles möglich gewesen ...

*

1929 zogen Schützes wieder um. Nach Berlin.

Heinrich Emanuel befand sich in einer fast panikartigen Glücksstimmung. Seine Berufung in die Hauptstadt bedeutete für ihn den großen Sprung nach oben. Nicht, daß er jetzt in den Generalstab berufen wurde – das war nicht der Fall. Er wurde als Ausbildungsoffizier an die Kriegsschule der Reichswehr befohlen. Dort sollte er jungen Fähnrichen Unterricht in Staatsbürgerkunde geben.

»Das ist der Erfolg meiner Schriften«, sagte er zu Amelia, die wieder die Koffer packen mußte, die Möbelpacker mit den Kisten bestellte, die alles tun mußte, vom Geschirreinschlagen bis zum Kleiderbürsten. »Außerdem wird meine Studie über diesen Hitler bei der Obersten Heeresleitung beachtet worden sein. Die erste Sprosse auf der Generalstabsleiter haben wir hinter uns ...«

Der Abschied vom schönen, stillen Detmold war kurz. Auch mit Breslau verbanden die Familie Schütze keine Bindungen mehr. Großvater Sulzmann war 1928 gestorben. Nicht arm, aber auch nicht reich. Schütze war zum Begräbnis gefahren, hatte am Grab eine Rede über den »aufrechten deutschen Mann« gehalten, einen Kranz niedergelegt und die Erbschaftsangelegenheit einem Anwalt übergeben. Er hatte seinen Großvater immer sehr liebgehabt, fast lieber als seinen Vater, der noch immer auf Gut Perritzau dahindämmerte und des Abends am Tisch sich mit seiner Sophie unterhielt, als säße sie neben ihm und läge nicht schon seit fünf Jahren auf dem Breslauer Friedhof.

Baron v. Perritz war alt geworden, hatte die Gicht, konnte nicht mehr jagen, färbte sich seinen Bart schwarz, weil er weiß zu werden begann, und regierte sein Gut vom großen Fenster seines Arbeitszimmers aus. Politisch war er uninteressiert. Das war ganz plötzlich gekommen. Nach der Inflation, aus der er das Gut mit Hängen und Würgen retten konnte. Sein Reich war noch immer das Kaiserreich. In ihm hatte er seine Glanzzeit erlebt. Wer jetzt regierte, ob Ebert oder sonstwer ... das war ihm völlig gleich. »Ich bin ein Bauer«, sagte er jetzt immer. »Mich gehen nur die Kartoffeln etwas an und die Rüben. Alles andere ist Schiet ... «

Am schwersten fiel der Abschied von Detmold den Kindern. Sie hatten hier ihre Freunde gehabt, sie hatten hier bewußt ihre Kindheit erlebt. An Köln war kaum eine graue Erinnerung geblieben ... Vor der Riesenstadt Berlin hatten sie Angst. »Dort gibt es keine Bäume«, hatte Ewald Schwarz gesagt. »Und dort gibt es vor allem Tausende Kommunisten, aber schlimmer als mein Papa. Die schießen da in Berlin. Die machen Straßenschlachten mit den Nazis. Nee, da möchte ich nicht hin. Und Schlittschuhfahren wie hier auf'n Schloßteich, das kannste auch nicht...«

Heinrich Emanuel besänftigte die Bedenken seiner Kinder.

»Das ist alles halb so schlimm. Wir wohnen draußen am Grunewald, da ist es herrlich, wie in einem Park. Und jeden Tag seht ihr die Wache aufmarschieren. Ein großes Museum ist da... da zeige ich euch die Fahnen der glorreichen Regimenter, die Kruppkanonen, die Maschinengewehre, die wir vor Verdun gehabt haben, den ersten Tank...«

»Und schöne Kirchen gibt es da, Kinder«, sagte Amelia laut.

»Auch.« Heinrich Emanuel brach das Gespräch ab. Es wurde wieder gefährlich.

Die Abfahrt war ein kleiner Volksauflauf. Die halbe Klasse begleitete die Schütze-Söhne, an der Spitze Schwarz und Nüssling. Selbst der Kommandeur war erschienen und küßte Amelia die Hand.

»Vergessen Sie uns nicht ganz im Weltstadtgetümmel«, sagte er. »Und wenn Sie sich von Taktik und Politik erholen wollen –«, er schielte zu Hauptmann Schütze hinüber –, »dann kommen Sie nach Detmold. Meine Frau und ich würden uns freuen...«

Schütze drängte zum Einsteigen. Daß Werkmeister Schwarz und Architekt Nüssling einträchtig nebeneinanderstanden und ihm das Abschiedsgeleit gegeben hatten, war ihm unangenehm.

Na ja, das wird aufhören in Berlin, tröstete er sich. Als Ausbilder der Fähnriche hat man andere Sorgen als Biertischgespräche mit Parteigängern. In Detmold, in einer kleinen Garnisonsstadt, war alles familiärer. Es war gut, daß man aus diesem bürgerlichen Sog herauskam in die Höhenluft großer Entscheidungen.

Mit Taschentüchern und Bonbontüten wurde aus dem Fenster gewinkt, bis der Zug aus der Bahnhofshalle gefahren war. Dann lehnte sich Heinrich Emanuel in die Polster des Abteils zurück und überblickte seine Familie. Eine schöne, noch junge Frau. Drei Kinder... zwei stramme Jungen und ein etwas blasses, zierliches Mädchen.

»Jetzt wird unser Leben noch schöner«, sagte er zufrieden und brannte sich eine Zigarette an. »Jetzt werdet ihr erst richtig verstehen, was es heißt, Deutschland zu lieben...«

Sie kamen in Berlin am Bahnhof Charlottenburg an, als es schon dunkel war. Auf dem Bahnsteig hörten sie von der Straße her Musik und grelle Rufe.

Christian-Siegbert schob seine Mütze gerade. »Was ist das?«
Heinrich Emanuel hob die Schultern. »Irgendein Umzug, mein Junge. Vielleicht Kommunisten. Hier in Berlin ist immer ein Umzug. Hier ist der Pulsschlag der Nation. Jeder kann ihn fühlen.«
Hauptmann Schütze fühlte ihn schon wenige Minuten später. Als er mit seiner Familie aus dem Bahnhof kam und auf die Straße trat, um eine Taxe zu rufen, marschierte ein langer, dicht geschlossener Haufen singender Männer heran. Sie trugen rote Binden an den Ärmeln, schwenkten blutrote Fahnen und brüllten im Chor: »Rotfront voran! Proletarier, vereinigt euch!«
»Kommunisten!« sagte Hauptmann Schütze angewidert und blieb stehen. »Seht sie euch an, Kinder! Um diese Männer nicht an die Regierung zu lassen, trägt euer Papa die graue Uniform!«
Er kam nicht zu weiteren Erklärungen. Der singende und schreiende Haufen war an ihm vorbeimarschiert. Plötzlich entdeckten ein paar Männer den Hauptmann in der Uniform. Im Nu war Heinrich Emanuel von roten Fahnen und roten Armbinden umringt. Er wurde von seiner Familie abgedrängt, gestoßen, geknufft, getreten.
»Hände weg, ihr Lumpen!« schrie er und schlug um sich, bis man ihn in eine Hausecke abdrängte. Dort preßten ihn kräftige Arme gegen die Wand, rissen ihm die Reichswehrmütze vom Kopf und warfen sie unter die Füße der Menge.
»Na, du Seeckt-Bluthund?« schrie jemand aus der Menge. »Nun ruf doch deine Maschinengewehre! Es lebe Rußland und die Rote Front!«
Heinrich Emanuel tastete nach seiner Pistole, die er in einem hellbraunen Futteral am Koppel trug. Aber jemand aus der Menge schlug mit einem Gummiknüppel auf seinen Arm. Schütze schrie auf. Der Arm wurde gefühllos, als wäre er mit allen Nerven gebrochen oder abgeschlagen worden. Dann hagelten Schläge von allen Seiten auf ihn herunter. Er sah nur noch schlagende Hände.
»Ihr Schweine!« schrie Schütze mit letzter Kraft. »Ihr feigen Hunde! Hundert gegen einen! Ihr ... ihr ...«
Dann blieb er blutend liegen. So fanden ihn Amelia und die Kinder, die mir vier alarmierten Polizisten den Hauptmann befreiten. Unbehelligt zog der Haufen mit den roten Fahnen weiter. Was sind vier Polizisten gegen hundert entfesselte Männer?
»Papa!« schrie Christian-Siegbert, »warum hast du nicht geschossen? Gib mir die Pistole – ich schieße sie alle zusammen!« Er stützte Schütze, während Amelia die weinende Uta-Sieglinde und den fassungslos starrenden Giselher-Wolfram an sich drückte.

Auf einen Polizeipfiff hin kam sofort eine Taxe. Man lud Heinrich Emanuel ein, nachdem er sich das Blut vom Gesicht gewischt hatte. Mit weißem Gesicht setzte sich Amelia neben ihn. Sie drückte ein anderes Taschentuch gegen eine Stirnwunde Schützes.

»Ich will zurück nach Detmold«, sagte sie weinend. »Laß dich zurückversetzen ... ich flehe dich an. Ich will dieses Berlin nicht mehr sehen. Nie mehr. Laß uns sofort zurückfahren.«

Schütze schüttelte den Kopf. Seine aufgeschlagenen, geschwollenen Lippen bewegten sich.

»Wir sollen vor ihnen nachgeben, vor denen da? Nie! Hier stehen wir an der vordersten Front ... ein Schütze weicht nicht ...«

Sie fuhren in die neue Wohnung im Grunewald. Und erst im Schlafzimmer brach Heinrich Emanuel zusammen. Amelia mußte ihn zum Bett schleifen und ausziehen ... er war unfähig, etwas zu tun. Wie im Fieber durchschüttelte es ihn.

Als er sich zwei Tage später beim Chef der Heeresschule, einem Oberst, meldete, waren alle Zeitungen voll von diesem Zwischenfall. Vor allem die rechtsradikalen Blätter.

»Roter Mob überfällt Reichswehrhauptmann. Was tut die Regierung?«

»Sie sehen«, sagte der Oberst. Mitleid schwang in seiner Stimme. Das Gesicht Schützes war aufgequollen, blaugelb, zerschrammt. »Wir sind machtlos dagegen. Das ist aus unserem Volk geworden. Es ist verhetzt und wahnsinnig geworden. Wenn Sie abends ausgehen, würde ich Ihnen raten, Zivil anzulegen.«

Schütze wollte etwas sagen. Seine Stimme aber versagte. Der Oberst löste sich in bunte Kreise auf ... plötzlich drehte er sich wie eine Scheibe ... schneller, immer schneller.

Der hinzuspringende Oberst fing Hauptmann Schütze auf, bevor er auf den Teppich fiel. Er kam sofort in das Standortlazarett. Der Arzt stellte eine schwere Gehirnerschütterung fest.

Sieben Wochen mußte Schütze liegen. Er bekam Traubenzuckerspritzen und Strophantin fürs Herz.

Fast jeden Tag besuchte ihn Amelia und blieb stundenlang an seinem Bett sitzen. Christian-Siegbert begleitete sie jedesmal.

Er trug – was Schütze nie erfuhr – unter seiner Jacke die Pistole des Vaters. Er war entschlossen, jeden zu erschießen, der die Mutter anfassen würde.

Die Zeiten hatten begonnen, in denen zwölfjährige Kinder erwachsen wurden ...

IX

Das erste, was Heinrich Emanuel Schütze in einem Zimmer der Kriegsschule aufstellte, war sein Sandkasten. Von Detmold ließ er sich die geschnitzten Panzer und Fahrzeuge, Truppensymbole und Geschütze kommen. Sie wurden nach seinem Weggang dort nicht mehr gebraucht.

Mehr denn je galt es jetzt, den Wehrgedanken in den jungen Menschen zu wecken und die versteckte Macht der Reichswehr im Staate wachzuhalten.

General v. Seeckt war 1926 durch ein Mißtrauen aller Parteien gestürzt worden. 1928 folgte ihm der Reichswehrminister Geßler, nachdem bekanntgeworden war, daß nicht nur enge Verbindungen zur Roten Armee bestanden, deutsche Offiziere in Moskau und Leningrad Dienst taten, sondern die heimliche Aufrüstung der Reichswehr, die Seeckt schon seit 1923 betrieb, mit finanziellen Transaktionen im Ausland bezahlt wurde. Gelder, die dem Staat durch geschickte Manipulationen entzogen worden waren.

Der neue Reichswehrminister Wilhelm Groener war zwar ein alter General und guter Bekannter Hindenburgs, aber er stand jetzt so entblößt vor der Kritik der Parteien, daß die Reichswehr fast ständig, mindestens bei jeder Reichstagssitzung angegriffen wurde. Auch der neue Chef der Heeresleitung, General Heye, zog sich wie eine Schnecke in seinen Bau zurück und gab die Parole aus: Sorgt für Beruhigung ... aber macht heimlich so weiter. Wir haben die Pflicht, Deutschland vor allem zu schützen, was nicht militärisch denkt. Vor dem Kommunismus selbstverständlich, aber auch vor dem Nationalsozialismus.

Das letztere war Heinrich Emanuel Schütze neu und unverständlich. Er hatte Hitlers ›Mein Kampf‹ genau gelesen und war zu der Überzeugung gekommen, daß gerade die NSDAP der Garant einer neuen starken Wehrmacht zu werden versprach. Die SA allein bewies es doch ... sie war eine Art Privatarmee Hitlers. Nur, daß Hitler lediglich ein Gefreiter war, berührte Schütze unangenehm. Es war ihm schier unmöglich zu denken, daß er als Hauptmann einmal dem Befehle eines Gefreiten zu gehorchen habe. Es war absurd, dies zu denken.

Die Ausbildung, die Schütze nach seiner Genesung in der Kriegsschule aufnahm, die Rede, die er vor den jungen Fähnrichen hielt, zeigte die Linie auf, die die Reichswehr verfolgte. Er verlas den im Januar 1929 von Reichswehrminister Groener erlassenen Tagesbefehl, in dem es hieß: »Es ist die heilige Pflicht der Wehrmacht, zu verhüten, daß sich Klassen- und Parteispaltung jemals zu einem selbstmörderischen Bürgerkrieg verbreitern. In allen Notzeiten in der Geschichte eines Volkes gibt es in der stürmischen See einen unerschütterlichen Fels: den Staatsgedanken. Die Wehrmacht ist sein notwendigster und reinster Ausdruck ...«

Heinrich Emanuel fühlte sich berufen, solch ein Fels zu sein. Er haßte den Kommunismus aus tiefster Seele. Er mußte es, denn jeden Morgen beim Rasieren wurde er an ihn erinnert: Unter seiner Nase hatte er von dem Niederschlag am Bahnhof eine Narbe behalten. Nicht groß, aber sie war sichtbar wie eine leichte Mensur.

Hauptmann Schütze verbarg sie durch einen schmalen Schnurrbart. Das erinnerte ihn noch mehr an den Kommunismus, bei jedem Griff an die Nase.

Da es befohlen war, bekämpfte er auch die NSDAP. Er hatte sich eingeprägt, was General Groener einmal im vertrauten Kreis gesagt hatte: »Das schlimmste an den ›Braunhemden‹ ist, daß ihre Grundsätze und Theorien völlig destruktiv sind. Sie möchten das gegenwärtige Staatsgefüge zerstören, haben aber kein konstruktives Programm für das, was sie an seine Stelle setzen wollen, es sei denn eine Art tollwütiger Diktatur. Daher ist die Bewegung dem Bolschewismus weitaus verwandter als dem Faschismus.«

Das war hart. Vor allem für Schütze, der aus ›Mein Kampf‹ anderes herausgelesen hatte.

»Politik, meine Liebe, ist immer eine Auffassungssache«, sagte er zu Amelia. »Man kann Thesen auslegen –«

Das war ein Trost, der ihn sichtlich stärkte. Er beugte sich der höheren Einsicht seiner oberen Führung und bekämpfte nun auch den Nationalsozialismus mit dem gleichen Eifer wie den Kommunismus. Vor allem bei den jungen Fähnrichen und Leutnants.

»Bei uns gibt es nur einen Gedanken: Unsere Reichswehr und seine Stärke! Man sagt uns, wir hätten den Krieg verloren ... Wir werden jetzt den Frieden gewinnen!«

Beim Gang vom Unterrichtsraum zum Kasino kam Schütze auch am Schwarzen Brett der Kriegsschule vorbei. Es diente wie alle Schwarzen Bretter dazu, daß man den Dienstplan an ihm festheftete, Mitteilungen, Beförderungen, Veranstaltungen, Nachrichten.

Heinrich Emanuel war schon an der großen Tafel vorbeigegangen, als sein Schritt stockte und er stehenblieb. Es war ihm, als habe er im Vorbeisehen an der Tafel etwas Fremdes gesehen. Etwas Unglaubliches. Er drehte sich herum und starrte die Tafel an.

Dort, wo der Dienstplan hängen sollte, war ein Zeitungsblatt mit Heftzwecken angenagelt worden. Ein Zeitungskopf mit Balkenschrift und in der Mitte einem Adler, der in den Krallen ein umrandetes Hakenkreuz hielt. »Völkischer Beobachter« schrie die Schrift.

Hauptmann Schütze sah sich nach allen Seiten um. Der Flur war leer. Schnell trat er heran und überflog die rot angestrichenen Zeilen. Eine Rede Hitlers. Vom März 1929. Und darin ein Satz: »Die Armee ist nicht mehr verpflichtet, diesem faulen und brüchigen Staat zu dienen, sondern dem deutschen Volk, das die Befreiung vom Parlamentarismus herbeisehnt.«

»Unerhört!« sagte Heinrich Emanuel laut. Er riß das Zeitungsblatt ab, steckte es in die Tasche und ging ins Kasino zum Mittagessen.

Als er zum Nachmittagsunterricht wieder am Schwarzen Brett vorbeiging, hing ein neuer Zettel daran. Ein Flugblatt. Mit einem Hakenkreuz.

»Der deutsche Soldat, der national denkt, muß heute ein Revolutionär sein ...«

»Solch eine Sauerei«, sagte Hauptmann Schütze, riß das Blatt ab und stürmte in den Unterrichtsraum.

»Ich bin empört!« schrie er mit heller Stimme. »Bevor ich dem Kommandeur Meldung mache, bitte ich Sie, meine Herren, um Diskretion. Wir wollen das unter uns erledigen. Ich appelliere an Ihr Ehrgefühl als zukünftige Offiziere.« Er zog die beiden Blätter aus der Tasche, strich sie glatt und hielt sie hoch. Alle sahen es. Der »Völkische Beobachter«. Zweimal das Hakenkreuz. »Das fand ich eben an der Tafel.« Schützes Stimme bebte. »Wer dies angeheftet hat, möchte sich nach der Stunde allein bei mir melden. Ich hoffe, daß der oder die Täter genug Courage haben, für ihre Tat einzustehen.«

Es meldete sich niemand.

Heinrich Emanuel war maßlos enttäuscht. Er wartete eine halbe Stunde allein im Unterrichtsraum ... Als niemand kam, ging er mit einem ungutem Gefühl nach Hause. Er sagte Amelia nichts. Aber am nächsten Morgen hing eine neue Ausgabe des »Völkischen Beobachters« am Brett, und zwanzig Fähnriche standen davor und ließen sich von einem den Text einer Rede Hermann Görings vorlesen.

Schütze brüllte. Er änderte den Unterrichtsplan und marschierte mit den Fähnrichen hinaus.

»Ich weiß, es ist unwürdig eines Fähnrichs, wie ein Schütze Arsch behandelt zu werden ..., aber anscheinend wollen Sie es nicht anders, meine Herren.«

Dann jagte er die Fähnriche durchs Gelände, ließ sie unter der Gasmaske singen, machte einen Dauerlauf unter Gasalarm, ließ im angenommenen Trommelfeuer robben ... nach zwei Stunden lagen sieben Fähnriche keuchend an einer Böschung und wurden von einem mitgenommenen Sanitäter in der Herzgegend massiert.

Heinrich Emanuel Schütze ließ wieder antreten. Langsam ging er von Mann zu Mann. Jedem blickte er starr in die Augen. Alle flatterten, alle wichen seinem Blick aus.

»Wer war es?« fragte er heiser.

Niemand meldete sich.

Als sie in die Kriegsschule zurückkamen, hing ein anderes Blatt am Schwarzen Brett. Auszüge aus dem Parteiprogramm der NSDAP.

Die Fähnriche starrten ihren Hauptmann an. In ihren Augen lag die ganze Trauer unschuldig geprügelter Jungen. Wortlos riß Schütze den Zettel ab, drehte sich schroff um und verließ den Flur.

Aber er ging nicht weit. In einer leeren Klasse setzte er sich hinter das Pult und wartete. Als es sieben Uhr abends war, verließ er die Klasse und ging auf das Klosett, das dem Schwarzen Brett gegenüberlag. Die Fähnriche lagen auf ihren Stuben oder hatten Ausgang, der Flur war ausgestorben bis zum nächsten Morgen. Das Klosett würde am Abend nicht mehr benutzt werden.

Mit klopfendem Herzen, seinen erregten Atem unterdrückend, stand Hauptmann Schütze hinter der Klosettür und lauschte auf einen Laut.

Er wartete fast eine Stunde. Dann hörte er Schritte. Deutlich vernahm er in der Stille des Flures das Knarren von Stiefeln. Die Sohlen klapperten über die Fliesen. Es sind mindestens zwei, dachte Schütze und preßte das Ohr gegen die Tür.

Die Schritte verstummten. Schütze atmete schnaufend. Jetzt stehen sie vor der Tafel. Jetzt ... jetzt ... Er öffnete seine Pistolentasche, nahm die Pistole heraus, steckte sie in den Waffenrock und riß mit einem Ruck die Tür auf. Sie krachte gegen die Wand.

Vom Schwarzen Brett wirbelten zwei schlanke Gestalten herum. Eine von ihnen hielt eine Ausgabe der NS-Zeitung in der Hand, die andere eine Schachtel mit Heftzwecken. Zwei Leutnants. Zwei Absolventen der Offiziersreitschule.

Heinrich Emanuel Schütze trat mit drei schnellen, großen Schritten auf sie zu. Die Erregung ließ ihn nach Worten ringen ... sie sprangen von seinen Lippen wie schwere Steine, die er ausspuckte.

»Zwei Offiziere!« sagte er heiser. »Es ist eine Schande, meine Herren! Als Ihr Vorgesetzter mache ich von meinem Recht, Untaten auf frischer Tat zu ahnden, Gebrauch: Ich verhafte Sie hiermit und bitte Sie, mir zu folgen!«

Die beiden jungen Leutnants standen stramm. Dann nestelten sie an ihren Pistolentaschen, holten die Waffen heraus und reichten sie Schütze hin. Er nahm sie, steckte sie in die Taschen und sah in die noch kindlichen Gesichter seiner Verhafteten. Einer von ihnen war blond, wie sein Christian-Siegbert. Er sah ihm sogar ähnlich. So wird er vielleicht aussehen in zehn Jahren, dachte Schütze. Er mußte schlucken.

»Kommen Sie«, sagte er tief atmend. »Was haben Sie sich eigentlich dabei gedacht?«

»Wir sind der Überzeugung, daß die Zukunft beim Nationalsozialismus liegt«, sagte der blonde Leutnant. »Unsere Gehirne sind träge, Herr Hauptmann. Von Ihrer Generation kann man nicht verlangen, daß sie über den eigenen Schatten springen kann ... aber die Jugend muß gewonnen werden.«

»Ihr Spinner!« Schütze nickte zum Ausgang hin. Die beiden Leutnants gingen, hocherhobenen Hauptes. Schütze folgte ihnen in drei Schritten Abstand, nachdenklich und wütend, daß er nachdenken mußte.

Der Kommandeur war entsetzt, als Heinrich Emanuel den Vorfall meldete und die beiden Leutnants ablieferte.

»Um Gottes willen, Schütze«, sagte er, als sie allein waren. »So diskret wie möglich. Wenn das bekannt wird ... in der Reichswehr betätigen sich Offiziere mit Hakenkreuzpropaganda. Ich werde es sofort weitermelden. Ich verpflichte Sie zu völligem Schweigen ...«

Es blieb nicht geheim. Schon am nächsten Morgen brachten alle Zeitungen die Verhaftung der Leutnants. Ein anderer, ein dritter Leutnant, hatte die Informationen der Presse gegeben, dann meldete er sich freiwillig als der dritte Verschworene.

Von den Kommunisten bis zur SA fielen alle Parteien über die Reichswehr her. Hauptmann Schütze bekam Ausgehverbot. Es war damit zu rechnen, daß man ihn auf der Straße totschlug.

Bleich saß er hinter den Fenstern seiner Wohnung im Grunewald und sah hinaus auf die Straße. SA-Leute gingen wie zufällig Tag und Nacht am Haus vorbei. Sie sahen nicht hinauf zu den Fenstern, aber Schütze wußte, daß sie alles bemerkten, was im Hause geschah.

Wieder kamen Christian-Siegberg und nun auch Giselher-Wolfram mit Beulen und Kratzwunden aus der Schule nach Hause. In jeder Pause wurden sie von den Söhnen nationalsozialistischer Väter verhauen.

Schütze rief den Direktor der Schule an. Er war kurz angebunden. »Daran kann ich nichts ändern«, sagte er schroff. »Ich kann mich nicht um alles kümmern –«

»Aber es ist Ihre Pflicht ...«, brüllte Heinrich Emanuel. Der Oberstudiendirektor brüllte zurück.

»Meine Pflicht kenne ich! Die brauche ich nicht von einem Reichswehrsoldaten gesagt zu bekommen! Am besten ist es, Sie nehmen Ihre Söhne von der Schule –«

Schütze hieb den Telefonhörer zurück auf die Gabel.

»Nie!« sagte er bebend vor Wut. »Nie!«

Er erkundigte sich. Auch der Direktor des Gymnasiums war Mitglied der NSDAP. Schütze sah sich von Feinden eingekesselt. Die neue Zeit sprang ihn an wie ein hungriges Raubtier.

Nach vierzehn Tagen wurde Hauptmann Schütze unter dem Geleit von drei bewaffneten Reichswehrsoldaten mit einem Dienstwagen von der Wohnung abgeholt und zur Kriegsschule gefahren. Jeden Tag hin und zurück.

Dreimal geschah es, daß SA-Männer den Wagen mit Steinen bewarfen und an der Straßenecke im Chore »Lümmel! Lümmel! Lümmel!« riefen. Hauptmann Schütze saß mit starrem Gesicht im Auto ... Seinen Dienst in der Kriegsschule versah er korrekt, ohne eine persönliche Äußerung.

Nach vier Wochen mußte er versetzt werden.

»Verstehen Sie uns bitte«, sagte der Oberst an der Kriegsschule. »Ihr gerechtes, forsches Auftreten war zu forsch. Man hätte den Vorfall vielleicht etwas diplomatischer lösen können –«

»Haben Sie denn Angst vor diesen Braunhemden?« fragte Heinrich Emanuel.

»Aber nein.« Der Oberst lächelte mokant. »Wir können es uns im jetzigen Stadium unseres stillen Aufbaues aber nicht leisten, es mit irgendeiner Partei zu verderben. Vor allem trifft die Anpöbelei Sie nicht allein, sondern den ganzen Offiziersstand ... Sie verstehen –«

»Nein.«

»Man sagt Schütze und meint uns alle.«

»Ist es meine Schuld, Herr Oberst?« Hauptmann Schütze fühlte sich zurückversetzt in das Jahr 1913. Auch damals hatte er recht gehabt mit seinen Handlungen, aber er durfte nicht recht haben, weil es um eine größere Sache ging als um eine persönliche Rechtfertigung. Damals wie heute stand er fassungslos vor dem Phänomen, daß man ein Unrecht anerkennen mußte, das gar keins war. Daß man sich opfern mußte für einen Gedanken, den man nicht verstand. 1913 hatte er mit einer neuen Angriffstaktik bald den Kaiser besiegt ... 1930 säuberte er die Reichswehr von zersetzenden Elementen, und in beiden Fällen erkannte man den guten Willen an, aber fand ihn völlig fehl am Platze.

»Was hat man mit mir vor?« fragte er heiser.

Der Oberst lächelte jovial. »Wie das klingt, lieber Schütze. Als ob Sie die Wahl hätten zwischen Erhängen und Enthaupten. Sie fallen eine Treppe hinauf ... nicht hinunter. Sie sollen ab sofort die Divisionskleiderkammer übernehmen ...«

»Die ... Kleiderkammer ...?« Schütze wischte sich über die Augen. Die Haare seines Schnurrbartes kitzelten über die Handfläche. Erst die Kommunisten ... jetzt die Nazis. Zwei Feinde habe ich jetzt auf der Welt, gegen die ich unerbittlich sein werde. Und die Dummheit der Menschen ... aber sie ist nicht zu bekämpfen. »Die Kleiderkammer«, wiederholte er. »Das nennen Sie eine Beförderung ...? Ja, eine Beförderung in die Stille. Dort in der Kleiderkammer kann ich verfaulen, und keiner merkt es.«

»Jeder würde Sie um diesen Posten beneiden.« Der Oberst erhob sich abrupt und streckte Schütze die Hand hin. »Sie scheinen sich Ihre Ziele zu hoch gesteckt zu haben, Herr Hauptmann«, sagte er dienstlich knapp. »Leben Sie wohl! Ich wünsche Ihnen auf Ihrem weiteren Weg alles Gute.«

Dann stand Heinrich Emanuel auf dem Flur der Kriegsschule. Die Fähnriche, die an ihm vorbeigingen und ihn grüßten, wußten noch nichts. Aber dennoch meinte Schütze in ihren Augen das Glimmen der Schadenfreude zu sehen. Da stürzte er den Flur entlang, aus dem Haus hinaus und ließ sich nach Hause fahren.

Amelia war nicht da. Sie war mit den Kindern ausgegangen. Nicht allein ... zwei Soldaten begleiteten sie. Wie Gefangene. Eine Stunde Luftschöpfen im Grunewald ... wie ein Rundgang im Hof des Zuchthauses.

Heinrich Emanuel schloß sich in seinem Arbeitszimmer ein. Er legte seine Orden vor sich hin, die Bilder, die ihm geblieben waren: Als Fähnrich, als junger Leutnant, das Hochzeitsbild, die ersten Bilder seiner Kinder, beim Unterricht am Sandkasten, beim Ausrücken zu einer Geländeübung ...

Langsam legte er seine Pistole daneben. Dann zog er die Uniform aus, hängte sie säuberlich über einen Bügel, holte seinen Zivilanzug aus dem Schrank und zog ihn an.

Von der Generalstabssehnsucht bis zur Divisionskleiderkammer ... der Fall war zu tief. Die Seele war zerschmettert worden. Schütze war bereit, den Körper folgen zu lassen.

Er schrieb ein paar Zeilen ... dann zerriß er sie wieder. Abschiedsbriefe sind Selbstanklagen, dachte er. Man wird wissen, warum Hauptmann Schütze sich eine Kugel in die Schläfe jagte. Damals, 1913, hatte ein Hauptmann Stroy zu ihm gesagt: »Wenn ich Sie wäre, würde ich mir –«, und er hatte geantwortet: »Zu Befehl. Aber ich habe im Manöver nur Platzpatronen bei mir.« Heute hatte er scharfe Munition im Lauf seiner Pistole. Es war kein Manöver mehr.

Sich zu erschießen, braucht man nicht zu üben. Man braucht nur die richtige Stelle zu wissen. Und Schütze wußte sie.

Er nahm die Pistole, lud sie durch und setzte sie unterhalb des Haaransatzes an die Schläfe. Mit dem kalten Lauf suchte er die kleine Vertiefung zwischen Jochbein und Ohr. Schräg nach oben mußte man den Lauf halten, dann traf man das Gehirn. Wer geradeaus schießt, wird blind und überlebt.

Hauptmann Schütze schloß die Augen. Er dachte noch einmal an Amelia und an die Kinder. Er sah Christian-Siegbert mit seinen blutigen Beulen, die man ihm des Vaters wegen schlug. Er sah die aufgerissene Backe Giselher-Wolframs, die abgeschnittenen Zöpfe Uta-Sieglindes und hörte wieder die harte, dröhnende Stimme des Oberstudiendirektors: Nehmen Sie Ihre Jungen von der Schule ...

Der Finger am Abzug der Pistole krümmte sich. Für euch alle tue ich es, dachte Schütze. Damit ihr ruhig leben könnt. Damit euch keiner mehr schlägt, keiner mehr wegjagt, keiner mehr anspuckt, keiner euch bei einem Spaziergang begleiten und beschützen muß.

Die Verzweiflung übermannte ihn. Tränen rannen aus seinen Augen. Die letzten Sekunden ... im Pulverdampf würden die Tränen trocknen.

In diesem Augenblick klirrte es im Zimmer. Schütze sprang auf. Ein dicker Stein war durch das Fenster geflogen, hatte die Scheibe zersplittert. Durch das gezackte Loch, durch die flatternde Gardine hörte er von der Straße johlenden Gesang aus Männerkehlen.

»Hängt ihn auf! Hängt ihn auf!« schrien sie. Und dann in schauerlichem Chore: »Deutschland erwache! Deutschland erwache!«

Hauptmann Schütze sah auf den mitten im Zimmer liegenden

dicken Stein, dann auf die Pistole in seiner Hand. Das Geschrei »Deutschland erwache!« ernüchterte ihn, machte ihn klar, trieb seine Verzweiflung weg wie ein Windstoß flatternde Nebelschleier.

Mit drei großen Schritten hetzte Heinrich Emanuel ans Fenster. Er riß die Gardine von der Stange, stieß mit dem Ellenbogen die Scheibe vollends aus dem Fenster und beugte sich hinaus.

Vor dem Haus standen zehn SA-Männer in ihren braunen Uniformen, mit den runden Sturmmützen, den Sturmriemen unterm Kinn. Sie hoben die rechte Hand, als sie Schütze sahen und brüllten lachend: »Reaktionslümmel! Lümmel! Lümmel!«

Schütze biß die Lippen fest aufeinander. Dann stieß er die Hand mit der Pistole durch das zerbrochene Fenster und schoß. Ziellos, blind vor Wut, mitten hinein in den auseinanderspritzenden Haufen der SA-Leute.

Wie ein Spuk verflog das Geschrei. Nur einmal hörte man einen Aufschrei, eine braune Gestalt schwankte ... andere griffen zu und rissen sie aus dem Bereich des Fensters. Dann war die Straße leer. Nur hinter den Gardinen der anderen Häuser sah Schütze die Schatten von Neugierigen.

Langsam trat er zurück ins Zimmer. Ging zurück an den Schreibtisch. Hob den großen Stein auf, legte ihn zu den Bildern. Er gehört jetzt dazu, dachte er. Der letzte Stein meines Lebens.

Eine verzweifelte Freude quoll in ihm auf. Er hatte auf seine Widersacher geschossen. Er ging nicht kampflos von dieser Welt. Er starb, wie es sich gehörte, in der vordersten Front. Kämpfend, allein der Übermacht weichend, unbesiegt.

Mit einem Ruck setzte er die Pistole an die Schläfe. Der Lauf war noch heiß. Er spürte den kleinen Schmerz, atmete noch einmal tief auf und drückte dann ab.

Das Schloß knackte hart, aber kein Schuß löste sich. Das Magazin war leergeschossen.

Mit starren Augen stierte Schütze auf das zerbrochene Fenster. Dann entfiel die Pistole seiner Hand. Mit einem tiefen Seufzer fiel er in Ohnmacht.

Er mußte weiterleben ...

Die Verhandlung gegen die drei Leutnants fand in Leipzig statt. Vor dem Reichsgericht. Es blieb Reichswehrminister Groener keine andere Wahl, nachdem der Fall soviel Staub in Deutschland aufgewirbelt hatte. Außerdem bereuten die drei Leutnants nicht ihre Tat ... im Gegenteil, sie bekannten sich offen zum Nationalsozialismus und zu dem Mann, der einmal Gefreiter gewesen war und sich Adolf Hitler nannte.

Unter starker Bewachung wurden nicht nur die drei Angeklagten nach Leipzig gebracht, sondern auch Hauptmann Heinrich Emanuel Schütze.

Er mußte als Zeuge aussagen. Amelia und die Kinder begleiteten ihn wieder, allerdings in einem anderen Abteil des Zuges.

Vor dem Reichsgerichtsgebäude stauten sich die Menschen, als der Prozeß begann. Hundertschaften der Polizei standen den aufmarschierten Stürmern der SA gegenüber. Die roten Fahnen mit dem weißen Kreis und dem schwarzen Hakenkreuz beherrschten das Straßenbild. Sie knatterten im Wind wie Maschinengewehrfeuer. Berittene Polizei sperrte die Eingänge des Reichsgerichts ab. Das bei Leipzig stationierte Reichswehrregiment Nr. 11 hatte Vollalarm. Einsatzbereit standen die Truppen in den Kasernen bereit. Es war scharfe Muniton verteilt worden. Sogar die Garnison Dresden war zum Eingreifen alarmiert worden. Umgeschnallt, den Stahlhelm vor sich auf dem Tisch, saßen die Soldaten auf ihren Stuben. Die Aufmarschpläne waren an die Offiziere verteilt worden.

Dieser riesige Aufwand galt jedoch nicht dem Erscheinen des Zeugen Heinrich Emanuel Schütze. Auch die drei Leutnants waren nicht so interessant, daß man eine Garnison in Alarm und eine andere in Bereitschaft versetzte.

Ein anderer Zeuge sollte vor dem Reichsgericht aussagen. Er sollte und wollte bekunden, daß die drei Leutnants im Sinne der deutschen Wehrpolitik gehandelt hätten. Er wollte aussagen, daß die NS-Propaganda innerhalb der Reichswehr ein Griff in die Zukunft sei.

Es war ein Zeuge, der es wissen mußte. Ein Zeuge, auf den an diesem Tag in Leipzig Tausende warteten. Mit Fahnen und Posaunen, mit berittener Polizei und zwei alarmierten Regimentern.

Der große Zeuge hieß Adolf Hitler.

Mit starrem Kreuz, hochaufgerichtet, in Paradeuniform, mit allen Orden stand Heinrich Emanuel Schütze im Gerichtssaal seinem großen Widersacher Hitler gegenüber.

Sie sahen sich kurz an, musternd, abschätzend ... der eine arrogant, mit mokantem Lächeln, bereits jetzt schon im Größenwahn befangen. Der andere lauernd, interessiert, stumm fragend.

Schütze war enttäuscht, als er Hitler gegenüberstand.

Ein mittelgroßer Mann. Schmächtig. In einem Wettermantel. Mit zerknitterten Stiefeln. Ein schwarzer, kurzer Schnurrbart. Glatte

Haare, von denen eine Strähne schräg über die Stirn hing. Nur die Augen waren markant. Sie waren hart, strahlend, fast faszinierend, wie bei einem Hypnotiseur oder einem Morphinisten. Aber sonst –

Heinrich Emanuel schob das Kinn vor. Er wandte sich den drei Leutnants zu. Welches Mittelmaß an diesem Mann, dachte er erschrocken. Mein Gott, sieht das denn niemand? Dieser Hitler ist doch ein lächerlicher Gernegroß. Er kann reden ... das ist alles. Aber was er sagt, wird nur dadurch gewichtig, *wie* er es sagt. Entkleidet man die Worte des Pathos, so bleibt ein sinnloses Geschwafel übrig. Hört das denn keiner? Ist denn alles taub und blind?

Ein Gefreiter, dem die Natur nur eine große Schnauze mitgab, will Deutschland regieren?

Hauptmann Schütze sah wieder zu Hitler hinüber. Auch Hitler blickte zu ihm hin. Ihre Blicke kreuzten sich wie zwei Säbelklingen. Hitler lächelte. Wirklich, er lächelte.

Armer Hauptmann, dachte er vielleicht. Mag die NSDAP diesen Prozeß auch verlieren ... den Namen Schütze wird man sich merken und den Verlust dieses Tages an ihm einmal mit Zinsen und Zinseszinsen zurückzahlen. Er kennt einen Hitler nicht ... aber er wird ihn kennenlernen. Im nächsten Jahr ... in drei oder fünf Jahren ... einmal ... die Zeit reift immer mehr für einen Umsturz. Und je mehr Jahre vergehen, um so mehr wird die Jugend erwachen ... für uns ... wie diese drei jungen Leutnants.

Schütze mochte diese Gedanken an den Augen Hitlers erkennen. Er hielt dem Blick stand, und während Hitler lächelte, wölbte er die Unterlippe vor. Wie ein Lamm, das spucken will.

Hitlers Augen wurden hart, bösartig glitzernd. Er wandte sich ab und strich sich über seine Haarsträhne. Dann straffte er seinen Mantel unter dem Gürtel und legte die linke Hand an die Schnalle. Es war, als erwarte er einen Vorbeimarsch der Richter.

Die Aussagen Heinrich Emanuels waren in zehn Minuten beendet. Er schilderte die Überführung der drei Leutnants und wurde durch den Zwischenruf eines Hitler-Anhängers unterbrochen:

»Die Reichswehr auf dem Lokus! Da gehört sie hin!«

Schütze fuhr herum. Er sah Hitler wieder lächeln. Breit, gemein fast. Der schwarze Schnurrbart zitterte vor Freude.

»Wenn dieser Mann jemals die Geschicke Deutschlands lenken sollte!« rief Heinrich Emanuel. Er wußte nicht, warum er es tat. Es war eine sinnlose Tat, aber es drängte aus ihm heraus. »Wenn er jemals Reichskanzler wird ... dann verteilt fünfzig Millionen Pistolen. Es ist besser, durch eigene als durch ihn zu sterben!«

Das Gesicht Hitlers wurde bleich und kantig. Er drehte sich zum Richtertisch um, legte wieder die linke Hand an die Gürtelschnalle. Irgend jemand schrie in den Saal:

»Knallt den Schuft da schon im voraus nieder!«

Dann hielt Hitler, als Zeuge aufgerufen, eine Rede. Er sprach aus dem Stegreif über eine Stunde. Er sagte als Zeuge aus, und er verkündete gleichzeitig vor dem obersten deutschen Gericht sein Parteiprogramm, seine Ziele, seinen Kampf. Er redete mit fuchtelnden Händen, mit weit aufgerissenem Mund, mit zitternden Haaren.

Gebannt sahen ihm die Zuhörer zu. Atemlos lauschten sie den Worten. Richter, Angeklagte, Zuhörer.

Auch Heinrich Emanuel Schütze.

Er starrte auf den Mund Hitlers, er sog die Worte aus dem Gaumen heraus. Er fühlte sich eingehüllt in eine heiße Wolke, die über und um ihn sich verbreitete.

Er vergaß fast zu atmen. Er schwitzte und wußte es nicht. Es war ihm, als habe sich ein Tor geöffnet in einer riesigen, hohen Mauer. Und nun blickte er in eine andere Welt, und diese Welt war sonnig.

Keine Arbeitslosen. Blühende Städte. Ein starkes, unbesiegbares Heer. Hohe Gehälter und Löhne. Eine glückliche Jugend, die singend hinter Fahnen und Standarten marschierte. Eine Welt, die Deutschland zu Füßen lag ... Deutschland, dem stärksten Land der Erde. Deutschland, der Herrennation des Abendlandes.

Mit dem letzten Wort Hitlers schwand auch der Zauber. Die Nüchternheit des Gerichtssaales war doppelt quälend nach diesem Kaskadenspiel von Worten und Versprechungen.

Hitler sah wieder hinüber zu Schütze. Wieder trafen sich ihre Blicke. Und Heinrich Emanuel hielt dem Blicke nicht mehr stand. Er senkte den Kopf, sah zur Seite und fühlte sich elend. Wie ein unverdauter, verhärteter Kloß lag ihm ein Gefühl im Magen, das er nicht erklären konnte. So muß es Hypnotisierten zumute sein, wenn sie erwachen. Sie erkennen ihre Welt nicht wieder. Sie ersticken im Katzenjammer.

Als die Verhandlung beendet war, schlich Heinrich Emanuel unbemerkt aus dem Gerichtsgebäude. Durch eine Hintertür. Vor dem Haupteingang jubelten Tausende Adolf Hitler zu. »Heil! Heil!« brüllten sie. Und eine Kapelle spielte sogar das Deutschlandlied.

Schütze blieb stehen und lauschte auf den Gesang. Er kam sich hundserbärmlich vor. Er hatte seinen Charakter verloren, in einer Stunde. Durch eine einzige Rede. Es war sinnlos, sich dagegen zu wehren. Er stemmte sich gegen die Gedanken, aber er schwamm ihnen davon auf einer Welle der inneren Begeisterung.

Er bewunderte Hitler.

Und weil er es tat, haßte er sich selbst.

Mit einer Taxe fuhr er zur Kaserne, wo er und seine Familie während der Verhandlung wohnten.

Es war eine Flucht. Aber sie nutzte nichts.

Die Augen Hitlers flüchteten mit ihm. Seine Stimme. Seine magnetischen Worte. Das Trommeln seiner Silben.

»Welch ein Mann«, sagte Heinrich Emanuel erschöpft und umklammerte die Hände Amelias. »Mein Gott – er ist gefährlicher als der Teufel. Und er wird uns alle, alle verhexen. Es gibt einfach kein Entrinnen mehr –«

Die drei jungen Leutnants wurden zu je achtzehn Monaten Festungshaft verurteilt.

Im »Völkischen Beobachter«, im »Stürmer«, in allen rechtsradikalen Blättern wurden sie als Märtyrer gefeiert. »Ich mache sie zu Generälen!« soll Hitler nach dem Prozeß zu Göring gesagt haben. Dr. Goebbels hielt unter freiem Himmel eine Rede. »Man kann uns anstoßen, aber nicht umstoßen!« rief er, und die Massen jubelten ihm zu. »Wir sind Rempeleien gewöhnt ... aber einmal werden wir den Remplern ihre Arme ausreißen!«

Man nahm es als drastisches Bild hin. Wer konnte ahnen, wie wörtlich es die Nationalsozialisten meinten ...?

Noch bevor die Leutnants ihre Strafe antraten, ließ sich Hauptmann Schütze beurlauben.

Er brauchte keine großen Untersuchungen über sich ergehen zu lassen. Man glaubte ihm, daß sein Gesundheitszustand nicht der beste sei und er dringender Schonung bedürfe. Man hatte auf diese Eingabe im geheimen sogar gewartet.

Schütze wurde für drei Monate beurlaubt.

In neunzig Tagen war viel Gras über die Affäre von Leipzig gewachsen. In neunzig Tagen denkt keiner mehr an die Leutnants ... denn jeder Tag dieser neunzig Tage brachte neue Sensationen, neue Überraschungen, neue Opfer.

Vor allem die Zahl der Arbeitslosen stieg an. Sprunghaft. Zwei ... drei ... viereinhalb Millionen ... es war kein Ende abzusehen. Es war, als drehe man Deutschland langsam, aber stetig den Hahn ab. Fünfzig Millionen Verdurstende saßen vor einer Wasserleitung, und sie tropfte nur noch.

Wem der Magen knurrt, liegt eine Stunde Arbeit näher als das Schicksal von drei Leutnants und einem Hauptmann.

Die Familie Schütze fuhr für drei Monate nach Schlesien.

Auf das Gut Perritzau bei Trottowitz.

Der sehr gealterte Baron v. Perritz hatte aus der Ferne durch die Zeitungen den Prozeß miterlebt. Er empfing seinen Schwiegersohn mit der Feststellung: »Erst der Kaiser – jetzt der Hitler. Du scheinst es darauf abgesehen zu haben, immer da anzuecken, wo man eigentlich den Hintern lecken sollte.«

Die weißhaarig gewordene Baronin kümmerte sich um Amelia und die Kinder. Vier Zimmer wurden ausgeräumt und anders möbliert. Es war fast, als rechne jeder damit, daß die Familie Schütze nicht drei Monate, sondern für immer auf Perritzau bleiben würde.

Steueramtmann Franz Schütze, der murmelnd in einem Zimmer zum Park hinaus lebte, breitete die Arme aus, als Heinrich Emanuel in das Zimmer trat. »Mein Junge«, sagte der Greis mit zitternder Stimme. »Du kommst zurück. Wir haben den Krieg gewonnen, nicht wahr?«

Der Baron beugte sich über den erstarrten Heinrich Emanuel und flüsterte ihm ins Ohr.

»Seit einem Jahr ist er so. Er lebt in einer anderen Welt. Er glaubt, es sei noch immer 1918. Der Tod deiner Mutter ...« Er stieß Schütze in den Rücken. »Sag etwas, dann ist er glücklich ...«

Heinrich Emanuel schluckte. Er kam auf seinen Vater zu, umarmte ihn, drückte den zitternden, lallenden Greis an seine Brust und streichelte die schlohweißen Haare.

»Ja, Vater, ja«, sagte er mit gepreßter Stimme. »Wir haben den Krieg gewonnen ... und ich bin wieder da ...«

»Siebentausend Mark habe ich für dich gespart, mein Junge.« Mit bebenden Fingern tastete der Greis über das Gesicht Heinrich Emanuels. »Mutter und ich ... ganze siebentausend Mark. Du kannst sie haben. Wir haben es nur für dich getan.«

»Danke, Vater. Vielen, vielen Dank.« Schütze biß sich auf die Unterlippe. Er hätte schreien können. Vorsichtig führte er seinen Vater zum Sessel zurück und ließ ihn sich setzen. Der Alte ließ seine Finger über die Uniform gleiten.

»Was bist du jetzt?« fragte er stolz.

»Hauptmann, Vater.«

»Und wie geht es dem Kaiser?«

»Gut, Vater.«

»Ist er nicht ein kluger Mann, unser Wilhelm? ›Ich führe euch glorreichen Zeiten entgegen‹, hat er gesagt. Und nun ist es soweit. Du bist da, und wir haben den Krieg gewonnen ...«

»Ja, Vater ...«

Sie sprachen noch ein paar Sätze. Dann schlief der alte Schütze plötzlich ein. Heinrich Emanuel merkte es erst, als die Atemzüge tief und regelmäßig wurden. Auf Zehenspitzen verließ er das kleine Zimmer.

Als er an der Tür zurückblickte, sah er, wie der Vater den Kopf zur Seite auf die Rückenlehne gelegt hatte. Er lächelte glücklich im Schlaf.

Sein Sohn hatte den Krieg gewonnen ... und dem Kaiser ging es gut ...

Zwei Wochen saß Heinrich Emanuel auf Gut Perritzau herum und las die Zeitungen, spielte mit dem Baron und der Baronin Sechsundsechzig, ließ sich von Amelia Patiencen legen oder schnitzte seinen Jungen aus Lindenholz Schwerter, Gewehre und bastelte aus Pappe und Kistendeckeln Helme. Dann wurde es ihm zu langweilig. Auch der Sandkasten, der noch immer auf dem Gut stand, seit 1915, begeisterte ihn nur wenige Tage. Er wurde unruhig, ging mißmutig durch den Park, bekam mit Amelia Streit, weil sie den Jungen verbot, »Deutschland besiegt Frankreich« zu spielen, und auch eine Jagd mit dem Baron befriedigte ihn nur so lange, wie die Gewehre knallten.

In der dritten Woche hatte Heinrich Emanuel endlich ein weites Betätigungsfeld gesichtet und abgetastet.

Nach der Normalisierung des Lebens – wie man die Zeit nach der Inflation und die Herrschaft der Rentenmark nannte – waren auch wieder polnische Landarbeiter auf das Gut Perritzau gekommen. Es gab viele Polen, die lieber auf einem deutschen Hof arbeiteten als in den durch den Versailler Vertrag an Polen gekommenen Kohlengruben Oberschlesiens.

Auf den deutschen Gütern gab es Gerechtigkeit, gab es gutes Essen, eine menschenwürdige Wohnung und vor allem eine fast familiäre Behandlung.

In dieses Idyll hinein stieß wie ein Orkan die Betätigungswut Heinrich Emanuel Schützes.

Er inspizierte eines Tages die Unterkünfte der polnischen Landarbeiter und fand sie saumäßig dreckig.

Er kostete das Essen, das die Madkas kochten und hinaus aufs Feld brachten ... es schmeckte widerwärtig. Er spuckte es aus.

Er ritt auf die Felder und kontrollierte mit der Uhr das Arbeitstempo der Kolonnen. Das Tempo war schneckenhaft und völlig unproduktiv.

Heinrich Emanuel verwandte drei Tage dafür, in einer eingehenden Denkschrift zu beweisen, daß

a) die Unterkünfte bei dieser Pflege nicht länger als drei Jahre mehr halten würden,

b) das Essen in gegenwärtiger Zusammensetzung die Arbeitskraft lähmte (bei Ausklammerung des sichtbaren Kinderreichtums), und

c) das Arbeitstempo den Stundenlohn nicht rechtfertige. Die errechnete Arbeitsleistung sei 75,45 Pfennig pro Stunde beim gegenwärtigen Tempo.

Vorschlag: Umorganisierung der Landarbeiterschaft nach den Richtlinien produktiver Erziehung.

Freiherr v. Perritz las die Denkschrift genau durch, sah seinen Schwiegersohn mit unverhülltem Mißtrauen an und hob dann die Schultern.

»Versuche es, Heinrich. Aber wenn die Polen dich lynchen – ich kann dich nicht schützen.«

Amelia sagte nichts. Sie hatte es aufgegeben, Heinrich Emanuel von etwas zu überzeugen, was bei ihm in einer anderen Richtung zur festen Ansicht geworden war. Sie kümmerte sich nur noch um die Kinder. Was Schütze ihnen in den wenigen Stunden seines häuslichen Daseins in Kurzlehrgängen beibrachte, dämpfte sie ab, verwässerte es oder bog es um.

Hauptmann Schütze begann seine Landarbeiterreform, indem er wöchentliche Haus- und Geräteapelle einführte.

»Für den Soldaten ist die Braut das Gewehr. Für den Landmann die Mistgabel und der Rechen. Also, Leute – Pflege des Gutes ist halbe Ernte und gutes Leben.«

Die polnischen Landarbeiter, solcherart halbmilitärisch angesprochen, reagierten, wie alle guten Arbeitskräfte reagieren. Sie ließen die Dinge auf sich zukommen, mit ein wenig Interesse und Verwunderung abwartend, ob damit mehr Arbeit verknüpft war.

Sie brachten mehr Arbeit. Heinrich Emanuel hielt strenge Appelle. Er strich mit der Hand über die Schränke, er guckte unter die Betten, und wo er Staub fand oder gar Staubflocken, da brüllte er und drohte mit einer Putzfrau, deren Entgelt vom Lohn der Betroffenen abgezogen werden würde.

Für das Essen stellte er einen Kochplan auf. Er wurde in Trottowitz gedruckt und an alle Familien verteilt. Bei fünf Polen fand er diese Blätter bei einer Visite auf dem Klosett hängen, sauber auf einen Nagel gespießt.

»Wir nix lesen deitsch!« bekam er zur Antwort. »Wir überhaupt nix lesen. Wir nur rabottie ...«

Heinrich Emanuel ließ sich nicht verblüffen. Gegen Analphabetentum war nicht aufzukommen, aber das Praktische überzeugt. Er ließ unter seiner Aufsicht in einem Haus einen großen Kessel Probe kochen und lud alle anderen polnischen Familien ein. Die Geschmacksprobe sollte anregen.

Sie war ein voller Erfolg.

Die Polen ließen das eine Woche lang über sich ergehen. Dann erfanden sie eine Waffe gegen den wilden Reformator Heinrich Emanuel.

Diese Gegenwaffe hieß Wanda Schimansky.

Sie war 23 Jahre alt, rotblond, schlank und zu allem fähig. Als Heinrich Emanuel Schütze wieder die Häuser und Stuben durchsah, lauerte ihm Wanda hinter der Tür ihres Zimmers auf. Hauptmann Schütze sah sich plötzlich einer Situation gegenüber, die ihn mehr als drastisch an Frau Sülke aus der Kölner Thieboldsgasse erinnerte.

»Nana«, sagte er jovial und trat näher. Ihm fielen Dinge ein, die lange in ihm geschlummert hatten. Er dachte plötzlich an seine schönste Zeit im letzten Krieg, an Jeanette Bollet in der Kommandantur von Soustelle ...

Und ein Mädchen in Detmold, von dem er nicht einmal den Namen mehr wußte. Sie war damals im Urlaub bei Verwandten. Am Hermannsdenkmal hatte er sie kennengelernt. Na ja ... wer kann einem hochgereckten Schwert widerstehen?

Wanda Schimansky bewegte sich auf ein Bett zu, das im Hintergrund stand. Sie ging wie eine Katze, lautlos, geschmeidig, sich in den Hüften wiegend. Zum Teufel – es waren Hüften!

Heinrich Emanuel sah ihr zu. Seine Kehle wurde trocken. Soviel Hitze dörrt aus. Wanda Schimansky legte die Hände über ihren weißen Leib. Sie tat, als ob sie fröre.

»Kalt«, sagte sie leise. Ihre Stimme girrte, als flattere ein Vögelchen um ihre Stimmbänder. »Und nix Offen im Zimmär. Womit ich soll wärmen? Weißt du?«

Hauptmann Schütze wußte es.

Es ist ein alter militärischer Grundsatz, daß der, der fragt, auch Antwort zu bekommen hat.

Wanda Schimansky bewegte sich auf ihn zu. »Kalt«, sagte sie noch einmal leise. »Mir ist kalt.« Dann ging sie zur Tür und drehte den Schlüssel zweimal herum.

Die Aktion »Arbeiterreform« wurde schon einen Tag später schlagartig gestoppt. Hauptmann Schütze zog sich in das Herrenhaus Perritzau zurück und vermied es, die polnischen Siedlungen an den Feldrändern zu inspizieren.

Statt dessen widmete er sich wieder wehrtaktischen Themen.

Er schrieb ein neues Buch.

»Der Angriff als Abschlag.«

Zu Amelia war er besonders aufmerksam und liebevoll. Er spielte mit den Kindern im Park. Er lehrte Christian-Siegbert das Reiten; Giselher-Wolfram und Uta-Sieglinde durften in einem offenen Wagen mit zwei Pferden fahren.

Viermal erschien Wanda Schimansky auf dem Gut und lieferte Butter ab. Wenn Heinrich Emanuel sie kommen sah, verschwand er im Park und suchte weit hinten, außer Blickweite, Blumen oder Steine für einen Steingarten, den Amelia anlegte.

»Was machen deine Reformen?« fragte eines Tages der Baron. »Ich sehe keinen Fortschritt, Heinrich.«

Schütze wiegte den Kopf. »Das ist so, Schwiegervater«, sagte er weise, »man soll in naturgegebene Dinge nicht eingreifen. Man verändert sonst die Natur –«

Nach elf Wochen reisten sie wieder ab nach Berlin.

X

Was man im Reichswehrministerium erwartet hatte, war eingetroffen: Niemand kümmerte sich mehr um den Hauptmann Schütze. Die Ereignisse überstürzten sich Tag für Tag. Die Kabinette purzelten ... Brüning wurde Reichskanzler, Hitler ging zu massiveren Angriffen über. In Berlin trat ein kleiner, schmächtiger, hohlwangiger Mann mit einem Klumpfuß auf. Er war so unscheinbar, daß man ihn einfach übersah, wenn man ihm begegnete ... nur, wenn er den Mund aufmachte, wenn er sprach, war es, als würden Tausende von Menschen hypnotisiert. Der kleine, hinkende Mann nannte sich Gauleiter von Berlin und hieß Dr. Joseph Goebbels. Er verkündete den Sieg der NSDAP, die Zerschlagung der Kommunisten, die Freiheit Deutschlands, die Annullierung des Versailler Vertrages, Arbeit und Brot für Millionen ... und es gab bereits fünf Millionen Arbeitslose ... eine neue starke Wehrmacht ... er versprach alles, was der Arbeiter erhoffte, der Bürger erträumte, der Industrielle erwartete ... er sprach die Träume eines Volkes aus, das in einem Sumpf schwamm und sich nach einem festen Ufer sehnte. Und er sprach von den Träumen der Militärs, die die glorreiche Zeit des bunten Rockes nicht vergessen konnten.

Durch die Reichswehr ging unsichtbar, aber spürbar ein Riß. Mit der Verurteilung der drei jungen Leutnants war eine Wunde bloßgelegt worden, die im Reichsgericht von Leipzig nicht geschlossen, sondern weiter aufgerissen wurde. Im Offizierskorps der Reichswehr standen sich Republikaner und geheime Nationalsozialisten gegenüber. Überall geisterte die Hoffnung durch die Gehirne, daß mit diesem Adolf Hitler eine Blüte des Militarismus in Deutschland neu erstehen konnte, wenn man ihn emporhob in den Sessel des Kanzlers und dann vom Hintergrund aus leitete nach den Plänen des Generalstabs und der Heeresleitung. Man sah in ihm eine Strohpuppe, ein Aushängeschild ... es war in den Gehirnen der Generale unmöglich, daß ein Gefreiter jemals so groß werden könnte, ihnen, den gelernten Strategen, zu befehlen. Man dachte es sich anders, bequemer, hinterhältiger. Unter der Maske des nationalen Sozialismus eine Herrschaft des Militarismus ... das war der große Traum der Männer mit dem goldenen Eichenlaub auf rotem Grund.

Heinrich Emanuel Schütze fühlte sich in diesem Widerstreit der politischen Ansichten denkbar unwohl. Vor allem im Kasino waren die erregten Gespräche durchaus nicht auf dem Gebiet, auf dem Hauptmann Schütze sonst die Unterhaltung an sich riß und zu einem Vortrag ansetzte. Die Kommunisten haßte er ... vor den Nazis hatte er Angst. Das war ein feiner Unterschied. Nur ihn erklären konnte er nicht ... es war unmöglich, daß ein Hauptmann der Reichswehr Angst hatte. Vor einem Gefreiten! Undenkbar. Auch wenn dieser Gefreite mit dem Schnurrbart etwas Diabolisches an sich hatte, was Heinrich Emanuel nie vergaß ... seit jenem Tag in Leipzig.

Christian-Siegbert war nun vierzehn Jahre alt. Er hatte die Schule gewechselt, aber auch auf dem anderen Gymnasium herrschte politische Verwirrung. Der Geschichtslehrer erzählte von Hitler und dem denkwürdigen 9. November an der Feldherrnhalle ... der Lateinprofessor wollte das monarchistische Denken wecken und ließ Erlebnisse von 1870/71 in die Lateinübersetzungen des Gallischen Krieges von Cäsar einfließen. Ja, es soll – so sagte man – sogar im Lehrerzimmer zu einer tätlichen Auseinandersetzung zwischen drei Studienräten gekommen sein, weil einer von ihnen gesagt hatte: »Mit Brüning wird alles besser.«

Heinrich Emanuel hatte sich an diesem Abend der Uniform entledigt und saß in einem Sessel, las den »Völkischen Beobachter«, den er sich von einem Jungen heimlich aus einem Kiosk holen ließ, und versuchte, seine Angst mit nationalen Erkenntnissen und NSDAP-Doktrinen anzureichern, als Christian-Siegbert ins Zimmer kam und – wie er es gelernt hatte – an der Tür in Habachtstellung stehenblieb.

»Vater, ich habe etwas mit dir zu besprechen«, sagte er.

Hauptmann Schütze blickte von der Zeitung auf. Wohlwollend glitt sein Blick über seinen ältesten Sohn. Er war groß für sein Alter, kräftig, klug, aufgeschlossen, gut erzogen und im preußischen Sinne ein »rechter Sohn«.

»Was gibt's?« fragte Heinrich Emanuel mild.

»Ich möchte dich um die Erlaubnis bitten, in die Hitlerjugend eintreten zu dürfen.«

»In – was?« Der »Völkische Beobachter« fiel auf die Erde. Heinrich Emanuel Schütze starrte seinen Jungen an, als habe er ihm eröffnet, daß er die Vaterschaft Schützes nicht anerkenne. »Du bist wohl nicht ganz bei Trost, was?«

»Ich habe es mir genau überlegt. Von meiner Klasse sind vierundzwanzig bereits dabei ...«

»Na und?«

»Unsere Klasse ist fünfunddreißig Jungen stark. Vierundzwanzig sind in der Hitlerjugend, vier sind Juden, drei sind Sozis, zwei Kommunisten, einer will auswandern ... und dann bin ich da. Was soll ich sagen? Ich bin einfach gar nichts ...«

»Das ist immer gut«, sagte Schütze hart.

»Nichts sein ist –«

»Eben nichts. Basta! Ein Rotzjunge wie du hat sich politisch nicht festzulegen. Du bist der Sohn eines Reichswehroffiziers und hast unpolitisch zu sein. Dein Vater ist ein Hüter des Staates ... gegen alle Parteien, die eine Ordnung untergraben wollen. Er ist Soldat. Das Vornehmste, was ein Deutscher sein kann. Soldat sein heißt einen Lebensinhalt haben. Und auch du wirst eines Tages Soldat werden.« Er sah seinen Sohn aus zusammengekniffenen Augen an. »Noch eine Frage?«

»Ja.«

»Bitte.«

»Erstens bin ich kein Rotzjunge, sondern der Sohn eines Hauptmanns. Zweitens habe ich eine Meinung. Du hast immer zu mir gesagt: Wenn man eine Ansicht vertreten kann, dann muß man sie durchfechten, und wenn die Umwelt vor die Hunde geht. – Das hast du gesagt. Ich habe eine Ansicht, und die ist, daß ich in die Hitlerjugend will, weil dort die Zukunft der deutschen Jugend liegt.«

»Wer hat dir denn diesen Blödsinn erzählt?« Heinrich Emanuel sprang auf. Das ist das letzte, dachte er. Ich muß mich vor den Nazis elf Wochen lang in Schlesien verstecken und mein eigener Junge will die braune Uniform anziehen. Das ist wirklich das letzte an Geschmacklosigkeit.

»Ich dulde über diesen Punkt keine Diskussionen!« bellte er Christian-Siegbert an, der noch immer in Habtachtstellung an der Tür stand. »Es geht um Grundsätzliches, was du noch nicht verstehst. Kümmere dich um dein Latein und um die Mathematik, um Physik und chemische Formeln und um einen guten deutschen Aufsatzstil. Das ist deine Aufgabe. Die letzte Mathematikarbeit war knapp drei minus.«

»Das war nicht meine Schuld. Mein Banknachbar hat mir zweimal den Ausrechnungszettel weggenommen und versteckt. Weil ich kein Hitlerjunge bin ... er ist einer.«

»Dann hättest du dich bei deinem Studienrat beschweren müssen!« schrie Hauptmann Schütze.

»Das hab ich. Aber ich bekam kein Recht. Der Studienrat ist auch Nazi.«

»Ich werde mit ihm sprechen.« Schütze trat über den auf dem Boden liegenden »Völkischen Beobachter« hinweg auf Christian-Siegbert zu. »Wir müssen für das Recht kämpfen und – wenn's sein muß – fallen, mein Sohn.«

Der Junge sah seinen Vater mit großen Augen an.

»Ich muß also wieder auf eine andere Schule? Dort wird's bald genauso sein.«

»Wir lassen uns nicht unterkriegen, Siegbert.«

»Aber die anderen sind stärker, Vater.«

»Das bliebe zu beweisen.«

»Sie beweisen es ja. Oder nicht –«

Hauptmann Schütze antwortete nicht. Sein Herz zuckte. Er vermied es, seinen Jungen anzusehen. Er wurde weich, wenn er in die großen, ernsten Augen sah. Amelias Augen, dachte er immer, wenn er Christian-Siegbert ansah. Sie können einen ansehen, daß man an sich hinunterblickt und sich abtastet, um festzustellen, daß man nicht nackt dasteht.

»Du gehst nicht in diese Hitlerjugend!« sagte er laut und endgültig. »Überhaupt – was für ein dummer Name. Die Jugend gehört erst uns, den Eltern, dann dem Militär, dann dem Staat ... aber niemals einem hergelaufenen Arbeitsscheuen wie diesem Hitler. Das ist ja Größenwahn ... schon im Namen. Mein letztes Wort: nein.«

Er hörte hinter sich die Tür klappen. Christian-Siegbert hatte das Zimmer verlassen. Er war so erzogen, um zu wissen, daß weitere Worte sinnlos waren.

Im Bett – er las noch in einem Buch von Remarque »Im Westen nichts Neues« und erregte sich sehr über die Typenzeichnung der Offiziere und Portepeeträger – besprach er den Fall mit Amelia.

»Der Junge wird fehlgeleitet. Die Gefahr kommt in unser Haus. Der Gedanke, in die Hitlerjugend einzutreten, kommt nicht von ihm. Er ist beeinflußt oder gar gezwungen worden.«

»Das glaube ich nicht.« Amelia knipste ihre Nachttischlampe aus. Sie war müde. Einen Haushalt mit drei Kindern zu führen, ohne eine Hilfe, verbraucht die Kräfte. »Er besucht ja schon seit drei Monaten die Heimabende ...«

Heinrich Emanuel zuckte hoch und saß kerzengerade im Bett. »Was tut er?«

»Er geht in die –«

»Und du wußtest das?«

»Ja.«

»Amelia!«

»Seit er das mitmacht, bekommt er keine Schläge mehr. Sonst ist er in jeder Pause von den anderen verprügelt worden.«

»Warum sagt man mir so etwas nicht?«

»Er hatte Angst. Er fühlt sich wohl in der Schule und will nicht wieder weg, weil du –«

»Weil ich –? Bin ich wieder schuld? Bin ich verantwortlich für die Politik?« Heinrich Emanuel sprang aus dem Bett. Im Nachthemd, das ihm ein wenig zu kurz geworden war, weil seine Hüften und sein Bauch einen leichten Fettansatz bekommen hatten, wanderte er im halbdunklen Zimmer hin und her. Er sah nicht sehr kriegerisch aus. Aber das tut der größte Feldherr im Nachthemd nicht.

»Auch im Offizierskorps geistert dieser Gedanke herum: Hitler, der Erneuerer der deutschen Macht. Aber alle, die so denken, haben ihn nicht gesehen ... so nah, so unmittelbar, so nackt im Gesicht wie ich in Leipzig. Sie alle kennen die Gefahr nicht. Sie glauben Worten ... was dieser Hitler an Taten mitbringt, das erkennen sie nicht. Manchmal bin ich froh, in der Divisionskleiderkammer zu sein anstatt im Truppendienst. Man könnte sich den Mund verbrennen.« Er blieb vor dem Bett stehen und sah auf die blinzelnde, müde Amelia hinab. »Man sollte Onkel Eberhard fragen. Als General weiß er doch mehr. Er kann die Lage von höherer Warte beurteilen.«

»Tu das, Heinrich.« Amelia drehte sich auf die Seite. Das ganze Geschwätz von Politik, von Nazi, Hitler, Goebbels, Hitlerjugend, Brüning, Locarno-Pakt, Versailles, das alles interessierte sie nicht. Ihre Welt war ihr Haushalt, waren die Kinder, war der sonntägliche Kirchgang, war die tiefe Gläubigkeit ihrer Seele. –

General Eberhard v. Perritz antwortete knapp. Mit schriftlichen Aussagen soll man vorsichtig sein. Er schrieb:

»In der jetzigen Situation Deutschlands muß jeder seiner Überzeugung folgen. Man kann nicht raten, man kann auch nicht leiten, man kann nur sagen: Haltet die Augen offen, seid kritisch, wäget ab.

Deutschland braucht eine Zukunft ... ohne sie ist ein Volk, das so fürchterlich einen Krieg verloren hat, zum endgültigen Tode verurteilt ...«

Heinrich Emanuel las diesen Brief vor und sah Amelia meinungheischend an. Sie schwieg und nickte nur mehrmals.

»Das hat er schön gesagt ...«

»Was?«

»Das mit der Zukunft.«

»Meint er nun Hitler oder wen?«

»Wir müssen abwarten ...«

Sie warteten ab. Ein Jahr lang.

Christian-Siegbert trat nicht der Hitlerjugend bei. Aber heimlich besuchte er weiter die Heimabende. Er erkaufte sich damit das Wohlwollen seiner NS-Schulkameraden. Hauptmann Schütze ahnte nichts davon. Oder er wollte es nicht wissen.

Er stand vor einer neuen Aufgabe. General v. Schleichers Einfluß auf Politik und Reichswehr war immer stärker geworden. General v. Fritsch und General v. Blomberg waren in die Führungsstäbe gekommen ... durch die Reichswehr wehte ein anderer Wind als unter dem etwas bequemen v. Hammerstein. Die nationalen Regungen wurden mehr gepflegt. Man ging aus der Reserve heraus. Man zeigte plötzlich, daß man stärker war, als es das Ausland bisher angenommen hatte.

Auch Hauptmann Schütze konnte sich der neuen Welle nicht verschließen. Er wurde von der Divisionskammer weggenommen und erhielt einen neuen Posten in der Heeresleitung.

Er wurde Referent in der Abteilung Ausrüstung, Unterabteilung Uniform und Lederzeug. Zugegeben, es war ein muffiger Verwaltungsposten, ein reiner Schreibtischkram – aber Heinrich Emanuel hatte es geschafft, in die Heeresleitung zu kommen. Er arbeitete unter den Augen der Generalität. Ob er jetzt – endlich – angenehm auffiel, war ganz allein seiner Geschicklichkeit überlassen. Seinem Wissen und seiner – noch nicht meisterhaft ausgeprägten – Fähigkeit, zu intrigieren, Kameraden anzuschwärzen, falsche Behauptungen auszustreuen und sie dann klarzustellen, als kämen sie von anderen. Er lernte von jetzt an die ganze Skala des schnellen Aufstiegs auswendig und anwenden.

Er fühlte sich wohl dabei. Er sah die Treppen vor sich, die er noch erklimmen mußte, und er war bereit, dies zu tun.

»Was andere vor mir taten, kann auch ein Schütze tun«, sagte er einmal zu Amelia. »Und überhaupt ... an diesem Hitler kann man wirklich nicht vorbeigehen. Irgend etwas ist an ihm dran. Das habe ich schon 1930 in Leipzig erkannt.«

»Sie haben dich gejagt wie einen Hasen ... das stimmt.«

»Sie waren gereizt. Na ja ...« Heinrich Emanuel Schütze strich sich über das Gesicht. »Man kann sich dem Fortschritt nicht ganz verschließen. Man darf ihn wohl kritisch betrachten ... aber man darf sich nicht überrollen lassen.«

Am 30. Januar 1933 war es soweit.

Hitler war nach dramatischen Wochen Reichskanzler geworden. Er hatte sogar die Billigung Hindenburgs gefunden. Heinrich Emanuel Schütze kam nach der Ernennung Hitlers mit glänzenden Augen nach Hause. Er schien außer Rand und Band zu sein.

»Was habe ich gesagt?« rief er und breitete die Arme aus, als wolle er Berlin umfangen und an sein Herz drücken. »Die neue Zeit marschiert. Papen, Hugenberg sind im Kabinett, Pour-le-mérite-Träger Göring ist dabei. Ein Hauptmann Röhm führt die SA, ein Diplomlandwirt Himmler die SS ... und Hindenburg ist einverstanden. Deutschland wird wieder ein Staat werden.«

»Durch einen Gefreiten –?« fragte Amelia und sah Schütze mit geneigtem Kopf an. Heinrich Emanuel war die Bemerkung peinlich.

»Jetzt ist er Reichskanzler und kein Gefreiter mehr. Das Vertrauen der Deutschen hat ihn auf den Platz gesetzt. Man hat ihn gewählt. Warum soll aus der Truppe nicht auch –«

»Na ja«, sagte Amelia leise, ließ Schütze stehen und ging in die Küche. Der Braten wollte begossen werden, sonst bekam er eine schwarze Rinde.

Am Abend des 30. Januar 1933 stand Hauptmann Schütze am Brandenburger Tor. In Zivil. Er starrte auf die Zwölferreihen der SA, die mit Fackeln und singend durch Berlin zogen, in einem Siegestaumel, wie sie nur die römischen Legionen kannten, als sie Hannibal besiegt hatten.

Die Begeisterung riß ihn mit. Die Marschmusik dröhnte in seinem Hirn und seinem Herzen wider. Er ging neben den Zwölferreihen der braunen Kolonnen her, er fiel unbewußt in den Marschtritt, marschierte neben ihnen her, bis er plötzlich mitten unter ihnen war, mit vielen anderen Zivilisten. Plötzlich hatte er eine lodernde Fackel in der Hand – er wußte nicht, wer sie ihm in die Finger gedrückt hatte – er schwang sie hoch empor und sang mit.

»Die Fahne hoch, die Reihen fest geschlossen ...«

Dann sah er Hitler an einem Fenster stehen. Dunkel, nur erkennbar an seiner Haarsträhne. Er hob die Hand und grüßte zu den flammenden Kolonnen auf die Straße hinab. Hinter ihm sah man den Kopf Görings, Papens, Fricks ...

»Heil!« schrie Heinrich Emanuel aus voller Kehle. »Heil! Heil!«

Er mußte einfach schreien. Alle um ihn herum schrien. Es steckte an, es war wie ein Fieber, das rasend übergriff von Körper zu Körper, ein Bazillus, der die Gedanken auflöste und hinausschleuderte in einem einzigen Schrei: »Heil!«

Drei Stunden marschierte er durch die Straßen. Schweißnaß, mit rußgeschwärztem Gesicht durch die Fackeln, etwas heiser vom vielen Schreien kam er nach Hause und fand seine Familie um das Radio versammelt. Sie verfolgte den Bericht vom Triumphmarsch der braunen Kolonnen.

»Wie siehst du denn aus?« fragte Amelia besorgt und sprang auf. »Wo kommst du denn her? Mein Gott – was haben sie wieder mit dir getan? Ganz schwarz haben sie dich gemacht. Bist du verletzt? Soll ich den Arzt rufen?«

Erschöpft ließ sich Heinrich Emanuel in den Sessel fallen. Aus dem Radio dröhnte die Stimme des Sprechers:

»Die Kette der Fackeln reißt nicht ab. Hunderttausende müssen es sein, die jetzt durch Berlin marschieren, das Lied des Sieges auf den Lippen. Welch ein stolzer, mächtiger Anblick. Ein Volk hat sich zum Aufbruch durchgerungen. Unter Führung Adolf Hitlers marschiert es mit flammenden Herzen in ein helle Zukunft. – Schon wieder sehen wir Hunderte Standarten auf uns zukommen, die Fahnen knattern . . .«

Amelia drehte das Radio ab. »Dieser Hitler«, sagte sie etwas abfällig. Heinrich Emanuel hörte nicht den Zwischenton. Er war zu ermattet. Er nickte nur.

»Ein Wunder ist über Deutschland gekommen«, sagte er glücklich. Amelia starrte ihn entgeistert an.

»Bist du noch klar, Heinrich? Die SA, die dich umbringen wollte, vor der wir elf Wochen nach Trottowitz geflüchtet sind –«

»Ich bin eben in ihren Reihen marschiert. Ich habe mit ihnen gesungen, mit den braunen Kameraden. Amelia . . . jeder zweite von ihnen trug ein EK auf der Brust . . . es sind alles Frontkämpfer. Es sind Soldaten in der Uniform des neuen Reiches. Ich . . . ich . . .« Er wischte sich erschöpft über das rußige Gesicht. Seine Hand klebte von Schweiß und Fackelschmutz. »Ich habe mich geirrt. Ich lasse mich von den Millionen überzeugen. Wir müssen ein wenig umdenken, weiter nichts. Du sollst sehen: Dieser Hitler macht aus unserer Reichswehr einmal das stärkste Heer der Welt. Und ich werde in den Generalstab kommen. Ich weiß es jetzt . . .«

Nachdem er sich gewaschen hatte, bestellte er eine Taxe und ließ die ganze Familie hinein nach Berlin fahren. An der Reichskanzlei war kein Durchkommen mehr. Da stiegen sie aus und drängten sich mit den Menschenmassen zu dem Fenster, aus dem noch immer in Abständen Hitler hinabblickte und in die schreienden Massen grüßte.

»Seht euch das an, Kinder«, sagte Heinrich Emanuel zu Christian-Siegbert, Giselher-Wolfram und der kleinen Uta-Sieglinde. »Prägt es euch ein. So etwas bekommt man in einem Jahrhundert nur einmal zu sehen. Vielleicht nur in einem Jahrtausend. Später werdet ihr einmal sagen können: Wir waren dabei, als Deutschland erwachte.« Er hob die Hand und rief mit den anderen Tausenden: »Heil! Heil!«

Amelia stand eingekeilt in der Menge, ihre Kinder um sich, die Hand um die Schulter Uta-Sieglindes gelegt. Sie starrte zu dem Mann empor, der ab heute sechzig Millionen regieren würde. Ein Mann mit einer schwarzen Fliege unter der Nase, mit ungepflegtem Haar, das ihm weit in die Stirn hing. Sie verstand nichts von Politik ... aber unbewußt, von einem fraulichen Instinkt geleitet, war ihr dieser Mann da oben am Fenster unsympathisch. Sie war immun gegen die Dämonie, die über Millionen glitt, sie war kalt bis ans Herz, als sie sein Gesicht sah, das Millionen um sie herum anbeteten wie einen neuen Götzen. Auch Heinrich Emanuel, der mit strammer, Kommandos gewohnter Stimme, hell und weit klingend mitschrie:

»Heil! Heil! Wir wollen unsern Führer sehhhn ...«

Amelia betrachtete ihren Mann von der Seite. Sie kannte ihn nicht wieder. Sie entdeckte eine Seite an ihm, die ihr völlig fremd war. Er ist ja begeisterungsfähig bis zum Exzeß, stellte sie verblüfft fest. Er kann sich ja in Ekstase steigern. Er ist ja wirklich so wie andere Menschen ... nicht die Schöpfung eines überkorrekten Herrgotts, der statt einer Seele einen Meßstab in den Schützenkörper versenkte, mit dem er den Abstand der Uniformknöpfe genauso korrekt nachmißt wie die zur ehelichen Pflicht benötigte Zeit.

Warum schreit er eigentlich Heil, dachte sie weiter. Ist er wirklich begeistert von diesem grüßenden Schnurrbart dort oben am Fenster? Oder wittert er eine Chance des Aufstieges, verbindet er mit dem Heil den Ruf nach dem Generalstab, seinem großen Traumziel in all den Jahren. Eigentlich kenne ich ihn gar nicht anders als mit dem Blick zum Generalstab. Schon 1913 war es so. Beim Kaisermanöver. »Dort oben werde ich einmal stehen«, hatte er gesagt und auf den Feldherrnhügel gezeigt. Der Kaiser stand da, der König von Sachsen, der König von Griechenland, der Erzherzog Franz Ferdinand, Generaloberst v. Moltke, der alte Generalfeldmarschall v. Hülsen-Haeseler. Und dann hatte er es gewagt, den Kaiser zu besiegen. Aber das »Heil«-Rufen war damals wie heute aus seinem vollen Herzen gekommen.

Amelia faßte Heinrich Emanuel am Ärmel. »Komm«, sagte sie. »Die Kinder werden müde ...«

»Wie kann man müde werden, wenn man den Aufbruch einer neuen Zeit erlebt? Schlafen tun die Lauen.«

»Und du bist schon ganz heiser –«

»Was macht das bißchen Heiserkeit aus, wenn man ein neues Jahrtausend der Nation begrüßt? Amelia, weißt du überhaupt, was du heute erlebst, was du siehst, was du hörst, was nun um dich herum geschieht?«

»Einen Mann, dem alle zujubeln, weil er besser als andere Versprechungen machen kann.«

»Amelia!« Heinrich Emanuel nahm seinen ältesten Sohn an der

Hand und drängte sich aus der schreienden Menge hinaus auf die leerere Straße. Dort blieb er kopfschüttelnd stehen. »Wie kann man nur so unpolitisch sein«, sagte er fast entsetzt. »Dieser Mann da am Fenster ist die Hoffnung von sechzig Millionen Deutschen.«

»Ein Vagabund?«

»Es ist greulich, mit dir zu diskutieren. Du denkst nie real. Du wirst sehen, was dieser 30. Januar bedeutet.«

Mit der Taxe fuhren sie wieder nach Hause. Als sie ausstiegen, hörten sie zum erstenmal den Gruß, der sie von da an nicht mehr losließ.

»Heil Hitler!« sagte der Fahrer zum Abschied.

Es dauerte nicht lange und es trat das ein, was Hauptmann Schütze prophezeit hatte ... sie sahen, was der 30. Januar 1933 zu bedeuten hatte.

Der Onkel, General Freiherr Eberhard v. Perritz, reichte seinen Abschied aus der Reichswehr ein. Er tat es, bevor das Ministerium ihm eine Pensionierung nahelegte.

Heinrich Emanuel war schockiert und entsetzt. »Warum wohl?« fragte er immer wieder Amelia. »Was wird dies für Folgen haben? So etwas ist doch denkbar unangenehm ... für mich.«

Er wurde bei seinem Vorgesetzten vorstellig, aber auch der Oberst wußte noch nichts Genaueres. Nur so viel hatte er in der Bendlerstraße, dem Gehirnzentrum der Reichswehr, gehört, daß Generalleutnant v. Perritz bei der Machtübernahme geäußert hatte: »Jetzt haben wir den besten Dilettanten, den es gibt, an der Spitze. Prost Mahlzeit!«

Heinrich Emanuel war empört. Er bekam einen roten Kopf, als habe man behauptet, er selbst habe den Ausspruch getan.

»Schon immer war er ein Querulant«, sagte er zu Amelia und schämte sich des angeheirateten Onkels. »Schon beim Kaiser hatte er immer etwas auszusetzen. Er war immer ein Pazifist in Uniform. Amelia – dieser Eberhard ist ein Schandfleck unserer Familie. Jawoll.«

»Ich kann ihn nicht umbringen ...« Amelia wusch wütend das Abendgeschirr ab. Sie klapperte mit den Tellern wie ein Beckenschläger der Militärkapelle. »Vergiß aber nicht, daß er es war, der dich wieder zur Reichswehr gebracht hatte. Sonst wärest du heute noch Margarineverteiler.«

»Nie! Der wahre Geist setzt sich immer durch.« Heinrich Emanuel trank hastig ein Glas Bier und wischte sich den Schaum von seinem Schnurrbart. »Noch immer bin ich Hauptmann. Noch immer bin ich nicht im Generalstab. Trotz meiner gut beurteilten Denkschriften. Irgend etwas muß mir anhängen. Und ich wette – es ist dieser Onkel. Aber dagegen werde ich etwas tun.«

»Und was?«

»Ich werde mich in aller Form von ihm distanzieren.«

»Das wäre gemein.«

»Gemein ist, wer die Zeichen einer neuen Zeit nicht erkennt – oder erkennen will. Ich werde mich bemühen, daß solch ein Verdacht nicht auf mich fällt. Ich stand immer auf der Seite des Fortschritts. Ich –«

»Mach, was du willst«, sagte Amelia grob und räumte das Geschirr in den Küchenschrank. Heinrich Emanuel wollte ihr helfen, aber ein Teller fiel ihm aus der Hand und zerklirrte auf dem Boden. Amelia nickte. »Du scheinst dabeizusein, mehr zu zerschlagen als nur einen Teller. Aber mach nur, was du willst. Wir Frauen verstehen ja nichts davon, was ihr Männer euren ›Lebensinhalt‹ nennt –«

Nach wenigen Tagen war es klar. General v. Perritz war entlassen worden, weil er den neuen Reichskanzler einen politischen Dilettanten und militärischen Hasardeur genannt hatte. Heinrich Emanuel Schütze machte sich sofort auf den Weg zum Chef der Heeresleitung. Eine neue wehrtechnische Studie trug er auch bei sich. Sie hieß »Die Möglichkeiten einer Landung auf den britischen Inseln«.

Ein General Müller empfing ihn. Es war ein neuernannter General, der seit wenigen Tagen dem Reichswehr-Offiziers-Personalamt vorstand. Früher war er Oberst in Königsberg gewesen und einer der ersten Stabsoffiziere, der ohne Befehl von Berlin aus bei einer Redeversammlung Hitlers eine Reichswehrschutzwache gestellt hatte. Bevor man ihn zur Rechenschaft ziehen konnte, war Hitler Reichskanzler geworden und hatte Oberst Müller mit dem Generalstitel belohnt.

General Müller, groß, hager, mit einem Parteiabzeichen auf dem grauen Rock, über dem EK I tragend, schob die Denkschrift Schützes nach dem Lesen des Titels zur Seite. Er lächelte mokant, als er in den Personalakten blätterte, und legte dann den Zeigefinger auf eine Stelle des Schützeschen Lebenslaufes.

»Ihr Onkel ist Generalleutnant –«

»Der Onkel meiner Frau, Herr General«, unterbrach Heinrich Emanuel schnell.

»Immerhin ein Familienmitglied.«

»Leider –«

»Wieso leider? Er hat Sie doch in die Reichswehr empfohlen. Hier steht's.«

»Das schon. Aber –«

»Was aber? Hatten Sie einen Auftrag, als Sie eingestellt wurden? Sollten Sie die Moral erweichen?«

»Erweichen? Ich?« Die Ungeheuerlichkeit dieser Verdächtigung nahm Heinrich Emanuel den Atem. Ich, gerade ich, dachte er. Sein Atem rasselte, so erregt war er. »Aus meinen Akten wird ersichtlich, daß ich immer –«

»Genau.« General Müller blätterte weiter. »Ich sehe, daß Sie schon immer sehr schwer von Begriff waren ...«

»Ich?« stotterte Schütze entgeistert.

»Wohl Sie! Ich rede nicht von Ihrer Großmutter. Hier 1927. Schlägerei mit Kommunisten.«

»Ich wurde überfallen, Herr General.«

»1930: Verhaftung national denkender Leutnants. Ihretwegen bekamen sie achtzehn Monate Festungshaft. Weil sie deutsche Flugblätter verteilten. Weil sie den anderen Kameraden die Wahrheit nahebrachten. Und Sie haben –« General Müller brüllte plötzlich, »– Sie haben diese aufrechten Männer an den Galgen liefern wollen! Wissen Sie, was Sie sind?«

»Ich war im Recht, Herr General«, stotterte Heinrich Emanuel. Er stand in strammer Haltung vor dem Schreibtisch. »Ich hatte die Aufgabe –«

»Scheiße hatten Sie!« brüllte General Müller. »Im Gehirn, in der Gesinnung – überall hatten Sie Scheiße!« Schütze erstarrte. Er spürte es eiskalt vom Herzen aus durch sein Adernsystem rinnen. Der neue Ton, dachte er. Das ist er nun ... man muß sich umgewöhnen. »Was wollen Sie eigentlich hier?« schrie General Müller weiter. »Wollen Sie wie Ihr Onkel entlassen werden? Oder wollen Sie jetzt, wo ein anderer Wind weht, durch Hinternlecken in guter Erinnerung bleiben? Das hier –«, er klopfte mit den Knöcheln der rechten Hand auf die Personalakte Schützes, »ist mehr als alles, was ich bisher gelesen habe. Verhaftet drei Leutnants, weil sie der Zeit voraus sind. Ich werde Ihren Fall gleich morgen Herrn Minister v. Blomberg vortragen.« Plötzlich lächelte er wieder, hämisch, breit. »Wird das eine Freude in der Margarineindustrie geben, wenn ein Fachmann zu ihr zurückkommt –«

Zerknirscht verließ Hauptmann Schütze das Offiziers-Personalamt. Er fuhr zu seiner Dienststelle, schloß sich in seinem Zimmer ein und rief seinen Schwiegervater in Trottowitz auf Gut Perritzau an. Der alte Baron war selbst am Telefon.

»Na, du Hitlerjüngling?« fragte er, ehe Heinrich Emanuel etwas sagen konnte. »Ich nehme an, du sonnst dich bereits im Glanz der Gnadensonne. Warst ja immer ein fixer Junge. Was macht Amelia? Wie geht's den Kindern?«

»Papa!« Heinrich Emanuel saß steif hinter seinem Tisch. »Wie beurteilst du die landwirtschaftliche Lage?«

»Gut. Es wird in Zukunft soviel Mist wie selten geben.«

Schütze schluckte. »Bitte ernst, Papa. Kannst du einen Verwalter gebrauchen?«

»Nee. Ich habe einen. Seit dreißig Jahren. Der macht's gut wie immer.«

»Vielleicht einen Subverwalter? Ich ... ich ...« Hauptmann Schütze rang nach Worten. Er war dem Schluchzen nahe. »Es ist so, Papa. Onkel Eberhard –«

»Aha. Man tritt dich in Berlin in den Hintern.«

»Bildlich gesehen ... ja. Man wirft mir vor ... du weißt ja, die Sache mit den drei Leutnants, 1930. Außerdem glaube ich, daß Hitler ...«

Baron v. Perritz putzte sich die Nase. Heinrich Emanuel hörte es deutlich über sechshundert Kilometer hinweg.

»Du willst deinen Abschied nehmen?«

»Ich werde es müssen.«

»Und was sagt Amelia dazu?«

»Sie weiß es noch nicht. Ich habe es vor einer Stunde erfahren, wie man mich beurteilt. Obwohl ich im Recht bin.«

»Wie damals im Herbstmanöver beim Kaiser. Erst der Wilhelm, jetzt der Adolf. Du bist ein Magnet für regierende Häupter. Also denn – einen Verwalter brauche ich nicht. Aber ich will ein Sägewerk gründen. Man will jetzt viel bauen, und Holz wird einmal sehr gefragt sein. Wenn du als Geschäftsführer dieses Holzwerk –«

»Sehr gern, Papa. Sehr gern.« Der Hörer zitterte in Schützes Hand. »Wenn du wüßtest, wie dankbar ich bin ...«

»Ich hör's an deiner Stimme, Heinrich. Überleg es dir also. Und mit dem Generalstab –«

»Bitte, Papa ... sprich nicht darüber.« Er legte den Hörer auf. Es tat ihm weh, als habe man seine Brust mit Nadeln durchbohrt.

Geschäftsführer eines Sägewerkes, statt vor dem Kartentisch des Generalstabs, Armeen verschiebend und Schlachten gewinnend.

Er legte die Hände vor das Gesicht und saß so eine ganze Weile, stumm und wie leblos.

Es war schrecklich, so völlig umdenken zu müssen.

Eine Woche später – Schütze hatte sein Entlassungsgesuch fertig in der Schublade liegen und wartete einen günstigen Moment ab, um es einzureichen – wurde er erneut zu General Müller bestellt. Er steckte sein Gesuch ein und fuhr in die Bendlerstraße.

General Müller saß wieder hinter seinem Schreibtisch. Er sah freundlich aus, stand auf, als Heinrich Emanuel eintrat, und reichte ihm sogar die Hand zum Gruß entgegen.

»Heil Hitler!« sagte er. Heinrich Emanuel stand stramm. Er starrte den General an. Es war unfaßbar, daß er nicht angebrüllt wurde. In der Tasche seines Uniformrockes knisterte das Entlassungsgesuch, als er die Hände anlegte.

»Ich habe Sie aus einem besonderen, und ich hoffe freundlicherem Anlaß als vor kurzem – ehem – rufen lassen, Herr Hauptmann.« General Müller setzte sich wieder. Er schob eine Zigarrenkiste über den Tisch zu Schütze hin. Heinrich Emanuel lehnte ab. »Ich habe Ihre Denkschrift weitergereicht ... diese Schrift über die ›Möglichkeiten einer Landung auf den britischen Inseln‹. General v. Blomberg hat sie an Ministerpräsident Göring weitergegeben, und dieser hat sie dem Reichskanzler vorgelegt. Der Führer hat mit großem Interesse darin gelesen und sich lobend geäußert. Er hat Ihre Schrift behalten und zur Geheimsache Heer erklärt.«

General Müller sah auf seine Hände. Es war fast, als sei er eifersüchtig auf das, was er sagen wollte oder sagen mußte.

»Unter diesen Umständen bedarf es einer Korrektur Ihres bisherigen Eindruckes. Sind Sie Parteimitglied?«

»Nein, Herr General. Es war Offizieren verboten –«

»War. Die Zeiten haben sich geändert, Herr Hauptmann. Es ist möglich, daß der Herr Reichskanzler Sie sehen will. Es ist dann völlig undenkbar, daß Sie ohne Parteiabzeichen zu ihm kommen.« General Müller schob Hauptmann Schütze ein Formular hin. »Sie erklären hiermit Ihren Beitritt zur NSDAP. Der Antrag ist ausgefüllt und wird sofort von der Gauleitung bearbeitet.«

»Danke, Herr General.« Heinrich Emanuel beugte sich über den Antrag. Er sah das Hoheitsabzeichen, den Eichenkranz mit dem Hakenkreuz darin, seinen Namen, dick geschrieben.

Vor drei Jahren wollten sie mich lynchen, dachte er. Damals patrouillierte die SA vor meinem Fenster und johlte, wenn ich mich am Fenster zeigte. Nur unter bewaffnetem Schutz konnte ich das Haus verlassen. Und heute – ich beantrage hiermit meinen Eintritt in . . .

Schütze sah auf und begegnete dem lauernden Blick Müllers. »Stimmt etwas nicht?« fragte der General. »Schreibt man Emanuel vielleicht mit zwei m?«

»Es ist alles richtig«, sagte Schütze mit schwerer Zunge. »Alles, Herr General . . . richtig . . .«

Er unterschrieb. Die Feder spritzte die Tinte über das Papier, so schwer wurde ihm die Hand dabei. Welch eine Blamage, dachte er. Ich werde gezwungen, in die NSDAP einzutreten. Gezwungen. Ich wäre freiwillig gekommen, ich bewundere diesen Hitler . . . aber dies hier, unter dem hämischen Blick General Müllers . . . das ist gegen alle Offiziersehre.

Er warf den Federhalter zurück auf die Schreibschale und schob Müller den Antrag zu.

»Bitte, Herr General.«

»Danke, Herr Hauptmann.« Müller legte den Antrag, nachdem er die Tinte trocken gewedelt hatte, zu den Personalakten Schützes. »Sie haben damit Ihre Uniform gerettet. Wissen Sie das? Sie standen auf der Liste der Reorganisation der Reichswehr. Sie wird bald den Namen Wehrmacht bekommen. Denn wir werden eine Macht in Deutschland und in der Welt sein.«

»Auf der Liste –«, stotterte Heinrich Emanuel.

»Glauben Sie, wir dulden noch Männer in unseren Reihen, die so antinational eingestellt sind wie Sie?«

»Ich – und antinational. Gerade ich?«

»Jammern Sie nicht, Sie Waschlappen!« Das war wieder der neue Umgangston. Schütze stand wieder stramm. »Sie werden in der Heeresverwaltung beschäftigt. Auf einem stillen Posten, wo Sie niemandem schaden können und auch nicht auffallen. Oder dachten Sie, wegen Ihrer taktischen Schrift kämen Sie in den Generalstab . . .?«

»Ich hatte die Hoffnung –«, sagte Schütze heiser. Sein Hals war trocken. Seine Stimmbänder waren spröde.

»Das lassen Sie bleiben, Herr Hauptmann.« General Müller erhob sich. »Es muß auch Leute geben, die für die Zahl der Socken verantwortlich sind.«

Schützes Atem setzte aus. Es war ihm plötzlich, als brenne sich die Uniform in seine Haut, als begännen die silbernen Schulterstücke aufzuflammen und seine Schulter zu zerfressen.

»Was verlangt man von mir?« fragte er tonlos. »Ich bitte Herrn General um eine präzise Auskunft...«

General Müller sah Schütze verwundert, fast mit einem Anflug von Mißtrauen an. »Was wir verlangen?« bellte er. »In erster Linie, daß Sie ein guter Deutscher sind. Daß Sie die Zeichen der Zeit erkennen. Daß Sie – meine Fresse, muß man Ihnen denn alles vorkauen wie einer zahnlosen Oma?«

Er nickte kurz, Schütze machte eine kasernenmäßige Kehrtwendung und verließ das Zimmer. Wie der jüngste Rekrut, dachte er bitter. Ich, der kaiserliche Fähnrich, der Weltkriegsoffizier, der Reichswehrhauptmann. Ob das im Sinne des neuen Reichskanzlers ist?

Zwei Tage war er still und nachdenklich. Dann mietete er wieder eine Taxe und fuhr mit seiner ganzen Familie nach Berlin hinein. Er hatte seine Galauniform an.

Er ließ sich zur Gauleitung fahren, versammelte seine verblüffte Familie dann vor dem Eingang des großen Hauses um sich und sagte knapp, keinen Widerspruch erwartend:

»Ihr werdet jetzt alle in die NSDAP aufgenommen. Es muß sein.«

»Auf einmal?« fragte Christian-Siegbert.

»Ich auch?« fragte Amelia.

»Ruhe!« brüllte Heinrich Emanuel.

»Du kommst in die NS-Frauenschaft. Man verlangt von uns, daß wir den Aufbruch der Nation aktiv unterstützen. Wir wollen es freudigen Herzens tun –«

»Glaubst du, ich werde mit den anderen marschieren?« Amelia legte den Arm um die kleine Uta-Sieglinde. Sie war jetzt zehn Jahre alt, aber schmächtig und blaß. Ein Inflationskind, großgezogen mit Milchersatz und Marmelade aus roten Rüben. »Glaubst du wirklich, ich werde sonntags singend hinter einer Fahne hermarschieren und Heil brüllen. Ich? Das glaubst du wirklich?«

»Du wirst es müssen.«

»Mich kann niemand zwingen, etwas zu tun, was mir zuwider ist. Und das schon gar nicht.«

»Du wirst es tun!« sagte Schütze hart. Es war wie ein Kommando, aber Amelia überhörte es und schüttelte heftig den Kopf. »Willst du mich unmöglich machen? Soll ich entlassen werden? Willst du mich und die ganze Familie ruinieren?«

»Ich? Weil ich mich nicht zu idiotischen Handlungen zwingen lasse? Wer will mir befehlen, was ich tun soll?«

»Unser Reichskanzler und Führer Adolf Hitler.«

»Dann verzichte ich auf diesen hergelaufenen Vagabunden!« rief Amelia laut.

Schütze zuckte zusammen, als habe man ihn in den Rücken geschossen. Er blickte sich um. Es war niemand in der Nähe, der es hätte hören können.

»Ist dir deine Familie nicht einen Sonntagsmarsch wert?« fragte Schütze leise. Sein Gesicht war wachsbleich. Angst saß ihm im Nakken. Er kannte den Perritzschen Starrsinn ... er ging über alle Konsequenzen hinweg. Wenn es sein mußte, übers eigene Leben.

»Was ist denn das für eine Familie, wo alle in verschiedenen Richtungen marschieren?«

»Aber unter einer Fahne.«

»Ich will Ruhe haben. Ich habe meine Wohnung, meine Kinder ... für die bin ich auf der Welt. Nicht für einen Adolf Hitler und seine Idee. Du magst ihn anhimmeln ... vielleicht gehört das zu den immerwährenden Wandlungen deines Berufes. Ob Müller, Meier, Schulze oder Hitler ... wenn einer befiehlt, dann marschiert ihr! Und der, der befiehlt, hat auch immer recht. Du bist nun mal so erzogen worden ... aber ich nicht. Ich habe ein Eigenleben, das nicht geregelt wird durch HDVs, Paragraphen und Tagesbefehle. Ich bin ein Mensch, der Freiheit liebt, so wie die Pferde auf unseren Weiden es hatten. Soll ein Mensch jetzt weniger Freiheit haben als ein Tier? Sollen wir alle, sechzig Millionen, hinter einem Leithammel herrennen und im Chore blöken ...«

»Amelia«, stotterte Schütze und sah sich wieder um. »Bitte, sprich leiser ... wenn du schon solch einen Unsinn sprechen mußt. Neue Zeiten bringen neue Formen der Gesellschaftsordnung. Das alte war morsch, degeneriert. Es verfaulte uns von innen her. Ein Staat kann aus der Tiefe nur auferstehen durch eiserne Disziplin und den Zusammenhalt jedes einzelnen von uns. Dazu die Partei, die Organisationen. Darum auch deine Frauenschaft. Wir stehen jetzt alle an der Front – einer Front des Aufbaues und des Friedens. Da muß man auch ab und zu Opfer bringen. Du wirst sehen ... du bekommst nette Freundinnen. Ihr werdet Lieder singen, Vorträge hören, Morgenfeiern veranstalten ...«

»Ich will meine Ruhe haben, weiter nichts. Gibt es auf der ganzen Welt keinen Platz, wo der Mensch wirklich in Ruhe leben kann? Müssen denn überall Ideen die Gehirne verwirren?«

»Kannst du's ändern?« Schütze rückte die Mütze Giselher-Wolframs zurecht. »Schluß jetzt mit diesen sinnlosen Diskussionen. Wir werden uns alle anmelden. Und daß du dich vernünftig benimmst, Amelia. Es geht um mich ...«

Sie betraten die Gauleitung, voran Heinrich Emanuel, dann die Kinder, am Ende Amelia, blaß, mit verkniffenem Gesicht. An der Tür zum Parteibüro drehte sich Heinrich Emanuel noch einmal zu ihr um.

»Denk daran, daß es *dein* Onkel war, der uns in diese Lage gebracht hat ...«

Amelia schloß die Augen und nickte. Energisch klopfte Schütze an die Tür, riß sie auf und rief beim Eintreten wie ein helles Kommando: »Heil Hitler!«

Nach einer Stunde war alles vorbei.

Amelia war Mitglied der NS-Frauenschaft. Die Söhne kamen in die Hitlerjugend, Uta-Sieglinde wurde bei den Jungmädeln aufgenommen.

»So, und jetzt kaufe ich euch allen eure Uniformen«, sagte Heinrich Emanuel, als sie wieder vor dem Gauhaus standen. »Ich habe dafür extra mein Gehaltskonto überzogen.«

»Ich trage keine Uniform! Nie!« rief Amelia laut.

»Du bekommst ein Abzeichen, weiter nichts. Es sieht aus wie eine germanische Brosche ...«

»Ich werde sie nie tragen ...«

»Darüber möchte ich mich mit dir nicht in Gegenwart der Kinder unterhalten«, antwortete Schütze ernst. »Wenn ich das tue, so wird das wohl einen triftigen Grund haben. So gut solltest du mich kennen ...«

»Und du bist auch wieder im Recht?« stieß Amelia in eine alte Wunde. Heinrich Emanuels Gesicht wurde kantig. Er sah über die Kinder hinweg zum Gauhaus. Plötzlich war etwas wie Hilflosigkeit in seinen Augen. Er tat Amelia schon wieder leid. Sie ahnte, was hinter seinen Augen vorging.

»Recht«, sagte er langsam. »Weiß man, was Recht ist, wenn man es von zwei Seiten lesen kann?«

Wieder ließ sich Hauptmann Schütze bei General Müller melden. Er legte ihm die Anmeldungen seiner ganzen Familie vor. General Müller sah Schütze aus harten Augen an.

»Na – und? Was soll dieser Massenaufmarsch der Familie?«

»Ich dachte, Herr General ...«

»Mit Parteibeiträgen erkauft man bei uns keine Seligkeit. Ihr Großvater mochte mit seiner Wurst noch Kommerzienrat werden

... aber monatlich zehn Mark Beitrag reichen nicht für 'n Generalstab.«

»Was haben Herr General eigentlich gegen mich?« fragte Heinrich Emanuel mutig. General Müller putzte sich die Nase. Über das Taschentuch hinweg lächelte er Schütze an. Es war ihm ein Vergnügen, auf diese Frage eine Antwort zu geben.

»Wir sind dabei, mit vielen Untugenden aufzuräumen ... eine davon ist die Vergeßlichkeit. Wir wollen und wir werden nicht vergessen ... Ereignisse, Dinge und Personen ... Vor allem Personen, die anscheinend mit der Vergeßlichkeit und dem natürlichen Gehirnverschleiß der Menschen rechnen ...«

Mit Angst vollgepumpt, verließ Hauptmann Schütze wieder die Bendlerstraße.

Auf seinem Schreibtisch fand er einen Zettel der Ordonnanz. »Anruf Freiherr v. Perritz aus Trottowitz. 11.23 Uhr. Bittet um Rückruf.«

Heinrich Emanuel rief seinen Schwiegervater an.

»Ja«, sagte er und gab seiner Stimme Halt. »Ich habe es mir überlegt. Vielleicht komme ich noch darauf zurück. Ich will noch einmal versuchen, ob es nicht anders geht ...«

»Mit Hinternlecken?« rief der alte Baron.

Distinguiert legte Hauptmann Schütze auf.

Was wissen sie alle, was in mir vorgeht, dachte er. Was wäre ich ohne die Uniform? Millionen sind in ihr und für sie gefallen ... wie klein ist da das Opfer, seine Ansicht zu ändern und seinen Charakter zu verfälschen.

Er zerriß den Telefonzettel und drückte auf einen Knopf des Telefons. Aus dem Hörer kam eine schnarrende Frage.

»Feldwebel!« sagte Heinrich Emanuel. »Bringen Sie mir sofort die Liste der ausgabebereiten Mannschaftsmäntel und des Koppelzeuges. Aber sofort!«

»Jawoll, Herr Hauptmann!« brüllte der Feldwebel.

Heinrich Emanuel lehnte sich zurück. Nur die Sache ist verloren, die man aufgibt, sagte Lessing, dachte er.

Er war bereit, nie und nimmer aufzugeben.

XI

An einem regnerischen Tage – der französische Ministerpräsident Barthou verhandelte gerade mit dem polnischen Marschall Pilsudski, dem tschechischen Ministerpräsidenten Benesch, dem Rumänen Titulescu und dem jugoslawischen König Alexander über eine Gegenmaßnahme zu Hitlers im Reichstag verkündeter Ostpolitik – bekam die Familie Schütze unerwarteten Besuch.

Onkel Eberhard v. Perritz, der General a. D., stand vor der Tür.

Hauptmann Heinrich Emanuel Schütze, der mit einer leichten Bronchitis seit zwei Tagen nicht zum Dienst gegangen war, sah dem Besuch sehr reserviert entgegen und blickte Amelia, als der Onkel seinen Mantel ablegte, achselzuckend an.

»Liebe Kinder«, sagte General a. D. Perritz freundlich und setzte sich in den Sessel, in dem sonst Heinrich Emanuel immer saß, »ihr werdet euch wundern, warum ich komme?«

»Allerdings.« Hauptmann Schütze knöpfte seinen oberen Uniformkragenknopf zu. »Ich habe im Ministerium schon genug anhören müssen –«

»Heinrich –«, sagte Amelia tadelnd. Sie wurde rot. Sie schämte sich. Eberhard v. Perritz winkte ab.

»Laß ihn nur, Amelia. Unter Soldaten gibt es keine Umschweife. Ich kann mir denken, daß mein Ausscheiden seiner Karriere im Wege steht –«

»Ich habe Mühe gehabt, einen Rutsch aufzufangen.«

»Darf ich fragen, wie?«

»Wir sind alle in die Partei eingetreten –«

»Ach –«

»Ich habe eine Denkschrift verfaßt, die der Führer eigenhändig angenommen hat –«

»Sieh an –«

»Und ich habe mit General Müller Kontakt bekommen –«

»Mit anderen Worten: Du bist zu Kreuze gekrochen.« General a. D. nickte Amelia zu. Sie hatte ihm ein Glas Rotwein hingestellt. Er nippte daran und sah Heinrich Emanuel über den Glasrand hinweg an. »Ist mit den Fackeln am 30. Januar auch aller Charakter verbrannt worden?«

»Ich habe eine Familie«, sagte Heinrich Emanuel steif. Er wußte, was der General a. D. dachte, und er hatte selbst in langen Nächten diesen Gedanken gehabt, bis er sich mit der Überzeugung tröstete: Ich tue alles der Kinder und Amelias wegen.

»Hätte dein Schwiegervater nicht geholfen?«

»Er wollte es. Aber als besserer Knecht –«

»Was bist du denn jetzt? Der alte deutsche Geist geht immer mehr vor die Hunde. Noch merkst du es nur an einzelnen Dingen ... aber verlasse dich darauf: In zwei oder drei Jahren wirst du Deutschland nicht wiedererkennen.«

»Das glaube ich gern. Dann sind wir wieder die stärkste Nation Europas. Unser völkisches Bewußtsein wird wieder –«

»Bitte, komme nicht ins Quatschen.« Der General a. D. trank den Rotwein mit einem einzigen Schluck aus. Es war ihm, als brenne seine Kehle. »Rund heraus: Es gibt noch Offiziere, die eine Ehre haben und nicht vor der neuen Diktatur im Staube liegen. Männer, die die Gefahr erkennen, die da in die Wilhelmstraße eingezogen ist. Wir sind dabei, diesen Kreis fest zu umreißen, uns zusammenzuschließen und so zu verhindern, daß die Reichswehr in völlige Abhängigkeit von der NSDAP abgleitet. Wer das Militär besitzt, hat die Macht – deshalb soll und muß die Reichswehr neutral sein, ein Machtfaktor, der alle Despotengelüste und allen Dilettantismus abstoppt, wenn sie dem Staate gefährlich werden. Wir müssen eine Art Feuerwehr sein ...«

»Feuerwehr ...« Heinrich Emanuel Schütze saß steif dem Onkel General gegenüber. »Hinter Hitler stehen die Millionen des Volkes. Willst du einen Bürgerkrieg?«

»Man muß die Masse aufklären. Aber allein kann man das nicht.«

»Du vergißt die SA. Sie ist bewaffnet. Sie ist doppelt, dreifach so stark wie die Reichswehr. Dazu kommt die SS, kommen die anderen Organisationen ... Hitler ist eine Realität, die wir nicht beiseite schieben können. Er hat die Mehrheit des Volkes ... was soll da ein kleiner Offizierskreis machen, der dagegen ist? Das sind Schwärmer. Wenn es heute einen Machtblock gibt, so ist es die NSDAP. Da gibt es nur eins: sich fügen.«

»Wenn alle so denken, na dann prost!« Der Onkel General erhob sich. Es war sinnlos, hier weiterzureden. Er strich Amelia über die Haare, gab den Kindern, die in Uniform im Flur standen, die Hand und wandte sich dann wieder an Hauptmann Schütze, der in der Tür zum Wohnzimmer erschien.

»An die da solltest du denken. An die Kinder.«

»Ich denke nur an sie. Sie werden die Blüte Deutschlands erleben.«

»Wenn mir Gott noch zehn Jahre schenkt, werden wir uns wieder über dieses Thema unterhalten.«

Nach knapp einer Stunde verließ General a. D. v. Perritz wieder das Haus der Schützes und fuhr zurück nach seinem Ruhesitz. Nach Magdeburg.

Amelia aber hatte wieder eine harte Aussprache mit ihrem Mann.

»Ihm hast du zu verdanken, daß du überhaupt wieder die Uniform trägst!« rief sie empört. »Er hat dich damals, als du Margarine verkauftest, aus dem Dreck gerissen ... Und jetzt behandelst du ihn wie ein Stück Dreck. Er kommt in echter Gewissensnot hierher, um einen Rat zu suchen, und du ... du ...«

»Er ist ein Starrkopf. Das war er schon immer. Schon als Oberst im Krieg. Statt eine Stellung zu halten, hat er in den Karpaten seine Truppen ohne Befehl zurückgenommen ...«

»Und hat damit über tausend Männern das Leben gerettet. Hinterher stellte sich ja heraus, daß er recht hatte.«

»Hinterher. Ein Soldat gehorcht. Weiter nichts. Wenn jeder Piefke die Befehle auf Sinn oder Unsinn untersuchen wollte ... Amelia, wo kämen wir dann hin? Wo bleibt da die Disziplin?«

»Mag sein. Aber du mußt zugeben, daß du dich Onkel Eberhard gegenüber nicht korrekt benommen hast ...«

»Was heißt: zugeben? Habe ich ein Verbrechen begangen? Ich habe meine politische Ansicht vertreten. Im übrigen ist es mir zu dumm, mit Frauen über solche Themen zu reden.«

Er wandte sich ab und ging in sein Arbeitszimmer. Dort schloß er sich ein. Allein vor seinem Schreibtisch knöpfte er den Uniformrock wieder auf und strich sich über die Haare und den kleinen Schnurrbart.

In manchen Dingen hat Onkel Eberhard recht, dachte er. Aber man kann es ja nicht zugeben ... als neuer Parteigenosse ...

Ein Jahr später starb Schützes Vater, der Steueroberamtmann Franz Schütze. Er hatte die letzten Jahre nur noch als lebende Mumie auf Gut Perritzau verbracht. Der Baron bezahlte von Schützes Beamtenpension eine Pflegerin, die ihn rührend umsorgte, bis er eines Morgens im Bett lag, lächelnd, mit gefalteten Händen und geschlossenen Augen. Nur sein Mund stand offen.

Die Familie Schütze fuhr zum Begräbnis nach Trottowitz. Als Reservist der kaiserlichen Armee trug man Schützes Sarg die Traditionsfahne voraus. Eine Kapelle aus Mitgliedern des Steueramtes spielte einen Trauermarsch. Der Pfarrer sprach, der Steuerrat, der alte Baron und Heinrich Emanuel.

»Am Grabe meines Vaters kommt mir erst zum Bewußtsein, was

es heißt, ein aufrechter, treuer Mensch zu sein. Er war es zeit seines Lebens. Er hat noch das Glück gehabt, den Aufbruch seines geliebten deutschen Volkes zu erleben, die Morgenröte einer Nation, die Wiedererstarkung der deutschen Kraft und die schrittweise Wiedergutmachung der Schande von Versailles. Er starb in einer großen Zeit ...«

Nach dem Begräbnis, beim Essen auf dem Gut, nahm der alte Baron seinen Schwiegersohn zur Seite.

»Wirst du bei meinem Tode auch eine Rede halten?« fragte er.

»Aber natürlich, Vater.« Schütze sagte es ahnungslos.

»Wenn du den gleichen Unsinn sagst, komme ich aus dem Sarg und haue dir ein paar 'runter!«

»Aber Vater!« Heinrich Emanuel wurde bleich. »Wir können doch nicht abstreiten –«

»Schluß damit.« Der alte Baron ging zum Tisch. »Ich wünschte, in dir wäre noch etwas von dem Mumm des Fähnrichs, der im Manöver 1913 den Kaiser besiegen wollte.«

»Damals sprachst du anders. Da nanntest du mich einen Idioten.«

»Das ist das einzige, was sich nicht geändert hat.«

Das Essen schmeckte Schütze nicht, obgleich es Puter, Rotkohl, Kartoffelbällchen und Sahnepudding gab. Auch die Zigarre nach dem Essen warf er halbgeraucht weg.

Er war erleichtert, als er wieder im Zug nach Berlin saß. Seine Kinder hatten jedes ein dickes Paket in der Hand. Großvater Perritz hatte es ihnen in Breslau, wohin er die Familie begleitete, in einem großen Kaufhaus geschenkt: Für jedes Kind neue Kleidung.

»Damit ihr nicht vergeßt, daß es außer brauner Uniform noch anderes gibt...«, sagte er dabei.

Heinrich Emanuel ließ es geschehen. Man soll alten, starrköpfigen Männern nicht ins Wort fallen. Sie sind nicht mehr zu belehren. Im Zug aber ordnete er an: »Diese Kleidung tragt ihr nur sonntags.«

»Aber am Sonntag tragen wir doch Uniform, Papa!« rief Christian-Siegbert. »Das Festkleid der Nation –«

Schütze nickte wohlgefällig. »Ich weiß, ich weiß.« Er schielte zu Amelia hinüber. Sie saß am Fenster und starrte auf die vorbeifliegende schlesische Landschaft. »Ich wollte nur eurer Mutter einen Gefallen tun –«

Meine Kinder, dachte er glücklich. Ihnen gehört die Zukunft der Nation. Sie werden in dem neuen Geist aufwachsen und einmal eine Welt regieren –

*

Der neue Geist kam ihnen entgegen.

In Berlin schon wunderte sich Schütze, daß an allen Ecken bewaffnete Polizei stand, verstärkt durch SS und SA.

Er ließ seine Familie allein nach Hause fahren und raste mit einer Taxe zur Bendlerstraße. Dort empfing ihn ein Massenaufgebot von Offizieren. Erregte Debatten schwirrten durch die Räume. Nur Sprachfetzen schnappte Schütze auf, als er zu General Müller eilte. Revolution ... Röhm ... v. Schleicher ... v. Papen ... Hitler in Wiessee ... die ganze SA ...

General Müller saß hinter seinem Schreibtisch. Er war bleich und starrte Hauptmann Schütze an, als komme mit ihm eine Gefahr in das Zimmer.

»Sie haben mir noch gefehlt!« schnarrte er. »Natürlich waren Sie im entscheidenden Augenblick wieder nicht da.«

»Welcher Augenblick, Herr General?«

»Ach – Sie wissen noch gar nichts? Gibt es denn so etwas auch? Die SA hat putschen wollen. Gegen unseren Führer. Hitler hat persönlich die gesamte obere SA-Führung verhaften und erschießen lassen. Röhm, Ernst, Heines ... und ... und ...« General Müller wischte sich über die Stirn ... »und auch General v. Schleicher, General v. Bredow, Ritter von Kahr ... Im Augenblick ist noch gar nichts zu übersehen. Es sollen über dreihundert Männer sein ...«

»Erschossen?« stammelte Schütze. »Schleicher –«

»Mit seiner Frau –«

»Und wir sitzen noch herum?« schrie Schütze.

»Was sollen wir tun? Wenn der Führer mit reaktionären Elementen kurzen Prozeß macht, dann sollen wir –« General Müller schwieg. Zum erstenmal wich er dem Blick Schützes aus. Er verstand dieses stumme Anstarren. Er fühlte, daß man ihn als General ansprach. Als Kameraden des ermordeten ehemaligen Chefs der Reichswehr. »Gehen Sie, Herr Hauptmann«, sagte er hart. »Wir müssen warten ...«

In den Fluren erfuhr Heinrich Emanuel mehr. Der Chef der Heeresleitung, General v. Fritsch, hatte sofort eingreifen wollen, als das Morden der SS bekannt wurde. Aber Reichskriegsminister General v. Blomberg hatte jede Beteiligung der Reichswehr verboten. Auch als der Mord an v. Schleicher und Bredow bekannt wurde, hatte Blomberg geschwiegen und seinen Chef der Heeresleitung, v. Fritsch, in seiner Verzweiflung allein gelassen.

»Eigentlich ist es gut so«, sagte ein Oberst. Er gehörte zur Abwehr und hatte einen Kreis Offiziere um sich versammelt. »Mit der

Zerschlagung der SA haben wir von der Reichswehr unseren größten Gegner verloren. Aus allem können wir nur Vorteile ziehen. Dieser 30. Juni 1934 wird die endgültige Stärke der Reichswehr festlegen. Es darf nur eine Exekutive geben: Wir!«

Heinrich Emanuel rannte weiter. In seinem Dienstzimmer saßen neun andere Offiziere. Auch sie diskutierten. Schütze hieb mit der Faust auf den Tisch.

»Es mußte so kommen!« sagte er laut. »Man versucht nicht ungestraft, ein traditionsreiches Heer wie das unsere zu untergraben. Es war eine Säuberung, meine Herren, die längst fällig war.«

»Und General v. Schleicher?« rief ein junger Oberleutnant.

»Warten wir es ab.« Hauptmann Schütze winkte. »Wir haben keine Zeit, um herumzusitzen und uns Gedanken zu machen. An die Arbeit, meine Herren.«

Als er allein war, rief er Amelia an.

»Hast du's schon gehört?« fragte er.

»Eben im Rundfunk. Es ist schrecklich. Ich habe solche Angst um Onkel Eberhard ...«

»Hm.« Schütze setzte sich. An den Onkel General a. D. hatte er nicht gedacht. Es war leicht möglich, daß auch er bei der Säuberung ... Wenn aber Onkel Eberhard ein Opfer des 30. Juni geworden war, dann würde man auch auf Hauptmann Schütze ... Heinrich Emanuel schluckte. Sein Hals wurde plötzlich trocken.

»Ach was«, sagte er rauh. »Mach dir keine Sorgen, Amelia. Ich hätte es bestimmt erfahren ...«

»Wann kommst du nach Hause?«

»Ich weiß es noch nicht.«

Er legte auf. Nachdenklich, etwas ängstlich hockte er auf seinem Stuhl. Er wartete. Daß General Müller erschien und ihn verhaftete. Daß die SS ihn mitnahm. Daß man ihn davonjagte. Und er legte sich verzweifelt Worte und Sätze zurecht, mit denen er sich verteidigen wollte.

Die ganze Nacht über blieb er in der Bendlerstraße. Er trank in diesen Stunden eine große Kanne starken Kaffees, bis das Herz ihm bis zum Kehlkopf schlug.

Am Morgen erhielt er den Tagesbefehl Generals v. Blomberg.

»Der Führer hat mit soldatischer Entschlossenheit und vorbildlichem Mut die Verräter und Meuterer niedergeschmettert ...«

Das beruhigte Heinrich Emanuel etwas. Er war weder ein Verräter noch ein Meuterer, nur ein kleiner, ganz kleiner Kritiker gewesen. Aber auch dies würde man sein lassen, schwor er sich. Auch

Kritik würde man nicht mehr üben. Wer wie Hitler die Macht hat, steht über jeder Kritik. Die Stärke einer Faust ist mächtiger als die Gedanken eines Gehirnes.

Über einen Monat benahm sich Schütze wie ein erschrecktes Mäuslein. Er ließ sich nicht blicken, er fiel nicht auf, er tat still seine Arbeit, er machte keinen auf sich aufmerksam. Er war ein kleines Rädchen in der großen Heeresmaschinerie, das sich lautlos drehte.

Anfang August – Reichspräsident Generalfeldmarschall v. Hindenburg lag sterbend auf seinem Gut Neudeck – gab der General v. Reichenau einem Reporter der französischen Zeitung »Petit Journal« ein Interview über den Bluttag 30. Juni 1934. Er sagte: »Der Tod v. Schleichers, unseres früheren Chefs, bekümmert uns tief, aber nach unserer Auffassung hat er schon seit geraumer Zeit aufgehört, Soldat zu sein . . .«

Hauptmann Schütze verlas dieses Interview vor seinen untergebenen Offizieren und Mannschaften.

»Das ist die Wahrheit, meine Herren!« sagte er mit lauter Stimme. »Wir waren faul bis ins Mark hinein. Und so, wie man Eiterherde wegnimmt und Geschwüre herausschneidet, hat der Führer unsere Nation vor der Verseuchung bewahrt. Hüten wir uns, andere Ideale zu haben als die des aufrechten Soldaten, dessen Leben allein nur dem Volke gilt.«

Einen Tag später starb Hindenburg. Es war der 2. August 1934. Hitler hielt eine Rede. Er erhob den toten Marschall zum Symbol der Deutschen. Und er ignorierte den letzten Wunsch des Toten, im Park seines Gutes Neudeck begraben zu werden. Schon am Sterbebett hatte er den Wunsch rundweg verweigert. Der berühmte Chirurg Prof. Sauerbruch, der Hindenburg behandelte, erzählte später, Hitler habe zu Hindenburg gesagt: »Diesem Wunsche kann ich nicht nachkommen, Herr Reichspräsident. Sie gehören dem ganzen deutschen Volke . . .«

Im mittleren Turm des riesigen Mahnmals von Tannenberg ließ Hitler den toten Marschall beisetzen. Er tat es nicht aus Pietät . . ., er tat es aus Berechnung. Die letzten Frontkämpfer zog er mit dieser Geste auf seine Seite. Es war der letzte politische Mißbrauch, zu dem Hitler nun selbst den toten Hindenburg ausnutzte. Die dem Marschall zustehende Ehre floß als Aktivposten in seine demagogische Tasche.

Vorher aber, gleich nach dem Tode Hindenburgs, erging der Befehl, eine neue Vereidigung des Heeres vorzunehmen. Der neue Eidestext war schon lange vorbereitet gewesen.

Im Stahlhelm standen die Offiziere in einem weiten Viereck auf dem Hof der Heeresleitung in der Bendlerstraße. General Müller verlas die Eidesformel. Im dumpfen Chore sprachen die Offiziere die Worte mit. Worte, die sie in ihrer vollen Tragweite erst später begreifen lernten. Worte, die sie auf alle Zeiten wehrlos machten im eigenen Denken:

»Ich schwöre bei Gott diesen heiligen Eid, daß ich dem Führer des deutschen Reiches und Volkes, Adolf Hitler, dem Oberbefehlshaber der Wehrmacht, unbedingten Gehorsam leisten und als tapferer Soldat bereit sein will, jederzeit für diesen Eid mein Leben einzusetzen.«

Nach der Vereidigung rannte Heinrich Emanuel Schütze in sein Zimmer, riß sich den Stahlhelm vom Kopf und setzte sich blaß auf den Stuhl. Er rief mit zitternden Fingern seine Frau an und brauchte einige Atemstöße, um sprechen zu können.

»Wir ... wir sind soeben neu vereidigt worden«, sagte er leise. »Auf Adolf Hitler persönlich ... und ... und ...« er würgte an den Worten ... »er nennt sich ›Oberbefehlshaber der Wehrmacht‹ ... Ein ... ein Gefreiter ... Amelia ...«

»Und du hast geschworen?« fragte Amelia.

»Was bleibt mir anderes übrig? Alle haben geschworen. General Müller, Oster, v. Fritsch, v. Blomberg, v. Reichenau, Beck, alle, alle. Begreifst du das?«

»Nein. Doch ja! Wenn sie alle so sind wie du ...«

Heinrich Emanuel unterbrach das Gespräch. Er kam sich elend vor und drückte die Telefongabel herunter.

Das Begräbnis des toten Marschalls war ein Feiertag des ganzen deutschen Volkes. Aus Hunderttausenden von Fenstern wehten die schwarz-weiß-roten Fahnen auf halbmast. Aber sie hatten eine andere Form bekommen, die Fahnentücher. Rot war der Grund, weiß war ein großer Kreis, und in ihm stand schwarz ein Hakenkreuz.

Auch Hauptmann Schütze wurde abkommandiert. Mit einigen hundert anderen Offizieren sollte er das Ehrenspalier bilden, durch das man den Sarg Hindenburgs in die Gruft des mittleren Turmes des Tannenberg-Ehrenmales trug. In der ersten Reihe sollte er stehen, direkt am Turmeingang, vor den riesigen, aus Sandstein gehauenen soldatischen Wächtern.

Die Fahrt durch Ostpreußen weckte Erinnerungen in ihm auf, die er längst vergessen glaubte.

Seine Versetzung 1914 nach Goldap. Die Jagden in der Romintener Heide. Die Flitterwochen mit Amelia im Schneesturm. Die neue Wohnung, die kaum von den drei Öfen warm gehalten wurde. Der Sturm, der damals über Ostpreußen heulte, war durch den Menschen unbesiegbar. Die Wochen in der Kaserne von Goldap mit dem mongolengesichtigen Kommandeur, der später bei Verdun fiel. Der Auszug in den Krieg, den man in sechs Wochen gewinnen wollte. Die Flucht Amelias aus Goldap, als die russische Narew-Armee über die Grenze Ostpreußens flutete ...

Es war alles so weit weg, als er jetzt durch dieses Land fuhr. Es war wie der Blick in eine Welt, die man nur noch aus den Märchenbüchern kennt und von der man kaum begreifen kann, daß in ihr einmal Menschen lebten, die auch heute noch existierten.

Das Tannenberg-Ehrenmal wuchs aus der Ebene wie sechs in den Himmel gestoßene Fäuste. Lange schwarze Fahnen verhüllten die Türme. Dazwischen wehten die Hakenkreuzbanner und die Reichskriegsflaggen. Ein neues Heer ballte sich in und um das Ehrenmal. Stahlhelme, schwarze Uniformen, braune Käppis, schwarze Zivilanzüge mit Schulterbändern und Orden. Artillerie war auf dem Feld vor dem Mahnmal aufgefahren, um den letzten Salut zu schießen.

Alles war tagelang geübt worden. Jeder einzelne Mann stand an seinem genau vorgezeichneten Platz. Es sollte ein großes militärisches Schauspiel werden. Die Presse der ganzen Welt sah zu.

Unter dem dumpfen Grollen Hunderter Trommeln und dem donnernden Salut der Geschütze wurde der Sarg mit dem toten Marschall langsam auf einer Lafette in den riesigen Innenhof des Tannenberg-Denkmals gefahren. Ihm folgten die im Sonnenlicht blitzenden und wehenden Fahnen der alten deutschen Regimenter.

Hauptmann Schütze stand ganz vorne in der ersten Reihe. Der Anblick der alten Fahnen trieb ihm die Tränen in die Augen. Ihre zerfetzten Tücher zeugten von den Schlachten, denen sie vorangetragen wurden. Wie war es 1870 bei Mars-la-Tour, dachte Heinrich Emanuel schaudernd? Als drei Fahnenträger unter den Kugeln und Schrappnellen fielen, riß einer die Fahne vom Stock und wickelte sie sich um den Leib und stürmte mit ihr weiter.

Dann sah Hauptmann Schütze Hitler. Er ging hinter den Fahnen, umgeben von allen Generalen. Auch General Müller war dabei.

Zum erstenmal seit dem Prozeß in Leipzig sah Heinrich Emanuel Hitler aus der Nähe wieder. Ganz nahe war er ihm, nur zwei Meter entfernt. Hitler mußte an ihm vorbei, wenn er den Turm betrat, in den man den Sarg Hindenburgs trug.

Hitler sah Schütze an. Groß, mit starren, kalten Augen. Heinrich Emanuel stockte der Herzschlag. Er stand schwitzend, kerzengerade, wie angewurzelt. Der Stahlhelm drückte, sein silbernes Koppel funkelte in der Sonne. Jetzt ... jetzt ... dachte er ...

Hitler wandte den Kopf geradeaus und ging weiter. Vor dem Eingang des Turmes nahm er seine braune Mütze ab und verzog das Gesicht zu einer Trauermiene.

Vor dem Ehrenmal donnerten noch immer die Geschütze den Salut. Für wen schießen sie, dachte Schütze plötzlich. Für den toten Hindenburg oder für diesen Hitler ...?

Dem Oberbefehlshaber der Wehrmacht. Dem Führer und Reichskanzler. Dem Mann, der in Wien und München in einem Obdachlosenasyl wohnte und sich bei der Heilsarmee für einen Teller Suppe anstellte ...

Nach der Parade hatte Hauptmann Schütze zwei Tage Urlaub.

Er fuhr nach Goldap. Er ging noch einmal auf den Spuren der Vergangenheit sein Leben als junger kaiserlicher Leutnant ab. Er erkannte alles wieder ... aber doch war alles anders. Nüchterner, fremder, entzaubert fast.

Vorzeitig fuhr er wieder zurück nach Berlin. Er flüchtete vor der Vergangenheit, weil sie Vergleiche zur Gegenwart heraufbeschwor. Gedanken, die er nicht wahrhaben wollte.

Was kann ich denn tun, dachte Heinrich Emanuel, als er aus dem ratternden Zug über die Pferdekoppeln und die riesigen Kartoffelfelder starrte. – Ich bin doch nur ein kleiner Hauptmann. Ich habe nur zu gehorchen. Ich tue ja nichts anderes, als was die Generale auch tun. Und sie müssen es ja wissen –

Es war, als wäre der Tod Hindenburgs das Signal gewesen, aus der Ruhe auszubrechen und der Welt zu zeigen, was es heißt, ein nationalsozialistischer Staat zu sein. Es gab keine Ruhe mehr in Deutschland ... sechzig Millionen wurden in einen hektischen Taumel von Ereignissen, Taten und Auswirkungen gerissen.

Die allgemeine Wehrpflicht wurde eingeführt.

Die entmilitarisierte Zone am Rhein wurde besetzt. Hitler gab eine Erklärung ab, die die ganze Welt aufhorchen ließ: Volle Souveränität der deutschen Ströme, der Reichsbahn und Reichsbank. Über die Rheinbrücken zogen die Regimenter der Wehrmacht auf das andere Ufer. In Köln, in Koblenz, in Neuss, den ganzen Strom hinab schrien sich die Menschen die Kehlen heiser vor Begeisterung.

Auch Hauptmann Schütze überfiel eine ungeheure enthusiastische

Stimmung. Er wurde zur Truppe zurückversetzt und bekam wieder eine Kompanie. Er vereidigte neue Rekruten, die ersten Jahrgänge der neuen Wehrpflicht und rief ihnen zu:

»Erkennt die neue Zeit, Kameraden! Was wir heute erleben, ist in der deutschen Geschichte ohne Beispiel! Ein Volk, das völlig am Boden lag, erhebt sich und wird größer und mächtiger werden als je zuvor. Unsere Zukunft liegt in unseren Händen! Und was halten wir in der Hand? Die Waffe! Sie wird zum Symbol des neuen Deutschlands werden!«

1937 annullierte Hitler den Versailler Kriegsschuldparagraphen. Schütze war in Flammen.

»Dieser Hitler!« rief er begeistert und entkorkte zu Hause eine Flasche Wein. »Wer hätte das gedacht. Was uns allen wie ein Felsbrocken auf der Seele liegt, unsere Alleinschuld am Kriege, das schiebt dieser Hitler mit einem Federstrich zur Seite. Und die ehemaligen Sieger erkennen es an. Ein Druck ist von uns allen genommen.«

»Du warst nie schuld am Kriege«, sagte Amelia. »Aber du wirst schuld sein an dem, was weiter geschieht.«

»Hat der Onkel Eberhard wieder geschrieben?« Schütze sah seine Frau mit saurem Gesicht an. »Was will der alte Mann eigentlich? Soll er einen besseren vorschlagen als diesen Hitler. Das Rheinland haben wir wieder, die Wehrpflicht, die Ehre der Nation. Unsere Wehrmacht wird aufgebaut zum stärksten Heer in Europa ... was will der Deutsche mehr?«

»Ruhe und Sicherheit.«

»Die garantieren unsere Waffen.«

Amelia schüttelte den Kopf. »Kannst du dir nicht denken, daß es ein Leben ohne Militär gibt? Daß die Menschen alle friedlich nebeneinander leben, daß ihnen nicht mehr die Angst im Nacken sitzt ...«

»Nein.« Hauptmann Schütze trank einen Schluck Wein und wischte sich den Schnurrbart ab. »Das wäre gänzlich wider die menschliche Natur.« Er lächelte, tätschelte Amelia den Rücken und legte den Arm um ihre Schultern. »Ein Deutscher ohne Uniform ... das ist ja absurd, Amelia.«

1938 rückte Hauptmann Schütze in das Sudetenland ein. Es waren heiße Tage. Ein neuer Krieg lag in der Luft. Wenn man schnupperte, roch es fast nach Schwefel. In Berlin lagen alle Aufmarschpläne fertig. Die Garnisonen standen unter Waffen. Über die neuen Autobahnen rollten die Transporte nach Osten und Westen. Der halbfertige Westwall wurde besetzt. Riesige neue Geschütze wurden einbetoniert. Sturzkampfbomber, Stukas genannt, heulten unter dem blauen, sonnigen Himmel. 52 aktive Divisionen mit über 30 000 Offizieren standen Gewehr bei Fuß und sahen auf die Grenzen. In England, in Frankreich, vor allem aber in Polen jagten sich die Sitzungen der Staatsmänner.

Unterdessen ritt Hauptmann Schütze nördlich Eger durch wogende Weizenfelder, sammelte Blumensträuße der zur Freude organisierten »befreiten« Deutschen und saugte in sich das Erleben auf, Mitbegründer eines Großdeutschland zu sein.

In Graslitz, einem kleinen Ort nordostwärts von Eger, machte er drei Tage Quartier und schrieb einen überschäumenden Brief an Amelia und die Kinder.

Am Abend des zweiten Tages bekam Schütze Besuch. Ein Mann in schwarzer Uniform und mit silbernen SS-Runen auf den Spiegeln kam in das Zimmer, brüllte »Heil Hitler!« und setzte sich Hauptmann Schütze gegenüber an den Tisch.

»SS-Sturmbannführer Gunter Harris«, stellte er sich vor. »Sie sind Kommandeur der Einheiten hier?«

»Ja.« Schütze musterte den Besucher. Ein unheimliches Gefühl klomm in ihm hoch. Was will er hier, dachte er. Wie kommt die SS in dieses Land?

»Ich brauche Ihre Hilfe.« SS-Sturmbannführer Harris holte ein silbernes Etui aus der Uniform und bot Heinrich Emanuel eine Zigarette an. »Wir haben den Auftrag, die Sozis und Kommunisten dieses Gebietes zu sammeln und nach Chemnitz zu schaffen.«

Hauptmann Schütze drückte die Zigarette nach dem ersten Zug aus. Sie schmeckte wie Galle. »Sozis?«

»Befehl des Reichsführers SS.«

»Was habe ich damit zu tun?«

»Sie sollen mit Ihrer Truppe die Abtransporte sichern.«

»Ich habe keinen Befehl dazu.«

»Wie Sie sehen, bringe ich ihn Ihnen.«

»Bedaure.« Hauptmann Schütze stand auf. Er sah auf SS-Sturmbannführer Harris hinab mit der deutlichen Aufforderung, das Zimmer zu verlassen. Harris verstand ihn, aber er blieb sitzen. Sein Gesicht wurde kantig. Die Freundlichkeit verlor sich.

»Machen Sie keine Schwierigkeiten, Herr Hauptmann«, sagte er leise.

»Ich unterstehe meinem Kommandeur in Eger, sonst niemandem. Ihr Reichsführer geht mich nichts an. Ich bin Soldat.«

»Sie weigern sich, Kommunisten zu begleiten?«

»Wenn ich keinen Befehl bekomme, – ja.«

»Ich befehle es Ihnen!« schrie Harris. Er sprang auf und schlug mit der flachen Hand auf den Tisch. »Sind Sie so blöd oder spielen Sie nur den Doofen? Haben Sie noch nicht erkannt, daß für uns Ihre Vorgesetzten einen Haufen Dreck bedeuten? Wenn der Reichsführer SS etwas befiehlt, so ist das wie ein Befehl des Führers! Und ich stehe hier im Auftrage des Reichsführers!«

»Das mag sein.« Schütze nickte. Die Starrheit seiner Dienstauffassung war jetzt wie ein undurchdringbarer Schild. »Aber ich bitte, mir dies schriftlich zu geben. Mit den Unterschriften des Führers und des Reichsführers.«

SS-Sturmbannführer Harris wurde rot im Gesicht. Er kam um den Tisch herum und stellte sich nahe vor Schütze.

»Sie weigern sich also?«

»Ja.«

»Ich werde Sie hinrichten lassen!«

Schütze lächelte. »Ich unterstehe der Wehrmachtsgerichtsbarkeit. Mich geht die SS gar nichts an. Transportieren Sie Ihre Kommunisten allein...«

»Sie Schwein von einem Hauptmann!« Harris griff Schütze an die Brust. »Sie kommen mit! Ich verhafte Sie als kommissarischer Polizeikommandant des Gebietes! Los, – mitkommen!«

Er wollte Heinrich Emanuel am Rock aus dem Zimmer zerren. Einen Augenblick zögerte Schütze. Dann schlug er zu ... dreimal, viermal, immer in das schwankende Gesicht des SS-Führers, bis Harris an der Wand zusammenknickte und auf die Knie fiel.

Schütze nahm dem Wehrlosen die Pistole ab, steckte sie ein und verließ das Haus. Er rannte hinüber zur Schreibstube und ließ sich mit dem Regiment verbinden. Mit fliegendem Atem schilderte er den Vorfall und machte einen Tatbericht gegen sich selbst.

»Seien Sie ganz ruhig«, sagte der Oberst in Eger. »Ich werde es nachprüfen. Und wegen der Sozis... Sie unternehmen nichts. Wenn die SS die Sozis weghaben will, soll sie sie selbst wegschaffen. Wir machen uns daran die Finger nicht schmutzig.«

Schütze rannte zurück in sein Haus. SS-Sturmbannführer Harris war nicht mehr im Zimmer. Aber die Einrichtung hatte er vor seinem Weggang zerschlagen. Die Stühle, den Tisch, den Schrank. Es sah aus, als sei eine Bombe im Zimmer krepiert. »Wie die Vandalen!« sagte Heinrich Emanuel laut. Dann legte er sich ins Bett, voll angezogen, in Stiefeln, die Pistole entsichert neben sich.

Aber niemand kam zurück. Erst gegen Morgen schlief er ein. Er hörte nicht mehr, wie viele schlürfende Schritte über die morgenhelle Dorfstraße von Graslitz tappten, wie Frauenweinen und Kindergreinen von den Hauswänden widerhallten, wie Flüche aufgellten und klatschende Laute, als schlage man mit Peitschen auf nackte Körper.

Am nächsten Tage zog die Truppe weiter. Durch glühende Sonne, durch weite Getreidefelder. Der blaue Himmel schien auf die Erde zu fallen.

Zehn Kilometer südlich von Graslitz sahen sie auf einer riesigen Wiese eine zusammengeballte Masse Menschen liegen. SS-Männer mit Karabinern und hinter Maschinengewehren liegend, bewachten den Knäuel Leiber. Seitlich von den Liegenden stand eine lange Kolonne Lastwagen, zum Teil noch beladen. Zusammengepreßt wie Rundhölzer stand auf den Plattformen Mann neben Mann, sogar Frauen waren darunter und einige größere Kinder, die man hochgehoben hatte und über die Schultern der Zusammengepferchten hielt, damit sie nicht erstickten. Männer des FS, des Freiwilligen Selbstschutzes, Zivilisten mit Hakenkreuzbinden, die der Sudetendeutschen Partei angehörten und nach dem Abzug der Tschechen und bis zum Eintreffen der deutschen Polizei die Polizeigewalt im »befreiten Land« ausübten, saßen hinter dem Steuer oder hielten Wache vor den Lastwagen. Ein Mann in Zivil – es stellte sich später heraus, daß es ein Gestapo-Beamter aus der Zentrale in Karlsbad war – schrie herum und winkte mit beiden Händen. Von zwei Lastwagen sprangen die Verhafteten herunter und wurden mit Gewehrkolbenhieben zu den bereits Sitzenden auf die Wiese getrieben. Diese Arbeit übernahmen die SS-Männer aus Chemnitz und Annaberg.

Heinrich Emanuel Schütze verließ die Spitze seiner Truppe und ritt auf die Wiese. Hunderte Augen sahen ihm entgegen. Gesichter, gekennzeichnet von Schlägen, reckten sich ihm entgegen. Kam Hilfe? Griff die Wehrmacht ein? Verjagte sie diesen blutigen SS-Spuk? Trieb sie die Männer des Freiwilligen Selbstschutzes, aus dem später die sudetendeutsche SS entstand, davon?

Ein SS-Mann, den Karabiner in der Hand, trat Heinrich Emanuel entgegen.

»Halt!« schrie er. »He! Stehenbleiben! Verboten!«

Schütze sah den Schreier an, wie man einen krähenden Hahn betrachtet, ritt dann weiter und näherte sich den liegenden und sitzenden Menschen. Auf der Straße stand seine Truppe, eine graugrüne, entschlossene Masse Macht.

Schütze sah sich um. Männer allen Alters lagen da. Jungen, der Schule kaum entwachsen, und Greise, die gestützt werden mußten.

Einige Frauen gingen durch die Reihen und verteilten aus einem Eimer Wasser. Deckel von Kochgeschirren klapperten. Sogar eine junge Frau mit einem Säugling auf dem Arm sah Heinrich Emanuel – sie saß auf der Wiese und weinte vor sich hin. Ein junger Mann kniete neben ihr und versuchte, sie durch Streicheln über das blonde Haar zu trösten.

In Schütze schoß die Empörung hoch. Sie durchschüttelte ihn so, daß er sich kaum im Sattel halten konnte. Eine Hitzewelle, die ihm fast den Atem abdrückte, überspülte ihn. Er gab seinem Pferd die Sporen und galoppierte zu einer Gruppe von SS-Führern, die in einem kleinen Kreis neben den Lastwagen standen, die gerade ausgeladen wurden.

Als Schütze näher kam, sah er, daß einer der SS-Führer eine Pistole in der Hand hielt und ihm entgegenstarrte. Schütze blickte noch einmal zurück. Seine Kompanie stand am Straßenrand. Der junge Leutnant des 1. Zuges hatte das Kommando übernommen. Er hatte ausschwärmen lassen. 150 Soldaten standen mit den Gewehren in den Händen und warteten.

»Der Herr Hauptmann!« schrie SS-Sturmbannführer Harris höhnisch, als Schütze das Pferd vor ihm anhielt. »Sollen wir eine Ecke des vierten Lastwagens für Sie reservieren?«

Schütze blickte über die Hunderte von Köpfen auf der Wiese, auf die junge Frau mit dem Kind, auf ein Mädchen, das gerade vom Wagen sprang und dann zurück in die verkniffenen Gesichter der SS-Führer.

»Meine Kompanie hat durchgeladen!« sagte er laut.

»Sie drohen uns, Sie Offizierschwein?« brüllte Harris. »Wir haben auch durchgeladen! Und wir werden Ihnen noch klarmachen, wer der Herr in Deutschland ist! Ich habe mir Ihren Namen genau gemerkt! Die Meldung an den Reichsführer ist bereits unterwegs! Hauen Sie ab, Sie Idiot!«

»Sie wollen diese Menschen da deportieren?« fragte Schütze. Seine Stimme war belegt.

»Das geht Sie einen Dreck an!«

»Die Jungen und Greise. Die Frauen –«

»Hauen Sie ab, Mann!«

»Sie wollen diese Menschen, nur weil sie Sozialdemokraten oder Kommunisten sind –«

»Menschen?« schrie Harris und lachte. »Nur Sozis? Haben Sie einen Wurm im Hirn, Mann? Seit wann sind Kommunisten Menschen?«

»Sie haben nichts getan! Ihre politische Einstellung ...«

»Pestbeulen sind es am Körper des Volkes! Sie haben wohl noch nie Goebbels gehört, was? Noch nie das SCHWARZE KORPS gelesen? Der ›Völkische Beobachter‹ ist für Sie ein Sterngucker, was? Ich will Ihnen zeigen, was diese Sauhunde wert sind!«

Harris sah sich um. Er bemerkte das junge Mädchen, das gerade vom Wagen gesprungen war, seinen Rock glattstrich und hinüber zur Wiese laufen wollte. Mit zwei langen Schritten war er bei ihm, riß es an den Haaren zum Kreis der SS-Führer, griff in die Bluse und zerfetzte sie. Mit nacktem Oberkörper, mit kleinen, zitternden Brüsten stand das Mädchen vor Schütze und sah ihn aus großen, angstvollen, bettelnden Augen an. Das Grauen der vergangenen Stunden hatte das schmale Gesicht um Jahre älter gemacht.

»Schön, was?« brüllte Harris. Die anderen SS-Führer lachten. »Ein Körperchen, Herr Hauptmann! Knusprig wie ein frisches Brötchen! Aber wozu nutze? Fürs Bett vielleicht. Aber das wäre Verrat am Volk.« Er packte das Mädchen wieder an den Haaren und schüttelte dessen Kopf. »Was ist dein Vater?« brüllte er.

»Kommunist!« schrie das Mädchen hell.

»Seit wann?«

»Seit 1924!«

»Und was bist du?«

»Eine Russenhure!« jaulte das Mädchen. Harris drehte ihre Haare um seine Hand.

»Na also! Die Wahrheit ist immer schön!« Er gab dem Mädchen einen Stoß, es fiel auf die Straße, rollte einen Meter zur Seite und blieb am Wiesenrand liegen. Schluchzen durchschüttelte den schmalen, weißen Körper.

Schütze starrte auf das Mädchen. Es lag mit dem Gesicht nach unten auf der Erde, die Arme schützend um den Kopf gedrückt. Ihr nackter Rücken zuckte. Den Mund preßte sie in die Grasbüschel, damit man ihr Weinen nicht hörte.

Plötzlich empfand Heinrich Emanuel die Ohnmacht, hier einzugreifen. Was konnte er tun? Was widersprach seinen Befehlen? Alles widersprach ihnen, was er auch tun würde. Zum Zusehen allein war er verurteilt. Diese Erkenntnis war so grauenhaft, daß er weiß im Gesicht wurde.

»Gott wird Sie einmal dafür strafen«, sagte er heiser. Die SS-Führer brüllten wie auf Kommando laut lachend los. Sie bogen sich vor Lachen. Harris hieb dem Pferd Schützes gegen den Hals.

»Der alte, gute, liebe Gott!« schrie er. Sein Gesicht war verzerrt.

»Wenn er da ist, mag er sich bei mir melden! Mit Stahlhelm und Koppel!«

Ohne ein weiteres Wort, aber auch ohne Behinderung ritt Heinrich Emanuel Schütze zurück zu seiner Kompanie.

»Kompanie marsch!« schrie Schütze. Seine Stimme überschlug sich. »Und die Augen geradeaus!«

Die Augen geradeaus ... war das noch möglich? Konnte man noch vorbeisehen?

Er ritt vor seiner Truppe her, mit gesenktem Kopf, als sei er mitschuldig geworden.

Nach zwei Stunden machten sie Rast. Kurz, bevor sie wieder aufbrachen, hörten sie weit entfernt knatternden Motorenlärm. Lastwagen fuhren in langer Reihe zur ehemaligen Grenze. Der junge Leutnant sah seinen Hauptmann aus flackernden Augen an.

»Ja –« sagte Schütze. Er wandte sich ab und ging zu seinem Pferd. »Ich kann es auch nicht begreifen –«

In Falkenau erreichte ihn die Beschwerde des Reichsführers SS Heinrich Himmler. Sie war unterschrieben von SS-Gruppenführer Heydrich.

Heinrich Emanuel Schütze wurde zum Divisionkommandeur bestellt. Er war ein alter Weltkriegsoffizier, hatte vor Verdun gelegen und kannte den Onkel Eberhard v. Perritz von Münster her.

»Sie hatten einen Zusammenstoß mit der SS, Herr Hauptmann?« fragte der Generalmajor. Schütze drückte das Kinn an den Uniformkragen.

»Ich habe gesehen, wie man Männer, Frauen und sogar Kinder einfach deportierte. Nur, weil es Sozis und Kommunisten waren. Und man wollte mir befehlen, diesem Unrecht Hilfe zu leisten. Ich sollte die Leute transportieren und bewachen ...«

»Und Sie haben sich geweigert?«

»Ich bin Soldat und Offizier, Herr General ... aber kein Verbrechergehilfe.«

Der Divisionkommandeur sah auf das Schreiben des Reichssicherheitshauptamtes. »... bitten wir Sie, den Hauptmann Heinrich Emanuel Schütze der Gestapo zu überstellen wegen zersetzender Tätigkeit und Schädigung des deutschen Ansehens ...«

»Sie können gehen«, sagte der Generalmajor fest. »Sie erfüllen wie bisher Ihre Pflicht und die Befehle, die man Ihnen von uns gibt.« Er beugte sich über das Schreiben Heydrichs und schrieb an den Rand: »Erledigt. Bereits von uns disziplinarisch bestraft ...«

Dann sah er auf und lächelte Hauptmann Schütze zu.

»Ich habe für Sie eine schöne Aufgabe. Unsere Division wird beim nächsten Parteitag in Nürnberg eine Manöverübung wie im Ernstfalle abhalten. Vor den Augen des Führers. Sie werden ein Bataillon übernehmen, Herr Hauptmann.«

»Im Manöver? Vor dem Führer?«

»Ihr Onkel erzählte mir da eine schöne Geschichte von einem Kaisermanöver. Habe selten so gelacht. Sie sind ja ein Manöverfachmann, was? Im übrigen darf ich Ihnen verraten, daß dieses Manöver Ihr Sprung zum Major ist. Endlich, was?«

Heinrich Emanuel Schütze wußte kaum noch, wie er aus dem Zimmer des Generals gekommen war. Erst auf der Straße überfiel es ihn mit elementarer Gewalt. Major ... Manöver vor Hitler ... endlich, endlich Stabsoffizier ...

Er sah über die Hügellandschaft von Falkenau. Die Abendsonne war wie ein roter Ball, der über die Kuppen tanzte. Die Felder und Baumspitzen waren rot. Wie Blut floß die Farbe über das Land, als die Sonne tiefer sank. Wie Blut ...

Da rannte Hauptmann Schütze in sein Quartier, schloß sich ein und vergrub den Kopf in beide Hände. Er sah die Menschen vor sich, wie sie auf ihren Abtransport warteten. »Das sind keine Menschen!« hatte der SS-Sturmbannführer Harris geschrien. »Das sind Kommunisten ...«

O Gott. O mein Gott ...

»Liebe Amelia«, schrieb Heinrich Amelia in dieser Nacht mit zitternder Feder. »Zum erstenmal in meinem Leben weiß ich nicht, was ich tun soll. Zum erstenmal bin ich ratlos, ich habe einen Eid geschworen, und unter diesem Eid geschehen Dinge, vor denen die Himmel aufreißen und uns alle verschlingen müßten. Ich kann es Dir nicht schreiben. Es wäre zu schrecklich, wenn es die Kinder lesen würden. Ich will es Dir erzählen, wenn ich wieder bei Dir bin ... aber auch Du wirst keinen Rat wissen, weil es kein Entrinnen mehr gibt ...«

Am Morgen las er den Brief noch einmal durch. Dann zerriß er ihn. Nicht, weil er plötzlich anders dachte, sondern weil er Amelia vor dem Grauen verschonen wollte.

Am Mittag dieses Tages hörte er im Radio den triumphalen Einzug Hitlers in Eger. Der neuernannte Gauleiter Konrad Henlein begrüßte ihn mit den Worten: »Dieser Tag ist der glücklichste unseres Lebens ...«

Heinrich Emanuel Schütze schaltete das Radio ab. Ihm war übel.

Er sah die Menschen auf den Lastwagen vor sich, das Mädchen mit der zerfetzten Bluse, die Augen voller Angst. »Wo ist Gott?« schrie SS-Führer Harris. »Wo ist er denn?«

Aus dem Nebenzimmer schallte laute Marschmusik. Der Egerländer Marsch. Der Badenweiler Marsch. Dazwischen helles Geschrei, Jubel, Massenchöre. Heil! Heil! Heil!

Die Stimme eines Sprechers: »Hochaufgerichtet, mit stolzen Augen, fährt unser herrlicher Führer durch die jubelnde Menge. Im Nu ist sein Wagen übersät mit Blumensträußen ... ja, hinter seinem Wagen fallen die glücklichen, befreiten Menschen auf die Erde und küssen die Spuren seiner Reifen. Das ist echte Liebe zum Führer, das ist –«

Schütze rannte an die dünne Wand und hieb mit beiden Fäusten dagegen. »Abstellen!« schrie er. »Abstellen!«

Das Radio im Nebenzimmer schwieg. Die beiden Feldwebel, die dort saßen, sahen sich verwundert an.

»Der Alte hat'n Stich«, flüsterte der eine.

Hauptmann Schütze setzte sich erschöpft auf sein Bett. Sie jubeln, dachte er ... und einer von ihnen hat Menschen wie Vieh zusammengetrieben, hat ein Mädchen zutiefst gedemütigt.

Ob sie noch jubeln würden, wenn sie es alle wüßten?

Er gab sich keine Antwort auf die Frage. Er wollte sie nicht geben. Es war zu grauenvoll, ja sagen zu müssen –

XII

Am gleichen Tage erschienen in der Grunewalder Wohnung des Hauptmanns Schütze drei SS-Führer.

Sie schoben Amelia in die Diele zurück, als sie ihnen öffnete und hielten ihr ein Papier unter die Augen.

»Befehl vom Reichssicherheitshauptamt. Haussuchung. Machen Sie keine Schwierigkeiten, sonst nehmen wir Sie gleich mit!«

»Aber was soll das denn?« Amelia schob das Papier zur Seite. »Mein Mann ist nicht da ... Und überhaupt, was hat die SS bei einem Hauptmann der Wehrmacht –«

»Nun seien Sie mal ganz schön still, sonst kracht's!« schrie einer der SS-Führer. »Ihre Scheißwehrmacht geht uns einen Dreck an! Hier befiehlt der Reichsführer SS! Und wenn Sie nicht sofort still sind, hauen wir Sie in die Fresse, verstanden?«

Sie schoben Amelia gewaltsam zur Seite und gingen in die Wohnung, indem sie die Wohnzimmertür auftraten.

Christian-Siegbert, der über einem Buche saß, sprang auf. Er hatte von der Diele her den Wortwechsel gehört, aber nicht darauf geachtet. Nun, da die Tür aufgetreten wurde, fuhr er den beiden SS-Leuten entgegen und stellte sich ihnen in den Weg.

»Was unterstehen Sie sich?« rief er. »Mit welchem Recht dringen Sie hier ein und –«

»Geh aus dem Weg, Knabe!« sagte der eine SS-Führer. »Kümmere dich nicht um Männersachen.«

»Ich stehe hier in Vertretung meines Vaters, des Hauptmanns –«

Die SS-Schergen lachten. Sie sahen sich an, als wollten sie sich sagen: Sieh, das gibt es auch. Da sind welche, die noch nicht begriffen haben, daß die Welt anders aussieht.

»Wenn du stehst –« sagte der eine der SS-Männer wieder – »dem kann man abhelfen, Bürschchen –«

Er trat ganz nahe an Christian-Siegbert heran, sah belustigt in das zornegrötete Gesicht des jungen Mannes ... dann stieß er seine Faust schnell und zielsicher von unten her gegen das Kinn und schlug gleichzeitig mit der linken Faust in die Magengrube.

Lautlos sackte Christian-Siegbert zusammen. Er fiel nach hinten gegen den Tisch, schlug mit dem Kopf auf die Tischkante und rollte dann auf den Teppich.

Amelia schrie auf und stürzte zu ihm hin. Sie nahm seinen Kopf in ihre Hände und schüttelte ihn. »Christan!« schrie sie. »Christian! O Gott! O Gott!«

»Mit dem unterhalten Sie sich mal weiter«, sagte der andere SS-Mann gemütlich. Dann gingen sie daran, die Wohnung zu untersuchen.

Sie räumten den Schreibtisch Heinrich Emanuels aus und sichten in aller Ruhe die Papiere. Blatt für Blatt.

Amelia hatte unterdessen einen Arzt gerufen. Christian-Siegbert war noch immer ohne Besinnung, aus einer Platzwunde im Hinterkopf blutete er stark. Sein Hemdkragen, die Schultern, der Rücken, alles war von Blut durchtränkt. Amelia hatte ihn auf das Sofa geschleift und ein Frottierhandtuch über seinen blutenden Kopf gelegt.

Als der Arzt eintraf, waren die beiden SS-Männer gerade dabei, eine Schublade des Schreibtisches aufzubrechen.

Der Arzt fragte nicht viel. Er sah zu den schwarzen Uniformen hinüber, erfuhr aus den verzweifelten Blicken Amelias alles und behandelte den noch immer besinnungslosen Christian-Siegbert.

»Er muß in ein Krankenhaus«, sagte er laut genug, daß es die beiden SS-Männer hörten. »Er muß genäht und geröntgt werden.«

»Schreiben Sie einfach: Unfall.« Eine der schwarzen Gestalten unterbrach das Lesen. »Wir sind hier im Auftrage des Reichsführers SS. Ich glaube, das genügt Ihnen.«

»Vollkommen. Aber ich werde als Arzt keine falsche Diagnose abgeben, auch nicht für den Reichsführer.«

»Immer diese Schwierigkeiten.« Der SS-Führer betrachtete den Arzt wie einen unheilbar Kranken. »Wollen Sie Ihre Praxis geschlossen bekommen?«

»Ich glaube, darüber entscheiden andere Stellen.«

»Sie wissen nicht, was ein Boykott ist, was? Nach vierzehn Tagen können Sie Ihre Pillen selbst fressen und mit den Spritzen die Fenster putzen. Also machen Sie keinen Unsinn, – schreiben Sie auf die Einweisung ›Unfall durch plötzlichen Schwindelanfall‹. Der junge Mann hat zu fleißig studiert.«

Der Arzt gab keine Antwort mehr. Er blieb bei Christian-Siegbert, bis der Krankenwagen kam und ihn abholte. »Ich bleibe bei ihm, bis er aufwacht und rufe Sie sofort an, Frau Schütze«, sagte er draußen auf der Treppe. »Sie können ja jetzt nicht weg. Ich werde sofort der Ärztekammer mitteilen, was hier geschehen ist. Noch leben wir in einem Rechtsstaat.«

»Noch –« sagte Amelia gedehnt. Ihre Kehle war wie zugeschnürt. »Kann ... kann ... Christian einen Schädelbruch haben –«

»Das glaube ich nicht. Aber eine schwere comotio ist es bestimmt ...« Er drückte Amelia die Hand. Immer und immer wieder. »Ich werde alles tun, was ich tun kann. Können Sie Ihren Gatten erreichen?«

»Er ist in Eger. Ich werde wohl kaum eine Verbindung bekommen.«

»Von Ihrem Telefon nie. Das wird jetzt überwacht. Aber fahren Sie zur Bendlerstraße. Lassen Sie von dort aus alles regeln. Der Generalität gegenüber ist auch die SS noch wehrlos.«

Als Amelia zurück ins Zimmer kam, hatten die SS-Männer einen Brief gefunden und hielten ihn ihr entgegen.

»Was ist denn das?«

Amelia hob die Schultern. »Ich kann von hinten nicht sehen, wer ihn geschrieben hat.«

»Ein General a. D. v. Perritz ...«

»Das ist mein Onkel. Ich bin eine geborene v. Perritz.«

»Eine schöne reaktionäre Bande. Wirklich. Der Brief ist beschlagnahmt. Die ganze adelige, degenerierte Sippe sollte man einsperren.«

Nach drei Stunden verließen sie endlich die Wohnung Schützes. Sie begegneten noch Uta-Sieglinde, die aus dem Lyzeum kam. Sie war ein hochaufgeschossenes Mädchen geworden, fünfzehn Jahre alt und mit beginnenden, fraulichen Formen. Ihre langen, blonden Haare trug sie in zwei dicken Zöpfen. Die SS-Männer griffen ihr unters Kinn und klopften ihr auf das Gesäß.

»Netter Käfer! Ihre Tochter?«

Amelia gab keine Antwort. Sie winkte mit dem Kopf. Uta rannte in die Küche. Die SS-Männer lachten.

»Na, dann nicht, adelige Tante! Heil Hitler!«

Nach dem Essen bestellte Amelia eine Taxe und fuhr mit ihren Kindern in die Klinik zu Christian-Siegbert. Er lag mit dick verbundenem Kopf in einem Einzelzimmer, war bei Besinnung und umklammerte die Hand Amelias, als sie ihn begrüßte.

»Haben sie dir was getan, Mutter?« keuchte er. »Haben sie dich auch geschlagen? Sag es mir ... bitte, bitte ... Du brauchst keine Angst zu haben. Ich rege mich nicht auf. Ich will es nur wissen ...«

»Sie haben mir nichts getan.« Amelia streichelte über das blasse, blutleere Gesicht Christians. »Du mußt ganz ruhig liegen, hörst du. Und du mußt alles tun, was die Ärzte dir sagen. Ich lasse Giselher und Uta bei dir ... ich komme in einer Stunde wieder ...«

Christian sah der Mutter nach, bis sie die Tür geschlossen hatte. Dann zog er Bruder und Schwester zu sich heran.

»Hat man Mutter wirklich nichts getan?«

»Nein. Nur mich haben sie auf den Hintern geschlagen«, sagte Uta.

»Ich war noch in der Schule.« Giselher gab seinem Bruder einen Schluck Apfelsinensaft zu trinken. »Willst du die SS etwa verklagen wegen Körperverletzung?«

»Nein. Das hat doch keinen Sinn. Aber ich trete aus allem aus. Aus der HJ, aus dem NS-Ruderverband ...«

Giselher-Wolfram kratzte sich den Kopf. Er war jetzt achtzehn Jahre alt und glich mehr Heinrich Emanuel.

»Das gibt noch ein Theater«, sagte er. »Aus der HJ austreten ... Mensch, überleg dir das noch –«

Von der Bendlerstraße aus erhielt Amelia nach zwanzig Minuten eine Verbindung mit dem Regiment in Eger.

General Müller, an den sie verwiesen wurde, hatte sich ihre Erzählung stumm angehört. Nur sein Gesicht wurde immer steinerner. Er starrte auf die Unterschriftenmappe vor sich.

»Ich kann die Hintergründe noch nicht übersehen«, sagte er. »Nur so viel weiß ich, daß im Sudetenland Ihr Gatte einen unschönen Zusammenstoß mit einer SS-Einheit hatte. Er war im Recht –«

Amelia nickte. Heinrich Emanuel war immer im Recht, dachte sie. Seit 1913 kämpft er eigentlich, mit kleinen Unterbrechungen, immer um die Anerkennung seines Rechtes. Es ist seine Tragik, daß seine Umwelt immer wieder wechselnde Ansichten von diesem Recht besitzt. Nichts auf der Welt wird so sehr strapaziert wie das Recht.

General Müller hob die Schultern. »Der Divisionskommandeur hat schon das Nötige unternommen. Wer konnte mit dieser Aktion in Ihrem Hause rechnen? Das sind neuartige Methoden, die ich dem Chef der Heeresleitung melden werde. Auf jeden Fall dürfen Sie beruhigt sein. Wir sind immer für Sie da.«

In Eger sprach der Regimentskommandeur. Hauptmann Schütze war nicht erreichbar. Aber der Oberst versprach Amelia, alles an ihn zu berichten. »Der Vorfall ist ungeheuerlich«, sagte der Oberst. »Sobald es geht, werde ich Ihrem Gatten einen Sonderurlaub geben.«

General Müller begleitete Amelia durch die Gänge bis vor das Portal. Irgendwie fühlte er sich schuldig. Heimlich schuldig. Er hatte den Hauptmann Schütze immer als ein Überbleibsel aus der Kaiserzeit angesehen, als einen im starren Traditionsbewußtsein festgefahrenen Trottel. Das plötzliche Ausbrechen aus dieser Starrheit kam so überraschend, daß die Verblüffung über Hauptmann Schütze größer war als die Ungeheuerlichkeit des Anlasses.

»Wie soll ich mich verhalten, wenn die SS-Männer wiederkommen?« fragte Amelia. In ihrer Stimme schwang Angst.

»Tun Sie gar nichts. Benachrichtigen Sie uns nur immer sofort.«

»Ich danke Ihnen, Herr General.«

General Müller sah Amelia nach, wie sie in die Taxe stieg. Was kann man da tun, dachte er. Eigentlich gar nichts. Man kann beim Reichssicherheitshauptamt intervenieren. Sich beschweren. Dort wird man sich entschuldigen, von einem Irrtum reden, versprechen, die Schuldigen zu bestrafen. Und geschehen wird nichts.

General Müller seufzte. Er wußte wie kaum ein anderer, welcher Riß durch Deutschland ging und wie er von Monat zu Monat breiter wurde.

In Eger, in Karlsbad, Brüx, Teplitz-Schönau, Aussig, Bodenbach, im ganzen »befreiten« Egerland wiederholte sich das gleiche: Vor allen Städten, selbst vor den kleinen Dörfern, wurden große weiße Schilder errichtet, auf denen in breiter Balkenschrift stand: Das Egerland wünscht keine Juden!

Von Plauen, Zwickau und Chemnitz rückten SA-Sturmbanner in das Land ein, um den »Kameraden« zu helfen. Ihr Erscheinen war wie eine kleine Sintflut. Die tschechischen und jüdischen Geschäfte wurden ausgeräumt. Man sah die SA-Männer mit fünfzehn, zwanzig Oberhemden über den Arm durch die Straßen laufen. Anzüge wurden weggeschleppt, Mäntel, Pelze, Geschirr, Kleider, Kostüme, Hüte ... fassungslos standen die befreiten Egerländer vor den altvertrauten Geschäften und sahen zu, wie die braunen Kolonnen aus dem »Reich« die Schaufenster leerräumten und die Beute auf Lastwagen verluden.

Nach aufgefundenen Listen wurden weitere Kommunistentransporte zusammengestellt. Gegner des Nationalsozialismus, Sozialdemokraten, tschechische Heimattreue wurden in Schulen und schnell eingerichteten Notgefängnissen gesammelt und dann unter Bewachung des »Sudetendeutschen Freikorps« nach Plauen und Zwickau in die Zuchthäuser geschafft.

Zum erstenmal kamen Begriffe wie »auf der Flucht erschossen« auf. Gleich hinter der ehemaligen Grenze, in unwirtlichen Gebieten des Erzgebirges, an einsamen Stellen wurden die Kommunisten liquidiert. Auch im Kaiserwald südwestlich Egers krachten nachts die MG-Garben.

Man kümmerte sich nicht groß darum. Aus dem Radio ertönte Marschmusik, sprach die Stimme des Führers, wurden neue Gesetze verkündet.

Es blieb nicht aus, daß Heinrich Emanuel Schütze in diesen Strudel hineingezogen wurde. Er lag mit seiner Kompanie bei Falkenau zwischen Eger und Karlsbad und hatte für Ordnung in seinem Gebiet zu sorgen.

Als die ersten Lastwagen mit der Plauener SA in Falkenau einrollten, ließ er seine Kompanie antreten.

»Soldaten!« sagte er laut. »Wir sind hier, um die deutsche Bevölkerung vor den Tschechen zu schützen. Die Rückführung des Egerlandes in das Großdeutsche Reich soll ein friedlicher Akt sein! Ich glaube aber, daß wir es jetzt viel nötiger haben, die Deutschen vor den Deutschen zu schützen. Ich erwarte, daß jeder von euch getreu seinem Eide seine Pflicht tut!«

Drei Stunden später liefen die Beschwerden in der Gauleitung ein. Von allen Seiten kamen sie, und immer war es der gleiche Satz:

»Da ist ein idiotischer Hauptmann, der geht mit seinen Leuten gegen unseren SA-Sturm vor. Er hindert uns, die tschechischen Geschäfte zu schließen. Er schützt sogar die Juden. Was sollen wir tun? Wir können doch nicht auf die Wehrmacht schießen . . .«

Heinrich Emanuel Schütze ließ sich nicht beirren. Er sammelte die SA-Leute mit dem Diebesgut auf dem Arm ein, inhaftierte sie und meldete sie der provisorischen Polizei und seinem Bataillonskommandeur als Plünderer und Räuber.

Gegen Abend wurde Hauptmann Schütze ans Telefon gerufen. Der Oberst, sein Regimentskommandeur, war selbst am Apparat.

»Sind Sie verrückt!« rief er. »Was machen Sie denn nun schon wieder? Gauleiter Henlein steht kopf! Wie können Sie es wagen –«

»Ich tue nur meine Pflicht, Herr Oberst.« Heinrich Emanuel atmete tief durch. »Wenn jemand plündert – auch wenn er eine braune Uniform anhat – ist er für mich ein Plünderer. Wo er plündert, ist mir gleichgültig.«

»Es handelt sich hier um politische Akte, Mann!«

»Ich wußte nicht, daß Diebstahl zur Politik gehört.«

»Es sind Repressalien, Herr Hauptmann!«

»Wenn die Gegenstände ordnungsmäßig beschlagnahmt und registriert werden – ja. Aber was hier geschieht, ist glatter Einbruch. Ist persönliche Bereicherung!«

»Maßen Sie sich kein Urteil an!« brüllte der Oberst. Daß sein Hauptmann recht hatte, recht wie immer, erregte ihn maßlos. Um so elender war es ihm, etwas decken zu müssen, was er selbst zutiefst verabscheute. »Sie stellen sofort Ihre Aktionen ein und lassen die SA-Leute frei.«

»Zu Befehl, Herr Oberst.« Heinrich Emanuel sprach besonders deutlich. »Ich wiederhole den Befehl: Anordnung des Regimentes: ich habe sofort die Diebe freizulassen, die Plünderer zu schützen und die Ausgeraubten für vogelfrei zu erklären . . .«

»Kommen Sie morgen zu mir, Schütze.« Die Stimme des Obersten war leise. Sie hatte allen militärischen Klang verloren. »Die Wand, durch die Sie wollen, ist stärker als Ihr Kopf.«

»Morgen zum Rapport, jawohl, Herr Oberst.«

»Ist es zu Tätlichkeiten mit den SA-Leuten gekommen?«

»Vereinzelt.«

»Auch das noch. Schütze, wie soll ich Sie bloß vor dem Gauleiter verteidigen? Erst die SS-Leute, jetzt die SA . . .«

»Ich habe vielleicht einen veralteten Begriff vom Recht, Herr Oberst . . .«

Es knackte in der Leitung. Der Oberst hatte aufgelegt. Heinrich Emanuel strich sich über seine Haare. Als er die Hand zurückzog, war sie naß von kaltem, klebrigem Schweiß.

Er ging selbst zu den Stellen, wo er die SA-Leute gesammelt hatte. Schimpfen, Johlen, Beleidigungen, Drohungen, geschüttelte Fäuste und Spott empfingen ihn. Er ging durch alles hindurch wie durch einen Sumpf, der im Wege lag und überquert werden mußte.

»Wachen abtreten!« sagte er laut. »Die Verbrecher sind frei!«

»Das wirst du büßen, du Trottel!« schrie einer aus der SA-Menge.

»Dich hängen se eines Tages uff!« brüllte ein anderer.

»Judenknecht!« brüllte ein Chor. »Judenknecht!«

Hauptmann Schütze verließ die Sammelstellen. Hinter sich hörte er das Splittern von Türen und Schaufenstern. Das Werk wurde fortgesetzt. Eine Familie, ein Mann, eine junge Frau mit einem vielleicht zweijährigen Kind auf dem Arm, rannten über die nachtdunkle Straße. Drei betrunkene SA-Männer hetzten sie, johlend, brüllend.

»Die kleine Judensau wollen wir. Die Judensau!«

Schütze blieb stehen. Die junge Frau verbarg sich zitternd hinter seinem Rücken. Sie drückte das Kind fest an ihre Brust. Ihr Gesicht war geschwollen. Man mußte sie geschlagen haben. Ihr Rock war an den Hüften zerrissen. Der Mann rannte weiter, irrsinnig vor Angst.

Die drei SA-Männer blieben vor dem stummen Hauptmann stehen. Alkoholdunst wehte von ihnen her, vermischt mit dem scharfen Geruch durchgeschwitzten Lederzeuges.

»Gib die Kleine 'raus, Kamerad!« schrie einer der SA-Männer. »Die kann noch drei großdeutsche Siegel vertragen.«

Heinrich Emanuel Schütze blickte kurz zu den Soldaten, die ihn begleiteten.

»Fertig!« kommandierte er. Es rasselte laut. Die Gewehre wurden durchgeladen. Durch die drei SA-Männer ging es wie ein Schlag. Sie starrten auf die Gewehrmündungen.

»Bist du verrückt, Hauptmann?!« lallte einer. »Die ist Jüdin –«

»Legt an!« kommandierte Schütze. Die Gewehre fuhren hoch. Die SA-Männer wurden plötzlich nüchtern. Sie drehten sich wortlos herum und gingen weg. Noch ein paarmal sahen sie zurück. Die Gewehre waren noch im Anschlag.

Schütze wartete, bis die drei in der Dunkelheit untergetaucht waren. Dann drehte er sich aufatmend zu der jungen Frau um.

»Laufen Sie«, sagte er. »Laufen Sie irgendwohin und verstekken Sie sich. Mehr kann ich für Sie nicht tun. Mehr –«, er schluckte, »mehr darf ich nicht –«

»Gewehre ab!« kommandierte er dann, winkte mit dem Kopf und ging. Die Soldaten folgten ihm. Sie warteten betreten. Ein Feldwebel holte Schütze ein.

»Herr Hauptmann«, fragte er leise. »Durften wir denn das?«

»Nein. Aber darauf kommt es jetzt nicht mehr an. Das Verbotene scheint heute das Normale zu werden –«

Die Fäden in der Kopfplatzwunde waren gerade gezogen worden, als Hauptmann Schütze ins Krankenzimmer seines Sohnes trat.

Er war vom Bahnhof gleich in die Klinik gefahren. Amelia wußte noch gar nicht, daß er in Berlin war. Heinrich Emanuel hatte es bewußt so getan. Er wollte mit seinem Sohn allein sprechen.

»Vater –« sagte Christian-Siegbert und lächelte. Er lag ganz flach im Bett. Die schwere Gehirnerschütterung zwang ihn, noch sechs Wochen zu liegen. Täglich bekam er Traubenzuckerinjektionen. Sein Puls und der Blutdruck waren abnorm niedrig. »Du brauchst dich nicht aufzuregen. Mir geht es gut.«

»Das freut mich, mein Junge.« Er zog einen Stuhl ans Bett und setzte sich. Der Arzt, der die Fäden gezogen hatte, beugte sich von hinten an Schützes Ohr.

»Höchstens zwanzig Minuten, Herr Hauptmann –«

Schütze nickte. Er nahm die schmalen, blassen Hände seines Jungen und drückte und streichelte sie. Es waren Zärtlichkeiten, die Christian nie erlebt hatte. Er konnte sich nicht erinnern, daß sein korrekter, immer etwas steifer Vater ihn zärtlich gestreichelt hatte.

»Mutter haben sie also nichts getan?« fragte Heinrich Emanuel.

»Du hast sie tapfer beschützt, mein Junge –«

»Sie haben mich einfach zusammengeschlagen, Vater. Und dabei habe ich nur gefragt, was sie wollten –«

»Wir kommen in eine Zeit, mein Junge, in der wir nicht mehr viel zu fragen haben.«

»Sie haben einfach unsere Tür aufgetreten –«

Schütze nickte. »Das ist der neue Rhythmus.«

»Ich werde aus der HJ austreten. Ich werde aus allem austreten.«

»Das wirst du nicht.« Schütze sah in das fahle Gesicht Christians. »Du willst doch dein Abitur machen –«

»Ja, Papa.«

»Und Offizier willst du werden –«

»Du weißt es doch, Vater.«

»Siehst du. Wenn ich mich nicht mehr richtig auskenne in dieser neuen Welt, so ist es deshalb, weil ich ein alter knorriger Baum bin. Von allen Seiten haben mich in den Jahrzehnten die Winde umweht ... nun plötzlich weht er um die Wurzel. Das kenne ich nicht, und das begreife ich nicht. Aber du bist jung, du kannst dich in das Neue hineinleben, du hast noch die Kraft und den Idealismus, aus dem, was du siehst, zu lernen. Du bist die neue Zeit ... was können sie denn erreichen, wenn sie die Jugend nicht haben? In dir müssen die Ideen von Recht und Freiheit leben, von Menschenwürde und Frieden. In dir und Millionen anderer junger Menschen. Denn ihr schafft einmal die neue Welt ... wir alten halten euch nur den Bügel, damit ihr in den Sattel klettern könnt. Darum mußt du dabeibleiben, mein Junge. Du mußt wach bleiben, sehen lernen, kritikfähig werden. Du mußt mitgestalten, du und deine Kameraden. Noch nimmt euch vieles gefangen, was ihr seht ... die Fahnen, Standarten, Trommeln, Fanfaren, die Worte Hitlers und die Taten, die ihnen folgen. Was dahintersteht, das seht ihr noch nicht. Aber einmal, dann bemerkt ihr es ... und dann müßt ihr die Kraft haben, daraus zu lernen und es besser zu machen ... besser als wir –«

Christan lächelte und drückte die Hand des Vaters. »Ich verstehe, Papa ... aber die anderen verstehen es noch nicht.«

»Es kommt noch, mein Junge. Es kommt noch. Ein Kaiserreich ist zu Ende gegangen ... man kann ein neues Reich nicht über Nacht schaffen. Es leben noch zu viele von gestern, und ihre Erinnerungen sind glücklicher als die Gegenwart ...«

»Aber das Kaiserreich war morsch, das mußt du zugeben, Vater.«

»Aber in ihm war der Mensch wirklich noch ein Mensch. Das ist es, was wir Alten von euch einmal erwarten: Schafft uns den Menschen wieder –«

Durch einen Spalt der Tür sah eine Schwester. Sie nickte Hauptmann Schütze zu. Zwanzig Minuten ... Heinrich Emanuel erhob sich. Christian umklammerte die Hände seines Vaters.

»Du gehst schon?«

»Ich muß. Aber ich komme morgen wieder.«

»Bleib noch etwas, Vater. Bitte, bitte. Nie hast du so zu mir gesprochen wie heute. Ich habe dich gar nicht gekannt, Vater.«

»Wir werden jetzt viel über solche Dinge sprechen. Ich verspreche es dir.«

Auf dem Flur traf Hauptmann Schütze den behandelnden Arzt.
»Wie lange wird er noch in der Klinik bleiben?«
»Bestimmt sechs Wochen.« Der Arzt sah nachdenklich auf die Kurven des Krankenblattes, das er in der Hand hielt. »So ein Unfall ist nicht leichtzunehmen.«
»Unfall?« Hauptmann Schütze biß sich auf die Unterlippe. »Ja ja ... natürlich ... so ein Unfall ... Haben Sie besten Dank, Herr Doktor ...«
»Aber bitte, Herr Hauptmann ... Heil Hitler!« sagte der Arzt.

Der SS-Sturmführer sah erstaunt auf den Hauptmann, der vor ihm stand. Die ungeheuerlichen Vorwürfe, die er aussprach, wischte er mit einer Handbewegung weg.
»Das ist völlig unmöglich«, sagte der SS-Sturmführer. »Das muß ein Irrtum sein ...«
»Ein Irrtum?!« Heinrich Emanuel Schütze beherrschte sich mühsam. »Mein Sohn liegt zusammengeschlagen in der Klinik, meine Frau wurde belästigt, meine Wohnung ist durchwühlt, es fehlen Briefe ...«
»Uns ist überhaupt nichts bekannt.« Der SS-Führer sah treuherzig zu Schütze hinauf. »Wir werden uns nie erlauben, gegen einen Offizier unserer Wehrmacht oder gar gegen seine Familie so vorzugehen. Wir haben ja auch gar kein Recht dazu ...«
»Aber es ist geschehen!«
»Ich versichere Ihnen, daß überhaupt kein Anlaß vorliegt. Bitte, lassen Sie sich bei Obergruppenführer Heydrich melden. Er wird Ihnen das bestätigen.«
»Es waren zwei Mann Ihrer Dienststelle, die sich wie die Vandalen benommen haben —«
»Unsere SS-Männer sind keine Vandalen«, sagte der Sturmführer steif.
»Ich verlange eine Untersuchung dieses Vorganges.«
»Da ist nichts zu untersuchen. Alle Einsätze werden von mir persönlich befehligt. Ich habe nie zwei Mann zu Ihnen geschickt. Nie! Es müßte ja dann ein Aktenstück ›Schütze‹ vorhanden sein.«
Heinrich Emanuel Schütze starrte den glatten Mann in der schwarzen Uniform und den beiden SS-Runen und dem Totenkopf an. Daß hier etwas geleugnet wurde, dessen Opfer vierhundert Meter weiter in einem Krankenbett lag, war so unfaßbar, daß ihm die Argumentation fehlte, diese Mauer der Falschheit zu zertrümmern.
»Wer war es dann, der meinen Sohn niederschlug?«

»Das ist eine andere Frage. Mit ihr werden wir uns sehr intensiv beschäftigen. Vielleicht waren es Einbrecher, die sich in SS-Uniformen verkleideten? Die Gangster sind heute zu allem fähig ...«

»Das stimmt«, sagte Hauptmann Schütze und sah dabei den SS-Führer groß und provozierend an.

»Was ist denn gestohlen worden?«

»Briefe.«

»Sonst nichts?« Der SS-Sturmführer wiegte den Kopf. »Waren Sie schon bei der Polizei? Wir sind nur für politische Delikte verantwortlich. Einfacher Einbruch ist Sache –«

»Was wollen Sie von mir?« Hauptmann Schütze achtete nicht darauf, daß der SS-Führer aufstand und das Gespräch damit beenden wollte. »Wollen Sie Rechenschaft darüber, daß ich nicht Hilfestellung bei dem Abtransport politischer Gegner leistete? Daß ich einen SS-Führer verprügelte, weil er frech wurde? Daß ich SA-Männer hinderte, unter dem Mantel der Beschlagnahme zu plündern ... Wollen Sie noch mehr wissen?«

»Diese Dinge werden zwischen SS-Obergruppenführer Heydrich und Ihren Chefs geregelt werden. Wenn Sie diese Dinge in Zusammenhang mit dem angeblichen Überfall in Ihrer Wohnung bringen wollen, darf ich Ihnen sagen, daß die Uniform eines Hauptmanns nicht Exterritorialität gegenüber der SS bedeutet.«

»Sie drohen mir?«

»Ich kläre die Begriffe, Herr Hauptmann. Und ich wiederhole: Es war niemand von uns in Ihrer Wohnung. Der ganze Vorgang ist uns unverständlich. Wenden Sie sich an die Kriminalpolizei ...«

Steif, angefüllt mit Ekel, verließ Heinrich Emanuel die Prinz-Albrecht-Straße.

Der SS-Sturmführer drückte auf eine Taste, als Hauptmann Schütze das Zimmer verlassen hatte. »Haben Sie alles mitgeschrieben, Pelzer?« fragte er.

»Jawoll, Sturmführer. Die Abhöranlage klappt prima.«

»Bringen Sie das Geständnis sofort zum Chef.« Er schaltete die Sprechanlage aus und nahm sich eine Zigarette aus einem silbernen Kasten, dessen Deckel ein Adler mit dem Hakenkreuz zierte. »Der Mann wird gefährlich«, sagte er dabei. »Er ist zu korrekt –«

Christian-Siegbert hatte Ostern sein Abitur gemacht. Er bestand es mit guten Zensuren. Jetzt meldete er sich freiwillig zur Wehrmacht als Offiziersbewerber.

Von der SS hörte Heinrich Emanuel nichts mehr. Auch seine

Kommandeure sprachen ihn nicht mehr über die Vorfälle im Egerland an. Man schob ihn lediglich wieder auf einen ruhigen Posten ab und übergab ihm ein Ausbildungsbataillon. Mißmutig ging er morgens in die Kaserne, sah von seinem Fenster aus zu, wie die Rekruten gedrillt wurden, erledigte den stumpfen Bürokram und machte nur von sich reden, daß er eines Nachmittags das gesamte Unterführerkorps im Lehrraum I versammelte und die Unteroffiziere und Feldwebel in Taktik, Erdkunde und Geschichte prüfte.

Das Ergebnis war erschreckend.

»Wie wollen Sie Soldaten ausbilden und wissen selbst nicht einmal, daß das deutsche Kaiserreich 1871 ausgerufen wurde? Aus der Geschichte lernen wir, nicht aus der Gegenwart. Ich werde ab jetzt jede Woche mit Ihnen die deutsche Geschichte durchgehen. Griffekloppen allein macht noch keinen Soldaten.« Hauptmann Schütze überblickte die erschrockenen Gesichter seiner Unterführer. Es war ein neuer Soldatenjahrgang. Sie trugen mit Begeisterung die Uniform, aber sie hatten wenig Sinn für Tradition.

Damals, als er junger Fähnrich des Kaisers war, bedeutete Soldatsein einen der Höhepunkte des Lebens. Heute – so schien es – war das Tragen der Uniform mehr ein Abenteuer. Man spürte, daß etwas in der Luft lag ... der Siegeslauf Hitlers würde mit dem Sudetenland nicht aufhören. Immer mehr schielte der Blick nach Osten ... nach Polen, nach dem Korridor, nach dem Memelland ... nach dem Hultschiner Ländchen ... Das große Abenteuer Krieg spukte in den Gehirnen der Jungen. In Hunderten von Kriegsbüchern wurde der Erste Weltkrieg verherrlicht. Sterben war wieder eine Ehre geworden. Der Heldentod verlor den Schrecken ... er wurde wieder Erfüllung des männlichen Lebens. Er wurde wieder deutsch.

Hauptmann Schütze erkannte den Zwiespalt, der auch in ihm war. Soldatsein war für ihn eine Notwendigkeit... aber wenn er an Verdun dachte, an die Somme-Schlachten, an Cambrai, erfüllte ihn ein Grauen, das auch nach einundzwanzig Jahren nicht abgeschwächt worden war.

Es kamen Stunden, in denen Heinrich Emanuel Schütze still und nachdenklich war. Die neue deutsche Wehrmacht war die stärkste Militärmacht Europas geworden. Sie hatte es bewiesen ... die Welt scheute davor zurück, mit Deutschland in einen Konflikt zu kommen. Sie duldete Dinge, die vor zehn Jahren eine sofortige neue Besetzung Deutschlands zur Folge gehabt hätten. Es gab eine starke Luftwaffe, es gab wieder U-Boote, Schlachtschiffe, Panzerwagen, schwerste Geschütze. Über 52 Divisionen standen unter den Waffen. Es war eine Leistung Hitlers, die Schütze bewunderte. Sein altes Soldatenherz zollte ihm rasenden Beifall.

Aber die kurzen Erlebnisse im Egerland, der Abtransport der Kommunisten, die Plünderungen, die weißen großen Schilder »Wir wünschen keine Juden«, der leise, aber stetig wachsende Druck in allen Parteiorganisationen, aus der Kirche auszutreten, die Einrichtung von Konzentrationslagern – von denen sich Schütze keinen Begriff machen konnte, außer den, daß sie nicht gesetzmäßig waren – alle diese Auswüchse der braunen Hierarchie verdunkelten das begeisterungsfähige Bild der neuen starken Wehrmacht.

Generaloberst Freiherr v. Fritsch war abgelöst worden. Generalfeldmarschall v. Blomberg hatte den Abschied bekommen. Generaloberst Beck war in den Ruhestand versetzt worden. Das alles geschah unter merkwürdigen, entehrenden und als Sieg der Partei betrachteten Umständen. Ein neues »Oberkommando der Wehrmacht« wurde anstelle des Reichskriegsministeriums gebildet. General Keitel, ein fanatischer Bewunderer Hitlers, wurde Chef des OKW, General v. Brauchitsch Oberbefehlshaber des Heeres. General Halder trat als Chef des Generalstabs ein ... Eine Säuberung war durch die Wehrmacht gegangen. Allein dreizehn Generale wurden entlassen. An ihre Stelle traten neue Kommandeure, die in Hitler den größten Führer der deutschen Geschichte sahen.

Das alles sah und hörte Hauptmann Schütze. Aber ihm fehlte der Überblick, Wahrheit und Verleumdung zu trennen. Er fühlte sich nur unwohl, wenn er den neuen Geist sah, und er fühlte sich fast ängstlich, wenn er die neugebildeten Waffen-SS-Verbände sah, die Leibstandarte. Schwarze Regimenter, bestens ausgebildet, mit den neuesten Waffen, mit Sonderrechten und einer Arroganz gegenüber der Wehrmacht, die schon beleidigend war.

Am 9. November 1938 sahen sich Schütze und Amelia einen Film an. Kurz vorher war eine Meldung durch das Radio gekommen. In Paris, in der deutschen Botschaft, hatte ein jüdischer Fanatiker mit Namen Herschel Grünspan den deutschen Botschaftsrat vom Rath erschossen.

»So eine Dummheit«, hatte Hauptmann Schütze gesagt. »Das wird wieder eine Verwicklung mehr mit Frankreich geben.«

Dann waren sie ins Kino gegangen. Aber gegen Schluß des Filmes drang von draußen Stimmengewirr in den Kinosaal, helles Klirren unterbrach öfter die Vorstellung ... Einige Kinobesucher verließen schnell ihre Plätze und rannten in der fahlen Dunkelheit zum Ausgang. Sie wurden am Ausgang des Kinos empfangen und zusammengeschlagen. Bis in die Musik des Filmes hinein hörte man ihr Schreien.

Schütze tastete nach der Hand Amelias. Als er sie nahm, war sie kalt und zitterte. »Ruhe, nur Ruhe...« sagte er leise. »Draußen muß etwas Furchtbares im Gange sein...« Er wollte aufstehen, aber Amelia umklammerte seine Hand und zog ihn auf den Sitz zurück.

»Bleib«, bettelte sie. »Bleib hier. Hier... hier –« Sie wollte nicht sagen: Hier ist es sicher. Wo gab es heute noch Sicherheit...?

Als sie aus dem Kino kamen, sahen sie ein Chaos vor sich. In der Wilmersdorfer Straße hieben SA-Männer in die Fensterscheiben der jüdischen Geschäfte. Sie rissen die ausgestellten Waren heraus und warfen sie auf die Straßen. Aus den Wohnungen, durch die Fenster stürzten Betten auf die Straße, Schränke, Öfen... Zwei schwitzende Gesichter erschienen in einem großen Balkonfenster der dritten Etage. Dann rollte ein Klavier auf den Balkon. Fünf SA-Männer kippten es über die Brüstung. Mit einem hellen Krachen zerschellte das Klavier auf dem Pflaster... Die Saiten klangen nach, in allen Akkorden, eine schreiende Melodie, die in grellen Dissonanzen erstarb.

Auf einigen Lastwagen wurden die Juden gesammelt. Man zerrte sie aus den Häusern und Geschäften... halb angezogen, im Nachthemd, mit übergeworfenen Decken. Mit Karabinerstößen jagte man sie auf die Lastwagen. Ein Kind, das weinend auf die Straße stürzte, griffen zwei SA-Männer und warfen es in hohem Bogen in die Menge auf dem Lastwagen.

Ein Schneien von Bettfedern kam auf die Zusehenden herab. In den Fenstern hingen andere SA-Männer und schlitzten die Federbetten auf. Dabei sangen sie: Stellt die Juden an die Wand!

Abseits, mit dem Rücken zu den Zerstörenden, standen zwei Polizisten an der Straßenecke. In der Ferne färbte sich der Himmel rot. Es war, als schlagen hohe Lohen in die Nachtwolken.

»Die Synagoge brennt!« schrie jemand aus einem Fenster der oberen Etage.

Ein Jubel antwortete ihm. Eine Kolonne war dabei, die Ladeneinrichtungen zu zerschlagen. Mit Äxten bearbeiteten sie die Theken und Schränke. Ein Jude, der sich in seinem Geschäft in einem Schrank versteckt hatte, wurde auf die Straße gezerrt. Drei SA-Männer hielten ihn fest und schlugen ihn abwechselnd ins Gesicht, bis er aus Mund und Nase blutete.

»Ruf: Heil Hitler!« schrien sie ihn an. »Los, du Judenschwein Brüll —«

»Heil ... Heil Hitler ...« stammelte der Jude.

»Sag: Ich bin ein kleiner Rassenschänder —«

Der Jude hob den Kopf. Verzweifelt, mit seinen Blicken nach Hilfe schreiend, sah er die Umstehenden an. Er begegnete Haß und Freude, Fanatismus und Gleichgültigkeit, Angst und wehrlosem Schrecken. Aber niemand aus der vielköpfigen Menge half ihm. Da brach er zusammen und ließ sich zum Lastwagen schleifen. Man zog ihn empor und legte ihn an den Aufbau.

Heinrich Emanuel Schütze riß sich von Amelia los, die seinen Arm umklammert hielt. Er rannte zu den beiden Polizisten, die an der Ecke standen und dem Geschehen den Rücken zudrehten.

»Was stehen Sie hier herum?« brüllte er. »Greifen Sie doch ein! Wozu sind Sie Hüter der Ordnung —«

Die Polizisten sahen den brüllenden Mann wütend an. Schütze trug Zivil. »Gehen Sie weiter!« schrien sie zurück.

»Ich werde Sie anzeigen!«

»Wer sind Sie?« Einer der Polizisten nahm ein Notizbuch aus der Tasche. »Sie kommen mit zur Wache!«

»Ich bin Hauptmann Schütze.« Der Polizist klappte sein Buch zusammen und steckte es wieder ein. »Ich verlange von Ihnen, daß Sie sofort die armen Menschen schützen vor diesen Rabauken!«

»Es sind SA-Männer, Sie sehen es doch, Herr Hauptmann. Wir haben keinen Befehl, einzugreifen.«

»Kann sich die Partei denn alles leisten? Auch das hier?« schrie Schütze.

»Es ist die natürliche Volkswut, Herr Hauptmann. Ein Jude hat vom Rath erschossen ... jetzt übt das Volk Vergeltung an den Rassegenossen ...«

»Leben wir denn im Mittelalter?« Über die Straße liefen zwei jüdische Mädchen. Steinwürfe verfolgten sie. Ein paar Schritte vor den Polizisten blieb eines der Mädchen liegen. Ein Stein hatte es am Kopf getroffen. »Helfen Sie doch dem Mädchen!« brüllte Schütze. »Wie können Sie als Polizist mit ansehen, daß ...«

Die Polizisten drehten sich von dem Mädchen weg. »Gehen Sie weiter, Herr Hauptmann. Bitte, gehen Sie weiter. Hier können wir gar nichts tun. Bitte, sehen Sie auch weg —«

Ehe sich Schütze dem gestürzten Mädchen zuwenden konnte, hatten zwei SA-Männer es vom Pflaster gerissen und schleiften es zu einem der Wagen. Heinrich Emanuel sah sich um. Vielleicht dreihundert Menschen standen an den Straßenrändern und sahen zu. Dreihundert Menschen, die wehrlos waren, einer Horde brauner Raufbolde entgegenzutreten. Die Polizisten an der Ecke waren weitergegangen. Amelia kam auf Schütze zugerannt und warf sich an seine Brust.

»Da hinten ... da haben sie ... glaube ich ... sie haben einen Juden erschlagen ... Er hat sich gewehrt ... ein Juwelier ... mit einer Axt haben sie ...« Sie weinte haltlos.

»Komm«, sagte er leise. »Gehen wir ... Ob man uns das jemals verzeihen wird –«

Sie fuhren mit der Straßenbahn nach Hause. Überall waren die Fensterscheiben der jüdischen Geschäfte zerschlagen. Betten hingen in den Bäumen, ganze Wohnungseinrichtungen flogen noch immer durch die Fenster auf die Straße. In der Gosse lagen einige Hunde. Man hatte sie erschossen, weil sie »jüdische Hunde« waren.

Der Wahnsinn kannte keine Grenzen mehr.

Im Grunewald brannten zwei Villen. Die eine gehörte einem Tierarzt, die andere dem Hausarzt Schützes. Amelias Gesicht war blutleer.

»Auch er«, stammelte sie. »Hast du gewußt, daß er ...«
»Das hat mich nie gekümmert. Er war ein guter Arzt. Darauf kommt es an.«
»Wenn man erfährt, daß wir ihn als Hausarzt hatten. Die SS wird wieder kommen –«

Heinrich Emanuel zog sich zu Hause sofort um. Er legte seine Uniform an, schnallte die Pistole um und ging hinüber zu dem brennenden Haus des Arztes. Ein SA-Scharführer leitete das Zerstörungswerk. Man war gerade dabei, einen Untersuchungsstuhl vor dem Eingang der Villa zu zerschlagen.

»Wo ist Dr. Bernstein?« schrie Schütze den SA-Scharführer an. Der Braune sah den Hauptmann verständnislos an.

»Was wollen Sie denn von dem? Sie sehen doch, was hier los ist.«
»Allerdings sehe ich das! Haben Sie Kinder?«
»Drei –« Der SA-Mann war verwundert.
»Waren die mal krank?«
»Das eine hatte schwere Lungenentzündung. Vor drei Jahren ...«
»Und es war im Krankenhaus?«
»Im Marienhospital!«
»Ach! Da war Ihr Kind? Und wissen Sie, wer Ihrem Kind das Leben gerettet hat? Dr. Bernstein! Sind Sie jetzt dabei, ihm Ihren Dank abzustatten?«

Der SA-Scharführer sah sich um. Er war bleich. Im Eingang vernichtete seine Rotte den Instrumentenschrank.

»Ich habe von meinem Sturmbannführer den Befehl bekommen. Was soll ich machen, Herr Hauptmann ... Wer sich jetzt dagegenstellt ... Verstehen Sie mich nicht?«

Schütze nickte. Es wird unsere Schuld sein, Befehlen gehorcht zu haben, dachte er. Auch meine Schuld. Aber haben wir denn etwas anderes gelernt als gehorchen? Wir sind erzogen worden in dem Bewußtsein, daß andere für uns denken, und danach haben wir zu handeln.

»Wo ist Dr. Bernstein?«

»Im Behandlungsraum. Er wird bewacht.«

Heinrich Emanuel betrat die Villa. Ein SA-Mann, der ihm in den Weg trat, flog durch eine Armbewegung gegen die Dielenwand.

Im Behandlungszimmer saß Dr. Bernstein hinter seinem zerhackten Schreibtisch. Zwei SA-Männer mit Pistolen standen an seiner Seite. Schütze grüßte den zusammengekrümmten Arzt und winkte.

»Weg mit euch!« schrie er die beiden SA-Männer an.

»Wir haben –«

»Raus!« brüllte Schütze. Er schob die Klappe seiner Pistolentasche hoch. Die beiden SA-Männer zuckten mit den Schultern und verließen das Zimmer. Dr. Bernstein hob den Kopf.

»Was machen Sie?« sagte er keuchend. Man hatte ihn gegen die Brust geschlagen. Sicherlich waren einige Rippen gebrochen. »Sie bringen sich nur in Gefahr. Helfen können Sie mir nicht mehr ...«

»Kommen Sie rüber in meine Wohnung, Herr Doktor ...«

»Man wird mich nicht gehen lassen. Außerdem würden Sie nur ungeheure Unannehmlichkeiten haben ...«

»Ich möchte den sehen, der Sie aus meiner Wohnung holt.« Schütze sah sich um. Er nahm einen Mantel Dr. Bernsteins, der auf dem Boden lag, und legte ihn dem zitternden Arzt um die Schulter. »Kommen Sie, Doktor –«

»Es ist unmöglich. Sie wissen nicht, was Sie da tun.«

»Ich weiß es. Jahrelang waren Sie für mich und meine Familie da. Jetzt brauchen Sie mich, und ich bin zur Stelle. Das ist selbstverständlich.«

»Sie denken zu menschlich ...«

»Sind wir denn keine Menschen mehr ...«

Im oberen Stockwerk prasselte die durchgebrannte Decke herab. Kalk und Putz fiel von den Wänden. Das Rauschen der Flammen schlug durch die Fenster.

Dr. Bernstein und Hauptmann Schütze sahen empor. Schütze nickte.

»Die Antwort«, sagte er heiser. »Kommen Sie schnell, ehe Sie brennen oder verschüttet werden –«

Sie rannten aus dem brennenden Haus. Der SA-Scharführer im Vorgarten wollte sie anhalten. Schütze schob ihn zur Seite, nahm die Hand Dr. Bernsteins wie die eines zögernden Kindes und rannte mit ihm weiter ... durch die Straßen.

Vor der Wohnung Schützes blieb Dr. Bernstein noch einmal stehen.

»Lassen Sie mich gehen, Herr Hauptmann. Was Sie tun, ist fast wie ein Selbstmord,« Er riß sich aus Schützes Hand los. »Sie können mich doch nicht jahrelang beherbergen. Für uns Juden ist es jetzt aus.«

»Sie kommen mit!« Schütze drängte Dr. Bernstein in den Hausflur. »Im übrigen hat meine Tochter einen hartnäckigen Husten. Ich brauche Sie als Arzt –«

Langsam, sich am Treppengeländer hochziehend, folgte Dr. Bernstein dem vorangehenden Schütze. Als Amelia ihnen die Tür öffnete, fiel er an der Schwelle zusammen.

»Es ist ein Kreuz mit Ihnen«, sagte General Müller. »Es ist mir unmöglich, Sie nach den letzten Ereignissen noch hier zu verwenden. Sie sind Soldat und kein Politiker. Sie haben sich nur um die militärischen Dinge zu kümmern ... was draußen vorgeht, muß Ihnen schnuppe sein.«

Heinrich Emanuel Schütze stand im Dienstanzug vor dem General. Was ihn erwartete, wußte er bereits aus Andeutungen von Kollegen. Er war in Berlin untragbar geworden.

»Ich bitte um eine Versetzung«, sagte er deshalb, als General Müller schwieg.

»Das ist das mindeste.« Der General schüttelte den Kopf. »1933 habe ich Sie nicht verstanden ... dann lernte ich Sie verstehen ... und jetzt begreife ich Sie wieder nicht. Mal sind Sie ein Freund, mal ein Gegner des Regimes ... was sind Sie wirklich?« Müller erhob sich und kam um den Schreibtisch auf Schütze zu. »Diese Frage ist rein privat.«

»Ich erkenne Leistungen an und verabscheue Unrechtmäßigkeiten.«

»Und Sie sind in dem Glauben, daß Ihre Ansichten richtig sind?«

»Ja.«

»Da kann man nichts machen.« General Müller wandte sich ab. »Erwarten Sie weitere Befehle –«

Am 1. Mai 1939 wurde Hauptmann Schütze versetzt.

Nach Rummelsburg. In die Einsamkeit Hinterpommerns.

»Dort kann er verschimmeln«, sagte General Müller, als er die Versetzung unterschrieb.

XIII

Heinrich Emanuel Schütze verschimmelte allerdings nicht.

Er hatte sich nie wohl gefühlt in Berlin. Er war kein Verwaltungsmensch. Der Einmarsch ins Egerland, bei dem er wieder eine Kompanie führen durfte, hatte es ihm gezeigt: Er gehörte dorthin, wo man den Atem der Zeit spürt. Der Pulsschlag der Geschichte wollte abgetastet werden. Hauptmann Schütze empfand dies als seine ureigenste Aufgabe.

In Rummelsburg allerdings fand er noch kleinstädtischere Auffassungen als damals in Detmold vor. Außerhalb der Kaserne, wo der gleiche Mief wie in allen Kasernen herrschte, der gleiche Ton, die gleiche Sturheit der Gefreitendienstgrade, die gleiche für Schütze unbegreifliche Desinteressiertheit des Unteroffizierskorps an Geschichte und Tradition und das um so größere Interesse an Saufereien, die nationalsozialistische Borniertheit der jungen und die vorsichtige Zurückhaltung der älteren Offiziere, außerhalb dieser Fülle von Nichts erwies sich Rummelsberg als eine Anhäufung von Tratsch und Klatsch.

Hauptmann Schütze beschäftigte sich in den ersten Wochen damit, die neue Wohnung einzurichten, Kontakt mit dem Oberschuldirektor aufzunehmen und seine Kinder auf die neue Schule umzumelden. Er besuchte eine Tagung des Kriegervereins, fuhr nach Döberitz, wo Christian-Siegbert eine Übung machte und überzeugte sich, daß sein ältester Sohn gute Soldateneigenschaften hatte.

Im Kasino erfuhr er dann, was alles »in der Luft« lag.

»Es stinkt wieder gewaltig«, sagte ein Major, der gerade aus Berlin gekommen war. »Ich habe unter der Hand erfahren, daß der Führer am 23. Mai ganz intern dem Generalstab seine Angriffsabsichten gegen Polen bekanntgegeben hat. Brauchitsch war bestürzt, meine Herren. Aber Keitel und vor allem Göring waren begeistert. Es existiert bereits in der Reichskanzlei eine neue ›Europakarte‹.

Sie soll ein völlig neues Gesicht haben. Ein Block in der Mitte – Deutschland. Ein Block im Süden – Italien. Ein Block im Osten – Rußland. Nur die westliche Flanke ist weich ... aber das bekommen wir auch noch hin. Prost, meine Herren!«

Man stieß an. Man trank den Wein mit wahrer völkischer Begeisterung. Sogar Heinrich Emanuel Schütze. Auch wenn er eins nicht verstand und nach dem Toast den Major zur Seite nahm.

»Wieso sagten Sie: Block im Osten – Rußland. Ich denke, gerade Rußland ist unser großer Gegner.«

»Ist er, lieber Schütze«, sagte der Major. Sein weingerötetes Gesicht glänzte.

»Aber –«

»Es tut sich was mit dem Russen. Glauben Sie mir. Wir werden noch die besten Freunde.«

»Und der Bolschewismus?«

»Den bekämpfen wir natürlich!«

»Aber –«

»Man nennt das Diplomatie, mein Bester. Wir alten Haudegen kommen da nicht mehr mit, gewiß nicht. Aber Köpfchen haben die da oben. Um Polen zu kassieren, muß der Osten ruhig sein. Frankreich ist morsch – keine Gefahr. England ist eine Insel und weit weg – keine Gefahr. Amerika bleibt neutral.« Der Major sah Schütze aus sprühenden Augen an. »Was wollen sie gegen Großdeutschland ausrichten, wenn Väterchen Stalin und Brüderchen Hitler sich vertragen und Polen teilen?«

»Teilen?« Hauptmann Schütze nahm schnell einen Schluck Wein. »Aber diese Freundschaft mit Rußland ... sie ist ja noch Phantasie ... ich sage: Unmöglich. Einfach unmöglich.«

Am 23. August 1939 wurde der deutsch-sowjetische Nichtangriffspakt geschlossen. Als Antwort gaben England und Frankreich dem jetzt eingekreisten Polen ihr Beistandsversprechen.

Heinrich Emanuel las es in der Morgenzeitung. Er warf sie auf den Frühstückstisch zurück und überblickte seine erschrockene Familie.

»Es wird Krieg geben«, sagte er. »Habt ihr schon gelesen?«

»Ja.« Amelias Gesicht war blaß. »Es ist ein Verbrechen –«

»Davon verstehst du nichts. Es geht um die Größe Deutschlands. Polen provoziert dauernd, unsere deutschen Brüder werden verfolgt, geprügelt, ermordet. Außerdem ist das, was man Polen nennt, altes, deutsches Kulturland. Posen, Thorn, Bromberg ... das sind Namen, die verpflichten. Wir revidieren nur die Geschichte ...«

Amelia legte ihr Brötchen zurück auf den Tisch. Ihre Lippen zitterten, als sie sprach.

»Was ist in dich gefahren? Du sitzt hier in Rummelsburg, weil du – vielleicht unbewußt – einmal das Richtige getan hast. Und plötzlich begeisterst du dich am Wahnsinn eines Mannes? Siehst du denn nicht, daß –«

»Ich sehe nur, daß ihr alle die Stunde nicht begreift.« Hauptmann Schütze stand vom Tisch auf und warf seine Serviette auf die Zeitung mit den roten Balkenüberschriften. »Es ist vieles falsch gemacht worden. Sicherlich. Die Judensache damals . . .«

»Dr. Bernstein hat man ausgewiesen!« rief Amelia dazwischen.

»Dann ist er wenigstens in Sicherheit. Zugegeben – nicht alles ist hundertprozentig. Aber unser Drittes Reich ist noch jung. Es gärt wie guter Most. Und du wirst sehen . . . der reife Wein wird noch besser.«

Er sah hinüber zu Giselher-Wolfram, der mit mißmutigem Gesicht sein Frühstücksei aß.

»Du meldest dich freiwillig?« fragte Heinrich Emanuel.

»Nein!« Amelia nahm ihrem Sohn die Antwort ab. »Er steckt im Abitur, du weißt es doch.«

»Wenn er sich freiwillig meldet, wird man sogar über einige Lücken im Latein hinwegsehen – sagte mir der Herr Direktor. Deutschland braucht Offiziere.«

»Ich möchte Journalist werden, Vater«, sagte Giselher-Wolfram.

Heinrich Emanuel Schütze starrte ihn entgeistert an.

»Zur Zeitung willst du? Bist du verrückt?«

»Ich habe in Deutsch eine Eins.«

»Das ist deine Pflicht als Deutscher. Ebenso ist das Soldatsein eine deutsche Pflicht.«

»Ich wäre ein schlechter Soldat, Vater.« Giselher-Wolfram sah hilfesuchend zu seiner Mutter. Er war ganz anders als Christian-Siegbert. Er war zartknochig, hatte das schmale Gesicht Amelias und verträumte Künstleraugen. Daß sein Vater Hauptmann war, nahm er hin. Aber bei dem Gedanken, einmal selbst in einer Uniform auf einem Kasernenhof zu stehen und angebrüllt zu werden: »Sie Pflaume! Die Hände sind dazu da, daß man sie an die Hosennaht legt. Verstanden?«, empfand er eine seinen ganzen Körper überziehende Übelkeit.

Hauptmann Schütze riß die Augen auf. Was sein Sohn da sagte, war das Ungeheuerlichste, das jemals in seiner Familie gesprochen worden war.

»Dann wird man einen guten Soldaten aus dir machen!« schrie er. »Wir haben Methoden, auch dich zum Menschen zu machen.«

»Daß du immer brüllen mußt.« Uta-Sieglinde legte ihr Brot weg. Sie sah den Vater böse an, strich sich mit den Händen durch ihre blonden Haare, die zu einer sogenannten »Olympiarolle« gedreht waren. »Mir genügt's schon, daß wir die dämlichen Luftschutzübungen machen müssen. Gasmaske auf, Gasmaske ab. Feuerpatsche nehmt auf! Als ob es nichts Wichtigeres gäbe!«

Sie riß ihre Schultasche von einem leeren Stuhl, drängte sich an Heinrich Emanuel vorbei und ging hinaus. Auch Giselher-Wolfram folgte ihr schnell. Schütze blieb steif am Fenster stehen. Er sah, wie seine Kinder über die Straße gingen, eifrig diskutierend, über ihn, den Vater sprechend.

»Deine Erziehung, Amelia«, sagte er bitter.

»Ich habe sie immer gelehrt, im Menschen den Sinn des Lebens zu sehen. Was jetzt hier geschieht ... hat das noch einen Sinn?«

»Großdeutschland!«

»Dummheit! Machtrausch! Größenwahn eines Landstreichers! Phantasien eines Pennbruders!«

»Amelia! Ich kenne dich nicht wieder.« Hauptmann Schütze war rot geworden. Wie seine Frau, die Frau eines Hauptmanns, über den Führer und Obersten Befehlshaber der Wehrmacht sprach, war nicht mehr duldungsfähig. »Ich möchte dir anempfehlen, dich um die Küche und den Haushalt zu kümmern. Von Politik –«

»Ich weiß. Ich weiß. Das gleiche hast du 1914 gesagt. 1918 war's nicht anders ... und dann ging es weiter, zwanzig Jahre lang ... immer das gleiche: Das verstehst du nicht. Nur ihr Männer versteht etwas davon. Wir Frauen sind Gebärmaschinen, die euch den militärischen Nachwuchs liefern. Und während der eine Krieg beendet ist, sitzt ihr schon wieder herum und macht die Aufmarschpläne für den nächsten Krieg. Ihr seid wie die kleinen Jungen, die ihre Eisenbahn reparieren, um sie immer wieder entgleisen zu lassen. Und wenn sie ganz kaputt ist und gar nicht mehr fährt, dann setzt ihr euch hin und plärrt: Wir sind nicht schuld. Die Weichen standen nur immer falsch.«

Heinrich Emanuel Schütze atmete tief, zornig. Er wollte etwas entgegnen, aber dann sah er die Augen Amelias. Funkelnd, gar nicht mehr sanft und geduldig.

»Gut«, sagte er gepreßt. »Bleib du bei deiner Meinung. Gott sei Dank ist sie isoliert. Die Weltgeschichte wird über Weiberphilosophie hinweggehen.«

In der Kaserne erwartete ihn eine gedämpfte Aufregung. Für 11 Uhr war eine Offiziersbesprechung angesetzt. Die Kompanien zogen hinaus ins Gelände. Bei der Ersatzkompanie wurden die Rekruten gedrillt. Sie jagten über den Kasernenhof. Ein Feldwebel stand mitten auf ihm und brüllte in Abständen.

»An den Horizont – marsch – marsch! Halt! Kehrt! An den Horizont – marsch – marsch –«

Das ging so eine ganze Weile. So macht man Müttersöhnchen hart, und außerdem – wer außer Atem ist, gibt keine Widerworte mehr.

Um elf Uhr waren die Offiziere beim Kommandeur versammelt. Eigentlich wußte man, worum es ging, aber niemand wagte, es laut auszusprechen.

»Meine Herren.« Der Kommandeur nahm aus einer Mappe einen dicken Umschlag. Er war versiegelt. »Wir rücken morgen aus ... zu einer Übung an die polnische Grenze. Ich habe den Befehl, den Umschlag zu erbrechen, der mir vor zwei Tagen von der Division zugeschickt wurde.« Er riß den Umschlag auf. Eine zusammengefaltete Generalstabskarte und einige Schriftstücke fielen auf den Tisch. Die Offiziere verstanden. Sie standen steif.

»Morgen früh um sieben Uhr Ausgabe der scharfen Munition. Die 1. Kompanie rückt feldmarschmäßig um 9 Uhr ab. Die 2. und 3. und 4. Kompanie folgen in Abständen von einer halben Stunde. Sieben Kilometer ostwärts vereinigen wir uns mit dem 2. Bataillon. Die weiteren Befehle gehen uns dann zu.«

Der Kommandeur blickte auf. Über sein Gesicht zuckte es nervös.

»Es ist soweit, meine Herren. Verlieren wir keine Worte mehr. Der Sieg wird unser sein! Großdeutschland und unserem Führer – Heil!«

Heinrich Emanuel eilte sofort nach der Besprechung nach Hause. Er traf Amelia an, wie sie Obst einkochte.

»Die geheime Mobilmachung«, sagte er atemlos. »Soeben ist sie durch ...«

Amelia ließ das Glas fallen, das sie gerade in der Hand hielt. Es zerschellte auf dem Boden. Die Glasscherben spritzten durch die Küche.

»Das ist der Krieg –«

»Natürlich. Morgen um sieben Uhr –«

»Du –?«

»Wir marschieren zur polnischen Grenze.«

»Ohne Kriegserklärung? Alles ist doch so friedlich. Es ist doch

nichts geschehen, was einen Krieg rechtfertigt. Und du ... du ...«
Ihre Stimme wurde ganz klein. »Warum mußt du denn wieder
'raus ... Waren vier Jahre Krieg nicht genug für dich ...«

»Ich habe doch meine Kompanie. Im übrigen wird es noch schneller gehen als im Egerland. Es wird nicht mehr sein als ein ganz großes Manöver.«

»Und die Toten ... Wenn du ...« Amelia lief auf Heinrich Emanuel zu und umklammerte ihn. »Wenn dir etwas passiert ... Vier Jahre habe ich gezittert ... Tag und Nacht ... Und jedesmal, wenn ein Brief kam, habe ich geweint vor Freude: Er lebt. Von wann ist das Datum ... vom 21. September 1915 ... Also am 21. September lebte er noch ... Und so habe ich vier Jahre lang die Tagesstempel erwartet ... von Brief zu Brief ... Und immer habe ich gejubelt ... vor drei Tagen lebte er noch. Aber gestern, und heute und jetzt ... lebt er jetzt noch? Soll das alles wieder so werden?«

»Es gab bisher keine Generation, die nicht einen Krieg erlebte. Wir müssen uns damit abfinden. Glauben wir, daß alles gut geht ...«

Am 30. August, morgens sieben Uhr, rückte die 1. Kompanie aus Rummelsburg an die Grenze. Einige Frauen gingen neben den marschierenden Kolonnen her. Aber sie warfen nicht wie 1914 Blumen und jubelten ... sie weinten still vor sich hin. Nur ein paar Jungen, die früher als sonst zur Schule gingen, schrien: »Jagt die Polen in die Weichsel!«

Sie hatten es in der Schule gelernt.

Amelia, Giselher-Wolfram und Uta-Sieglinde standen am Fenster, als Heinrich Emanuel unten auf der Straße an seinem Haus vorbeiritt. Er grüßte stramm zu den Fenstern hinauf ... die Kinder winkten, Amelia nickte ihm zu. Tränen verschleierten ihren Blick.

»Papa sitzt im Sattel, als hätte er schon gewonnen«, sagte Uta. Giselher winkte ihm nach.

»In Gedanken ist er schon bei der Siegesparade ...«

Am 31. August 1939 – die deutschen Truppen lagen gut getarnt längs der polnischen Grenze – bringt der großdeutsche Rundfunk laufend Meldungen über neue Übergriffe der Polen gegen Reichsdeutsche und Volksdeutsche. Grenzen werden verletzt. Neue Morde werden aus Bromberg gemeldet. In Berlin versucht man verzweifelt, das Unheil von Europa abzuwenden. Tag und Nacht verhandeln der französische und englische Botschafter. Ein schwedischer Industrieller, der sowohl mit Göring wie mit den Spitzen der englischen Politik bekannt ist, hat sich als letzter Vermittler eingeschaltet. Er heißt Birger Dahlerus. Auf seine Freundschaft mit Göring, auf seine neutrale Weitsicht, auf seine Argumentation hofft die ganze Welt. Immer wieder kommt er mit neuen Vermittlungsvorschlägen. Ribbentrop ist wütend bis zur Grenze der Beherrschung ... da ist ein Schwede, der dem Führer den Krieg wegnehmen will.

Auch die Polen merken, was sich vor und hinter ihnen zusammenballt. In letzter Minute, trotz Warnungen Englands, das noch an eine Vermittlung glaubt, mobilisiert Polen. Überall werden die Plakate angeschlagen. Erster Mobilmachungstag: 31. August!

Während noch die Diplomaten um den Frieden ringen, wird der Sender Gleiwitz unter Führung des SD-Mannes Naujocks von SS-Leuten in polnischen Uniformen überfallen. Vier Minuten bleibt der Sender »in polnischer Hand«, eine Stimme spricht in polnischer Sprache zum deutschen Volk ... dann wird der Sender »zurückerobert«. Ein erschossener Pole bleibt als Beweis zurück. Es ist ein KZ-Häftling in polnischer Uniform.

Gleichzeitig werden bei Oppeln und am Grenzhaus Hohenlinde fast hundert in SS-Uniformen steckende KZ-Häftlinge von SS-Männern in polnischen Uniformen erschossen. Mit Maschinengewehren werden sie niedergemäht. Dann brennt man das Zollhaus nieder.

Der Kriegsgrund ist da. Gestapochef Heinrich Müller hat die Weltgeschichte aus den Angeln gehoben.

Es ist Donnerstag, der 31. August 1939, als auch bei Hauptmann Schütze der Befehl eintrifft: Kompanie sofort kampfbereit halten.

Im Morgengrauen bellen die ersten Geschütze los, jagen die ersten Rotten der Stukas über die Köpfe der Infanterie hinweg und stürzen sich auf die polnischen Grenzstellungen.

Um 10 Uhr vormittags, am 1. September 1939, betritt Hitler den nachts einberufenen Reichstag. Er trägt zum erstenmal einen feldgrauen Rock. Den Reichstagsabgeordneten stockt der Atem. Sie wissen noch von nichts.

»Polen hat heute nacht zum ersten Male auf unserem eigenen Territorium durch reguläre Soldaten geschossen«, schreit Hitler in die Mikrophone. Die ganze Welt hört atemlos mit. »Seit 5 Uhr 45 wird zurückgeschossen. Von jetzt ab wird Bombe mit Bombe vergolten!«

Und weiter: »Ein Wort habe ich nie kennengelernt: Kapitulation! Ein November 1918 wird sich niemals mehr in der deutschen Geschichte wiederholen!«

Hauptmann Schütze hörte diese Worte jenseits der polnischen Grenze aus seinem Wehrmachtsempfänger. Er rastete mit seiner Kompanie in einem Kornfeld. Über ihn hinweg zogen die Stukas in immer neuen Wellen gegen Osten. In der Ferne krachte es schauerlich. Brände und schwarze Rauchwolken verdunkelten den Horizont.

Die ersten Verwundeten waren bereits auf dem Rückweg nach Deutschland. Ein Toter lag an der Grenze ... er fiel durch einen Gewehrschuß zehn Minuten nach Überschreiten der Zollschranken.

Um 10 Uhr 30 ordnet der englische König Georg VI. die Mobilmachung Großbritanniens an. Frankreich folgt. Die Bundestreue zu dem überfallenen Polen wird wirksam.

Heinrich Emanuel Schütze saß mit einigen Offizieren um den Wehrmachtsempfänger. Ununterbrochen tönten die Meldungen aus dem schnarrenden Lautsprecher, dazwischen die ersten Sondermeldungen, die ersten Erlebnisberichte vom Überschreiten der Grenze, der ersten Kampfhandlungen, dem fast widerstandslosen Vormarsch der deutschen Divisionen. Die furchtbare Waffe der Stukas, ihr Heulen und Niederstürzen lähmte die polnischen Soldaten. Wo die blitzenden Vögel am Himmel erschienen, breitete sich auf der Erde Entsetzen und Panik aus. Eine neue Waffe zermürbte den Widerstandswillen. Man hatte noch kein Mittel dagegen. Die Kanoniere der Flugabwehrgeschütze liefen von den Kanonen weg, wenn die Stukas heulend auf sie niederstürzten.

»Das ist der neue Weltkrieg, meine Herren«, sagte Heinrich Emanuel Schütze.

»Rußland fehlt noch«, meinte ein junger Leutnant.

»Nie mehr ein Zweifrontenkrieg.« Schütze stellte das Radio leiser. Ein Kriegsberichter erzählte dramatisch von der ersten Feindberührung. »Es war der Fehler im ersten Krieg, daß wir uns zu sehr verzettelten. Wir haben daraus gelernt.« Heinrich Emanuel blickte in den Himmel. Neue Wellen von Flugzeugen surrten nach Osten. Am Horizont stand jetzt eine riesige Rauchwand. Dort mußte die Hölle ausgebrochen sein.

»Polen wird nächste Woche besiegt sein«, sagte er. »Dann werden wir Frankreich vornehmen. Meine Herren – wir haben da etwas gutzumachen ...«

Die Zustimmung war müde. Schütze spürte es ... ihm erging es nicht anders. Ein neuer Weltkrieg ... wie eine klebrige Hand drückte es ihm im Nacken. Er hatte Verdun und die Somme noch zu sehr in der Erinnerung, er sah die Panzerwagen über die Gräben von Cambrai rollen. Was jetzt kommen würde, übertraf alles, was man bisher unter Krieg verstanden hatte. Die Stukas waren nur der Auftakt.

Am 3. September erklärten England und Frankreich den Krieg. Bis zuletzt hatte man in der Umgebung Hitlers und Hitler gehofft, daß die vorangegangenen Ultimaten nur Bluffs gewesen seien, um die Deutschen einzuschüchtern. Nun war es ernst geworden.

Europa ging in Flammen auf.

»Wenn wir diesen Krieg verlieren, dann gnade uns Gott«, sagte Göring voll dunkler Ahnungen an diesem 3. September 1939.

Er wußte wie kaum ein anderer, daß die deutsche Wehrmacht nicht stark genug war, gegen eine Welt zu kämpfen. Hauptmann Schütze wußte es nicht.

Er vertraute wie immer auf das, was er befohlen bekam. Diejenigen, die befehlen, müssen den größeren Überblick haben. Das war seine Ansicht. Er selbst sah nur den Abschnitt seiner Kompanie oder seines Bataillons. Außerdem war die Situation anders als 1914. Man hatte keine Illusionen mehr ...

Zehn Tage überrannte er Polen. Er mußte sich erst wieder daran gewöhnen, daß Tote und Verwundete um ihn herum waren. Als sein erster Zugführer fiel, zerfetzt von einer Granate, bekam er wieder den Schock, den er schon als junger Leutnant erlitten hatte, als sein Feldwebel neben ihm herlief, mit einem halben Kopf, mit herausquellendem Gehirn, bis er nach zehn Schritten vornüberstürzte.

Aber dann gewöhnte sich Schütze auch an das Sterben.

Vor Sierpc sah er den ersten Treck von Flüchtlingen. Eine lange Schlange von Bauernwagen, vollgestopft mit Betten, Hausrat und alten Männern, Frauen und Kindern, gezogen von Ochsen und Kühen, bewegte sich langsam über die einzige Straße. Sie kamen aus den brennenden Dörfern, aus den zerfetzten Städtchen ... sie zogen den deutschen Truppen entgegen, das Grauen in den Gesichtern, als sei es in die Haut eingeritzt.

Sie verstopften die Vormarschstraße der deutschen Divisionen. Sie ballten sich an den Kreuzungen zusammen.

Feldgendarmerie jagte sie seitlich in die Felder. Als die Trecks immer dichter wurden, befahl man Panzer heran.

»Alles von der Straße walzen!« schrie ein Oberst. »Wir müssen die Straßen für den Nachschub frei haben!«

Tausende Flüchtlinge lagerten seitlich der Rollbahnen. Ihre Dörfer brannten. Ihre Heimat wurde aus der Luft zertrümmert oder von den Raupenketten zerschnitten. Sie wußten überhaupt nicht, warum Krieg war. Sie wollten wie immer auf ihre Felder gehen ... da pfiff es vom Himmel herab, die Erde riß auf, die Häuser stürzten ein ... und man stand da, begriff es einfach nicht.

Den vorrückenden Soldaten aber folgte eine Kolonne in schwarzen oder grauen Uniformen mit schwarzen Spiegeln, zwei Blitzen und einem Totenkopf.

Eine kleine, bisher unbekannte Armee unter Himmlers Befehl rückte in Polen ein, unmittelbar hinter der kämpfenden Wehrmacht. Sie besetzte die Städte, die Ämter, die Schlüsselstellungen der Verwaltung. Sie stellte Listen zusammen und begann eine gnadenlose Jagd auf zwei polnische Gruppen, die nach dem Willen Hitlers ausgerottet werden mußten: Die Juden und die polnische Intelligenz.

Auch südlich von Plosk wurden vier Professoren ermordet. Es geschah im Gebiet von Hauptmann Schützes Division. Feldgendarme nahmen die beiden Mörder fest und brachten sie zum General. Nach kurzem Verhör berief der General das Kriegsgericht ein.

Polen war unterdessen besiegt. In achtzehn Tagen war ein Staat zertrümmert. Er war überrannt worden, und bevor er begriff, daß Krieg war, bestand er schon nicht mehr. Stolz, unter dem Jubelgeschrei der Menge, die wie hypnotisiert unter seinen Worten taumelte, konnte Hitler in die Welt rufen:

»Mit Mann und Roß und Wagen hat sie der Herr geschlagen ...!«

Die Kriegsgerichtssitzung fand unter Beachtung aller kriegsrechtlichen Forderungen statt. Im Zuschauerraum saßen zwei höhere SS-Führer. Sie hatten einen von Himmler und dem OKW unterschriebenen Einlaßschein vorgezeigt.

Hauptmann Schütze war abkommandiert worden. Er saß als vierter Beisitzer hinter dem langen Richtertisch. Vor ihm lagen die Fotos der vier ermordeten polnischen Professoren. Man hatte ihnen die Schädel eingeschlagen, wie jungen Hunden.

Lächelnd standen die beiden Mörder in ihren grauen Uniformjacken mit den schwarzen Spiegeln vor den Wehrmachtsoffizieren. Der Ankläger, ein Major, verlas die Anklage. Die beiden Mörder nickten.

»So war es«, sagten sie

Der General blätterte nervös in den wenigen Schriftstücken. Es waren die Aussagen. Sie waren klar. Die Taten wurden ohne Umschweife angegeben.

»Sie sind sich doch darüber klar, daß es Morde waren?« fragte

Hauptmann Schütze. Er betrachtete die Fotos mit Grausen. Dann hielt er sie den beiden Angeklagten hin. »Rührt sich bei Ihnen nichts, wenn Sie diese Fotos sehen?«

Der eine der beiden Mörder schüttelte lächelnd den Kopf. »Nein«, sagte er. »Es waren polnische Schweine. Es waren Gegner Großdeutschlands. Außerdem hatten wir den Befehl, sie zu liquidieren.«

»Wer hat den Befehl gegeben?« rief der General. »Hier in diesem Gebiet bin ich als Kommandeur auch Gerichtsherr, bis eine neue ordnungsgemäße Verwaltung besteht!«

Schütze warf die Fotos auf den Tisch. »Man kann keinen Mord befehlen!« rief er empört.

»Das ist lediglich ein Unterschied in der Auffassung.« Der andere Angeklagte steckte die Hand in die Tasche. Er mußte sich ungeheuer sicher fühlen. »Sie reden immer von Mord. Für uns war es – laut Befehl – die Vernichtung einer Widerstandsgruppe. Es war eine sowohl politische wie militärische Notwendigkeit.«

»Und die seit drei Tagen begonnene Verhaftung der Juden?« rief Heinrich Emanuel Schütze.

»Was heißt das? Wollen Sie die Juden schützen, Herr Hauptmann?«

Der General winkte ab. Die Gefahr, die wieder heraufzog, war größer als alles, was man bisher durchgestanden hatte.

»Wir schweifen ab. Es geht hier um die vier Getöteten. Es lag keine Notwendigkeit vor. Militärisch überhaupt nicht. Es war Mord.«

Eine Stunde lang dauerte die Verhandlung. Sie artete in eine politische Diskussion aus. Dann verkündete das Kriegsgericht das Urteil: Wegen vierfachen Mordes werden die beiden Angeklagten zum Tode durch Erschießen verurteilt. Das Urteil soll am nächsten Morgen vollzogen werden.

Kaum hatte sich das Gericht wieder gesetzt, als die beiden SS-Führer vortraten. Sie hatten bisher still im Hintergrund gesessen. Sie waren nicht aufgefallen. Jetzt gingen sie vor zum Richtertisch, grüßten den General und legten zwei Schriftstücke auf die Tischplatte. Der General sah in der linken Ecke das Hoheitsabzeichen. Darunter das Wort: Führerhauptquartier.

Mit blassem Gesicht las der General die wenigen Zeilen. Dann sah er groß auf die beiden stummen SS-Offiziere, auf die beiden grinsenden Angeklagten und zum Tode Verurteilten, nahm die Schriftstücke des Prozesses und hob sie hoch. Demonstrativ zerriß er sie vor den Augen aller.

»Meine Herren«, sagte der General gepreßt zu seinen erstarrten Offizieren, »der Führer hat soeben die beiden Urteile aufgehoben. Hier ist der Befehl. Wir können gehen –«

Jeder begriff den Doppelsinn der Worte. Der Major und Ankläger tat es seinem General nach. Er zerriß seine Akten und warf sie auf den Boden. Heinrich Emanuel Schütze starrte die SS-Offiziere an. Über sein Gesicht zuckte es.

»Wo bleibt hier ein Recht?« sagte er laut. »Wie kann man ein Urteil aufheben, bevor man es kennt? Mit welcher Begründung hat der Führer –«

Der SS-Offizier, der Schütze am nächsten stand, sah ihn kopfschüttelnd an.

»Haben Sie sechs Jahre lang geschlafen, Herr Hauptmann?« sagte er arrogant. »Sie wollen vom Führer eine Erklärung seiner Befehle? Das ist doch wohl das Widersinnigste, was ich bisher gehört habe.«

Einträchtig, zufrieden, den Triumph auskostend, verließen die vier den Gerichtsraum. Zwei Mörder und zwei elegante, schwarzgraue Offiziere.

Der General schwieg, bis die Tür hinter ihnen zufiel. Die Degradierung zu Komödienfiguren war den Offizieren wie ein Schlag ins Gesicht. Diese Demonstration der Parteimacht löste mehr als Empörung aus. Sie gebar den Haß.

»Meine Herren«, sagte der General endlich. Er sprach mühsam, seine Stimme zitterte. »Ich glaube, Sie haben wie ich begriffen. Ich überlasse es Ihnen, daraus die Folgerungen zu ziehen.«

Als einziger blieb Schütze zurück, als die anderen schon gegangen waren. Er starrte auf das Papier, das der General hatte liegen lassen.

»Ich hebe hiermit im Namen des Volkes die beiden Urteile gegen den SD-Mann Franz Mitulka und den SD-Mann Emil Worreck auf und befehle die Überweisung der Beklagten an ein sich noch zu konstituierendes SS-Gericht.   Adolf Hitler.«

Heinrich Emanuel Schütze las es immer wieder.

Im Namen des Volkes –

Mein Gott, dachte er plötzlich. Wenn alles, was geschehen ist, geschieht und geschehen wird, im Namen des Volkes getan wird ... wir werden eines Tages eine Schuld tragen, die nie mehr abzudecken ist.

Nie mehr.

Am letzten Tag des Polen-Feldzuges wurde Christian-Siegbert verwundet.

Nicht schwer ... nur ein Fleischschuß in die Schulter. Er lag im Lazarett von Schneidemühl. Heinrich Emanuel erreichte die Nachricht erst eine Woche später. Er kontrollierte mit seiner Kompanie drei halbzerstörte Dörfer und half mit, die zurückkehrenden Flüchtlinge wieder seßhaft werden zu lassen. Es wurde aufgeräumt, ausgebessert, organisiert. Einige Monate sorglosen Besatzungslebens hatten begonnen. Man lag viel in der Sonne und ließ sich braten, man suchte Läuse und Flöhe, stellte den polnischen Mädchen nach und wunderte sich, daß ein Krieg, der beim Beginn so niederdrückende Stimmungen erzeugt hatte, so lustig und vor allem so schnell sein konnte.

Hauptmann Schütze bekam Urlaub und fuhr nach Schneidemühl. Amelia war schon da, ebenfalls Uta und Giselher.

Mit Stolz zeigte Christian das schwarze Verwundetenabzeichen, als Schütze das Lazarettzimmer betrat.

»Jetzt bist du erst Soldat«, sagte Heinrich Emanuel und klopfte seinem ältesten Sohn auf die Wange. »Die Feuertaufe ist der Beginn der Mannbarkeit.«

Giselher sah zu seiner Mutter hinüber. Sie schüttelte den Kopf. Sei still, sollte es heißen. Der Vater ist stolz ... da sagt er manches, was dumm klingt. Hinter diesen Phrasen verbirgt er doch nur sein weiches Herz. Er hat bestimmt wie wir alle gezittert, innerlich, als er die Nachricht bekam. Jetzt bezwingt er seine Rührung durch tönende Worte.

Giselher blickte trotzig von der Mutter weg.

»Wenn der Schuß zehn Zentimeter tiefer gesessen hätte, gäbe es keine Mannbarkeit mehr«, sagte er heiser.

Heinrich Emanuel fuhr herum. Sein Gesicht war plötzlich bleich und wie von den Knochen abgelöst.

»Du hast eine dumme Art, Sinnloses zu reden.«

»Wäre es nicht möglich gewesen?«

»Es ist aber nicht so. Halte dich an Tatsachen.«

»Hast du die Anzeigen in den Zeitungen gelesen?« Giselher griff zum Nachttisch Christians. Er nahm eine der vielen Zeitungen weg, die dort lagen und faltete sie auseinander. Eine ganze Seite war dicht bedruckt mit schwarz umränderten Anzeigen. Er hielt sie seinem Vater hin. »Hier – sieh es dir an. Gefallen für Führer und Großdeutschland. In stolzer Trauer ... Wärest du auch stolz, wenn Christian –«

»Schweig!« rief Schütze. »Man spricht nicht darüber.« Er wandte sich dem bleichen Christian zu. »Hast du Angst gehabt, mein Junge?«

»N-ein, Vater«, antwortete Christian stockend. »Man hat gar keine Zeit dazu.«

»Angst scheinen nur die Mütter zu haben.« Amelia saß steif zu Füßen ihres Sohnes. »Aber diese Angst ist ja noch nie bis zu den Männern durchgedrungen –«

Vier Tage blieb Hauptmann Schütze in Schneidemühl. Er saß am Bett seines Sohnes, hörte sich die Erlebnisse der anderen Soldaten an und erzählte im Ärztekasino des Lazaretts von seinem eigenen Vormarsch. Auch den Vorfall in Plosk erwähnte er. Die Kriegsgerichtsverhandlung.

»Das sind Entwicklungserscheinungen«, sagte einer der Stabsärzte und winkte ab. »Wir kennen es aus der Medizin als Wachstumsstörungen. Sie werden sehen, lieber Hauptmann ... es pendelt sich alles ein. Wichtig ist, daß man eines in der Welt erkannt haben wird: Deutschland ist unbesiegbar!«

Darauf stieß man an und war eigentlich allesamt einer Meinung.

Am 10. Mai 1940 begriffen die Luxemburger und Belgier, die Holländer und die Nordfranzosen nicht, was sie sahen:

Deutsche Truppen überschwemmten ihre Länder. Starke Panzergeschwader unter dem Befehl des Generals Guderian rollten über die Grenzen. Wieder donnerten die Ketten der Stukas unter dem blauen Himmel und zerfetzten die Städte, die Bunker der Maginotlinie, die aufgeschreckten Truppenansammlungen, die Flugplätze. In wuchtigen Stoßkeilen rückten die deutschen Panzerdivisionen von Norden her gegen den französischen Gegner vor. Das Zaudern des französischen Generalstabschefs Gamelin, der am 3. September 1939 nicht in den Polenkrieg eingreifen wollte, weil die französische Armee noch zu schwach war, verhalf Hitler zu einer achtmonatigen Aufrüstungspause. Was jetzt gegen Paris anrollte, was Belgien niederwalzte, die Holländer vor sich hertrieb, das waren Armeen, deren Stoßkraft nicht mehr zu brechen war.

In Namur, auf den zerborstenen Steinen eines Hauses sitzend und seine Suppe aus dem Feldgeschirr löffelnd, traf Hauptmann Schütze auf eine Sanitätskolonne, die langsam durch die Straßen fuhr in Richtung Charleroi.

Die Kompanie saß verstreut an der Straße und rastete. Sie war seit fünf Tagen fast nur unterwegs, mit kleinen Rastpausen, die gerade ausreichten, die wundgescheuerten Füße zu pudern oder eine Mütze voll Schlaf über die zitternden Nerven zu gießen.

Auch Heinrich Emanuel Schütze war körperlich fertig. Er würgte das Essen in sich hinein. Er war selbst zu müde zum Schlucken. Sich nach hinten fallen lassen und schlafen ... das war die einzige große Sehnsucht dieser Tage.

Aber der Vormarsch ging weiter ... er lief schneller, als die Strategen errechnet hatten. Die Panzerkeile zerrissen die gegnerischen Truppen. Ihnen voraus gingen die Bombardements der Stukas. Wenn dann die deutsche Infanterie nachrückte, fand sie bebende, demoralisierte Soldaten vor. Nervenbündel, die sich willenlos abführen ließen. Das Grauen, das aus der Luft über sie ausgeschüttet worden war, hatte alles übertroffen, was man ihnen vorher erzählt hatte.

Vor Hauptmann Schütze hielt einer der Sanitätswagen. Als die Bremsen knirschten, sah Schütze müde auf. Ein Gesicht erschien im Fenster und eine Hand winkte ihm zu.

»Gott grüß Sie, Hauptmann!« rief eine Stimme. »Wie immer dabei?«

Schütze stellte sein Kochgeschirr hin und stand auf. Sein Rücken schmerzte, aber er straffte sich. Der Ton der Anrede war freundlich, doch irgendwie las er Ironie heraus. Das machte ihn abwehrend.

Er musterte das Gesicht im Wagenfenster und dachte nach. Bekannt war es ihm. Aber woher kannte er es? Woher bloß? Es mußte lange her sein ... viele Jahre ...

»Man vergißt so leicht, was?« sagte der Mann im Auto. Dann stieg er aus. Es war ein Oberstabsarzt. »Statt aufgerissene Leiber behandelte ich auch lieber Kinder –«

»Dr. Langwehr –«, sagte Schütze verblüfft. »Sie sind es wirklich?« Er streckte ihm beide Hände hin. »Das freut mich, Sie noch einmal zu sehen.«

»Mich auch!« Dr. Langwehr war alt geworden. Seine weißen Haare quollen unter der Feldmütze hervor. »Kein Krieg ohne Schütze –«

»Fangen Sie schon wieder an?« Heinrich Emanuel lachte. Aber innerlich lauerte er. Dr. Langwehr gegenüber hatte er immer Komplexe gehabt. Sie hatten sich nicht verloren. Er spürte es jetzt. »Sie sind ja auch dabei –«

»Ich sammle nur auf, was der Krieg fortwirft. Mülleimer der Geschichte. Oder ist Ihnen Lumpensammlung lieber? Was ich finde, flicke ich zusammen zur neuerlichen Verwendung. Der Kreislauf geht dann so weiter, bis nichts mehr zu flicken übrig bleibt. Auch die beste Masse Mensch verbraucht sich einmal ...«

»Sie haben sich nicht geändert.« Heinrich Emanuel ging mit Dr. Langwehr ein paar Schritte abseits. »Der gleiche Sarkasmus. Aber jetzt müssen Sie ihn etwas revidieren: Können Sie leugnen, daß wir herrliche Siege errungen haben? Können Sie übersehen, daß wir in einer großen Zeit leben? Zweifeln Sie noch, daß wir diesen Krieg gewinnen mit einem Sieg, der ohne Beispiel in der Geschichte ist?«

»Im Augenblick hat er ja erst begonnen.« Dr. Langwehr bot Schütze eine Zigarette an. »Was haben Sie damals gesagt, als wir an der Marne standen?«

»Das ist heute ganz anders.«

»Allerdings. Man hat den Tod perfektioniert.«

Über sie hinweg zog donnernd ein Geschwader von Bombern. Schütze zeigte mit ausgestrecktem Arm empor.

»Dort zieht unser Sieg!« rief er.

»Ihr Wort in Gottes Ohr. Wollen Sie übrigens mein zum Einsatz kommendes Feldlazarett sehen? Es ist die primitivste Ausrüstung, mit der jemals eine Sanitätskolonne in einen Krieg gezogen ist.«

»Das ist doch unmöglich!« rief Schütze.

»Warum?« Dr. Langwehr hob die Schultern. »Anscheinend rechnet man damit, daß der deutsche Soldat weniger verwundbar ist als andere Soldaten. Wir sind ausgerüstet wie zu einem größeren Manöver –«

XIV

Es gibt im Leben eines Mannes eine Zeitspanne, die er als die glücklichste seines Lebens betrachtet. Sei es eine große Liebe, ein großer geschäftlicher Erfolg, der Erwerb einer Briefmarkensammlung, eine Scheidung oder der Wegzug der Schwiegermutter.

Für Heinrich Emanuel Schütze war der Sieg über Frankreich und sein Einzug in die Champagne, nach vierundzwanzig Jahren zum zweitenmal, das ganz große Erlebnis.

Er war zum Major befördert worden ... anscheinend ging es nicht mehr anders. Er hatte ein Alter erreicht, in dem man einen aktiven Hauptmann scheel ansieht. Der Übertritt in den Stabsoffiziersrang vollzog sich allerdings anders, als es sich Schütze immer erträumt hatte.

Er bekam sein Majorspatent von seinem neuen Divisionsgeneral ausgehändigt. Vor drei Tagen war er mit der Führung beauftragt worden. Der alte General hatte eine andere Verwendung im Führerhauptquartier bekommen. Noch niemand kannte den neuen Kommandeur, am allerwenigsten der frische Major Schütze, der zum Divisionsstab bestellt wurde, um seine Beförderung entgegenzunehmen.

Er wartete drei Stunden, bis der General Zeit hatte. Dann ließ man ihn ein.

Am Fenster stand ein hochgewachsener, alter Herr mit weißen Haaren, ein Monokel im Auge und sah Hauptmann Schütze erwartungsvoll entgegen. Er nickte mehrmals, als Heinrich Emanuel zackig an der Tür grüßte, und winkte, näher zu kommen.

»Also doch«, sagte der General. »Es bleibt mir nicht erspart, gerade Sie zum Major zu machen. Ich habe es geahnt, daß Sie es sind...«

Hauptmann Schütze starrte den General an. Ganz aus der Tiefe seiner Erinnerung dämmerte ein Bild in ihm auf... Kaisermanöver 1913... sein Hauptmann zu Pferde neben einer Kutsche, in der Amelia und Frau v. Perritz saßen. Ein in der Sonne blitzender Helm, ein Monokel... davor ein kleiner, schmächtiger Fähnrich, der sich vor den Damen sagen lassen mußte, daß er das größte Rindvieh der kaiserlichen Armee sei.

Hauptmann Stroy...

»Herr... Herr General...«, stotterte Schütze.

»So trifft man sich wieder, was? Ich habe Sie damals nach Ihrer Versetzung nach Goldap aus den Augen verloren. Wie geht es Ihrer Gattin... unserer Amelia?«

»Sehr gut, Herr General. Wir leben jetzt in Rummelsberg.«

»Kinder?«

»Drei, Herr General. Zwei Söhne... der älteste ist Oberfähnrich, der zweite gerade eingezogen worden. Und eine Tochter. Sie macht gerade ihr Abitur.«

»Das freut mich. Grüßen Sie Ihre Gattin herzlichst von mir.«

»Jawoll, Herr General.«

Die Formalitäten der Majorsbeförderung waren schnell. Dann entließ General Stroy seinen neuen Stabsoffizier mit den Worten: »Warum haben Sie eigentlich so lange zum Major gebraucht, lieber Schütze?«

»Ich habe mich öfters um die Wahrheit gekümmert, Herr General –«

»Ach du meine Güte.« General Stroy schlug die Hände zusammen. »Nach dem Kaiser attackiert er den Hitler. Haben Sie in vierundzwanzig Jahren nichts gelernt?«

»Viel, Herr General. Sehr viel. Nur das Recht ist unveränderlich.«

In seinem Zimmer – die Division hatte ein altes Schloß beschlagnahmt – stand Schütze später am Fenster und sah hinaus auf die sanft gewellten, mit Weinstöcken bewachsenen Hügel.

Nun ist man Major, dachte er. Fast ein Vierteljahrhundert hat man dafür gebraucht. Zwei Kriege hat man erlebt, einen Zusammenbruch, eine Inflation, man ist Margarineverteiler geworden, dann wieder Soldat, und man hat immer seine Ideale behalten bis zu jenem Tag im Egerland, an dem man den Mißbrauch der Macht erkannte ... Aber was hatte man daraus gelernt? Hatte man den Mut gehabt, die Uniform auszuziehen und vielleicht wieder Margarineverteiler zu werden? Nein – man hatte die Zähne zusammengebissen und war dabeigeblieben. In Polen und jetzt auch in Frankreich ... und man würde weiter mitmachen ... Als Major, als Oberstleutnant, als Oberst ... und wenn eine Million oder zehn Millionen Juden hingerichtet würden ... man würde weiter marschieren, einem Befehl gehorchend, eine gutgeschmierte Maschine, die dahinmarschierte und das tat, was ein Obermaschinist an seinem Schalttisch ausdachte.

Heinrich Emanuel Schütze fuhr am nächsten Tag zurück zur Truppe. Er gab einige Kisten Sekt aus zur Feier seiner Beförderung. Er selbst nahm daran nicht teil. Er legte sich ins Bett, schrieb einen Brief an Amelia und die Kinder und starrte dann an die Decke seines Zimmers.

Hat mein Leben eigentlich einen Sinn? grübelte er. Menschlich gesehen ... na ja. Ich habe drei Kinder gezeugt, ich habe eine Frau glücklich gemacht (wenigstens nehme ich an, daß sie glücklich ist), ich habe ihnen ein finanziell sorgloses Leben gegeben, den Kindern eine gute Ausbildung ... das wäre genug für ein erfülltes Leben. Aber innerlich ... bin ich innerlich das, was man glücklich nennt? Zufrieden? Habe ich jemals richtig gelacht? War ich jemals richtig betrunken? Habe ich mich ein einziges Mal vom Alltag gelöst? War ich jemals von einer solch herrlichen erwachsenen Kindlichkeit, in der man sich über eine Blume, über einen gaukelnden Schmetterling, über einen um einen sonnenheißen Stein kriechenden Käfer, über eine in flimmernder Luft sich im Wasser spiegelnde Libelle freuen konnte? War ich jemals ich?

Er drehte sich seufzend auf die Seite und schloß die Augen. Er hatte plötzlich das Gefühl, im Leben viel, zu viel versäumt zu haben. Es war ihm, als sei von seinen Augen mit der Verleihung der silbernen geflochtenen Schulterstücke eine Maske heruntergerissen worden. Nun sah er sich im Spiegel ... auf den nackten Schultern die silbernen Majorsstücke ... und darunter und darum nichts. Gar nichts. Nur Nacktheit. Fade Nacktheit. Ein Gesicht, ein Körper ... glatt wie Wachstuch. Nur die silbernen Achselstücke glänzten.

Warum hast du gelebt, würde vielleicht Gott einmal fragen. Und dann mußte Heinrich Emanuel Schütze antworten: Um Major – oder Oberstleutnant – oder Oberst zu werden. Und Gott würde sagen: Habe ich dir darum das Leben gegeben? Und er müßte antworten: Ich weiß es nicht, Herr. Was sollte ich anders tun? – Und Gott würde schreien, und die Himmel würden seine Stimme zurückwerfen bis zu den entferntesten Sternen: Ein Mensch solltest du sein, Heinrich Emanuel – nur ein Mensch! Aber was bist du geworden: Nur eine Uniform! – Habe ich den Menschen darum geschaffen, daß er sich mit buntem Tuch bekleidet und dann gegenseitig totschlägt?

Major Schütze sprang auf und riß sich den Kragen auseinander. Er trat ans Fenster und sah hinaus in die warme Juninacht. Luft. Luft. Kann man an den eigenen Gedanken ersticken?

Er ging hinaus. Zum Stall. Der Pferdebursche schlief neben dem Gaul. Er weckte ihn, ließ sein Pferd satteln und ritt allein aus in die Nacht.

»Herr Major sollten nicht allein reiten!« rief der Gefreite ihm nach .»Es sind noch versprengte Franzosen in der Gegend ...«

Schütze hörte ihn nicht mehr. Er trabte durch die Weingärten, hielt vor einer Bank, stieg ab, band das Pferd an die Banklehne an und setzte sich.

Über dem Land schwamm der Mond in einem Meer weißer Wölkchen. Es roch nach frischer Erde. Heinrich Emanuel lehnte sich zurück und stützte die Hände auf den Banksitz. Er sah hinüber zu den schlafenden Dörfern. Wie nah sie sind, dachte er. Aber eine Stunde bin ich bis hierher geritten. Wie herrlich diese nächtliche Einsamkeit ist. Sie ist wie ein tiefes, reinigendes Atemholen.

Er nahm die Mütze vom Kopf. Das Gefühl, glücklich zu sein, stieg in ihm auf.

In diesem Augenblick seltener Zufriedenheit stieg das Pferd

plötzlich neben ihm auf. Es schrie gellend auf ... dann erst hörte Schütze den Schuß. Er hallte in den Weinhügeln wider wie ein lauter Peitschenschlag. Gleich darauf schlugen einige Kugeln in die Lehne der Bank. Das splitternde Holz peitschte Schütze ins Gesicht.

Mit einem weiten Satz sprang er in die Weinstöcke hinein. Das Pferd hatte sich losgerissen. Steil stellte es sich hoch, schlug mit den Vorderhufen um sich, flockender Schaum spritzte von den Nüstern ... dann fiel ein neuer Schuß. Es sank zusammen, fiel seitlich auf die Bank. Mit einem hellen Krachen zerbrach das Holz. Der stürzende, dampfende Körper bohrte sich in die splitternden Trümmer.

Major Schütze hatte seine Pistole aus dem Futteral gerissen. Er lag ganz flach auf dem Boden. Von der Stirn lief ein dünner Blutfaden zwischen der Nasenwurzel zu seiner Oberlippe. Ein Holzsplitter mußte die Stirn aufgeritzt haben.

Noch sah er nichts. Noch wußte er nicht einmal, woher die Schüsse gekommen waren. Man muß sie im Dorf gehört haben, dachte er nur. Sie haben nicht mehr viel Zeit, mich zu suchen. In wenigen Minuten ist das Bataillon alarmiert.

Um die Aufmerksamkeit zu erhöhen, schoß Heinrich Emanuel mehrmals hinter sich. So hörte man im Tal die Schüsse, aber der Gegner sah kein Mündungsfeuer.

Vor sich, zwischen Weinstöcken und einigen alten Gerätehütten, sah er einige Schatten laufen. Sie huschten dicht über dem Boden den Hügel hinauf. Schemenhaft, wie Wolkenschatten.

Schütze zögerte. Die Grenze zwischen Vorsicht und Pflicht stand wieder vor ihm. Er übersprang sie mit zusammengebissenen Lippen ... robbte aus dem Schutz der Weinreben bis zu seinem toten Pferd und eröffnete das Feuer auf die hüpfenden Schatten.

Den dampfenden Körper des Pferdes benutzte er als Auflage. Mit zusammengekniffenen Augen zielte er. Zweimal ... dreimal schoß er auf den hin und her rennenden Schatten vor sich. Plötzlich sah er ihn fallen. Dann erhob sich aus dem Gewirr der Rebstützen eine hohe Gestalt und streckte die Arme empor.

Heinrich Emanuel zögerte. Es konnte eine Falle sein. Während er sich auch erhob und aus dem schützenden Pferdekörper auftauchte, würde man hinter dem Geräteschuppen auf ihn schießen können.

Er blieb liegen und rief der dunklen Gestalt zu.

»Allez!« Er kniete hinter dem warmen Leib des Gaules und hob die Pistole. »Komm hierher! Vite! Vite!«

Die Gestalt verstand ihn. Langsam kam sie näher. Major

Schütze sah, daß es ein junger Mann war. Braunlockig. Groß und hager. Er hinkte etwas. Ein Schuß aus Schützes Pistole hatte ihn in den Oberschenkel getroffen. Vor dem Pferdekadaver blieb der Junge stehen und stützte sich auf einen in die Erde gerammten Pfahl. Er stöhnte leise und beugte sich nach vorn, legte die rechte Hand auf den Einschuß und preßte sie gegen den Schenkel, als könne er die Schmerzen herauspressen.

»Parlez-vous allemand?« fragte Schütze. Der Junge nickte.

»Oui!« Er sah auf den bloßhäuptigen Offizier und hob wieder die Hände. »Ich bin Soldat ... Ich bin Ihr Gefangener, Herr Major –«

Heinrich Emanuel erhob sich. Er war verblüfft. Das gute Deutsch, die Sicherheit, so zu jemandem zu sprechen, den man vor wenigen Minuten noch aus dem Hinterhalt ermorden wollte, die Selbstverständlichkeit, zu sagen: Ich bin Soldat, was soviel bedeutete wie: Ich stehe unter dem Kriegsrecht ... der sich Ergebende ist menschlich zu behandeln – das alles rührte Schütze merkwürdig an.

Er beugte sich zu dem Franzosen vor, tastete seine Taschen ab. Er war waffenlos. Dann sah er ihn wieder an. Der Mond übergoß sein Gesicht mit verschwimmendem Licht.

Maßloses Entsetzen griff Schütze ans Herz. Es durchrann ihn kalt, bevor eine Glutwelle in sein Gehirn stieg und die Nerven zu verglühen schien.

Er sieht ja aus wie Giselher-Wolfram, dachte Heinrich Emanuel. Derselbe Kopf, fast die gleichen Augen ... die Nase, der Mund und das Kinn ...

Er atmete tief. Es war wie ein Stöhnen. »Wie heißen Sie?« fragte er, mühsam seiner Stimme einen forschen, befehlenden Klang gebend.

»Pierre –«

»Und weiter?«

»– Bollet –«

»Wo – wo sind Sie geboren?«

»In Epernay.«

Major Schütze atmete auf. Der Druck wich. Der wahnsinnige Gedanke, der ihn plötzlich überfallen hatte, mußte ja ein Irrtum sein. Es war undenkbar. Völlig undenkbar.

»Sind Sie verwundet?« fragte er.

»Sie haben mich in den Schenkel geschossen.« Er sah auf den erkaltenden Pferdeleib. Nach einigem Zögern siegte der Schmerz. Er setzte sich auf den Kadaver und streckte das verwundete Bein von sich. Schütze nahm ein Messer aus der Tasche und schnitt das Hosenbein auf. Er sah einen kleinen, blutenden Einschuß. Ein Ausschuß war nicht zu finden. Ein Steckschuß. Vielleicht im Knochen. Durch das Bein lief ein Zittern, wie bei einem Schüttelfrost. Die angeschossenen Nerven zuckten wild.

»Wie alt sind Sie?« fragte Schütze. Er hatte sein Verbandspäckchen aufgerollt und verband notdürftig den Einschuß.

»Dreiundzwanzig Jahre, Herr Major... Ich bin Leutnant der Armee. Nach dem Überrollen durch Ihre Truppen haben wir die Uniformen weggeworfen und wollten in den unbesetzten Teil durchsickern.«

»Und warum habt ihr auf mich geschossen?«

»Wir wollten Ihre Uniform, Herr Major. Einer von uns hätte sie angezogen. Es wäre leicht gewesen, dann durchzukommen. Einem Major macht jeder Platz.«

»Wieviel seid ihr?«

Pierre Bollet sah den deutschen Offizier fragend an. »Verlangen Sie darauf eine Antwort, Herr Major?«

Heinrich Emanuel steckte das Ende des Verbandes unter die Binde und richtete sich auf. »Woher sprechen Sie so gut deutsch?«

»Meine Mutter hat es mich gelehrt. Sie konnte es noch von 1914 her.«

»Ihre Mutter.« Heinrich Emanuel setzte sich neben Pierre auf den toten Pferdeleib. Seine Hände waren heiß, als er sie zusammenlegte. »Sie werden Ihre Mutter wiedersehen. Der Krieg ist für Sie zu Ende –«

Der junge französische Leutnant senkte den Kopf. Die langen braunen Haare fielen über sein schmales Gesicht wie ein seidener Vorhang. Durch Schütze fuhr es wie ein neuer Schlag. So sieht Giselher aus, wenn er nach unten blickt. Genauso.

»Meine Mutter ist vor zwei Wochen gestorben...«, sagte Pierre leise. »Deutsche Stukas... sie trafen nicht die Panzer, sondern das Haus. Keiner lebte mehr. Ich habe sie noch ausgegraben... Dann kamen die deutschen Panzer. Ich habe sie liegengelassen... neben dem Haus, auf der Straße...« Er schlug die Hände vor die Augen.

Schütze saß steif auf dem toten Pferd. Sein Herz klopfte, als sei es eine Riesentrommel. Und bei jedem Paukenschlag schienen zehn Liter Blut durch die Adern zu rasen.

»Und – Ihr Vater –?«

Der Leutnant schüttelte den Kopf. »Ich habe keinen Vater mehr. Er ist 1916 gefallen. Vor meiner Geburt. Ich kenne ihn gar nicht...«

»Hatten Sie kein Bild von ihm?«

»Nein. Mutter sagte immer: Er war ein schöner Mann. Jung, verträumt, voller Ideale. Sie lebten damals in Soustelle –«

»Soustelle –«, wiederholte Schütze dumpf.

»Sie mußten dann weg. Meine Mutter – Jeanette hieß sie – mußte flüchten. Ihr Vater war ein Führer der Franktireurs.«

Durch Heinrich Emanuels Körper lief ein Zittern. Jeanette, dachte er. Die Nacht in dem Haus hinter der Fabrik ... die Tage und Nächte in der Kommandantur von Soustelle ... bis ich Weihnachten 1915 zu Amelia fuhr. Als ich zurückkehrte, war nur noch der Duft deiner Haare in den Kissen und die Erinnerung an seliges Flüstern im Raum ... Wie habe ich dich gesucht ... mit der ganzen Verzweiflung meiner zweiundzwanzig Jahre ... Bis die Hoffnung, dich zu sehen, aufgab und hinausging nach Verdun. Und nun sitzt Pierre neben mir ... dein Pierre ... unser Pierre ... auf einem toten Pferdeleib sitzen wir und haben uns als Feinde beschossen. Und du liegst bei Epernay am Straßenrand, zerfetzt von einer deutschen Bombe. Nie hast du dem Jungen erzählt, wer sein Vater ist. Du hast gut daran getan. Du warst zu stolz, zu gestehen, daß du einmal einen deutschen Feind liebtest. Und ich ... ich bin jetzt zu feig, zu sagen, wer ich bin ...

Er tastete nach der Hand des jungen französischen Leutnants und drückte sie. Verwundert sah ihn Pierre Bollet an.

»Willst du zurück zu deinen Leuten?« fragte Schütze leise. »Oder willst du in Gefangenschaft? Der Krieg ist dann für dich zu Ende. Du wirst ihn überleben ...«

Pierre Bollet erhob sich, als habe das Pferd ihn getreten. Er schnellte fast hoch.

»Was soll das heißen?« fragte er heiser.

»Frage nicht, mein Junge.« Heinrich Emanuel sah ihn nicht an. Er konnte ihn einfach nicht ansehen. Er hätte die Arme ausbreiten und ihn an sich ziehen müssen. Jeanettes Sohn ... Eine tiefe Rührung überkam ihn. »Entscheide dich ... geh oder bleib ...«

»Ich bin doch Ihr Gefangener, Herr Major«, stammelte Pierre.

Schütze sprang auf. »Mein Gott! Frage doch nicht soviel! Du hast deine Mutter verloren, du hast ... hast deinen Vater verloren ... deinen Großvater haben sie erschossen, nicht wahr ...?«

»Ja –«, sagte Pierre leise.

»Hast du nicht genug Krieg und Leid und Grauen erlebt? Willst du nicht Schluß machen? Was willst du gegen uns ausrichten? Du und die anderen? Wir haben Polen besiegt, Norwegen und Dänemark halten wir besetzt. In Belgien, Holland, Luxemburg und Frankreich stehen unsere Truppen ... Italien kämpft auf unserer Seite, Japan ist mit uns befreundet ... von der Nordsee bis zum Stillen Ozean geht die Macht Deutschlands ... was willst du da noch machen, mein Junge? Willst du dein Leben opfern?«

»Abwarten. Ihr werdet euch totsiegen.«

»Unsere Siege sind endgültig.«

»Es gibt ein altes Sprichwort: Der Tod der Diktatoren ist ihr Ruhm! – Ihr habt nicht die Kraft, eine Welt zu regieren. Nur, wenn ihr selbst regiert werdet, seid ihr glücklich. Ihr wart nie ein Herrenvolk – wie es euer Führer will –, ihr wart immer ein Sklavenvolk. Ihr habt immer nur gehorcht. Ihr wurdet nur groß durch die Knute. Ihr habt nur nach Befehlen gelebt ... soll das jetzt anders werden? Unmöglich. Ihr werdet immer so bleiben ... heute, morgen, in hundert Jahren. Ihr müßtet keine Deutschen mehr sein, um nicht durch Befehle geleitet zu werden. Eure Freiheit ist Gehorchen. Hört ihr auf, zu gehorchen, brecht ihr auseinander.«

Heinrich Emanuel Schütze schwieg und starrte auf die Erde. Dann stand auch er von dem Pferdeleib auf, sah den jungen Leutnant lange an und nickte.

»Geh, mein Junge«, sagte er leise.

Pierre Bollet begriff nicht. Er blieb stehen.

»Herr Major –«

»Geh!« schrie Schütze. »Und wenn der Krieg zu Ende ist, dann schreib an mich! Schütze. Kaserne Rummelsburg in Pommern.«

»Ich werde den Namen nie vergessen –« Pierre Bollet ergriff Schützes Hand. »Nie –«

»Das sollst du auch nicht ...« Er hielt Pierres Hand fest. »Wem siehst du eigentlich ähnlich, mein Junge?«

»Meine Mutter sagte immer: Du wirst deinem Vater immer ähnlicher ...«

»Aber ihre Augen hast du –«, sagte Heinrich Emanuel leise.

Er drehte sich herum und ließ den verblüfften Pierre stehen. Langsam ging er den Hügel hinab. Unten auf der Straße blickte er zurück. Pierre Bollet war nicht mehr da.

Aufatmend ging er weiter, dem Dorf zu. Es war ihm, als durchschritte er gar nicht die Wirklichkeit, als lebe er in einem Traum, aus dem er jeden Augenblick aufgeschreckt werden konnte.

Eine Streife seines Bataillons kam ihm entgegen. Der Feldwebel machte stramm seine Meldung. Schütze hörte sie kaum ... er nickte und ging weiter. Die Streife sah ihm entgeistert nach.

»Was ist denn mit dem Alten los?« murmelte der Feldwebel. Er sah an sich herunter, und eisiger Schreck durchfuhr ihn. Zwei Knöpfe seiner Uniform standen offen. Er hat es nicht gesehen, dachte er. Dem Himmel sei Dank. Vier Wochen Ausgehverbot, das wäre das mindeste gewesen. Ganz komisch sah der Alte aus ... wie ein Mondsüchtiger.

Vor dem Stall blieb Schütze stehen. In den Boxen schimmerte Licht. Der Gefreite wartete auf die Rückkehr des Kommandeurgaules.

Was soll ich sagen, dachte Schütze. Es wird eine schreckliche Schreiberei geben. Eine lange Frageliste. Warum, wo, wie und weshalb starb das Pferd? Fand eine veterinärmedizinische Untersuchung statt? Wer hat es erschossen?

Heinrich Emanuel ging in sein Quartier und legte sich angezogen aufs Bett. Ihm war alles gleichgültig. Die Meldung, die Schwierigkeiten, sein unmilitärisches Verhalten, die Konsequenzen, wenn die Wahrheit bekannt wurde, der ganze Krieg ... alles, alles war ihm gleichgültig.

Jeanette hatte einen Sohn, dachte er. Er hat lange, braune Haare und ihre dunklen Augen. Pierre heißt er und ist Leutnant der Grande Armee.

Er schloß die Augen und faltete die Hände über der Brust.

Soustelle ... das Zimmer hinter der Kommandantur. Das alte staubende Sofa ... O du wilder Bär, hat Jeanette einmal gesagt. Ich könnte dich in meinen Armen zerdrücken. Wie schlank sie war und wie unersättlich. An der linken Brust hatte sie einen kleinen Leberfleck. Ihn hatte er immer geküßt.

O wie jung waren wir damals. Wie herrlich jung. Und dumm. Und glücklich ... Man muß dumm sein, um glücklich zu sein ...

Ein hartes, rhythmisches Klopfen am Fenster weckte ihn. Noch war es Nacht. Sie war fahl geworden. Als sich Schütze aufgeschreckt im Bett hochsetzte, schwamm vor der Fensterscheibe die Kontur eines Kopfes.

Er schnellte sich von den Decken hoch, rannte mit ein paar Schritten zum Fenster und riß die Flügel auf. Eng an die Hauswand gepreßt, sah Pierre Bollet zu ihm hinauf. Über die Straße klapperten die Schritte des Doppelpostens. Das Knirschen ihrer Nagelstiefel war der einzige Laut in der vollkommenen Stille dieser Stunde zwischen Nacht und Morgengrauen.

»Was willst du denn hier?« flüsterte Heinrich Emanuel Schütze. Er beugte sich über die Fensterbank vor und starrte Pierre in das schweißüberzogene Gesicht. Er mußte wie ein Gehetzter gerannt sein. Sein Atem flog noch stockweise durch die zusammengepreßten Lippen.

In Schütze kam eine panische Angst auf. Wenn jemand Pierre entdeckte, wenn die Streife ihn anrief und er rannte weiter... man würde ihn erschießen. Und niemand konnte ihm helfen. Auch ein Major Schütze nicht. Er konnte doch nicht in die Nacht hinausbrüllen: Laßt ihn leben, diesen Franzosen. Er ist mein Sohn –

»Was willst du hier?« wiederholte er. »Bist du wahnsinnig?«

»Ich habe über etwas nachgedacht, Herr Major... Ich...«

»Komm ins Zimmer. Warte –« Sie lauschten beide auf die knirschenden vier Stiefel. Sie gingen die Straße hinab. In drei Minuten würden sie zurückkommen... immer hin und zurück... Pendelposten nannte man das.

»Gib mir die Hände.« Heinrich Emanuel beugte sich weit aus dem Fenster. Er ergriff Pierres Hände, stemmte die Knie gegen die Zimmerwand und zog den jungen französischen Leutnant in den Raum. Stöhnend wälzte sich Pierre über die Fensterbank ins Zimmer. Als er sich auf einen kleinen Tisch setzte, sah Schütze, daß der Verband durchgeblutet war. Das Bein war geschwollen.

»Du mußt sofort neu verbunden und zu einem Arzt gebracht werden!« rief er. »Komm, leg dich aufs Bett. Ich hol den Bataillonsarzt.«

Er stützte Pierre. Humpelnd schleppte er sich zum Bett, aber er legte sich nicht, er setzte sich nur und starrte den deutschen Major an.

»Sie sagten zu mir: ›Du hast ihre Augen...‹ – Die Augen meiner Mutter, meinten Sie. Woher kennen Sie die Augen meiner Mutter? Woher kennen Sie meine Mutter –?«

Heinrich Emanuel schloß das Fenster. Er blieb mit dem Rücken zu Pierre stehen und sah hinaus in die wegschwimmende Nacht. Im Osten wurde der Himmel fahlrot. Wie von einem riesigen Pinsel wurde der Horizont streifenweise angestrichen.

»Das ist eine lange Geschichte, Pierre –«

»Wir haben Zeit, bis zur nächsten Nacht..., wenn Sie mich nicht verraten...« Pierre legte sich aufstöhnend aufs Bett. Schütze fuhr herum. Die Untätigkeit, zu der er verurteilt war, schmerzte ihn körperlich. »Sie kennen meine Mutter –?«

»Ja.«

»Sie sind durch Epernay gekommen?«

»Nein.«

»Sie –«

»Ich ... ich habe sie in Soustelle kennengelernt. 1915. Charles Bollet, ihr Vater, also Ihr Großvater, wurde gegen mich ausgetauscht. Ich war damals in den Händen der Franktireurs. Später dann –« Schütze schwieg.

Er zog seinen Uniformrock an, setzte die Feldmütze auf und schnallte das Koppel um.

»Ich hole den Arzt –«, sagte er stockend.

»Später ... Was war später, Herr Major ...?«

»Hast du starke Schmerzen, Pierre?«

»Warum weichen Sie aus?« Pierre Bollet richtete sich auf den Ellenbogen auf. Seine Blicke folgten Schütze, der unruhig im Zimmer hin und her lief. »Meine Mutter war anders als französische Mütter. Sie bestand darauf, daß ich deutsch lernte. Von klein an habe ich zwei Sprachen sprechen müssen. Man hat mich ausgelacht, verspottet, angefeindet. Ich habe Schläge bezogen. Aber meine Mutter gab nicht nach. ›Du wirst es einmal nicht bereuen‹, sagte sie. ›Einmal wirst du es gebrauchen können ...‹ Ist dieses ›einmal‹ – heute, Herr Major?«

»Jeanette war ein schönes Mädchen.« Schütze hatte wieder den Rücken zu Pierre gedreht. Seine Worte tropften in den dunklen Raum, als wären sie zähflüssiger Sirup.

»Ich ... Damals war ich Ortskommandant von Soustelle. Jeanette und ich ...« Schütze drehte sich um. Pierres Augen starrten ihn an. Weit aufgerissen. Auch sein Mund stand offen. Aber kein Erstaunen, keine Freude, keine Erlösung lagen in diesem Blick. Entsetzen war es. Blankes Entsetzen.

»Ja ... so ist es, Pierre ... Und du wirst nun vierundzwanzig Jahre alt –«

»Sie ... Du ...« Pierre umklammerte das eiserne Gitter des Bettes. »Ein Deutscher ...« Er zitterte plötzlich, die Kraft, die seinen Körper bisher aufrecht gehalten hatte, brach auseinander. Er sank in sich zusammen. Er schlug die Hände vor die Augen und ließ sich nach hinten auf die Decken fallen. »Warum mußten wir uns begegnen?« stöhnte er. »Warum ist das Schicksal so gemein? So hundsgemein? Hunderte Kilometer sind um uns ... aber hier, in der Nacht, mit dem Willen, uns zu töten, müssen wir uns treffen.« Er schnellte hoch. Schwankend stand er vor dem Bett. Der Schmerz in seinem zerschossenen Bein verzerrte sein Gesicht. »Warum hast du mir das gesagt? Warum hast du mir nicht den Glauben an den toten Vater gelassen? Meine Mutter war für mich ein Engel, und nun ...«

»Ist sie jetzt anders?« Schützes Stimme schwoll an. Er riß sich die Mütze vom Kopf und trat auf Pierre zu. »Sag ein einziges Wort gegen deine Mutter, und ich schlage dich zu Boden! Bei Gott, ich tu's! Hat sich etwas geändert, seit du weißt, wer dein Vater ist?«

»Ja!« Pierre Bollet ballte die Fäuste. »Ich will keinen deutschen Vater haben!« schrie er.

»Sind wir Unmenschen?«

»Ich hasse die Deutschen!«

»Du bist noch zu jung. Du bist fanatisch. Du glaubst der Propaganda. Als wir damals – 1914 – nach Frankreich einrückten, flog uns voraus: Die Boches hacken den Kindern die Hände ab. Alle Frauen werden geschändet. Die Brüste werden ihnen abgeschnitten... Du hättest es geglaubt, wie du heute alles glaubst. Ich hätte es in deinem Alter auch getan.«

»Zweimal habt ihr unser Land vernichtet. Unsere Städte sind zertrümmert. Hunderttausende Witwen hinterlaßt ihr, euer Schritt ist Untergang... noch heute wächst dort, wo ihr 1917 gelegen habt, nichts als wildes Gras. Und jetzt geht es weiter...« Er schlug die Hände vor die Augen. Erschütterung und Entsetzen durchschüttelten seinen schmächtigen Körper.

»Und ich bin der Sohn eines Deutschen! Ich – ein französischer Offizier!« Er riß sich zusammen, schwankte auf den zurückweichenden Schütze und streckte beide Arme aus. »Gib mir deine Pistole...«, stammelte er.

Heinrich Emanuel war bis zur Wand zurückgewichen. Er hatte beide Hände auf seine Pistolentasche gelegt. Kalkweiß war sein Gesicht.

»Du weißt nicht, was du sagst...«, stammelte er.

»Soll ich dich zwingen, mich zu erschießen? Soll ich meinen Vater angreifen, schlagen, töten wollen, nur damit er mich erschießt?« Pierre Bollet stützte sich auf eine Stuhllehne. Er umkrallte das Holz, um aufrecht zu stehen.

Heinrich Emanuel Schütze hatte die erste Lähmung überwunden. Mit drei Schritten war er bei Pierre, zögerte, sah in das schmerzverzerrte, bebende Gesicht... dann schlug er zu, mehrmals, mit der flachen Hand. Es klatschte laut. Der Kopf Pierres pendelte hin und her, als hätte er keinen Halt und säße auf einem Spiralhals.

»Das hat dir vierundzwanzig Jahre lang gefehlt!« schrie Schütze. »Die Hand eines Vaters! Vernunft sollte man dir einschlagen! Hier – sieh dir das an... komm mit...« Er zerrte den Schwankenden zum Fenster und riß die Flügel auf.

Der Morgen lag über dem Land wie eine goldene Scheibe. Die Weingärten glitzerten. Noch waren die Dächer der Geräteschuppen rot von der Morgensonne. Drei Bauernwagen rumpelten über die Straße. Kräftige Ochsen mit großen, gebogenen Hörnern zogen sie. Unter ihren Hufen wirbelte der Staub auf. Ein heißer Tag kündigte sich an.

»Da ist das Leben, du Feigling!« schrie Schütze und drückte den Kopf Pierres durch das Fenster. »Riechst du die Gärten? Siehst du die Sonne, wie sie über den Feldern steht? Hörst du die Lerchen? Es wird nicht lange dauern, und der Gesang der Winzerinnen klingt wieder über die Weinhügel. Ist das nicht ein schönes Leben? Und so etwas willst du wegwerfen, weil dein Vater ein Deutscher ist? Nur, weil er eine andere Sprache spricht? Ist er darum kein Mensch mehr? Mein Gott – könnte man doch aus allen Gehirnen diesen Wahnsinn herausschlagen. Menschen sind wir. Nur Menschen. Weiter nichts.« Er riß Pierre herum. »Sieh mich an. Du hast meine Stirn, meine Nase, meinen Mund ... immer, wenn dich deine Mutter ansah, dachte sie an mich. Ist das eine Schande ...? Sag, ist das eine Schande?«

Er schüttelte den schmächtigen Körper. Pierre hielt sich an Schützes Schulter fest.

»Verstehst du nicht –«

»Ist es eine Schande?!« brüllte Schütze. »Wenn du ein einziges Wort gegen deine Mutter sagst, erschieße ich dich wirklich.«

Pierre Bollet sah seinen Vater aus flatternden Augen an. Dann brach er mit einem ächzenden Laut zusammen, so wie ein Baumstamm umbricht und das letzte, ihn aufrecht haltende Holz zersplittert.

Heinrich Emanuel schleifte den Körper zu seinem Bett, legte ihn hin, deckte ihn zu, nahm seine Mütze, sah in den Spiegel und rieb sein Gesicht, um die Blässe aus den Wangen zu treiben. Dann schloß er hinter sich ab und ging an den meldenden Wachen vorbei zum Bataillonsrevier. Nichts an ihm verriet, was wenige Minuten vorher in seinem Zimmer geschehen war. Sein Gang war forsch wie immer. Das Gesicht verschlossen, kantig. Sein »Danke. Weitermachen« schnarrend wie immer. Sein Blick auf die Uniformknöpfe gefährlich und gefürchtet wie seit Jahren.

Der Bataillonsarzt trank gerade Kaffee, als Major Schütze eintrat. Er winkte und zeigte auf den gedeckten Tisch.

»Kommen Sie, Herr Major. Halten Sie mit. Mutti hat einen Kuchen geschickt. Sie mögen doch Königskuchen?«

»Danke. Später. Ich brauche Ihre Hilfe, Doktor –«

»So ernst?« Der Stabsarzt setzte seine Kaffeetasse hin. »Wo brennt's denn?«

Schütze atmete tief. Mit ruhiger Stimme – er wunderte sich selbst darüber – sagte er:

»Ich habe heute nacht einen Gefangenen gemacht –«

Der Stabsarzt sprang auf. Er strich sich ungläubig über die Haare. »Sie? Hier? Hinter der Front? In der Nacht?«

»Ein versprengter französischer Offizier. Ich ritt durch die Weinberge... Luft schnappen, wissen Sie... Es gab einen kurzen Kugelwechsel. Ich habe ihn angeschossen. Oberschenkelsteckschuß.«

Der Stabsarzt griff nach Koppel und Mütze. »Ich komme sofort mit Ihnen. Schwerverletzt?«

»Ich glaube – nein.«

Als sie in das Zimmer Schützes kamen, war Pierre Bollet ohne Besinnung. Er lag auf dem Rücken, hatte die Decke weggetreten und phantasierte.

»Wir bringen ihn sofort weg«, sagte der Stabsarzt nach kurzer Untersuchung der Oberschenkelwunde.

Heinrich Emanuel half mit, Pierre auf eine Trage zu legen. Wie ein Kind deckte er ihn zu. Die verwunderten Blicke der Sanitäter und des Arztes interessierten ihn nicht. Was wißt ihr alle, dachte er. Nichts wißt ihr, und das ist gut so.

Sie trugen ihn hinaus, und Schütze sah ihnen vom Fenster aus nach, bis sie um die Ecke der Häuser verschwanden. Unser Sohn, Jeanette... da trägt man ihn weg. In die Sicherheit. Bestimmt. Ich schwöre es dir. Niemand wird ihm etwas tun. Er ist Soldat. Er ist ein Held. Das ist er bestimmt. Sterben wollte er, der dumme Junge, weil ich ein Deutscher bin. Ich, der Vater. Wenn er wüßte, wie wir uns geliebt haben, Jeanette. Es ist heute so wie damals... du bist mir so nah, wenn ich an dich denke... ja, ich rieche fast dein Haar. Und deine Haut war so glatt und braun und kühl und sie konnte so heiß werden, daß ich daran verbrannte... der Schütze mit seiner ganzen, realen Vernunft, die plötzlich nichts weiter wert war als ein Seufzer aus deinen Lippen oder ein Blick aus deinem wie mit Goldstaub übersäten Augen...

Major Schütze setzte sich an den kleinen Tisch. Mit dem Taschentuch wischte er einen Blutfleck weg, den Pierres Wunde auf der Tischplatte hinterlassen hatte. Dann nahm er seinen Meldeblock und schrieb ohne Zögern.

In der Nacht... Sichtung eines Franzosen... versprengt – kurzes Feuergefecht. Verlust: Ein Pferd. Gegner verwundet. Leutnant der französischen Armee. Gab sich gefangen. Abgeliefert an Stabsarzt Dr. Fritz Kroh ...

Am Nachmittag wurde Pierre Bollet in einem Kübelwagen weggebracht. Zur Gefangenensammelstelle. Heinrich Emanuel stand hinter dem Fenster, etwas seitlich, damit ihn niemand von draußen sehe. Die braunen Haare Pierres flatterten im Fahrtwind, als sie durch das Dorf fuhren. Er hielt sich an der Scheibenkante fest. Er blickte nicht zur Seite zum Haus des Majors.

Leb wohl, mein Junge –

Nach dem Krieg sehen wir uns wieder. Bald. Bald.

Ein halbes Jahr später starb Pierre Bollet. In einem deutschen Kohlenbergwerk, bei Moers, in 438 Meter Tiefe, brach ein Streb. Die herabstürzenden Balken und Gesteinsstücke begruben ihn und zerdrückten seinen Kopf.

Heinrich Emanuel Schütze hat es nie erfahren.

Im Frühjahr 1941 marschierten die deutschen Divisionen an der Ostgrenze auf. Auch auf sowjetischer Seite ballten sich die Truppen zusammen. Panzer, Artillerie, unübersehbare Massen von erdbraunen Leibern.

Im Führerhauptquartier lagen die Angriffspläne fertig neben den Karten. Generalstabschef General Halder versuchte noch, den Angriff hinauszuzögern. Andererseits erschreckten ihn die Meldungen aus dem Spionagebüro Canaris: Der russische Aufmarsch war die größte Truppenansammlung, die jemals stattgefunden hatte.

Aber Hitler ließ nicht mit sich reden. Nur einmal noch verschob er den Angriff auf Rußland. Den Befehl, im Mai 1941 loszuschlagen, annullierte er. Er – der von Siegen Verwöhnte – wollte eine freie Flanke haben.

In zwölf Tagen wurde Jugoslawien besiegt. In siebzehn Tagen gab es kein freies Griechenland mehr. Der Weg zur großen Umfassung Rußlands war damit freigeworden. Der schnelle Sieg der deutschen Armeen am Balkan, die Niederwerfung Frankreichs, der Glaube von der Unbesiegbarkeit des deutschen Soldaten, wandelte sich zum selbstmörderischen Wahnsinn.

Am 22. Juni 1941 donnerten die deutschen Geschütze und zermahlten die Panzerketten den Staub der Landstraßen. Eine Hunderte von Kilometern lange Feuerwand wälzte sich nach Osten.

Es war ein schicksalhaftes Datum. Am 22. Juni 1812 hatte schon einmal ein Diktator die Grenzen Rußlands überschritten und war mit seiner Großen Armee in den Eisstürmen der Steppe elend zugrunde gegangen. Napoleon.

Am 1. Juli bekam Heinrich Emanuel einen Brief von Amelia. Ein kleinerer Brief lag dabei. Von Christian-Siegbert.

Liebe Eltern!
Vor vier Stunden haben wir die russische Grenze überschritten. Die Sowjets wehren sich verzweifelt. Aber unsere Panzer und unsere Stukas halten eine fürchterliche Ernte unter den massierten Truppen.
Gestern, vor Beginn des Einmarsches, bin ich zum Leutnant befördert worden. Ich führe eine neu aufgestellte Kompanie. Man sagte mir, ich sei der Beste im Lehrgang gewesen...

Major Schütze gab einen kleinen Kasinoabend. Er war glücklich. Er war unendlich stolz. »Auf unseren neuen Leutnant!« rief er übermütig und trank sein Sektglas ex. Dann trank er noch ein Glas, ohne einen Toast. Für dich, Pierre, dachte er. Auch du bist Leutnant. Auch du bist mein Sohn.

Zum erstenmal seit Jahren betrank sich Schütze. Stabsarzt Dr. Kroh und ein Hauptmann brachten ihn zu seinem Haus und legten ihn aufs Bett. Mit dem Starrsinn der Betrunkenen wollte er immer wieder aufspringen und singen. »Gen Osten woll'n wir reiten!« brüllte er. »Alle – ein Lied! Ein Lied! Gen Osten –«

Endlich schlief er ein. Aber seine Hände bewegten sich noch... sie dirigierten die Melodie... gen Osten...

Am gleichen Tage mit Christian-Siegberts Brief war noch ein zweites Schreiben bei Amelia in Rummelsburg eingetroffen. Sie schickte es nicht nach Frankreich... sie verwahrte die wenigen Zeilen in ihrem Schrank, unter der Wäsche.

Giselher-Wolfram schrieb:

Liebe Mutter,
Krieg mit Rußland. Soeben erfahren wir es. In zwei Stunden rücken wir ab. Ich habe eine Maschinengewehrgruppe übernommen. Jetzt haben wir Zeit, noch einen Brief zu schreiben. Mutter – ich habe Angst. Rußland ist so groß... Wenn man die Karte ansieht... dieses Riesenreich, und dann dieser kleine Fleck in Europa... Deutschland... Mutter, es schnürt mir die Kehle zu. Ich habe wahnsinnige Angst. Aber schreibe das bitte nicht Vater ... er würde es nicht verstehen...

»Gen Osten woll'n wir reiten!« schrie Major Schütze im Schlaf. »... gen Osten –« Und seine Stiefel traten den Takt gegen das Eisengeländer des Bettes.

Rumm ... rumm ... rumm ...

XV

Knapp zehn Wochen später erhielt Heinrich Emanuel Schütze einen Brief an Christian-Siegbert zurück. Über die Anschrift war eine Anzahl häßlicher Stempel gedruckt. Sie zerschnitten den Namen in sinnlose Fetzen.

Zurück an Absender.

Gefallen für Großdeutschland.

Heinrich Emanuel begriff es nicht. Er saß vor dem Brief, hielt ihn in der Hand, nahe vor den Augen und starrte ihn bewegungslos an. »Das kann nicht sein ...«, stammelte er dabei. Ein Zucken war um seinen Mund, als löse sich das Fleisch von den Knochen. »Das kann nicht sein ... nein ... nein ... Das ...«

Er sprang auf und rannte zu Stabsarzt Dr. Kroh. Das Kuvert weit von sich streckend, als strahlte es unerträgliche Hitze aus, hielt er es dem Arzt hin.

Dr. Kroh biß die Zähne zusammen, als er Schütze so stehen sah, hoch aufgerichtet, ein Koloß, dessen Beine zitterten und dessen Gesicht nichts mehr hatte, was einst der Major Schütze gewesen war.

»Lesen Sie das, Doktor ...«, stotterte Schütze. »Das ist doch nicht wahr ... Das ... das ... ist doch nicht ...«

Mit flehendem Blick sah er Dr. Kroh an. Kindliche Gläubigkeit flackerte in der Tiefe seiner Augen. Sag es doch, bettelte dieser Blick. So sag es doch. Es kann ein Irrtum sein ... Es kann – das genügt doch schon. An diesem ›kann‹ stemme ich mich empor, mit diesem ›kann‹ werde ich weiterglauben können. Bitte, bitte ... sag es doch ...

Dr. Kroh nahm den Brief behutsam aus Schützes Händen und legte ihn zur Seite auf einen Untersuchungstisch. Er ergriff Heinrich Emanuels Hand und zog ihn zu einem Stuhl. Aber Schütze setzte sich nicht. Steif stand er da, als sei sein Rückgrat aus unbiegsamem Holz. Nur das Flackern in seinen Augen wurde zu einem irrenden Flimmern und überzog das ganze Gesicht. Ein klapperndes Frieren durchzog seinen ganzen Körper.

»Ich gebe Ihnen einen Kognak«, sagte Dr. Kroh leise. Er ging an einen Medizinschrank, goß ein großes Glas französischen Kognak ein und hielt es Schütze hin.

»Das ... das ist doch nicht wahr ...«, sagte Schütze leise. »Doktor ... sagen Sie doch was.«

»Trinken Sie.« Gehorsam schluckte er das große Glas Kognak. Der Alkohol brannte durch seinen Hals. Er schüttelte sich. Plötzlich fiel er zusammen. Der Brief flatterte auf den Boden, als er sich an dem Untersuchungstisch festhalten wollte. Erst auf dem Stuhl wurde er wieder klar. Er umklammerte die Hand Dr. Krohs. Ein Ertrinkender im eigenen Schmerz.

»Er ist tot –«

»Ein Krieg ist die Bestrafung der Mütter und Väter –«

»Bestrafung? Was habe ich getan?« schrie Schütze auf.

»Sie haben den Krieg gewählt. Es ist hart, das zu sagen ... gerade jetzt ... aber es ist auch der einzige Trost, der möglich ist. Die eigene Schuld.«

»Ich habe meinen Jungen nicht in den Krieg geschickt.«

»Aber Sie haben den Mann gewählt, der diesen Krieg wollte. Sie haben ihm zugejubelt, Sie haben ihn ›Führer‹ genannt, Sie haben geduldet, daß er maßlos wurde und zum Mörder an Hunderttausenden Deutschen. Sie haben –«

»Haben Sie das nicht auch getan? Alles das, Doktor?«

Dr. Kroh nickte. »Ja. Ich leugne es nicht. Auch ich bin mitschuldig. Alle, Herr Major, die auch heute noch diesem Manne zujubeln, blind von den Siegen, die er ihnen schenkt, blind vor den Regimentern von Toten, die mit ihrem Blut seinen Ruhm schreiben sollen. Wir haben in den Geschichtsbüchern, in der Schule, immer gelesen von dem Wahnsinn der Cäsaren, von Nero, Caligula, Vespasian, und wir haben uns immer – als Kinder schon – darüber gewundert, daß solche Menschen regieren konnten, daß nicht einer oder zwei oder ein ganzes Volk aufstanden und sie wegjagten. Ein Schauer ergriff uns, wenn wir lasen, daß Nero das halbe Rom anstecken ließ, um es als neues Troja mit der Harfe besingen zu können. Warum sehen wir so weit zurück? Leben wir nicht in der gleichen Blindheit wie die von uns unverstandenen Römer? Kriechen wir nicht auch im Sand der Arenen, die man jetzt Rußland, Norwegen, Frankreich, Holland, Belgien, Jugoslawien, Griechenland nennt und schreien uns die Kehle wund wie einst die Gladiatoren: ›Die dem Tode Geweihten grüßen dich!‹ Sind wir anders?« Dr. Kroh wandte sich ab. Er konnte den irrenden Blick Schützes nicht mehr ertragen.« Jeder kommende Tag des Krieges ist unsere Schuld. Unsere Trägheit – das ist unsere geschichtliche Schuld –«

Schützes Kopf pendelte hin und her. Er verfiel sichtlich. Er bückte sich, hob den Brief auf und starrte wieder auf die Stempel, die den Namen seines Sohnes zerschnitten. Zurück – Gefallen – Zwei schwarze Worte, irgendwo in einer Schreibstube auf das Kuvert geschlagen ... das blieb übrig von einem Menschen.

Heinrich Emanuel lehnte sich zurück und schloß die Augen. Unter den Lidern her quollen Tränen. Er wischte sie nicht weg ... sie rollten wie kleine silberne Kugeln über sein rundes Gesicht, die Nase entlang, über die Lippen.

Siebenmal habe ich dir ein Schwert geschenkt, Christian. Und siebenmal hat deine Mutter es zerbrochen. Damals warst du sechs oder sieben Jahre alt. Und zum Hermannsdenkmal nach Detmold sind wir gefahren, und ich habe dir erzählt von den germanischen Helden, von den großen Kriegen, von ... von ... der Mannesehre, für das Vaterland zu sterben. Ja, das habe ich dir erzählt ... sieben Jahre warst du alt. Und deine Augen glänzten, deine Händchen waren ganz heiß. ›Ich werde auch einmal ein Held, Papa!‹ hast du gerufen. Und ich war stolz, so stolz. Mein Junge, dachte ich ... Ja, er wird einmal ein Held ... Und nun liegst du irgendwo in Rußland, über dir ein Birkenkreuz mit deinem Stahlhelm ...

»Sie sind nicht allein, Herr Major.« Die Stimme Dr. Krohs riß Schütze in die Gegenwart zurück. Er öffnete die Augen. Sie brannten, als brenne der Schmerz sie aus den Höhlen. »Sie teilen Ihr Leid mit tausenden Vätern.«

»Ist das ein Trost, Doktor?«

»Nein.«

»Sie haben etwas Schreckliches gesagt. Eben.« Heinrich Emanuel sprang auf. Er sah den Brief noch einmal an. Steckte ihn in die Tasche. Mit dem Handrücken wischte er die Tränen aus seinem Gesicht. »Sie haben mir ein Schuldgefühl gegeben. Wissen Sie, was das bedeutet? Wenn ich in einen Spiegel sehe, muß ich mir zuschreien: Du bist schuld! Wenn ich die Rotkreuzwagen sehe, aus denen das Stöhnen und Wimmern der Verwundeten quillt, muß ich mir an die Brust schlagen und schreien: Deine Schuld! Wenn ich ...«, er stockte und sein Gesicht verfiel wieder ... »Wenn ich nach Hause komme, und meine Frau sitzt vor dem Bild unseres Jungen, dann kann ich sie nicht trösten. Ich muß vor sie hintreten und ihr zurufen: Sieh mich an ... ich bin schuld! Ich ganz allein! Und sie wird es nicht verstehen ... Was soll eine Mutter verstehen, wenn sie vor dem Bild ihres gefallenen Sohnes sitzt und weint? Er ist tot, wird sie sagen. Er ist tot ... tot ... tot ... unser Christian. Unser großer, stolzer, schöner, kluger Junge ... Mein Gott, mein Gott – was soll ich tun?«

»Wir hätten uns vor Jahren überlegen sollen, was wir nicht hätten tun sollen. Jetzt die Geschichte zu revidieren, ist bloß ein Tyrannenmord. Aber auch das ist nur ein Wunsch. Uns mangelt es an Mut. Ihnen – und mir auch. Wir hängen zu sehr am Leben, um es für die anderen opfern zu können. Also lassen wir es so ... solange wir nicht selbst unmittelbar darunter leiden. Was kümmern uns die täglich tausend Toten? Was kümmert uns die Politik? Wir haben unser Gehalt, wir haben zu essen, wir sind in Frankreich, dicke Maden in einem herrlichen, durchwachsenen Speck ... und warten erst einmal ab, wie's weitergeht. Geht's gut ... nun, so sind wir Nutznießer und – deutsche Helden ... Geht's schief ... bester Major, ich möchte nicht erleben, wie viele es immer schon gewußt haben und wie viele schon immer dagegen gewesen sind. Auch dann gibt es wieder Helden. Und auch da sind wir die Nutznießer, wir, die kleinen, armen Schweine, die im Leben nur eines kannten: Gehorchen. Bedingungslos gehorchen. Auf Teufel komm heraus – gehorchen. Träger der hervorstechendsten deutschen Eigenschaft, die uns keiner auf der Welt nachmacht: Gehorchen.«

»Man sollte alle, die von Krieg reden, umbringen!« schrie Heinrich Emanuel. »Alle, die für einen Krieg arbeiten, die Kanonen und Granaten herstellen, die Granaten bestellen, die da oben irgendwo sitzen und Tag und Nacht nichts anderes denken als wie: Gibt es einen Krieg? Und wann? Und wenn es ihn gibt, wie gewinne ich ihn? Und für diesen Gedanken Milliarden ausgeben und ins Volk hineinschreien: Es geschieht doch nur für euch ... Sie alle, alle sollte man umbringen! Umbringen! Umbringen!«

Dr. Kroh goß eines neues Glas Kognak ein und hielt es Schütze vor das verzerrte Gesicht. »Noch einen, Herr Major. Mit einem Toast sogar: Auf Ihr Wunschbild, das nie Wahrheit werden kann. Wie und wo sollte man dann die arbeitslosen Politiker einsetzen? Zu Aufräumungsarbeiten an den Trümmern, die sie geschaffen haben? Es handelt sich hier um Kopfarbeiter, lieber Herr Major. Nichts ist Irrtümern mehr unterlegen als das menschliche Gehirn. Wollen Sie den Politikern aus anatomisch-psychologischen Unzulänglichkeiten einen Strick drehen? ›Wir haben uns geirrt‹, sagen sie, wenn's schiefgeht. Und ›Wir hatten recht!‹ – wenn's gutgeht. Beide Ansichten laufen durch die gleichen Hirnwindungen. Einbahnstraßen des Charakters.« Dr. Kroh hob beide Arme und trank sein Glas leer. Er stürzte den scharfen Kognak hinunter, als wolle er sich betäuben. »Da kann man nichts machen. Von der Schafherde, die dem Leithammel nachläuft, unterscheiden wir uns bloß dadurch, daß wir lauter und anhaltender blöken.«

»Wie jetzt –«

»Genau. Wir verstehen uns, Herr Major.«

Heinrich Emanuel drückte die Hand auf seine Rocktasche. Der Brief knisterte durch das Tuch. »Ob ... ob es meine Frau schon weiß?«

»Rufen Sie Ihre Gattin an.«

»Unmöglich. Was soll ich ihr sagen? Sei ganz still, sei ganz tapfer ... soll ich das sagen? Kann man einer Mutter sagen: Sei tapfer? Wo gibt es Mütter, die so etwas ertragen können?«

»In den Heldensagen, die man unserer Jugend als Vorbild vorsetzt.

»Soll ich sagen: Unser Christian – Amelia, wir können es nicht ändern ... wir müssen es ertragen ... Und dann? Was soll ich dann sagen? Sie wird mich anschreien: Es ist dein Krieg –«

»Wie treffend die Mütter die richtigen Worte finden. Man sollte die Worte von Müttern gefallener Söhne sammeln ... in der ganzen Welt sammeln ... und zu einem dicken Buch drucken lassen. Und dieses Buch sollte man zur Pflichtlektüre jedes Politikers machen. Man sollte sie zwingen, alles zu lesen, von Seite 1 bis Seite 2000! Jedes Wort der Mütter. Auswendig sollten sie sie lernen. Und dann sollte man sie fragen: Was habt ihr daraus gelernt? – Wissen Sie, was sie antworten werden? ›Bei uns ist das anders. Wir machen das anders.‹ – Bis zum nächsten Krieg. Politiker sein heißt, den eigenen Geist zum kleinen Gott zu erheben. Vor den Göttern aber kriecht der Mensch. Ja, man würde vielleicht sogar die Mütter samt ihren Worten töten, um ungestört Politik machen zu können.«

»Ich werde Amelia schreiben«, sagte Schütze leise. »Wenn ich sie anrufe ..., wenn ich ihre Stimme höre ..., wenn ich höre, wie sie ... nein ... Ich kann es nicht. Ich bin kein Held. Ich bin jetzt nichts mehr als ein bestohlener Vater.«

Am nächsten Morgen traf ein Telegramm ein.

Wieder lief Heinrich Emanuel zu Dr. Kroh. Er war wachsbleich.

»Sie weiß es ...«, stammelte er. Dr. Kroh las das Telegramm.

»Mama mit schwerem Nervenfieber zu Bett. Komme sofort. Uta.«

Dr. Kroh faltete das Telegramm zusammen. Seine Finger bebten.

»Was werden Sie tun?«
»Ich fahre sofort. Ich spreche gleich mit der Division.«
Dr. Kroh gab Schütze das Telegramm zurück.
»Jetzt müssen Sie doch ein Held sein ...«, sagte er leise.

Zweimal wurde der Urlaub Heinrich Emanuel Schützes verlängert. Nur langsam erholte sich Amelia von dem schweren Nervenfieber. Heinrich Emanuel wich nicht von ihrem Bett. Uta mußte ihm das Essen bringen, aus den Zeitungen riß sie die letzten Seiten mit den Todesanzeigen heraus, jene schrecklichen Lügen, die mit einem das Hakenkreuz tragenden Eisernen Kreuz begannen und aufhörten mit dem ungeheuerlichen Satz: In stolzer Trauer ... Eine Trauer, die das Propagandaministerium bestimmte, wie es auch anordnete, wieviel Anzeigen täglich veröffentlicht werden durften. Auch die Toten hatten noch ihre Aufgabe. Sie sollten schweigen. Ein Volk, das mehr Tote als Siege sieht, wird nachdenklich. Nachdenken aber ist das letzte, was ein Deutscher darf. Nachdenken wurde von jeher als Staatsfeindlichkeit bestraft.
Der erste Schritt ins Schlafzimmer war furchtbar. Uta hatte Heinrich Emanuel unten an der Tür empfangen. Sie hatte rotgeweinte Augen, war blaß geworden, schmal, für ihre achtzehn Jahre fast verhärmt. Zaghaft hatte Schütze ihr eingefallenes Gesicht gestreichelt.
»Was hat Mutter gesagt?« hatte er leise gefragt.
»Als der Brief kam – sie hat die Arme hochgeworfen, hat gellend geschrien. Dann ist sie umgefallen.« Uta senkte den Kopf. Aufweinend drückte sie das Gesicht an Schützes Brust. »Sechs Stunden war sie gelähmt ... es war schrecklich. Mein Christian, hat sie immer geschrien. Mein Christian. Und plötzlich hat sie sich aufgerichtet und ganz schrill gerufen: Gebt mir meinen Giselher zurück! Ich will meinen Giselher wiederhaben ... Holt meinen Giselher zurück – Der Arzt hat ihr drei Spritzen geben müssen, bis sie endlich einschlief.«
»Und – jetzt –« Schützes Stimme war heiser, kaum hörbar.
»Jetzt ist sie völlig apathisch.« Uta umklammerte seine Hände. »Es ist gut, daß du gekommen bist, Papa. Ich habe solche Angst um Mutti ...«
Vor der Schlafzimmertür hatte er noch einmal gezögert. Es war ihm, als stoße er einen Raum auf, an dessen Wand ein Galgen montiert war.
Als er eintrat, saß Amelia, mit Kissen im Rücken gestützt, im

Bett. Vor ihr lag der Brief. Ihre Hände hatten ihn umfaßt und hielten ihn, als läge er in einer Schale.

Sie sah zur Seite, als die Tür knarrte. Hob die Arme, der Brief flatterte zurück auf das Bett. Weit, weit breitete sie die Arme aus, über ihr bleiches, totenstarres Gesicht zuckte neues Leben ... »Heinrich ...«, flüsterte sie. Und dann lauter, immer lauter, »Heinrich ... Heinrich ... Heinrich ...«

Er machte ein paar taumelnde Schritte. An ihrem Bett stürzte er in die Knie, warf die Arme um sie, verbarg sein Gesicht an ihrer Brust und weinte laut, hemmungslos. Er drückte sich an sie, und sie schlang die Arme um ihn, küßte sein zerwühltes, weiß werdendes Haar, streichelte über seinen Nacken und legte dann ihren Kopf auf seine Schulter.

»Mein armer Heinrich«, sagte sie leise. »Mein armer, armer ... Was haben sie uns angetan ... Weine ... komm, wein dich aus ... Komm, komm ganz nahe an mich heran ... Hier kannst du weinen, du bist doch bei mir ... niemand sieht dich, nur ich ... O Heinrich, unser Junge ... unser Junge ... komm, weine alles weg, was in dir ist —«

Und sie tröstete ihn, streichelte seine weißen Haare, küßte ihn, bettete seinen tränennassen Kopf auf ihr Kissen und legte ihren Kopf auf seine Brust. Sie hörte sein Herz schlagen und spürte das Zittern, das durch seinen Körper flog. Da lag sie ganz still und streichelte nur sein Gesicht, immer und immer wieder, bis er ruhiger wurde und sein Schluchzen einschlief unter ihren tröstenden Händen.

Am 2. Oktober 1941 spülte eine verheerende Welle die russischen Armeen in einen Strudel der Vernichtung. Drei deutsche Armeen der Heeresgruppe Mitte, die 2. und 4. Armee und die 4. Panzerarmee, unterstützt von den Luftflotten 2 und 4, stürmten schlagartig beiderseits Roslawls gegen die in ausgebauten Stellungen hockenden Sowjets und rissen eine riesige Bresche in die Stellungen. Zwei Kessel, wie sie bisher in keinem Krieg entstanden waren, schnitten die sowjetischen Truppen von allem ab, was sie retten konnte. Im Süden Brjansk, im Norden Wjasma ... Pausenlos hämmerten die deutschen Geschütze in die Massierungen von Leibern und Fahrzeugen. Ohne Unterbrechung regnete der Tod aus den Bombenschächten vom Himmel. Ohne Rast, ohne Minuten des Atemschöpfens, zogen die deutschen Divisionen die Ringe enger.

Am 13. Oktober zeigte sich das ganze Ausmaß dieser das Herz

der sowjetischen Streitkräfte treffenden Offensive: 67 Schützen-, 6 Kavallerie- und 7 Panzerdivisionen wurden in den Kesseln gefangengenommen. Ein Riesenwurm von 663 000 Gefangenen zog durch die Steppen und lag auf dem nackten Boden. 1242 Panzer wurden erbeutet. 5412 Geschütze aller Kaliber reckten ihre toten Rohre in den Herbsthimmel. Zu Tausenden verhungerten die Gefangenen. Der Sieg war so ungeheuer, daß die Verwaltung zusammenbrach. Woher sollte man plötzlich das Essen für 600 000 Mann bekommen?

Major Schütze ratterte mit seinem Kübelwagen seinem Bataillon voraus. Die breite Rollbahn lag vor ihm ... die Lebensader Rußlands, die Aorta des sowjetischen Herzens ... die Rollbahn Smolensk–Moskau.

Gleich nach der Rückkehr aus seinem Sonderurlaub hatte ihn der Versetzungsbefehl erreicht. Mit drei Divisionen wurde er aus Frankreich herausgezogen und nach Rußland transportiert ... in Tag- und Nachtfahrten, in schwankenden Viehwagen. Hinter Warschau wurden zwei mit Sand gefüllte Flachwagen vor die Züge gekoppelt. Partisanen, sagte man. Sie legen Minen zwischen die Gleise. Sie bauen Hindernisse aus Stämmen. Sie reißen die Schienen aus dem Schotter. Wenn man sie aufstöbert und reihenweise an den Bäumen aufhängt, sterben sie mit einem Hochruf auf Stalin.

In Smolensk bekam Heinrich Emanuel ein Bataillon. Er gehörte jetzt zur 4. Armee unter Generalfeldmarschall v. Kluge. Nördlich von ihm stießen die schnellen Verbände der 4. Panzerarmee unter Generaloberst Guderian unaufhaltsam nach Moskau vor. Es war ein Siegeslauf, den man in Berlin schon als Zerschlagung der sowjetischen Macht feierte.

Für Major Schütze war Rußland nicht mehr ein feindliches Land. Es hatte ihm seinen ältesten Sohn genommen ... Er haßte es, so glühend, so bedingungslos, so blind, daß er darüber seinen Haß gegen das Regime vergaß, für das er jetzt durch die Weiten der Steppen raste, den goldenen Zwiebeltürmen Moskaus entgegen.

Für ihn war dieser Krieg jetzt eine Notwendigkeit. Er dachte nicht mehr, er wollte einfach nicht mehr denken. Hier, in dieser Erde, liegt mein Junge. Irgendwo ... bei Bialystok. An der Mauer einer Fabrik, schrieb der Bataillonskommandeur. Ein sowjetisches Explosivgeschoß hatte ihm die Brust aufgerissen. Er war sofort tot. Er hat keine Schmerzen mehr gehabt. Nach seinem Tode hatte man ihm das EK I verliehen ... Mit ihm auf der Brust wurde er begraben, mit allen militärischen Ehren.

Ein winziges Stück der Feuerwalze, die sich auf Moskau zuwälzte, alles vernichtend, die Erde verbrennend, die Menschen zerfetzend, so raste Major Schütze an der Spitze seines Bataillons über die verhaßte, russische Erde.

Bis der Winter kam. Ein Winter, der Rußlands Leben rettete. Nach einigen Wochen grundlosen Schlamms kam die Kälte, kamen Gebirge von Schnee aus dem bis zur Unendlichkeit reichenden grauen Himmel. Es war, als schütteten alle Sterne und fernen Welten ihren Schnee über Rußland aus. Die deutschen Armeen versanken im weißen Meer. Die Motoren froren ein, die Verschlüsse der Geschütze mußten vor jedem Schuß aufgetaut werden, die Hände froren an den Gewehrkolben fest.

Wie eine alles zermalmende Riesenfaust traf der Winter die deutschen Divisionen. Durch die Feldstecher sah man die Vorstädte Moskaus. Aber die Füße froren fest. Es gab keine Wintermäntel, keine Pelze, keine Schals, keine Handschuhe, keine Ohrschützer... Es gab nur weiße Tarnanzüge, Versprechungen, ein verzweifeltes Einwühlen in die Erde. Sechs deutsche Armeen erfroren.

Über dem toten Land fiel kein Schuß mehr. Aber die Lazarette füllten sich, als seien Riesenheere aufeinandergeprallt. Arme, Beine, Hände, Nasen, Ohren, Zehen wurden amputiert, wimmernd lagen auf Strohschütten Regimenter erfrierender Soldaten. Und der Frost kletterte weiter... von Nacht zu Nacht... 44 Grad Kälte... und nur dünne Sommermäntel, fadenscheinige Handschuhe, aus den Uniformen Gefallener geschneiderte Fußlappen, Ohrschützer, Mundlappen... das Gespenst Napoleons schlich durch die deutschen Armeen. In einem solchen Winter zerbrach die »Grande Armee«, erfror der Kaisertraum Napoleons.

Bis zur völligen Erschöpfung blieb Heinrich Emanuel bei seinem Bataillon. Er hatte sich in die Erde eingegraben. Als letzter nahm er sich einen der kleinen eisernen Öfen, die mit den Verpflegungsschlitten nach vorn gebracht wurden. Erst, nachdem alle Kompaniebunker einen Ofen hatten, stellte er in seinen Bataillonsbunker den eisernen Kessel.

Jeden Tag ging er seine Kompanien ab. Stundenlang stand er vorn in einem der MG-Nester und starrte hinüber zu den russischen Linien. Er sah, wie sie ihre Gräben bauten, wie riesige Holzladungen herangeschafft wurden, wie eine Stellung entstand aus Leibern und Waffen. Rettet Moskau, hatte Stalin gerufen. Jeder Tag, an dem die Deutschen stehen, ist ein Sieg für uns!

Eines Tages spürte Schütze ein Jucken in den Zehen. Am Abend zog er die Stiefel aus, rieb die Zehen, bis sie feuerrot waren. Aber am Morgen waren sie farblos, graugelb. Er drückte auf den Nagel, auf die Gelenke und spürte kaum etwas. Wie taub waren sie. Nervenlos. Blutleer.

Schütze begann von neuem, sie zu reiben. Er tat es heimlich, wenn sein Adjutant und die Schreiber schliefen. Am fünften Tage konnte er nicht mehr auftreten, durch sein linkes Bein kroch die Gefühllosigkeit immer höher. Der Leutnant, der an diesem Abend das Bein seines Majors sah, verfärbte sich und rannte zum Telefon.

»Sofort einen Schlitten für den Herrn Major!« schrie er. »Ja, zum Hauptverbandsplatz. Nein, keine Verwundung. Erfrierung. Kommen Sie sofort . . .«

Mit den Essenholern wurde Heinrich Emanuel in einem Schlitten nach hinten gebracht. Noch beim Abfahren schimpfte er mit seinem Adjutanten. »Wegen solch einer Lappalie!« rief er. »Das geht vorüber! Was soll ich im Lazarett? Lächerlich! Wer hat Ihnen überhaupt den Befehl gegeben, anzurufen?«

In Decken eingerollt, sah er vom Schlitten zurück auf seinen Bataillonsbefehlsstand. Der junge Leutnant stand am Bunkereingang und winkte ihm zu. Der Führer des Bataillonstrupps verteilte die mitgebrachte Post an die einzelnen Kompaniemelder. Drei Kisten Schnaps standen im Schnee vor dem Bunkereingang . . . Ersatz für die fehlenden Wintermäntel und Filzstiefel.

Im Lazarett von Mohaisk wurden Heinrich Emanuel zwei Zehen des linken Fußes amputiert. Sie hatten sich schon schwärzlich gefärbt.

»Das Bein bleibt dran, Herr Major«, sagte der Arzt, als Schütze aus der Narkose erwachte und erschrocken an sich hinabtastete. Eine lange Schiene, ein dicker Fußverband, ein merkwürdiges, schmerzhaftes Jucken in den Zehen.

»Was . . . was haben Sie weggenommen?«

»Zwei Zehen. Mit einem guten orthopädischen Schuh merken Sie gar nichts.«

»Also . . . ein Krüppel . . .«, sagte Schütze leise.

»Seien Sie froh, daß Sie aus dem Winter rauskommen. Mit dem nächsten Lazarettzug geht's ab in die Heimat.«

Heinrich Emanuel tastete wieder an seinem Bein entlang. Sein Atem flog.

»Sie verheimlichen mir etwas, Herr Stabsarzt. Seien Sie ehrlich . . . haben Sie den Fuß amputiert?«

»Zwei Zehen. Ich schwöre es Ihnen. Nur –«

»Nur –?«

»Es darf kein Frostbrand reinkommen. Wir haben so weit ins Gesunde operiert, wie es geht.«

Major Schütze streckte sich. »Ich danke Ihnen.«

»Der Krieg ist für Sie zu Ende, das ist sicher.«

»Nein.« Schütze schüttelte den Kopf. »Ich habe noch einen Sohn an der Front ...«

Durch Schneestürme und Eiswinde, stundenlang in riesigen Verwehungen steckend, dreimal durch Partisanen beschossen und zweimal aus halbzerfetzten Zügen umgeladen, neun Tage lang durch die entfesselte, gnadenlose Natur fuhr Schütze zurück in die Heimat. Bei jedem Verbandswechsel beobachtete er das Mienenspiel der Schwestern oder des jungen Unterarztes, der die leichteren Fälle betreute. Drei Wagen weiter – abgesperrt für alle durch den Lazarettzug Gehenden – lagen in Einzelabteilen kahlgeschorene, lallende, lachende, herumspringende, tobende oder stumpf vor sich hinstierende menschliche Wracks. Hirnverletzte. Wahnsinnig geschossen. Verblödet. In den Nächten, in denen der Zug in den riesigen Verwehungen steckenblieb, bis das Zugbegleitkommando mit Flammenwerfern den Schneeberg weggebrannt hatte, konnte man sie schreien hören. Grell, tierisch, unmenschlich. So brachte man sie ihren Müttern zurück.

In stolzer Trauer –

In Frankfurt/Oder wurde Schütze ausgeladen. Der Lazarettzug rollte weiter. Die Gesichtsverletzten sollten nach Würzburg kommen. Die Hirnverletzten – Man schwieg darüber. Sie werden irgendwo abgeholt, hieß es. Irgendwo ...

Im Reservelazarett Frankfurt/Oder bekam Schütze zum erstenmal Verbindung mit Amelia. Sie war völlig ahnungslos. Drei Briefe, die er aus Rußland geschrieben hatte, waren noch nicht angekommen. Vielleicht kamen sie nie an ... irgendwo zwischen Moskau und Rummelsburg lagen sie in einem der vielen Postsäcke, die im Schneesturm verwehten und im Frühjahr auftauen würden und verfaulten. Wer kümmert sich darum, wenn vier Armeen erfrieren –?

Amelia weinte vor Glück, als sie Heinrich Emanuels Stimme hörte. »Du bist da«, sagte sie immer wieder. »Du bist aus Rußland heraus. Ob mit oder ohne Zehen ... Heinrich, was macht das aus. Du bist da, du lebst. Ich habe dich wieder.« Dann stockte sie. Schütze umklammerte den Hörer und preßte die Muschel fest an sein Ohr.

»Was ... was ist, Amelia?« Seine Stimme wurde lauter. »Warum schweigst du plötzlich? Ist etwas? Ist etwas mit Giselher –?«

Nein, bloß das nicht, dachte er. Mein Gott, mein lieber, lieber Gott ... das nicht. Laß es nicht sein. Laß es nicht sein. Laß es nicht sein.

»Giselher hat geschrieben. Er ist auch verwundet ...«

Schütze atmete auf. Er fühlte, wie er schwach wurde. Das Telefon war schwer wie ein Sack Blei.

»Verwundet«, sagte er fast glücklich. »Wo hat's ihn denn erwischt?«

»Ich ... ich weiß es noch nicht. Er hat auch nicht selbst geschrieben. Eine Schwester hat für ihn geschrieben. Er hat diktiert. ›Ich bin noch zu schwach, um selbst zu schreiben‹, hat er diktiert.«

»Und wo ist er?«

»In Borissow. Nächste Woche soll er nach Deutschland kommen.« Die Stimme Amelias brach wieder. Sie weinte, aber es war ein anderes Weinen als das des Schmerzes. »Ich bin so glücklich«, sagte sie unter Schluchzen. »Ich habe euch alle wieder ...«

Alle, dachte Schütze schaudernd. Sie spricht nicht von Christian. Sie weiß, wie tief diese Wunde in mir sitzt. Gute, arme Amelia ...

Drei Tage später wurde Heinrich Emanuel von Frankfurt/Oder abtransportiert. Es hatten sich keine Komplikationen eingestellt. Zwar eiterten die Amputationsstümpfe, aber der Frost hatte sich nicht weiter in den Fuß gefressen. Die Blutzirkulation war zurückgekehrt. Die Nerven reagierten wieder. Schütze merkte es an den stechenden Schmerzen, die vom Bein hinauf bis an sein Herz zuckten.

»Sie haben Glück, Herr Major«, sagte der Stabsarzt, als er Schütze bis zum Sanka begleitete und ihm, bevor die Tür verriegelt wurde, noch einmal die Hand drückte. »Ihr Antrag ist durchgekommen. Sie sollen nach Schneidemühl kommen. Von dort wird man Sie wohl zur ambulanten Behandlung nach Hause entlassen, sobald die Wunden sich geschlossen haben.« Er gab Schütze noch einen freundlichen Klaps auf den Arm. »Und kv sind Sie auch nicht mehr. Ein guter Rat: Sehen Sie zu, daß Sie irgendwo Stadtkommandant werden. Oder Chef eines Ersatzhaufens. Möglichst in Frankreich.«

Er lachte, winkte noch einmal und schob die Tür des Sankas zu. Ratternd, schwankend, über Schlaglöcher hüpfend, wurde er zum Bahnhof gefahren. Ein paarmal stieß er mit dem verwundeten Fuß an die Wagenwand, biß die Zähne zusammen, um nicht aufzuschreien und umklammerte mit beiden Händen den eisernen Rand seiner Trage.

Nicht mehr kv, dachte er plötzlich erschrocken. Eiskalt griff es ihn ans Herz. Mein Gott, was soll ich tun, wenn der Krieg zu Ende ist? Ich bin doch nichts anderes als Offizier ... ich habe doch nichts anderes gelernt.

Ein halbes Jahr hatte Heinrich Emanuel Zeit, den Krieg aus der Sicherheit eines Lehnsessel zu betrachten. Es zeigte sich, daß die beiden fehlenden Zehen keinerlei große Behinderung mit sich brachten. Selbst besonders gefertigte Schuhe waren nicht notwendig. Nur der linke Stiefel war etwas groß geworden. Schütze glich es aus, indem er ein weiches Wollknäuel vorne in die Stiefelspitze stopfte. Die ersten Schritte in Stiefel und Uniformhose tat er heimlich vor dem großen Spiegel im Schlafzimmer. Eine Woche übte er. Dann überraschte er Amelia am Morgen. Er kam in voller Uniform, stramm, ohne Hinken oder Schwanken, in das Eßzimmer, grüßte und sagte:

»Melde mich der Familie als gesund zurück!«

Er war so glücklich, daß Amelia ihm diese Freude nicht störte. Sie küßte ihn, und erst nach dem Frühstück sagte sie:

»Das darfst du aber nicht öffentlich zeigen ...«

»Was?«

»Daß du unbehindert gehen kannst. Wenn du zur Untersuchung bestellt wirst, mußt du hinken und einen Stock als Stütze nehmen.«

»Amelia –«, sagte Heinrich Emanuel tadelnd.

»Wenn sie sehen, daß du laufen kannst, schicken sie dich wieder hinaus nach Rußland. Du mußt solange den Kranken spielen, wie es geht ... und wenn es bis zum Kriegsende sein muß.«

»Das wäre Betrug, Amelia. Ich kann in der Uniform doch kein Theater vorspielen.«

»Dann melde dich zu den Nachuntersuchungen in Zivil.« Die Stimme Amelias wurde erregt. »Jetzt hast du die Chance, zu überleben. Willst du dein Leben aufs Spiel setzen? Wofür? Soll ich dich auch noch verlieren?«

Der Name Christians stand unausgesprochen zwischen ihnen. Schütze senkte den Kopf, knöpfte den Uniformrock auf, zog ihn aus und hängte ihn über die Stuhllehne. Dann ging er durch das Zimmer, humpelnd, nach vorn gebeugt ... ein paar Schritte nur. Mit einem Ruck straffte er sich wieder.

»Das kannst du von mir nicht verlangen. Ich verlöre die Achtung vor mir selbst.«

»Besser diese Achtung verlieren, als das Leben.«

Der Morgenfrieden war gestört. Amelia räumte ab; nach wenigen Minuten hörte Schütze das Klappern des Geschirrs in der Küche. Sie spülte. Zweimal klirrte es.

Wie nervös sie ist, dachte Schütze. Aber sie hat recht. Sie hat ein Recht, alles auf den Boden zu werfen.

Zwei Dinge waren es, die in diesem halben Jahr der Ruhe einschneidend in das Leben der Familie Schütze eingriffen.

Zuerst war es jener Tag, an dem Amelia gegen Mittag aus der Stadt zurückkam. Als sie Heinrich Emanuel sah, wurde sie rot wie ein junges, soeben geküßtes Mädchen, packte ihre Einkaufstasche auf den Tisch, zog sich umständlich um und legte etwas braunen Puder auf die blasse Gesichtshaut. Schütze hatte unterdessen die Tasche ausgepackt und sah mit tiefer Verwunderung einen Katalog aus Berlin durch, den er in Amelias Tasche gefunden hatte.

»Was soll denn das?« fragte er, als Amelia aus dem Schlafzimmer kam. Amelia wurde noch röter und nagte an der Unterlippe.

»Was?« fragte sie hinhaltend.

»Der Katalog.«

»Na ja... es ist eben ein Katalog. Man interessiert sich dafür...«

»Du?«

»Ja.«

»Ich finde, davon sind wir zwanzig Jahre lang entfernt. Was willst du mit Babysachen? Und angestrichen hast du auch was. Windeln, 2 Dutzend... sechs Strampelhöschen... Saugunterlage... Was soll das?«

Amelia lehnte sich gegen die Wand. In ihren Augen tanzten tausend kleine Flämmchen. Sie drückte die Hände gegen ihre Brust und sah Heinrich Emanuel mit einem unendlich glücklichen Lächeln an.

»Ich war heute bei Dr. Ferner. Bis jetzt... Seit drei Monaten weiß ich es –«

»Was?« Major Schütze ließ den Katalog auf den Tisch fallen, zwischen Butterschmalz und 150 Gramm Dauerwurst. Er begriff es nicht. Er konnte es einfach nicht begreifen. Wenn das jüngste Kind siebzehn Jahre alt ist, ist so etwas schwer zu verstehen. »Du... du ... willst doch damit nicht sagen... Amelia...«

Sie nickte stumm. Schütze wischte sich linkisch über die Stirn.

»Wir –?« stotterte er.

»Ja –«

»Jetzt noch –«

Amelia lachte. »Ich bin doch keine alte Frau –«

»Aber... aber... Sicher?«

»Ganz sicher. Im Oktober wird es kommen –«

»A-Amelia –« Er schwankte auf sie zu, in ihren Augen loderten

Flammen, er riß sie an sich küßte sie. Wild, wie in jungen, stürmischen Jahren ... er küßte ihre Augen, die Nase, den Mund, die Halsbeuge, den Brustansatz ... er war ganz irr vor Küssen. Dabei umklammerte er sie, daß sie nach Luft rang; sie zerwühlte seine weißen Haare, riß an ihnen, grub die Nägel ihrer Finger in seinen Rücken, daß er es durch den dicken Stoff des Uniformrockes spürte.

»Ich freue mich so ...«, stammelte sie. »Ich freue mich so wahnsinnig ... so ganz, ganz verrückt freue ich mich ...«

»Ich auch. Ich auch!« Er ließ Amelia los und humpelte im Zimmer herum. Er wußte nicht, was er tun sollte, aber irgend etwas mußte er tun. Und wenn ich die Möbel kaputtschlage, dachte er. Oder die Fensterscheiben. Oder die Füllungen aus dem Sofa reiße ... irgend etwas muß ich tun. Etwas Verrücktes, wie ein wilder Junge. »Wollen wir es den Kindern sagen?« fragte er.

»Noch nicht. Oder willst du?«

»Nein ... sag du es ihnen ...«

»Nein. Du.«

»Frauen können es besser —«

Man einigte sich, daß Amelia es Uta sagen sollte, während Heinricht Emanuel die Aufklärung Giselhers über den neuen Familienstand übernahm.

Giselhers Verwundung war schwer, aber nicht lebensgefährlich. Eine MG-Garbe hatte ihn in den Bauch getroffen. Fünf Schüsse hatten seinen Körper durchschlagen, ohne die Knochen oder gar das Rückgrat zu verletzen. Es war fast wie ein Wunder. Er lag in einem Lazarett in Neuruppin. Man hatte ihn zum Unteroffizier befördert, das Verwundetenabzeichen verliehen, zum EK II eingereicht ... alles Dinge, die Giselher wenig interessierten oder gar erfreuen konnten. Die Monate in Rußland und Polen hatten ihn noch verschlossener und abwehrender gegen alles gemacht, was eine Uniform trug, was kommandierte und hinter einem Schellenbaum hermarschierte mit durchgedrücktem Kreuz und wegwerfenden Beinen.

Der Krieg war auch für Giselher zu Ende. Vielleicht mußte er später einmal Gefangene bewachen oder ein Magazin. Vielleicht aber wurde er auch ganz vom »Dienst am Volke« befreit und konnte studieren. Journalismus, dachte er. Heute nennt man es ja Zeitungswissenschaft. Das wäre etwas. Als Journalist hat man den Puls seiner Zeit unter den Fingern. Man sieht die Krankheiten der Gesellschaft. Und man kann die Wahrheit sagen.

So dachte Giselher Schütze. Noch kannte er ja nicht die deutsche Version der Pressefreiheit, noch ahnte er etwas davon, daß gerade

Pressefreiheit von jeher das Verhaßteste in Deutschland war. Nicht gestern, nicht heute ... überhaupt immer.

Die »Aufklärung« der Kinder über den neuen Rhythmus, der in den Schützehaushalt ab Oktober 1942 einziehen würde, war schneller und reibungsloser, als es sich die Eltern gedacht hatten.

Uta sagte bloß: »Fein, Mama. Ich freue mich so für dich. Ich will ja sowieso Kinderärztin werden –«

Giselher schüttelte den Kopf, als Schütze ihm bei einem Besuch in Neuruppin sein »Geständnis« machte.

»Aber Papa«, sagte er und schnalzte mit der Zunge. »Wo bleibt deine Erfahrung –«

»Lausejunge!« rief Schütze. Dann lachten sie gemeinsam und drückten sich die Hand. Wie ein junger, strahlender Ehemann in den Flitterwochen fuhr Heinrich Emanuel nach Rummelsburg zurück.

Das zweite, einschneidende Ereignis dieses halben Jahres erfrorener Zehen war der plötzliche Tod des alten Barons v. Perritz.

Er starb völlig unerwartet, obwohl er mit 83 Jahren und biblisch weißen Haaren und Bart wie ein Überbleibsel aus einer sagenhaften Zeit auf Gut Perritzau residierte und schon gar nicht mehr auf dieser durcheinandergeratenen Welt war. Er ignorierte alle Verfügungen der Reichsbauernschaft und des Reichsnährstandes, baute das an, was er für gut hielt, nannte alle Kontrolleure Hohlköpfe und Idioten und warf sogar einmal den Gaubauernführer von seinem Gut. Merkwürdigerweise ließ man ihn in Ruhe, schickte keine Gestapo zu ihm oder belegte ihn mit Strafen. Er war ein Fossil geworden, ein Museumsstück, das Natur- und Denkmalsschutz erhielt.

Plötzlich war er tot. Mitten auf dem Feld, umgeben von sechzig polnischen Gefangenen, die Kartoffeln setzten. Er sah noch einmal die Sonne, als wolle er sie fragen, ob es wirklich Zeit sei, zu gehen ... Dann fiel er um und lag leblos zwischen den Saatkartoffeln.

Amelia, Heinrich Emanuel und Uta fuhren zum Begräbnis. Die Testamentseröffnung war drei Tage später. Amelia erbte ein Viertel des Gesamtvermögens und das lebenslange Wohnrecht für sich und ihre Nachkommen auf Gut Perritzau. Den Hof bekam der älteste Bruder. Im Testament war auch noch ein Nachsatz, der sich mit Heinrich Emanuel beschäftigte.

»Wenn mein Schwiegersohn Heinrich Emanuel Schütze jemals General wird, bitte ich, mich auszugraben und in die Schweiz zu überführen. Es ist anzunehmen, daß die Erde, in der ich jetzt ruhe, dann keine Ruhe mehr haben wird ...«

Major Schütz empfand diesen Nachsatz als tiefe Demütigung. Aber er nahm sie hin, dem Zustand Amelias zuliebe und auch deshalb, weil man Tote nicht zur Rechenschaft ziehen kann.

»Er war ein guter Vater«, hatte er am Grab des alten Barons gesagt. »Ein Patriarch und ein weltweiter Geist. Ein Stück Deutschtum ist mit ihm gegangen . . .«

Jetzt bereute Schütze diesen Satz . . ., aber er sagte es nicht laut. Er schluckte es hinunter.

Nach vier Tagen fuhr man zurück nach Rummelsburg.

Irgendwie hat man sich innerlich von allem gelöst, spürte Schütze. Es gab eigentlich nur noch die eigene Familie. Sie war eine Welt für sich.

Seine Welt.

Nach diesem halben Jahr der Überraschungen wurde Major Schütze einer Arztkommission vorgestellt. Er hinkte zwar den kritischen Blicken erbärmlich etwas vor und verzog das Gesicht, als man die Amputationsstümpfe drückte, aber das Urteil war nicht mehr aufzuhalten. Garnisonsverwendungsfähig. Ein Oberfeldarzt drückte ihm markig die Hand.

»Gratuliere. Sie sind übern Berg.«

Mit saurer Miene bedankte sich Major Schütze. Er hinkte aus dem Untersuchungszimmer, klapperte mit seinem Stock aus dem Haus und sagte auf der Straße, nachdem er sich mehrmals umgesehen hatte und allein war, mit lauter Stimme:

»Scheiße!«

So langsam deutsche Behörden in Friedenszeiten arbeiten, so schnell sind sie im Krieg, wenn es gilt, Lücken aufzufüllen.

Eine Woche nach der endgültigen Festsetzung der Verwendbarkeit Schützes kam ein neuer Gestellungsbefehl.

»Melden beim Generalkommando der 15. Armee Generaloberst v. Salmuth. Ihre Weiterverwendung wird dort bekanntgegeben. Sie haben sich am . . .«

»Frankreich«, seufzte Amelia erlöst, als Schütze ihr den Befehl zeigte. »Gott sei Dank. Es ist nicht Rußland. In Frankreich bist du sicher. Was mögen sie mit dir vorhaben?«

»Irgendein stilles Kommando, sicherlich.« Schütz begann seine Koffer zu packen. Heimlich schien Amelia mit einer neuen Einberufung gerechnet zu haben. Alle Hemden waren gewaschen und gut gebügelt, alles war vorbereitet . . . von den Kragenstäbchen bis zu den Winter- und Sommersocken.

Noch einmal fuhr Heinrich Emanuel nach Neuruppin und besuchte Giselher. Es dauerte lange, bis er seine schwere Verwundung überwand. Die fünf Bauchschüsse heilten langsam. Stundenweise konnte er aufstehen, aber feste Speisen erzeugten immer noch Koliken und heftige Krämpfe. Er wurde nur mit Suppen ernährt und mit neuen Vitaminpräparaten.

»Paß auf Mutter auf«, sagte Schütze beim Abschied. »Du weißt ja ...«

Giselher nickte. »Keine Sorge, Papa. Komm bald wieder.«

»Das tue ich, mein Junge.« Er griff Giselher in die langen, braunen Haare und raufte ihn zärtlich. Plötzlich mußte er wieder an Pierre Bollet denken. Die gleichen Haare, durchfuhr es ihn. In all der Zeit habe ich nicht den Mut gehabt, es Amelia zu sagen. Sie soll es auch nie erfahren ... jetzt erst recht nicht, wo sie so glücklich über das kommende Kind ist. Jeder Mensch hat ein großes Geheimnis, das er mit ins Grab nimmt ... Gott möge mir verzeihen, daß es gerade so ein Geheimnis ist. Ein Betrug an Amelia.

Sie hat es wirklich nicht verdient.

Frujère ist ein kleiner Ort westlich von Paris. Es liegt in den Niederungen der Seine, in der Provinz Vexin. Hier ist der Alltag so eintönig und althergewohnt, daß selbst der sich nach Ruhe sehnende Schütze ab und zu einen Koller bekam und nach St. Germain fuhr. Dort gab es ein schönes Offizierskasino, erlesenen Wein, besten Sekt und ausgesucht schöne Mädchen. Schütze interessierte sich für die letzteren Darbietungen nur im Rahmen allgemeiner Kasinoabende ... für ihn war St. Germain nur ein Entfliehen aus der Eintönigkeit von Frujère.

Der Juli war heiß, trocken und staubig. Als Stadtkommandant oblag Schütze die Instandhaltung der großen Straße, die von Paris nach Caen und weiter nach Cherbourg führt. Auf ihr rückten in diesen Tagen neue Kolonnen an die Kanalküste. Tag und Nacht. Panzer, Infanterie, Artillerie, Pioniere.

»Die Engländer planen eine Invasion«, hieß es in Latrinenparolen. »Na, sie sollen kommen. Die kriegen keinen Stiefel aufs Land.«

Major Schütze ließ den reibungslosen Durchgangsverkehr durch Frujère regeln. Aber auch dies wurde auf die Dauer stupide. Wer noch nie gegähnt hat ... in Frujère konnte er es lernen.

Ende Juli bekam Major Schütze unverhofften Besuch. Ein Sanitätswagen hielt vor der Stadtkommandantur und Dr. Langwehr kletterte heraus.

»Wie klein ist die Welt!« rief Schütze. »Sie in Frujère! Und Oberfeldarzt sind Sie geworden? Gratuliere!«

Dr. Langwehr schnallte Koppel und Pistole ab und warf die Mütze auf ein Sofa in der Ecke. »Haben Sie einen Kognak?« fragte er. »Der Staub draußen dörrt einen aus. Übrigens – ich komme nicht unverhofft. Ich wußte, daß Sie hier sind. Ich komme genau Ihretwegen –«

»Meinetwegen? Aber woher können Sie wissen –?«

»Man hat seine Verbindungen, lieber Schütze. Ihre Adresse weiß ich von Ihrem Onkel, dem General a. D. v. Perritz –«

»Der Onkel General?«

»Und der hat sie wohl von Ihrer Gattin. Prost!« Dr. Langwehr trank das Glas in einem Zug aus. »Daß ich gekommen bin, hat einen bestimmten und großen Grund.« Er sah Schütze ernst an. Alles Joviale war plötzlich von ihm gefallen. Er war nüchtern, fast kalt. »Kann ich mit Ihrer völligen Verschwiegenheit rechnen?«

»Aber ... aber natürlich, Herr Dr. Langwehr –«

»Ich habe etwas mit Ihnen zu besprechen. Nur ein kleiner auserwählter Kreis von Offizieren weiß das, was ich Ihnen heute sage. Generaloberst Halder ist unter ihnen, Feldmarschall v. Witzleben. Generaloberst Höppner ... Ihr Onkel General v. Perritz –«

»Bitte, sprechen Sie.« Schütze hielt den Atem an.

»Ich bitte um Ihr Offiziersehrenwort, daß Sie schweigen, auch wenn Ihnen unser Vorschlag mißfallen sollte –«

»Sie haben es.«

Sie drückten sich die Hand. Eine Spannung lag zwischen ihnen, die fast hörbar im Raum knisterte.

XVI

Dr. Langwehr erhob sich und ging unruhig im Raum hin und her. Man sah, daß er nach Worten suchte, die eine sehr gefährliche Situation nüchtern und so neutral wie möglich erklärten.

»Wir leben in einer Zeit der Siege«, sagte er endlich. »Wir haben ganz Europa besetzt, aus dem Radio dröhnt jeden Tag eine Sondermeldung, aus Hitler ist ein Kriegsgenie geworden.«

»Es läßt sich nicht leugnen«, antwortete Schütze.

Dr. Langwehr blieb stehen und sah auf Heinrich Emanuel herab. »Glauben Sie, daß es so bleibt?«

»Darüber muß nicht ich mir, sondern der Führer sich den Kopf zerbrechen.«

»Falsch. Rückschläge kosten unser Blut.«

»Als es um Siege ging, haben Sie nicht so gesprochen.«

»Wissen Sie das? Wir haben den Krieg bereits verloren gehabt, als wir anfingen.«

Schütze goß sich einen neuen Kognak ein. Er haßte das leicht seifig schmeckende Getränk. Aber jetzt beruhigte es ihn merkwürdig.

»Was soll das alles, Herr Oberfeldarzt? Wollen Sie ins Führerhauptquartier gehen und sagen: Ihr macht alles falsch? Wollen Sie und die Herren, die Sie eben nannten, es besser machen?«

»Es sind im deutschen Offizierskorps seit langem Bestrebungen im Gange, zwei Dinge zu ändern: Die immer stärkere Machtentfaltung der Partei, vor allem der SS, einzudämmen und vor allem den Dilettantismus Hitlers abzuwürgen. Der Sieg über Frankreich war das Schlimmste, was uns geschehen konnte: Hitlers Selbstverherrlichung wächst ins Unermeßliche. Was gegenwärtig an der Ostfront geschieht – wider besseres Wissen der Generale, die einfach niedergebrüllt oder entlassen werden – ist der Beginn einer Rückentwicklung, die zur Katastrophe werden kann.«

Schütze hob die Schultern. »Mir steht kein Urteil zu. Ich bin ein kleiner Major. Ich bin Stadtkommandant von Frujère, habe dafür zu sorgen, daß die Wasserleitungen intakt, die Straßenkreuzungen frei sind und für durchziehende Truppen Quartier vorhanden ist. Ich habe mir oft genug den Mund durch eigene Meinungen verbrannt... Ich will den Krieg überleben, weiter nichts.«

»Sie werden es nicht, wenn es so weitergeht.«

»Wie wollen Sie es ändern?«

»Durch eine Absetzung Hitlers – wenn's sein muß, durch seinen Tod – und Übernahme einer provisorischen Regierung durch die Generalität, bis freie Wahlen stattfinden können.«

Schütze stellte sein Kognakglas hart auf den Tisch zurück. Entgeistert starrte er Dr. Langwehr an.

»Haben Sie Fieber, Doktor?« fragte er leise. »Hitler absetzen? Töten? Ein Attentat also? Sind wir Offiziere oder Mörder?«

»Wir haben als Offiziere die Pflicht, dem Vaterland zu dienen. Das ist unser Eid. Noch können wir einen Erdrutsch aufhalten. Wenn ein Berg erst einmal in Bewegung ist, helfen keine Sützen und Dämme mehr.«

»Es sind Utopien.«

»Gut. Lassen Sie sich überzeugen. Kommen Sie mit mir nach

Paris. Ich führe Sie herum ... ich zeige Ihnen die Terrorherrschaft der SS und des SD. Ich zeige Ihnen, wie eine so dringend notwendig deutsch-französische Verständigung an den Herrenmenschen mit den beiden Runen zerbricht. Wie sie mit einer Willkür herrschen, die einen inneren Widerstand der Franzosen geradezu herausfordert. Ich zeige Ihnen Deportationen –«

Heinrich Emanuel trank das Glas aus. Egerland, dachte er. Polen. Frauen und Kinder in Massengräbern. Tag und Nacht knatterten die Maschinenpistolen ... auch des Nachts, unter Tiefstrahlern. Der Tod im Scheinwerfer.

»Ich komme mit nach Paris«, sagte er heiser. »Aber was können wir wenigen tun?«

»Die anderen überzeugen. Auch eine Lawine entsteht durch eine Handvoll gelösten Schnee.«

»Wann fahren wir?«

»Wenn es Ihnen recht ist – sofort.«

Im Hotel St. Just speiste seit zwei Jahren schon ein Kreis von Stabsoffizieren und Generalen. Das Essen war gut, der Bordeaux-Wein gut temperiert und gelagert, der Inhaber des Hotels deutschfreundlich. Im Nebenhaus war ein Kasino der SS, man lud sich gegenseitig ein und pflegte einen Kontakt, so gut es ging.

Es fiel deshalb auch nicht auf, daß an bestimmten Abenden größere Kreise im St. Just zusammenkamen. Auch als Oberfeldarzt Dr. Langwehr und Major Schütze die Hotelhalle und den Speisesaal betraten, umgab sie ein Gewimmel von Uniformen und das Schwirren gedämpft geführter Gespräche.

»Kommen Sie«, sagte Dr. Langwehr. Sie durchquerten den großen Speisesaal und kamen in ein kleineres Zimmer, in dem sechs runde Tische standen. In einem Marmorkamin brannte ein offenes Feuer. Das Gespräch stockte sofort, als die Tür sich öffnete und Dr. Langwehr eintrat.

»Major Schütze, meine Herren«, stellte Langwehr vor.

Heinrich Emanuel kam sich ziemlich unwohl und vor allem fehl am Platze vor. Er sah die goldenen Eichenlaube von Generalen, die breiten roten Streifen an den Hosen, Ritterkreuze, lange Ordensspangen. Er blieb an der Tür stehen und grüßte stramm.

Zwanzig Augenpaare musterten ihn. Stumm, kritisch, abwägend. Man kannte seinen Lebenslauf, man hatte seine Personalakten studiert. Er war der Typ oppositioneller Mittelmäßigkeit. Er war das, was man ein »ausführendes Organ« nennt.

Drei Stunden blieb Schütze in dem Hinterzimmer des Hotels St. Just. Dann fuhr ihn Dr. Langwehr wieder zurück nach Frujère. Wie betäubt saß Heinrich Emanuel im Fond des Wagens und starrte in die Nacht hinaus.

»Es hat sie erschüttert?« fragte Dr. Langwehr leise.

Schütze hob die Schultern, als fröre er. »Ich kann es nicht begreifen. Ich habe etwas von Konzentrationslagern gehört. Ja. Aber daß es dort Verbrennungsöfen gibt, daß Millionen Juden in Gaskammern ... daß man an ihnen experimentiert ... daß ...« Seine Stimme brach. Er drückte die heiße Stirn gegen die kalte Wagenscheibe und schloß die Augen.

»Ich fahre Sie morgen in der Gegend herum. Ich zeige Ihnen die Plätze, wo die SS täglich französische Widerstandskämpfer erschießt. Ich zeige Ihnen, wie die Museen geplündert werden, wie man Güterzüge voll Möbel, Teppichen und wertvollen Sammlungen ins Reich schafft. Sie werden den Ausverkauf der deutschen Moral sehen. Und so wie hier ist es überall.«

Schütze schwieg. In Frujère legte er sich nach dem Weggang Dr. Langwehrs sofort ins Bett. Aber er konnte nicht einschlafen.

Ein Attentat auf Hitler, dachte er schaudernd. Bis in der engsten Umgebung von Hitler stehen die Gegner. Berühmte Generale. Und ich, ich mache mit. Ich habe zugesagt. Ich habe ihnen die Hand gedrückt, mein Wort gegeben. Ich ... ich ...

Er sprang auf, steckte den Kopf in ein Becken mit kaltem Wasser, rieb sich ab ... aber der innere Druck blieb. Er wurde im Gegenteil noch stärker und ergriff den ganzen Körper, als läge er zwischen einem riesigen Schraubstock.

Angst, dachte Schütze. Es ist Angst.

Mein Gott, alles kann ich sein, nur kein Revolutionär. Aber jetzt bin ich es. Wie soll das enden ...

Gegen Morgen erst schlief er ein.

Er träumte, er stände in einer Sandgrube vor einem einsamen Pfahl, und zwölf Gewehrmündungen starrten auf seine Brust.

Die Besprechung in Paris blieb nicht ohne Folgen. Vier Wochen später wurde Heinrich Emanuel Schütze zum Oberstleutnant befördert. Er wurde aus Frujère weggenommen und kam nach Paris. In den Besatzungsstab.

»Damit Sie näher am ›Drücker‹ sind«, lachte Dr. Langwehr. »Gratuliere zu der Beförderung.«

Heinrich Emanuel freute sich nicht. Zum erstenmal empfand er eine Beförderung nicht als Auszeichnung. Auch die Erreichung seines großen Zieles, Mitglied eines Generalstabes zu sein, erzeugte nicht das Hochgefühl, das er sich immer vorgestellt hatte. Schon als Einjährig-Freiwilliger hatte er davon geträumt. Rote Streifen an den Hosen – die Böszungigen nannten sie »Himbeerhosen« – teilnehmend am großen Atem der Geschichte, Gedanken realisierend, in der Hand das Schicksal Tausender ... das alles war jetzt zusammengeschrumpft zu einem Schreibtisch und einem mit Brokat bezogenen Stuhl, auf dem er, der neue Oberstleutnant i. G. saß, auf eine leere Tischplatte starrte und darauf wartete, daß etwas geschah, vor dem er mehr Angst empfand als vor einem Trommelfeuer sowjetischer Stalinorgeln.

Schützes Aufgabe war die Koordinierung zwischen Nachschub und tatsächlichem Verbrauch. Er beschäftigte zehn Schreiber, die die wöchentlichen Anforderungen der Truppen addierten und abhefteten. Wen die Zahlen interessierten – außer den Stabsintendanten – wußte niemand. Aber man arbeitete fleißig in dem Bewußtsein und der Beruhigung, daß man, solange man hier saß und so tat, als tue man etwas, nicht nach Rußland abgestellt wurde. Man machte sich unentbehrlich.

Ab und zu fuhr Oberstleutnant Schütze herum und regelte die Organisation des Wehrmachtsfuhrparkes. Er traf dabei auf Gesinnungsgenossen und gab geheime Meldungen weiter, Informationen, Schriftwechsel.

Es war schon Nacht, als er von einem Besuch der Fahrbereitschaft VI zurück nach Paris fuhr. Ein junger Leutnant steuerte den Volkswagen. Er war in Rußland schwer verwundet worden und sollte sich in Frankreich erholen.

Über der Parklandschaft des Seinetales lag ein leichter Nebel. Die Bäume schwammen in ihm wie ausgerissene Riesenwurzeln. Es war kühl. Der Herbst kündigte sich an.

Über ihnen, in dem Gewoge von Nebel und Nachtwolken, gedämpft, als sei es mit Watte umgeben, quoll ein Brummen auf, das näher kam und sich durch die Nacht tastete.

Schütze legte die Hand auf den Arm des jungen Leutnants.

»Hören Sie –«

Der Leutnant stellte den Motor ab. Sie standen am Straßenrand. Neben ihnen fiel das Gelände zur Seine ab ... auf der anderen Straßenseite begannen Weiden. Der Nebel kroch über das Gras, in langgezogenen, tanzenden Schwaden, Schleiern gleich, die sich im leichten Wind bewegten.

Das Brummen war über ihnen, deutlich, tief. Es entfernte sich nur wenig, kam zurück, wurde leiser . . .

»Ein Flugzeug.« Der junge Leutnant kletterte aus dem Wagen. Auch Oberstleutnant Schütze stieg aus und schlug den Mantelkragen hoch. Er starrte in den Nachthimmel. Das Brummen war wieder über ihnen.

»Er kreist . . .«

»Jetzt? In der Nacht?« Der Leutnant lehnte sich an den Kühler. »Merkwürdige Passion . . .«

Plötzlich hörte das Brummen auf. Ein paar Sekunden war vollkommene Stille um sie. Dann durchbrach das Motorengeräusch wieder den Nebel, weiter als bisher, sich schnell entfernend.

»Eine Übung.« Schütze winkte. Der Leutnant stieg in den Wagen zurück. »Ganz recht so von den Fliegern. Ich habe überhaupt das ungute Gefühl, daß wir hier in Frankreich einrosten. Fahren wir –«

Es war ein Zufall, daß Schütze noch einmal hinüber zu den im Nebelschleier tanzenden Wiesen sah. Durch eine Nebelbank stießen plötzlich zwei Körper. Sie pendelten an weit aufgeblähten Fallschirmen. Als sie die Erde sahen, bewegten sie die Beine, zogen sie an, die Arme griffen nach oben an die Seile des Schirmes.

Heinrich Emanuel sah schnell in den Wagen. Der junge Leutnant wollte starten, aber der Wagen sprang nicht an.

»Kerzen vielleicht verrußt. Schweinerei«, sagte Schütze. »Versuchen Sie's noch mal.«

Er stellte sich breit vor die Scheibe und verdeckte mit seinem Körper die Sicht zu den Weiden.

Die beiden Körper schwebten dicht über der Erde. Jetzt schlugen sie auf, überkugelten sich, sprangen auf, liefen auf den Schirm zu und warfen sich auf die Seide, damit sie zusammenfiel und nicht vom leichten Wind weggetrieben wurde.

Als der Wagen ansprang, waren es nur zwei dunkle Flecke auf der Wiese. Der Leutnant steckte den Kopf durch das heruntergekurbelte Fenster.

»Hören Sie noch etwas, Herr Oberstleutnant?«

»Nein.« Schütze atmete tief. »Es ist alles in Ordnung.«

»Sollten wir dieses merkwürdige Flugzeug nicht melden?«

»Aber warum denn?« Schütze kletterte in den Wagen. »Wollen Sie sich lächerlich machen? Sieht schon Gespenster, der Junge, wird's heißen. Die von der Luftwaffe werden schon wissen, was sie machen . . .«

»Und wenn ... wenn es keins von uns war?«

»Woher soll es sonst kommen, was?« Schützes Stimme war bestimmt. »Sie lesen zuviel Spionageromane, Herr Leutnant. Fahren wir.«

Der Wagen ruckte an, schoß auf die Straße zurück und knatterte nach Paris.

Lange rang Schütze mit sich, ob er Dr. Langwehr die nächtliche Landung berichten sollte. Es waren Agenten, aus England herübergeflogen und abgesetzt, um den Widerstand gegen die deutsche Besatzung zu organisieren. Sie waren Feinde, gefährlicher als jede Truppe. Sie schlugen aus dem Dunkel zu und tauchten im Ungreifbaren unter. Aber sie verkürzten den Krieg ...

Der Zwiespalt in Schützes Brust war ungeheuer.

Gegen Morgen rief er die deutsche Abwehr an. Er nannte nicht seinen Namen. Mit Recht hätte man ihn gefragt, warum er so lange gezögert habe.

»Zwei Agenten sind abgesprungen. In der Gegend von Surcamps...«

Dann legte er schnell den Hörer auf, ehe man feststellen konnte, woher der Anruf gekommen war.

Aber auch das befreite ihn nicht. Er kam sich elend vor. Es erschütterte ihn, daß er keine Linie mehr in seinem Leben sah. Immer war er korrekt gewesen. Immer nur Soldat. Immer nur einem Befehle gehorchend. Immer für Deutschland. Treu der Regierung. Er kannte nichts anderes.

Jetzt stand er plötzlich zwischen den Fronten. Allein, niemand half ihm. Sein Gewissen sollte entscheiden. Was ist Gewissen, dachte Schütze hilflos. Sicherheit der Familie, ist ein Gewissen. Sicherheit des Staates, auch eins. Sicherung des Friedens ... Glück der Menschen ... Keiner soll hungern und frieren ... Es gab soviel Gewissen auf der Welt, und eins fraß das andere auf.

Am nächsten Tag sprach man im Hotel St. Just von dem Absprung zweier englischer Agenten vor Paris. Man hatte sie noch nicht gefunden. Die Fallschirme zwar und Teile eines zerbrochenen Senders, aber von den Agenten fehlte jede Spur.

Heinrich Emanuel Schütze aß mit ruhiger Hand ein saftiges Schnitzel. Er beteiligte sich nicht an dem Gespräch. Nur als man ihn anredete, legte er die Gabel und das Messer hin und wischte sich mit der Serviette über den fettigen Mund.

»Der französische Krieg ist zu einer Auseinandersetzung der Intelligenz geworden«, sagte er. »Man könnte ihn trotz der grausamen Note fast elegant nennen. Es wird unsere Aufgabe sein, den Franzosen zu zeigen, daß auch wir Deutsche etwas vom Leben verstehen. Das Beispiel des Vorsterbens haben wir der Welt jetzt schon jahrhundertelang vorgemacht.«

Es war ein kluger Satz, auf den keiner antwortete. Nur die jungen Leutnants sahen sich verstohlen an. Sie bewunderten Schütze.

Er selbst kam sich nach wie vor elend vor.

Es tat sich nichts in Paris. Gar nichts.

Während die deutsche 6. Armee in Stalingrad jämmerlich unterging und der Krieg sich wendete, während vom Peipus-See bis zum Kaukasus die russischen Offensiven rollten und die deutschen Armeen vor sich hertrieben, während Nordafrika verlorenging, eine riesige Armada der Engländer und Amerikaner auf Sizilien landete und begann, die Südflanke der deutschen Front über Italien her aufzurollen, während sich die müden zerschlagenen deutschen Armeekorps in die russische Erde krallten und der Berg Monte Cassino zu einem größeren und schrecklicheren Verdun des 2. Weltkrieges wurde, während die sich als Sieger fühlenden Churchill, Roosevelt und Stalin vom 27. 11. bis 2. 12. 1943 in Teheran konferierten und die bedingungslose Kapitulation Deutschlands festsetzten und beschlossen, daß es nie wieder ein Deutsches Reich geben sollte, während all dieser Zeichen eines verlorenen Krieges geschah in Paris – nichts.

Man lebte weiter zwischen Sekt und Weinbergschnecken, Austern und hübschen Mätressen, sonnte sich an der Küste zweier Meere und schickte Seidenstrümpfe nach Hause, Kisten mit Champagner, Kognak und Bordeaux, Pelzmäntel und hauchzarte Unterwäsche. Es war ein Krieg, wie er hundert Jahre so bleiben konnte. Rußland war weit, Afrika noch weiter, den Italienern gönnte man, daß sie die Hosen voll bekamen ... und wenn es tatsächlich so schlimm stand, nun gut ... hier in Frankreich war man sicher. Man hatte mit Pierre und Jacques längst Brüderschaft getrunken, man lag bei den Mädchen im Bett, man war selbst ein halber Franzose geworden und sprach auch nur im trauten Kreis französisch ... Sacre nom de Dieu, der ganze Krieg ist ja ein Mist. Macht doch Schluß, Kinder. Joujou kann so herrlich küssen. Und überhaupt haben wir erst hier gelernt, was wirkliches Leben heißt. Macht Schluß und laßt uns leben ... Oder besser: Laßt es so, wie's ist. Wie heißt der Spruch: Es lebe der Krieg – der Frieden wird schrecklich sein –

Am 19. Juli 1944 kam Oberfeldarzt Dr. Langwehr zu Heinrich

Emanuel Schütze. Er sah bleich aus, von Schlaflosigkeit gezeichnet. Seine Hände flatterten, als er sich eine Zigarre ansteckte.

»Morgen. Im Führerhauptquartier. Es ist soweit.«

Schütze nahm es den Atem. Er preßte die Hände zusammen.

»Wie?« fragte er tonlos. »Mord —«

»Man wird Hitler im Kartenzimmer in die Luft sprengen.«

»Und die anderen, die bei ihm sind?«

Dr. Langwehr sah zu Boden. Sein bleiches Gesicht sah verfallen aus. Die Haut hing in Lappen über den Knochen.

»Große Taten bedingen große Opfer. Um Millionen zu retten, kann man nicht auf vier oder fünf sehen.«

»Aber sie sind ahnungslos und unschuldig.«

»Alle, die bisher gefallen sind, waren ahnungslos und unschuldig. Ihr Sohn . . . zwei meiner Söhne . . .«

»Sie haben zwei Jungen verloren . . .?« fragte Schütze leise.

»Den letzten in Stalingrad.« Dr. Langwehr wischte sich über die flackernden, übermüdeten Augen. »Alles ist vorbereitet. General v. Stülpnagel wird sofort die gesamte SS in Paris verhaften lassen. Rommel und Kluge sorgen für die Ruhe in den Armeen. In Berlin wird sofort mit der Arbeit begonnen, wenn die Meldung über das Attentat durchgegeben ist. Die Liste des neuen Kabinetts ist bereits in Goerdelers Tasche. Ihr Onkel v. Perritz wird zwei Wehrkreise übernehmen. Er ist bereits in Münster eingetroffen. Es wird alles wie ein Uhrwerk ablaufen . . .«

»Muß es gerade jetzt sein?« Schütze trommelte mit den Fingern auf die Sessellehne. »Die Invasion hat begonnen. In der Normandie, auf der Halbinsel Cotentin, stehen 30 Infanteriedivisionen und 13 Panzerdivisionen der Engländer und Amerikaner. Tag und Nacht belegen Tausende alliierter Bomber unsere Abriegelungstruppen mit Teppichen . . . an einem einzigen Tag, von 5 Uhr 45 bis 7 Uhr 45, waren es 12 000 Bomben auf 3 Kilometern. Sollen wir unseren Jungen in den Rücken fallen? Gerade jetzt?«

»Mit dem Attentat hört der Krieg auf. Hört das Sterben auf!« rief Dr. Langwehr. »Wir fallen den Truppen nicht in den Rücken . . . wir retten sie. Mit einer einzigen Bombe retten wir Millionen vor dem sicheren Tod. Der Tod eines einzigen, eines Irren auch noch, bedeutet das Leben von Millionen. Ist dies nicht eine einmalige geschichtliche Chance? Jetzt, gerade jetzt müssen wir handeln . . . bevor die Invasion weiterrollt, bevor die Sowjets ihre große Herbstoffensive unternehmen, bevor die amerikanischen Armeen über die Alpen kommen.«

»Welche Aufgabe habe ich?« fragte Schütze leise. Sein Kopf lag auf seiner Brust.

»Sie werden sofort nach dem gegebenen Alarm mit vierzig bereitgestellten Männern den SD-Stab in der Kommandantur verhaften und zum Befehlshaber Frankreich bringen. Dort erfahren Sie weiteres.«

»Und wenn es Widerstand gibt?«

»Brechen.«

»Und wenn der Anschlag mißlingt?«

»Er wird nicht mißlingen. Er kann es gar nicht.«

Schütze erhob sich. Seine weißen Haare waren unordentlich. Kalter Schweiß stand auf seiner Stirn.

»Ich habe ein ungutes Gefühl dabei, Doktor«, sagte er leise.

Dr. Langwehr setzte seine Mütze auf. »Nehmen Sie zwei Pillen Pervitin. Das regt Sie an. Wir sehen uns morgen wieder . . .«

Am 20. Juli krepierte die Zeitzünderbombe neben dem Kartentisch Hitlers. Eine Reihe von Generalen wurde verletzt. Hitler aber lebte. Die Witterung war daran schuld. Die Sonne. Weil es ein heißer Tag war, wurde die Führerbesprechung nicht wie sonst im Bunker angesetzt, sondern in einer Holzbaracke. Hier aber wurde die Explosion abgeschwächt, weil Dach und Fenster sofort auseinanderflogen. In einem Betonbunker hätte der Druck alle Anwesenden zerrissen.

Als das Telefon schrillte, wußte Schütze, daß es geschehen war. Er nahm den Hörer ab, hörte eine Stimme: »Plan 1« und legte sofort wieder auf.

Unterdessen verhaftete General v. Stülpnagel den SS-Oberbefehlshaber von Paris mit seinem ganzen Stab. Die SS-Wachen wurden entwaffnet. Panzertruppen fuhren auf und riegelten die Zugänge nach Paris ab, umstellten die SS-Kasernen. Die Befehlsgewalt lag in den Händen v. Stülpnagels. Rommel, der am 17. Juli bei einer Inspektion der Truppen an der Kanalküste von Jabos angegriffen und verwundet worden war, fiel zwar aus, aber seine Heeresgruppe B verhielt sich so still, als sei gar nichts geschehen.

Die Aktionen des Umsturzes waren angelaufen. Die Geschichte sollte ein anderes Gesicht bekommen. In einer beispiellosen Tat des deutschen Soldatentums sollte sich eine neue Zeit manifestieren.

Auch Heinrich Emanuel Schütze marschierte. Allerdings eine Stunde später, als vorgesehen. Er hatte nach dem Telefonanruf einen kleinen Schwächeanfall bekommen, sich aufs Bett gelegt und gewartet, bis sein Herz sich beruhigte. Zur moralischen Rechtfertigung hatte er dabei an Generaloberst Dollmann gedacht, der am 29. Juni auf seinem Gefechtsstand plötzlich einen Herzschlag bekam und die 7. Armee verwaist zurückließ.

Heinrich Emanuels Marsch zur Verhaftung der SD wurde jäh gestoppt. Die ersten, sich widersprechenden Meldungen waren nach Paris gekommen. Ein Kübelwagen raste der kleinen Truppe entgegen und bremste scharf vor Schütze.

»Wohin?« brüllte ein Offizier.

»Zum SD!« schrie Schütze zurück.

»Wissen Sie, daß der Führer lebt? Oberst Remer hat mit ihm gesprochen. Bei Goebbels! Er ist daraufhin zur Bendlerstraße marschiert! Aber Genaueres weiß man noch nicht.«

Der Wagen raste weiter, dem Arc de Triomphe zu. Oberstleutnant Schütze stand wie versteinert. Hitler lebt! Der Anschlag war mißlungen. Das aber war gleichbedeutend mit einem Todesurteil für alle, die dieses Attentat geduldet hatten.

Er stand auf der Straße, hinter sich vierzig bewaffnete Soldaten. Ein Revolutionär ohne Revolution. Ein geschichtlicher Moment, dem nicht einmal die Gegenwart gehörte. Eine Farce von einem Umstürzler. Eine verschwörerische Null.

»Abteilung – marsch!« kommandierte Oberstleutnant Schütze. Ein wahnwitziger Gedanke trieb ihn vorwärts. Er marschierte zum Quartier des SD. Andere Infanterie hatte es abgesperrt. Schütze ließ seine vierzig Männer stehen und betrat das Gebäude. Auf den Gängen, vor den Zimmern, standen Panzertruppen und bewachten die SD-Leute, die in den Räumen hockten. Ein Oberleutnant kam Schütze entgegen.

»Wer hat Sie hereingelassen?« fragte er. Heinrich Emanuel sah ihn an, als sei er ein dampfender Haufen frischer Roßäpfel.

»Wer mich hereingelassen hat, wollen Sie wissen?« brüllte er dann. »Ist meine Uniform nicht Legitimation genug? Was wagen Sie eigentlich, Herr Oberleutnant? Haben Sie diese Rotzigkeit auf der Kriegsschule gelernt?«

Der Offizier bekam einen roten Kopf. Er wollte etwas erwidern, aber Schütze ließ ihn nicht zu Wort kommen.

»Wo ist der Chef von diesem Laden?« schrie er.

»Darf ich fragen –«

»Wo?« Schützes Stimme überschlug sich. »Ist denn mit diesem Attentat die ganze Zucht weggeblasen worden? Ich befehle Ihnen, mir das Zimmer zu zeigen!«

»Nr. 15, Herr Oberstleutnant.« Der Oberleutnant sah sich um.

Die Panzersoldaten standen vor den Türen und grinsten. Netter Anschiß, dachten sie. Der Alte ist mächtig in Fahrt.

Schütze suchte das Zimmer Nr. 15. Er schob die beiden dort postierten Soldaten zur Seite und riß die Tür auf. Zwei SS-Führer, ein Standartenführer und ein Sturmbannführer erhoben sich aus hellen Ledersesseln. Ein großer Schreibtisch stand vor einer Wand, deren Tapeten einen großen hellen, recktecktigen Fleck zeigte. Dort hatte ein Bild gehangen. Der Haken stak noch in der Wand. Nun lag es auf dem Boden neben dem Schreibtisch. Das Glas war zertreten. Das kneiferbewehrte Gesicht Heinrich Himmlers starrte Schütze vom Boden aus an. Er sah gütig aus wie ein Bankbeamter mit sieben Kindern. Nicht immer ist der Massenmord im Gesicht geschrieben.

Schütze bückte sich, hob das Bild auf, schüttelte das Glas ab und legte es auf den Schreibtisch. Verwundert beobachteten die SS-Führer die seltsame Handlung. Sie hatten erwartet, mit einer eindeutigen Geste ihre Pistolen zurückzuerhalten. Nun kam ein Stabsoffizier ins Zimmer, hob den Reichs-Heini auf und säuberte sogar sein zerknittertes Foto.

Heinrich Emanuel verbeugte sich knapp vor den verblüfften SS-Führern.

»Schütze.«

»Ehrenbach.« Der Standartenführer.

»Harris.« Der Sturmbannführer.

»Die Ereignisse, meine Herren, sind verworren.« Schütze räusperte sich und rückte das Bild Himmlers hin und her. »Sie stehen unter Hausarrest –«

»Eine Sauerei ist das!« Standartenführer Ehrenbach trat an das hohe Fenster. Es führte zu einem Garten hinaus, mit weißen Bänken und Rosenbeeten. Jetzt standen zwei leichte Panzer auf dem gepflegten Rasen und bewachten die Hinterfront. »Was soll das eigentlich? Ist man in Paris verrückt geworden? Was glauben Sie, welche Weiterungen das gibt, wenn der Reichsführer das erfährt?«

»Auch wenn der Führer wirklich getötet worden ist – Sie glauben doch nicht, daß wir die Macht in die Hände der Militärs geben?« Sturmbannführer Harris ging unruhig hin und her. Seine blanken, schwarzen Stiefel knarrten. Er trug sogar Sporen. Man hatte ihn verhaftet, als er von einem Ausritt in den Bois de Boulogne zurückkam.

»Der Führer lebt, meine Herren –«

»Was?« Die SS-Führer wirbelten herum.

»Ich bin zwar nicht ermächtigt –« Schütze würgte an den Worten. Ein Schwein bin ich, ein erbärmliches Schwein, dachte er, »– aber ich bin trotzdem unter Außerachtlassung möglicher Folgen zu Ihnen gekommen, um Ihnen zu sagen, daß hier ein Irrtum vorliegt.«

»Ach! Sieh einer an!« Harris riß die Tür auf. Die Panzersoldaten standen noch immer davor. Als sie den SS-Führer sahen, hoben sie die Karabiner. »Und was ist das da?« schrie Sturmbannführer Harris.

Schütze hob die Schultern. »Der Irrtum, meine Herren. Ich sagte es eben. Es wird keine Stunde mehr dauern, und alles hat sich wieder zur Normalisierung eingependelt. Das Attentat auf den Führer ist mißlungen. Eine kleine Clique von Offizieren versucht noch, eine Art Palastrevolte fortzusetzen. Ich hatte den Befehl, Sie zu verhaften, meine Herren. Sie wissen, was ein Befehl ist. Man gehorcht. Ich darf Ihnen versichern, daß ich mich in dieser Angelegenheit passiv verhalte.«

»Dumme Rederei!« Standartenführer Ehrenbach sah wieder hinaus in den Garten. Die Panzer fuhren ab. Ihre Raupenketten zerwühlten den schönen Rasen, zogen tiefe Furchen, wirbelten Grasnarben und Erde hoch hinter sich weg.

»Wer leitete diese Schweinerei?«

»Ich weiß es nicht.«

»Wer gab Ihnen die Befehle?«

»Sie kamen telefonisch von der Dienststelle des Befehlshabers Frankreich.«

Sturmbannführer Harris nahm das Bild Himmlers vom Tisch, schob einen der Ledersessel an die Wand, stieg auf die Polster und hing das glaslose Bild wieder an den Haken.

»Das wird der Wehrmacht teuer zu stehen kommen!« rief er vom Sessel herab. Heinrich Emanuel Schütze schwieg. Was habe ich getan, dachte er nur. O Gott, was habe ich getan? Ich Feigling. Ich Sauhund. Ich letzter Dreck in Uniform. Aber ich will meine Kinder wiedersehen. Meine Frau. Ich will weiterleben. Nur darum habe ich es getan. Ich bin nie ein Revolutionär gewesen. Nie ein Held. Ich ... ich ... o verdammt, welch ein Schwein ich doch bin –

Drei Stunden später waren Harris und Ehrenbach frei. In Berlin erschoß sich Generaloberst Beck. General v. Stülpnagel verfehlte seine Kugel ... sie drang in den Kopf, zerstörte die Sehnerven. Er schoß sich blind. Auf der Bahre liegend wurde er verhaftet und weggebracht.

Im Gebäude des SD von Paris sah Schütze fassungslos auf Sturmbannführer Harris. Er hatte die Hand ausgestreckt. Hinter Schütze standen drei SS-Soldaten.

»Ihre Waffe, Herr Oberstleutnant«, sagte Harris knapp.

»Aber –«

»Ihre Waffe! Ich verhafte Sie als Teilnehmer des Aufstandes gegegen den Führer«

»Aber ich habe doch ...«, stotterte Schütze. Er schnallte sein Koppel ab und gab es Harris. »Ich darf erwarten, daß ...«

»Was Sie erwarten, bestimmen wir! Kommen Sie mit!«

Man sperrte Heinrich Emanuel Schütze in einen der Kellerräume. Es war eine kleine Zelle, in der er kaum stehen oder gehen konnte. Einen Holzschemel sah er in der Ecke. Das war alles. Viele solcher Zellen waren im Keller, Schütze sah es, als man ihn durch die Gänge führte. Modergeruch schlug ihm entgegen. Eine Mischung von Schweiß, Urin und verbranntem Leder.

Draußen haben sie einen Golfrasen, Blumenbeete und einen Barockspringbrunnen, dachte Schütze. Er sah in das Loch, in das man ihn hineindrängte. Harris selbst schloß hinter ihm die Tür zu.

Völlige Dunkelheit umgab ihn. Er tastete sich zu dem Schemel in der Ecke, setzte sich und schlug die Hände vors Gesicht. Neben sich hörte er Stimmen. Durch den Gang gellte plötzlich ein Schrei, langgezogen, tierisch. Ein Körper fiel auf die Steinfliesen. Wieder Stimmen ... man schleifte etwas an seiner Tür vorbei. Schlüsselrasseln. Eine Tür klappte. Wimmern, das langsam erstarb.

Schütze klopfte an seine Tür. Erst höflich, dann lauter, schließlich mit beiden Fäusten.

»Ein Irrtum!« brüllte er. »Ein Irrtum! Ich möchte Standartenführer Ehrenbach sprechen! Ich will ihn sprechen. Ein Irrtum!«

Er hämmerte fast eine Stunde gegen die Tür, mit Fäusten, mit den Beinen. Als er heiser wurde vom Schreien, warf er sich mit dem Körper gegen die Tür.

Man öffnete sie erst, als er still war. Aber nur kurz. Der plötzliche Lichtschein blendete ihn. Er sprang auf, aber eine Woge eiskalten Wassers prallte ihm entgegen. Der Strahl eines dicken Schlauches warf ihn zurück auf den hölzernen Schemel. Dann klappte die Tür wieder zu. Er hörte, wie sich einige Männer lachend entfernten.

Über ihm, in dem großen Zimmer Ehrenbachs, war das Hauptquartier des Gegenschlages eingerichtet worden. Die Befehle aus Berlin waren klar und mitleidlos.

In der Nacht noch waren General Olbricht und Oberst v. Stauffenberg mit anderen Offizieren im Hof der Bendlerstraße erschossen worden. Eine Verhaftungswelle rollte über Europa. Hunderte Offiziere begingen Selbstmord. Unter ihnen war auch Oberfeldarzt Dr. Langwehr. Er erschoß sich, als die SS an seiner Tür trommelte. Himmler wurde zum Oberbefehlshaber des Ersatzheeres ernannt ... es war die Schlüsselstellung der Wehrmacht, eine Demütigung der Offiziere, wie sie noch nie in der Geschichte stattgefunden hatte.

Auch General a. D. Eberhard v. Perritz sah keine andere Wahl mehr. In seinem kleinen Hotelzimmer am Rande Münsters schrieb er sein Testament. Er vermachte alles, was er besaß, seiner Nichte Amelia Schütze.

»Denkt daran, daß man ein Volk erniedrigen, entmachten, schmähen, knechten, ja zerstören kann. Vernichten kann man es nie! In dem Glauben, daß auch Deutschland eine Zukunft hat und daß es einmal Männer an seiner Spitze geben wird, die aus dem lernen, was wir verpatzten, scheide ich von einer Welt, die im gegenwärtigen Zustand wert ist, in Stücke geschlagen zu werden ...«

Dann setzte er sich auf sein Bett, knöpfte den Uniformrock zu, schob den Pour le mérite in die Mitte, straffte den Oberkörper und nahm den Lauf seiner Pistole zwischen die Lippen.

Es war ein dünner Knall, den niemand im Haus vernahm.

Erst zwei Tage später fand ihn die SS, als sie die Tür aufsprengte. Auf der Liste, die man gefunden hatte, hatte nur v. Perritz gestanden. Man war nach Schlesien gefahren, zu dem alten Baron, der längst in der Familiengruft lag.

Das Testament wurde nie ausgehändigt. Das Vermögen des Generals wurde eingezogen, sein Leichnam verbrannt, die Asche verstreut.

Der Haß der geretteten Tyrannen kannte keine Grenzen.

Unterdessen saß Heinrich Emanuel Schütze noch immer in seinem Loch im Keller des Pariser SD.

Viermal war er von Sturmbannführer Gunter Harris verhört worden. Viermal hatte er gesagt: »Es ist ein Irrtum. Wäre ich sonst zu Ihnen gekommen –« Und viermal hatte man ihn zurückgebracht in die winzige Zelle, vorbei an im Kellergang wartenden Soldaten und Offizieren. Viermal hörte er dann das Trappeln vieler Stiefel auf der Kellertreppe, und viermal hämmerten Schüsse vom Garten herein und zersprengten fast seinen Kopf.

Dann saß er auf seinem kleinen Schemel, die Hände gefaltet und lauschte. Schritte ... sie gehen vorbei ... Schlüsselklappern ... vorbei ... Die Nebenzelle ... die vierte von links ... die fünfte ... Wieder Schritte ... vorbei ... Wann bin ich es, dachte er. Wann? Wann? Ich werde irrsinnig ... Und wieder Schritte ...

XVII

Drei Wochen lang hockte er auf seiner Holzpritsche und stierte auf die eiserne Tür. Einundzwanzig Tage und Nächte wartete er, daß man ihn holte und draußen im herrlichen Park des Hauses an die Gartenmauer stellte.

Als man ihn endlich aus seinen dunklen Käfig rief, brach er zusammen und sank den beiden abholenden SS-Männern in die Arme.

Man schleifte Heinrich Emanuel Schütze nicht in den Garten, sondern ins Haus hinauf in das Zimmer von SS-Standartenführer Ehrenbach.

»Heil Hitler!« rief dieser, als Oberstleutnant Schütze kraftlos vor ihm in einen der Sessel fiel. »Es hat sich alles aufgeklärt.«

»So?« stammelte Heinrich Emanuel. »So ... so ...«

Er starrte auf die Hände Ehrenbachs. Sie spielten mit einem Brieföffner, der wie ein schlanker Dolch aussah. Auf dem goldenen Griff waren die beiden SS-Runen.

»Sie waren tatsächlich nur ein ausführendes Organ. Ihr Name stand auf keiner Liste, die wir fanden. Auch in der Zentrale in Berlin sind Sie unbekannt. Sie sind losmarschiert, weil man es Ihnen befahl –«

»Ja ...«

»*Wer* hat befohlen?«

»Das weiß ich nicht. Ich bekam einen Anruf ...«

»Und da sind Sie einfach losgezogen? Das klingt ja schlimmer als bei der Märchentante. Wenn jetzt wieder einer anruft und sagt: Legen Sie den Schörner um, dann tun Sie's, was?«

»Wenn der Befehl einer vorgesetzten Stelle ...« Heinrich Emanuel holte tief Luft. Der Druck wich langsam von ihm. Er lebte. Er wurde nicht erschossen. Er stand in keiner Liste. »Sie haben doch auch Befehle, Standartenführer. Fragen Sie auch erst bei Ihrem Gruppenführer nach, ob diese Befehle wirklich sinnvoll sind? Oder führen Sie sie nicht aus, weil sie Ihnen nicht passen?«

Ehrenbach warf den Dolch auf den Schreibtisch und wandte sich ab. Sein Blick fiel aus dem hohen Fenster in den Garten. Auf die lange Mauer, deren Putz an vielen Stellen abgesprungen war. Neuerdings erst, seit einundzwanzig Tagen. Wenn die Knallerei im Garten begann, hatte er immer die Vorhänge vor die Fenster gezogen.

»Ich muß Sie entlassen, Herr Oberstleutnant«, sagte er.

»Das tut Ihnen leid, nicht wahr?«

»Ehrlich gesagt: Ja. Ich habe ein ungutes Gefühl.« Ehrenbach drehte sich zu Heinrich Emanuel um. Seine scharfen Augen musterten ihn, suchten Unsicherheit. Aber sie fanden nur Müdigkeit, eine an der Grenze angelangte Erschöpfung. »Sie stellen mir den Typ des blind gehorchenden Kommißkopfes vor«, fuhr Ehrenbach fort. »Der Mann, der nicht denkt, der kein Gut und Böse kennt, der eben nur das macht, was man ihm zubrüllt. Mit dieser Einstellung wollen Sie bis zum Oberstleutnant gekommen sein . . .«

»Sie sehen es«, sagte Schütze müde. Er schwankte im Sitzen. Schlafen, wünschte er sich. Endlich wieder lang ausgestreckt, weich und selig schlafen.

»Warum haben Sie beim 20. Juli nicht aktiv mitgemacht?«

»Ich habe einen Eid geleistet. Auf den Führer. Ich kann mich nicht selbst von einem Eid entbinden –«

»Hm.« Ehrenbach sah Schütze mit schiefem Kopf an. Meint er es ehrlich damit, fragte er sich im stillen. Oder ist er ein so raffinierter Bursche, daß er mir den tumben Landsknecht vorspielt? Er dachte an den Lebenslauf Schützes, den er vom Reichssicherheitsamt bekommen hatte. Nie sonderlich aufgefallen. Immer subaltern. Nur im Egerland ein Zusammenstoß wegen »politischer Häftlinge«. In der Kampfzeit der Partei bekannt geworden durch die Verhaftung der drei nationalsozialistischen jungen Leutnants. Aber auch hier nur aus den Motiven sturen Militarismus. Kein Parteigänger. Politisch impotent. Ein Beamter in Uniform mit dem einzigen Ehrgeiz, in den Generalstab zu kommen. Einige wehrtaktische Schriften, die indiskutabel waren. Ab und zu große Fresse, aber nie sich festlegend.

»Sie werden dem Generalkommando Paris wieder zur Verfügung gestellt.« Standartenführer Ehrenbach unterschrieb ein Papier, das in einer ledernen Mappe vor ihm auf dem Tisch lag. »Sie werden alles verändert wiederfinden.«

»Das glaube ich.«

»Die Invasion macht Fortschritte. Die Engländer drücken gewaltig nach Frankreich herein.« Er beobachtete Schütze aus den Augenwinkeln.

Heinrich Emanuel war zu müde, um zu reagieren. Ihm war plötzlich alles gleichgültig. Was wird Amelia machen, dachte er nur. Die ganze Zeit hat sie nichts von mir gehört.

»Darf ich schreiben?« fragte er leise.

»Aber ja. Sie dürfen wieder alles, Herr Oberstleutnant. Nur keine neue Revolte mitmachen. Sie sind doch ein freier Mann.«

»Danke.«

»Heil Hitler!«

Schütze erhob sich. Er riß alle Kraft, die ihm noch geblieben war, in sich zusammen. Er zog den Uniformrock straff, setzte die Mütze auf und grüßte. Dann ging er, wie eine aufgezogene Puppe, aus dem großen Zimmer. Schritt nach Schritt setzend, mit hohlem Rükken. Ehrenbach sah ihm nach, fasziniert fast.

Was würde er jetzt wohl machen, wenn er keine Uniform tragen würde, dachte er plötzlich. Dieser Mann da lebt nur für seinen Rock, für das Symbol. Wenn er in Zivil wäre, würde er vielleicht auf allen vieren aus dem Zimmer kriechen.

Vor dem Haus sah sich Oberstleutnant Schütze um.

Der Verkehr brandete weiter durch die Straßen, Militärkolonnen zogen durch, die Französinnen stellten sich mit ihren Einkaufstaschen vor den Läden an. Die Welt war weitergegangen, als sei in diesen drei Wochen nichts passiert.

Heinrich Emanuel ging in sein Quartier. Es war ausgeräumt. Seine Koffer beschlagnahmt. Niemand wußte, wo sie waren.

Er fuhr zum Generalkommando. Neue Gesichter, ein neuer Ton, viel junge Leute. Es dauerte vier Stunden, bis man die Rückkehr des Oberstleutnant Schütze »aktenkundig« hatte. Als Verdächtiger des 20. Juli war er in Paris untragbar geworden.

Nachdem er die Mühle der Bürokratie durchlaufen hatte und man feststellte, daß seine Koffer bei der Gestapo abzuholen waren, bekam er einen Versetzungsbefehl.

Nach Pont-Surrère. Eine Kleinstadt an der oberen Mosel, nördlich von Nancy. Kommandeur eines Nachschublagers. Dort konnte er sich auf einen Berg von Socken und Gamaschen legen und den Krieg verschlafen.

Man schob ihn ab.

Heinrich Emanuel wehrte sich nicht. Er fragte nicht. Er ärgerte sich nicht einmal mehr. Er war ausgehöhlt worden in diesen einundzwanzig Tagen Gestapokeller. Ihm war alles gleichgültig.

Nur Ruhe, dachte er. Nur Ruhe. Und weiterleben. Wo und wie, das ist ja völlig egal. Ich will Amelia wiedersehen, die Kinder. Ich will in einem Bett sterben, nicht vor einer weiß getünchten Mauer oder in einem Drecklocht. Ganz, ganz bürgerlich will ich sterben ... in einem weichen Bett, den Kopf in den Kissen, und alle sollen sie um mich herumstehen ...

Am nächsten Tag schon fuhr er mit einem Militärtransportzug nach Pont-Surrère. Da es nur Güterwagen waren, fuhr er auf der Lok mit, neben dem Heizer und Lokführer. Es war ungeheuerlich für einen Stabsoffizier, so zu reisen. Aber selbst das kümmerte Heinrich Emanuel nicht mehr.

Nur weg aus Paris. Nur weg aus der unruhigen Welt. Weg in die Ruhe.

Für diese Sehnsucht wäre er selbst auf den Puffern gefahren ...

Die Invasion überschwemmte Frankreich. Der Russe brach durch. Ostpreußen wurde überrannt. Das Elend des Krieges, bisher nur aus der Luft gekommen, kroch auch über das Land.

Millionen waren auf der Flucht. Die Trecks von Ostpreußen, aus Schlesien, aus dem Warthegau wälzten sich wie Riesenschlangen nach dem Westen. Ihre Wege waren gekennzeichnet von den Leichen, die man neben der Straße liegenließ. Erfroren, verhungert, an Entkräftung gestorben. Greise, Säuglinge, werdende Mütter.

Auch Rummelsburg wurde geräumt. Amelia und Uta-Sieglinde hatten die Möbel bereits nach Berlin geschafft. Sie wohnten in einem Zimmer. Der Ende 1942 geborene Fritz Schütze war prächtig gediehen. Auf strammen Beinchen lief er durch die ausgeräumte Wohnung, stellte sich in die leeren Zimmer und krähte, weil es so schön hallte.

Für Amelia war es eine schwere Geburt gewesen. Sie hatte lange im Krankenhaus gelegen. Heinrich Emanuel war damals auf eine Woche Sonderurlaub gekommen, hatte Giselher-Wolfram seiner schweren Verwundung wegen als wehrdienstuntauglich aus dem Lazarett zurückgeholt und Amelia mit herrlichen Sachen aus Frankreich beschenkt. Mit Strümpfen, zarter Unterwäsche, wertvollen Parfüms.

Nun waren auch Amelia, Uta, Giselher und der kleine Fritz auf der Wanderschaft. Transportmöglichkeiten gab es nicht mehr. Die Güterwagen brauchte man für den Nachschub der Truppen, Lastwagen waren beschlagnahmt oder bekamen kein Benzin, Pferde wurden mit Gold aufgewogen.

Was man mit den Händen tragen konnte, war alles, was man mitnahm.

»Auch Berlin ist nicht sicher, Mutter«, sagte Giselher, als sie durch Vermittlung von Schützes ehemaliger Dienststelle eine halbzerstörte Wohnung bekamen, die Giselher mit Drahtglas, Pappe und Sperrholz bewohnbar machte. »Wir sollten weiter nach Norden...«

Amelia schüttelte den Kopf. »Du tust gerade so, als ob der Russe nach Berlin kommen könnte...«

»Warum soll er das nicht?«

»Dann wäre ja der Krieg –« Amelia sah ihren Sohn ungläubig an.

»... verloren. Sprich es aus, Mutter. Er ist es bereits. Wir sollten den Engländern entgegenziehen. Am besten in die Lüneburger Heide. Da gibt es keine militärischen Ziele.«

»Da müssen wir erst den Vater fragen, Giselher.«

Aber von Heinrich Emanuel kam keine Antwort. Dreimal wurde der Postzug von englischen Jagdbombern in die Luft gejagt. Die Briefe Schützes gingen den gleichen Weg... auf den Bahnhöfen, während der Fahrt, in den Postämtern. Nur das Radio war die einzige Verbindung zur Heimat. Und die Zeitungen. Sie brachten nur stereotype Sätze. Sie sprachen und schrieben vom Durchhaltewillen des Volkes.

Nur im Radio Luxemburg hörte Schütze heimlich, was tatsächlich geschah. Daß Ostpreußen verloren war, daß Tausende Frauen, Kinder und Greise auf der Flucht elend umkamen, daß Deutschlands Ende nur eine Frage von wenigen Wochen war.

Er wußte, daß auch Rummelsburg geräumt war. Wenn sie nur nicht in Berlin hängenblieben, dachte Schütze. Nach Norddeutschland sollten sie gehen. Nach Schleswig-Holstein. Wenn man ihnen bloß eine Nachricht geben könnte...

Der Zusammenbruch zeichnete sich ab. Frankreich wurde geräumt. Die amerikanischen Panzer General Pattons stießen schneller vor, als die im fetten französischen Leben träge gewordenen deutschen Truppen ihre neuen Stellungen beziehen konnten.

Mit Lastwagen, randvoll mit Möbeln, Teppichen, Sektkisten und jungen Mädchen brausten die Verwaltungsbeamten heim ins Reich. Die Zahlmeister, die Ortskommandanten, die Etappenstrategen, die hellen Köpfchen, die alles verloren sahen und nun retteten, was noch aus dem Krieg, dem so schönen, zu retten war.

Auch Frauen gehörten dazu. In Frankreich wächst nicht nur ein guter Wein. O nein. Man hatte fast fünf Jahre Zeit gehabt, sich zu akklimatisieren. Ein Ortskommandant, der etwas auf sich hielt, ein Kammer- oder Furierfeldwebel, der nicht gerade auf den Kopf gefallen war, jeder überhaupt, der seine ruhige Kugel durch Frankreich schob, hatte sich ein Mädchen zugelegt. Daß man sie jetzt mitnahm, war klar... man hatte so manches gehört von Spießrutenlaufen, von Haareabschneiden, von nackt durch die Straßen jagen. So sollte es Joujou nicht ergehen, dem kleinen Miezchen. Also nahm man sie mit nach Deutschland. Vielleicht konnte man sie als Hausgehilfin beschäftigen...

Am Rhein wurden sie von den Lastwagen, aus den Autos, aus den Waggons geholt. SS war es, die Maschinenpistolen entsichert in den Händen. Man schrie, man beschwerte sich, man tobte, bis man merkte, daß man Kampfeinheiten zusammenstellte, um die Patton-Panzer aufzuhalten. Da wurde man schnell still, berief sich auf Marschbefehle und machte sich aus dem Staube. Mit einem Köfferchen voller Zivilklamotten. Joujou blieb zurück. Na ja... der Krieg, meine Herren. Aber man war in Deutschland. Und hier konnte einen jeder kreuzweise... wo der Krieg ja doch verloren war.

Heinrich Emanuel Schütze war auch im Zusammenbruch sehr genau. Nicht nur Siege, auch Niederlagen muß man gründlich verkraften. Verwaltungstechnisch gesehen bleibt auch ein Zusammenbruch immer noch ein Verwaltungsakt.

Also ließ Schütze zunächst einmal eine genaue Bestandsaufnahme seines großen Nachschublagers machen. Siebenundneunzig Feldwebel und Mannschaften waren mit der Inventur beschäftigt. Tag und Nacht. Es war ungeheuer, was Heinrich Emanuel in Pont-Surrère verwaltet hatte. Er hatte es selbst nicht gewußt.

Als die Bestandsaufnahme vollendet war – um nicht durcheinanderzukommen, hatte Schütze während der Zusammenstellungen keinerlei Ausgaben mehr gemacht – standen die alliierten Truppen kurz vor der Mosel.

Dem Befehle getreu, den er in der Nacht bekam, ließ Oberstleutnant Schütze, nachdem er sich geweigert hatte, das Riesenlager unter die zurückgehenden Truppen zu verteilen – denn davon stand nichts in dem Befehl – den gesamten Komplex von vier Hallen in die Luft sprengen.

40 000 Paar Socken. 7000 Mäntel. 35 000 Konserven. 10 000 Flaschen Alkohol. 21 000 Unterhosen und Unterhemden. 14 000 Paar Stiefel.

In seinem Kübelwagen stehend, wartete Schütze, bis nach den

Sprengungen die Flammen sich durch die Berge Material fraßen. Dann fuhr er ab. Ein Kradmelder nahm die Meldung über den ausgeführten Befehl mit zur Armee. Er lieferte sie gar nicht ab, sondern schlug einen Bogen und fuhr allein zum Rhein. Weg vom Krieg.

»Ein sturer Hund«, sagten die Soldaten von ihrem Kommandeur. »Statt die Sachen zu verteilen. 35 000 Konserven ..., und wir haben nichts zu fressen. Was denkt sich der eigentlich?«

Nun, Heinrich Emanuel dachte sich gar nichts. Er hatte nach dem 20. Juli völlig abgeschaltet. Er gehorchte nur noch. Er tat seine sture Pflicht. Was er sah, wollte er nicht mehr sehen. Die Deportationen der letzten Juden. Das Schreckensregiment der SS. Die erotische Verjauchung der Truppen in Frankreich. Das Ende, das kommen mußte, weil es einfach so nicht weiterging. Der Dilettantismus der Führung, der Millionen Leben gekostet hatte. Auch das Leben seines Christian-Siegbert, die Gesundheit Giselher-Wolframs und zwei Zehen des Oberstleutnants Schütze. Er wollte einfach nicht mehr denken, weil es keinen Sinn mehr hatte. Er machte mit, weil er eine Uniform trug, weil er Offizier war, weil ihn ein Eid band ... aber er tat nur das, was man sagte. Und das war in diesen Tagen der Auflösung wenig. Fast gar nichts.

Am Rhein wurde seine Truppe aufgefangen. Sie wurde in ein Sturmregiment eingegliedert. Heinrich Emanuel Schütze meldete sich beim Stabe des Generalfeldmarschalls Model. Dort erfuhr er, daß Model den Befehl hatte, aus dem Ruhrgebiet eine Festung zu machen. Im Norden und im Süden waren die Alliierten durchgebrochen, rollten über deutsche Straßen und Autobahnen tief nach Deutschland hinein. Die 12. Heeresgruppe unter General Bradley stieß bis nach Thüringen vor ... im Norden schwenkten die Truppen Feldmarschall Montgomerys in die deutsche Tiefebene. Nur im Ruhrgebiet hielt sich Model. Er bildete den Ruhrkessel.

Oberstleutnant Schütze dachte in diesen Tagen kurz wieder selbstständig. Er fertige sich einen Marschbefehl als Kurier aus und reiste von Siegburg nach Schleswig. Es war kurz vor dem Aufspalten des Ruhrkessels am 14. April 1945.

Als Heinrich Emanuel in Schleswig ankam, fand er eine intakte Armee vor. Das hatte er nicht erwartet. Er wollte dem Krieg ausweichen und reiste zu einer verhältnismäßig frischen Armee.

Am 18. April kapitulierte der Ruhrkessel. Generalfeldmarschall Model erschoß sich. In Berlin standen die Russen wenige hundert Meter von der Reichskanzlei. Schwerster Beschuß machte aus der Reichshauptstadt eine Trümmerwüste.

30. April 1945. Adolf Hitler beging Selbstmord. In seinem letzten Willen ernannte er Großadmiral v. Dönitz zum neuen Reichspräsidenten.

Oberstleutnant Heinrich Emanuel Schütze war einer der Offiziere, die dem neuen Staatschef gratulierten. Er stand mit den anderen Herren längs der Wand und drückte die matte Hand des Großadmirals.

»Der Krieg ist zu Ende«, sagte ein Generalmajor neben Schütze leise. »Aber dieses Ende wird schrecklich sein. Es wird nie mehr ein Deutschland geben. Nie mehr. Ein ganzes Weltbild wird sich wandeln.«

Merkwürdig, Heinrich Emanuel Schütze griff es nicht ans Herz. Früher hätte er in diesem Satz, in dieser Erkenntnis eines noch nie dagewesenen Zusammenbruchs auch den Verlust seines Lebenssinnes gesehen. Jetzt hörte er sich die Worte an, nickte gleichgültig und dachte: Wo mag Amelia mit den Kindern sein? Ob ich sie wiedersehe?

Nur das dachte er. Nicht, was er nach dem Kriege tun wollte. Ob er wieder Margarine verkaufen würde und darauf wartete, daß einmal wieder neue Soldaten durch die Straßen marschierten, mit Tschingbumm und Trara, diiiiee Augen rechts und flache Hand an den Helm. Mit Knobelbechern und klappernden Gasmasken, brüllenden Unteroffizieren und mit herrlicher Erziehung zum wirklichen Mann: Wie grüßt man? Fünf Schritte vor, drei Schritte nach. – Im Abstand von fünfzehn Schritten – der erste – marsch! – So etwas muß man wissen, sonst ist man kein richtiger Deutscher. Das vorschriftsmäßige Grüßen eines Vorgesetzten ist die Grundbedingung eines anständigen deutschen Lebens.

Nein, an alles das, was ihm so lieb und wert war, dachte selbst Heinrich Emanuel Schütze nicht mehr.

Schluß, dachte er nur. Nach Hause. Zu Amelia. Zu dem kleinen Fritz. Und Ruhe ... Ruhe ...

Am 23. Mai ging Schütze, zusammen mit der Regierung Dönitz, in Gefangenschaft. Er fand es entehrend, daß man ihm das Koppel abnahm, ihn mit dem Gesicht und hocherhobenen Armen an eine Mauer stellte und seine Taschen abtastete. Erst im Camp XII, einem Offizierslager, legte sich sein Kummer. Ein Offizier des englischen Intelligence Service ließ ihn zu sich rufen, bewirtete Schütze mit einem gebratenen Masthähnchen, Whisky und höllisch starken Zigaretten und blätterte den Fragebogen durch, den Schütze nach der Gefangennahme gewissenhaft wie immer ausgefüllt hatte. Er hatte nicht gelogen ... eine solche Unterstellung wäre absurd ... Vergeßlichkeit jedoch ist nicht strafbar.

Der englische Major sprach sehr gut deutsch.

»Sie haben Schulungen gemacht?« fragte er.

»Militärische. Ja. Zum Unterschied der NSFOs. Ich war immer als Taktiker –«

»Ich weiß.« Der englische Major legte den Fragebogen weg, nahm seine dünne, lederne Reitgerte und schlug sich damit an die Stiefelschäfte. Rhythmisch, flott. Tickticktick ...

»Wir sind daran interessiert, daß in allen Camps Schulungen über die neue Lage stattfinden. Es ist erschreckend, welch ein falsches Geschichtsbild bei den deutschen Soldaten vorherrscht. Wir sehen in der Gefangenschaft keine Strafe, sondern eine Umerziehung. Nach der Gefangenschaft soll ein neuer Geist herrschen.«

»Ich verstehe.« Schütze aß sein Hähnchen und schämte sich nicht, daß er es bis auf die Knochen abnagte. Hunger zerstört auch gesellschaftliche Formen.

»Wenn wir Sie in einen Kursus nehmen, Herr Oberstleutnant, wäre es Ihre Aufgabe, in den Camps Vorträge zu halten. Natürlich ist das freiwillig. Es wird niemand gezwungen, gegen seine innere Ansicht zu sprechen. Überlegen Sie sich das einmal –«

Heinrich Emanuel Schütze überlegte es sich. Er unterzog sich einem vierwöchigen politischen Kursus, den ein englischer Geschichtsprofessor leitete. Vierzig andere deutsche Offiziere saßen mit ihm auf den Schulbänken und erfuhren, was Demokratie ist, warum Deutschland den Krieg verloren hatte und was es tun müsse, um wieder das Vertrauen der Welt zu gewinnen. Wenn das überhaupt möglich werden könnte.

Mitte August hielt Oberstleutnant Schütze im Camp VI seinen ersten Vortrag vor 1200 Soldaten.

»Bedeutete der 20. Juli 1944 eine Rettung Deutschlands?«

Heinrich Emanuel sprach zwei Stunden. Spannend, plastisch, bildhaft. Er schilderte den Heldenkampf der kleinen Gruppe Offiziere, die Deutschlands Untergang aufhalten wollte. Er erzählte dramatisch von den Ereignissen in Berlin, in Schlesien, in Paris. Vor allem in Paris.

»Diese Männer, die Tod und Marter nicht fürchteten, sollten als Idealbild des deutschen Soldaten vor uns stehen!« rief Schütze. »Treue gegenüber dem Vaterland ist höher und mehr als Treue gegenüber einem Eid, den man einem Irren geleistet hatte ...«

Der Vortrag war ein voller Erfolg. Die 1200 Soldaten verließen ergriffen die Turnhalle. Offiziere gratulierten Schütze. Schütze war etwas mitgenommen, schwitzte stark und war bleich.

Plötzlich dachte er an Dr. Langwehr, der sich erschoß, als die Nachricht von Hitlers Weiterleben eintraf. Und er dachte an einen Oberstleutnant, der zum SD von Paris marschiert war und zu Standartenführer Ehrenbach sagte: Es war alles ein Irrtum...

Dessenungeachtet wurde der »20. Juli« Heinrich Emanuels Lieblingsvortrag. Mit ihm reiste er von Camp zu Camp... kreuz und quer durch Norddeutschland. Wie ein großer Schauspieler, wie ein Star, wurde er überall empfangen. Die Mundpropaganda hatte seinen Ruhm verbreitet.

Weil sein Vortrag so gut war, erließ die britische Militärregierung eine Sondergenehmigung. Heinrich Emanuel Schütze sollte seinen »20. Juli« auch den politischen Häftlingen im Gefängnis von Flensburg vortragen.

Mit gemischten Gefühlen ließ sich Schütze nach Flensburg fahren. Seit seiner Gratulation bei Dönitz hatte er es nicht wiedergesehen. Das Gefängnis kannte er von einem Besuch her. Als Beisitzer eines Kriegsgerichts besuchte er damals in einer Zelle einen Fahnenflüchtigen. Einen Jungen von achtzehn Jahren. Er wollte zu seiner Mutter nach Lüneburg. Er wollte nicht sterben.

In einem großen Eßsaal waren Bankreihen aufgebaut. Auf ihnen saßen in Uniformen, ohne Rangabzeichen, die politischen Gefangenen. SS-Führer, SD-Beamte, hohe politische Leiter. Sie warteten auf einen Prozeß, der in weiter Ferne lag... oder auf eine Auslieferung, die nahe war und gleichbedeutend mit dem Tod.

Heinrich Emanuel bemühte sich, nicht daran zu denken. Er stand hinter seinem Rednerpult, sah über die Köpfe hinweg auf ein Schild im Hintergrund: »Halte deinen Eßsaal sauber«, und sprach über den »20. Juli« besonders intensiv und dramatisch.

In einer Sprechpause, beim Einnehmen eines Schluckes Wasser, fiel sein Blick auf einen Mann in der zweiten Reihe. Er trug einen grauen Rock mit schwarzen Spiegeln, ohne Abzeichen. Der schmale Kopf mit den graublonden Haaren stach fast aus der Masse der anderen Köpfe hervor. Und dieser Kopf mit den dünnen Lippen lächelte... lächelte ganz breit und blinzelte Schütze zu, als sich ihre Blicke trafen.

Heinrich Emanuel stieg das Blut in den Kopf.

Ehrenbach. Standartenführer Ehrenbach. Er brauchte nur aufzustehen und zu sagen: Dieser Mann da... diese große Fresse, meine Herren... hat sich in die Hose gemacht, als seine Kameraden...

Schütze riß den Blick von Ehrenbach los. Kalter Schweiß klebte sein Hemd auf dem Rücken fest, die Unterhose pappte an den Schenkeln. Er trank die ganze Karaffe Wasser leer, bis er wieder fähig war, weiterzusprechen.

Nach dem Vortrag verließ er sofort das Gefängnis von Flensburg und meldete sich beim Intelligence Service krank.

»Es ist die Galle«, klagte er, als man ihn gründlich untersuchte. Man fand zwar nichts, aber man schrieb ihn trotzdem krank. Gelb genug sah er ja aus.

Von Amelia hatte er nichts mehr gehört. Ob sie den Russen entgangen war, ob sie in Berlin geblieben war, ob sie überhaupt noch lebte ... er wußte es nicht. Die deutschen und alliierten Stellen des Roten Kreuzes waren mit Hunderttausenden Anfragen überfüllt. Schütze hatte auch hingeschrieben, aber eine Hoffnung, Nachricht zu bekommen, hatte er nicht.

Nach neun Monaten – im Februar 1946 – wurde Oberstleutnant Schütze aus der Gefangenschaft entlassen. Als man ihn fragte, welchen Entlassungsort er angeben wollte, hatte er lange gezögert. Nirgends war er zu Hause. In Schlesien saß der Russe, in Rummelsburg exerzierten Mongolen, in Berlin bestand nichts mehr, was ihm gehörte, in Köln hatte er keinen Bekannten mehr.

Da nannte er Detmold.

In ihm hatte er sich immer wohl gefühlt. Hier hatte er eine glückliche Zeit verlebt. Vielleicht erinnerte man sich noch an ihn, den Hauptmann Schütze. Der Werkmeister Anton Schwarz vielleicht, der Kommunist. Oder der Architekt Hubert Nüßling, der ihm das Buch »Mein Kampf« geliehen hatte. Vielleicht lebten die Söhne Ewald und Hugo noch, die Christian-Siegbert das Leben retteten. Damit er es in Rußland verlor –

Mit einem Pappkoffer, den er sich in Hamburg gekauft hatte, fuhr Schütze nach Detmold. In dem Pappkoffer war alles, was er besaß. Zwei Hemden, zwei Unterhosen, ein Paar Schuhe. Auf dem Leib trug er seine von einem Camp-Schneider auf Zivil umgeänderte Uniform und den Offiziersmantel ohne Schulterstücke.

Nach den riesigen Trümmerwüsten der Großstädte empfand Schütze trotz der Ruinen die kleine Stadt Detmold immer noch als eine Oase des Friedens und der Zuflucht.

Auf dem Bahnhof beachtete ihn niemand. Es kamen soviel Heimkehrer an, die keiner kannte. Es gab so viel Flüchtlinge in der Gegend, daß es auf einen mehr gar nicht ankam.

Langsam ging Schütze, seinen Pappkoffer ab und zu in den Händen wechselnd, zu dem Doppelhaus hinter dem Stadttheater. Hier wohnte einmal der Architekt Hubert Nüßling, der Nazi.

Das Haus war halb zerstört. In die zweite Etage hatte man ein Notdach eingezogen. Das Schild Nüßlings war abmontiert. Man konnte noch sehen, wo die Schrauben gesessen hatten.

Heinrich Emanuel klopfte an die Haustür, bis eine Frau öffnete.

»Ich habe auch nur meine kleine Brotzuteilung«, sagte sie sofort nach einem Blick auf den Pappkoffer. »Gehn Sie mal zur Volksschule. Da ist'n Auffanglager. Da gibt's was zu essen.«

Schütze schüttelte den Kopf. »Ich wollte nur fragen, wo Herr Nüßling jetzt wohnt.«

»Die Nüßlings? Sind Sie'n Bekannter von denen? Oder Verwandter?« Die Frau rieb die Hände an ihrer Schürze. »Tja – die Nüßlings. Der Sohn, der Hugo, der ist ja gefallen. In Afrika, beim Rommel. Und der alte Nüßling ist dann Kreisleiter geworden. Am 21. Juli 1944 – wissen Sie – haben sie ihn Knall auf Fall abgeholt. Ist nicht wiedergekommen. Da ist die Frau Nüßling weg aus Detmold. Wohin . . . das weiß keiner.«

»Danke.« Heinrich Emanuel grüßte und ging weiter.

Der Ort, wo er Frieden suchen wollte, war plötzlich wie alle Orte in Deutschland. Das Leid war nirgends stehengeblieben . . . es kam in die kleinste Hütte.

Draußen, in der Siedlung am Stadtrand, war keine Bombe gefallen. Das Haus Nr. 39 stand noch. Etwas verwittert, mit längst anstrichfälligen Fenstern. Aber im Garten stand der Grünkohl, und die Obstbäume waren groß und breitkronig geworden.

Auch Anton Schwarz lebte noch. Der Werkmeister. Er erkannte Schütze nicht gleich wieder, als er die Tür öffnete. Aber dann flog ein Leuchten über die runzeligen Züge.

»Der Herr Hauptmann –«, sagte er. »In Detmold. Wie kommt denn das?«

Er zog Schütze in die kleine Diele, nahm ihm den Mantel ab und wußte plötzlich, daß er auf seine Frage keine Antwort mehr brauchte.

»Kommen Sie.« Er riß die Tür zum Wohnzimmer auf und rief« »Julia! 'nen Kaffee. Stark! Der Hauptmann Schütze ist da. Oder was sind Sie jetzt?«

»Oberstleutnant. Aber das war einmal.«

»So hoch sind Sie geklettert?« Anton Schwarz setzte sich Schütze gegenüber auf das Sofa. »Man fragt ja nicht danach, aber –«

Schütze nickte und hob müde die Schultern. »Ich bin ganz allein. Wo meine Frau und die Kinder sind – ich weiß es nicht. Ich habe keine Heimat mehr, keine Wohnung, gar nichts mehr. Nur noch den Pappkoffer. Ich könnte mich in den Straßengraben legen und sagen: Ich bin zu Hause. Es würde stimmen . . .«

»Tja, der verdammte Krieg.« Anton Schwarz drehte aus Kippentabak zwei Zigaretten. Er beleckte sie und reichte eine an Schütze weiter. »Mein Ewald ist in Gefangenschaft. Drüben in Amerika. Dem geht's gut. Und Ihr Christian . . .«

»Gefallen . . .«

»Dieser Mistkrieg!« Schwarz sah Heinrich Emanuel durch den Rauch seiner Zigarette an. »Wenn es Ihnen nicht zu klein ist . . . wir haben oben, unterm Dach, Ewalds Zimmer frei. Dort können Sie bleiben, bis Sie was gefunden haben. Wer weiß, wann Ewald wiederkommt.«

»Ich . . . ich habe nur noch hundert Mark . . .«, sagte Schütze leise. »Und dann –?«

»Darüber reden wir morgen.« Schwarz goß Schütze eine Tasse Kaffee ein. »Man kann einen Krieg, den man sechs Jahre lang verloren hat, nicht in fünf Minuten beiseite schieben. Wir werden über alles morgen reden . . . Und nun trinken Sie mal den Kaffee. Sie sind ja ganz durchgefroren –«

XVIII

In dieser Nacht schlief Heinrich Emanuel seit langer Zeit wieder ruhig und traumlos.

Die zusammengebrochene Welt war doch nicht ganz zertrümmert worden. Es gab noch Menschen. Es gab noch Inseln des Mitleids und der Hilfe. Und es gab wieder ein wenig Hoffnung in all der Trostlosigkeit.

Am nächsten Morgen saßen sie alle um den Kaffeetisch. Es gab frische Brötchen. Und Honig. Es war wie im Schlaraffenland.

»Organisation ist alles«, lachte Werkmeister Schwarz. »Was glauben Sie, was man mit unseren Spinnereierzeugnissen alles machen kann. Das ist die reinste Zauberei: Aus zehn Spulen Garn ein halbes Schwein . . . Das bringt kein Zirkus.«

»Geht das nicht gegen Ihre kommunistische Weltauffassung?« fragte Schütze vorsichtig. Anton Schwarz wischte sich den Mund.

»Ach ja ... Sie kennen mich ja als den Kommunistenhäuptling von Detmold. Mittlerweile ist viel Wasser durch die Lippe geflossen. Als die Nazis an die Macht kamen, bin ich ab. Nach Moskau. Ich Rindvieh! Was ich da gesehen habe, genügte mir. Es ist doch alles nur 'n Geschäft ... ob die Partei oder eine andere. Reden können se alle gut, aber denken tun se nur ans Geld. Und wenn se Idealisten spielen sollen, werden se sauer. Na ja – da habe ich mich gemeldet. Zum Spionageeinsatz in die Schweiz. Von dort bin ich rüber in die Heimat. Und hin zum Gauleiter der Braunen. ›Hier bin ich‹, habe ich gesagt. ›Ich war in Moskau und hab die Fresse voll. Nun sperrt mich ein!‹ Das haben se nicht getan. Merkwürdig, was? 1938 war ich dann plötzlich in der Partei ... Unser Betrieb wollte das goldene Schild als NS-Musterbetrieb haben. Hat's auch bekommen. Und ich 'n Parteibuch. Dann kam Ewald zum Militär, der Krieg brach aus, der Mist war komplett. Tja ... und nun sind Se hier, Herr Oberstleutnant ...«

»Ja, nun bin ich hier.« Schütze starrte in seine Kaffeetasse. Wie soll es weitergehen, dachte er, und es wurde eiskalt in ihm vor Zukunftsangst. Wo mag Amelia sein? Und was ist aus den Kindern geworden? Ob sie noch leben?

Er stützte den Kopf in beide Hände und schloß die Augen. Frau Schwarz blinzelte ihrem Mann zu, nahm die noch halbvolle Kaffeekanne und ging schnell aus dem Zimmer. Anton Schwarz legte Schütze seine breite Arbeiterhand auf die Schulter.

»Zunächst bleiben Sie hier. Dann suchen wir Ihre Frau. Übers Rote Kreuz. Das wird von Tag zu Tag besser. Ich war neulich in Bielefeld ... da haben se die Straßen schon freigeräumt und die erste Straßenbahn fährt auch schon. Um uns Deutsche ganz auf die Schnauze zu legen ... Junge, da gehört schon was zu.«

Schütze lächelte schwach. »Sie reden ja direkt national, Schwarz.«

»Wer so auf dem Rücken liegt wie wir, der muß die Sonne anschreien, weil sie das einzige ist, was uns geblieben ist. National, nee. Aber 'n Deutscher bin ich. Das weiß ich, seit ich in Moskau war. Man sollte die Brüder, die jetzt wieder die Fresse aufreißen, alle einmal nach Moskau schicken. Die kommen zurück und singen de Wacht am Rhein. Nee nee, Herr Oberstleutnant ... man hat jedacht, den Deutschen hauen wir jetzt ihr verdammtes Deutschtum aus dem Anzug ... wat se erreicht haben ist nur, daß der Staub weg ist ...«

»Staub mit einigen Millionen Toten, Schwarz?«

»Sie haben recht.« Schwarz zerdrückte ein Brötchen zwischen

den Fingern. »Ihr Junge ist auch dabei. Und der vom Nüßling auch. Es ist verdammt hart, einen Jungen zu verlieren. Wenn ich an meinen Ewald denke ... irgendwo in Rußland oder am Balkan, oder in Norwegen oder in Afrika ... Und wofür?«

»Ja, wofür?« Heinrich Emanuel Schütze starrte aus dem Fenster. »Beim ersten Weltkrieg ... da hatte ich geglaubt, einen Grund zu sehen. Da haben wir nach dem Krieg geradezu gezittert, wir jungen Leutnants. Wir wären bitter enttäuscht worden, wenn es keinen Krieg gegeben hätte. 1939 war es anders. Wir haben nicht darauf gewartet ... aber wir sahen als Offiziere die ungeheure Chance, die Spitze der Welt zu sein. Ein gewonnener Krieg bedeutete für Deutschland wirklich das Tausendjährige Reich.« Schütze sah den Werkmeister Schwarz groß an. »Ich gestehe es ... es ist meine Schuld: Ich habe fest daran geglaubt. Ich habe es allen gesagt: Die Größe unserer Nation ist nicht mehr überbietbar —«

»Ihr Untergang auch nicht.«

»Das haben wir gewußt —, aber wir wollten uns vor dieser Wahrheit verschließen. Wir waren hypnotisiert von der Macht. Das ist unsere geschichtliche Schuld. Wir haben zu eingehend gehört, aber zuwenig gedacht. Und heute fragt man sich: Wofür?«

Anton Schwarz erhob sich. »Es ist eben alles Mist. Die ganze Politik. Man sollte die Menschen arbeiten und leben lassen, man sollte Handel treiben und jeden, der mit einer politischen Idee kommt, die anders lautet als Frieden und Freundschaft und gemeinsames Leben, sofort an die Wand stellen. Sofort. Ehe er mehr spricht als zehn Sätze. Denn immer wird es Idioten geben, die aus diesen zehn Sätzen eine Weltanschauung machen und die Welt damit zugrunde richten.«

Er klopfte Schütze auf die Schulter und drehte dann wieder zwei Zigaretten. »Zunächst bleiben Sie also hier, Herr Oberstleutnant. Das ist klar.«

»Ich habe kein Geld. Ich muß etwas verdienen ...«

»Das sollen Sie. Ich werde mit dem Chef sprechen. In der Spulerei können wir einen Lageristen gebrauchen. Wie wär's damit?«

»Ich nehme alles an, Herr Schwarz ...«

»Lohn: Die Woche 50 Mark.«

Schütze nickte. »Ich will alles, nur Ihnen nicht auf der Tasche liegen.« Er sah zu Schwarz wie ein getriebenes Reh auf. »Vielleicht bietet sich einmal die Gelegenheit bei einer Versicherung. Auch die Behörden müssen ja wieder aufgebaut werden ... Ich werde Ihnen bestimmt nur kurze Zeit zur Last fallen —«

»Nun reden Se mal nicht, sondern suchen Se erst mal Ihre Frau und die Kinder.« Schwarz sah auf die Uhr. »Ich muß in die Fabrik. Bis zum Abend denn, Herr Oberstleutnant ...«

Er drückte Schütze zum Abschied noch die gedrehte Zigarette in die Hand, nahm seine Aktentasche mit dem blechernen Eßgeschirr und ging aus dem Zimmer.

Mit zitternden Händen steckte sich Schütze die Zigarette an. Der Kaffee gluckerte in seinem leeren Magen. Er hatte nur ein Brötchen gegessen. Er kam sich schäbig vor, den Schwarzens ihre Brotmarken zu verfressen.

Man sollte sich erschießen, dachte er plötzlich. Wenn man wüßte, daß Amelia und die Kinder nicht mehr lebten ... wirklich, es wäre die beste Lösung. Was war denn das Leben noch wert? Warum und wofür sollte man weiterleben? Weil es ein Leben war, das von Gott gegeben war? Wo war denn Gott, als Millionen junger Menschen sterben mußten? Sinnlos sterben?! Menschen, die sich ans Leben klammerten.

Heinrich Emanuel Schütze zerdrückte die Zigarette zwischen den Fingern. Er spürte nicht, daß er sich die Fingerkuppe an der Glut verbrannte.

Weggehen, wenn Amelia und die Kinder nicht mehr leben. Das war kein Gedanke mehr ... es war ein Entschluß ...

Im Lager Hohenfels lebte unterdessen die Familie Schütze in einer Box von 3 x 3 Metern. Sie bestand aus Brettern. Es gab in der Turnhalle, die man so umgebaut hatte, sechsundzwanzig solcher Boxen. Als Eingangstür zu den schmalen Fluren dienten drei aneinandergenähte Decken. Die Einrichtung bestand aus drei Betten mit Strohsäcken, einigen Decken, ein paar Nägeln, an denen die Kleider hingen, einer Blechwaschschüssel und einer Blechwasserkanne, fünf Blechtassen, fünf Steinguttellern und einem alten, verbeulten Aluminiumkochtopf. Das Essen bekamen sie aus der Gemeinschaftsküche, die Zuschüsse der Besatzungstruppen erhielt.

Giselher-Wolfram hatte gleich nach der Flucht aus Berlin versucht, Arbeit zu bekommen. Immer zierlich, sah er mit seinen siebenundzwanzig Jahren wie ein alter Mann mit einem Kinderkopf aus. Seine schwere Verwundung hatte ihn untauglich für schwere körperliche Arbeit gemacht. Sein großer Wunsch, Medizin zu studieren, war eine Illusion geblieben. Er gehörte zu jener Generation, die der Krieg vernichtete, als sie gerade dabei war, ihr Leben in die Hand zu nehmen. Jetzt, am Ende der Tragödie, standen sie nackt vor einem Nichts. Ohne Ausbildung als die, schießen zu können, ohne Wissen als das, was sie vor sieben Jahren bei der Abiturprüfung vorgetragen und in den Materialschlachten verloren hatten. Vor allem aber ohne die Hoffnung, die verlorenen Jahre nachholen zu können, weil sie jetzt altersmäßig an jener Grenze standen, an der man den Grundstock des ferneren Lebens vorweisen soll.

Giselher hatte wochenlang gesucht. Endlich hatte er eine Anstellung gefunden. Bei einer Mehlmühle stand er neben den automatisch abgefüllten Säcken und drückte einen Stempel auf die Säcke und malte mit einem Pinsel »Verteilungszahlen«, nach denen das Mehl in die einzelnen Zentralen geliefert wurde. Dafür bekam er einen kleinen Lohn, aber jede Woche zwei Pfund Mehl. Gegen acht Pfund tauschte er einen einplattigen Elektrokocher ein. Als er ihn in die Turnhalle, Box 12, brachte, zusammen mit drei Pfund Mehl, einem halben Block Margarine und einem kleinen Töpfchen Rübenmarmelade und stolz sagte: »So, Mutter, heute abend backst du uns einen ›Eierkuchen mit Konfitüre‹«, weinte Amelia vor Glück.

Uta-Sieglinde hatte schneller eine Stelle gefunden. Sie hatte sich bei einem Fabrikanten als Hausmädchen beworben. Jeden Abend brachte sie in einem Eßgeschirr Bratenstücke mit, Gemüsereste, Kartoffeln, ein paarmal sogar aus der Pfanne gekratztes Fett. »Die haben genug«, sagte sie, als Amelia rügte, so etwas tue man nicht. »Von der Produktion gehen 80 Prozent auf den Schwarzmarkt. Mutter ... da kannst du alles kaufen. Von der besten Seife bis zum westfälischen Räucherschinken. Du mußt nur etwas haben, was du bieten kannst. Und die Michels haben es.«

So war Amelia mit dem kleinen Fritz allein in ihrer Box Nr. 12 in der Turnhalle. Oft schämte sie sich vor den Kindern über das, was sie hören und sehen mußten. Liebe, Streit, Geburt und Laster lagen wie eine Wolkenhülle über ihnen. Geräusch, Stimmen und Töne bildeten eine Kuppel innerhalb der Halle. Hier gab es keine Scham mehr, kein Verstecken, keine Maske der Erziehung. Wer hier in den Boxen lebte, war nackt. Und er sah auch die anderen nicht anders. Sie lebten alle im gleichen Dreck. Wer lieben wollte, tat es ... ob die anderen zuhörten, wen kümmerte es? Wer schlagen wollte, hieb drauflos ... wen das Schreien störte, der sollte gehen ...

Uta-Sieglinde sparte ihren Lohn. Auch Giselher gab kaum etwas aus. Jede freie Minute gingen sie durch die Umgebung und suchten nach einer menschenwürdigen Unterkunft. Sie saßen stundenlang bei den Behörden, sie sahen die langen Suchlisten bei den Rote-Kreuz-Stellen durch. Zweimal hätten sie bei einem Bauern in der

Nähe der Stadt ein großes Zimmer mieten können. Nur einen kleinen Haken hatte es: Der eine Bauer wollte einen neuen Pflug, und der zweite sagte bescheiden: »Tja, ein gutes Klavier könnte ich gebrauchen. Haben Sie ein Klavier?«

Im April 1946 wurde Amelia zum Roten Kreuz bestellt. Ein Grund war nicht angegeben.

Zitternd hielt sie Giselher das Schreiben entgegen, als er nach Hause kam. »Es ist sicherlich wegen Vater«, stammelte sie. »Er ... er ...« Sie konnte es nicht aussprechen. »Ich habe keine Kraft mehr, es anzuhören, ich könnte es nicht ertragen. Gehst du hin, Giselher?«

Nach zwei Stunden wußten sie, daß Oberstleutnant Heinrich Emanuel Schütze gegenwärtig in Detmold wohnte. Bei einer Familie Schwarz. Er suchte seine Frau und drei Kinder.

»In Detmold!« Amelia saß auf dem Bett in Box 12 und hielt die Adresse wie einen ungeheuren Schatz umklammert. »Aber wer ist Schwarz? Giselher, kannst du dich noch an eine Familie Schwarz erinnern?«

»Irgendwie kommt mir der Name bekannt vor. Ganz dunkel ist da in der Erinnerung etwas ... Ja ... ja ...« Giselher hob die Hand. »Mit Christian war es. Er war damals ins Eis eingebrochen, und ein Schwarz war es, der ihn mit heraustholte.«

»Richtig! Ja! Ewald Schwarz ... Jetzt weiß ich es wieder.« Amelia sah wieder auf die Adresse. »Ob Vater bei ihm wohnt? Warum ist er gerade nach Detmold gegangen?«

»Ob Detmold, Lüneburg oder Passau ... wo sollte er denn hin? Ein Ort ist wie der andere für ihn. Überall ist er ein Fremder. In Detmold vielleicht am wenigsten.«

Am Abend legte man dann alles Geld zusammen, das man gespart hatte. Giselher, als vorläufiger »Chef« der Familie, ordnete an: Mutter fährt allein nach Detmold. Uta nimmt sich zwei Tage frei und bleibt bei dem kleinen Fritz. Für Giselher ging die Arbeit weiter in der Mühle. Nur daß er zusätzlich noch einkaufen würde, was ihm Uta aufschrieb.

»Soll ich ihm ein Telegramm schicken?« fragte Amelia.

»Warum? Du bist einfach da.«

»Und wenn er einen Herzschlag bekommt? Du weißt nicht, wie er sich verändert hat. Was er alles durchmachen mußte.«

»Ein Telegramm kostet Geld. Fahr, Mutter ... es wird sich schon ergeben, daß Vater keinen Herzschlag bekommt ...«

Sie brachten Amelia zur Bahn, setzten sie in ein Abteil 3. Klasse; Giselher hatte sogar ein Pfund Äpfel für die Reise organisiert.

Dann saß sie im ratternden Zug und hatte plötzlich Angst. Solange sie mit ihren Kindern allein war, hatte sie alles ertragen, was das Leben an Widerwärtigkeiten über sie ausschüttete. Sie hatte das Leben in der Box 12 auf sich genommen, weil sie wußte, daß Giselher eines Tages doch ein anständiges Zimmer besorgen würde. Aber jetzt? Heinrich Emanuel mitnehmen in die Turnhalle? Wenn bekannt wurde, daß ein ehemaliger Stabsoffizier unter ihnen wohnte, würden die anderen die Box kurz und klein schlagen. Der Haß auf alles, was einmal eine silberbetreßte Uniform getragen hatte, war so stark, daß es keine Logik und keine Vernunft mehr gab. Und wie würde Heinrich Emanuel reagieren?

In Detmold stand Amelia hilflos vor dem Bahnhof. Sie hatte sich am Schalter erkundigt ... fast zwei Stunden zu Fuß mußte sie gehen. Richtung Hermannsdenkmal.

Damals sind wir mit einer Kutsche hinausgefahren, erinnerte sie sich. Und Heinrich Emanuel hat den Kindern erklärt: Da, der Mann mit dem Schwert, ist ein deutscher Held. Er hat die Römer aus den germanischen Landen geschlagen. Und dann hatte er über die blonden Köpfe seiner Söhne geblickt, als wolle er sagen: Werdet auch Helden, Jungen. – Nun lag der eine in Rußland, irgendwo, unter einem weggewalzten Grab. Und der andere war aus der Bahn geworfen, zählte Mehlsäcke, träumte von Medizin und knirschte des Nachts mit den Zähnen, weil das Rückgrat noch immer schmerzte.

Amelia nahm ihre Wachstuchtasche und ging. Nach einer halben Stunde überholte sie ein Bauernwagen. Sie kletterte hinten hinauf und schaukelte über die Landstraße zur Wohnkolonie.

Wie mag er jetzt aussehen, dachte sie immer wieder. Sie hatte sich auf der Toilette im Detmolder Bahnhof betrachtet. Es war der einzige große Spiegel seit Monaten.

Schmal war sie geworden. Aber die großen Augen waren geblieben, das feine, zierliche Gesicht, die Güte, die immer ihr Leben bestimmt hatte. Sie war jetzt einundfünfzig Jahre alt. Wenn der Krieg nicht die Bahn der Ordnung zerstört hätte, würden Christian und Giselher schon verheiratet sein und die ersten Enkelkinder würden unter ihren Händen aufwachsen.

Großmutter. Tatsächlich, man konnte es sein. Und trotzdem fuhr man jetzt dem Mann entgegen mit den seligen Gefühlen eines jungen Mädchens. Als ob es keine Zeit gegeben hätte, nicht fast dreiunddreißig Jahre gemeinsamen Lebens.

Dreiunddreißig Jahre mit Heinrich Emanuel ... Amelia lächelte still. Wenn es auch schwer gewesen war ... es war schön gewesen. Nicht eine Stunde wollte sie davon missen.

»Da sind wir gleich«, sagte der Bauer und zeigte mit einem Haselnußknüppel hinüber zu den kleinen Siedlungshäuschen. »Ich muß weiter nach Hiddesen...«

Amelia stieg vom Wagen. Sie bedankte sich und ging dann langsam den etwas abfallenden Weg hinab zur Siedlung.

Haus Nr. 36, dachte sie.

Vielleicht steht er am Fenster und sieht mich. Oder er arbeitet im Garten. Herumsitzen und nichts tun, das kann er ja nicht.

Plötzlich hatte sie keine Zeit mehr. Sie begann zu laufen, schneller, immer schneller. Und wenn es auch vor ihren Augen zu flimmern begann, sie lief weiter, als seien es gerade diese paar Minuten, die sie nicht verlieren wollte.

Das Leben eines Lageristen spielt sich zwischen Listen, Warenbeständen, Ein- und Ausgängen und peinlicher Ordnung ab.

Es war genau die Welt, in der Heinrich Emanuel Schütze immer gelebt hatte. Alles hatte seinen Sinn, jeder Handgriff diente der Sorgfalt. Nach acht Tagen wußte man bereits in der Spinnerei, daß man nicht mehr wie früher einfach aus dem Lager etwas nehmen konnte ... mit Heinrich Emanuel zog die Genauigkeit ein in Gestalt von Laufzetteln, Empfangsbescheinigungen, Dringlichkeitsnachweisen und Leihfristen.

Die Arbeiter murrten. Die Leitung der Spinnerei dagegen war zufrieden und gab Schütze eine Lohnaufbesserung von 10 Mark pro Woche.

Am wichtigsten aber war, daß im Hause Schwarz eine Neuerung eingeführt wurde, an der Schwarz und Schütze vierzehn Tage lang gebastelt hatten.

Im Zimmer Ewalds, in dem Heinrich Emanuel schlief, stand wieder ein Sandkasten. Er gehörte zur Vervollkommnung der Welt, die Schütze wieder anstrebte.

An diesem Sandkasten erklärte Heinrich Emanuel seinem Gastgeber Anton Schwarz, dessen Frau und einigen Nachbarn, was man sowohl in Rußland als auch im Westen falsch gemacht hatte und wie der Krieg anders verlaufen wäre, wenn man die Heeresgruppe B und die 6. Armee nicht dort, sondern hier eingesetzt hätte.

Für Anton Schwarz war dieses Sandkastenspiel etwas ganz Neues und vor allem Faszinierendes. Er, der Kriegsgegner seit Beginn des eigenen logischen Denkens, berauschte sich daran, mit Holzklötzchen und Fähnchen die Truppen seines Gegners Heinrich Emanuel in Bedrängnis zu bringen. Es war spannender als »Mensch ärgere dich nicht«, dramatischer und vor allem ergreifender, wenn man daran dachte, daß jeder Holzklotz eine Division bedeutete, jeder Block eine Armee. Unter seinen Händen marschierten Zehntausende in die Schlacht.

Jeden Abend aber schrieb Schütze auch Bewerbungsschreiben. Meistens waren es brüchige Firmen, die ihm schrieben. Glücksritter des Elends, die minderwertige Waren für teures Geld verkaufen wollten.

Eines Tages aber erhielt er ein Angebot. Eine Frankfurter Firma stellte Wäschestampfer her. Zur Erleichterung der Hausfrau. Kein Reiben mehr auf dem Brett, keine körperliche Anstregung. Völlige Schonung der Wäschefaser. Längere Haltbarkeit. Sauber und bequem in der halben Waschzeit. Nach zehn Minuten Stampfen löst sich der Schmutz allein durch die Bewegung und die Anreicherung des Wassers mit Sauerstoff. Die Ersatzwaschmittel schäumen besser, der Schmutz wird aus dem Gewebe gesogen. Alles in allem: Eine gute Sache. Mit Zukunft. Für jeden Haushalt. Ersparnisse pro Wäsche bis zu 25 Prozent.

Schütze schrieb hin. Er schilderte seine Lage, erwähnte, daß er schon einmal nach einem verlorenen Krieg die »Überbrückungszeit« mit der Verteilung von Margarine zugebracht habe, und bat um ein Muster des Wäschestampfers oder um einen Prospekt, um sich ein Bild machen zu können.

Die Antwort kam prompt. »Lieber Kamerad!« schrieb der Vertriebschef. »Es freut uns, gerade Sie bei uns zu wissen...« Dann berichtete der Kamerad von dem neuen epochalen Stampfer, bat um einen Besuch Schützes in Frankfurt und unterzeichnete mit Franz Dudack, Hauptmann a. D.

Heinrich Emanuel wurde sehr nachdenklich. Er zögerte, sich um diese Firma zu kümmern. Erstens fand er es unpassend, daß ein Hauptmann zu einem Oberstleutnant »Lieber Kamerad« schrieb, denn der Rangunterschied legt zwangsläufig etwas Mäßigung auf, zweitens lagen keine Prospekte bei, drittens kostete eine Fahrt von Detmold nach Frankfurt ein Schweinegeld und viertens hatte Anton Schwarz gesagt: »Bei uns haben Se Ihr festes Gehalt. Als Vertreter können Se Säcke voll verdienen... aber auch pro Woche nur 'n Butterbrot. Unsicher ist's immer. Aber Sie sollten auf Sicherheit gehen, Herr Oberstleutnant. Wie gestern abend beim Angriff Ihrer 7. Division gegen mein 3. Korps...«

Dieses Argument war einleuchtend. Schütze wartete mit einer Antwort. Aber er warf die Korrespondenz auch nicht fort.

Das Wiedersehen mit Amelia veränderte allerdings seine neue Welt vollends.

Frau Schwarz hatte Amelia sofort, als sie das Haus betrat, mit Kuchen und Kaffee bewirtet. Dann hatte Amelia etwas im Bett Heinrich Emanuels ausgeruht, hatte drei Knöpfe angenäht, die am Mantel und an einem Oberhemd fehlten ... und sie hatte, nachdem sie die Tür abgeschlossen hatte, den alten Militärmantel Heinrichs an sich gedrückt, als sei er es selbst.

Als Schwarz und Schütze von der Spinnerei nach Hause kamen, hatte Frau Schwarz ihren Anton in die Küche gelockt und geflüstert: »Sie ist da. Die Frau Oberstleutnant.«

»Der fällt um.« Anton Schwarz kratzte sich den Kopf. »Ich glaube, er hat es aufgegeben, sie jemals wiederzusehen. Er spricht nicht mehr darüber. Und jetzt ist se da. Wo denn?«

»Bei uns im Schlafzimmer.«

»Hol se raus und laß sie das Abendessen auftragen.« Schwarz schluckte. »Mehr als vom Stuhl fallen kann er nicht.«

Und so wurde es. Amelia trug die Suppenschüssel ins Zimmer. Heinrich Emanuel saß mit dem Rücken zur Tür. Er schnupperte, als er die Suppe roch und fragte fröhlich:

»Na, Mutter Schwarz ... welche Überraschung gibt's denn heute?«

Amelia hielt krampfhaft die Terrine fest. Wie weiß er geworden ist ... ganz weiß ... Aber seine Stimme ist noch immer die alte. Sie sah zu Anton Schwarz hinüber. Er nickte ihr zu und winkte.

»Linsensuppe –«, sagte Amelia schwach.

Durch Heinrich Emanuel lief ein Schlag. Von den Haarwurzeln bis zu den Zehen durchrann es ihn, schüttelte seinen Körper. Er saß erstarrt, rührte sich nicht, wandte sich nicht um. Ich bin verrückt, dachte er plötzlich. Ich höre Amelias Stimme, und dabei ist es Frau Schwarz, die sagte: »Linsensuppe.«

»Das ... das ist schön ...«, sagte er stockend.

Dann wandte er langsam den Kopf und sah in die großen, tränennassen Augen Amelias. Anton Schwarz nahm ihr schnell die Terrine ab und rannte in die Küche. Dort schloß er die Tür, gab die Suppe an seine Frau zurück und brummte: »Wärm se auf. Vor 'ner halben Stunde essen wir nicht. Und umgefallen ist er auch nicht –«

Es wurde sehr spät, ehe man endlich um den Tisch saß und die

Linsensuppe löffelte. Für Heinrich Emanuel war die Welt wieder komplett. Er hatte alles erfahren, was in den vergangenen Monaten ertragen worden war. Auch die Box 12 hatte er hingenommen. »Das wird jetzt alles anders!« hatte er gerufen. »Was, Amelia . . . wir alle gemeinsam, und die Zähne zusammengebissen. Das muß doch klappen!«

Am nächsten Morgen schickte er ein Schreiben nach Frankfurt. Zu der Wäschestampferfirma. Er ließ sich sogar herab, zu antworten: »Lieber Kamerad!« Für Amelia tat er es. Für die Kinder.

»Sie wollen also doch Vertreter werden?« fragte Anton Schwarz.

»Als Lagerist bleibe ich immer in meinen Kellerräumen. Das ist sicher, aber kein Fortschritt, lieber Schwarz. Wir sind dabei, Deutschland wieder aufzubauen. Und ich weiß, daß hier ein Platz für mich ist. Heute sind es Wäschestampfer . . . wer weiß, welche Möglichkeiten die Zukunft uns bietet, dort wieder aufzubauen, wo Tatkraft und Erfahrung gesucht werden.«

»Sie hoffen wieder auf ein neues Militär?«

»Aber nein. Das ist endgültig vorbei. Wer wird dem Deutschen jemals wieder eine Waffe in die Hand geben? Und glauben Sie, daß sich noch welche finden werden, die wieder eine Uniform tragen und an Karten aufzeichnen, wie man Rußland jetzt endlich vernichten könnte?«

»Es wird bald genug Vertreter von Margarine oder Stampfern oder Versicherungen geben, die mit hundert Hurras die Kleiderkammern stürmen, wenn man sie wieder aufmacht.«

»Aber warum sollte man uns wieder bewaffnen? Erst vernichtet man uns, und dann gibt man uns die aus der Hand geschlagenen Waffen wieder? Das ist doch keine Logik.« Schütze schüttelte den Kopf. »Finden wir uns damit ab: Der deutsche Soldat ist endgültig besiegt. Was das für mich bedeutet, können Sie ermessen. Aber ich finde mich damit ab . . . ich gehe in die Industrie –«

Heinrich Emanuel Schütze fuhr nach Frankfurt und stellte sich vor. Uta, Giselher und seine paar Mark Ersparnisse ermöglichten es ihm. Vorher hatte Anton Schwarz in der Spinnerei einen Lagerraum freibekommen. Einen Schrank, vier Betten, Waschgeschirr und einen elektrischen Ofen sammelte er in der Nachbarschaft. Dann holte Heinrich Emanuel seine Familie aus der Box 12 der Turnhalle heraus. Nur Giselher blieb zurück. Er konnte seine Stellung in der Mehlmühle nicht aufgeben. Er war Vorarbeiter geworden und verdiente manierlich. Zudem brauchte man das Mehl, das Giselher hier und da »abzweigte«, zu Kompensationsgeschäften.

»Wenn in Frankfurt alles klappt, mein Junge«, sagte Schütze zu ihm, »wirst du auch Medizin studieren.«

»Jetzt noch, Vater?« Giselher lächelte bitter. »Ich glaube nicht daran.«

»Abwarten. Wenn erst der deutsche Mannesgeist wieder erweckt ist, gibt es kein Aufhalten mehr auf dem Weg nach oben.«

Lächelnd schwieg Giselher. Mit solchen Reden hat er uns von Kindesbeinen an dirigiert, dachte er. Wir haben immer zu ihm aufgeschaut, weil wir's glaubten. Und auch heute sollen wir es. Lieber, guter Papa ... mit siebenundzwanzig Jahren hat man längst sein eigenes Weltbild. Auch wenn du in uns noch die Kinder siehst ...

Die Firma in Frankfurt war noch »im Aufbau«, wie der Kamerad Hauptmann sagte. Die Wäschestampfer waren aus alten deutschen Stahlhelmen hergestellt, die man durchlöchert und mit einem Stiel versehen hatte. Sie waren verzinkt, was ihnen ein freundlicheres Aussehen gab. Schütze war zuerst konsterniert.

»Unter diesem Helm sind Millionen braver Deutscher verblutet.«

»Und jetzt saugt er Schmutz aus der Wäsche. Nützlich ist er also immer noch.«

»Und das alles kostet 35,– Mark?«

»Bei dem Wert unserer Mark fast geschenkt. Zudem gibt es das ohne Bezugsschein und ohne Tauschmittel. Das allein genügt, um einen Rekordabsatz zu erwarten. Wo heute alles nur über den Schwarzmarkt zu bekommen ist, taucht ein Gerät frei auf. Das wirkt auf die deutsche Seele wie ein Magnet.«

»Und – wo bekommen Sie die Stahlhelme her?«

»Das ist Aufgabe der Produktion. Sie sollen verkaufen.«

Der Kamerad Hauptmann wurde sehr zugeknöpft. Wer Geld verdienen will, sollte nicht fragen. Wenn man es in der Hand hält, stinkt es weder nach Korruption noch nach dunklen Kanälen. Auch die Schrotthändler fragt niemand, woher sie plötzlich verlassene Villen kaufen können.

Oberstleutnant a. D. Schütze machte einen Probegang.

Er nahm einen »halbautomatischen Wäschesauger«, wie der durchlöcherte, verzinkte Stahlhelm in der Fachsprache nun hieß, in einem Koffer mit und begann an der Peripherie Frankfurts mit dem Klinkenputzen.

Er war fünf Stunden unterwegs.

Der Erfolg war verblüffend. Er hatte erreicht: Vier Butterbrote, eine Stunde Vortrag über den 20. Juli in Paris bei einem alten General, einen Teller Kartoffelsuppe, ein Angebot eines späten Mädchens, seinen Apparat doch nach 20 Uhr vorzuführen, es gäbe auch ein Gläschen Schnaps, damit er besser stampfte; zehn Versprechen, mit dem abwesenden Ehemann zu reden, dreiundvierzig zugeknallte Türen, eine Bedrohung, als er leichtsinnig erzählte, er sei Oberstleutnant a. D.; eine Witwe, die ihn gleich dabehalten wollte (Schütze, nicht den Stampfer) und zwölf Lieferungsaufträge.

»An einem Tag gleich zwölf. Gratuliere!« Der Kamerad Hauptmann klopfte Schütze auf die Schulter. »Sie sind eine Verkaufskanone! Na – wollen wir?«

Heinrich Emanuel wollte. Er war über sich selbst verblüfft. Seine Provision betrug 5,– Mark pro verkauften Stampfer. Nur fünf am Tage verkauft... das macht bei nur 20 Arbeitstagen glatte 500,– Mark. Eine Rechnung, die alles entschied. Schütze unterschrieb den Vertrag. Sogar zwei Zimmer erhielt er durch Vermittlung der Firma. Zwei elende Drecklöcher ohne Fenster und mit herunterhängenden Decken.

Aber man konnte sie zurechtmachen. Das Wasser lief noch in den freiliegenden Leitungen, elektrisches Licht konnte wieder gelegt werden, der Fußboden war zerrissen, aber mit einigen Latten und Linoleum darüber würde auch das gehen.

Heinrich Emanuel schrieb an seinen Sohn Giselher. Er verschwieg nichts. Er zählte auf, was er brauchte: Bodenbelag, einen Maurer, der die Wände und Decken in Ordnung brachte, einen Schreiner, der die Fenster lieferte, einen Elektriker, der...

Giselher machte es möglich. Zum erstenmal fragte Schütze nicht, woher es kam, ob es recht sei, ob man sich noch mit freiem Blick im Spiegel ansehen konnte.

Giselher schickte innerhalb von vier Tagen in einzelnen Paketen zwei Zentner Mehl und 10 Pfund Haferflocken.

Der Aufbau begann. Heinrich Emanuel Schütze zog mit seinem durchlöcherten, verzinkten Stahlhelm von Haus zu Haus, offerierte ihn als halbautomatischen Wäschesauger, wusch in zahllosen Waschküchen an Waschtrögen und Wannen den Frauen etwas vor, drückte, boxte, saugte und stampfte die dampfende Wäsche, bis er außer Atem kam und seine Haut von den Waschdämpfen durchweicht wurde wie ein in Milch liegendes Brötchen.

Aber er verkaufte. Nur Erfolge zählen... wie sie errungen werden, interessiert die Welt nicht.

Die beiden Zimmer wurden wohnlich. Einen Monat lang aßen die Familien der daran beteiligten Handwerker Mehlsuppen oder buken Kuchen.

Endlich – nach vier Monaten – setzte sich Schütze hin, füllte eine Postanweisung aus und schrieb einen Brief.

»Meine Familie! Es ist soweit. Am Dienstag komme ich euch holen. Mit dem gleichzeitig angewiesenen Geld bezahlt alles, was ihr euch geliehen habt.«

Wieder brachte Anton Schwarz die Familie Schütze zum Bahnhof, wie schon einmal vor fast zwei Jahrzehnten.

»Ich kann Ihnen niemals danken, was Sie für uns getan haben«, sagte Schütze und drückte dem Werkmeister die Hand.

»Das ist doch selbstverständlich.« Anton Schwarz fiel der Abschied schwer. Man sah es ihm an. Sein Sohn Ewald war immer noch in Gefangenschaft. Er schrieb begeistert. Er wurde in Amerika, im Camp, zum Feinmechaniker ausgebildet. Er spielte sogar mit dem Gedanken, nach der Entlassung wieder nach den USA zurückzukehren. Dann war Anton Schwarz ganz allein, mit seinem Häuschen Nr. 36, dem Gärtchen und dem Sandkasten voller Divisionen.

»Ich komme Sie bestimmt besuchen!« rief Schwarz, als der Zug anruckte. Dann winkte er, bis die Schlange der grauen Wagen im Dunst des Tages unterging. Er wußte, daß man sich nie wiedersehen würde. Ein Lebensabschnitt war weggezogen worden, wie ein Kalenderblatt.

Die Firma wurde erweitert.

Man nahm neue Artikel auf und nannte sich jetzt »Gesellschaft haushaltserleichternder Artikel«. Man verstand darunter – alles gut verzinkt –: Durchschläge aus Kochgeschirren, Kartoffelreiben aus auseinandergeschnittenen und dann durchlöcherten Gasmaskenbüchsen, Siebe aus Kochgeschirrdeckeln, Bratpfannen aus gewalzten Granatkisten, Kasserollen aus Handgranatenkisten oder MG-Munitionsbehältern. Sogar Radios tauchten auf, aus alten Wehrmachtsröhren und Lautsprechern gebastelt. Der Clou war der Verkauf von siebenundfünfzig kompletten Wehrmachtsfeldküchen, voll eingerichtet mit Töpfen, Löffeln, Sieben, Geschirr, Behältern.

Woher sie kamen, das fragte Heinrich Emanuel nicht mehr. Er besichtigte nur fachmännisch die aufgefahrenen Feldküchen weit außerhalb Frankfurt in einem kleinen Dorf, wo sie durch Heuschober getarnt waren.

»Was sagen Sie nun?« fragte der Verkaufschef. »Siebenundfünfzig komplette Stücke. Das ist ein Vermögen. Können Sie die Dinger verkaufen?«

»Was sollen sie kosten?«

»10 000 Mark.«

»Alle?«

»Das Stück«, sagte Kamerad Hauptmann milde.

»Das ist ja über eine halbe Million ...«

»Na und?«

»Und meine Provision?«

»Sagen wir: Pro Stück 1000 Mark.«

Schütze schluckte. 57 000 Mark. Er lehnte sich an eine der Feldküchen. »1500 Mark«, sagte er laut. Ihm wurde heiß.

»Gut. Aber – das Risiko tragen Sie. Wenn Sie auffallen ... wir wissen von nichts. Für 85 500 Mark müssen Sie schon was tun.«

Schütze nickte. Sein Hals war trocken. Die Summe, die in seiner Hand lag, machte ihn fast schwindelig. Noch wußte er nicht, wie er die 57 Feldküchen unbemerkt verkaufen sollte. Aber daß er sie verkaufen würde, darüber bestand kein Zweifel.

An diesem Tag klapperte Schütze mit seinen Haushaltswaren nicht mehr die Häuser ab. Er setzte sich in eine Wirtschaft, trank für 15 Mark drei Habras (selbstgebrannte Schnäpse) und zwei Glas Dünnbier, im Volksmund Urinol genannt, und dachte intensiv nach.

Feldküchen sind etwas für größere Werke, für Organisationen. Man müßte also erst einmal bei den Direktoren –

Heinrich Emanuel Schütze kaufte sich auf dem Schwarzmarkt ein Fahrrad. Er bezahlte 3000 Mark dafür. Amelia begriff es einfach nicht, als er am Abend radelnd vor dem Haus hin und her fuhr.

»Haben wir keine anderen Sorgen?« murrte sie. »Uta spart für einen Wintermantel, Fritzchen braucht neue Schuhe und einen Winteranzug, von mir will ich gar nicht reden – und du kaufst ein Fahrrad. War das nötig?«

»Das ist mein Betriebskapital.« Heinrich Emanuel trug das Rad wie einen Schatz in den Keller und kettete es an der Wasseruhr an. »Mit diesem Rad strample ich euch aus aller Not.«

Amelia ging wütend hinauf in die Wohnung. Sie aß nicht mit, sondern stellte Schütze sein Abendessen allein auf den Tisch. Durch die erste Hilfe für Heimatlose hatten sie drei Betten, einen alten Küchenschrank, einen klapprigen Herd und einen Tisch bekommen, der lange im Regen gestanden hatte und dessen Platte sich aufwölbte. Mit Hilfe von Giselhers Mehlsendungen war dann einiges noch hinzugekommen, so daß die beiden Zimmer wieder wohnlich und gemütlich waren ... den veränderten Umständen entsprechend.

Es zeigte sich, daß Oberstleutnant a. D. Schütze das Talent der Organisation nicht im Krieg gelassen hatte. Mit System und militärischer Zucht besuchte er die im Aufbau befindlichen Werke und empfahl seine »Kücheneinrichtungen«. Er fand geneigte Ohren. Auch einige Großbauern zeigten sich interessiert. Sie boten im Gegenwert Schweine an.

Heinrich Emanuel Schütze lebte wie in einem Fieber. Die Feldküchen gingen weg wie warmes Brot. Die Gelder flossen. Sechsundfünfzig Feldküchen rumpelten in den Nächten über die Landstraßen. Die Welt sah rosig aus wie ein Marzipanschweinchen.

Nur über die letzte, die siebenundfünfzigste Feldküche, stolperte er. Sie brach ihm fast den Hals.

XIX

In fröhlich-seliger Stimmung, nach der heutigen Nacht 85 500 Mark in der Brieftasche zu haben, fuhr er mit einem »Begleitkommando« des letzten Käufers, eines Fabrikanten bei Wiesbaden, zum Auslieferungslager.

Die Polizei war schon dort. Sie wartete seit drei Stunden auf Heinrich Emanuel Schütze.

Wer auf frischer Tat festgesetzt wird, braucht nicht mehr zu leugnen. Mit Übelkeit im Magen und einer Verteidigungsrede im Hirn ließ sich Schütze ins Frankfurter Polizeipräsidium einliefern. Er bekam eine Zelle angewiesen, in der bereits zehn Festgenommene saßen. Schieber, Zuhälter, Einbrecher, ein Notzüchter – der später aus seinem Leben erzählte – und zwei Raufbolde.

Heinrich Emanuel wurde mit Hallo begrüßt. Anscheinend war es eine lustige Zelle. Der Zuhälter hob die Hand, ehe sich Schütze vorstellen konnte, und rief:

»Kein Wort! Hier wird geraten! Jungs – was könnte der Bruder sein?« Er schob Schütze in die Mitte der Zelle, stellte ihn unter die triste, nackte Glühbirne, die von der Decke an einem Kabel pendelte, und rief ihn aus wie einen preisgekrönten Stier. »Weiße Haare. Fortgeschrittenes Alter. Straffe Haltung. Gute Kleider!« Er drehte die schlaffen Hände Schützes herum und besah sich die Handflächen. »Keine Schwielen. Haut zart wie ein Kinderpopo. Na – was ist er?«

Der Notzüchter schnalzte mit der Zunge. »Vielleicht 'n kleiner

Kinderfreund? Guter Onkel, was? So 'ne Zwölfjährige kann schon Spaß machen, haha!«

»Meine Herren!« sagte Schütze angewidert und wandte sich ab. Er ging in die Ecke und setzte sich auf einen alten Holzschemel.

»Ich tippe auf harmlosen Makler!« rief einer.

»Nein! Die Sanften sind die Schlimmsten. Sicherlich hat er seine Olle umgelegt.«

»Wir werden's gleich haben. Wer recht hatte, bekommt drei Kippen!« Der Zuhälter trat vor Heinrich Emanuel und klopfte ihm auf die Schulter. »Na, Alterchen, nun sag mal, warum du hier bist.« Er prüfte Schütze noch einmal kritisch. »Wie 'n Schwuler siehste auch nicht aus.« Das war ein fachmännisches Urteil.

»Lassen Sie mich in Ruhe!« sagte Schütze laut.

»Nun sei mal nicht so, Opa. Sind ja unter uns. Guck dir den Willi da an. Der hat's auf vierzehn Vergewaltigungen gebracht. Brauchst dich nicht zu schämen.«

»Ich bin Oberstleutnant a. D.!« sagte Schütze laut. »Und jetzt gehen Sie...«

In der großen Zelle war es plötzlich still. Die zehn starrten den weißhaarigen Mann in der Ecke an. Dann ging der Zuhälter mit großen Schritten zur Tür und trommelte mit beiden Fäusten dagegen. Er hieb so lange, bis draußen die Schlüssel klirrten und drei Polizisten mit Knüppeln die Tür öffneten.

»Was ist los?!« brüllte einer von ihnen.

»Eine Beschwerde!« schrie der Zuhälter zurück. »Wir sind hier alles ehrliche Ganoven! Zu dem, was wir gemacht haben, stehen wir! Aber wir wehren uns dagegen, zusammen mit einem Offizier eingesperrt zu werden! Das haben wir nicht verdient! Wir verlangen, daß der Kerl in eine andere Zelle kommt!«

»Ihr seid wohl völlig idiotisch?!«

Die Tür krachte zu. Zitternd saß Heinrich Emanuel Schütze auf seinem Schemel in der dunklen Ecke. Der Haß, der ihm entgegenschrie, nur weil er Offizier gewesen war, machte ihn ängstlich. Was konnte er dafür, daß man den Krieg verloren hatte? War es seine alleinige Schuld? War es überhaupt eine Schuld, eine Uniform getragen und ein Kommando gegeben zu haben, dessen Sinn wiederum ein anderer, höher Gestellter befahl? War es ein Verbrechen, dreiunddreißig Jahre lang dem Vaterland gedient zu haben, in all der Zeit, einem halben Menschenalter lang, nichts anderes gekannt zu haben als Gehorchen und Dienen, kein Privatleben, nur Kasernen und Übungsplätze, muffige Schreibstuben oder lehmige Schützengräben? War das eine Schande, daß man sich von ihm abwandte, daß sich Verbrecher wehrten, in einer Zelle mit ihm zu sein?

Heinrich Emanuel Schütze würgte es im Hals. Er lehnte den Kopf weit zurück und legte ihn an die Mauer. Die Glühbirne pendelte nackt von der Decke. Er starrte in das trübe Licht, mit großen, unwissenden Kinderaugen. Die anderen waren von ihm abgerückt. Sie saßen auf den vier Betten, eine zusammengeballte Masse Feindschaft gegen den einsamen alten Mann in der Ecke.

Ich habe doch nur meine Pflicht getan, dachte Schütze. Ist es jetzt schon ein Verbrechen, treu zu sein? Bestraft man jetzt Gehorsam? Sind wir so weit gekommen, die Ehre als einen Dreck zu betrachten?

Er dachte an die Generale Keitel und Jodl, die man eines Verbrechens anklagte, das jeder General auf sich nimmt, wenn er einen Krieg führt. In Nürnberg saß der internationale Kriegsgerichtshof der Sieger und sollte verurteilen, was zum Leben Keitels und Jodls ebenso gehörte wie zum Leben Eisenhowers, Montgomerys oder McArthurs: Gehorsam, Kriegsführung und Sieg als Endziel.

Die einen hatten gewonnen und saßen nun zu Gericht über das, womit sie den Krieg gewonnen hatten. Nun sollte die Schuld über die anderen kommen.

Wehe den Besiegten!

Man schrieb das Jahr 1946.

Ein unchristliches Jahr ... trotzdem man gerade jetzt immer so viel vom Christentum sprach.

Am Morgen gegen 10 Uhr wurde Schütze von der Gemeinschaft der zehn Ganoven erlöst. Als ersten holte man ihn zum Verhör. Das erzeugte neue Empörung in der Zelle.

»Ich denke, hier geht's der Reihe nach?« schrie der Notzüchter. »Aber nein ... der Herr Offizier kommt zuerst. Selbst im Knast gibt's Standesunterschiede, was? Ihr Saukerle! Leckt dem Herrn Oberstleutnant doch den Hintern, ihr Schweine!«

Erschöpft, übermüdet saß Heinrich Emanuel auf dem wackeligen Stuhl vor dem verhörenden Kriminalkommissar. Er hatte die Nacht über nicht geschlafen, aus Angst, die zehn Zellennachbarn könnten ihn umbringen, erwürgen, ersticken. Er hatte es ihnen zugetraut, wenn er die Blicke sah, mit denen sie ihn musterten. Wie einen Neger in den Südstaaten, der eine weiße Frau angesprochen hatte und nun unter einem weitausladenden Ast stand, die Schlinge um den zitternden, schwarzen Hals.

»Was haben Sie sich eigentlich gedacht, Herr Schütze?« Der Kommissar blätterte in den Papieren. »Oberstleutnant, zeitweise im Generalstab. Nie vorbestraft. Ein Onkel von Ihnen ein Opfer des Nationalsozialismus ... Und dann gehen Sie hin und verscheuern eine Feldküche. Wußten Sie, daß man diese Küche vom ›Sammelplatz von Wehrmachtsgut‹ in Bayern geklaut hatte?«

»Nein.« Schütze wischte sich über die müden, brennenden Augen.

»Wie kamen Sie zu dieser Feldküche?«

»Über einen Mittelsmann.«

»Name? Anschrift?«

»Unbekannt.« Schütze sagte es flott daher. Der Kommissar glaubte es trotzdem nicht, er hatte auch nichts anderes erwartet. Aber man muß solch unsinnige Fragen stellen. Sie gehören eben in das Schema eines Verhörs.

»Sie müssen doch mit dem Mann in Verbindung bleiben. Wo sollten Sie das Geld abliefern?«

»In der Ohio-Bar. Wir wollten uns übermorgen dort treffen.«

Der Kommissar nickte. Immer das gleiche. Treffpunkt: ein Lokal. Der große Unbekannte.

»Wissen Sie, daß wir auf die Spur durch eine Anzeige gekommen sind? Eine anonyme Anzeige, die genau Datum, Uhrzeit und Ort angab?« Der Kommissar beugte sich zu Schütze vor. »Sie sind ein Säugling im Maklergeschäft, ich sehe es Ihnen an, Herr Oberstleutnant. Sie sollten nicht Ihre Auftraggeber decken. Wir kennen die Tricks dieser Brüder ... bevor sie die sogenannte ›Provision‹ auszahlen, lassen sie den kleinen Komplizen anonym hochgehen. In der Fachsprache nennt man das ›trampeln‹. Man hat Sie ganz schön getrampelt, Herr Oberstleutnant.«

»Das ... das erscheint mir unmöglich«, stotterte Schütze.

Nie, dachte er. Nie hat der Kamerad Hauptmann mich angezeigt, um die 85 500 Mark Provision zu sparen. So gemein ist kein ehemaliger Offizier. Auch ohne Uniform haben wir die Ehre in uns. Unsere Erziehung, unsere Lebenstradition verpflichtet uns dazu. Nie kann das wahr sein. Es ist ein übler Trick, mich zum Sprechen zu bringen.

Der Kommissar schien die Gedanken Schützes zu lesen. Er lehnte sich wieder zurück. »Sie glauben mir nicht«, sagte er bedauernd. »Schade. Dann müssen Sie allein das Risiko tragen. So wären Sie nur ein kleiner Mitläufer gewesen.« Er klopfte mit dem Bleistift auf die Tischplatte. »Sie haben also die Feldküche zu einem Wahnsinnspreis angeboten und verkauft, trotzdem Sie wußten, daß –«

»Halt.« Schütze hob die Hand. Der Kommissar schob verwundert die Brauen hoch.

»Bitte?«

»Sie unterstellen mir hier etwas, Herr Kommissar.«

»Ach nein.«

»Ich habe die Feldküche weder verkauft noch Geld kassiert. Ich habe sie im Auftrage meines Auftraggebers nur sicherstellen müssen. Ich habe eine Zugmaschine suchen müssen ... die Fabrik, die die Feldküche holen wollte, hatte eine ... und dann sollte die Feldküche nach Frankfurt gebracht werden. Ich hatte nur die Aufgabe, den Transport in die Wege zu leiten. Von einem Verkauf weiß ich gar nichts.«

»Da hört doch alles auf!« Der Kommissar warf den Bleistift auf den Tisch. Er fiel auf den Boden und zerbrach. Das war falsch, denn Bleistifte waren kontingentiert. »Sie wollen mir weismachen –«

»Ich will gar nichts, Herr Kommissar. Sprechen Sie mit der Firma, die den Trecker stellte.«

»Haben wir bereits.«

»Sie werden mir recht geben müssen.«

»Keine Krähe hackt der anderen –«

»Wir wollen hier keine Volksweisheiten austauschen, Herr Kommissar. Ich bitte Sie, mir zu glauben, daß ich nur Transportleiter war. In der Ohio-Bar sollte ich dann berichten, daß die Feldküche wie verabredet abtransportiert sei. Das war alles. Wenn Sie mir nachweisen können, daß ich die Küche verkauft habe – und Sie werden es nicht können –, beuge ich mich den Beweisen, auch wenn sie konstruiert sein müßten.«

Der Kommissar nahm ein Taschentuch aus der Seitentasche, putzte sich die Nase und sah dabei Schütze groß an.

»Man hätte wie Sie Taktiker werden sollen«, sagte er nach dem Naseputzen. »Lassen Sie sich Ihre Sachen geben und hauen Sie ab. Glauben Sie aber nicht, daß damit alles erledigt ist. Wir werden Ihnen auf der Spur bleiben. Auch der beste Feldzugsplan kann durcheinandergekommen.«

»Sicherlich. Das haben wir jetzt jahrelang erlebt.« Schütze erhob sich. »Kann ich gehen, Herr Kommissar?«

»Bis auf weiteres, Herr Oberstleutnant –«

Todmüde schlurfte Schütze aus dem Zimmer.

Kamerad Hauptmann staunte nicht schlecht, als Heinrich Emanuel Schütze in sein Büro kam. Er wähnte ihn längst in einer Zelle.

»Grüß Gott!« sagte Kamerad Hauptmann und hielt weit die Hand vor. »Sie sehen nicht gut aus, Kamerad ...«

Schütze übersah die Hand. Er setzte sich auch nicht. Er blieb vor dem Schreibtisch stehen, sah an dem »Geschäftspartner« vorbei und sagte laut:

»85 500 Mark!«

»Aber ja. Sie werden einen Scheck bekommen...«

»In bar!«

»Außerdem gehen 1500 Mark ab, denn die letzte Küche wurde ja gefaßt.«

»Aber leider bin ich wieder hier.« Schütze stützte die Fäuste auf den Schreibtisch. »Ihr Brief war erfolglos...«

»Welcher Brief, Kamerad?« Der Hauptmann wurde verlegen.

»Lassen Sie das dämliche ›Kamerad‹ weg!« schrie Schütze. »Ich glaube, ich brauche nicht deutlicher zu werden. Sie zahlen mir sofort, sofort, die 85 500 Mark aus, oder –«

»Oder?«

»Ich kann auch Briefe schreiben!«

Der Geschäftsführer verhandelte nicht weiter. Er griff in eine Schublade und warf einen Packen Geldscheine auf den Schreibtisch. Dann zählte er... lauter Hunderter... und schob sie Schütze zu.

»Hier. 85 000.«

»Es fehlen 500.«

»Bitte.« Mit bleichem Gesicht warf der Hauptmann die restlichen fünf Scheine auf den Haufen. »Damit dürften unsere Geschäftsinteressen für immer erledigt sein.«

»Bestimmt – Herr Kamerad!«

Schütze steckte die Scheine in seine Rocktasche, als seien es alte Papierfetzen. Ohne weitere Worte ging er zur Tür, ihn ekelte plötzlich alles an. Die Wände des Zimmers, der Mann hinter ihm, die Zeit, in der er lebte, ja, er empfand sogar Ekel vor sich selbst.

An der Tür wandte er sich noch einmal um. Kamerad Hauptmann blickte ihm nach, als habe er einen Mord im Gehirn.

»Schwein!« sagte Heinrich Emanuel laut und ging.

Die Familie Schütze war in heller Aufregung.

Das Verschwinden Heinrich Emanuels hatte Amelia so tief getroffen, daß sie nicht fähig war, irgend etwas zu unternehmen. So lief Uta zum Polizeirevier und machte eine Anzeige. Der wachhabende Polizist sah das blonde Mädchen wohlgefällig an. Es war hochgewachsen und schlank.

»Wird sich einen getrunken haben«, sagte er tröstend. »Warten wir ab bis morgen.«

»Mein Vater trinkt nicht. Er ist noch nie weggeblieben, ohne zu sagen, wo man ihn finden könnte.«

»Na, einmal muß er damit ja anfangen.« Der Polizist lächelte breit. »Aber daß er eine Tochter wie Sie allein läßt, das ist wirklich unverzeihlich.«

Immerhin erreichte Uta, daß man eine Vermißtenmeldung – mit Fragezeichen – an das Polizeipräsidium weitergab. Dort sah man routinemäßig die Einlieferungen der vergangenen Nacht durch und fand auch den Namen Schütze.

Amelia lag wach im Bett und hatte den kleinen Fritz zu sich genommen, als Uta zurückkam.

»Nun?« fragte sie. »Hast . . . hast du etwas erfahren?«

»Ja.« Uta zog ihren Mantel aus und warf ihn über das Bett. Ihre langen, blonden Locken klebten am Kopf. Draußen hatte es zu regnen begonnen. »Vater sitzt –«

Amelia schoß im Bett empor. Kerzengerade saß sie in den Kissen. »Sag das noch einmal!« rief sie. Der kleine Fritz greinte.

»Vater sitzt. Im Präsidium. Wegen Schwarzmarktgeschäften. Er wollte heute nacht eine komplette Feldküche verkungeln . . .«

»Eine Feldküche? Ja, ist der Mann denn noch zu retten?« Sie stieg aus dem Bett und steckte ihre Haare fest. »Kann man ihn besuchen?«

»Vor morgen 11 Uhr nicht.« Uta mußte plötzlich lachen. Ein Zucken lief um ihre Lippen, die Augen wurden klein, dann platzte sie los, setzte sich auf das Bett und lachte, lachte. Strafend sah Amelia auf ihre Tochter hinab.

»Was gibt es da dumm zu lachen?« rief sie.

»Stell dir das doch bloß vor, Mama: Papa als Makler. Der korrekte Oberstleutnant schiebt eine Feldküche. Und fällt dabei auf. Und sitzt in einer Zelle. Mit strammer Haltung durch den Schwarzmarkt. Das ist doch urkomisch.«

»Du solltest lieber Mitleid mit deinem armen Vater haben, statt ihn zu verspotten. Er ist sicher das Opfer anderer. Er ist irrgeleitet . . .«

Uta warf sich nach hinten auf das Bett. Ihre Burschikosität war von jeher ein erzieherischer Mangel, wie es Amelia vornehm nannte.

»Warten wir ab, bis der Irrgeleitete zurückkommt. Dann wissen wir mehr . . .«

Nicht anders wurde es. Der Eintritt Heinrich Emanuels in die Wohnung, unrasiert, müde, mit zerknittertem Anzug, war der Auftritt eines heimkehrenden, verlorenen Sohnes.

Nur kam er nicht arm und zerlumpt an, sondern freudig erregt und – soweit es die Müdigkeit zuließ – mit glänzenden Augen.

»Grüß euch Gott, alle miteinander –«, sagte er. Amelia stand wie eine Rachegöttin hinter dem Tisch. Sie lachte weder, noch war sie wütend. Sie war versteinert.

»Gut geschlafen, Herr Schieber?« fragte sie hart. Schütze sah hinüber zu Uta. Sie blinzelte ihm zu. Keine Sorge, Alter, hieß das. Die Mama spielt eine große Tragödinnenrolle.

»Der Lage entsprechend – zufriedenstellend.« Schütze verbeugte sich knapp, wie bei einem Kasinoabend mit Damen.

»Was macht die Feldküche?« fragte Amelia giftig.

»Danke der Nachfrage, Gnädigste. Es geht allen siebenundfünfzig gut.«

»Siebenundfünfzig?« Amelia wurde bleich. »Du bist betrunken, Heinrich.«

»Nüchtern wie nie. In der Zelle gibt's keinen Habra-Schnaps. Ich habe siebenundfünfzig Feldküchen verkauft ... genaugenommen sechsundfünfzig ... bei der letzten ging's leider schief.«

»Heinrich Emanuel«, sagte Amelia verwirrt. »Du bist ja ein Großschieber –«

»Gewesen. Mit der heutigen Nacht haben wir ein neues Leben geboren. Für uns zwei Alte hätte es vielleicht gereicht, was man so verdient. Aber die Kinder, Amelia ... Giselher will doch noch studieren. Uta soll eine gute Aussteuer haben, und unser Fritz ...« Er sah auf den Kleinen, der mit Holzklötzchen spielte ... »er soll einmal von all der Not nichts mehr wissen. Deshalb –«

Er griff in die Taschen seines Anzuges und packte die Geldscheinbündel auf den Tisch. Berge von Hundertmarkscheinen. Mehr, immer mehr ... Amelia hielt sich an der Tischkante fest. Uta riß den schönen Mund auf. Heinrich Emanuel genoß diese Szene sichtlich.

»Heinrich Emanuel –«, stammelte Amelia.

»Genau 85 500 Mark.«

»Und ... und das gehört alles dir ...?«

»Uns, gnädige Frau. Man kann einen Schütze wohl in die Kniekehlen schlagen ..., aber umfallen tut er nicht.« Er legte beide Hände auf die Geldscheine und sah seine Familie der Reihe nach an. »Damit beginnt unsere neue Zeit. Zweimal haben sie mir: Das Ganze halt! – geblasen. Und zum zweitenmal sage ich jetzt: Vorwärts marsch! – Die Schützes kommen wieder!«

Und sie kamen wieder.

Giselher-Wolfram gab seine Stellung als Wiege-Vorarbeiter in der Mehlmühle auf, Uta-Sieglinde besuchte eine Dolmetscherschule, Heinrich Emanuel aber gründete mit einem Teil seines Kapitals eine Textil-Handlungsgesellschaft. Er konnte diesen wagemutigen Schritt in einer Zeit, wo es kaum freie Textilien gab, sorglos wagen, weil drei Fabriken, die seine Feldküchen gekauft hatten, Wollstrümpfe, Pullover, Kleider und Mäntel herstellten.

Giselher immatrikulierte sich an der Medizinischen Fakultät. Sein großer Traum ging in Erfüllung. Zwar spät, mit siebenundzwanzig Jahren noch einmal von vorn anfangend. Aber er dachte nicht an die verlorenen Jahre, er stürzte sich in sein Studium, als verdurste er ohne die Alma mater.

Noch zweimal erschien die Kriminalpolizei bei Heinrich Emanuel und wollte wissen, woher er das Geld habe, eine Firma zu gründen.

»Durch eisernen Fleiß erspart«, antwortete er. »Wollen Sie mir einen Vorwurf machen, daß ich fleißig war?«

Die Kriminalpolizei schloß darauf die Akten. Wegen Geringfügigkeit wurden die Nachforschungen eingestellt. Ehe man sich im Dschungel verirrt, kehrt man ihm lieber den Rücken.

Zwei Jahre lebte die Familie Schütze mit zäher Arbeit und persönlicher Beschränkung. Der Verdienst wurde in Ware angelegt. Das war zwar auch strafbar und fiel unter den Begriff Hortung, aber da alles in diesen Jahren Sicherheiten sammelte für den in der Luft liegenden Tag X, stand auch die Familie Schütze nicht zurück und schloß sich der stillen Reservenhäufung an. Sogar Amelia stimmte dem zu. Sie war diejenige, die die Waren unauffällig auf das Land verlagerte.

1948 kam mit der Währungsreform die große Stunde Heinrich Emanuels. Am 20. 6. 1948 wurde die Deutsche Mark geboren, brach der Schwarzmarkt zusammen, begann der Aufstieg Deutschlands aus dem Schlamm einer durchhungerten Nachkriegszeit.

Am 21. 6. 1948, also einen Tag nach der harten Währung, bot Heinrich Emanuel den großen Kaufhäusern Frankfurts, Mainz', Wiesbadens und Kassels einen Posten neuer, bester Textilien an. Mäntel, Kleider, Schürzen, Meterware, Unterwäsche aus Interlok, Strümpfe, Baumwollgewebe, Schlafdecken aus Wolle.

Am 23. 6. 1948 hatten die Einkäufer die Lieferverträge unterzeichnet. Am 24. 6. 1948 entkorkte Heinrich Emanuel eine Flasche Sekt, umarmte Amelia, Giselher, Uta und setzte sich den kleinen Fritz auf die Schulter.

»Ich habe euch die Mitteilung zu machen«, sagte er äußerst feierlich, »daß wir heute Besitzer von baren 200 000 harten Deutschen Mark sind.«

»Du bist ein Genie, Papa!« jubelte Uta.

»Dann wird es dir nichts ausmachen, mir monatlich 50 DM mehr Taschengeld zu geben«, meinte Giselher bescheiden.

»Und mein Pelzmantel ist auch fällig«, sagte Amelia glücklich.

»Nichts von alledem.« Heinrich Emanuel griff in die Brusttasche, zog einen Plan heraus und entfaltete ihn. »Das ist an der Reihe. Unser neues Haus. Morgen kaufe ich das Grundstück. Noch Widersprüche?«

»Wer könnte das, Papa?« Giselher lächelte und studierte den Grundriß. »Ob Regiment oder Familie ... befehlen tut ja doch nur einer.«

Am Sonntag fuhren sie alle hinaus in den Taunus. Bei Bad Soden lag das Grundstück, das Heinrich Emanuel ausgesucht hatte. Ein flacher Hang nach Süden, mit einem kleinen Bach, der gluckernd über Steine sprang, mit einem weiten Blick in die Täler.

»Ein Paradies«, sagte Amelia und faltete die Hände. Fritzchen lief bereits mit Steinen den Hang hinab und bewarf in der Nähe fressende Schafe. Als Giselher ihm eine Ohrfeige gab, brüllte er los und setzte sich ins hohe Gras.

»Ruhe!« schrie Schütze. Sofort verstummte das Geschrei. Vom Beginn des Denkens an hatte auch Fritzchen gelernt, daß gegen den väterlichen Befehl nicht aufzukommen war.

»Wir werden einen Wagen kaufen«, verkündete Schütze. »Mit ihm fahren wir drei – Uta, Giselher und ich – jeden Tag in die Stadt. Wenn Giselher sein Physikum mit Erfolg besteht, bekommt er vielleicht einen eigenen, kleinen Wagen.«

»Und ich?« rief Uta.

»Du? Tja ... für dich müssen wir einen Mann suchen.«

»Heinrich.« Amelia schüttelte den Kopf, aber sie lächelte dabei. »Man kann nicht alles kommandieren. Gerade das nicht. Das solltest du am besten wissen.«

Schütze schwieg. Fünfunddreißig Jahre verschwanden. Er sah Hauptmann Stroy, wie er sich um die kleine, süße Amelia v. Perritz bemühte und den lächerlichen Fähnrich Schütze wie eine Wanze betrachtete. Und trotzdem hatte Stroy nicht Amelias Herz zu sich kommandieren können. Trotz Kaisermanöver nicht und Riesenblamage des armseligen Fähnrichs.

»Hier kommt die Terrasse hin«, erklärte er später. Amelia und Uta hielten den großen Bauplan, Giselher hatte Stöcke gesammelt und steckte die Grundrisse des Hauses ab. Provisorisch nur, die Maße abschreitend. Nur, um sich ein Bild zu machen. Wie alle zukünftigen Bauherrn fieberten sie vor Ungeduld. »Und hier das Wohnzimmer... acht Meter lang, Kinder... hier Arbeitszimmer, Schlafzimmer, für jeden eins, Küche, Bad, WC, Diele, ein Gastzimmer... Na, was sagt ihr nun?«

Die Pflöcke staken. Amelia stand im »Wohnzimmer« und sah sich um. Es kam ihr alles ziemlich klein vor. Nicht umbaut, sieht auch die Grundfläche eines Riesenhauses wie eine Hütte aus.

»Reicht das?« fragte sie zaghaft.

»170 qm Wohnfläche. Ich bitte dich.«

»Das ist ein Palast!« rief Uta. Sie stand in ihrem »Zimmer« und richtete es in Gedanken schon ein.

»Aber einen großen Keller müssen wir haben«, meldete sich Giselher von der »Terrasse« her. Schütze sah von dem Plan hoch.

»Warum?«

»Wo soll denn sonst dein Sandkasten stehen?«

Amelia fand diese Bemerkung unpassend. Sie sah, wie sich Heinrich Emanuels Miene verfinsterte. Er war so glücklich über sein Haus, seine Erfolge, die sichere Zukunft. Giselher schien zu merken, daß er sich vergriffen hatte. Er steckte verlegen die Hände in die Hosentaschen.

»War doch nur ein Scherz, Papa«, sagte er entschuldigend.

»Aber ein dummer. Und wenn du's genau wissen willst: Der Sandkasten kommt in mein Arbeitszimmer. Damit auch du Gelegenheit hast, im Umgang mit Divisionen nüchtern und leidenschaftslos zu denken.«

Giselher schwieg. Er hätte so viel antworten können. Er hätte sagen können: Alter, laß das doch sein. Hast du aus fünfunddreißig Jahren noch immer nichts gelernt? Haben zwei Kriege, zwei Zusammenbrüche, zwei Inflationen noch immer nicht genügt, dir zu beweisen, wie dumm es ist, mit Divisionen statt mit Heeren von fleißigen Arbeitern und Bauern zu rechnen? Kannst du immer noch nicht begreifen, daß ein Pflug wichtiger ist als ein Gewehr, und eine Hand, die Korn aussät, für Jahrhunderte mehr tut als eine Hand, die am Abzugbügel eines MGs liegt? Er hätte so manches sagen können aus dem Blick einer Generation heraus, der man die Jugend gestohlen hatte und auf deren Schultern jetzt ein zerstörtes Deutschland lag, ein Erbe der Väter, die noch immer im Gestern lebten.

Aber er schwieg. Warum das alles sagen? Der Alte baute ein

Haus für seine Kinder, er hatte ein Vermögen zusammengekratzt, angefangen mit einem geliehenen Hemd des Werkmeisters Schwarz in Detmold. Das alles war so wunderbar, so väterlich, daß man die Augen schließen mußte vor den Eigenheiten, die fünfunddreißig Jahre das Leben getragen hatten und die man nicht abwerfen kann wie eine sich häutende Schlange den Schuppenpanzer.

Die Familie blieb auf ihrer Wiese, bis es dunkelte. Mit einem Omnibus fuhren sie dann zurück nach Bad Soden und von dort nach Frankfurt. Fritzchen nieste, er hatte sich einen Schnupfen geholt.

»In drei Wochen ist Baubeginn.« Heinrich Emanuel aß mit großem Appetit einen Schinkenauflauf. Die frische Luft tat gut. Sie trieb den Großstadtmief aus den Lungen. »Wenn noch Wünsche zu äußern sind ... sie können noch im Plan berücksichtigt werden.«

»Ich möchte ein lila gekacheltes Bad«, sagte Amelia sofort. Schütze legte verblüfft seine Gabel hin.

»Ein lila gekacheltes Bad? Kinder – unsere Mutter wird ja mondän.«

Man lachte schallend und klatschte in die Hände, und Amelia wurde sogar rot wie ein junges Mädchen.

Sie sieht immer noch süß aus, dachte Schütze. Und Rührung überkam ihn bei dem Gedanken, wie sehr er sie liebte.

Eine Hauseinweihung ist ein feierlicher Akt.

Der Architekt redet, der Bauunternehmer, der Hausherr. Und die übrigen Handwerker schicken Rechnungen und Blumensträuße.

Besonders überraschend war es, daß Giselher jemanden mitgebracht hatte, der die Einweihung miterleben sollte. Dieser Gast war weiblichen Geschlechts, vierundzwanzig Jahre alt, Studentin der Medizin wie Giselher, hieß Ellen und sah entzückend aus.

Sie kam auf Heinrich Emanuel zu, streckte die Hand aus und sagte mit einer hellen, klaren Stimme:

»How du you do?!«

Schütze erstarrte. Er warf den Kopf zu Giselher herum und sah in dessen bettelnde Augen.

»Bitte«, sagte Heinrich Emanuel hart. »In Deutschland spricht man deutsch.«

»Ellen Vickers, Papa.« Giselher überbrückte die Spannung und nahm Ellens Hand. »Sie kann noch nicht so gut Deutsch, um sich zu unterhalten.«

Das Mädchen verneigte sich. »I am glad, to see you ...«

»Sie ist froh, dich zu sehen, Papa«, dolmetschte Uta. Heinrich Emanuel Schütze bekam ein steifes Kreuz.

»Ich war in englischer Gefangenschaft«, sagte er laut. »Man hat mir die Hosenträger abgenommen, mit dem Gesicht gegen die Wand gestellt. Dann wurde ich von jungen Schnöseln in Uniform getreten und mit den Gewehrkolben in das Camp getrieben. Ich, der Stabsoffizier. Wie den letzten Dreck hat man uns behandelt. Wenn Haß hätte damals töten können, gäbe es überhaupt keinen Deutschen mehr. Auch euch nicht. Und jetzt ... jetzt ...«

Er wandte sich ab. Giselher hielt seinen Vater am Ärmel fest. »Wir müssen vergessen können, Vater. Das war vor vier Jahren. Damals war das Unrecht zur Mode geworden. Es hat sich unterdessen viel geändert ... nicht nur die Gedanken, auch die Menschen. Ellen hat zwei Brüder über Deutschland verloren, sie wurden abgeschossen. Ihr Vater verlor ein Bein bei Aachen. Er war britischer Oberst. Mein Gott, wenn wir alle so denken würden, wenn wir alle nur hassen würden über Jahrzehnte hinweg, gäbe es ja nie einen Frieden auf der Welt. Wir sind eine andere Generation, Vater. Wir wollen lernen aus euren Fehlern ...«

»Fehler?« Schütze wirbelte herum. »Du Rotzjunge willst mir Fehler vorwerfen?!«

»Was habt ihr uns hinterlassen? Willst du das nicht sehen? Soll es immer so weitergehen: Krieg – Zerstörung – Elend – Aufbau – neuer Krieg – wieder Zerstörung – wieder Elend ... immer, ohne Ende, von Generation zu Generation? Könnt ihr nichts anderes?«

Schütze stand steif, mit hochrotem Kopf, vor Ellen Vickers. Ihre großen, blauen Augen waren dunkel vor Beschämung. Augen wie Amelia, durchfuhr es Schütze plötzlich. Es war ihm, als durchschauten ihn diese Augen.

»Seien Sie uns willkommen, Fräulein Vickers«, sagte er gepreßt.

»Thank you ...« Es war wie ein Hauch. Aber er traf Heinrich Emanuel wie eine Windbö.

»Gehen wir ins Haus, Kinder!« Er faßte Amelia unter und schritt seiner Familie voraus in den Neubau. Der Geruch frischer Ölfarbe und Tapetenkleisters kam ihnen entgegen.

»Es ist groß genug geworden ... für einen mehr ...«

Im Frühling 1951 heirateten Giselher und Ellen. Sie waren zwar noch Studenten, aber die Umstände zwangen sie, die vorher eingeplante Wartezeit zu verkürzen. Der Volksmund sagte dazu, sie »mußten« heiraten.

Geschehenes kann man nicht rückgängig machen. Vor allem nicht so etwas. Heinrich Emanuel bereitete sich also vor, Großvater zu werden. Er tat dies umsichtig und strategisch geschult wie immer. Da die Geschäfte seines Textilhandels blendend gingen, sah er keine Schwierigkeiten, ein Trümmergrundstück in Frankfurt zu kaufen und darauf ein Geschäftshaus bauen zu lassen. Unten zwei große Läden, erste und zweite Etage zum Eigenbedarf, dritte Etage und Mansarden aufgeteilt in kleine Appartements.

Die erste Etage wurde als eine großzügige Arztpraxis für Giselher geplant, auf der zweiten entstand eine schöne, weiträumige Wohnung für das junge Ehepaar.

In dieser Periode der Vermögensanlegung kam Uta-Sieglinde mit einem besonderen Anliegen. Es lag bereits seit Monaten in der Luft, Amelia war seit langem unterrichtet, Giselher und Ellen hatten bereits freundschaftliche Bande geknüpft, ja eigentlich wußten es alle bis auf Heinrich Emanuel, der geradlinig wie immer seinen Weg ging und Familiendinge an Amelia abgab, über die sie dann ab und zu, wenn es nötig war, berichtete.

An einem Sonntagvormittag, schicklich um $^1/_2$12 Uhr, stellte Uta-Sieglinde einen Herrn Walter Bolz vor. Er kam in einem dunkelblauen Anzug, hatte einen großen Blumenstrauß aus roten Nelken für Amelia in der Hand und stand in der Diele wie ein vergessener Koffer.

Im Herrenzimmer bereitete unterdessen Giselher seinen Vater auf diesen Herrn Bolz vor. Er tat es in seiner Art, die Heinrich Emanuel immer wieder wehrlos überrumpelte.

»Papa«, sagte Giselher forsch. »Draußen steht dein neuer Eidam und möchte seinen Knicks machen.«

Heinrich Emanuel ließ die Sonntagszeitung fallen. »Wer ist draußen?«

»Ein Mann, der sich Walter Bolz nennt, Dipl.-Ing. ist und den deine Tochter Uta so gerne als lebenslängliche Wärmflasche haben möchte.«

Schütze begann, mit den Fingern auf die Sessellehne zu trommeln. Giselher lauschte auf den Rhythmus. War es der Marsch »Friedericus Rex«, war alles gut. War es »Alte Kameraden«, lag Gefahr in der Luft.

Es war »Alte Kameraden«.

»Warum erfahre ich das erst jetzt?« Schütze stand auf und zog seine Weste glatt. Er knöpfte den Rock zu und schob das Kinn vor. »Wird denn hier alles hinter meinem Rücken gemacht?«

»Es ist die Angst vor deiner Autorität.«

»Blödsinn.« Schütze öffnete die Tür.

In der Diele standen Amelia, Uta, Ellen und Fritzchen wie eine Mauer um den blassen Bolz. Als die Tür aufging, verbeugte sich Walter Bolz.

»Aha!« sagte Heinrich Emanuel laut. »Im dunklen Anzug. Wenigstens diese Form hat die Jugend noch behalten. Sie sehen mich nicht nur überrascht, Herr Bolz, sondern überrumpelt. Darf ich Sie bitten, in mein Zimmer zu kommen?!«

Er trat zur Seite und winkte. Wie eine aufgezogene Puppe marschierte Walter Bolz in das Herrenzimmer. Schütze schloß hinter ihm die Tür, ohne noch einen Blick auf seine versammelte Familie in der Diele zu werfen.

»Bitte«, sagte er, »nehmen Sie Platz.«

»Danke verbindlichst.« Walter Bolz verbeugte sich. »Dem Rate Utas folgend, soll ich Ihnen sofort das Unangenehmste zuerst sagen, damit völlige Klarheit herrscht...«

»Unangenehmste?« Schützes Stirnadern schwollen an. »Wollen Sie damit andeuten, daß durch bestimmte Ereignisse eine Heirat mit meiner Tochter außer Frage steht?«

»Aber nein, Herr Schütze –«

»Oberstleutnant.«

»Ja. Das ist es.« Bolz holte tief Atem. »Das ist das Unangenehmste: Ich bin leidenschaftlicher Pazifist –«

»Sie –« Schütze ließ sich schwer in seinen Sessel fallen. »Meine Tochter mit einem Pazifisten. Es bleibt mir aber auch gar nichts erspart.«

XX

»Halten Sie einen Pazifisten für etwas so Verachtungswürdiges?« Walter Bolz nahm allen Mut zusammen, dies zu sagen.

»Ich bin Militarist, Herr Bolz!« sagte Schütz laut.

»Und haben damit zwei Kriege verloren –«

»Ich?« Schütze schnellte aus dem Sessel hoch. »Sie Würstchen wagen es, mir ins Gesicht zu sagen –«

»Ich bitte um eine Klarstellung, Herr Schütze –«

»Oberstleutnant!« brüllte Heinrich Emanuel.

»– daß ich nicht einer Ihrer Rekruten bin, sondern mein Diplom habe, und daß ich –«

»Sie stehen hier im dunklen Anzug, um meine Tochter von mir zu bekommen!« Schützes Stimme donnerte durch das Haus. In der Diele stand die Familie, Amelia sehr blaß, Giselher rauchend, Ellen hielt Utas Hände fest und drückte sie tröstend. »Aber statt die Höflichkeit so lange zu wahren, bis Sie das Jawort haben – oder nicht, attackieren Sie mich gleich mit der Gemeinheit, ich hätte zwei Kriege verloren! Ich! Lernen Sie erst Geschichte, mein Herr, ehe Sie heiraten! 1918 fiel uns die Heimat in den Rücken, und 1945 gab es keine Moral im deutschen Volk mehr! Das ist meine Ansicht!«

»Gott sei Dank entspricht sie nicht der wahren Geschichte.«

»Was streite ich mich mit einem Milchbart wie Ihnen?« Schütze sah sehr deutlich auf die Tür. »Kommen Sie wieder, Herr Pazifist, wenn Sie gelernt haben, die deutsche Tragödie zu erkennen. Ich kann keinen Schwiegersohn gebrauchen, der nicht bis ins Mark urdeutsch fühlt. Und urdeutsch heißt militärisch denken.«

Heinrich Emanuel drehte sich weg. Walter Bolz stand noch eine Weile stumm und nachdenklich im Zimmer. Dann wandte er sich ab und verließ den Raum. Erst, als die Tür klappte, drehte sich Schütze um.

»Rotzjunge!« sagte er laut. Als er es ausgesprochen hatte, tat es ihm gut.

In der Diele fiel Uta weinend Walter Bolz um den Hals. Amelia hob beide Arme. Jeder wußte, daß sie hier hilflos waren und keiner etwas unternehmen konnte. Wer Heinrich Emanuel auf den Lebensnerv trat, mußte damit rechnen, zerrissen zu werden.

»Ich werde mit Vater sprechen«, sagte Giselher und drückte seine Zigarette aus. »Ich habe ihm schon vieles unter die Seele gejubelt, was er vorher nie wahrhaben wollte. Laßt mich einmal...«

Schütze stand am Fenster und sah hinaus auf seine Wiese und in das dunstige Tal, als Giselher eintrat.

»Raus!« sagte er sofort.

»Ich bin es, Vater. Dein Held Giselher, der Nibelunge.«

Heinrich Emanuel drehte sich langsam herum. Seine Augen verrieten nichts Gutes. Unter dem Weiß seiner Haare wirkte das Gesicht unnatürlich rot.

»Wenn du nicht zu alt wärest, würde ich dir jetzt eine herunterhauen.«

»Das steht dir frei. Du bist der Vater, der Patriarch. Aber gestatte einem vielleicht unwürdigen Nachkommen deines Namens die Feststellung, daß ein Pazifist in der Familie ebenso tragbar ist wie eine englische Schwiegertochter. Ellen hast du aufgenommen ... breite auch die Arme aus für den lieben Walter. Es geht um Utas Glück ... nicht um deines, Alterchen. Du hast alles für uns getan ... du hast dich abgerackert, zeit deines Lebens, du hast ein Haus gebaut, mich studieren lassen, Uta eine gute Ausbildung gegeben, hast eine Firma aufgebaut und ein großes Mietshaus gekauft – du hast wirklich für uns gesorgt, daß wir ewig in deiner Schuld sein werden. Aber –«

»Aber?«

»Rechtfertigt das alles, tyrannisch zu sein? Walter Bolz ist ein netter Knabe. Uta liebt ihn, er liebt sie, er hat ein gutes Einkommen, ist ein anständiger Mensch –«

»Er hat mir vorgeworfen, daß ich zwei Kriege verloren habe.«

»Das war bildlich gemeint. Es ging um die Uniform.«

»Genau um sie. Für mich ist die Uniform nach wie vor ein Ehrenkleid.«

»Gut. Wir lassen es dir. Aber gestatte, daß die Welt sich weiter dreht und daß es Generationen geben wird, die im Krieg ein Verbrechen und im Soldatenspielen eine Sinnlosigkeit sehen. Gestatte, daß wir anders rechnen. Nicht 4,5 Milliarden für Bomber, Panzer und Kanonen, sondern 4,5 Milliarden für Krankenhäuser, für Krebsbekämpfung, für sozialen Wohlstand, für Wissenschaft und Kunst. Aus unserem Volk der Dichter und Denker ist in weniger als drei Generationen ein Volk der Waffenträger und Kriegsverlierer geworden. Gestatte uns die Ansicht, daß dies falsch ist und einer Reform bedarf. Der deutsche Junge soll nicht mehr geboren werden, um vor Verdun oder Stalingrad zu verbluten, sondern er soll aus Deutschland wieder ein Volk machen, das in der Gemeinschaft aller Völker für Frieden und Wohlstand arbeitet. Ich glaube kaum, daß eine Uniform und eine umgeschnallte Pistole mehr dem Fortschritt dienen als ein Pflug oder auch bloß ein Schraubenzieher. Das ist es, was Walter Bolz meinte, als er sagte: Ich bin Pazifist.«

Heinrich Emanuel Schütze sah seinen Sohn wortlos an. Das Schweigen, das zwischen ihnen stand, war wie eine kalte Wand, die eisige Luft ausströmte.

»Geh –«, sagte Schütze endlich leise. »Ich muß allein sein, um zu begreifen, daß ich wirklich allein bin. Verlassen von Frau und Kindern –«

»Vater –« Giselher würgte es plötzlich im Hals. Eine solche Wirkung seiner Worte hatte er nicht erwartet. Schütze hob wie abwehrend die Hand.

»Ich war mein ganzes Leben über einsam ... ich habe immer das Glück gesucht, das Verständnis, nur ein klein wenig Verständnis. Was ich fand, war Spott, Verachtung, Gegnerschaft, Haß, Lächerlichkeit oder Ignorierung. Von allen ... auch von euch.« Schütze drehte sich zum Fenster. Es tat ihm weh, in die großen Augen Giselhers zu sehen. »Geh – man kann über solche Dinge nicht diskutieren. Sie sind eine Herzenssache, eine Lebensaufgabe, ein realer Lebenssinn ... Es ist gut, wenn ihr eure Welt selbst zimmern wollt und euch ein Bild gemacht habt, wie sie aussehen soll ... aber laßt mich in meiner Welt übrig. Für mich war sie schön. Das kann mir keiner wegnehmen.«

Leise verließ Giselher das Zimmer. Amelia empfing ihn und zog ihn in der Diele von der Tür weg.

»Nun?« fragte sie flüsternd. »Hast du ihn überzeugt?«

Giselher schüttelte den Kopf. Ein Kloß saß in seiner Kehle. Er schluckte und schluckte und schämte sich nicht darüber.

»Ihr alle kennt Vater nicht«, sagte er stockend. »Er tut mir leid ... er ist ein so fabelhafter Mensch ... man muß ihn nur verstehen. Man muß sich nur die Mühe machen, in ihn hineinzusehen ... ihr seht ihn nur von außen an. Verdammt, ich habe Mitleid mit dem Alten –«

Es war selbstverständlich, daß Uta-Sieglinde ihren Walter Bolz heiratete.

So sehr er sich nach außen sträubte, schon beim Eintritt Walter Bolz' wußte Heinrich Emanuel, daß sein »Prinzeßchen« mit dieser Wahl nicht danebengegriffen hatte. Nur sagte er es nicht. Er ließ die beiden Liebenden zappeln und mit ihm kämpfen wie einem uralten Hecht an der Angel. Dann gab er nach, Bolz noch einmal mit Worten zusammenschmetternd. Anschließend aber stieg er selbst in den Keller und holte drei Flaschen Sekt herauf.

Außerdem änderte er wieder sein Testament. Giselher hatte das Stadthaus, Uta bekam die Villa, Fritzchen würde auch ein Haus bekommen. Es wurde bereits gebaut, denn die Firma vergrößerte sich. Amelia aber hatte bis zu ihrem Tode das Wohnrecht und die Nutznießung des gesamten Vermögens. Er ernannte sie zum absoluten Chef der Familie.

Schütze sagte niemandem etwas von diesem Testament. Er hinterlegte es bei einem Notar in Frankfurt. Um so mehr aber sprach er von einem Phänomen, das sich in Deutschland ereignet hatte.

Das zweimal besiegte Deutschland, das so von aller Welt gehaßte

Deutschland, das demontierte Deutschland, dem man 1945 selbst alle Küchenmesser über zehn Zentimeter Klingenlänge wegnehmen wollte, dieses völlig am Boden liegende Deutschland sollte wieder Soldaten bekommen. Eine neue, kleine Armee. Mit modernen Waffen. Als gleichberechtigte Brüder der europäischen Nationen. Es sollte Panzer bekommen, Flugzeuge, Raketen, Schnellfeuerwaffen... Und die allgemeine Wehrpflicht sollte auch wieder eingeführt werden.

Rundheraus: Es sollte alles wieder so werden wie früher. Wie grüßt der deutsche Soldat? – Kerl, nicht einmal gehen können Sie! Bevor wir Sie nächsten Sonntag aus der Kaserne lassen, lernen Sie erst mal gehen! – Das nennen Sie Haltung? Streckt den Hintern raus wie 'ne singende Waschfrau – Und schießen durfte man wieder... Nachtmärsche mit dreißig Pfund Gepäck... Robben durch Heide und Sand... Zieldörfer stürmen... Panzer anspringen... 2. Kompanie blau ist tot. Volltreffer... Und die Generale standen wieder herum, die Feldstecher vor den Augen und freuten sich über die hüpfenden, springenden, kriechenden, keuchenden Gestalten und sagten: Es war eine gute Übung. Im Ernstfall hätten wir diese Schlacht gewonnen...

Heinrich Emanuel Schütze war nun zu alt, um seine Erfahrungen als Oberstleutnant zur Verfügung zu stellen. Er ließ sich zwar in Bonn melden und sprach mit dem Minister und drei Generalen, vier Ministerialräten und einem Oberamtmann, aber es ging weniger um Taktik oder militärischen Aufbau, als um die Lieferung von zunächst 30 000 Paar Bundeswehrsocken.

Die ersten Unterredungen waren zufriedenstellend. Schütze fuhr beschwingt nach Frankfurt zurück.

»Die neuen Leute sind aufgeschlossen«, sagte er zu Amelia beim Abendessen und gab einen Bericht über seinen Bonner Besuch. »Ein neuer Geist wird durch die Kasernen gehen. Man hat da einen Begriff geprägt: Der Bürger in Uniform. Gut, was? Bei aller Manneszucht Bewahrung der Menschenwürde.«

»Und warum müssen wir wieder marschieren?« fragte Giselher.

»Rußland steht an unseren Grenzen. Liest du keine Zeitung, Junge?«

»Rußland hat doch als Verbündeter der Westmächte uns besiegt –«

»Und jetzt haben die Westmächte erkannt, wer Rußland wirklich ist –«

»Und nun sollen wir den Russen wieder besiegen...«

»Einen Wall für den Frieden bilden, Junge.«

»Oder sagt man besser: Die Irrtümer der anderen soll der Deutsche nun wieder ausfressen. Zuerst wurden wir in den Rücken getreten, weil man uns haßte ... jetzt tritt man uns in den Rücken, weil man uns braucht. Irgendwo ist da doch der Wurm in der Logik. Warum hat man uns erst zerschlagen, wenn man uns hinterher doch so dringend braucht?«

»Es gibt da einen Ausspruch, ich glaube, er ist von Churchill: ›Wir haben das falsche Pferd geschlachtet.‹« Schütze wischte sich den Mund mit der Serviette ab. Es hatte Krabbensalat gegeben. »Auch in der Politik gibt es Kehrtwendungen, die notwendig sind.«

»Und man verlangt sie von denen, denen man die Beine abgeschlagen hat?«

»Du bist und bleibst ein Stänker, Giselher.« Schütze war zu fröhlich, um ärgerlich zu werden. »Auf jeden Fall habe ich für 30 000 Paar Socken abgeschlossen. Und der Ministerialrat – Namen tun nichts zur Sache – hat durchblicken lassen, daß auch Unterwäsche und Oberhemden zu vergeben sind. Ich war mit in seiner Wohnung. Der Arme hat nicht einmal einen Teppich im guten Zimmer. Wir werden morgen in Frankfurt einen schönen Orient kaufen, Amelia ...«

»Heinrich.« Amelia legte das Brötchen, in das sie biß, auf den Teller zurück. »Nennt man dies nicht –«

»Papperlapapp.« Schütze goß sich ein Glas Bier aus der Flasche ein. Ein Pils ... er liebte das Bittere des Hopfens, und der Galle bekam es auch besser. »Der eine schenkt Pappkalender oder Füllhalter ... ich gebe als kleines Präsent, meiner Firma angemessen, einen Orientteppich. Wer kann das übelnehmen? Ich kann doch einen lieben, guten Freund beschenken. Rein privat.«

»Wieviel Hemden hängen daran?« fragte Giselher lächelnd.

»Erste Lieferung 10 000 Stück.«

»Immerhin.« Walter Bolz hob die Hand. »Als Werbungskosten kann man den Teppich auch noch von der Steuer abziehen.«

Mit dem Aufbau der Bundeswehr wurde auch Heinrich Emanuel wieder sehr aktiv.

Wenn in den vergangenen Jahren vor allem ein Geschäftsführer den Betrieb leitete und Schütze nur die »Kontaktpflege« übernahm, saß er jetzt stundenlang in Bonn und konferierte, besuchte die Wehrdebatten des Bundestages und ärgerte sich maßlos, von der Zuschauergalerie nicht eingreifen zu können, um aus seinem reichen

Erfahrungsschatz den Wehrgegnern die gröbste Wahrheit zu sagen. Mit dem Gesetz der Kriegsdienstverweigerung war er gar nicht einverstanden und hielt auf der Galerie eine Privatrede, bis die Saalordner ihn aus dem Plenarsaal wiesen. Darauf lief er von Tür zu Tür und ermunterte die Mitglieder des Wehrausschusses, an den alten, deutschen Geist zu denken, der sich in dem Satz manifestiert: Meine Braut ist das Gewehr. Er saß im Bundesrestaurant und debattierte mit Journalisten, bis er eines Tages in einem Wochenmagazin stand, mit einem Bild sogar und einer Unterschrift: Heinrich, der Schütze.

Er klagte gegen die Redaktion, er verfaßte wehrkritische Artikel, mit denen er hausieren ging, er sammelte Bekanntschaften im Bundeshaus, wie andere Briefmarken ... ja, sogar die Technik war die gleiche, denn er tauschte die Bekanntschaften aus, wenn sie ihren Zweck erfüllt hatten oder Nieten waren. Kurzum: Er nahm regen Anteil am Aufbau der deutschen Demokratie und reihte sich ein in die Legion der Lobbyisten. In ihrer Phalanx marschierte er gegen alles, was den Aufbau störte, was seinen Socken, Unterhemden und Oberhemden gefährlich werden konnte, was vor allem dem neuen Wehrgedanken schaden konnte, sei es durch Kritik oder gar gefährliche Reminiszenzen.

Was er nie nötig hatte, war jetzt Notwendigkeit geworden: Jedes Jahr fuhr Heinrich Emanuel Schütze zur Kur nach Bad Wörishofen. Er mußte seine Nerven ausruhen lassen, seinen kribbelnden Kreislauf stabilisieren, seine Nervosität dämpfen. Außerdem traf man im Bad, beim morgendlichen Tautreten oder bei Wadengüssen, einige einflußreiche Herren wieder. So wurden auch an der Diättafel bei geschabten Möhren und Erdnußmajonäse neue Abschlüsse getätigt und enge Bande geknüpft.

Amelia sah diese Entwicklung mit Schrecken, aber sie war machtlos gegen den Sog, in den Heinrich Emanuel geraten war. Die Banknoten wuchsen, es wurde neu gebaut, man mußte Parties geben und Parties besuchen.

Eines Tages setzte sich Schütze seiner Amelia gegenüber in den Sessel und steckte sich umständlich eine Zigarre an. Amelia kannte das. Es war das Vorzeichen einer wichtigen Eröffnung. Einem Taifun geht eine Windstille voraus ... wenn Schütze seine Zigarre ansteckte wie ein heiliges Räucherstäbchen, lag etwas in der Luft.

»Nun?« fragte sie, die Stille überbrückend.

»Ich habe uns angemeldet, Liebes«, sagte Schütze schlicht.

»Angemeldet? Wo?«

»Zu einem ganz privaten Abendkurses. Bei einem Tanzlehrer. Er kommt zu uns ins Haus. Zweimal wöchentlich ...«

»Bei einem ... Bist du verrückt, Heinrich?!« Amelia warf die Frauenzeitschrift, in der sie gelesen hatte, zur Seite. »Du alter Knochen willst noch tanzen lernen? Wer hat dir denn diesen Blödsinn wieder eingeredet?«

»Niemand. Ich brauche keine Einflüsterer für meine Entscheidungen.« Schütze sah auf die weiß abbrennende Zigarrenspitze. »Es hat sich bei den Parties gezeigt, daß wir zurückhinken. Alles tanzt Samba, Cha-cha-cha, Rumba, Tango oder Paso doble ... nur wir sitzen immer herum wie die Mumien. Das fällt schon auf. Was soll man von uns denken? Wir müssen mitgehen, Amelia. Beim nächsten Bundespresseball müssen wir einen Cha-cha-cha können. Mit dem Aufstieg in bestimmte Kreise ergibt sich für uns die Notwendigkeit, einen Grad der Erziehung nachzuholen. Früher bin ich marschiert ... warum soll ich jetzt nicht tanzen?«

Es war unmöglich, Schütze diesen Tanzkursus auszureden. Amelia beugte sich auch hier.

Der Tanzlehrer kam, mit einem Tonbandgerät und einigen Bändern heißer Rhythmen. Die ersten beiden Doppelstunden überstand Heinrich Emanuel wie ein Hochofenarbeiter schwitzend. Er bekam einen Wadenkrampf und mußte massiert werden. Dann versagte sein Herz bei einer feurigen Drehung, er wurde krebsrot im Gesicht und schwankte im Arm der sich viel besser haltenden Amelia.

»Das ist nur die Umgewöhnung«, versicherte Schütze und sah zu, wie Amelia im Arm des Tanzlehrers einen Paso doble tanzte. Ihr machte es auf einmal Spaß ... sie schwebte über das Parkett und hatte wieder glänzende, große Augen. Wie damals, 1913, in Trottowitz, wo der Fähnrich Schütze im Gasthaus einen Walzer mit der kleinen v. Perritz hinlegte und bei einer Drehung klopfenden Herzens ihre schlanken Fußknöchel sah.

Es ging wirklich bald besser. Auch Schütze begriff die neuen Rhythmen. Aber nicht durch den Tanzlehrer oder Amelia, sondern in Nachhilfestunden bei seiner englischen Schwiegertochter Ellen.

Er erreichte den Höhepunkt, als er beim Presseball tatsächlich mit der Gattin eines Ministers einen Tango tanzte und sich sagen ließ: »Herr Schütze, Sie sind ja ein wunderbar leichtfüßiger Tänzer ...«

In das Haus der Schützes zog mit dem Anstieg der Prosperität ein anderer Lebensrhythmus ein. Nicht nur tänzerisch ... man hatte plötzlich gar keine Zeit mehr. Man mußte nach Bayreuth fahren und sieben Tage lang täglich sechs Stunden Wagner hören, weil es zum guten Ton gehörte, erzählen zu können: Wir haben am Nebentisch der Begum gesessen. Ja, und der Strauß war auch da. Und überhaupt ... soviel Bekannte. Man war immer unter sich.

Von Bayreuth schnell nach Salzburg. Karajan zu sehen und zu hören, bildete Gesprächsstoff für einige Wochen. Heinrich Emanuel verband dies mit einer anderen Herzensangelegenheit. Er machte einen Abstecher nach Innsbruck und besichtigte Einheiten des österreichischen Bundesheeres. Leider hatte dieses bereits alle Socken vergeben. Aber es war trotzdem interessant. Europa besann sich wieder auf das Soldatentum. Die Geschichte der Menschheit kommt eben ohne Uniform nicht aus. Sogar die Komponisten und Dichter trugen früher ein Barett. Oh, waren das Zeiten ...

Obgleich sich Schütze gar nichts aus Filmen machte und nicht einen einzigen Darsteller kannte, besuchte er mit Amelia die Filmfestspiele in Berlin und den Filmball. Wie alles, was er im Leben anfaßte, mußte sich auch der Tanzunterricht amortisieren. Außerdem traf man auch hier wieder die alten Bekannten. Es kam so etwas wie ein Familiensinn der Emporgestiegenen auf. Man wußte genau, daß der Dr. Pelzer nur ganz trockenen Sekt trank und die Frau Regierungsdirektor – man war erst schockiert – einen ganz gemeinen Kümmel bevorzugte. Man kannte die Pelze und bei längerem Kontakt sogar die heimlichen Amouren. Letzteres stieß bei Schütze auf Ablehnung. Er fühlte, daß er über die Jahre hinaus war, um hier mitsprechen zu können.

Die Geschäfte gingen blendend. Das Wirtschaftswunder goß Füllhörner über Schütze aus. Giselher hatte seine Praxis, und Ellen erwartete das dritte Kind. Walzer Bolz war Direktor geworden und Uta Mutter von süßen Zwillingen. Es gehörte zu der Tragik im Leben Walter Bolz', daß ausgerechnet seine Firma zur Zubringerindustrie für leichte Feldgeschütze gehörte. Heinrich Emanuel hatte einen Bombenspaß und reagierte auf seine Weise.

»Der Pazifist konstruiert Kanonen!« brüllte er seinen Schwiegersohn an. »Und er wird sogar Direktor wegen guter Leistungen!«

»Lieber Walter – wie willst du das je verantworten? Du baust an Tötungsmaschinen! Wie kann man nur –«

Dann schwieg Walter Bolz verbissen. Sein gutes Gehalt verbot alle Opposition. Er schluckte den schwiegerväterlichen Spott wie Lebertran.

Aus dem kleinen Fritz wurde ein großer Fritz. Ein langer, aufgeschossener Kerl, ein Schlacks wie es Heinrich Emanuel ausdrückte, der seine »Bude« mit Filmbildern bepflasterte, auf seinem Kofferplattenspieler Jazz und Rock 'n' Roll wimmern ließ und mit engen Nietenhosen und flaumigen Pullovern mopedknatternd seine Freunde besuchte.

In der Schule – komischerweise besuchte er ein humanistisches Gymnasium und büffelte Latein und Griechisch – kam er gut mit, ohne ein Streber zu sein. Seinen Vater fragte er kaum um Rat. »Der Alte hat ein Latein, da geht mir die Locke hoch«, sagte er einmal zu Giselher. »Und in der Mathematik kommt er immer auf die Schießlehre. Was soll ich damit?«

Heinrich Emanuel Schütze hatte mit diesem Fritz seine stillen Sorgen. Er sah an seinem Jüngsten eine Entwicklung, die völlig den Rahmen seiner Duldung sprengte. Sah man von den Nietenhosen ab, von der rüden Sprache, die Vokabeln wie »Wolke«, »steiler Zahn« und »dufte Puppe« enthielt, so sah es Schütze gar nicht gern, daß Fritz in einem »Club« war, in dem auch Mädchen mit langen offenen Haaren oder wehenden Pferdeschwänzen verkehrten, wie die Urwaldneger tanzten und Coca-Cola wie Rauschgift tranken. Völlig konsterniert aber war er, als Fritz nach seinem achtzehnten Geburtstag zu seinem Vater kam und sagte:

»Bester alter Herr – auf deinem Konto sind 4000 DM zuviel.«

»Was ist?« fragte Schütze. »Was soll der Unsinn?«

»4000 Piepen kostet genau der schicke Kleinwalzer, den ich brauche.«

»Was brauchst du?«

»Einen Kleinwagen, Papa. So'n schicken Flitzer. Fast alle bei uns haben einen vierrädrigen Untersatz. Nur ich hinke nach mit dem blöden Moped. Die denken alle, du hättest kein Geld –«

Schütze kannte diese Taktik, er fiel nicht mehr darauf herein. Zuerst hatte es ihn geärgert, daß man ihn nicht für gleichwertig hielt, aber mit der Zeit hatte er gelernt, daß Ehrgeiz im Mithalten sehr teuer sein kann. Er winkte deshalb ab und sah seinen Sohn Fritz mit gerunzelter Stirn an.

»Ein Auto muß man sich verdienen. Als ich aus dem Krieg zurückkam –«

»Die Geschichte steht in jedem Magazin, alter Herr. Ihr habt am Daumen gelutscht vor Hunger. Ich weiß es. Und ihr habt dann das Wirtschaftswunder erfunden. Nun habt ihr's ... und nun müßt ihr mithalten mit eurer Schöpfung.« Er setzte sich auf die Lehne der Couch. Daß seine enge Hose nicht platzte, war ein Wunder. Die Nähte mußten mit Stahldraht genäht sein. »Also keinen Flitzer, Papa?«

»Nein!« sagte Schütze laut und endgültig. Es war ein Ton, den Fritz kannte und sogar respektierte.

»Gut. Dann bin ich das arme Schwein unserer Klasse.«

»Das schadet nichts.« Schütze schob das Bein Fritz' von der Lehne. »Im übrigen solltest du darüber nachdenken, was du werden willst. Noch zwei Jahre – und es ist soweit. Wenn ich sehe, was aus dir geworden ist, denke ich, daß du eine militärische Laufbahn einschlägst und ein richtiger Mann wirst. Offizier sein heißt –«

»Hör auf, Papa!« Fritz hob beide Hände. »Ich kloppe meinen Wehrdienst ab, weil's sein muß. Vielleicht melde ich mich zu 'ner Spezialabteilung. Flugmechanik oder so. Man soll da allerhand lernen. Der Kommiß ist ja perdü ... heute werden wir ja alle Spezialisten. Nur der Anzug ist anders. Ob blauer Monteuranzug oder graue Uniform ... das ist doch gleich. Und was wir da lernen, kann man ja im Leben gut gebrauchen. Ihr habt sturen Kasernendrill gemacht ... gut, daß das heute anders ist.«

Schütze saß steif in seinem Sessel. Er war versucht, seinem Jüngsten eine hinter die Ohren zu schlagen.

»Wie redest du über das Militär?« sagte er laut. »Die Kaserne ist die Waschanstalt der männlichen Seele. Ein richtiger Deutscher muß den grauen Rock getragen haben, sonst ist er nur halb. Unsere besten und größten Männer kamen aus der Armee.«

»Wie der Gefreite Adolf Hitler –«

»Halt deinen losen Mund!« schrie Schütze. Er sprang auf und umkreiste mit großen Schritten seinen Sohn. »Wie kann ein Junge in deinem Alter nicht vom Militär begeistert sein? Schon mit sechs Jahren spielte ich mit Kanonen und Bleisoldaten ... es gab für uns nichts Schöneres auf der Welt als des Kaisers Rock, die flatternden Fahnen, den Klang der Hörner, die Trommelwirbel, den Pulverdampf ...«

»... den Heldentod und die verlorenen Kriege.« Fritz hob die Schultern. »Ich habe lieber mit dem Physikbaukasten gespielt und höre heute lieber die Beatles als ›Alte Kameraden‹ – und das Parfüm eines Mädchens ist mir lieber als Pulverdampf ...«

»Du halbfertiges Würstchen!« Schütze blieb bebend stehen. »Parfüm eines Mädchens ... man sollte dir deutsche Ehre ins Gehirn schlagen!«

»Ich betrachte es nicht als Ehre, wie ein lahmer Hase herumzuhüpfen und mich von einem Hilfsschüler, der auf Grund seiner großen Fresse zum Unteroffizier gemacht wurde, anbrüllen zu lassen: Sie da ... Sie Studierter ... Sie können doch Latein. Dann wissen Sie ja auch, was Lokus heißt! Scheißhaus heißt's, Sie Pflaume! Los ... machen Sie den Lokus sauber ... aber akademisch sauber! – Ist das Ehre, Vater?!«

Schütze atmete schwer. Seit er als Lobbyist und Wirtschaftswunderkind herumraste, war er kurzatmig geworden und nahm Pillen gegen zu hohen Blutdruck. Er kam sich oft vor wie eine mit zu starker Kartusche geladene Haubitze.

»Hast du denn nicht das geringste soldatische Gefühl?« fragte er tief atmend.

»Nein.«

»Zuckt dir das Herz nicht im Leibe, wenn du Marschmusik hörst?«

»Nein. Ich denke höchstens ... das als hot, das wär 'ne Masche.«

»Wenn du eine Kolonne marschierender Soldaten siehst, – was denkst du dann?«

»Arme Schweine –«

»Fritz!«

Fritz hob die Arme. »Ich kann nichts dafür, Papa. Warum soll ich dich belügen? Ich werde den Pflichtdienst mitmachen. Gut. Ich sehe ein, daß wir nicht wie Säuglinge dastehen können, wenn von irgendwoher ein Wildgewordener losknallt. Man lernt Judo und Ringen, Boxen und Jiu-Jitsu ... warum soll man zur Selbstverteidigung nicht auch schießen lernen? Aber so etwas wie ein Ehrgefühl, die Uniform zu tragen, im Marschschritt ein Ideal zu sehen, eine Erfüllung des männlichen Lebens ... nee, Papa, das ist nicht drin. Nicht mehr bei uns. Für uns ist euer so geliebtes Militär nur eine Lehrstelle zur eigenen Sicherheit. Wir lernen nicht für einen Krieg, wie ihr damals, sondern gegen einen Krieg.«

»Welch eine Jugend.« Schütze wandte sich ab.

Was Fritz sagte, war wahr. Er wußte es. Aber er weigerte sich, diese neue Ansicht in sich zu verpflanzen. Er war aufgewachsen in einer Tradition, die neben dem Knochengerüst das Korsett seines Körpers gewesen war. Wenn man in eine alte Eiche einen Kirschzweig pfropft, wird sie nie und nimmer zum Kirschbaum werden.

»Es ist also nichts mit'n Flitzer?« fragte Fritz noch einmal.

»Nein! Wenn du einundzwanzig bist und Offizier wirst ...«

»Danke. Ich laufe lieber zu Fuß ...«

Schütze hörte hinter sich die Tür klappen. Er stützte sich auf den Schreibtisch und starrte auf die blankpolierte Platte.

»Welch eine Jugend«, sagte er noch einmal. »Was ist aus unserem Preußentum geworden –«

Die Frage wurde bald beantwortet.

Heinrich Emanuel Schütze bekam eine Einladung. Schon die Aufschrift veranlaßte ihn, den Brief herumzuzeigen. Seit Jahren zum erstenmal wieder stand da ganz deutlich:

Herrn Oberstleutnant a. D. H. E. Schütze.

Vom Ministerium. Einladung zum Herbstmanöver der Bundeswehr. In der Oberpfalz.

Schütze trug den Brief herum wie eine tausendjährige Papyrusschriftrolle. »Man hat mich nicht vergessen«, kommentierte er die Einladung. »Hier – Oberstleutnant. Da steht's. Man lädt mich nicht als Zivilisten ein, sondern als Offizierskameraden. Das tut gut, Amelia ... das geht noch einmal an das alte Herz ...«

Eine Woche lang wurde die Abreise ins Manöver vorbereitet. Die gesamte Familie Schütze einschließlich der Eingeheirateten nahm daran teil. Es zog ein Wirbelwind durch die Villa am Hang. Fritz handelte sich, obwohl Humanist, eine Ohrfeige ein, weil er im Keller einen alten Degen fand und damit erschien. »Nimm ihn mit«, sagte er. »Wenn du müde wirst, kannste dich darauf stützen.« Da schlug Schütze zu, seit Jahren zum erstenmal.

Als er abfuhr, atmete die Familie auf und setzte sich erschöpft in die Sessel. Giselher-Wolfram entkorkte einige Flaschen Wein.

»Auf Papa!« rief er, als er das Glas hob. »Morgen steht er endlich da, wovon er seit 1913 träumte: Auf dem Feldherrnhügel –«

Amelia ließ das Glas sinken. Ihr schmales, wie Porzellan wirkendes Gesicht war sorgenvoll. »Ich habe Angst«, sagte sie leise.

»Angst? Wovor?«

»Angst um Vater. Ihr kennt ihn doch. Wenn er auf dem Feldherrnhügel steht, ist das seine Schlacht, die er vor sich sieht. Und wenn irgend etwas nicht so geht, wie er es sich ausdenkt, sagt er ohne Hemmung den Generalen, daß sie Nichtskönner sind –«

»Na, dann Prost!« rief Fritz.

»Es kann ein Drama werden, was ihr als Komödie betrachtet.« Amelia saß klein und zerbrechlich zwischen ihren Kindern. »Worüber ihr lächelt, ist bei ihm bitterer Ernst. Wenn nur das Manöver schon vorüber wäre ... Bisher ist er bei jedem Manöver ausgerutscht –«

Der Angriff war in vollem Gange. Ein ganzer Landstrich war bereits ausgeschaltet worden. Eine Atombombe war gefallen. Schütze sah die verbrannte Erde vor sich ... ein Gebiet, so groß wie das Rheinland, gab es nicht mehr. Ihn schauderte vor dieser grandiosen

Vernichtung. Aber irgendwie beglückte es ihn, daß die Angst vor diesem weltweiten Grauen der beste Garant des Friedens wurde.

Er stand an einem Scherenfernrohr und sah auf die Panzer, die heranrollten. Ungetüme in Ketten, gegen die es keine Rettung gab.

Sein Herz zuckte. Ich stehe auf dem Hügel, an einem Scherenfernrohr. Neben mir die Generale, der Minister, der Präsident. Die ausländischen Militärattachés. Und da vorn jagen sie durchs Gelände ... auf Schützes Socken, mit Schützes Unter- und Oberhemden ...

Sein großer Traum erfüllte sich. Er erlebte den Höhepunkt seines Daseins, und er genoß ihn in aller Fülle und mit dem schlürfenden Trunk eines Genießers.

Er hörte nicht, was hinter und neben ihm die Generale sprachen. Er verfolgte den Angriff in jeder Phase. Zwar war er anderer Ansicht ... nach seiner Auffassung hätte man die gegnerischen Truppen anders für den Sturm vorbereiten müssen.

Aber er schwieg. Er ballte nicht die Fäuste und schrie: »Welcher Idiot hat das da befohlen?!« – Nein. Ganz still stand er an seinem Fernrohr und dirigierte im stillen die Truppen nach seinem Plan.

Er sah sie einschwenken, er sah die Panzerwelle stocken, er sah die Detonation der Geschütze, die Einschläge, das Sperrfeuer, die kleinen Gruppen der Grenadiere ... und obgleich vor ihm fast alles still war, entfaltete sich vor seinen träumenden Augen das grandiose Bild einer Schlacht, eine machtvolle Demonstration der Stärke, eine das Herz ergreifende Schönheit militärischer Führung.

Eine Hand berührte seine Schulter. Schütze zuckte zusammen. Das Bild zerrann. Er sah sich um. Einer der Generale stand hinter ihm.

»Ich höre gerade, daß Sie der Lieferant unserer Socken sind«, sagte er. »Sie sind gut, nur die Naht ist etwas stark und drückt bei langen Märschen. Man müßte eine weniger auftragende Naht haben ...«

»Das läßt sich machen«, antwortete Heinrich Emanuel Schütze müde. Der Sturz von der Höhe des Feldherrn zum Sockenlieferer mußte erst überwunden werden. »Ich werde die neuen Socken bei einer anderen Fabrik in Auftrag geben, Herr General ...«

Er sah hinab ins Tal. Die Panzer fuhren, Nebelwerfer zogen dichte Wolken über sie. Die Wipfel der Bäume wogten dazwischen wie tausend winkende Hände.

»Wie gefällt Ihnen das Manöver?« fragte der General freundlich. »Es ist schwer, sich ein Bild zu machen, nicht wahr? Waren Sie auch Soldat ...?«

Schütze nickte. »Ja...«, stotterte er. »Ich war Soldat... kurz nur...«

Zweiunddreißig Jahre lang – was war davon geblieben? Einige tausend marschierende Socken mit zu harten Nähten.

Schütze sah den General fast bettelnd an.

»Darf ich noch einmal durch das Scherenfernrohr sehen?«

»Aber ja. Bitte.«

Ganz still stand dann Heinrich Emanuel Schütze wieder hinter dem Rohr. Ganz still und versunken. Stumm vor Glück und Ergriffenheit.

Er genoß die Seligkeit, ein Feldherr zu sein –

Leseprobe

**Konsalik, wie man ihn kennt.
Lebensnah. Vital. Packend.**

Band 3536

Schuldig aus Liebe...

Bei der Feier ihrer Promotion lernt Gisèle Parnasse den erfolgreichen Chirurgen Dr. Gaston Rablais kennen. Sie wird Narkoseärztin in seiner Klinik und – verliebt sich in den talentierten Mann.

Dr. Gaston Rablais erwidert ihre Gefühle. Doch da versucht auch Gisèles Schwester Brigit, Gaston für sich zu gewinnen. Zunächst ohne Erfolg. Zwischen Gisèle und Gaston aber keimt Mißtrauen und Argwohn auf. Von Tag zu Tag wird das Verhältnis der Liebenden gespannter. Und schließlich führt Gisèles Eifersucht zu einer Katastrophe...

I

Während ich diese Zeilen schreibe, müßte ich eigentlich traurig sein.

Ich sitze allein an der steinernen Balustrade des kleinen Cafés »Riborette« und schaue über die bunten Badezelte und die flatternden Wimpel hinweg, die man über den weiten, in der Sonne flimmernden weißen Strand von Juan les Pins gespannt hat. Das tintenblaue Wasser des Mittelmeeres klatscht träge an den Ufersteinen empor, und die Palmen, Pinien, Zypressen und Maulbeerbäume entlang der breiten Straße und im Garten des Cafés »Riborette« sind ein wenig verstaubt, so still ist der Wind und so heiß brennt die Sonne, als leuchte sie herüber über das Meer, direkt aus der afrikanischen Wüste.

Ich bin allein, allein mit meinen Gedanken und meiner Sehnsucht, allein auch mit meinem Schmerz, den ich mir selbst zufügte und den ich doch nicht verhindern konnte.

Gaston hat mich verlassen.

Es ist ein kleiner Satz, und wie oft hört man ihn aus dem Munde eines unglücklichen Mädchens. Manchmal heißt er Paul oder François, Erich oder Peter, Julien oder Pablo . . . Und immer wird dieses Mädchen zu Boden blicken und seine Augen werden weinen, wenn es sagt: Er hat mich verlassen.

Ich weine nicht und sehe nicht zu Boden, ich starre nur über das träge Meer und trinke ein kleines Glas Orangeade, denn im Innern bin ich froh, daß alles so gekommen und Gaston gegangen ist; gestern abend, nachdem er groß und schlank vor mir stand und sagte: »Ma chère, ich gehe nach New Orleans. Übermorgen fährt mein Schiff ab Genua...«

Nach New Orleans! Und ich habe nichts gesagt, ich habe nur genickt und mich umgedreht und bin in mein Zimmer gegangen. Eine gute Lösung, habe ich mir gedacht, die beste Lösung nach allem, was zwischen uns geschehen ist. Aber im Innern, im Herzen, dort, wo ich glaubte, immer die Liebe zu fesseln, tat es weh, so weh, daß ich die Zähne zusammenbiß, um nicht doch zu weinen wie all die Mädchen, zu denen ein Mann sagt: »Übermorgen geht unser Leben für immer auseinander.«

Wie das alles gekommen ist? Warum es so sein mußte? Warum es keinen anderen Ausweg gab als die Trennung, diese Flucht nach New Orleans?

Ach, es ist eine lange Geschichte, und wenn ich sie hier erzähle, so ist es mehr die Beichte einer Frau, die nur nehmen wollte, die immer nur forderte, die unersättlich war in dem, was Leben heißt und die schließlich daran zerbrach, weil ihr das Maß aller Dinge verloren ging in einem Taumel von Glück und Erfüllung, von dem sie dachte, *das* sei das wahre Leben, das wert sei, gelebt und geliebt zu werden.

So ehrlich bin ich – wirklich –, ich erkenne mich, als blicke mir im Spiegel nicht mein glattes, schönes Ebenbild entgegen, sondern der Mensch, zerlegt wie auf dem marmornen Seziertisch des Hospitals Necker in Paris. Ein Mensch, nicht nur bestehend aus Muskeln, Knochen, Häuten, Venen, Arterien und Drüsen, sondern ein Mensch, der in geheimnisvoller Art in seinen Nerven noch die Seele trägt und sie jetzt bloßlegt vor den Augen der staunenden und entsetzten Vivisektoren.

Gaston – wer ihn kannte, mußte ihn lieben. Dieser Dr. Gaston Rablais, Chirurg aus Paris, Erster Oberarzt bei Prof. Dr. Bocchanini, war ein Mann.

Hier könnte ich eigentlich aufhören, weitere Dinge in Worte zu kleiden. Was gibt es Umfassenderes, Deutlicheres und Bestimmenderes als dieses Wort Mann? Es schließt ein ganzes Leben ein, es ist ein Wort des Schicksals, es kann Himmel und Hölle bedeuten, Freude und Leid, Glück und Entsetzen, Liebe und Haß, Seligkeit und Trauer. Alles, alles ist in diesem Wort verborgen, quillt aus ihm hervor wie die Wundergaben aus dem Füllhorn der Aurora ... Ach, welch ein Wort, welch eine ganze Welt: Mann!

Mir wurde es zum Verhängnis, dieses Wort, weil es Dr. Gaston Rablais verkörperte mit all dem hinreißenden und willenlos machenden Charme, dem wir Frauen erliegen, kaum, daß er unser Bewußtsein trifft und uns innerlich zittern und erbeben läßt.

Seine Augen, die kleinen Fältchen in den Augenwinkeln, die schmalen Lippen vor dem herrischen Mund, die etwas gebogene, schmale Nase in diesem braunen, manchmal asketisch wirkenden Gesicht, dessen heftigster und schönster Ausdruck seine Augen waren, diese braunen, großen, strahlenden Augen, die mich ansahen und unter denen ich wegschmolz und willenlos wurde.

Bis gestern. Gestern abend, als er in den Salon des Hotels trat und zu mir sagte: »Ich fahre.« Da waren seine Augen kein Geheimnis mehr, da verloren sie die Kraft der Suggestion auf mich, da sah ich ihn anders, den großen, schönen Gaston. Er war ein Mann wie alle anderen, vielleicht ein wenig eleganter, gepflegter, weltgewandter, sicherer. Aber im Grunde genommen doch nur ein Mann, der feige war und in dem Augenblick, in dem er sagte: »Ich gehe«, auch ein Mann, der es nicht wagte, mich anzusehen.

Warum sollte er mich auch ansehen? Ich war an diesem Abend eine Erinnerung geworden. Ich für ihn, er für mich. Er fuhr über den Atlantik nach New Orleans. Ich blieb zurück in Europa, im alten, verträumten, verliebten Paris. Und Schuld? Bekannte er sich schuldig? War nicht auch ich Teilhaberin eines Schicksals, das ich selbst herausgefordert hatte, als ich Gaston der kleinen Brigit vorstellte?

Brigit wird nun mit Gaston nach New Orleans fahren. Vielleicht heiraten sie drüben in Amerika. Vielleicht aber auch nicht, und Brigit wird seine Geliebte bleiben, wie ich sie einmal war.

Brigit ... meine Schwester ...

KONSALIK

Bastei Lübbe-Taschenbücher

Die Straße ohne Ende
10048 / DM 5,80

Liebe am Don
11032 / DM 5,80

Bluthochzeit in Prag
11046 / DM 5,80

Heiß wie der Steppenwind
11066 / DM 5,80

**Wer stirbt schon gerne unter Palmen...
Band 1: Der Vater**
11080 / DM 5,80

**Wer stirbt schon gerne unter Palmen...
Band 2: Der Sohn**
11089 / DM 5,80

- **Natalia, ein Mädchen aus der Taiga**
11107 / DM 5,80

Leila, die Schöne vom Nil
11113 / DM 5,80

- **Geliebte Korsarin**
11120 / DM 5,80

- **Liebe läßt alle Blumen blühen**
11130 / DM 5,80

- **Es blieb nur ein rotes Segel**
11151 / DM 5,80

- **Kosakenliebe**
12045 / DM 5,80

Wir sind nur Menschen
12053 / DM 5,80

- **Liebe in St. Petersburg**
12057 / DM 5,80

- **Ich bin verliebt in deine Stimme**
12128 / DM 5,80

- **Vor dieser Hochzeit wird gewarnt**
12134 / DM 5,80

Der Leibarzt der Zarin
13025 / DM 3,80

- **2 Stunden Mittagspause**
14007 / DM 4,80

- **Ninotschka, die Herrin der Taiga**
14009 / DM 4,80

- **Transsibirien-Express**
14018 / DM 4,80

- **Der Träumer**
17036 / DM 6,80

Goldmann-Taschenbücher

Die schweigenden Kanäle
2579 / DM 5,80

Ein Mensch wie du
2688 / DM 5,80

Das Lied der schwarzen Berge
2889 / DM 5,80

- **Die schöne Ärztin**
3503 / DM 6,80

Das Schloß der blauen Vögel
3511 / DM 7,80

Morgen ist ein neuer Tag
3517 / DM 5,80

- **Ich gestehe**
3536 / DM 5,80

Manöver im Herbst
3653 / DM 7,80

- **Die tödliche Heirat**
3665 / DM 5,80

Stalingrad
3698 / DM 7,80

Schicksal aus zweiter Hand
3714 / DM 6,80

- **Der Fluch der grünen Steine**
3721 / DM 6,80

- **Auch das Paradies wirft Schatten
Die Masken der Liebe**
2 Romane in einem Band. 3873 / DM 5,80

Verliebte Abenteuer
3925 / DM 5,80

Eine glückliche Ehe
3935 / DM 6,80

Das Geheimnis der sieben Palmen
3981 / DM 6,80

Das Haus der verlorenen Herzen
6315 / DM 7,80

- **Wilder Wein
Sommerliebe**
2 Romane in einem Band. 6370 / DM 6,80

Sie waren Zehn
6423 / DM 9,80

Der Heiratsspezialist
6458 / DM 6,80

Eine angesehene Familie
6538 / DM 7,80

- **Unternehmen Delphin**
6616 / DM 6,80

- **Das Herz aus Eis
Die grünen Augen von Finchley**
2 Romane in einem Band. 6664 / DM 5,80

Wie ein Hauch von Zauberblüten
6696 / DM 7,80

Heyne-Taschenbücher

Die Rollbahn
01/497 – DM 6,80

Das Herz der 6. Armee
01/564 – DM 5,80

Sie fielen vom Himmel
01/582 – DM 5,80

Der Himmel über Kasakstan
01/600 – DM 6,80

Natascha
01/615 – DM 7,80

Strafbataillon 999
01/633 – DM 6,80

Dr. med. Erika Werner
01/667 – DM 5,80

Seine großen Bestseller im Taschenbuch.

Liebe auf heißem Sand
01/717 - DM 5,80

Liebesnächte in der Taiga
01/729 - DM 9,80

Der rostende Ruhm
01/740 - DM 5,80

Entmündigt
01/776 - DM 6,80

Zum Nachtisch wilde Früchte
01/788 - DM 7,80

● Der letzte Karpatenwolf
01/807 - DM 5,80

Die Tochter des Teufels
01/827 - DM 6,80

Der Arzt von Stalingrad
01/847 - DM 6,80

Das geschenkte Gesicht
01/851 - DM 6,80

Privatklinik
01/914 - DM 5,80

Ich beantrage Todesstrafe
01/927 - DM 4,80

● Auf nassen Straßen
01/938 - DM 4,80

Agenten lieben gefährlich
01/962 - DM 5,80

● Zerstörter Traum vom Ruhm
01/987 - DM 4,80

● Agenten kennen kein Pardon
01/999 - DM 4,80

● Der Mann, der sein Leben vergaß
01/5020 - DM 5,80

● Fronttheater
01/5030 - DM 5,80

Der Wüstendoktor
01/5048 - DM 5,80

● Ein toter Taucher nimmt kein Gold
01/5053 - DM 5,80

Die Drohung
01/5069 - DM 6,80

● Eine Urwaldgöttin darf nicht weinen
01/5080 - DM 5,80

Viele Mütter heißen Anita
01/5086 - DM 5,80

● Wen die schwarze Göttin ruft
01/5105 - DM 5,80

● Ein Komet fällt vom Himmel
01/5119 - DM 5,80

● Straße in die Hölle
01/5145 - DM 5,80

Ein Mann wie ein Erdbeben
01/5154 - DM 5,80

Diagnose
01/5155 - DM 5,80

Ein Sommer mit Danica
01/5168 - DM 5,80

Aus dem Nichts ein neues Leben
01/5186 - DM 5,80

Des Sieges bittere Tränen
01/5210 - DM 6,80

● Die Nacht des schwarzen Zaubers
01/5229 - DM 6,80

● Alarm! Das Weiberschiff
01/5231 - DM 6,80

● Bittersüßes 7. Jahr
01/5240 - DM 5,80

Engel der Vergessenen
01/5251 - DM 6,80

Die Verdammten der Taiga
01/5304 - DM 6,80

Das Teufelsweib
01/5350 - DM 4,80

Im Tal der bittersüßen Träume
01/5388 - DM 6,80

Liebe ist stärker als der Tod
01/5436 - DM 6,80

Haie an Bord
01/5490 - DM 5,80

● Niemand lebt von seinen Träumen
01/5561 - DM 5,80

Das Doppelspiel
01/5621 - DM 6,80

● Die dunkle Seite des Ruhms
01/5702 - DM 5,80

● Das unanständige Foto
01/5751 - DM 4,80

● Der Gentleman
01/5796 - DM 6,80

Der pfeifende Mörder
Der gläserne Sarg
2 Romane in einem Band. 01/5858 - DM 6,80

Die Erbin
01/5919 - DM 6,80

● Die Fahrt nach Feuerland
01/5992 - DM 6,80

Der verhängnisvolle Urlaub
Frauen verstehen mehr von Liebe
2 Romane in einem Band. 01/6054 - DM 6,80

Glück muß man haben
01/6110 - DM 6,80

● Der Dschunkendoktor
01/6213 - DM 6,80

Das Gift der alten Heimat
01/6294 - DM 6,80

● Staubige Sandalen
01/6426 - DM 6,80
September '84

● = Originalausgabe

GOLDMANN TASCHENBÜCHER

Informativ · Aktuell
Vielseitig · Unterhaltend

Allgemeine Reihe · Cartoon
Goldmann Werkausgaben · Großschriftreihe
Goldmann Reisebegleiter
Goldmann Klassiker · Gesetzestexte
Goldmann Ratgeber
Sachbuch · Stern-Bücher
Grenzwissenschaften/Esoterik
Science Fiction · Fantasy
Goldmann Krimi
Regionalia · Austriaca · Goldmann Schott
ZDF-Begleitmaterialien
Goldmann Magnum · Citadel Filmbücher
Goldmann Original

Goldmann Verlag · Neumarkter Str. 18 · 8000 München 80

Bitte
senden Sie
mir das neue
Gesamtverzeichnis

Name _____

Straße _____

PLZ/Ort _____

GOLDMANN